W0378543

Andrés Ibáñez

Die verlassene Geschichte

Andrés Ibáñez

Die verlassene Geschichte

Roman

Aus dem Spanischen von
Angelica Ammar

List

Die Originalausgabe erschien 2003 unter dem Titel
La sombra del pájaro lira bei Editorial Seix Barral, Barcelona.

List Verlag

List ist ein Verlag der Ullstein Buchverlage GmbH

ISBN 3-471-79490-5

© 2003 by Andrés Ibáñez
© der deutschen Ausgabe 2004 by
Ullstein Buchverlage GmbH, Berlin
Alle Rechte vorbehalten. Printed in Germany
Gesetzt aus der Stempel Garamond bei
Franzis print & media GmbH, München
Druck und Bindung: Clausen & Bosse, Leck

Für Mariajo, für Nicolás und für Mario

Sie alle predigen, predigen in einem Land
Das es noch zu benennen gilt. Sie predigen in einer Zeit
Die es noch zu benennen gilt. Evangelisten wovon?
Könnten sie all ihre Thesen in eine fassen,
In einen einzigen Gedanken …
Könnten sie nur! Oder ist es die Vielzahl der Gedanken,
Die wie Insekten in den Tiefen des Geistes,
Den einzigen Gedanken töten?

They preach and they are preaching in a land
To be described. They are preaching in a time
To be described. Evangelists of what?
If they could gather their theses into one,
Collect their thoughts together into one,
Into a single thought …
If they could! Or is it the multitude of thoughts,
Like insects in the depths of the mind, that kill
The single thought?

WALLACE STEVENS
Extracts from Addresses to the Academy of Fine Ideas

Es gibt Insekten, die von der Sonne geboren werden. Es sind Sonnenküsse …

ALEXANDER SCRJABIN

Prolog

Gedächtnis und Gedächtnisschwund

Der ehrwürdige Doktor *honoris causa* Mirmidon Aguanopulos, Verwaltungsdirektor des Mondes, fuhr auf seinem Hochrad über die Phönixallee von Floria, der monumentalen Hauptstadt des an Wäldern reichen und übermäßig vom Regen gesegneten Landes Goyanas. Herr Aguanopulos war ein Mann mittleren Alters, leicht übergewichtig (oder, wie er selbst es gern nannte, »sanguinischen Temperaments«), mit einem dunklen, buschigen Schnurrbart. Herr Aguanopulos, Verwaltungsdirektor des Mondes, verließ das Haus nie unparfümiert, »mit Rücksicht auf die Damen!«, pflegte er mit schmelzendem Unterton zu sagen und dabei andeutungsweise die Hüften zu wiegen (es hieß, in seiner Jugend sei er ein hervorragender Tänzer gewesen), und er verwendete eine große Sorgfalt auf seine Kleidung; für zweifarbige Schuhe und Anzüge mit doppeltem Revers hatte er eine besondere Schwäche. An diesem Tag trug er einen blasslila Anzug mit creme- und kirschfarbenen Schuhen, dazu eine weiße Kamelie, die er in das Knopfloch links am Revers gesteckt hatte, da sich im rechten Knopfloch stets die Ansecknadel seines Gremiums befand, ein kleiner Mond mit mehreren dreidimensional ausgeführten Kratern, den eine stilisierte Girlande aus Rosen und Stiefmütterchen wie ein Saturnring umgab. In der Tat lautete das Motto seines Verwaltungsbereichs »Umgeben wir den Mond mit Rosen«, eine Botschaft, die sich auf ferne Tage bezog, in denen die psychiatrischen Heilanstalten Gefängnissen glichen und man Kranke in Käfige sperrte und ihnen kalte Duschen verabreichte. Das Motto klang inzwischen etwas veraltet, doch bisher hatte niemand eine Änderung für notwendig gehalten.

Natürlich handelte es sich bei dem »Mond« von Herrn Aguanopulos' Anstecknadel nicht um den nächtlichen »Mond«, und selbstverständlich war Herr Aguanopulos nicht der Verwaltungsdirektor eines kreisenden Erdtrabanten. Mit dem freundlichen, humorvollen Begriff »der Mond« bezeichnete man in Floria schlicht das, was an anderen Orten »Wahn«, »Irrsinn« oder, etwas fachmännischer, »Geisteskrankheit« genannt wird. Herrn Aguanopulos unterstanden also sämtliche Psychiatrische Kliniken von Floria, Provinz Arboria, Staat Goyanas, und gerade befand er sich auf dem Weg ins Krankenhaus *Unserer lieben Frau vom Mond*, eine der bedeutendsten psychiatrischen Heilanstalten Florias.

Herr Aguanopulos konnte auf kaum einem Gebiet als Spezialist bezeichnet werden (seine gesellschaftlichen Vorzüge beschränkten sich auf einige Standardtänze und ein wohlklingendes, elegantes Aquitanisch, wenngleich er in dieser Fremdsprache nur ein Dutzend Höflichkeitsfloskeln, zwei Wortspiele und einen unanständigen Witz beherrschte). Dafür war er ein talentierter Hochradfahrer und in der Lage zu wenden, zu bremsen und sogar auf den Gehsteig und zurück auf die Straße zu wechseln, ohne den Lenker mit den Händen auch nur zu berühren. Das Hochradfahren war ein beliebter Zeitvertreib der Jugend, den Herr Aguanopulos seit seinem zwanzigsten Lebensjahr praktisch ohne Unterlass ausübte. Er war der glückliche Vater von fünf Töchtern, zwei von seiner ersten Ehefrau Ines Wilhelmine und drei von seiner derzeitigen Gattin Claudilene; eine kurze zweite Ehe war ohne Nachkommenschaft geblieben. Er war ein ehrbarer Politiker und gehörte zu den Honoratioren der Stadt (seine Marmorbüste schmückte eine Nische im Spiegelsaal des Rathauses von Floria). Er hatte drei Zeitungen gegründet und neben einigen Gedichtbänden eine Lebensbeschreibung über Pater Ayuso, Goyanas' großen Historiker, veröffentlicht. Er war dreimal als Minister der Republik berufen worden: zwei Legislaturen als Minister für Öffentliche Bauten von der realistischen Partei Kontinuität oder Paroxysmus, eine Legislaturperiode als Minister für Presse und Kommunikation von der surrealen Partei Erneuerung oder Terror; darüber hinaus hatte er, wie bereits sein Vater und Großvater, das Amt des Gouverneurs der Provinz Rosso bekleidet. Nichtsdestotrotz hegte er weiterhin so manche romantische Sehnsucht seiner Jugend, den Gedanken beispielsweise, alles stehen und liegen zu lassen und um die Welt zu reisen, oder die Idee, sich nach Ozeanien auf eine Insel abzusetzen und in einer Hütte am Strand zu leben. Nichtsdestotrotz kreuzte er weiterhin auf seinem Hochrad durch die hektischen Straßen von Floria.

Herr Aguanopulos liebte den forschen Fahrstil, fuhr gern in entgegengesetzter Richtung durch Einbahnstraßen und nahm Abkürzungen über Gehsteige und Grünflächen; außerdem lenkte er das Hochrad mit Vorliebe gefährlich nah an den Rinnstein, um mit den Händen oder dem Kopf die üppigen Ranken zu streifen, die aus den steinernen Blumentöpfen der Phönixallee herabhingen. Er ließ den Lenker los und strich mit den Fingern über die Blätter, pflückte im Vorbeifahren eine Blume oder ein großes glänzendes Blatt, roch verzückt daran, schloss kurz die Augen, warf Blume oder Blatt in die Luft, legte die Hände wieder an den Lenker, um einer alten kurzsichtigen Frau auszuweichen, die Orange mit Türkis verwechselte, oder eine elegante Dame zu umkurven, die die Tür ihres in zweiter Reihe parkenden Sportcoupés aufriss, begann die Melodie von *Die Gondoliere der Wolga* zu pfeifen und fühlte sich wie der König der Welt.

»Mirmidon ist die Gesundheit in Person!«, pflegte sein unmittelbarer Vorgesetzter, seine Exzellenz der Gesundheitsminister, zu sagen.

»Papa, eines Tages wirst du dir noch alle Knochen brechen«, warnte seine jüngste und liebste Tochter Ana Sofia.

»Mirmidon, warum nimmst du nicht den Dienstwagen?«, fragte seine Frau Claudilene, die einer der ältesten und reichsten Familien von Floria entstammte. »Siehst du nicht, dass du mit deinem Verhalten deiner Position die Würde nimmst?«

Er folgte der lang gezogenen Kurve der Phönixallee bis zur

San Luis Brücke, bog nach links in die Santo Angel Straße, eine der Hauptverkehrsachsen des Viertels Sirema, und damit in Richtung Fluss ein, obwohl es auf dieser Höhe eigentlich nicht mehr der Fluss war, sondern schon das Meer, jenes »Fluss-Meer«, das der Poet Hildebrando Cardoso in seinem großen patriotischen Epos *Floriana* besungen hat. Die gusseisernen Balkone schmückten goldene Palmen. Große schwarze Vögel kreisten über den Kuppeln, die in Sirema, Florias altem Viertel der Dichter und Okkultisten, die alten Paläste aus dem XVIII. Jahrhundert krönten.

Stets von neuem beeindruckten Mirmidon Aguanopulos die Pforten *Unserer lieben Frau vom Mond*, die Ziersteine, die gusseisernen Gitterstangen mit dem blühenden Geißblatt, die Adler und Engel aus verwaschenem Kalkstein. Das Krankenhaus befand sich am Ufer des mächtigen breiten Flusses Mar de Oro, dessen gigantische Mündung die Stadt Floria teilt. Während Herr Aguanopulos das Hochrad an eine der Eisenstangen des Zauns kettete, atmete er mit einer Mischung aus Behagen und Abscheu den Geruch nach Salz, Schwüle, Schlick und Moder ein, der vom Fluss aufstieg.

Ach, wie gern würde er diesen Strom flussaufwärts befahren, sich in den nördlichen Provinzen verlieren, den breiten Windungen in den Urwald folgen, mit Kaimanen und rosa Delphinen zwischen den treibenden Inseln umherkreuzen, bis er ins Land der Amazonen käme, in die *Terra incognita*! Denn Aguanopulos, der wenig von der Welt kannte, träumte gern von großen exotischen Reisen in ferne, unerforschte Länder. Von unmöglichen Reisen natürlich, die er niemals verwirklichen würde.

Die Schwestern und Ärzte, die in der kühlen Eingangshalle auf ihn warteten und unterdessen leise den letzten Zeitungsskandal kommentierten, wunderten sich, dass er einfach so vor ihnen erschien, ohne Chauffeur, ohne Sekretär, ohne jede Begleitung. Nach dem üblichen Begrüßungsritual und einem Tässchen Kaffee führten sie ihn durch die Eingangshalle in den großen

Garten des Sanatoriums, und dort durch die Liriodendren, Ficusbäume und Korallensträucher bis zu einem mächtigen Hibiskus, unter dessen üppigen rosafarbenen Blüten ein blonder Junge mit schönen, traurigen Zügen auf einer Steinbank saß, ein Bein unter sich angewinkelt. Der Junge unterhielt sich mit einem anderen Patienten, einer jungen Frau mit langen roten Zöpfen, die beim Anblick der mit majestätischer Erhabenheit und huldvollem Lächeln langsam auf sie zuschreitenden Schwestern und Ärzte in weißen Kitteln diskret zu verschwinden beschloss. Der Junge sah ihnen fragend entgegen, und als er verstand, dass er es war, den man zu sprechen wünschte, erhob er sich von der Bank.

»Das ist der Knabe, Exzellenz«, sagte Schwester Bactriana, ging zu dem Jungen und legte ihm voller Zuneigung die Hand auf die Schulter. »Siehst du, junger Mann, dieser bedeutende Herr ist extra hierher gekommen, um dich kennen zu lernen. Das ist seine Exzellenz Herr Aguanopulos.«

»Es ist mir eine große Ehre«, sagte der Junge, legte die Hand aufs Herz und verneigte sich leicht.

Er trug die im Mond vorgeschriebene Kleidung, einen grauen Kittel, blaue Baumwollhosen und Segeltuchschuhe mit Sohlen aus Hanf, und dennoch strahlte er etwas Feinsinniges, Fremdartiges aus, eine Art höfischer Eleganz.

»Schön, schön«, sagte Herr Aguanopulos. »Ich bin auch erfreut. Wie behandeln dich die Schwestern, gut?«

»Ausgezeichnet, mein Herr«, sagte der Junge. »Sie sind so liebenswürdig, dass man sich fast wünschen könnte, tatsächlich verrückt zu sein.«

Herr Aguanopulos zeigte keinerlei Reaktion. Er war es gewohnt, auf geistig Kranke zu treffen, die durch ihre Intelligenz bestachen, hoffnungslos Verrückte, die sich mit einer erstaunlichen Klarheit und einem überwältigenden Sinn für Ironie auszudrücken verstanden.

»Die Schwestern haben mir erzählt, du hast ein hervorragendes Gedächtnis«, fuhr Aguanopulos fort. »Das heißt wohl mehr als hervorragend, absolut außergewöhnlich.«

»Ich habe viele Jahre daran gearbeitet«, sagte der Junge.

»Was konnte er gleich noch auswendig?«, wandte Aguanopulos sich an die Ärzte. »Die Liste aller Patienten …?«

»Wir waren sehr beeindruckt«, sagte Schwester Bactriana, die sich kaum noch zurückhalten konnte und ihre Worte seit Tagen, vielleicht sogar seit Wochen, zurechtgelegt haben musste. »Alles begann mit dem geplanten Besuch des Herrn Präsidenten der Republik in *Unserer lieben Frau vom Mond*.«

»Gelobt sei er«, rief Aguanopulos aus und hob den Blick gen Himmel.

»Der Sicherheitsdienst des Herrn Präsidenten bat uns, eine Liste mit der Sitzordnung der Patienten an den Tischen des Speisesaals zu erstellen. Sie müssen wissen, Exzellenz, dass wir vierhundertsechsundachtzig Patienten beiden Geschlechts haben, die in zwei Schichten essen und dabei stets dieselben Plätze an den Speisesaaltischen einnehmen.«

»Schön«, sagte Aguanopulos, verschränkte die Hände vor dem Bauch und wartete auf den spannenden Teil der Geschichte.

»Leider verfügten wir über keine solche Liste, die die Sitzordnung berücksichtigt. Ich bin mir nicht einmal sicher, ob je eine existierte. Wir sind nicht besonders streng bei der Vergabe der Sitzplätze im Speisesaal, obwohl wir es selbstverständlich gern sehen, wenn ein einmal gewählter Platz beibehalten wird.«

»Selbstverständlich.«

»Und da kam dieser Junge hier ins Spiel, Exzellenz. Adenar, erzähl seiner Exzellenz, was du an jenem Morgen zu mir gesagt hast«, schloss Schwester Bactriana.

»Das war nichts Besonderes«, sagte der Junge und räusperte sich leicht. »Ich sagte der Schwester, dass ich mich deutlich erinnerte, an welchen Platz sich jeder Einzelne setzt.«

»Du konntest dich an alle Plätze erinnern?«, fragte Herr Aguanopulos, der schließlich gekommen war, um in Erstaunen versetzt zu werden. »An die Plätze der vierhundertsechsundachtzig Patienten?«

»Ja, Euer Gnaden!«, kreischte die Schwester triumphierend.

»An ausnahmslos jeden! Und er hat sich kein einziges Mal geirrt! In zwei Stunden hatten wir die Liste fertig, um die die Herren vom Sicherheitsdienst des Präsidenten gebeten hatten.«

»Aber wie ist das möglich?«

»Und er hat sich nicht nur daran erinnert, wohin sich jeder der vierhundertsechsundachtzig Patienten setzt, Euer Gnaden«, fiel ein älterer Arzt mit gütigem Gesichtsausdruck ein, »sondern er wusste von jedem Einzelnen den exakten Vor- und die vier Nachnamen, seine Zimmernummer und in welcher Schicht er aß ...«

»Heilige ägyptische Maria«, bemerkte Herr Aguanopulos verblüfft und wandte sich an den Jungen, der ihn mit leicht verwunderter Miene betrachtete: »Sag mal, mein Sohn, du scheinst ja ganz besondere Formen der Mnemotechnik anzuwenden ... Wie machst du das?«

»Es ist nicht schwer«, sagte der Junge. »Jeder kann das.«

»Das Erstaunlichste dabei«, meldete sich da einer der jüngeren Ärzte zu Wort, »ist jedoch, und das müssen wir uns vor Augen halten!, dass dieses wundersame Beispiel für eine überentwickelte Erinnerungsfähigkeit uns ausgerechnet von einem Patienten geliefert wird, der von einer schweren Amnesie befallen ist.«

Der Schwester entschlüpfte einer ihrer kreischenden Lacher.

»Amnesie?«, rief Aguanopulos aus. »Der Mensch mit dem besten Gedächtnis von ganz Goyanas leidet an Amnesie?«

»Es handelt sich hier um einen Fall, der in völligem Widerspruch zu all unseren medizinischen Erkenntnissen steht«, fuhr der junge Arzt mit gerunzelter Stirn fort. »Als der Junge vor mittlerweile zwei Monaten herumstreunend in den Wäldern aufgegriffen wurde, hatte er sogar seine Sprache vergessen. Bis heute kann er sich nicht an den Namen seines Vaters erinnern, ist aber in der Lage, die Namen von fast fünfhundert Patienten und dazu ihre Sitzplätze in einem riesigen Speisesaal auswendig zu lernen ...«

»Zweifellos handelt es sich um einen ganz besonderen Fall«, sagte Aguanopulos jovial lächelnd. Er machte einen äußerst zufriedenen Eindruck. »Was für ein ungewöhnlicher Junge! Wie heißt du, mein Sohn?«

»Adenar«, sagte der Junge.

»Armer Kleiner«, sagte Schwester Lavinia. »Er erinnert sich an rein gar nichts!«

»Gedächtnisschwund und Gedächtniskunst in einem!«, rief Aguanopulos aus. »Was für eine wunderbare Schlagzeile!«

Erstes Buch

Adenars Traurigkeit

Eine gefährliche Krankheit

Diese Geschichte beginnt, als Adenar, Prinz von Amaula, sechzehn Jahre zählt. Es ließ sich nicht feststellen, ob dies sein *genaues* Alter war, da sich in Amaula niemand die Mühe machte, die Zeit zu messen, weder die Stunden noch die Tage noch die Monate noch die Jahre. Sagen wir also, Adenar fühlte sich, als wäre er sechzehn. Möglicherweise war er jünger, möglicherweise (sehr wahrscheinlich ist es jedoch nicht) auch älter. Jedenfalls zerbrach er sich darüber nicht den Kopf.

An dem Nachmittag, mit dem unsere Geschichte beginnt, saß Prinz Adenar im Bildersaal des Schlosses von Yöl in der Mitte des Teppichs und spielte Wörter mit dem ehrwürdigen Kater Marrasquino. Vor beiden lag ein Haufen rot, grün und rosafarben bemalter Elfenbeinjetons, mit denen sie den Wert der einzelnen Wörter angaben, die sie legten. Natürlich schrieben sie die Wörter nicht, denn in Amaula kannte man nicht den Gebrauch der Schrift, und es gab auch keine Bücher. Jeder der dreihundert Jetons des Wörterspiels hatte einen bestimmten visuellen oder begrifflichen Wert, und wenn man sie miteinander kombinierte, ließen sich Wörter bilden. Zählte man die grünen, rosafarbenen und roten Jetons zusammen (jeden Jeton gab es in drei Farben), kam man auf insgesamt neunhundert Jetons. Die Regeln des Spiels sind zu kompliziert, um sie hier zu erläutern. Ein rosafarbener Jeton zählt einen Punkt; ein roter bedeutet einen Punktabzug; die grünen heben die Wirkung der roten auf. Marrasquino hatte das Wort »Sardine« gelegt, mit einem rosafarbenen und einem grünen Jeton, und Adenar hatte

»Kontrapunkt« gebildet, mit zwei rosafarbenen, aber auch mit einem roten Jeton. Dann bildete Marrasquino mit fünf grünen Jetons »Giebel« und Adenar »Inneres Licht« mit drei rosafarbenen Jetons. Woraufhin Marrasquino mit zwei roten und einem grünen Jeton »Porzellan« legte und Adenar mit zwei rosafarbenen »Stille«, und mit einem Mal war ihm der Kater so weit voraus, dass er die Lust am Spielen verlor.

»Du bist gelangweilt«, sagte Marrasquino.

»Man kann nicht gelangweilt sein«, erklärte Adenar, dem philosophische Gespräche Spaß machten. »Man kann nicht gleichzeitig gelangweilt und lebendig sein. Das haben unsere Alchimisten und Physiker bewiesen.«

Dann nahm er sich ein Kissen und setzte sich vor die Wand der Bilder. Für gewöhnlich war die Wand der Bilder undurchsichtig, doch setzte sich jemand davor, wurde sie nach und nach durchlässig, begann zu leuchten, und nach einigen Minuten erschienen die ersten Bilder.

Prinz Adenar war sehr geschickt in der Kunst der Bilder, und viele seiner Schöpfungen hatten Wochen oder sogar Monate überdauert, ohne auch nur eine Spur weniger wirklich zu wirken. Eine von ihnen, »Der kommende Engel«, war an einer Weggabelung angebracht worden, wo alle Vorübergehenden sie wegen ihrer klaren, festen Umrisse für ganz real hielten und nicht merkten, dass sie es mit einem Wesen der Vorstellung zu tun hatten.

Die Bilder ließen nicht lange auf sich warten, doch waren es seltsame Bilder, wie Adenar sie noch nie gesehen hatte. Er erblickte eine öde, morastige Landschaft, einen fahlen Himmel und einen einsamen Hügel, auf dem sich ein Kreuz erhob. Er sah ein Schlachtfeld voll toter, übereinander liegender Körper. Er sah Leichenschänder, die den Toten die Kleider vom Leib zerrten und ihre Münder aufbogen, um die Goldzähne zu reißen. Er sah ein lächelndes Mädchen, das auf dem Rücken eines Tigers ritt, und das Mädchen hielt einen mit Blut gefüllten Kelch, aus dem es immer noch lächelnd trank. Er sah einen kranken, mit Geschwüren bedeckten Hund. Er sah ein paar zusammengekettete Männer, die sich unter der brennenden Sonne über eine sandige Ebene bewegten. Er sah eine nackte Frau, deren Haut weiß war wie Elfenbein. Er sah ein totes, der Länge nach aufgeschlitztes Nilpferd und Ibisse, die sich auf ihm niederließen und in seinem roten Fleisch und den maulbeerfarbenen Eingeweiden pickten.

Mehr ertrug er nicht. Mit einem Schrei wandte er sich von der Bilderwand ab und flüchtete auf den Balkon. Das Schloss von Yöl lag am Meer, denn König Leopoldo, Prinz Adenars Vater, war ein König des Meeres, doch alle Fenster des Bildersaals gingen zum Landesinneren hinaus, zu den friedlichen Wäldern, die sich unmittelbar jenseits der Stadtdächer von Yöl erstreckten.

Er schaute hinauf zu den Wolken.

Seine Mutter war ein Geschöpf der Wolken, und er selbst, so war ihm oft erzählt worden, hatte seit seiner frühesten Kindheit eine ungewöhnliche Faszination für diese großen schwebenden Watteschlösser gezeigt. Obwohl nicht von Geburt an (sie war als Menschenkind geboren), gehörte seine Mutter inzwischen dem Geblüt der Drachen an. Sie war fast fünfzig Meter lang, hatte durchschimmernde grüne Augen, zwei riesige violette Flügel und einen schuppenbedeckten Körper. Wenn sie über Yöl auftauchte, erstarrten alle vor Entsetzen; alle außer Adenar, der sich auf ihren Rücken schwang und mit ihr durch die Lüfte zog. Es war lange, lange her, seit sie ihn zuletzt besucht hatte.

»Mutter!«, rief Adenar, immer noch zitternd vor Furcht bei der Erinnerung an die Bilder. Niemand antwortete ihm aus der Weite der Wolken, und das ängstigte ihn noch mehr. Nie zuvor hatte er den Namen seiner Mutter gerufen, um von ihr gehört zu werden; denn möchte man sich in Amaula mit einem geliebten Menschen in Verbindung setzen, genügt es, an ihn zu denken, und der andere weiß sofort, wem es nach ihm verlangt. Doch seit Wochen schon versuchte Adenar seine Mutter mit seiner inneren Stimme zu erreichen, ohne jedoch ihre Gegenwart auch nur zu spüren, ohne zu wissen, ob sie nah oder fern war, ob sie über den Wolken flog oder sich in ihrer Residenz in Turpestis aufhielt, der schwebenden Hauptstadt der Drachen.

»Mutter«, schrie Adenar erneut und spürte, wie ihm Tränen in die Augen stiegen.

Der Kater Marrasquino näherte sich ihm langsam von hinten, bedächtig den Schwanz hin- und herschweifend.

»Sie kann dich nicht hören«, sagte er. »Du bist krank, Adenar.«

»Niemand ist krank in Glabris«, entgegnete Adenar und sah weiter fiebrig in die Wolken, in der Hoffnung, der violette Drachen möge hinter einer der Kumuluswolken auftauchen, die sich gen Norden auftürmten, oder in dem riesigen Wolkentor, das sich im westlichen Himmel zu öffnen schien, ein mächtiger Torbogen, durch den in diesem Moment ein Schwarm Schwäne in Richtung der Inseln auf der anderen Seite des Meeres zog.

»Das stimmt nicht ganz«, sagte der Kater. »Man kann krank werden. Manche besonders sensible Menschen werden krank.«

»Ich habe gehört, Insekten sind in der Luft«, sagte Adenar. »In Lömar spricht man von nichts anderem. Meinst du das?«

»Insekten in der Luft?«, sagte der Kater verwundert. »Solchen absurden Gerüchten würde ich keinen Glauben schenken. Es handelt sich um Langeweile, mein lieber Prinz. Die Langeweile ist eine äußerst gefährliche degenerierende Krankheit. Ich habe keine Angst vor ihr, da sie Katzen nicht befällt, aber kein menschliches Wesen wird dir zu nahe kommen wollen.«

»Eine degenerierende Krankheit?«, sagte Adenar erschrocken.

»Die Langeweile ist eine Krankheit der Augen«, erklärte Marrasquino. »Du meinst, dass du alles, was du siehst, schon einmal gesehen hast, dass eine Landschaft nichts Neues in sich birgt, dass eine Blume wie die andere ist, dass ein Regentag sich nicht vom anderen unterscheidet. Das nennt man Langeweile. Das bedeutet sich langweilen. Erst langweilt man sich mit den Dingen, die man tut, die man sieht, die man hört, die man sagt. Und schließlich …«

»Und schließlich?«

»Schließlich langweilt man sich mit sich selbst.«

»Das geht doch gar nicht«, sagte Adenar bestürzt.

»In Glabris ist es sehr selten«, räumte der Kater ein, »aber es ist nicht unmöglich. Wenn jemand sich mit sich selbst langweilt, heißt das, alles, was er tut, sagt oder denkt, hat für ihn an Bedeutung verloren.«

»Aber das sind doch Dinge, die man in der Schule lernt«, sagte Adenar. »Ich hatte immer die besten Noten in ›Erbauung Seiner Selbst‹ und ›Gestaltung der Seele‹. Meine Seele ist mehrmals gesehen worden.«

»Vielleicht bist du zu schnell vorangeschritten«, sagte der Kater. »Sich mit sich selbst langweilen bedeutet, dass man im Begriff ist, an Realität zu verlieren.«

»Und dann?«

»Und dann verlässt man den Ewigen Augenblick«, erklärte Marrasquino, »und tritt in die Zeit ein. Nach und nach verschwinden die Fähigkeiten der Vorstellung, und die Welt wird zu einem starren, unveränderbaren Ort. In den schlimmsten Fällen der Krankheit glauben die armen Gelangweilten, nur die Dinge würden existieren, die man mit den Händen greifen kann, nur das würde existieren, was man messen kann.«

»Aber die Zeit lässt sich doch nicht messen.«

»Sie messen sie trotzdem!«, sagte der Kater. »Sie messen alles!«

Auf dem Argullolberg

Adenars Krankheit wurde immer schlimmer. Er verbrachte die Tage im Bildersaal, doch die Bilder, die er hervorrief, wurden immer trister und unangenehmer. Einmal konnte er nur noch geometrische Figuren sehen. Am darauf folgenden Tag sah er Linien, und dann entstanden vor seinen Augen mechanische Figuren, die sich nach unbekannten Mustern selbst generierten. Es war ein Albtraum.

Er war so traurig, dass er sich mehr und mehr in seine Gemächer zurückzog. Er trat nicht einmal mehr in sein Gedächtnis ein. Den ganzen Tag über betrachtete er seinen liebsten Besitz, sein kostbarstes Kleinod.

Nein, keinen Diamant groß wie ein Wachtelei, keine Bernsteinkugel, in die ein Tropfen erstarrten Drachenbluts geschlossen war, auch keine kristallisierte Feder des Vogel Rock. Viel seltener und kostbarer war es, so selten, dass es in ganz Amaula wohl kaum mehr als drei oder vier Exemplare gab. Seine Mutter hatte es ihm am Vorabend ihrer Abreise ins Reich der Wolken gegeben, darum hatte es für Adenar einen ganz besonderen Wert. Es war ein *Buch*, eines jener geheimnisvollen Spielzeuge der Menschen aus der Vorzeit. Es war ein Buch, nicht größer als die Handfläche eines Erwachsenen, das fast dreihundert Flügel aus Papierpaste enthielt, die schöne farbige Abbildungen zeigten und dazu abertausende Reihen winziger Zeichen, geheimnisvoller und unverständlicher Zeichen, so vollkommen und so perfekt aufgereiht, dass man meinen konnte, sie seien maschinell gefertigt.

Auf der ganzen Welt gab es nur zwanzig vollständige Bücher, von denen nur die Hälfte Bilder irgendwelcher Art enthielt. Man nahm an, dass die Bücher so etwas wie »künstliche Gedächtnisse« oder »Spielzeuggedächtnisse« waren, doch niemand in Amaula wusste, wie sie funktionierten oder wie die Menschen in der Vergangenheit sie verwendet hatten. Unter den Antiquaren, den Historikern und den Archäologen von Glabris gingen die Meinungen weit auseinander: die einen vertraten die Ansicht, dass ein Buch umso wertvoller sei, je mehr Bilder sich in ihm fanden; die anderen waren überzeugt, dass die schwarzen Reihen winziger Zeichen den entscheidenden Teil darstellten. Adenar empfand ein sonderbares, fremdartiges Vergnügen, wenn er sein Buch jeden Tag aufs Neue öffnete und die Bilder am selben Platz vorfand wie am Vortag, vollkommen unverändert und als hätten sie darauf gewartet, dass er sich über sie beugte, um sie zu betrachten; wir dürfen nicht vergessen, in Glabris existieren Kunstformen wie Malerei, Zeichnen oder Illustration nicht, und der Begriff eines vollendeten und »andauernden« Bildes erscheint so abwegig und unverständlich, wie für unsereins ein in den Himmel gebrannter Sonnenuntergang oder eine in der Luft erstarrte Stichflamme.

Eines Nachmittags, vielleicht an ebenjenem Nachmittag, an dem Adenar entdeckte, dass er gelangweilt war, verabredete er sich mit seinen Freunden Arce und Cienago, um an den Hängen des Argullolberges Blumen zu pflücken. Das Gespräch mit dem Kater Marrasquino hatte ihn etwas besorgt gestimmt, und so hatte er beschlossen, sich Dingen zu widmen, die ihm ein Gefühl für die Wirklichkeit vermitteln würden. Die Gegenwart seiner Freunde, die frische Luft der Berge, die Blumen, all das, sagte er sich, würde ihn gesunden lassen, ehe er sichs versah.

Arce und Cienago waren zwei seiner besten Freunde. Er traf sie auf der Esplanade vor dem Eingang des Schlosses. Sie kamen auf einem fliegenden Teppich, und kurz darauf flogen die drei gemeinsam über die Türme und Gärten des Palastes, überraschten die Prinzessinnen Alhelíes bei ihrem Reisskulptur-Unterricht und sahen in der Ferne einen Drachen durch die

Wolken segeln, der Adenars Mutters hätte sein können. Sie erblickten auch Adenars Vater, König Leopoldo, der gerade seinen weißen Pfau neben einem Teich mit Singkarpfen fütterte, und sie flogen tiefer über den Teich, um den König zu grüßen und zumindest bei ein paar Schleifen durch die Schilfgewächse den zarten Gesängen der Karpfen zu lauschen, die mit kleinen, aus dem Wasser gespitzten Mäulern ihre »din-din-dons« und »li-li-los« flöteten.

Sie überflogen den für seine Meeresarchitektur berühmten Hafen, in dessen grünen Gewässern Galeonen ferner Länder ankerten, die herrliche Stoffe, Juwelen, Gewürze und einbalsamierte Blumen von den Inseln auf der anderen Seite des Meeres brachten; sie umkreisten die Masten einer Galeone, von der die Hafenkräne gerade mehrere lebende Nilpferde luden, überflogen den Hafenturm und dann die zinnernen Schanzen der ins Meer ragenden Befestigungsmauer, auf der die Spiegeldreher ihre riesigen, über zwei Meter hohen reflektierenden Platten handhabten, um Lichtsignale an die ein- und auslaufenden Schiffe zu senden. Sie begrüßten die Spiegeldreher, die so eingenommen von ihrer schwierigen Aufgabe waren, dass sie den Gruß nicht erwiderten, ließen sich dann, einen plötzlichen Windwechsel nutzend, in Richtung Wasser abfallen und passierten einen der gigantischen, im Meer verankerten Steinbögen der majestätischen Einfahrt des Hafens von Yöl.

Es blies ein starker Wind, und große Wellen mit weißen Schaumkronen brachen sich an den Mauern und Steinpfeilern des Hafens, dessen phantastische Architektur hinter ihnen zurückblieb; dennoch manövrierte Arce den Teppich noch etwas weiter auf die Wasseroberfläche zu, in der Hoffnung, einen weißen Wal oder Delphine oder vielleicht eine Sirene zu entdecken, bis er auf die Zurufe der anderen reagierte, die fürchteten, bei dem Wind ins Wasser geschleudert zu werden, den Teppich abrupt wendete und in Richtung Berge steuerte.

Arce und Cienago unterhielten sich aufgeregt. Cienago behauptete lautstark, dass sie alle drei fast ins Meer gefallen wären, und Adenar dachte, dass er Ähnliches schon so oft gehört hatte, und dass er schon so oft auf einem fliegenden Teppich gesessen hatte und dass er schon so oft nach weißen Walen Ausschau gehalten hatte und beinahe heruntergefallen wäre, ohne letztendlich gefallen zu sein, dass er all das schon so oft getan hatte und diese Zerstreuungen ihm nichts mehr bedeuteten. Er dachte: »Es ist alles dasselbe, alles ist gleich«, und bemerkte entsetzt, dass er sich langweilte.

Schon waren sie am Hang des Argullolberges angelangt.

»Was ist mit dem Argullolberg passiert?«, fragte Adenar.

»Was soll mit ihm passiert sein?«, entgegneten seine Freunde verwirrt, während sie an einer über den Abhang ragenden Felskante entlangwanderten.

»Ich finde ihn nicht mehr so schön wie früher. Wir sind doch zum Blumenpflücken gekommen, aber ich sehe keine Blumen.«

»Es ist doch alles voller Blumen, Adenar«, sagte Arce und zeigte ihm einen Strauß aus Fingerhüten, die den Rand des Gebirgswegs übersäten.

»Stimmt«, sagte Adenar, »aber das ist eine giftige Blume. Berühre niemals ihren Kelch mit den Fingern, sonst wirst du krank.«

Die beiden Freunde sahen sich an. War dieses ängstliche Jüngelchen mit den düsteren Gedanken wirklich ihr Freund Adenar?

»Heute Morgen habe ich von einem Fenster des Palastes aus meine Mutter in den Wolken gerufen, aber sie hat mich nicht gehört.«

»Sie wird weit weg gewesen sein. Du weißt doch, dass die Hauptstadt der Drachen über den Wolken schwebt und ständig in Bewegung ist«, sagte Arce. »Warum fasst du dir denn ständig an die Schläfe?«

»Sie tut weh«, antwortete Adenar. »Den ganzen Morgen macht mir das schon zu schaffen. Vielleicht ist es ein Tumor.«

»Es würde mich wundern, wenn so etwas in *Der Erzählung* vorkäme«, sagte Arce.

»Du wirst gegen einen Ast gestoßen sein«, sagte Cienago.

»Was seid ihr beide doch dumm«, sagte Adenar. »Ihr versteht

überhaupt nichts. Nichts bekümmert euch. Über nichts macht ihr euch Gedanken. Ihr lasst euch treiben wie Blütenblätter im Wind. Ihr seid wie Blumen, nicht wie Menschen.«

»Aber Adenar, was ist denn los mit dir? Hat dich ein Insekt gestochen?«, fragte Arce.

»Ich werde dir sagen, was mit mir ist«, sagte Adenar. »Ich habe das Gefühl, ich bin nicht ich und weiß nicht, wer ich bin. Es ist, als hätte ich immer mit einem Freund in meinem Inneren gelebt, einem Freund, mit dem ich mich unterhielt und durch dessen Augen ich die Dinge sah, und als sei dieser Freund gestorben.«

»Aber dann bist du nicht verliebt«, sagte Arce.

»Nein«, sagte Adenar.

»Und was ist mit Malia, deiner Freundin?«

»Ich liebe sie nicht mehr. Ich bin sie leid. Sie langweilt mich.«

Die beiden Freunde schwiegen. Sie wussten nicht, was sie sagen sollten, denn in Amaula ist jeder fast immer verliebt. Cienago war verliebt in ein fünfzehnjähriges Mädchen namens Dunil, und Arce in eine Sirene namens Arömoyötte, die er nur zu Gesicht bekam, wenn ihre Familie sich der Küste näherte, die ihm aber versprochen hatte, menschliche Gestalt anzunehmen, sobald sie vierzehn Jahre alt war.

»Ich werde euch sagen, was mit mir los ist«, sagte Adenar. »Es kommt mir vor, als fehle mir ständig etwas. Als wäre mein Leben nicht wirklich. Es ist, als wäre der echte Prinz Adenar woanders.«

»Aber Adenar«, sagte Arce, »warum schaust du denn nicht in dein Gedächtnis?«

»Du solltest zum Seelenarzt gehen«, sagte Cienago.

Adenar blieb stumm, da er ihnen nicht zu sagen wagte, dass seine letzten Versuche, in sein Gedächtnis einzutreten, gescheitert waren. Sein Gedächtnis war eine Insel, die er das »Magische Eiland von Armida« nannte und deren Wälder, Strände und Tempel all seine Erinnerungen bewahrten. Die letzten Male war es ihm nicht möglich gewesen, am Strand seiner Insel anzulegen. Einmal waren Krebse aus dem Sand gekrochen, Hunderttausende dunkler Krebse mit großen Scheren. Bei einer anderen Gelegenheit hatte er kaum einen Fuß auf die Landungsbrücke gesetzt, als auf den umliegenden Bäumen Affen aufgetaucht waren, die ihn mit Kokosnüssen und Bananen beworfen, ihn beschimpft und ausgelacht hatten. Doch er traute sich nicht, seinen Freunden davon zu erzählen. Wie könnte er eingestehen, dass es in seinem Gedächtnis von seltsamen Eindringlingen wimmelte, er nicht Herr über die Bilder seiner inneren Insel war?

Als sie zum Palast zurückkehrten, saßen sie schweigend auf dem fliegenden Teppich, und alle drei dachten über Insekten nach.

Der Garten von Yänfil

König Leopoldo, Prinz Adenars Vater, war ein König des Meeres, doch lebte er schon lange nicht mehr unter den Fischen. Sein Thronsaal ging auf einen großen Balkon hinaus, dessen Balustrade über die Wellen ragte, da, wie ja bereits erwähnt, das Schloss am Meer lag, und der gute König von dort oben über das Tangmeer regierte, denn so hieß dieses Meer. Ein Name, der an goldgierige Piraten denken ließ, an riesige leuchtende Quallen und an dicke Stränge treibenden Tangs, in denen sich die Ruderblätter der Schoner verhedderten; und tatsächlich wurden mitunter rötliche Algen an die Strände gespült und hatten in vergangenen Zeiten, lange, bevor der *Ewige Augenblick* eingerichtet worden war, Seeräuber und Korsaren diese Gewässer heimgesucht.

Der König verbrachte viele Stunden auf diesem Balkon, und seine langen weißen Haare flatterten im Wind, während er die Angelegenheiten der Wellen regelte, der Gezeiten, Wale und Thunfischbänke, der gefräßigen Lachse, die nach ihrer Flusssaison ins Meer zurückkehrten, der Haie, die nicht davon ablassen wollten, ins Wasser gefallene Fischer anzugreifen, der Stürme und der gesunkenen Galeonen. Dort hielt er Hof vor bärtigen Sirenenmännern, die ihm vom Wasser aus ihre Klagen vortrugen, vor Marsupialseekühen mit großen hängenden Brüsten und vor Meeresnixen, halb Frau und halb Vogel, die bis zur Balustrade hochgeflogen kamen und ihm manchmal als Geschenk einen schimmernden Zweig essbarer Algen, der zwischen ihren silbernen Zähnen steckte, mitbrachten.

An diesem Morgen erledigte König Leopoldo rasch seine

Meeresangelegenheiten, zog dann an einer Schnur und bat den umgehend hinter einem Brokatvorhang hervortretenden Diener um zwei Tauben, flüsterte den Vögeln die Namen der Personen ein, die er zu sehen wünschte, und warf sie in die Luft. Einige Augenblicke lang blieb er regungslos auf der Terrasse stehen und sah den Tauben nach, die sich mit kräftigen Flügelschlägen in entgegengesetzte Richtungen entfernten; eine flog aufs Meer hinaus, die andere hielt aufs Landesinnere zu.

»Ob es wohl stimmt, dass die Dinge dabei sind, sich zu verändern?«, fragte sich der König und sah hoch zu den Wolken, den schönen Wolken von Yöl, die einer alten Überlieferung zufolge stets die Gedanken derer spiegeln, die unter ihnen träumen. »Ob es wohl stimmt, dass mein Sohn krank ist? Dass alles anders werden könnte, wir irgendwann womöglich nicht mehr in diesem endlosen *Immer* leben werden, in dieser Ewigkeit des Augenblicks – die mich seit meiner Kindheit begleitet, die ich in der Schule so genießen lernte –, dass dieser segensreiche Zustand, den wir den Ewigen Augenblick nennen, wirklich ein Ende haben könnte? Sollten die Dinge sich ändern? Das Meer aufhören, mit seinen Wellen an den Strand zu schlagen, die Lachse im Frühling nicht mehr in die Flüsse schwimmen, der Mond den nächtlichen Himmel nicht mehr erhellen? Sollte *Die Erzählung* sich ändern?«

Dann dachte er, dass mit jener alten Überlieferung wohl etwas nicht stimmen konnte, denn fühlte er selbst sich auch von traurigen Gedanken heimgesucht, errichteten doch die Wolken in der Höhe weiter ihre leuchtenden Schlösser und festlichen Bauten. Es hieß, dass man an klaren Tagen den Planeten Ardis, den Seelenplaneten, am Himmel von Glabris sehen kann. König Leopoldo hatte ihn nur ein einziges Mal, als Kind, erblickt, doch waren seitdem so viele Jahre vergangen, dass er nicht mehr sicher sagen konnte, ob er tatsächlich den Planeten oder nur eine rosafarbene Wolke oder ein Nordlicht gesehen hatte.

Er zog sich in sein Gemach zurück, setzte sich auf ein gepolstertes violettes Kissen, das auf einem kleinen Podest aus poliertem Kirschholz lag (er war fest davon überzeugt, dass Kirschholz eine beruhigende Wirkung auf ihn hatte und ihm schöne, fröhliche Gedanken bescherte), schloss die Augen und trat in sein Gedächtnis ein. König Leopoldos Gedächtnis trug den Namen Yänfil und war ein Garten, ein weiter Garten, in dessen Mitte sich ein Teich befand und darin ein versunkener Palast.

König Leopoldo hatte fast sein ganzes Leben, seit er etwa vierzehn oder fünfzehn Jahre alt gewesen sein mochte, damit zugebracht, den Garten von Yänfil anzulegen, und trotz dessen gewaltiger Ausdehnung (denn angesichts der königlichen Pflichten musste der Garten von Yänfil zahlreiche offizielle Gebäude, Register, Archive, Schatzämter und Verwaltungen beherbergen, in denen sich zudem die Gedächtnisse anderer Personen kreuzten, der Berater, Minister des Hofes, Registerinspektoren, Blumenspione, Meeresgouverneure und Wellenaufseher), trotz der gewaltigen Ausdehnung des Gartens also konnte König Leopoldo ganze Tage auf seinen Wegen zwischen Pavillons und kleinen Schlössern umherspazieren, ohne sich je zu verlaufen oder sich in einer Tür zu irren, eine Büste mit einer anderen zu verwechseln oder den Knauf eines Treppengeländers in Form einer Ananas mit einem anderen, der an einen Hirschkopf denken ließ. In seinem Gedächtnis befanden sich alle seine persönlichen Erinnerungen und außerdem Dinge, die er nicht vergessen wollte, Dinge, die ihm jemand gesagt oder die er bei einer bestimmten Gelegenheit gedacht hatte, Ideen, die er in einem der zahlreichen Obstgärten und Treibhäuser seiner Vorstellung heranwachsen ließ (von Zeit zu Zeit besuchte er die Obstgärten und Treibhäuser, um zu prüfen, ob die Ideen gediehen, Blüten und Früchte trugen, unverändert schienen oder vertrockneten und ausdörrten).

In dem großen zentralen Teich, der so groß war, dass ein Segelschiff fast einen Tag gebraucht hätte, um ihn von Ufer zu Ufer zu durchkreuzen, bewahrte der König die vagen Ideen auf, die unbestimmten Träume, die Traumbilder, denen er keine klare Form zuordnen konnte, während sich in dem versunkenen Palast die Dinge befanden, die er vergessen hatte, und die Dinge, die er nicht wusste, aber gern gewusst hätte.

Der Garten von Yänfil war zu allen Seiten begrenzt, außer im Westen, und gelegentlich begab sich der König an die westlichste Grenzlinie des Gartens, setzte sich in die Gräser am Hang und betrachtete die unregelmäßige Ligusterhecke (kein Gärtner kam bis hierher), die das Ende seines Gedächtnisses markierte. Wie alle gebildeten Yölianer war König Leopoldo ein wahrer Virtuose in der Kunst des Gedächtnisses. Bereits in seiner frühen Jugend hatte er die klassischen Gedächtnismodelle, die auf einem Haus oder einem Theater basierten, hinter sich gelassen und so spektakuläre Neuerungen eingeführt wie den versunkenen Palast, die Ideentreibhäuser oder die ungestutzte Hecke, die das Ende der Welt seines Ichs bezeichnete, jenseits der, zumindest theoretisch, nichts existieren konnte. Das war seine revolutionärste Idee gewesen, die mit einer fünf- oder sechshundertjährigen Tradition von Gedächtniskünstlern brach und derzufolge Ich und Gedächtnis ein und dasselbe waren. Denn zu seiner großen Überraschung endete die Welt jenseits der Hecke, die das Ende des Gedächtnisses markierte, nicht einfach.

Manchmal war auf der anderen Seite der Hecke in der Tat nichts (was sollte dort auch sein, wenn es nicht aus ihm kam?), manchmal jedoch war da eine Weide, auf der rote Pferde grasten, und eines der Pferde hob den Kopf und betrachtete ihn einige Augenblicke lang neugierig. Manchmal war dort eine große Düne aus feinem goldenem Sand, und in der Ferne konnte er eine Karawane ausmachen. Manchmal erblickte er einen Hügel, dessen Gras von Blumen durchsetzt war, auf dem ein König mit einem schweren roten Umhang und einer silbernen Krone saß, und dann vermittelte es den Eindruck, als hätte jemand schlicht einen riesigen Spiegel oberhalb der Hecke angebracht, in dem der König sich selbst sah.

Am liebsten hatte König Leopoldo es jedoch, wenn beim Betrachten der Landschaft jenseits der Hecke am Ende seines Gedächtnisses die Sonne am Himmel stand; eine Sonne, die jenseits seines Gedächtnisses schien, seinen Garten aber mit ungewöhnlicher Klarheit erleuchtete, ein riesiger gelber, orangefarbener oder roter Ball, in dem er eine entfernt menschliche Gestalt entdeckte, die bisweilen mit Worten zu ihm sprach, die er nicht mit Bestimmtheit als Worte definieren konnte, jedoch noch besser verstand als diese selbst. Und die Gestalt erzählte ihm stets Dinge, die er nicht wusste, nicht erinnerte, noch nie gehört hatte. Das war ein großes Rätsel für König Leopoldo, eines jener Rätsel, über das man schweigt, aus Angst, man könnte nicht verstanden werden; denn war diese Sonnengestalt in seinem Denken, also in seinem Gedächtnis, also in einem Garten, den er selbst erfunden hatte und der ausschließlich aus den Materialien seiner Vorstellungskraft bestand, wie war es dann möglich, dass diese Gestalt einen eigenen Willen und eine eigene Stimme besaß und nicht beliebig hervorgerufen werden konnte? Wie war es möglich, dass er eine »Stimme« in seinem Kopf hörte, die weder seinem Denken noch seiner Vorstellung entsprang?

Während der zurückliegenden Monate hatte König Leopoldo immer mehr Zeit im äußersten Westen seines inneren Gartens verbracht. Es schien fast, als interessierte ihn mehr, was jenseits seines Gedächtnisses lag, als alles innerhalb seiner Grenzen! Er war so weit gegangen, sich mitten auf dem Hang, dessen Gräser nach und nach von schönen, fremdartigen Blumen durchsetzt wurden, einen kleinen Pavillon zu erbauen, in dem ein detailliertes Modell des Gartens von Yänfil stand, das ihm erlaubte, sich an den Strahlen der Sonne zu ergötzen, die jenseits seines Gedächtnisses am Himmel stand, und gleichzeitig mit Hilfe seines eleganten Elfenbeinmodells einige wichtige Angelegenheiten zu regeln, die seine Aufmerksamkeit verlangten.

Einmal war er bis zu der Hecke gegangen, die das Ende seines Gedächtnisses markierte, und hatte versucht, sie zu durchdringen, eine schreckliche Erfahrung. Kaum war sein Körper durch die Zweige der Hecke geschlüpft, hatte ihn unvermutet eine unkontrollierbare Welle der Panik ergriffen, die physische Angst, dass seine Lunge zu atmen, sein Herz zu klopfen aufhören könnten und er unweigerlich sterben müsse, wenn er sich weiter vorwagte; und ehe er sichs versah, hatte ihn eine fremde Kraft fortgerissen, aus dem Garten von Yänfil gehoben und zurück in sein Palastgemach versetzt.

Mit geschlossenen Augen saß König Leopoldo auf seinem Kissen und flog wieder einmal über seinen Garten, wie fast jeden Tag seit seiner Jugend, ließ den zentralen Teich mit seinem großen versunkenen Palast hinter sich und näherte sich dem westlichen Rand des großen Parks von Yänfil.

Jedes Mal überkam ihn in dieser Gegend ein Gefühl von Frieden, als gelangte er nicht an die Grenze seiner selbst, sondern im Gegenteil in das Herz seiner Existenz. Er setzte sich ins Gras. Auf der anderen Seite der Hecke am Ende seines Gedächtnisses wurde der idyllische grasbewachsene Hang, auf dem er saß, zu einer sandigen Ebene, durch die sich ein seichter Fluss mit schokoladenfarbenem Wasser zog. Am Ufer des Flusses, so nah an der Hecke, dass der Schatten ihrer großen spitzen Wedel auf das Gras am Ende des Gedächtnisses des Königs fiel, stand eine Dattelpalme, zwischen deren Fächern ein umherhuschendes Wesen auftauchte und wieder verschwand.

»Wer bist du?«, fragte der König es mit seiner inneren Stimme.

Zwischen den Palmwedeln schaute das Wesen hervor, das an einen Vogel erinnerte, aber kein Vogel war. Es hatte die Gestalt eines Vogels, einen gelblichen Schnabel, Flügel und goldbestaubte Federn; es sah also aus wie ein Vogel, aber es war alles andere als ein Vogel.

»*Amäl amäl yldat*«, sang der Vogel.

»Ich verstehe deine Sprache nicht«, sagte der König, immer noch mit seiner inneren Stimme und ohne die Lippen zu bewegen.

»*Myräna ty amäl amäl.*«

»Ich wünsche, dass die Sonne aufgeht«, bat der König.

Der Vogel auf der Palme schien in Gelächter auszubrechen.

»Zeige dich, du in der Sonne lebende Gestalt«, bat der König voller Inbrunst, voller Traurigkeit, voller Liebe. »Ich habe eine Frage an dich.«

Doch der Himmel blieb weiß, weiß und leer. Irgendwo schien die Sonne, aber sie war lediglich ein Meteor, ein Himmelskörper, eine Imitation der Sonne an den wirklichen Himmeln. Da begann der Vogel ein Lied zu singen:

Yr tildat tildat tildat
yr äb tildat.
Sömer ab tilma
brunne pääma,
yr äb tildat
yr äb tildat tildat.

»Herr im Himmel«, dachte der König. »Wie kann das sein? Ich bin in meinem Gedächtnis und höre Worte, die ich nicht verstehe, von einer mir unbekannten Kreatur. Wie ist das möglich?«

»Ich habe eine Frage«, versuchte er es noch einmal.

»Frage«, sagte der Vogel mit einem seltsamen, fremdländischen Akzent.

»Wie kann ich meinem Sohn Adenar helfen?«

»Dein Sohn bist du«, sagte der Vogel und zog sich in den Palmfächer zurück.

»Das verstehe ich nicht«, sagte König Leopoldo verzweifelt.

»Du bist dein Sohn«, wiederholte die Stimme des Vogels, aber die Worte klangen so schwach und undeutlich, dass sie ebenso gut das Geräusch der gegen den harten Palmfächer streifenden Federn gewesen sein konnten, oder der sich in der vom Ende des Gedächtnisses herüberwehenden Brise wiegenden Palmwedel.

Mit einem tiefen Seufzer verließ der König sein Gedächtnis, öffnete die Augen und stand auf.

Und auch er ging ans Fenster und schaute in die Wolken, nach einem Hinweis auf die Königin suchend. Er fühlte sich so allein, so verlassen, dass er laut nach ihr rief, doch kein Drachen tauchte zwischen den Wolken auf, und sein Rufen hallte mit den sich brechenden Wellen an den Felsen wider und verlor sich im Meer. Und zum ersten Mal in seinem Leben fühlte König Leopoldo sich alt, müde und von allem enttäuscht. Es war, als hätte Prinz Adenars Traurigkeit begonnen, sich in den Palastmauern festzusetzen.

Malia und der König

Unterdessen waren die Tauben unterwegs zu ihrem jeweiligen Bestimmungsort.

Eine hatte das Meer überquert, war bis zur Spitze der Halbinsel Penjälla ganz im Norden der Bucht von Yöl geflogen, in einen kleinen Kirschgarten hinabgetaucht und hatte sich in ein Fenster gesetzt. Die andere musste sehr viel weiter fliegen, in Richtung der Türme von Varvapurana, in den westlichen Bergen, und so flog diese Taube noch, als Malia, die gerade ihrer Mutter in der Küche half, Erbsen zu enthülsen, die Botschaft des Königs erhielt, und flog immer noch, als die junge Malia sich rasch die Schürze auszog, die Treppe hinauflief, um sich anzuziehen, sich anschließend mit einem Kuss von ihrer Mutter verabschiedete, im Garten ein paar Kirschen für den Weg pflückte und auf ihren fliegenden Teppich stieg, um das Meer zum königlichen Palast hin zu überqueren.

Als der König Malia zwischen den Wolken auftauchen sah, winkte er ihr zu. Das Mädchen landete auf der Terrasse, rollte sorgfältig seinen Teppich ein, wie wohlerzogene Menschen dies stets tun, und verneigte sich vor dem König. Den Bräuchen in Yöl gemäß tauschten sie vor dem eigentlichen Gespräch zunächst einige Höflichkeiten aus.

»Das Glück ist größer als das Meer, doch du bist noch größer als das Glück«, sagte Malia, die dachte, diese Höflichkeitsfloskel im Stil der alten Könige könnte Leopoldo gefallen.

»Wo hast du das denn her?«, übersprang der König amüsiert das Protokoll.

»Meine Tante Amor hat es mir beigebracht.«

»Was hast du da im Mund?«, fragte der König, der Malia immer wie eine Tochter behandelt hatte.

»Einen Kirschkern«, antwortete sie und wurde rot. Sie war so aufgeregt, weil sie allein zum König gerufen worden war, dass sie sich den feucht glänzenden Kern mit den Fingern aus dem Mund fischte und dem König zeigte.

»Schon gut«, sagte der König und überspielte ein Lächeln. »Ich habe dich zu mir gebeten, weil ich mir Sorgen um meinen Sohn mache und weiß, dass ihr beide gut befreundet seid.«

»Das waren wir«, sagte Malia und wich seinem Blick aus. »Aber Prinz Adenar will nichts mehr mit mir zu tun haben.«

»Was ist denn los? Habt ihr euch gestritten?«

»Nichts ist los. Nur das, was alle sagen, Majestät: Der Prinz ist krank. Er ist so krank, dass ich um sein Leben fürchte. Manchmal bekommen wir ihn gar nicht zu Gesicht. Wir betreten ein Gemach, und er hat es bereits verlassen. Wir gehen ihm nach, doch er ist bereits am Waldrand. Der Prinz«, fügte Malia vorsichtig hinzu, als begäbe sie sich auf heikles Terrain, »der Prinz besitzt ein Buch ...«

»Ich weiß. Es ist ein Geschenk, das seine Mutter ihm machte, als er noch ein Kind war. Ein sehr kostbares Kleinod.«

»Aber er verbringt Stunden um Stunden damit, es anzusehen, Majestät. Er bleibt allein in seinem Gemach, stellt das Buch auf einen Ständer und schaut es an, schaut es ganz eindringlich an, und das stundenlang ...«

»Wie seltsam!«, rief der König aus. »Er schaut es an, sagst du?«

»Ganz eindringlich, ohne den Blick abzuwenden.«

»Du hättest dich aber nicht eines Tintenspiegels bedienen dürfen«, sagte der König und hob tadelnd den Zeigefinger.

»Es tut mir Leid«, sagte Malia und wurde wieder rot. »Ich wollte ihn nicht ausspionieren, aber ich mache mir so große Sorgen um ihn. Arce, einer unserer Freunde, sagt, ein Insekt hätte ihn gestochen.«

»Ein Insekt?«, sagte der König erschrocken.

»Im Süden gibt es Insekten, Majestät. Sie fallen aus den Wolken, greifen Menschen an und übertragen eine merkwürdige Krankheit. Manche sagen, sie käme von den Drachen, aber das ist absurd, denn unsere geliebte Königin ist ebenfalls ein Drache und würde nie zulassen, dass diese Wolkentiere uns irgendeinen Schaden zufügen.«

»Ich habe noch nie von diesen Insekten gehört. Es ist also eine Plage? Wie können wir sie denn bekämpfen?«, fragte der König besorgt. »Und sie fallen also aus den Wolken, sagt man?«

»Andere sagen, dass sie von den toten Sternen fallen. Aber das sind arme Unwissende, Bauern und Holzfäller, die haben keine Ahnung von Wolken, Drachen oder toten Sternen.«

»Aber Prinz Adenar verlässt doch kaum den Palast«, sagte der König. »Ich verstehe nicht, wie ihn ein Insekt gestochen haben kann, das Holzfäller im Süden angreift. Welche Antwort hast du darauf?«

»Es ist sehr seltsam, Majestät. Ich glaube nicht, dass irgendein Insekt Adenar wirklich *gestochen* hat. Ich bin mir nicht einmal sicher, ob diese Insekten tatsächlich existieren. Aber einmal hat Adenar mir erzählt …«

»Sprich weiter, mein Kind, was hat er dir erzählt?«, ermunterte der König Malia, als er ihre Unentschlossenheit sah.

»Dass in seinem Gedächtnis Insekten gewesen seien …«

»Insekten in seinem *Gedächtnis*?«

»Ja, Majestät«, sagte Malia. »Er hat mir erzählt, merkwürdige Wesen würden sich Zutritt zu seinen Räumen verschaffen und seine Bildertruhen durcheinander bringen, seltsame Schatten, die Statuen versetzen und die Symbole und Farben der Türen verändern … Er hat mir gesagt, dass er sie mehrmals dabei gesehen habe und es fürchterliche Kreaturen seien, deren einziges Ziel es sei, sein Gedächtnis zu zerstören und ihn dazu zu bringen, sich selbst zu vergessen …«

»Das ist unmöglich!«, rief der König verwundert aus. »Niemand kann in das Gedächtnis eines anderen eindringen. Noch nie habe ich dergleichen gehört!«

»Manche glauben, Adenar sei dabei, verrückt zu werden«, sagte Malia und senkte die Augen.

»Verrückt!«, wiederholte der König erstaunt, als wäre dieses Wort ihm noch nie in den Sinn gekommen, als habe er nicht damit gerechnet, es jemals in seinem Leben hören, geschweige denn aussprechen zu müssen. »Verrückt!«

»Verzeihung, Majestät!«

»Du musst nicht um Verzeihung bitten, wenn du sagst, was du denkst«, sagte der König.

Beide schwiegen eine Weile, und beide bemühten sich, wie es den Regeln des guten Benimms in Yöl entsprach, das Schweigen so lange wie möglich andauern zu lassen.

»Du hast mir viele Rätsel enthüllt«, sagte der König schließlich. »Ein König sollte öfter mit jungen Menschen sprechen. Entschuldige mich einen Augenblick, meine Liebe.«

Der König schloss die Augen und trat in sein Gedächtnis ein. Nahe dem Eingang des Gartens von Yänfil stand ein kleiner Pavillon aus kürbisfarbenem Marmor mit einem hübschen sechsseitigen Spitzdach, das von sechs Säulen gestützt wurde. In dem Pavillon befand sich nur ein Marmortisch, und auf dem Tisch eine Schatulle, ein Papyrusbogen, ein Tintenfass und eine Gänsefeder. Der König nahm die Feder und zeichnete mit grüner und goldener Tinte eine Krone, eine Blume und ein Kalb auf den Papyrusbogen, faltete ihn einmal zusammen und legte ihn in die Schatulle. Dann ging er zu der hinteren Wand, an der ein Bild von einer halb nackten Frau hing, die auf einem Diwan ausgestreckt lag, einen fast durchsichtigen, blumigen Stoff über den Schenkeln, den Kopf elegisch in die rechte Hand gestützt, während die linke Hand eine Rebe rosiger Weintrauben hochhielt. Sie hatte den ausladenden, blassen und leicht gewölbten Bauch, der unter den Errichtern von Nacktbildern in der Epoche der Königin Marfisa la Garza als Gipfel der Schönheit galt; und eben dorthin, an der dunklen Einbuchtung des Bauchnabels ansetzend, malte der König mit schwarzer Tinte ein Insekt, das er mit vielen Beinen und einem bedrohlichen Stachel versah.

Dieser Vorgang, der denjenigen, die nicht mit den Feinheiten der Gedächtniskunst vertraut sind, wie die Bewohner von

Amaula sie betreiben, höchst kompliziert erscheinen mag, nahm den König wenige Sekunden in Anspruch. Zur Erläuterung sei gesagt, dass die Krone ihn selbst darstellte (»den König«); die Blume hatte mehrere Bedeutungen, darunter auch »Wort«, da die Blumen die »Worte« der Pflanzen sind, so wie die Worte die Blumen sind, die aus unseren Lippen knospen (»sprechen«); das Kalb bedeutete »Jugend«. Reihte man also die drei Bilder aneinander, ergab das: »Der König muss mit der Jugend sprechen«, den Satz, an den Leopoldo sich erinnern wollte. Auch die Tinte, mit der er die Botschaft gezeichnet hatte, war eine Form der Erinnerung: Das Gold stand für den König, das Grün für die Jugend. Was das Bild der nackten Frau mit dem blassen, gewölbten Bauch betrifft, so war dies die Stelle, die der König für dringende Angelegenheiten reservierte, denen er sich unmittelbar widmen musste und die er auf keinen Fall vergessen wollte. Er pflegte das jeweilige Bild auf den Bauch der Frau zu setzen, manchmal zeichnete er es aber auch auf die Rebe, die sie in der Hand hielt, oder der Schönen auf die Stirn oder zwischen die Augenbrauen. Doch an die auf den Bauch gemalten Dinge erinnerte er sich immer am leichtesten.

»Danke, mein Kind«, sagte er, als er sein Gedächtnis verlassen hatte. »Dieses Gespräch hat mich mit Bildern erfüllt.«

Malia errötete zum dritten Mal, da der König ihr damit eines der schönsten Komplimente gemacht hatte, mit denen man in Amaula bedacht werden konnte, und kniete vor ihm nieder.

»Ihr seid ein guter König und ich verehre euch«, sagte das Mädchen, auf eine alte Höflichkeitsfloskel zurückgreifend, und fragte dann mit einer weiteren: »Darf das Hirschlein sich in sein Hirschhaus zurückziehen? Darf die Taube Kirschen picken gehen?«

Der König trat zu ihr und gab ihr einen Kuss auf die Stirn. Das Mädchen rollte ohne Eile seinen Teppich aus, sah zu dem Fähnchen des nächsten Turms, um festzustellen, aus welcher Richtung der Wind kam, nahm Schwung und sprang auf den Teppich. Einige Sekunden später flog sie über die Dächer von Yöl, und ihr Schatten glitt über die efeubewachsenen Mauern hinweg.

Die Liebe und das Meer

Als König Leopoldo in dieser Nacht in seinem Bett lag, dachte er über das schöne, heikle Thema der königlichen Einsamkeit nach. »Einsam inmitten der Menge«, besagte eines der Lieder, die in Yöl in Umlauf waren, ein trauriges Liebeslied, das jedoch alle mit einem Lächeln auf den Lippen sangen. Während er sich auf dem Bett hin- und herwälzte, trat er in sein Gedächtnis ein, wanderte eine Allee entlang, die zu beiden Seiten von steinernen Widderstatuen gesäumt war, stieg eine Treppe hinunter und betrat einen unterirdischen Saal voller Glasvitrinen, in denen er die Erinnerungen an seine Zeit im Meer aufbewahrte.

Und er erinnerte sich … Er erinnerte sich an seine Jugend, als er den ganzen Tag in den Wellen verbracht hatte, er erinnerte sich an die Schiffe, die der Schauplatz seiner jungen Jahre gewesen waren, an die schönen Perlentaucherinnen, ihre kupferfarbenen Beine und ihr anmutiges Lächeln, den Geruch nach Algen an den Stränden, die Müdigkeit der Ruderer … Er erinnerte sich an eine Moräne, die zwischen den Korallen hervorgeschossen kam, so dick wie sein Kopf und dreimal so lang wie er selbst, und an das vom schwarzen Blut der Moräne durchtränkte Wasser. Er erinnerte sich an die goldrosa Färbung des Meeres bei Sonnenuntergang, an den Sonnenuntergang auf den Booten, an die mit Rosen, mit Austern beladenen Schiffe, an die wohlige Erschöpfung, wenn man ausgestreckt auf den feuchten warmen Planken eines Segelschiffs lag, über sich die tanzende Segelstange und das mächtige Reißen des Segels und der Takelage, dazu das Rufen und die Lieder der Seeleute …

Und zum zweiten Mal in seinem Leben fühlte König Leopoldo sich alt, müde und traurig.

Ihm war, als sei etwas im Begriff, aufzuhören, als näherte sich ein Ende. Und es war, als sei etwas im Begriff, anzufangen, als näherte sich ein Anfang. Als näherte sich etwas durch die Lüfte, durch das Meer, durch die Wolken. Doch was konnte im Ewigen Augenblick beginnen oder enden?

»Irgendetwas nähert sich, etwas kommt heran, irgendetwas ballt sich über uns zusammen ...«, dachte der König.

Nachdem er sich lange im Bett herumgewälzt und die Laken zerknüllt hatte, ohne einschlafen zu können, richtete König Leopoldo sich auf, zog seine Pantoffeln an und stieg aus dem Bett. Das königliche Schlafgemach, dasselbe, das er jahrelang mit Königin Margolis geteilt hatte, bis sie sich in eine Kreatur der Wolken verwandelt hatte, lag fast völlig im Dunkeln. Eine violette Kerze, die in einer Nische brannte, war die einzige Lichtquelle. In die dicke Bettdecke gehüllt, damit ihm nicht kalt würde, ging der König ans hintere Ende des Raums und setzte sich mit dem Gesicht zur Wand auf den Teppich.

An dieser Wand befand sich nichts, weder Fenster noch Sichtluken noch Lampen noch Verzierungen noch Wandteppiche. Sie war völlig leer und blank, denn es war eine Bilderwand, und nachdem der König einige Sekunden davor gesessen hatte, begann sie in einem weißlichen Schimmern zu leuchten, und kurz darauf zogen bunte Zeichnungen, Lichter und Wellenlinien über sie hinweg.

Ganz im Anblick der Bilderwand versunken, wandte sich der König seinen schönsten Erinnerungen zu, jenen so eindringlichen und glücklichen Erinnerungen, die man hegt und pflegt und nur bei besonderen Gelegenheiten besucht, um ihr Leuchten nicht zu erschöpfen; denn das innere Licht der Erinnerungen ist nicht so strahlend wie die Sonne am Firmament, die jeden Tag aufgeht und alle Dinge gleich bescheint und niemals müde wird, Licht und Wärme zu spenden; Erinnerungen können sich abnutzen und verdunkeln, wenn man sie zu oft beschaut.

Leopoldo erinnerte sich an die Buena Fortuna Inseln, auf denen er einst jung und glücklich gewesen war. Der König der Inseln, Fortinbradus XII., der in seiner Jugend ein Sirenenmann gewesen war und eine Amazonenkönigin aus den Wäldern am Delta des Soma Flusses geheiratet hatte, bewohnte einen Palast auf dem Haupteiland seiner Inselgruppe, der so angelegt war, dass er zur Hälfte unter Wasser lag. Und in diesem Palast, auf dieser Insel und in dem azurblauen Meer ringsum hatte König Leopoldo das gelebt, was man in Amaula *die Tage der Kirschen* nennt, nämlich die erfülltesten, kraftvollsten und glücklichsten Tage seines Lebens.

Leopoldo war damals ein sonnengebräunter, schlaksiger und muskulöser junger Mann gewesen, der den Großteil des Tages in den Wellen verbrachte. Manchmal aß er sogar im Wasser, oder pflückte ein Blatt von einer Riesenbananenstaude und ließ sich zur Siesta in der ruhigen Bucht darauf treiben. Das waren seine Abenteuertage gewesen, seine Faulenzermonate, seine Herumtreiberjahre, denn weder König Leopoldo noch irgendeiner der ihn begleitenden Freunde, Diener oder »Verbündeten«, alle gleichermaßen verzaubert von der Magie des Ewigen Augenblicks, hätten mit Bestimmtheit sagen können, wie lang diese Zeit angedauert hatte, ob zwei Monate oder sieben Jahre.

Seine Ankunft auf den Buena Fortuna Inseln war ein schicksalshafter Zufall gewesen. So hatte er zumindest anfangs geglaubt. Ein drohender Sturm hatte die fröhliche Gruppe um Prinz Leopoldo gezwungen, an einer Küste Schutz zu suchen, doch lag der Steuermann, trotz seiner phantastischen Kenntnisse von Sternen und Sandbänken immer noch ein Mensch, mit einer Kolik im Bett, da er zu viel Marzipankuchen gegessen hatte. Eine der Seekühe, ein großes Manati namens Boaremu, hatte ihnen eine Route genannt, die im überlieferten Gedächtnis seiner Spezies aufbewahrt wurde und die sie zu einigen nahe gelegenen Korallenatollen führen sollte. Sie segelten die ganze Nacht hindurch und betrachteten von weitem die den Himmel durchzuckenden Blitze des Unwetters. Die angekündigten Korallenatolle erreichten sie nicht, doch das Flackern des Sturms rückte in immer weitere Ferne. Es wurde Morgen, und Nebel überzog das Meer, ein feiner, duftiger Nebel, der dem Meer selbst zu entsteigen schien und sie in allen Richtungen nicht weiter als zwanzig Delphinlängen sehen ließ. Das Unwetter war weitergezogen, und das Wasser lag so ruhig da wie ein Teich.

Als der Nebel sich lichtete, fanden Leopoldo und seine Freunde sich vor einer großen, von der Morgensonne herrlich beleuchteten Marmortreppe wieder, die aus dem Meer emporzusteigen schien und gesäumt von blütenschweren Hibiskusstauden und Pavillons aus weißem Stein zu einem kubisch angelegten Palast führte, der keinem Bauwerk glich, das sie jemals gesehen hatten. Die große Treppe war Teil des Palastes, der sich, wie die erstaunten Reisenden bald entdeckten, gleichermaßen auf festem Land wie unter Wasser ausdehnte. Unter sich konnten sie dank des hellen Sonnenscheins – der Frühnebel hatte sich verflüchtigt – in dem klaren und durchscheinenden Wasser Terrassen, Patios und überflutete Türme erkennen, durch deren Fenster Delphine und Sirenen ein- und ausschwammen.

Der Palast schien wie ausgestorben. Auf den Terrassen kümmerten sich ein paar Gärtner um die Hibiskussträucher. Einer von ihnen stand auf einer kleinen Leiter, schnitt mit einer Schere die großen roten und rosafarbenen Blüten ab und legte sie in einen Korb. Vier oder fünf Dienerinnen fegten mit langen Besen von oben nach unten Stufe um Stufe die Treppe. Prinz Leopoldo und seine Freunde näherten sich langsam, schwimmend, treibend, im Sog der Brandung manövrierend. Da öffnete sich eine Pforte und eine Gruppe Mädchen in Badekleidern trat heraus, mit Sonnenschirmen in der Hand und großen Seidentüchern, die in der Morgenbrise wehten, als die Mädchen die Treppe zum Wasser hinunterliefen. Dort angekommen hielten sie inne, und einige zeigten mit ausgestreckten Armen auf die Besucher. In ihrer Mitte stand ein blondes, sehr großes junges Mädchen, das aussah wie eine Königin oder auch die Prinzessin des Palastes.

Die Wellen rollten träge über die Marmorstufen, umspielten die Fesseln des jungen Mädchens und seiner Begleiterinnen und glitten dann im Rhythmus der Brandung wieder zurück. Als die Begleitdamen sich zu beiden Seiten entfernten und dabei das breite, blumenbedruckte Seidentuch öffneten, mit dem sie das blonde Mädchen umhüllt hatten, entdeckte Leopoldo, dass die jugendliche Schöne fast nackt war; um ihren schlanken gebräunten Körper liefen nur zwei schmale blaue Bänder, eines auf Brusthöhe, das andere um ihre Hüften. In den Händen hielt das Mädchen eine riesige Harpune, wie sie die Fischer der Atolle verwendeten.

Der Kontrast zwischen ihrer königlichen Haltung, ihrer stolzen Nacktheit, der Eisenlanze und dem gleich flüssigem Gold glänzenden Haar ergriff ihn wie ein Bild seiner Vorstellung.

Von einem der Türmchen blitzte ein reflektierter Lichtstrahl zu ihnen hinunter, und dann warfen weitere Spiegel von anderen Türmen und Zinnen große Lichtflecken auf das Meer, um ihnen zu bedeuten, nicht an Land zu gehen. Doch Leopoldo überging die Warnungen, schwamm geschmeidig bis zur Treppe, und dort angekommen, kniete er vor dem Mädchen mit der Harpune in der Hand nieder. Es war Prinzessin Margolis, die später seine Frau und Adenars Mutter werden sollte, die sich noch später in einen Drachen verwandeln und in den Wolken leben sollte.

»Wer bist du?«, fragte Margolis. Sie fragte es ihn in ihrer Sprache und dann in verschiedenen Sprachen nahe gelegener Inseln, und als er sie immer noch nicht verstand, fragte sie es ihn schließlich auf Feacio, der *Lingua franca* des Meeres. »Wer bist du?«

»Dein Sklave«, antwortete Leopoldo.

»Woher kommst du?«

»Ich entsteige dem Tod und tauche ins Leben«, sagte Leopoldo, immer noch auf Knien. Als geborener Verführer wusste er, dass es kein Wesen auf der Welt gab, Mann oder Frau, jung oder alt, Mensch oder Tier, dem ein Kompliment nicht schmeichelt.

Zu seiner Überraschung brach das Mädchen in Gelächter aus.

»Für deine kitschige Ausdrucksweise siehst du aber ziemlich athletisch aus«, sagte sie und musterte ihn kritisch. »Ich gehe einen Hai jagen, der meinen Perlenfischern Angst macht. Willst du mitkommen?«

Leopoldo erinnerte sich gut daran, wie sehr es ihn verunsichert hatte, als er das Mädchen, das aller Wahrscheinlichkeit nach die Tochter eines Königs war, so sprechen hörte. Die Missachtung jeglichen Protokolls und ihr offensichtlicher Mangel an Raffinesse waren ihm mehr als schockierend erschienen.

»Du gehst allein einen Hai jagen?«, fragte Leopoldo.

»Klar«, antwortete sie. »Er hat einer Perlenfischerin das Bein abgerissen. Er hat den Meerespakt gebrochen, also muss er sterben.«

»Ich begleite dich«, sagte Leopoldo.

»Bringt ihm eine Harpune«, befahl sie ihren Begleiterinnen.

»Der hier genügt mir«, sagte Leopoldo und zeigte auf den Dolch, der in seinem Gürtel steckte.

»Dieses Messerchen?«, sagte sie und lachte auf. »Ich mache dich darauf aufmerksam, dass er über vier Körperlängen misst und bereits Menschenfleisch gekostet hat.«

Leopoldo sah sie mit aufgerissenen Augen an. Dieses zierliche Mädchen hatte vor, fast nackt ins Meer zu gehen und gegen einen Haifisch dieser Ausmaße zu kämpfen? In Yöl hätte man niemandem, nicht einmal dem erfahrensten, mit der besten Wasserrüstung gewappneten Krieger erlaubt, alleine zu einem derartigen Vorhaben ins Meer hinauszuschwimmen. Er zitterte vor Angst, doch er hatte sein Wort gegeben und wollte nicht wie ein Feigling dastehen. Außerdem dachte er, dass ihnen vielleicht zu zweit gelänge, was für einen Menschen allein unmöglich war, und dass es ein schöner Tod wäre, an der Seite einer so mutigen Frau zu sterben. Und es mag sein, dass er bereits, hatte er sie auch gerade erst kennen gelernt, Bewunderung und Zärtlichkeit für dieses Mädchen empfand und bei dem Gedanken erschrak, ihr könnte etwas zustoßen.

Sie brachten den ganzen Vormittag damit zu, den Hai zu suchen, ohne ihn jedoch ausfindig zu machen, und landeten schließlich an einem fernen Strand, wo sie sich erschöpft ausstreckten, sich Meeresgeschichten erzählten und sich gegenseitig die Narben zeigten, die Korallen, Quallen und Moränen ihnen im Laufe der Jahre zugefügt hatten. Leopoldo blieb drei Wochen, vielleicht auch drei Monate, oder vielleicht (oder sogar höchstwahrscheinlich) drei Tage auf den Buena Fortuna Inseln, und während dieser ganzen Zeit wich er keinen Augenblick von Margolis' Seite. Sie schwammen, erforschten Unterwasserhöhlen, sprangen von schwindelnd hohen Klippen ins Meer, und fast immer war Margolis schneller, geschickter oder ausdauernder als er. Margolis unterrichtete ihn darin, auf einem Wal mit Sattel zu reiten, ein Sport, den man nur auf den Buena Fortuna Inseln praktizierte, und sie verbrachten ganze Nachmittage damit, durch die Wellen zu pflügen, jeder rittlings auf einem riesigen schwarzweißen Wal, und manchmal, wenn die Wale sich zur Nahrungssuche auf die Jagd nach Thunfischbänken machten, gelangten sie so weit aufs offene Meer hinaus, dass sie die Küste nicht mehr sahen, und manchmal waren sie am Ende dieser Ausflüge völlig erschöpft und ihre Beine voller Thunfischblut. In den Morgenstunden, wenn die Sonnenstrahlen mit der größten Transparenz in den Meeresgrund einfielen, tauchten sie durch die submarinen Gärten der benachbarten kleinen Inseln, und auf einem dieser Tauchgänge in ein Unterwassertal, das Schiffe wegen seiner vielen verräterischen Untiefen seit langem mieden, entdeckten sie eine gesunkene, von Sternkorallen besetzte alte Galeone, aus deren Frachtraum sie eine Amphore und eine verschlossene Truhe bargen. Die Amphore enthielt nur sauren Wein, aber im Inneren der Truhe fanden sie Goldstücke, Juwelen, Hände voll von Amethysten und ein fast intaktes Buch mit zahlreichen Abbildungen, deren Farben wundersamerweise erhalten waren.

»Das hier kommt zurück ins Meer«, sagte Margolis und griff nach dem Buch, um es wieder ins Wasser zu werfen. Sie hatten Truhe und Amphore auf einem nahe gelegenen Strand geöffnet, kaum mehr als eine weiße Sandzunge am Fuße eines Felsens. Kein angenehmer Ort, ein gestrandeter toter Delphin verpestete die Luft und nirgends gab es auch nur den geringsten Schatten, um sich vor der Sonne zu schützen.

»Halt! Bist du verrückt? Das ist das Wertvollste in dieser

Truhe«, sagte Leopoldo und nahm das alte Buch andächtig in die Hand. »Das ist ein ganz seltenes Kleinod.«

»Was ist es?«

»Ein Buch«, antwortete Leopoldo. »Mit dreien könntest du dein ganzes Königreich kaufen, das versichere ich dir.«

»Es sieht aber nicht besonders wertvoll aus«, sagte Margolis. »Woraus ist es gemacht?«

»Aus Holzstoff, aber das ist nicht das Entscheidende.«

»Holzstoff?«, wiederholte sie fasziniert. Sie reagierte immer so, wenn Leopoldo ihr von fernen Ländern und den Bräuchen in den kalten Regionen und Städten des Nordens erzählte, die sie nicht kannte.

»Es ist ein Instrument, das man in alten Zeiten verwendete, als die Menschen noch nicht die Gedächtniskunst erlernt hatten«, erklärte Leopoldo. »Sie benutzten es, um Erinnerungen aufzubewahren, und für Dinge, die sie sich gegenseitig mitteilen wollten.«

»Du weißt so interessante Sachen«, sagte Margolis mit glänzenden Augen, schlug vorsichtig die Seiten auf und betrachtete die Zeichen, die sie in geordneten Reihen bedeckten. »Mir gefällt der Gedanke, dass diese Stücke Pflanzenstoff tatsächlich Erinnerungen aufbewahren können …«

»Niemand weiß genau, wie es funktioniert«, sagte Leopoldo.

»Du kannst gern diese Hand voll Amethyste behalten, die du so sehnsüchtig anschaust«, sagte Margolis da. »Ich behalte das *Bech*.«

Und tatsächlich war es dieses Buch, das Margolis dreizehn Jahre später Adenar schenken sollte, das Buch, das er als seinen kostbarsten Besitz bezeichnete.

»*Buch*«, korrigierte Leopoldo sie. »Wofür möchtest du es?«

»Hast du nicht gesagt, es sei so wertvoll?«

»Ach komm, du bist doch nicht habgierig.«

»Außerdem hast du gesagt, es sei ein Instrument der Erinnerung«, sagte Margolis. »Und deshalb will ich es, um mich an dich zu erinnern.«

In ihren Worten schwang weder Sentimentalität noch Koketterie mit. Nichts davon gab es zwischen ihnen. Ihre Freundschaft war die zweier kräftiger, dreister Halbwüchsiger, die ineinander verkeilt über den Sand rollten und von derselben Papaya aßen, zweier Kameraden, die sich gegenseitig Seeigelstacheln aus den Fußsohlen zogen, eine Freundschaft ohne Vertraulichkeiten, oft fast ohne Worte. Bei manchen Gelegenheiten entkleideten sie sich sogar ganz selbstverständlich in Gegenwart des anderen, ohne der Tatsache, dass er ein Mann und sie eine Frau war, die geringste Beachtung zu schenken. Und Leopoldo, der die endlose Geduld der gewandten Verführer besaß und von seinem Vater das Talent geerbt hatte, stets zu wissen, was man in einem bestimmten Moment sagen und tun darf und was nicht, respektierte peinlich genau den wortlosen Pakt, den sie von Anfang an besiegelt hatten, machte nie Anstalten, ihr über die Felsen zu helfen, schenkte ihr keine Blume und sagte ihr erst recht nicht, wie schön er ihre Augen fand.

Doch eines Tages, eines Nachmittags, sagte er ihr es schließlich doch. Und statt ihn mit einem herzhaften Lachen abzuweisen, ihm einen Schubs oder einen Stoß mit dem Ellenbogen zu versetzen, blieb sie, warum auch immer, stumm. Und da fuhr er fort, wie schön doch ihr Haar sei, ihre Hände und ihr Mund, und sie sah ihn schweigend, aber mit einem stillen Lächeln an. Vielleicht war es das Licht der Abenddämmerung. Vielleicht war es die Erschöpfung und die Melancholie, die aus den fernen Schreien der Möwen klang. Vielleicht war sie einfach zu müde, um sich zu widersetzen. Und da wusste er, wussten sie beide, dass ihre Begegnung kein Zufall gewesen war, sondern vor langer Zeit von *Den Schöpfern der Erzählung* erdacht und beschlossen worden war.

Sie schwammen weiterhin zusammen, fischten, ritten auf Walen, aber es war nicht mehr dasselbe, denn ihr war nun wichtiger, dass er sie schön fand, und ihm, dass sie seinen Mut bewunderte. Sie hörte seinen Geschichten immer noch begierig zu, dachte dabei jedoch an die vielen Frauen, die er auf seinen Reisen zu so vielen Orten der Welt kennen gelernt haben mochte, und manchmal wurde sie eifersüchtig, worüber er sich ärgerte; sie schwammen immer weniger ins Meer hinaus und gingen stattdessen stundenlang händchenhaltend spazieren, beteuerten sich gegenseitig, wie sehr sie sich liebten und erfanden niedliche Kosenamen füreinander. Sie waren stets bekleidet, und im Traum wäre es ihnen nicht mehr eingefallen, sich vor dem anderen auszuziehen, stattdessen bemühten sie sich, anmutig und elegant zu erscheinen; und sicherlich spürten sie, dass es vorher viel besser gewesen war, als der Anblick des anderen Körpers sie gleichgültig gelassen hatte, als es noch nichts bedeutet hatte, sich zu berühren oder zu umarmen, doch gab es nun kein Zurück mehr, und von diesem Zeitpunkt an waren sie einer für den anderen, und für alle, denen sie im Laufe ihres Lebens begegnen würden, Mann und Frau.

Und nach all den Jahren, da er nun ein alter Mann mit weißem Haar war und sie vor langer Zeit ihr Leben unter den Menschen aufgegeben hatte, waren seine glücklichsten Erinnerungen an sie nicht der erste Kuss, bei dem er fürchtete, sie würde ihm gleich das Kinn einschlagen, auch nicht die Frage, die sie ihm, sich erneut über das Protokoll hinwegsetzend, gestellt hatte: »Wirst du mich heiraten?«, und noch viel weniger ihre Hochzeit, ihr Leben im Palast als Frischvermählte, sondern jene Tage voller Sonne und Meer, an denen sie einfach nur zwei Kinder gewesen waren, die sich irgendwo, weit weg, inmitten der Insellandschaft, vor dem orangeroten westlichen Himmel an der Hand genommen hatten, um über die Felsen zu klettern.

Auf der Bilderwand leuchtete die Vision von einer türkisblau gekleideten Margolis und einem weiß gekleideten Leopoldo auf, beide mit Blumenkronen auf dem Kopf. Die sanften Stimmen des Frauenchors stimmten ein Hochzeitslied an.

Dann schlief der König vor der Bilderwand ein; die Bilder schimmerten noch einige Minuten weiter in der Dunkelheit und verschwanden schließlich nach und nach, und die restliche Nacht zog ein Muster aus roten und violetten Blumen auf schwarzem Grund langsam über die hintere Wand des Königsgemachs …

Die Kunst des Träumens

»Adenar, bist du es?«

»Ja«, sagte Adenar und drehte sich um. Weißer Nebel hüllte ihn von allen Seiten ein. Er sah auf seine Arme und Beine und merkte, dass er nichts anhatte.

»Komm mit mir«, sagte die Stimme, eine tiefe Stimme, vielleicht die eines alten Mannes.

»Wo bin ich?«, fragte Adenar. »Warum habe ich nichts an?«

»Du bist in einem Traum«, sagte der Mann. »Hab keine Angst.«

Adenar dachte, dass dies unmöglich ein Traum sein konnte, denn er sah ganz genau, wo er sich befand, und außerdem erinnerte er sich mit völliger Klarheit daran, wer er war, wenn er wach war.

»Du befindest dich in einem *Traumbild*, Adenar«, sagte der Mann. »In einem verzauberten Traum.«

Plötzlich zischte, rasch wie ein Atemzug, ein schwarzblauer, weißer und silberner Fleck an ihm vorbei, setzte zu seiner Rechten auf und katapultierte sich weiter nach vorne, bis dreißig oder vierzig Meter vor ihm auf einem flachen Flussstein ein alter Mann in dem schwarzen Umhang der alten Zauberer zum Stehen kam, in den Händen ein langer Eschenzweig. Auch Adenar stand auf einem Stein, mitten in den Wassern eines Gebirgsbachs, der eine weite Waldlichtung durchfloss.

»Weißt du, wie du dich hier bewegen musst?«, fragte der Mann. »Es ist ganz einfach. Mit dem Bauch.«

»Mit dem Bauch?«, fragte Adenar.

»Genau. Denk nicht, tu es einfach.«

Adenar lenkte seine ganze Konzentration in die Bauchgegend und in den Gedanken, dass er dahin springen wollte, wo der Mann mit dem schwarzen Umhang stand. Und schon befand er sich an dessen Seite, auf demselben großen flachen Stein.

»Gut«, sagte der Mann. »Das machst du gar nicht schlecht. Und jetzt musst du lernen, in Träumen *aufzuspüren.*«

»Was bedeutet in Träumen *aufspüren*?«

»Such dir einen Gegenstand aus dem Traum aus«, sagte der Mann. »Irgendeinen, und konzentriere dich einzig auf ihn.«

Adenar zögerte kurz und suchte sich dann einen der Steine im Flussbett aus, einen runden glänzenden, halb unter Wasser liegenden Kiesel, und heftete seinen Blick darauf.

»Benutze deinen Bauch«, sagte der Mann. »Denk nicht, tu es.«

Adenar bemühte sich zu befolgen, was man ihm sagte, und plötzlich begann der Stein wie eine Seifenblase in die Luft zu steigen. Als er etwa mannshoch schwebte, verwandelte er sich in einen Raben mit schwarzem Schnabel und langen dunklen Federn.

»Spüre weiter auf!«, sagte der Mann.

Der Rabe schlug mit den Flügeln und verschwand.

»Sehr gut«, sagte der Mann. »Das wirst du mit der Zeit perfektionieren. Dritte und letzte Lektion. Du musst lernen, eine Wand zu durchqueren. Das ist die schwierigste von allen.«

Der Gebirgsbach verschwand und Adenar stand plötzlich in seinem Zimmer. Er drehte sich langsam um und sah sich selbst tief schlafend im Bett. Sich selbst dort liegen zu sehen rief ein höchst sonderbares Gefühl, fast Entsetzen in ihm hervor, denn er war sich bewusst, dass der Schlafende er selbst war, zugleich aber auch derjenige, der sich von außen betrachtete.

»Na, na«, sagte der Magier. »Schau dich nicht so lange an, du wirst dich noch erschrecken. Komm, mach es wie ich …«

Adenar sah, wie der Magier an die nächste Wand trat und sie, ohne einen Augenblick zu zögern, durchquerte und verschwand.

»Ich …«, sagte Adenar zur Wand hin, durch die der Magier verschwunden war. »Ich kann das nicht …«

»Natürlich kannst du das nicht«, sagte der Magier und kam wieder aus der Wand hervor. »Wie solltest du eine Wand durchqueren können, wenn so etwas doch unmöglich ist?«

»Sag mir, wie du es machst«, bat ihn Adenar.

»Mit der Energie meines Bauches«, antwortete der Magier.

Adenar trat an die Wand, strich mit den Händen darüber und merkte, wie seine Hände ohne Schwierigkeit in die Wand glitten und sie durchquerten. Dann streckte er seine Arme, seine Füße und Beine, und nach einem kurzen Zögern sein Gesicht nach vorne und schob sich in die poröse graue Welt der Wand. Es war eine Trennwand zwischen zwei Räumen, die nicht sehr dick sein konnte, doch – obwohl er sich immer weiter vorschob – schien er sich der anderen Seite nicht zu nähern. Da glitten auch seine Brust und sein Herz in die Wand und plötzlich überkam ihn eine fürchterliche Panik und ein schreckliches Angstgefühl. Er spürte, dass sein Herz zu schlagen, seine Lunge zu atmen aufhören würde und er unumgänglich sterben müsste, würde er weiter versuchen, diese Wand zu durchqueren, und da machte er unvermittelt einen großen Satz zurück, sprang aus der Wand heraus und erwachte schreiend in seinem Bett, heftig atmend und mit wie wahnsinnig klopfendem Herzen.

Im Zimmer war niemand. In einer Ecke brannte eine rote Kerze. Sein Buch, sein Kleinod, lag unangetastet auf dem Nachttisch.

Von einem sonderbaren Unbehagen ergriffen, denn normalerweise war er alles andere als furchtsam und die Dunkelheit machte ihm nichts aus, schaute Adenar unters Bett, stand dann auf und öffnete die sieben Türen seines Kleiderschranks. Auch dort war niemand.

Er hatte nicht den Eindruck, als sei das, was er gerade geträumt hatte, wirklich ein Traum gewesen. Er erinnerte sich ganz deutlich, aber nicht auf dieselbe Weise, wie man sich an einen Traum erinnert.

Adenar ging zum Bett zurück, setzte sich im Schneidersitz

darauf, schloss die Augen und versuchte, in sein Gedächtnis einzutreten. Mit seinem inneren Auge visualisierte er das Magische Eiland von Armida, den Tempel, in dem er seine liebsten Erinnerungen aufzubewahren pflegte, und dessen doppelte Tür aus Nussbaumholz. Er wollte nach dem Türknauf greifen und den Tempel betreten, doch statt des Türgriffs war dort ein riesiges seltsames Insekt, ähnlich einer Pferdebremse. Er schauderte vor Entsetzen. Was machte dieses Insekt in seinem Gedächtnis? Er versuchte es zu löschen, doch es gelang ihm nicht. Er versuchte es in einen Türgriff zu verwandeln, um die Tür zu öffnen, doch auch das gelang ihm nicht. Da unterdrückte er seinen Ekel und seine Angst und streckte die Hand aus, um es wegzureißen. Doch kaum hatte er es berührt, wandte sich das Insekt aufgestachelt um, entfaltete seine Flügel, flog hoch, direkt auf Adenars Gesicht zu, und bohrte sich in sein linkes Auge.

Adenar stieß einen Schrei aus, öffnete die Augen und verließ jäh sein Gedächtnis. In seinem linken Auge tobte ein stechender, unerträglich brennender Schmerz. Und es war keine innere Empfindung, kein imaginärer, sondern ein sehr realer, physischer Schmerz. Heulend und schreiend sprang er aus dem Bett und lief zum Schrank. Eine der Türen hatte auf der Innenseite einen Spiegel. Er öffnete sie und hielt sein Gesicht an den Spiegel. Obwohl in beiden Augen vor Schmerz Tränen standen, konnte er sehen, dass sein linkes Auge ganz rot und geschwollen war. Immer noch schreiend und schluchzend zog er mit bebenden Fingern die Lider auseinander und entdeckte, dass auf seinem Auge etwas klebte, eine Art Lamelle, fast durchsichtig, die sich, wie auch immer, zwischen sein oberes Lid und den Augapfel geschoben hatte. Adenar hielt die Lider mit der linken Hand auseinander und versuchte mit der rechten, die Lamelle zu fassen zu bekommen. Als es ihm gelang, stellte er fest, dass die Lamelle in Wirklichkeit so etwas wie ein Insektenflügel war, ein durchscheinender, von feinen Adern durchzogener Flügel. Er zog daran, doch der Schmerz wurde nur noch größer, denn der Flügel war nicht lose. Mit einem schrecklichen

Schmerzensschrei zerrte Adenar mit aller Kraft daran und spürte, wie ein harter Körper zwischen seinem Schädelknochen und seinem Augapfel entlangschabte, die Beinchen eines Insekts hervorkamen, dann noch ein Flügel, das dunkle Schild des Panzers, dann noch mehr Beinchen, die sich alle heftig bewegten, denn das Insekt war äußerst lebendig. Mit einem letzten Zug riss er es heraus und hielt einen blutbefleckten Käfer in der Hand, ein bräunliches, bedrohlich aussehendes Insekt, das wütend mit Beinchen und Antennen zappelte, in dem Versuch, sich aus seinen Fingern zu befreien.

»Hund noch mal«, rief Adenar entsetzt, als er im Spiegel Blut aus seinem linken Auge tropfen sah. »Warst du etwa in meinem Schädel? Wie bist du da reingekommen?«

Da hob der Käfer seine harten Deckflügel an, schlug mit den dünnen Vorderflügeln, entwand sich Adenars Fingern und begann, in Kreisen durchs Zimmer zu fliegen, vor Adenar her, der ihn wieder einzufangen versuchte. Das Insekt zog benommene, ziellose Schleifen, während Adenar hinter und unter ihm herlief, stieg bis zur Zimmerdecke auf und stieß gegen die Wände, als suche es verzweifelt einen Fluchtweg. Adenar nahm ein Kissen vom Bett und schlug damit nach dem Käfer. Einmal flog das dumme Insekt nach einer solchen Attacke in eine der offenen Schranktüren, und Adenar stürzte vor und machte sich daran, nacheinander alle Türen zu schließen, doch bevor er bei den letzten angelangt war, flog das Insekt schon wieder aus dem Schrank heraus und steuerte auf eines der Fenster zu.

Die drei Fenster des Zimmers standen halb offen. Adenar lief mit dem großen Kissen in der Hand hinter dem Käfer her, der Käfer prallte gegen eine Scheibe, taumelte zurück, flog um den Baldachin des Bettes herum, steuerte erneut eines der Fenster an, während Adenar rasch alle drei zumachte, und stieß wieder gegen das Glas. Alle Fenster waren jetzt geschlossen, aber Adenar hatte vergessen, dass in einer der aus bunten Rauten zusammengesetzten Fensterscheiben eine Raute fehlte. Vielleicht aus Zufall, vielleicht von einer ungewöhnlichen Intuition geleitet, flog das Insekt, verfolgt von Adenar, der weiter mit seinem

Kissen nach ihm schlug, geradewegs auf die bunte Glasscheibe zu und durchquerte die fehlende Raute. Als Adenar das Fenster aufriss, begrüßte ihn der sternenbesetzte Himmel, das ferne Zirpen der Grillen und ein fahlgelber, melancholisch lächelnder Mond, der mit einem goldenen Hof über den Dächern von Yöl am Himmel stand. Von dem Käfer war nirgends eine Spur zu sehen.

In der Lömar-Universität

Es war das Jahr, in dem Adenar die Universität abschließen sollte, dann wäre er ein *volljähriger* Yölianer (im vagen und umschreibenden Sinn, den diese Art Begriff in Glabris immer hat). Der junge Prinz befürchtete, dass von da an die Dinge nicht mehr so einfach sein würden, und war überzeugt, dass der Hofrat, der sich einmal pro Woche mit dem König in einem großen Turm des Palastes versammelte, dem sich dann nicht einmal die Krähen nähern durften, bereits einen erdrückenden, zutiefst langweiligen Plan königlicher Studien für ihn ausgearbeitet hatte.

Adenar hatte die Lömar-Universität viele Jahre besucht, und der Gedanke, ihre Hörsäle, ihre Lindenalleen und ihre von Eichen beschatteten Rasenflächen zu verlassen, machte ihn ganz traurig.

An diesem Morgen, als er die Eingangsstufen des Mnemosyne Pavillons von Lömar hochstieg, sah er, dass Arce und Malia vor einem der steinernen Löwen auf dem mittleren Absatz der Treppe saßen. Er freute sich, seine Freunde zu sehen, und beschleunigte seine Schritte, um sich ihnen anzuschließen. Als er näher kam, merkte er jedoch, dass sie in ein Gespräch vertieft waren und einen sehr ernsten Eindruck machten, als unterhielten sie sich über etwas, das ihnen beiden große Sorgen bereitete. Malia gestikulierte mit ausladenden Handbewegungen und Arce sah nickend zu Boden. Adenar nahm an, dass sie über irgendetwas Wichtiges sprachen, und beschloss, sie nicht zu stören, doch es war schon zu spät.

Arce hob den Kopf und sah Adenar vor ihnen stehen, und da drehte auch Malia sich um und verstummte.

»Entschuldigung«, sagte Adenar. »Ich wollte euch nicht unterbrechen. Ich gehe schon wieder.«

»Du unterbrichst uns nicht«, sagte Malia und rang sich ein Lächeln ab.

»Setz dich zu uns«, forderte Arce ihn auf und legte die Hand auf die Stufe neben sich.

Aus ihrem gezwungenen Verhalten schloss Adenar, dass sie über ihn gesprochen hatten.

»Ich muss zu Professor Einöjau«, improvisierte er. »Er hat mich gebeten, ein Gedicht zu schreiben, in dem die Namen der einzelnen Gehirnteile vorkommen ...«

Arce stand auf.

»Ich muss auch gehen«, sagte er. »Du hast deine Mütze verkehrt herum auf, Adenar.«

Adenar zog seine Mütze ab und stellte verwirrt fest, dass sie ganz richtig saß, das Futter innen, die rote Feder an ihrem Platz. Er blickte Arce nach, der, wie er es manchmal im Spaß tat, rückwärts die Treppe hochstieg und ihm dabei zuzwinkerte, bevor er sich umdrehte, die restlichen Stufen hinaufrannte und zwischen den Säulen der Eingangshalle verschwand.

Malia saß noch am Fuß des steinernen Löwen, die Ellenbogen auf die Knie, das Kinn auf die Fäuste gestützt.

»Kommst du?«, fragte Adenar.

»Nein, geh nur«, sagte sie und schloss die Augen. »Ich will noch ein bisschen in der Sonne bleiben.«

»Ihr habt über mich gesprochen, stimmt's?«

»Über dich? Wie kommst du denn darauf?«

»Weil ihr beide sofort aufgehört habt zu reden, als ihr mich gesehen habt.«

»Ich war neulich im Palast«, wich Malia ihm aus, »und habe mit deinem Vater gesprochen.«

»Im Palast? In *meinem* Palast? Das wusste ich gar nicht. Mein Vater hat mir nichts gesagt. Was hat dich denn dazu veranlasst?«

»Dein Vater hat mich gerufen. Er macht sich große Sorgen

um dich, Adenar«, sagte Malia und sah ihn betrübt an. »Aber ich konnte ihm kaum etwas sagen. Ich weiß so gut wie nichts von dir, ich habe keine Ahnung, was mit dir los ist … Du hast dich von mir entfernt, und ich weiß nicht einmal, warum.«

Adenar hielt ihrem Blick stand, ohne ein Wort zu sagen.

»Du weißt, dass du mir vertrauen kannst«, sagte Malia. »Ich bin deine Freundin, du kannst mir alles erzählen.«

»Und was soll man erzählen, und wem soll man es erzählen, wenn es nichts zu erzählen gibt?«, entgegnete Adenar und lehnte sich betont lässig gegen den Löwen aus Stein.

»Vielleicht hast du nur *mir* nichts zu erzählen«, sagte Malia.

»Genau, das wird es sein«, sagte Adenar und lachte auf, während er sich gleichzeitig voller Beklemmung fragte, warum er sich so verhielt, warum er Malia so missachtend behandelte.

»Ich kenne dich so gut, Adenar …«

»Glaubst du?«, fragte Adenar.

»Zumindest kannte ich dich«, sagte Malia traurig. »Früher kannte ich dich …«

»Wir verändern uns alle«, sagte Adenar.

»Es mag ja sein, dass es dir nicht hilft, mit mir zu reden«, sagte sie. »Aber dann such dir jemanden, mit dem du reden kannst. Einen Seelendoktor.«

Adenar lachte erneut auf. Er hätte sich nichts sehnlicher gewünscht, als Malia zu umarmen und ihr zu sagen, dass er Angst hatte, verwirrt war, dass er sie nicht verletzen wollte, aber aus irgendeinem seltsamen Grund konnte er es nicht. Er hätte sich gern neben sie gesetzt, ihre Hand genommen und mit ihr geredet wie früher, doch etwas in ihm war stärker, hielt ihn davon ab und brachte ihn dazu, sich kalt, schneidend und grausam zu geben.

»Warum meinen denn alle, *ich* hätte ein Problem?«, sagte er und wunderte sich selbst, wie diese Worte über seine Lippen kommen konnten. »Vielleicht bist du diejenige, die einen Seelendoktor aufsuchen sollte. Du könntest ihm erzählen, dass Adenar dich nicht liebt, und er würde dir antworten: Mach dir nichts draus, Adenar liebt so gut wie niemanden.«

»Ach ja? Das würde er mir sagen?«

»Wenn er schlau ist, ja.«

»Stimmt das?«, fragte Malia da, die ihn nicht ansah, während er sprach, und bei seinen Worten mehr und mehr errötete. »Stimmt es, dass Adenar niemanden liebt?«

»Adenar ist tot«, sagte Adenar.

Er merkte, welchen Schmerz diese Worte Malia bereiteten, und spürte ein sonderbares Vergnügen dabei, sie auszusprechen.

»Und warum, Adenar? Habe ich irgendetwas Falsches getan oder gesagt?«

»Nein, du hast nichts getan. Aber offensichtlich sind die Dinge nicht einmal im Ewigen Augenblick ewig. Ich langweile mich, Malia, ich langweile mich ganz schrecklich. Man hat mir gesagt, das sei eine Krankheit, es gäbe irgendwelche Insekten, die aus den Wolken fallen. Was weiß ich denn.«

Malia schwieg und schaute zu den Bäumen und Myrtensträuchern, die sich auf dem Campus zu ihren Füßen erstreckten.

»Das ist es also«, sagte sie, ohne ihn anzusehen. »Du liebst mich nicht mehr.«

In ihrer Miene lag mehr Enttäuschung denn Traurigkeit. Ihre Augen füllten sich mit Tränen.

»Nein«, sagte Adenar und fühlte, wie eine entsetzliche Kälte in ihm hochkroch. »Ich liebe dich nicht.«

»Ich glaube nicht, dass das stimmt, Adenar von Amaula«, sagte sie heftig, um gegen das Weinen anzukämpfen. »Ich verstehe nicht, warum du das sagst. Ich verstehe nicht, was mit dir los ist, aber ich weiß, dass es nicht stimmt. Das sehe ich in deinen Augen, so wahr du mich jetzt anschaust.«

»Du siehst, was du sehen willst«, sagte Adenar.

Malia stand auf. Sie war groß, fast so groß wie er, und manchmal, je nachdem, welche Schuhe sie trug, sogar ein wenig größer, sie hatte wunderschöne Augen und lange dunkle, seidige Haare.

Sie schaute ihn mit dem traurigsten Blick an, den Adenar je gesehen hatte. Durch ihre Tränen hindurch glänzten ihre Augen wie Sterne. Sie stand eine Stufe über Adenar und fasziniert sah er zu ihr auf, als blicke sie von weit oben, vom Himmel zu ihm herab. Dann drehte sie sich unvermittelt um und machte wortlos Anstalten, die Treppe hinaufzusteigen.

»Warte«, sagte er und griff nach ihrem Arm, doch ohne ihn eines weiteren Blickes zu würdigen, machte sie sich mit einer brüsken Bewegung los, lief die Stufen hoch und verschwand zwischen den Säulen der Vorhalle und den anderen ein- und ausgehenden Studenten.

Der schwarze Reiter

Zwei Wochen später, oder vielleicht auch am nächsten Morgen, bat ein Mann auf einem schwarzen Pferd vor dem Palast von Yöl um Einlass, indem er den Glockenzug am Haupttor betätigte. Ein ungewöhnliches Bild in Yöl, wo sich fast jeder auf einem fliegenden Teppich fortbewegte und man selten nach Erlaubnis fragte, um irgendwo einzutreten. Das Bild eines Mannes auf einem Pferd, das die Müdigkeit, den Schweiß und den Durst der langen Reisen der Vergangenheit hervorrief, schien einer alten Sage oder Legende entsprungen zu sein. Und alle, die ihn dort sahen, auf dem Rücken seines Pferdes und in Erwartung, durch ein Tor eingelassen zu werden, das weit offen stand, wunderten sich, unter welch sonderbarem Wahn dieser Fremde leiden mochte.

»Ist dies die Residenz von König Leopoldo?«, fragte der Reiter, ein alter Mann in einem schwarzen Umhang mit einer bis über die Augen fallenden Kapuze, dessen sehnige Arme ein unsichtbares Schwert hochzuhalten schienen.

»König Leopoldo empfängt jeden«, sagte man ihm am Tor. »Ehrwürdiger Greis, willst du nicht lieber einen von unseren fliegenden Teppichen nehmen und selbst zum Turm des Königs hinaufsteigen?«

Es war eine Gruppe Musiker, die schon den ganzen Nachmittag singend und schmausend auf der Esplanade vor den Toren des Palastes saß. Ein dicklicher Sänger, ein dürrer Lautenspieler, ein von Kopf bis Fuß in Rot gekleideter Flötenspieler und ein Organist, sein tragbares Instrument an einem Samtband über der Schulter. Der Sänger mampfte Äpfel und Plätzchen, die auf einem kleinen, im Gras ausgebreiteten Tischtuch lagen, und der Organist liebkoste in seinen Händen einen kleinen rotschwarzen Vogel, der von einem der umliegenden Bäume zu ihnen geflogen war.

»In der Tat bin ich ein alter Mann«, sagte der Reiter gut gelaunt. »Doch täte ich, was ihr mir sagt, wäre ich schon tot. Ich ziehe es vor, mich auf dem Rücken eines Pferdes fortzubewegen, sei es auch noch so anstrengend, und mich in Geduld zu üben. Und so werde ich hier warten.«

»Aber der König verlässt nie den Palast«, sagte der Flötenspieler und schwenkte dabei sein Instrument sanft durch die Luft, als wäre es ein Schwert oder eine Blume. »Jeder in Yöl weiß das.«

»Dann warte ich eben ein wenig länger«, sagte der Reiter, nach wie vor in ausgezeichneter Laune. »Warten tut gut!«

»Das Tor ist offen«, bemerkte ein Käseverkäufer, der seinen Tisch voll runder gelber Käselaiber auf dem Rasen aufgestellt hatte und gerade auf einem Stein saß und seine Schuhe polierte. »Du musst nicht warten.«

»Dann wird mein Warten eben nutzlos sein«, sagte der Reiter lachend, »und mir darum doppelt so zuträglich. Gefällt euch meine Gesellschaft etwa nicht?«

Aus seiner Stimme sprachen Scharfsinn und Klugheit, mehr Klugheit als Güte; er zog die Kapuze seines Umhangs nicht aus dem Gesicht, so dass den anderen seine Augen verborgen blieben.

Irgendjemand ließ dem König bestellen, dass am Tor des Palastes ein Mann auf einem Pferd nach ihm fragte, und der König befahl, ihn umgehend einzulassen. Doch der Mann, der ein Magier war und sich so seltsam und unberechenbar verhielt, wie es charakteristisch für seine Zunft ist, wollte immer noch nicht eintreten.

»Wie kompliziert die Magier doch sind!«, dachte König Leopoldo verstimmt, als man ihm die Botschaft übermittelte. Die Nacht brach herein, die Musiker legten sich zum Schlafen ins

Gras, der Käseverkäufer war mit seiner gelben Ware schon seit Stunden verschwunden, die Veilchen auf der Wiese schlossen bei der ersten Liebkosung des Mondes ihre Kelche, und der Mann, der inzwischen abgestiegen war, damit sein Pferd sich nach der tage- oder wochenlangen Reise aus den Bergen ausruhen konnte, stand vor dem Tor, reglos wie eine Statue, die Hände immer noch in der Luft, als hielten sie irgendeinen unsichtbaren Gegenstand.

Bevor er sich schlafen legte, ging der König hinunter bis zu einem Fenster an der Hauptfassade, sah von dort aus den Magier wie in Stein gemeißelt neben den schlafenden Musikern stehen und fragte sich, ob er gut daran getan hatte, die zweite Taube zu den Zinnen der Berge von Varvapurana zu schicken.

Vor mindestens zwei Generationen hatten die Magier sich in die Berge zurückgezogen, und in Yöl waren ihre Bräuche und Gepflogenheiten in Vergessenheit geraten, wie man sich an sie zu wenden hatte, was man von ihnen erwarten konnte, welcher Höflichkeitskodex ihnen gegenüber angebracht war. Aber die Taube hatte ihren Bestimmungsort erreicht, war bei den steinernen Zinnen angelangt, durch die Wolken bis zu den hohen Terrassen auf den Tempeln der Magier geflogen, und die Magier hatten beim Anblick des königlichen Vogels verstanden, dass der König mit ihnen zu sprechen wünschte, und hatten einen Gesandten geschickt.

Und der stand jetzt dort unten, vor den Toren zu seinem Palast, und wollte nicht eintreten. Es war zum Verrücktwerden!

Am nächsten Morgen wusch König Leopoldo Gesicht und Hände, setzte seine Krone auf und sagte mit seiner inneren Stimme: »Adenar, mein Sohn, ich würde gern mit dir frühstücken.« Er wartete einen Augenblick, hörte aber in keinem Winkel seiner Vorstellung Adenars Stimme. Er wiederholte seinen Ruf noch zwei Mal, bis er schließlich an einer Schnur zog und dem einige Sekunden später eintretenden Bediensteten auftrug, den Prinzen zu holen.

Wie fast jeden Morgen erschien Marrasquino, einer seiner sieben Königlichen Berater, leise schnurrend in der Tür des Gemachs.

»Guten Morgen«, sagte Marrasquino.

»Guten Morgen. Hast du schön geträumt?«, fragte der König ihn zerstreut.

»Du weißt doch, dass wir Katzen nicht träumen«, sagte Marrasquino und leckte sich ein Bein, denn er war ein äußerst reinlicher Kater.

Die Morgenbrise spielte leicht mit den Vorhängen. Durch die halb offenen Fenster hörte man die fröhlichen Schreie der die Lüfte durchkreuzenden Kinder.

»Was weißt du über diese Insekten, von denen die Leute reden?«, fragte da der König. »Insekten, die aus den Wolken fallen.«

»Man spricht von einer Krankheit, die aus den Wolken stammt«, sagte Marrasquino. »Manche sagen, es sei eine Krankheit, die von den Drachen käme, dass die Drachen in den Wolken einer nach dem anderen sterben und ihre getrockneten Schuppen herabfallen und die Menschen anstecken ...«

»Drachenschuppen?«, sagte der König schaudernd. »Brrr ... Auf was für Ideen die Leute doch kommen ...!«

»Das sind Gerüchte, Majestät. Man darf ihnen keine Beachtung schenken.«

Die Kinderstimmen lenkten erneut ihre Aufmerksamkeit auf sich. Sie sahen sie durch die halb offenen Fenster vorbeiziehen, Kinder mit roten Mützen, die auf ihren Störchen zur Schule flogen.

»Sag, Marrasquino, hältst du mich für einen guten König?«, fragte König Leopoldo und schaute mit im Rücken verschränkten Händen durchs Fenster hinaus zu den vorbeifliegenden Kindern. »Da passieren Dinge in meinem Reich, die die einfachen Menschen beschäftigen, und ich bin der Letzte, der davon erfährt!«

Doch dann schien er sich einige Augenblicke lang allein am fröhlichen Spektakel der Kinder von Yöl zu erfreuen, die auf ihren gefiederten schwarzweißen Reittieren durch die Lüfte zogen. Marrasquino schwieg respektvoll und strich über seine Schnurrhaare, während der König nachdachte oder vielleicht in sein Gedächtnis eintrat.

»Glaubst du, dass die angebliche Existenz dieser … ›Insekten‹ … unsere Träume beeinflussen könnte?«, fragte der König und drehte sich um.

»Wer weiß das schon, Majestät.«

»Ich erinnere mich schon lange nicht mehr an meine Träume, Marrasquino«, sagte der König.

»Ich habe das Gefühl, das ist ein in Yöl ziemlich weit verbreitetes Leiden«, sagte Marrasquino vorsichtig. »Wenn auch niemand darüber sprechen will …«

»Natürlich. Wenn man nicht darüber spricht, ist es, als würde es nicht existieren … Das machen wir alle so, Marrasquino.«

Marrasquino schwieg.

»Nun gut«, seufzte der König. »Wir müssen in Erfahrung bringen, was genau im Süden vor sich geht. Ich möchte, dass sofort eine medizinische Untersuchungskommission eingerichtet wird und sich per fliegendem Teppich nach Basutari begibt. Sie soll Aussagen von Personen sammeln, die von den Insekten angegriffen wurden, und einige von diesen vermeintlichen Insekten einfangen, möglichst lebend. Die Betroffenen, wenn es welche gibt, sollen untersucht werden. Wir werden drei Ärzte und drei Seelendoktoren schicken. Kümmere dich bitte sofort darum.«

»Du bist mein König und ich verehre dich«, verwendete Marrasquino die alte Höflichkeitsfloskel.

Beim Hinausgehen traf der Kater auf Prinz Adenar, der gerade das Gemach seines Vaters betreten wollte, in Begleitung eines blinden alten Mannes in einem schwarzen Umhang, der sich auf einen langen Stock stützte, tatsächlich ein kaum beschnittener Eschenzweig.

König Leopoldo fuhr hoch, als er sah, dass der Prinz bereits dem Magier begegnet war.

»Vater«, sagte Prinz Adenar. »Dieser mächtige Magier ist gekommen, uns zu besuchen.«

»Du ehrst mein Haus mit deiner Gegenwart«, sagte der König zu dem Alten. »Wie ist dein Name?«

»Erlaube mir, dir meinen Namen vorzuenthalten«, sagte der Magier. »Du kannst mich nennen, wie es dir beliebt.«

»Dann werde ich dich Namenlos nennen«, antwortete der König, der nie seine gute Laune verlor.

»Eine Taube des Königs kam bis zu den Zinnen von Varvapurana«, sagte Namenlos. Er sprach in Lücken, wie es die Magier gelegentlich gern tun. »Du hast uns wegen deines Sohnes gerufen. Wir fühlen uns geehrt, Majestät.«

»Woher weißt du ...?«, setzte der König an, hielt aber inne, da es nicht besonders sinnvoll erscheint, einen Magier zu fragen, woher er etwas weiß. »Glaubst du, ihr könnt dem Prinzen helfen?«

»Das hängt von vielen Dingen ab«, sagte der Magier. »Zunächst muss ich mit dem Jungen sprechen.«

Alle Bewohner aller Welten

Während der darauf folgenden Tage verbrachten Adenar und der Magier viel Zeit miteinander. Sie sprachen über vieles, doch manchmal schwiegen sie auch auf Vorschlag des Magiers hin, und so konnten sie ein oder zwei Stunden oben auf einem Turm sitzen und dem Wind und dem fernen Zwitschern der Vögel lauschen. Der Magier forderte Adenar auf, ihm seine Träume zu erzählen und ihn zu seinen Lieblingsplätzen in Yöl zu führen. Er bat ihn, ihm etwas auf der Flöte vorzuspielen. Er hieß ihn, ihm zu erklären, was er auf der Bilderwand sah. Und so kam der Tag, an dem der Magier König Leopoldo wissen ließ, dass er bereit sei, mit ihm zu reden. König Leopoldo, der gerade frühstücken wollte, ließ den Magier sofort zu sich rufen, und dieser fand sich mit Adenar in seinen Gemächern ein.

Nach dem Begrüßungsritual deutete der König auf den Teppich, und alle nahmen auf dick gepolsterten Kissen Platz.

»Der Prinz leidet, ohne selbst den Grund zu kennen«, begann der Magier. »Das Problem ist nicht das Gedächtnis. Der Prinz kann nicht in sein Gedächtnis eintreten, das ist wahr, doch das ist nur ein Symptom.«

»Was ist es dann?«, fragte der König.

»Adenar«, sagte der Magier Namenlos an den Prinzen gewandt, »ich werde es dir so einfach wie möglich erklären, damit du mich verstehst. Alle Menschen, alle Männer und alle Frauen in allen Welten, sind in Wirklichkeit nicht *eins*, sondern *zwei*. Wir werden als Zweifaches geboren, doch im Laufe unseres Lebens verliert sich eines davon, verlässt uns, oder, um es anders auszudrücken, *wir vergessen es* … Um diesem bedauernswerten Zustand abzuhelfen, wurde vor vielen Jahrhunderten die Gedächtniskunst erfunden. Die Weisen der alten Zeiten dachten, dass ein Kind, das von klein auf die Gedächtniskunst praktiziert, aufwachsen könnte, ohne zu vergessen, und dass dieser andere Teil uns so nicht verlassen würde, oder, um es anders auszudrücken, dass wir ihn nicht vergessen würden.«

»Und das soll eine einfache Erklärung für ein Kind sein?«, beschwerte sich König Leopoldo.

»Lass mich die Worte des Mythos verwenden«, sagte der Magier. »Bei unserer Geburt haben wir eine Seele, doch diese Seele kann uns verlassen. Auf einigen Planeten geschieht das bereits bei der Geburt selbst! Die Seele trennt sich von einem Menschen und entfernt sich, so weit, dass dem Betroffenen die Hälfte seiner selbst zu fehlen scheint. Und das ist mit dir geschehen, Adenar von Yöl. Du hast deine Seele verloren. Deine Seele ist deinem Gedächtnis entflohen.«

»Absurd!«, sagte König Leopoldo, den das Gesagte schmerzte, und der wie viele Menschen, die etwas schmerzt, mit den Lippen negierte, was er nicht wahrhaben wollte. »Unmöglich! Seele und Gedächtnis sind ein und dasselbe.«

»Nein, verehrter König, das sind sie nicht. Das Gedächtnis ist eine Konstruktion. Aber die Seele ist etwas anderes. Die Seele ist lebendig, sie ist ein *lebendiges Wesen*, und kann deshalb nicht festgehalten werden. Die Seele wird geboren, wächst heran und stirbt, genau wie der Körper. Die Seele hat auch einen Körper, doch ist er viel zerbrechlicher, es fällt ihm schwer, in unserer Luft und unserer dichten Atmosphäre zu leben. *Jede Nacht, wenn du schläfst, trennt sich deine Seele von deinem Körper und fliegt zum großen Planeten Ardis, dem Seelenplaneten, und dort nährt sie sich und empfängt das Licht und die Musik der Ihren. So lebst du tagsüber, und in der Nacht lebt deine Seele. Tagsüber nährst du dich von Bildern, und in der Nacht ist es deine Seele, die sich von Bildern nährt.* So geschieht es in allen Welten, Adenar. Aber wenn deine Seele dich verlässt, kannst du in deinen Träumen nicht mehr nach Ardis fliegen.«

»Geht das denn?«, fragte Adenar. »Ist es möglich, ohne Seele zu leben?«

»Natürlich ist das möglich«, sagte der Magier. »Es ist möglich, aber wenn man seine Seele verloren hat, reduziert sich das Leben um die Hälfte, die Dinge verlieren an Farbe, Freude und Liebe werden durch Langeweile und Groll ersetzt … Wenn man ohne Seele lebt, scheint nichts einen Sinn zu haben und alles vom Zufall regiert zu werden. Wenn man ohne Seele lebt, kommt einem das Leben mühselig und anstrengend vor und man wartet unablässig, wartet darauf, dass etwas Schönes geschieht, wartet darauf, dass irgendetwas geschieht, was auch immer es sei …! Ja, mein lieber Prinz, man kann ohne Seele leben, aber es ist ein absolut nicht erstrebenswerter Zustand.«

»Also …?«, fragte Adenar.

»Also musst du dich auf die Suche nach deiner Seele begeben«, sagte der Magier. »Das ist es, was du tun musst.«

In diesem Moment traten die Diener mit den Frühstückstabletts ein, im Grunde kleine Tischchen aus poliertem Kirschholz mit ausklappbaren Beinen, und stellten vor jeden eines hin.

»Morgen werden wir in den Wald von Ödyl gehen«, kündigte der Magier an und nahm aus der kleinen Schale mit den Früchten, die vor ihm auf dem Tablett stand, einen Pfirsich.

»Ein fliegender Teppich wird bereitstehen, wann immer du es wünschst«, sagte der König.

»Teppich?«, wiederholte der Magier Namenlos verwundert. »O nein, keine Teppiche. Was wir brauchen, ist ein Pferd für Adenar.«

Der Wald von Ödyl

»Langsam, Magier Namenlos!«, rief Adenar und klammerte sich an die Zügel. »Ich bin schon lange nicht mehr geritten.«

»Das merkt selbst ein Blinder«, sagte der Magier und lachte offen heraus. »Was für eine Erziehung lässt man denn heutzutage den jungen Leuten in Yöl zukommen?«

»Man bringt uns bei, wie man mit einem zwölfteiligen Besteck isst und wie man ein hartes Ei mit Messer und Gabel pellt.«

»Nein, das kann nicht sein!«, sagte der Magier schmunzelnd. »So schlimm können die Dinge doch nicht stehen!«

»Warum können wir keinen fliegenden Teppich nehmen?«, fragte Adenar.

»Weil der einfachste Weg nicht immer an den gewünschten Ort führt.«

»Wirklich schade«, äußerte sich Adenars Pferd missmutig.

»Ach ja«, sagte Adenar. »Was ist denn überhaupt mit deinem Pferd los? Ist es stumm?«

»Es ist nicht stumm«, sagte der Magier. »Es kann nur nicht sprechen.«

»Es kann nicht sprechen? Warum denn nicht?«

»Warum denn nicht!«, brummte der Magier, der sich bestens mit Adenar zu amüsieren schien. »Es kann nicht sprechen, weil es ein richtiges Pferd ist, darum.«

Darauf schwieg Adenar. Offenbar war es eine Angewohnheit der Magier, unverständliche Antworten auf die leichtesten Fragen zu geben.

Die Ankündigung, dass Prinz Adenar ein Pferd zum Ausreiten brauche, hatte einen kleinen Aufruhr in den Stallungen des Palastes verursacht, denn seit Jahren war niemand mehr irgendwo hingeritten. Man musste einen Sattel entstauben, der noch in irgendeiner vergessenen Kammer lag, einen ruhigen Schimmel auswählen und ihm lange, höfliche Erklärungen geben, bevor man ihn aufzäumen konnte, denn auch die Pferde waren es nicht mehr gewohnt, Menschen auf ihrem Rücken zu tragen, die ihnen sagten, wohin sie gehen sollten.

Gemeinsam hatten sie den Palast von Yöl verlassen, voran ritt der Magier, sehr aufrecht auf seinem schwarzen Pferd, und dahinter, wenig elegant, Adenar, der auf seinem dahintrottenden Schimmel mit den mächtigen Hufen durchgerüttelt wurde. Als sie durch die Pforte kamen und langsam die Schlossbrücke überquerten, verfolgten alle, die sich auf der Esplanade vor dem Palast befanden, neugierig das Spektakel. Die Sänger hörten zu singen auf; die Geschichtenerzähler unterbrachen ihre Erzählungen; die Gaukler ließen ihre Orangen oder Diabolos zu Boden fallen. Ein Magier mit einem Zauberstab war schon ein recht ungewöhnlicher, aufsehenerregender Anblick in Yöl, aber dass der Magier außerdem auf einem großen schwarzen Pferd ritt und Prinz Adenar höchstpersönlich ihn begleitete, ebenfalls hoch zu Ross ... Hund noch mal, das erlebte man wirklich nicht alle Tage! Und sogleich wurde alles kommentiert: wie feierlich und majestätisch der Magier wirkte, wie schlecht Prinz Adenar doch ritt ... Ringsum hörte man Gelächter und Gemurmel.

»Kommst du dir albern vor?«, fragte der Magier ihn.

»Allerdings«, sagte Adenar. »Ich komme mir völlig albern vor.«

»Gut«, sagte der Magier. »Da musst du jetzt durch. Lehne dich nicht dagegen auf.«

»Wie sollte ich mich nicht dagegen auflehnen? Glaubst du, dass irgendjemand sich gern lächerlich macht?«

»Sicherlich nicht«, antwortete der Magier. »Ich meine bloß, du solltest dich nicht dagegen auflehnen. Spüre deiner Lächerlichkeit nach. Beobachte sie. Akzeptiere sie.«

»Und dann verschwindet sie?«

»Nein, verschwinden wird sie nicht, aber sie wird dir nichts mehr anhaben können.«

»O je, da ist mein Freund Arce, der Witzbold«, sagte Adenar.

»Grüße ihn und lass ihn sehen, wie schlecht du reitest und dass dir schon das Hinterteil wehtut.«

Adenar wurde rot, sah starr geradeaus und tat so, als habe er Arce nicht gesehen.

»Da ist eine Gruppe von Mädchen, die mit dem Finger auf dich zeigen und lachen«, sagte der Magier. »Kennst du eine von ihnen?«

Adenar sah sich flüchtig nach den kichernden Mädchen um, von denen der Magier gesprochen hatte.

»Wo sind sie?«, fragte er bestürzt. »Rechts oder links?«

»Sie sind sehr hübsch«, sagte der Magier. »Eine von ihnen deutet sich auf die Wangen. Ich glaube, am lustigsten finden sie, wie rot du geworden bist.«

»Ich sehe sie nicht!«, rief Adenar aus, der sich nicht umdrehen wollte und versuchte, sie mit möglichst sparsamen Kopfbewegungen zu erspähen.

»Ich auch nicht«, sagte der Magier sanft. »Hast du vergessen, dass ich blind bin?«

»Oh«, sagte Adenar. »Du nimmst mich auf den Arm!«

»Ärger dich nicht!«, sagte der Magier und bemühte sich, ein Lachen zu unterdrücken.

»Hund noch mal!«, dachte Adenar. »Wie seltsam verdreht die Magie doch ist! Ob alle Magier solche Scherzkekse sind?«

Der Wald von Ödyl lag nicht weit von der Stadt Yöl entfernt, aber Adenar und der Magier brauchten fast den ganzen Tag, um erst die Ebene von Mälla zu durchqueren, mit ihren fröhlichen blumengeschmückten Dörfern, ihren Sonnenblumenfeldern und ihren kunstvollen Wassermühlen, die von den Dichtern der Mühlenschule so oft besungen worden waren, und dann das Tal von Somälla, wo das verlassene Schloss von Pajina stand und der Graf Barbasto, Adenars Onkel, ein Gut hatte, dessen goldene Umrisse Adenar von weitem zwischen den Pinien erblickte, und die Weiden von Pijälla mit ihren grasenden Ochsen und Kühen, wo der berühmte Käse von Pijälla gemacht wurde, und so war schon der Nachmittag angebrochen, als sie zu den ersten Ausläufern des Waldes gelangten, von ihren Pferden stiegen und das Ritual des Einlassens vollführten. Sie grüßten in die vier Richtungen Sonne, Wasser, Erde und Wind, und baten dann mit aneinander gelegten Händen die Wesenheiten des Waldes, ihnen Eintritt zu gewähren und den richtigen Weg zu weisen.

»Allein hätte ich nie diesen alten Ritus vollführt, der stammt ja noch aus den Zeiten meiner Großväter, oder Urgroßväter«, dachte Adenar, sonderbar berührt von der Ernsthaftigkeit, mit der der Magier ihn zelebrierte, und zu seiner eigenen Überraschung war er ganz damit beschäftigt, es ihm nachzutun. »Aber wie könnte man auf einem fliegenden Teppich auch anhalten und den Wald um Erlaubnis bitten, ihn zu betreten? Wie sollte man auf einem fliegenden Teppich überhaupt spüren, wann man einen Ort betritt oder verlässt? Wir haben den Sinn dafür verloren, einen Ort zu betreten, die Grenzen und das Innere eines Ortes zu erfahren, wir wissen nicht mehr, was es bedeutet, einen Ort nach und nach zu erreichen, sich ihm in einem langsamen Prozess zu nähern, Zwischenfällen und den Schönheiten des Weges zu begegnen, und wie man sich nach und nach das Recht erwirbt, ihn zu betreten …«

Da hob der Magier seinen Stab waagrecht in die Luft, und plötzlich, Adenar konnte sich nicht erklären, wie, war es kein Eschenzweig mehr, den Namenlos in den Händen hielt, sondern ein Schwert, ein riesiges altes Kriegerschwert, das in einem sanften Blau schimmerte und dessen kreuzförmiger Knauf ein violetter Amethyst zierte.

»Wofür brauchst du denn ein Schwert?«, fragte Adenar verblüfft. Doch Namenlos bedeutete ihm mit einer Handbewegung zu schweigen.

Der Magier richtete das Schwert gen Himmel, wendete es

dann und zeigte damit zur Erde. Adenar war auf irgendein übernatürliches Phänomen gefasst, einen aus den Wolken herabfahrenden Blitzstrahl, einen Donner, ein aus dem Boden aufflackerndes weißes Feuer, doch es geschah nichts, rein gar nichts. Der Magier legte beide Hände auf sein Herz und verneigte sich leicht, und Adenar tat es ihm nach.

Dann stiegen sie wieder auf und ritten hintereinander in den angenehmen Schatten der mächtigen Buchen von Ödyl.

Am späten Nachmittag kamen sie an. Der Wald war inzwischen so dicht und undurchsichtig, dass man sich kaum nur eine Teppichflugstunde von Yöl entfernt glaubte. Ringsum wuchsen riesige Buchen und Eschen, die sich unter üppigen Kletterpflanzen bogen; jahrhundertealte Zistrosenbüsche und Kastanien dämpften das Sonnenlicht und warfen einen schimmernden Halbschatten, hin und wieder durchbrochen von leuchtenden Sonnenflecken auf dem Teppich aus Moos und Gras, ein Halbschatten, der wie dazu geschaffen schien, ihn schweigend zu durchwandern, allein darauf bedacht, die morastigen Stellen zu umgehen und den Ästen in Augenhöhe auszuweichen.

Der Ort, zu dem der Magier ihn brachte, war eine weite Lichtung, durch die ein von Stein zu Stein springender Bach floss. Hohe Gräser und noch höhere Blumen wuchsen unter dem geheimnisvoll malvenfarbenen Licht des sich neigenden Nachmittags, der *magischen Stunde*, die alle Dinge mit einem Mal zum Leben zu erwecken scheint und in der eine sonderbare, erwartungsvolle Stille sich über die Natur legt. Prinz Adenar stieg vom Pferd, erschöpft und schmerzgeplagt nach einem ganzen Tag im Sattel, trat an den Bach und setzte sich auf einen der großen flachen, noch sonnengewärmten Ufersteine. Schon immer hatte er das Schweigen der großen Wälder gemocht, die Nähe des Bodens, der Steine und der Blumen. So furchteinflößend, gewaltig und feindlich ihm das Meer erschien, so geborgen fühlte er sich stets im Wald.

Der Ort, an dem sie sich befanden, kam ihm vage bekannt vor, und plötzlich erinnerte er sich an den Traum, den er einige

Tage zuvor gehabt hatte, den sonderbar »klarsichtigen Traum«, in dem der gesichtslose Magier, der ohne weiteres Namenlos gewesen sein könnte, ihm die drei Techniken gezeigt hatte, mit denen man sich im Traum bewegt.

Verblüfft und schlagartig seine Müdigkeit vergessend, sprang Adenar auf und betrachtete den Bach erst flussaufwärts, dann flussabwärts. Das klare Wasser floss glucksend zwischen mächtigen abgerundeten Steinen hindurch, die abwechselnd dunkle ruhige Stellen und kleine Wasserfälle entstehen ließen. Hie und da wuchs Schilfrohr neben dem Bach. Lange grün glitzernde Algen wehten gemächlich in der Strömung, an den Steinen am Grund haftend. Ja, kein Zweifel, es war derselbe Fluss! Zwanzig oder dreißig Meter flussaufwärts glaubte Adenar den großen flachen Stein im Wasser wiederzuerkennen, auf den sie beide während der Übung »sich mit dem Bauch bewegen« gesprungen waren. Ja, kein Zweifel, das war er. Von diesem Stein aus hatte der fremde Magier ihn gerufen, und bis zu diesem Stein war er gesprungen, ohne recht zu wissen, wie, jedenfalls voller Leichtigkeit. War sein Traum vielleicht gar kein Traum gewesen? Waren sie beide, der Magier und er, in jener Nacht im Wald von Ödyl *physisch* präsent gewesen?

Die Dämmerung brach herein. Rund um die Lichtung schien der Wald dunkler denn je. Dichter Nebel hing zwischen den Baumstämmen, und fast vermeinte man unheimliche Wesen mit lauernden Augen in ihm zu erahnen. Adenar verstand plötzlich, wie all die alten Legenden entstanden waren, die von dem Schrecken der Nacht im Wald erzählten, von Ungeheuern, Drachen, Hexen und bösen Gnomen.

Es war die Stunde der Mücken. In großen Schwärmen sah man sie in der Luft stehen, unzählige reglose Punkte. Adenar spürte einen Stich am Hals, schlug auf die Stelle, und als er die Hand wegzog, prangte auf seinem Mittelfinger ein kleiner Blutfleck.

Unterdessen hatte der Magier Namenlos ohne abzusteigen den Bach durchquert, ritt über das Gras der Lichtung und drehte dabei den Kopf nach allen Seiten. Es war, als versuche er, allen Geräuschen rundherum zu lauschen, dem Zwitschern und Knacken, noch den leisesten und feinsten Lauten. Jedes Mal, wenn er anhielt, begann sein Pferd in der hohen schimmernden Wiese zu grasen. Adenar fragte sich, was sein seltsamer Begleiter wohl machte, und da erinnerte er sich, einmal gehört zu haben, dass manche Magier die Steine und Bäume *erschauen*, während andere sie *erhören*. War es das, was Namenlos da tat, *erhörte er den Ort*, fand er anhand seines Gehörsinns heraus, welche Stelle am geeignetsten für das war, wozu sie hierher gekommen waren, was auch immer das sein mochte?

»Adenar«, hörte er den Magier sagen.

Schließlich war er abgestiegen und winkte ihn zu sich. Die von violetten Blumen getupften Gräser der Lichtung reichten ihm bis an die Knie.

Adenar überquerte den Bach von Stein zu Stein springend, um seine Stiefel nicht nass zu machen, und ging zu dem Magier Namenlos.

»*Om*!«, sang der Magier mit mächtiger Stimme, nahm das Schwert in beide Hände und zog einen weiten imaginären Kreis um sie herum.

»Verlass nicht diesen Kreis«, sagte er. »In ihm müssen wir warten.«

Dann stieß er das Schwert in den Boden und sie setzten sich beide in das hohe Gras. Die freigelassenen Pferde gingen zum Bach, um zu trinken, und weideten dann an verschiedenen Stellen der Lichtung.

Irgendwo im Wald quakte ein Frosch, und dann ein anderer, oder doch wieder derselbe. Eine auffahrende Brise schien die Lichtung im Zickzack zu durchwehen, wiegte einige Gräser, während andere reglos blieben, als sagten einige Gräser JA, andere NEIN. Die violetten Blumen rührten sich nicht.

»Warum sind die leblosen Dinge zu dieser Stunde so beängstigend?«, fragte Adenar und spürte, wie ihn ein Schauder durchlief.

»Was meinst du damit?«

»Mir ist, als würden diese Blumen uns anschauen«, sagte Adenar. »Ich habe das Gefühl, sie wüssten, dass wir hier sind, wer wir sind.«

»Du hast ein gutes Gespür für das Mysterium«, sagte der Magier und betonte das Wort »Mysterium« mit besonderem Nachdruck, was dem jungen Prinzen nicht entging. »Es gibt einen Moment des Tages, an dem die Grenzen zwischen dem, was ist, und dem, was nicht ist, zwischen dem Materiellen und Immateriellen, fast völlig verwischen. Dieser Moment ist die Stunde der Dämmerung, wenn der König des Tages sich schlafen legt und die Königin der Nacht noch nicht erwacht ist. Für einen kurzen Augenblick hat die Welt weder König noch Königin. In diesem Moment ist nichts wirklich das, was es ist, kann jedes Ding alles Mögliche sein.«

»Es hat den Anschein, alle Dinge seien lebendig«, sagte Adenar, »als gäbe es überall Augen, die uns beobachten.«

»Das stimmt«, sagte der Magier. »Alle Dinge *sind lebendig*, und überall *gibt es* Augen, die uns beobachten. Es sind die Augen des Grases, der Erde, der Bäume, der Blumen, die Augen des Waldes. Die Steine sind lebendig, Adenar, die Luft ist lebendig. Alles hat seine eigene Intelligenz, sein eigenes, einzigartiges Bewusstsein. Darum bitten wir um Erlaubnis, weitergehen zu dürfen, bevor wir den Wald betreten. Es sind auch die Augen der Wesenheiten, die den Wald bewohnen. Gute und böse Wesenheiten; aber hab keine Angst, dieses Schwert beschützt uns vor allem.«

»Wie interessant ist das alles, was du mir erzählst«, sagte Adenar. »Warum lernen wir diese Dinge nicht an der Universität, statt der endlosen Auflistungen von Maschinenteilen, Adern, Knochen und alten Königen?«

»Es gab eine Zeit, in der diese Dinge unterrichtet wurden«, sagte der Magier. »Aber das ist lange her ...«

»Vor dem Ewigen Augenblick?«

»Ja«, sagte der Magier Namenlos. »Ganz genau, vor dem Ewigen Augenblick.«

Sie schwiegen beide. Adenar hatte den Ranzen geöffnet, den

er auf dem Rücken getragen hatte, hatte ein kleines Tuch auf die Wiese gelegt und verteilte darauf den Proviant, den man ihnen in Yöl für den Tag vorbereitet hatte: Früchte, Käse, Brot und Quittenkonfekt. Dazu Schafsmilch und Mandelkuchen.

»Warum erzählst du mir nicht von dieser Zeit?«, bat ihn Adenar, schnitt ein Stück Käse und ein Stück Quittenkonfekt ab und legte beides auf eine Scheibe Brot. »Wie war Glabris vor dem Ewigen Augenblick?«

»Von dieser Zeit darf man nicht sprechen«, sagte der Magier mit einem verhalten traurigen Lächeln. »Die Königin hat es verboten.«

»Die Königin? Welche Königin? Ich wusste nicht, dass ihr Magier Könige habt ...«

»Das ist so eine Redensart«, sagte der Magier ausweichend.

»Als der Ewige Augenblick begann, habt ihr Magier Yöl verlassen, nicht wahr?«, fragte Adenar.

»Es gab eine Zeit, in der wir Magier in Glabris sehr bedeutend waren«, sagte der Magier Namenlos fast widerwillig und sehr leise. »Dann hörten wir auf, es zu sein, und beschlossen, fort in die Berge und Wüsten zu gehen.«

»Warum in die Berge und Wüsten?«

»Weil es keine *interessanten* Orte sind«, erklärte der Magier. »Es sind unzugängliche, ungastliche Orte, an denen niemand leben will.«

»Ich habe den Eindruck, das Fortgehen der Magier war eine große Tragödie für Glabris«, sagte Adenar, nicht, weil er es wirklich glaubte, sondern weil er versuchen wollte, mehr aus Namenlos herauszulocken.

»Nein«, sagte der Magier. »Das große Unglück war die Erschaffung des Ewigen Augenblicks.«

Beide schwiegen wieder einen Moment lang. Adenar aß Käse mit Quittenkonfekt und der Magier verspeiste langsam ein paar Trauben.

»Ich nehme an, wenn er mir etwas erzählen will, wird er es tun. So lange muss ich mich eben gedulden ...«, dachte Adenar.

»Machen wir kein Feuer?«, fragte er den Magier.

»Das können wir nicht. Das Feuer würde die erschrecken, auf die wir warten. Wir müssen ohne Feuer auskommen.«

»Etwas habe ich inzwischen über die Magie gelernt«, sagte Adenar, streckte sich im Gras aus und biss von einem Stück Mandelkuchen ab. »Die Magie ist die Kunst, die Dinge kompliziert zu machen …«

Der Magier Namenlos lachte gutmütig und spuckte ein paar Traubenkerne ins Gras.

»Und dennoch ist es genau umgekehrt«, sagte er schmunzelnd. »Die Magie ist die einzige Form, die Dinge direkt anzugehen.«

»Was für ein außergewöhnlicher Tag das heute war«, sagte Adenar und dachte an die lange Reise zurück, die sie vom Palast von Yöl bis in den Wald von Ödyl geführt hatte.

»Na, ich freue mich, dass du dich mit mir nicht langweilst«, sagte der Magier. »Was genau fandest du denn so außergewöhnlich?«

»Jetzt sage ich bestimmt etwas ganz Dummes«, antwortete Adenar. »Aber ich bin es einfach nicht gewohnt, so viel Zeit und Mühe aufzuwenden, um von einem Ort zum anderen zu kommen … Heute Morgen, als du sagtest, wir müssten nach Ödyl reiten, hätte ich mich fast geweigert, weil ich nicht einsah, dass ich mir wegen deiner Dickköpfigkeit die Knochen durchschütteln lassen sollte … Was habt ihr Magier gegen die fliegenden Teppiche?«

»Nichts«, sagte Namenlos. »Wir Magier haben gegen nichts etwas.«

»Du antwortest immer in Widersprüchen«, beschwerte sich Adenar.

»Die fliegenden Teppiche wurden vor vielen, vielen Generationen von den Magiern erfunden. Aber das ist eine andere Geschichte. Sprich weiter.«

»Tja, also wie gesagt, die Idee, hierher zu reiten, kam mir zunächst unsinnig und dumm vor, aber als wir die Straßen von Yöl hinter uns ließen, begann ich, Vergnügen an dem Ausflug zu finden …«

»Den Eindruck hatte ich auch«, sagte Namenlos.

»Bestimmt geht es meinem Vater ähnlich, wenn er an Schiffe denkt«, sagte Adenar. »Bei der Vorstellung, das Meer auf einem Schiff zu durchqueren, oder schwimmend, schwimmend!, Hund noch mal, eine langsamere und ermüdendere Form der Fortbewegung gibt es ja gar nicht! Aber heute habe ich entdeckt, dass Müdigkeit sich sehr wohltuend anfühlen kann und die Langsamkeit etwas überaus Schönes ist. Ich würde fast sagen, die Langsamkeit ist das Schönste, was es auf der Welt gibt …«

»Das sind ja in der Tat ganz ungemeine Entdeckungen!«, sagte der Magier.

»Es ist mir ganz egal, ob du dich über mich lustig machst«, sagte Adenar. »Ich lehne mich nicht gegen deinen Spott auf. Ich akzeptiere ihn. Ich lerne von ihm.«

Der Magier ließ ein tiefes Gelächter ertönen.

»Du lernst schnell, Adenar.«

»Wie schön ist doch die Langsamkeit«, sagte Adenar. »Wie schön ist es, über die Wege zu schreiten, statt über die Welt zu fliegen. Wie interessant erscheint dann jeder Winkel, jeder Baum, jeder Dachdecker, der von seinem Dach zu uns heruntersieht, jeder Angler, der von seiner Steinbrücke zu uns herüberschaut … Es ist verblüffend, wie viele Dinge einem entgehen, wenn man auf einem fliegenden Teppich reist!«

»Das stimmt«, sagte der Magier.

»Auch zu ermüden ist schön«, sagte Adenar. »Obwohl ich nur schwer erklären könnte, warum.«

»Vielleicht, weil es dir erlaubt, die Dinge zu spüren, die du erlebst?«, sagte der Magier. »Weil es dir hilft, dich daran zu erinnern, dass du einen Körper hast, lebendig bist?«

Prinz Adenar, bequem im Gras ausgestreckt, die Hände unter dem Kopf, wusste nicht, was er auf diese Fragen, die ja eigentlich keine Fragen waren, antworten sollte.

Diesmal schwiegen sie eine lange Weile. Ringsum wurde es Nacht und das malvenfarbene Licht verblasste zu mattrosa Schlieren am Himmel. In der Ferne schrie ein Uhu.

»Du bist wegen mir von sehr weit her gekommen«, dachte Adenar laut, während er langsam schläfrig wurde. »Es ist doch komisch, dass einem Menschen etwas geschieht und ein anderer kommt und ihm hilft, aber im Grunde ist es ja das, worum sich alles dreht, findest du nicht? Nein, das ist es nicht, was ich sagen wollte … Was ich meine ist, dass es mir sehr seltsam erscheint, wie all unsere Leben miteinander verknüpft sind, als wären wir ein großes gemeinschaftliches Tier, das etwas umfasst … etwas umhält …«

Der Magier hörte ihm mit hochgezogenen Augenbrauen lächelnd zu. Er hätte gern gewusst, was Adenar sagen wollte, aber der Junge schien nicht die Worte zu finden, um den Satz zu beenden. Der Magier wartete geduldig. Einen Augenblick später kam ihm ein leichtes Schnarchen zu Ohren, und so erfuhr er, dass der Prinz eingeschlafen war.

Die Nacht im Wald

»Schau nur!«, flüsterte der Magier ihm ins Ohr. »Schau, sie sind schon da!«

Adenar öffnete mühsam die Augen. Verwundert stellte er fest, dass er sich nicht in seinem Bett im Palast von Yöl befand, sondern im Gras lag, starr vor Kälte und einen Stein im Rücken. Es war mitten in der Nacht und Sterne übersäten den Himmel. Winzige goldene Sterne, die in der Dunkelheit tanzten und kreisten.

»Sterne, die tanzen?«, fragte Adenar sich erstaunt und noch ganz schlaftrunken. Er rieb sich energisch die Augen und gähnte. Da merkte er, dass das, was er da sah, keine Sterne waren, sondern Glühwürmchen.

Überall schwirrten sie herum, hoch in der Luft, nah an der Wiese, winzige goldene Lichtpunkte, die sich in alle Richtungen drehten.

»Kannst du sie sehen?«, fragte der Magier.

»Natürlich kann ich sie sehen«, sagte Adenar. »Das sind Glühwürmchen.«

»Glühwürmchen!«, sagte der Alte spöttisch. »Das sind keine Glühwürmchen, Adenar.«

»Es sind keine Glühwürmchen? Was dann?«

»Adenar, du musst lernen, mehr als nur deine fünf Sinne zu gebrauchen«, sagte der Magier.

Adenar fing einen der goldenen Punkte ein, die über ihnen flogen, und spürte in seiner geschlossenen Hand das unangenehme Vibrieren heftig schlagender Flügelchen. Er öffnete die

Faust und erblickte einen gräulichen Schmetterling, eine Art unansehnlichen grauen, behaarten Wurm mit Flügeln, dessen Bauch wie orangefarbene Glut leuchtete.

»Es sind Glühwürmchen«, sagte Adenar. »Ich habe gerade eines gefangen.«

Der Magier streckte die Hand aus und Adenar setzte das Tierchen darauf.

»Wir hätten uns tiefer in den Wald begeben sollen«, murmelte der Magier unterdrückt, als er das Käferchen auf der Handfläche spürte. »Wir hätten in die Berge gehen sollen. Wir hätten uns weiter entfernen müssen von ...«

»Es ist ein Glühwürmchen«, sagte Adenar.

»Ja«, bestätigte der Magier unwillig und warf es in die Luft. »Ja, es ist ein Glühwürmchen.«

»Sind wir bis hierher gekommen, nur um Glühwürmchen zu fangen?«, fragte Adenar.

Er stand auf und streckte sich.

»Wohin gehst du?«, fragte der Magier. »Wenn du den magischen Kreis verlässt, kann ich dir nicht mehr helfen.«

Adenar setzte sich wieder.

»Wir brauchen keinen magischen Kreis, um uns vor Glühwürmchen zu schützen«, sagte er missmutig.

»An diesem Ort gibt es nicht nur Vögel und Insekten, das kann ich dir versichern«, sagte der Magier. »Wir haben die Mächte angerufen, und das müssen wir respektieren.«

»Magier Namenlos«, sagte Adenar, »wozu sind wir denn eigentlich hierher gekommen?«

Der Magier sah nicht besonders glücklich aus. Ob er wirklich ein Magier war?, fragte sich Adenar. Oder vielleicht nur ein Lehrling? Aber er war nicht wirklich in dem Alter eines Lehrlings, er war alt und blind und hatte ganz das Aussehen, das Auftreten und die Aura (also dieses undefinierbare Etwas, das Menschen umgibt und uns ohne Worte vermittelt, ob sie gütig, mutig oder finster sind) eines mächtigen Magiers. Und trotzdem, wunderte sich Adenar, hatte er Glühwürmchen, einfache Insekten, mit wer weiß welchen magischen Erscheinungen verwechselt. Er hatte einmal gehört, dass Magier nie die Geduld verlieren, niemals ärgerlich werden und nie zeigen, wie sie wirklich sind. War das alles vielleicht nur eine Art Spiel, ein Trick des Magiers, um Adenar auf die Probe zu stellen?

»Wir sind hierher gekommen, um eine Nymphenkugel zu suchen«, beantwortete der Magier langsam die Frage des Prinzen. »Wenn wir denn eine finden können. Oder um zu versuchen, eine zu fabrizieren, sollte keine Nymphenkugel mit den Eigenschaften existieren, die wir benötigen.«

»Was für eine Kugel? Was soll das sein, eine Art Süßigkeit aus Glühwürmchenflügeln?«, sagte Adenar, der nicht mehr ganz so erbost war wie noch einige Sekunden zuvor, seine Verärgerung aber nicht so leicht verziehen lassen wollte.

Der Magier antwortete ihm nicht, und Adenar lernte noch etwas über Magier dazu: Auf Sarkasmus reagieren sie grundsätzlich nicht.

Es verging eine Stunde, ohne dass irgendetwas geschah. Die Glühwürmchen tanzten um sie herum. In der Ferne schrien die zwischen den Bäumen des Waldes umherfliegenden Eulen. Hoch in der Luft war das sanfte, gedämpfte Flügelschlagen von Fledermäusen zu hören, die ihre Kreise über der Lichtung zogen und sich an Glühwürmchen und anderen nächtlichen Insekten gütlich taten.

»Was ist eine Fünfenkugel?«, fragte Adenar schließlich, des langen Schweigens müde.

»Das ist eine Kugel mit magischen Eigenschaften«, sagte der Magier Namenlos. »Man steckt sie frechen Prinzen in den Mund, um sie zum Schweigen zu bringen …«

Adenar musste gegen seinen Willen grinsen. »Ein Glück«, dachte er, »dass er blind ist und mich nicht sehen kann.«

»Da«, sagte Namenlos und legte einen Finger an die Lippen.

Irgendetwas kam langsam über die Wiese auf sie zu. Was auch immer es sein mochte, es bewegte sich schlingernd in kleinen Zirkeln voran, hielt zwischendurch inne, um im Gras zu schaben, und blieb für Momente reglos stehen. Was auch immer es war, es ignorierte die Grenzen des von dem Magier mit seinem

Schwert gezogenen magischen Kreises und kam immer näher, als bemerke es ihre Anwesenheit gar nicht. Es schien kein großes Wesen zu sein, sondern mochte die Gestalt einer stattlichen, wolligen Katze haben. Plötzlich sah Adenar kaum zwei Meter entfernt zwei Augen in der Dunkelheit aufflackern.

»Es ist ein Dachs!«, rief er erleichtert aus.

Beim Klang seiner Stimme verschwand das Tier mit einem Satz.

»Ein Dachs?«, sagte der Magier. »Bist du sicher? Hast du ihn gesehen?«

»Nein, ich habe ihn nicht gesehen, aber was könnte es sonst sein?«, sagte Adenar. »Ach ja, er trug eine Fünfenkugel auf dem Rücken, die hat er mir in die Hand gedrückt.«

»*Nymphen*kugel, du Schwatzkopf«, sagte der Magier.

»Meinetwegen, wie auch immer.«

»Weißt du vielleicht nicht, was eine ›Nymphe‹ ist?«, sagte der Magier. »Bringt man euch in dieser Universität, die du besuchst, gar nichts bei?«

»Nein, keine Ahnung. Was ist das?«

»Das ist eine Fee. Eine Nymphenkugel ist eine von Feen gewebte Kugel.«

Dann schwiegen sie erneut. Und irgendwann schlief Adenar ohne es zu merken wieder ein.

Als er aufwachte, nahm er Licht rings um sich wahr, noch bevor er die Augen aufschlug. Er dachte erst, es sei die Morgendämmerung, doch plötzlich hörte er feine Stimmen um sich herum und merkte, wie winzige Hände seinen Körper streiften. Das, was er für das erste Tageslicht gehalten hatte, konnte nur der Schimmer der Feenwelt sein, und er beschloss, die Augen nicht zu öffnen. Etliche kleine Wesen umgaben ihn, umkreisten ihn in der Luft und schwirrten hin und her; Adenar konnte ihre Gegenwart mit geschlossenen Augen spüren. Er hörte ihre Stimmen, feine männliche und weibliche Stimmen, und auch die Stimme des Magiers Namenlos.

»Er ist ganz schön groß.«

»Ja, er ist ein wirklich großer Junge.«

»Hübsch ist er.«

»Ich werde ihn auf die Lippen küssen, dann wird er für immer in mich verliebt sein.«

»Lass ihn in Ruhe, Millevini«, hörte er Namenlos sagen.

»Habt ihr alle Maße?«

»So ein großer Junge.«

»Nein, wir müssen noch Kopf und Füße vermessen.«

»Er hat sich so zusammengerollt, wie sollen wir da genaue Maße nehmen?«

»Gib mir von dem Spinnenfaden!«

»Mehr Spinnenfaden!«

»Was hat er denn da Komisches? Guck mal, dasselbe hat er auch auf der anderen Kopfseite.«

»Das sind Ohren«, sagte Namenlos. »Ist es das erste Mal, dass du einen Menschen siehst, Silvertine?«

»Warum setzt ihr euch denn *so etwas Fürchterliches* auf den Kopf?«, kreischte die Fee Silvertine auf, die noch sehr jung sein musste.

»Sie setzen es sich nicht auf, sie werden so geboren«, hörte er ein anderes Stimmchen sagen.

»Sie werden so geboren? Die Armen!«

»Fehlt nur noch der äußere Umfang.«

»Alles andere ist gemessen?«

»Aber dieses riesige Schwert dazu ist unmöglich«, sagte eine andere Stimme. »Außerdem wiegt es zu viel.«

»Dann macht zwei Kugeln«, hörte er Namenlos sagen. »Eine für ihn und eine für seine Sachen.«

»Zwei Kugeln?«, wunderten sich mehrere Stimmen an verschiedenen Punkten.

»Mehr Spinnenfaden!«

»Ihr habt ihm doch Wachs in die Ohren gesteckt, oder? Es wäre mir nicht lieb, wenn er uns hörte, sei es auch nur im Traum.«

»Er ist wirklich sehr hübsch, aber er glänzt kaum.«

»Sei ruhig, Millevini.«

»Ich will ihn doch nur ein bisschen zum Glänzen bringen.«

»Von wem ist dieser Stab?«

»Bestimmt von Pandefiori, er lässt ihn immer überall liegen.«

»Ich könnte zwischen seinen Lippen schlafen!«, sagte das Stimmchen von Millevini.

Adenar spürte einen winzigen geflügelten Körper auf seinen Lippen, einen warmen, lebhaften Körper und heftig flatternde Flügelchen, die ihn an der Oberlippe kitzelten.

»Ja, er ist ganz schön groß.«

»Wie alt mag er wohl sein?«

»Nicht älter als hundert, würde ich sagen, er sieht so jung aus!«

»Auf dieser Seite alles fertig.«

»Wir haben vergessen, seine Flügel zu messen.«

»Menschen haben keine Flügel, Silvertine«, sagte Namenlos.

»Nein, wirklich? Aber warum schneiden sie sie denn ab?«

»Sie schneiden sie nicht ab, Silvertine, sie werden so geboren«, erklärte eine andere Stimme.

»Sie werden *ohne Flügel* geboren?«

»Ja, meine Liebe, sie werden ohne Flügel und mit Ohren geboren.«

»Die Armen«, sagte Silvertine.

Plötzlich spürte er winzige warme Fingerchen, die eines seiner Lider griffen und sanft nach oben zogen.

»Er schläft gar nicht!«, schrie ein Stimmchen. »Er kann alles hören!«

»Lasst ihn in Ruhe«, sagte Namenlos.

»Ich habe seine Iris im Auge gesehen; er schaut mich an!«

»Seid ihr fertig?«, fragte Namenlos.

Adenar öffnete die Augen.

Zu seinem Erstaunen fand er den Magier vor sich im Gras sitzend und mit seinen blinden Augen in das blasse Licht blicken, das der Morgendämmerung vorausgeht. Auf der ganzen Lichtung war außer ihnen beiden niemand zu sehen.

»Wo sind sie?«, fragte Adenar und sah sich um. »Wohin sind sie verschwunden?«

»Wovon sprichst du?«, fragte Namenlos.

»Ich habe sie gehört, ich habe sie um mich herum gespürt, sie haben mich berührt und mich vermessen … Wo sind sie?«

»Wo ist wer?«, fragte der Magier. »Du siehst doch, hier ist niemand.«

Adenar stand auf und drehte sich nach allen Seiten um. Nirgends auch nur eine Spur von Feen oder sonstigen Wesen.

Adenar gibt sich geheimnisvoll

In den auf seine Rückkehr nach Yöl folgenden Tagen nahm Adenar wieder sein normales Leben auf. Der Magier Namenlos kündigte an, er würde drei Tage meditieren, und König Leopoldo wies ihm ein rundes Zimmer im Schwalbenturm zu, dem ruhigsten und abgeschiedensten Teil des riesigen, labyrinthischen Palastes von Yöl, einen weiten, kühlen Raum mit Fenstern zu den Wolken, der, den Anordnungen des Magiers entsprechend, völlig leer war. Da die Magier nicht die Gedächtniskunst praktizieren, fragte der König ihn, was er für seine Meditation benötigte, und der Magier bat um einen Teppich, eine Wollmatratze zum Schlafen und eine Vase mit Blumen. Der König fragte ihn, welche Blumen er wünsche, und der Magier erwiderte, alle Arten seien ihm recht, sie müssten nur frisch sein. Der König schickte ihm einen Teppich, eine Wollmatratze, eine Vase mit frisch im Garten der Prinzessinnen Alhelíes geschnittenen Rosen, und außerdem eine Platte mit Früchten, eine Öllampe und ein rot getöntes Glas zur Betrachtung der Sonne. Der Magier ließ ihm ausrichten, dass er ihm für seine Aufmerksamkeiten danke, alles habe, was er brauche, und in den nächsten drei Tagen nicht gestört werden wolle. Im selben Zug schickte er die Früchte, die Lampe und das getönte Glas zurück. Die Diener des Königs und König Leopoldo selbst wussten nicht so recht, was der Magier Namenlos mit »in den nächsten drei Tagen« genau meinte. Von welchen drei Tagen sprach er? Sollten sie vielleicht alle gemeinsam, alle Diener und unzähligen Bewohner des Palastes, die Königsfamilie eingeschlossen, einen Tag nach dem anderen zählen? Und wie wollte der Magier vor allem vorhersehen, was im Ablauf dieser Tage geschehen würde, war doch die Zukunft ein gänzlich illusorisches und bedeutungsloses Konzept für die, die im Ewigen Augenblick lebten?

Adenar konnte nur wenig von seinem magischen Ausflug in den Wald von Ödyl berichten. Seine Freunde und er waren schon oft in dem Wald gewesen, um auf Bilderjagd zu gehen oder einfach ein schönes Picknick im Gras zu machen, aber keiner von ihnen konnte sich an Orte oder Gegenden erinnern, wie Adenar sie beschrieb; sie schienen eher den düsteren, gespenstischen Wäldern des Nordens zu entstammen als den idyllischen Landschaften von Ödyl. Adenar sagte nichts von seiner vermeintlichen Begegnung mit den Feen, da er inzwischen selbst vollkommen überzeugt war, dass es sich um einen Traum gehandelt habe; dafür sprach er aber von dem sonderbaren Gefühl, der ganze Wald sei lebendig gewesen, die Blumen hätten ihn beobachtet und zwischen den Bäumen hätten sich seltsame, furchteinflößende Wesen versteckt. Er erzählte ihnen auch, wie der Magier seinen Eschenstab in ein Schwert verwandelt hatte und welche magischen Rituale sie vor Betreten des Waldes ausgeführt hatten, und seine Freunde waren begeistert von diesen Geschichten, die sich wie die alten Legenden anhörten, und baten ihn ein ums andere Mal, sie zu wiederholen. Doch irgendetwas passte nicht so recht zusammen: Adenar hatte ihnen versichert, dass der Ausflug ein Misserfolg gewesen und rein gar nichts geschehen sei; und dennoch war er mit einer Miene zurückgekehrt, als wisse er etwas, das den anderen verborgen bleiben musste, und schien seltsam zufrieden mit sich selbst, als habe er etwas getan, wozu er sich nicht fähig geglaubt hatte, als habe er etwas gesehen, das keinem Menschen zu sehen bestimmt ist.

»Es gibt etwas, das du uns von deiner Reise nach Ödyl verschweigst«, beharrte der gewissenhafte Cienago. »Wenn du an einen bestimmten Punkt deiner Erzählung kommst, verstummst du immer und setzt so ein geheimnisvolles Lächeln auf.«

»Da gibt es nichts weiter zu erzählen«, versicherte Adenar und bemühte sich, seine Worte möglichst unglaubwürdig klingen zu lassen, damit die anderen weiter an ihnen zweifelten.

»Erzähl uns, wen ihr im Wald getroffen habt«, bat ihn Arce.

»Ich schwöre euch bei den Sternen und bei einem Wolkendrachen, dass ich im Wald *absolut niemanden gesehen* habe … außer dem Magier Namenlos natürlich.«

Der feierliche Schwur verunsicherte die Freunde, sie waren jedoch immer noch nicht ganz überzeugt.

Auch sein Vater, König Leopoldo, stellte ihm Fragen. Adenar hatte ihm mehrere Male in etwa erzählt, was sie im Wald getan hatten, er hatte ihm erzählt, dass sie an eine Lichtung gekommen waren, einen magischen Kreis gezogen und auf die Feen gewartet hatten, dass er dabei eingeschlafen und erst am nächsten Morgen wieder aufgewacht sei, und außer einem Haufen Glühwürmchen nichts und niemanden gesehen habe. Er hatte ihm erzählt, dass der Magier mit dem Ausflug zufrieden sei und ihm, Adenar, gesagt habe, sie hätten erfolgreich ausgeführt, wofür sie sich nach Ödyl begeben hatten. Wahrheitsgetreu versicherte Adenar seinem Vater, er wisse nicht, weswegen sie dort gewesen seien, und fügte hinzu, er selbst habe vor allem schlecht geschlafen, feucht und kalt sei es gewesen, und er glaube nicht, dass sie in dieser Nacht irgendetwas Besonderes, und erst recht nicht mit Erfolg, vollbracht hätten.

König Leopoldo war alt genug und hatte genügend Erfahrungen in der Welt gesammelt, um niemals wortwörtlich zu nehmen, was man ihm erzählte; nicht, weil er den Menschen misstraute (ganz im Gegenteil, er hatte großes Vertrauen in die Welt und dachte von jedem nur das Beste), sondern weil er wusste, wie trügerisch Worte sein können und wie schwierig es oft ist, herauszufinden, welch unterschiedliche Bedeutungen ein und dasselbe Wort für zwei Menschen annehmen kann. Da er praktisch veranlagt war, vertraute er mehr den Handlungen als den Erklärungen und glaubte mehr an Fakten als an Worte. Er sah, dass Adenar nach seinem Besuch im Wald von Ödyl ruhiger und fröhlicher war, und das, sagte er sich, war ein gutes Zeichen. Zudem hatte König Leopoldo einen Zug, der allen Mächtigen gemeinsam ist: Es kümmern sie weniger die Mittel als das Resultat, und wenn die Dinge sich so fügen, wie sie es wünschen, sind sie zufrieden und stellen keine weiteren Fragen.

In den Tiefen des Waldes von Ödyl schienen unterdessen die Natur und einige winzige Tierchen wie Spinnen und Käfer beschlossen zu haben, mit vereinten Kräften etwas zu fabrizieren, das auf den ersten Blick oder aus einem bestimmten Winkel betrachtet in der Tat einer Kugel ähnelte. Wind, Regen und Nebel nahmen ebenfalls teil an der Herstellung des seltsamen Objekts (das heißt in dem Maße, in dem man sagen könnte, eine Pfütze, eine schöne Pfütze, verziert mit märchenhaft geformten Moosflechten und von zarten Insekten bevölkert, die über dem Wasser schweben und mit der Oberflächenspannung spielen, sei ein »Produkt« des Regens, oder ein Schneekristall, dieser magische Diamant aus feinen eisigen Symmetrien, sei ein »Kunstwerk« der Wolke, aus der es schneit).

Während der Tage, die auf den Besuch des alten Mannes und des Jungen mit ihren seltsamen gezäumten Tieren (von denen eines sprach, das andere nicht) folgten, näherten sich die Waldbewohner kaum dem Teil der Lichtung, wo die beiden Menschenwesen die Nacht verbracht hatten. Die menschlichen Spuren, das zerdrückte Gras und die umgeknickten Blumen blieben weithin sichtbar. Die Hasen wagten sich kaum in die Lichtung hinein, hielten furchtsam am Waldrand inne und rümpften schüchtern die Nase gen Wiese. Die Hirsche, die den eindringlichen Menschengeruch ebenfalls deutlich in den Nüstern hatten, machten einen Bogen um den Stein, auf dem Adenar gesessen hatte, und suchten sich andere, weiter unten oder weiter oben am Bach, um ihre Salzration zu lecken. Nur die Ameisen taten sich an den Resten von Brot, Mandelkuchen, Früchten und Käse gütlich, die Adenar und Namenlos auf der Wiese hinterlassen hatten, und Mistkäfer durchstöberten schwelgerisch die strohgelben Pferdeäpfel, die über die Lichtung verteilt waren. Währenddessen wuchs jenes seltsame Naturgebilde, eine Mischung aus Spinnweben, Erde, trockenen Gräsern, möglicherweise durchsetzt von irgendeiner Pilzart, von Unkraut oder Insektenausscheidungen, jenes vage kugelförmige Gewebe, von Tag zu Tag. Natürlich erblickte niemand, nicht einmal die Hasen, Hirsche, Ameisen oder Mistkäfer, je irgendeine »Fee«, wenn man sich unter »Fee« ein kleines nacktes Geschöpf mit Libellenflügeln vorstellt, und erst recht keine Armee von Feen, die sich der Fabrikation einer Kugel aus Lichtfäden widmete, in deren Inneres ein geduckter Mensch passen würde. Nein, nichts von all dem geschah. Und dennoch war die Kugel am dritten Tag fertig.

Abschied unter Apfelbäumen

Malia badete in einem Zuber im Garten hinter dem Haus, als sie ihre Mutter aus dem Küchenfenster rufen hörte, sie habe Besuch. Die Kirschbäume im Garten standen in Blüte, und Malia hatte ihre Kleider und das große Handtuch, weißrosa wie die ringsum blühenden Blüten, über die Zweige des nächsten Kirschbaums gehängt. Wenn der Frühling kam und die Abende länger und lauer wurden, badete sie gern dort zwischen den Bäumen, lauschte dem Zwitschern der Amseln und Drosseln und schaute auf die großen weißen Blüten mit ihren rosa Stempelkrönchen über sich, während sie bis zum Hals im warmen Wasser lag und sich sanft einschläfern ließ.

»Wer ist es?«, rief sie, von der Stimme ihrer Mutter aufgeschreckt.

Ihre Mutter trat an die Gartentür, die Hände an ihrer Schürze abtrocknend.

»Ein Junge, der eine Mütze mit einer roten Feder aufhat. Er sagt, dass er Prinz Adenar ist.«

»Sag ihm, ich will ihn nicht sehen«, antwortete Malia.

»Ist das wirklich Prinz Adenar?«, fragte die Mutter, eine einfache Frau, die sich von Titeln und Namen beeindrucken ließ.

»Sag ihm, ich bin nicht da.«

»Er hat dich singen gehört. Er hat gefragt: ›Ist das Malia, die da singt?‹, und ich habe ja gesagt.«

»Du lügst«, sagte Malia und musste gegen ihren Willen lachen. Ihre Mutter und sie zogen sich ständig gegenseitig auf.

»Wenn ich ihm sage, dass du nicht da bist, stehe ich als Lügnerin da.«

»Dann sag ihm, dass ich da bin, aber keine Lust habe, ihn zu sehen.«

»So böse bist du mit ihm?«

Malia sah auf ihre Fußspitzen, zehn kleine rötliche Zehen und zehn rosafarbene Zehennägel, die aus dem Wasser lugten.

»Sag ihm, er soll an dem Tisch im Apfelgarten auf mich warten«, sagte sie schließlich seufzend.

»Der ist voller Apfelkörbe«, sagte die Mutter. »Lieber bitte ich ihn herein und mache ihm in der Küche ein schönes Glas warmen Cidre mit Zimt.«

»Wie du willst«, sagte Malia. »Aber stell ihm keine dummen Fragen.«

»Schon gut, schon gut«, sagte Malias Mutter. »Wenn er wirklich ein Prinz ist, muss er es gewohnt sein, auch mit dummen Leuten zu verkehren. Und du lass dir so viel Zeit du willst, mein Kind.«

»Ich bin gleich fertig.«

»Sei doch nicht töricht«, sagte ihre Mutter und drehte sich noch einmal um, als sie schon fast wieder im Haus war. »Wenn ich es dir sage, lass dir so viel Zeit du willst.«

Malia fand Adenar in der Küche an dem großen grünen Tisch, vor ihm ein großes Glas Cidre, in dem eine Zimtstange steckte. Ihre Mutter und ihre Tante Amor unterhielten sich mit ihm, und Adenar schien sich ausgezeichnet mit ihnen zu verstehen, doch Malia zog es vor, ihn loszureißen, und schlug ihm vor, einen Spaziergang am Strand zu machen. Sie hatte sich so hastig angezogen, dass ihr keine Zeit geblieben war, die Haare zu trocknen, und ein kaltes Wasserrinnsal perlte zwischen ihren Schulterblättern herab. Als sie den Apfelgarten durchquerten, hob sie die Hände, um die niedrigen Blätter der Apfelbäume zu streifen. Überrascht stellte sie fest, dass sie diese Geste zum ersten Mal machte.

Adenar schien gedankenversunken und vermied es, sie anzusehen. Kaum hatten sie das Haus verlassen, war die gute

Laune, die er gegenüber ihrer Mutter und ihrer Tante Amor in der Küche an den Tag gelegt hatte, spurlos verschwunden. Malia kam er plötzlich älter vor, als wäre er kein Junge mehr, sondern fast schon erwachsen, was gegen ihren Willen, denn so schnell wollte sie die Kränkung nicht vergessen, großen Eindruck auf sie machte.

»Ich wollte dir sagen, dass ich fortgehen werde«, brach Adenar das Schweigen, als sie nebeneinander durch die weißen Dünen gingen, die zum Strand führten. »Ich weiß nicht, wann ich wiederkommen werde.«

»Wie überaus aufmerksam von dir«, sagte Malia. »Nach unserem Gespräch von neulich hätte ich niemals mit so viel Freundlichkeit gerechnet.«

»Ich habe dieses Gespräch schon mehrfach bedauert«, sagte Adenar. »Aber Dinge, die einmal geschehen sind, kann man nun mal nicht mehr ändern.«

»Ist das alles, was du mir sagen wolltest?«, fragte Malia.

»Ja.«

»Na schön, dann wünsche ich dir eine gute Reise«, sagte Malia und blieb stehen.

Adenar wusste nicht, was er sagen sollte. Er hatte sich das Gespräch ganz anders vorgestellt. Nie zuvor hatte er seine Freundin zu Hause besucht, und als er sie nun so vor sich hatte, in anderen Kleidern und außerhalb der gewohnten Umgebung der Universität, wo sie sich fast immer getroffen hatten, kam es ihm plötzlich vor, als wüsste er so gut wie gar nichts von ihr.

»Deine Haare sind nass«, sagte Adenar.

»Ich habe gerade gebadet, als du kamst.«

»Du hättest sie trocknen können. Es hätte mir nichts ausgemacht zu warten.«

Am Strand tummelten sich Möwen und Fregattvögel; weiße Möwen, dunkle Fregattvögel, Möwen wie lichte Gedanken, Fregattvögel wie schwarze Gedanken. Die Möwen saßen auf dem feuchten Sand, in dem sich das Blau und die Wolken des Himmels spiegelten. Die Fregattvögel segelten durch die Luft, als könnten sie sich nicht dazu entschließen, auf dem Strand zu landen.

In der Ferne sah man über dem Meer Kormorane kreisen, die sich von Zeit zu Zeit zum Wasser hin abfallen ließen. Das Meer war genau genommen nicht blau, denn die Dinge beschränken sich niemals auf ein einziges Merkmal und sind selten so, wie wir sie üblicherweise zu beschreiben pflegen. Es war silbern, golden, rosafarben, grün oder magentarot, je nach Abschnitt, Licht, Glanz oder Schimmer. Am Horizont schien es völlig farblos, war reines Leuchten oder dunkler, gräulicher Schatten. Ein Pelikan segelte im Gleitflug fast ohne mit den Flügeln zu schlagen über die Brandung hinweg, als inspiziere er die lange Schaumlinie. Die Sonne verbarg sich hinter einer der großen Wolken, die unregelmäßig über den Himmel getupft waren, und ein unwirkliches, rosagoldenes Licht lag über der Szenerie.

»Kann das sein?«, fragte sich Adenar und schaute auf dieses großartige vergängliche Spektakel, ohne es wirklich wahrzunehmen, so eingenommen war er von seinen Gedanken. »Will sie mich nicht einmal fragen, wohin ich gehe? Interessiert es sie denn nicht? Will sie nicht wissen, wie lange ich wegbleibe?«

Schweigend wanderten sie an dem Zaun aus Baumstämmen entlang, der das Grundstück begrenzte, und kehrten schließlich um. Die Tamarisken am Strand wiegten sich leicht in der Abendbrise. Oben auf den Dünen wuchs eine seltsame, »Katzenkralle« genannte Pflanze, deren dicht unter der Oberfläche verlaufende Wurzeln sich unter dem Sand abzeichneten. Ein Stück weiter markierten grüne Zuckerrohrfelder den Beginn der Sumpfgebiete, die sich über die gesamte Spitze der Halbinsel von Penjälla ausdehnten, ein Paradies für Wasservögel.

Als sie wieder am Eingang des Apfelgartens angelangten, streckte Malia ihm die Hand entgegen.

»Leb wohl, Adenar, und viel Glück«, sagte sie.

Adenar fand, dass diese Szene etwas unglaublich Trauriges hatte. Der ruhige Schatten der Apfelbäume, der zarte Duft des stillen, friedlichen Obstgartens, hinter dem sich das Haus seiner Freundin befand, das Meeresrauschen in seinem Rücken, und sie, gekleidet wie ein Mädchen vom Land statt in den städtischen Kleidern, in denen er sie sonst immer gesehen hatte, so hübsch mit ihren roten Wangen und dem nassen Haar.

»Nimm«, sagte Adenar und zog eine kleines braunes Kügelchen aus seiner Hosentasche.

»Was ist das?«, fragte Malia und nahm das Kügelchen in die Hand.

»Das ist ein Hirschauge«, sagte Adenar. »Kein echtes Hirschauge, du Dummerchen«, fügte er hinzu, als er seine Freundin erschrecken sah. »Es ist ein Samen, der so heißt. Wir haben ihn im Wald von Ödyl gefunden. Es ist ein magischer Samen.«

»Was sollte die kleine Malia wohl mit einem magischen Samen anstellen?«, fragte Malia in ihrem höflichsten, aufgesetztesten Tonfall.

»Keine Ahnung«, entgegnete Adenar.

»Ich nehme an, du hast es eilig«, sagte Malia. »Ich will dich nicht aufhalten.«

Adenar sah sie rasch zwischen den Apfelbäumen aufs Haus zugehen, und da erst merkte er, dass sie barfuß war, dass sie die ganze Zeit über barfuß gewesen war.

Er blieb noch eine Weile reglos am Tor zum Obstgarten hinter Malias Haus stehen und starrte dorthin, wo das Mädchen verschwunden war. Nein, dieses Treffen war absolut nicht so verlaufen, wie er es sich vorgestellt hatte. Als er beschlossen hatte, Malia aufzusuchen, war er sich ihrer möglichen Verstimmung bewusst gewesen, aber im Ewigen Augenblick hält Streit nie lange an, und er hatte darauf gesetzt, dass ihre Verärgerung sich im Nu in Luft auflösen würde, wenn sie von seinem Fortgehen aus Glabris und seiner ungewissen Rückkehr erführe. Er hatte sich ausgemalt, wie sie am Meer entlanggeschlendert wären und er ihr erklärt hätte, dass er Yöl verlassen würde, und wie sie ihn gefragt hätte, wohin er ginge, und er in die Wolken gedeutet hätte. Wohin?, hätte sie gefragt, in die Wolken? Zu deiner Mutter? In die schwebende Hauptstadt der Drachen? Und er hätte geantwortet: Nein, noch weiter, viel weiter. Aber nichts davon war eingetreten. Er hatte ihr nur gesagt, dass er fortgehen würde, aber er hatte keine Gelegenheit gehabt, ihr zu erklären, was für eine Art Reise er unternehmen würde, und so war die überraschte, erschrockene oder sogar mitleidige Reaktion, die Malia seiner Meinung nach auf die Nachricht seiner außergewöhnlichen Reise hin hätte zeigen müssen, ausgeblieben.

»Hund noch mal!«, murmelnd, betrat Adenar den Obstgarten und näherte sich dem Haus. Die Veranda, deren massive, grün gestrichene Holzbalken hübsch von Geißblatt umrankt waren, lag fast völlig in den Schatten der Dämmerung. Zunächst dachte er, niemand sei draußen, bis er eine dunkle Gestalt und einen silbrigen Schimmer erblickte. Es war Tante Amor, die sich mit dem Rücken zu ihm ihre langen blonden Haare kämmte und dabei in einen seitlich an einem Fensterrahmen hängenden Spiegel schaute. Als in dem trüben Glas das Spiegelbild des Jungen auftauchte, stieß die gute Frau einen Schrei aus.

»Hast du mich erschreckt!«, sagte sie und drehte sich um, immer noch mit dem Kamm und dem blonden Haarstrang in den Händen. »Ich habe dich gar nicht kommen hören.«

»Entschuldigung, Tante Amor«, sagte Adenar und legte eine Hand aufs Herz. »Kann ich bitte mit Malia sprechen?«

»Nein, ich glaube nicht, dass du das kannst«, sagte Tante Amor und sah ihn wohlwollend an. »Sie ist gerade weinend ins Haus gelaufen.«

»Weinend?«, sagte Adenar erstaunt.

Noch vor wenigen Augenblicken war sie so gelassen und unbeteiligt gewesen, dachte Adenar verwundert. Wie konnte sie jetzt weinen?

»Habt ihr euch gestritten?«, fragte Tante Amor.

»Ich bin so dumm, Tante Amor«, sagte Adenar.

»Mach dir nichts draus«, lachte Tante Amor. »Fast alle Männer sind das. Was zählt ist, dass du daran arbeitest, weniger dumm zu sein.«

»Und wie geht das?«, fragte Adenar.

»Ach, wenn ich das wüsste!«, rief Tante Amor aus. »Aber was meines Erachtens auf jeden Fall hilft, ist nicht zu lügen.«

»Die anderen nicht zu belügen«, sagte Adenar. »Ja, das ist ein guter Rat.«

»Die anderen zu belügen ist manchmal unumgänglich«, sagte Tante Amor. »Wichtig ist, dass du dich selbst nicht belügst. Aber wer bin ich schon, dass ich dir Ratschläge erteile? Ich habe selbst schon genug Dummheiten in meinem Leben begangen ...«

»Das Schlimmste auf der Welt ist«, sagte Adenar, »jemandem wehzutun, den man liebt.«

Tante Amor trat an die Brüstung der Veranda und legte die Hände auf das Holzgeländer. Sie hielt immer noch den Kamm in der Hand, einen Kamm aus rosa Perlmutt, der eher einem kleinen Mädchen als einer reifen Frau zu gehören schien. Tante Amor, dachte Adenar, hatte dieselben großen, weit auseinander liegenden Augen wie Malias Mutter, dieselben großen, weit auseinander liegenden Augen wie Malia.

»Schon gut, schon gut«, sagte Tante Amor. »Ich weiß zwar nicht, was zwischen euch vorgefallen ist, aber so schlimm ist es bestimmt nicht ... Komm morgen wieder. Dann seid ihr beide sicher besser aufgelegt. Ich bin überzeugt, dass es so in *Der Erzählung* geschrieben steht.«

»Das glaube ich nicht«, sagte Adenar. »Ich kann morgen nicht wiederkommen. Ich gehe diese Nacht fort.«

»Du gehst auf Reisen?«

»Ja«, sagte Adenar und zeigte durch die Zweige der Apfelbäume in den Himmel. »Ich verlasse diesen Planeten.«

Tante Amor brach in Gelächter aus.

»Was ihr jungen Leute so alles sagt!«, lachte sie. »Na ja, wenn du also irgendwann einmal *auf diesen Planeten* zurückkehrst, kommst du her und sprichst mit Malia.«

An ihrem Fenster im oberen Stockwerk stehend, halb vom Vorhang verdeckt, beobachtete Malia die Szene durch die Zweige der Apfelbäume und verfolgte verdutzt das Gespräch zwischen Adenar und ihrer Tante. Irgendwann sah Adenar zu ihrem Fenster auf, und obwohl es das erste Mal war, dass ihr Freund zu ihrem Haus kam, und er nicht wissen konnte, welches der oberen Zimmer ihres war, wich das Mädchen zurück, aus Angst, er könnte sie entdecken. Als sie wieder vortrat, war Adenar nirgends mehr zu sehen.

Malia schloss lautlos das Fenster und setzte sich auf den Teppich. Ein anderer Planet?, dachte sie verwundert. Noch nie hatte sie so etwas gehört. Wie konnte man denn zu einem anderen Planeten reisen? Und sollte es möglich sein, wie konnte der unerschrockene oder törichte Reisende, der so etwas wagte, wieder nach Glabris zurückkehren?

Der Kreis der Magier

In der Tat wäre der Gedanke, zu einem anderen Planeten zu reisen, auch Adenar nur wenige Stunden zuvor völlig verrückt und abwegig erschienen.

An diesem Morgen war die Dreitagesfrist verstrichen, um die der Magier Namenlos gebeten hatte. Und um Punkt zwölf Uhr mittags landeten zwei fliegende Teppiche auf dem Schwalbenturm. Auf einem saßen der König und der Kronenträger, ein Junge namens Jorge in Adenars Alter, den dieser aber nicht mochte, weil ihm schon ein Bart wuchs. Auf dem anderen saßen Adenar und Marrasquino.

Sie stiegen die Treppe hinunter, die von der Terrasse in das große Turmzimmer führte, und Jorge klopfte energisch an die Tür, um die Ankunft von König Leopoldo anzukündigen. Die Tür öffnete sich gerade einen Spalt breit, und eine Adenar unbekannte Stimme sagte sanft:

»Nur der König und der Prinz, bitte.«

»Marrasquino ist einer meiner königlichen Berater«, sagte der König. »Er begleitet mich.«

»Es tut uns Leid, Majestät, die Katze kann nicht hereinkommen«, erwiderte dieselbe Stimme ebenso sanft.

Der König sah Marrasquino an und zuckte mit den Schultern.

»›Die Katze‹«, sagte Marrasquino beleidigt und ging auf die nach unten führende Treppe zu. »Ich bin doch keine ›Katze‹ …«

Schließlich ging die Tür ganz auf, und König Leopoldo und sein Sohn wurden in das runde Zimmer eingelassen.

Als sie über die Schwelle traten, stieß Adenar fast einen Schrei aus. Der große Raum war voller Menschen. Wie waren sie hierher gekommen? Vielleicht zwanzig oder fünfundzwanzig Magier waren schweigend versammelt, alle in schweren dunklen Umhängen, genau wie Magier Namenlos, manche hatten die Kapuze über den Kopf gezogen, andere das Gesicht entblößt. Im Kreis standen sie jeweils vor ihren Sitzkissen, und als der König den Raum betrat, neigten alle respektvoll den Kopf. In der Mitte des Zimmers standen mehrere brennende Kerzen und eine große bronzene Räucherpfanne, in der zahllose Räucherstäbchen steckten. Die Luft war so rauchgeschwängert, dass Adenar husten musste.

Magier Namenlos trat zu ihnen und deutete auf zwei gepolsterte Kissen, die auf einem länglichen Teppich vor dem großen Fenster lagen. Adenar trat ans Fenster, riss zwei der rot getönten Glasscheiben auf und setzte sich dann neben seinen Vater. Daraufhin nahmen auch die Magier Platz. Adenar fragte sich, wie zum Teufel sie es wohl geschafft hatten, jeder mit Teppich, Kissen und Schemel (nichts davon stammte aus dem Palast) hierher zu gelangen, vor allem wenn man bedachte, dass Magier sich offenbar nur zu Pferd oder zu Fuß fortbewegten. Doch dieses Rätsel wurde rasch aufgeklärt.

»Mein Name ist Aymal«, sagte der Magier, der für sie bis dahin Magier Namenlos gewesen war. »Und das sind meine Brüder, die Magier des Tempels von Varvapurana.«

»Ich grüße euch alle«, sagte König Leopoldo herzlich und fragte dann: »Seid ihr wirklich alle hierher gekommen?«

»Nein«, sagte Aymal. »Meine Brüder befinden sich in tiefer Meditation in Varvapurana, aber sie haben ihre Doppelgänger entsendet. Darf ich vorstellen, König Leopoldo, das ist das Oberhaupt unseres Geschlechts, der Magier Galadar.«

Einer der Magier, allem Anschein nach der Älteste unter ihnen, ein sehr großer Mann mit weißem Bart und tiefen Schatten unter den Augen, legte eine Hand aufs Herz und verneigte sich leicht.

»Du ehrst mein Haus mit deiner Gegenwart«, sagte der König. »Wie viele von uns bin ich der Meinung, dass der Fortgang der Magier einen großen Verlust für Yöl bedeutete.«

»Wer sich im Herzen verbunden ist, kennt keine Entfernung«, entgegnete Galadar.

Der König legte ebenfalls die Hand aufs Herz. Laut der Hofetikette von Yöl hätten die Höflichkeitsbezeugungen noch mindestens weitere zehn oder fünfzehn Minuten andauern müssen, doch es wurde rasch deutlich, dass den Magiern nicht besonders viel an dem Protokoll gelegen war.

»König Leopoldo«, sagte Galadar. »Unser Bruder Aymal hat uns erklärt, wie es um deinen Sohn, Prinz Adenar, steht.«

»Adenar«, sagte der König, »erweise ihnen deinen Respekt.«

Adenar kniete sich auf dem Teppich nieder und berührte mit der Stirn dreimal den Boden.

»Adenar«, sagte Galadar. »Wir wissen schon seit geraumer Zeit um deine Ängste. Noch bevor dein Vater die Nachrichtentaube zu unseren Terrassen geschickt hat, war unseren Sehern deine Traurigkeit bekannt. Doch unsere Magier können nichts tun, solange man sie nicht um Hilfe ersucht. Unser Bruder hat dir bereits erklärt, was dir widerfahren ist. Deine Seele hat dich verlassen, Adenar, und es ist deine Pflicht, sie zu suchen.«

»Ich wusste nicht, dass es eine Pflicht ist«, sagte Adenar.

»Es ist nicht nur eine Pflicht dir selbst gegenüber«, sagte der Magier, ohne auf Adenars Vermessenheit einzugehen. »Es ist auch eine Pflicht, die du gegenüber deinem Geschlecht hast, gegenüber deinem Vater, deinen Großeltern und deinen Kindern.«

»Ich habe keine Kinder«, sagte Adenar verwundert.

»Natürlich hast du Kinder«, entgegnete der Magier. »Sie sind nur noch nicht geboren.

Also hör mir gut zu, Adenar. Wenn Seelen verschwinden, begeben sie sich an den Ort der Seelen, nach Ardis, dem Planeten der Träume, den wir alle aufsuchen, wenn wir schlafen. Aber du kannst in deinen Träumen nicht mehr nach Ardis fliegen, verstehst du? Du hast diese Fähigkeit verloren. Deshalb musst du dich *physisch* nach Ardis begeben.«

»Geht das denn?«, fragte Adenar.

Der Magier mit dem weißen Bart machte Aymal ein Zeichen, an seiner Stelle fortzufahren.

»Ja, das geht«, sagte Aymal. »Aber es ist eine sehr lange Reise. Es ist eine so lange Reise, dass du sie mit keinem fliegenden Teppich und keinem Storch unternehmen könntest. Du musst unsere Atmosphäre verlassen, die luftleeren Regionen durchqueren. Du wirst ein besonderes Raumschiff benötigen.«

»Ein was?«, entfuhr es Adenar.

»Vor langer Zeit«, sprach Aymal traurig weiter, »haben wir Magier von Glabris große Raumfahrzeuge entworfen und geflogen. Doch diese Zeit ist vorbei. Es gibt keine Raumschiffe mehr in Glabris. Die Kunst ihrer Herstellung verlor sich vor fast tausend Jahren. Das Letzte, von dem wir wissen, ging vor zweihundert Jahren kaputt, und es musste zerlegt und seine Einzelteile zerstreut werden, um es aus *Der Erzählung* zu schaffen. Du musst dich an einen Ort begeben, wo es sie *immer noch* oder *schon* gibt.«

»Was soll das heißen, *immer noch* oder *schon*?«, fragte der König. »Hast du das verstanden, mein Sohn?«

»Ja, Vater, ich habe es verstanden.«

»Na gut«, sagte der König. »Doch bevor ihr fortfahrt, würde ich gern etwas wissen. Wie könnt ihr so sicher sein, dass sich seine Seele auf Ardis befindet?«

»Wir haben sie dort gesehen«, sagte ein sehr dünner, recht jung aussehender Magier. »Unsere Brüder haben mit ihr gesprochen, aber sie erinnert sich nicht an Adenar.«

»Natürlich können wir nicht sicher sein, dass sie ewig dort bleibt«, sprach der Magier mit der sanften Stimme weiter. »Die Seelen sind frei, so frei wie du selbst, Adenar.«

»Es ist also möglich, dass Adenar nach Ardis fliegt, um seine Seele zu suchen, und sie dort gar nicht findet?«

»Es ist ebenso möglich, dass seine Seele verloren geht und niemand sie findet«, sagte Galadar. »Es ist auch möglich, dass seine Seele stirbt.«

»Die Seele kann sterben?«, fragte der König erstaunt.

»Natürlich«, sagte Galadar. »Viele Dinge sind möglich, König Leopoldo. Wir können uns nur versuchen, denn im Versuch wird das Leben zu Poesie. Uns Magier kümmert das Resultat dessen, was wir tun, wenig. Es gibt zwei Arten zu leben: erschrocken und die Launen des Schicksals hinnehmend, oder suchend und das Unmögliche wagend. Die erste Form ist nicht der Mühe wert, gelebt zu werden, doch die zweite verleiht dem Leben seine wahre Schönheit.«

»Aber etwas verstehe ich nicht«, sagte Adenar, der schon eine ganze Weile in Gedanken versunken war. »Ich muss mich auf einen anderen Planeten begeben, um ein Raumschiff zu finden. Aber ich brauche doch auch ein Raumschiff, um zu diesem anderen Planeten zu kommen!«

Aymal lachte leise.

»Ich habe es euch doch gesagt«, sagte er zu den anderen, »der Junge ist nicht auf den Kopf gefallen!«

»Er hat einen gesunden Menschenverstand«, fügte ein anderer Magier mit einem seltsamen Unterton hinzu.

»Und seine Logik ist unerbittlich«, sagte der junge Magier lachend.

»Man kann ohne Raumschiff zu einem anderen Planeten reisen, solange die Entfernung überschaubar ist«, sagte der Magier mit der sanften Stimme. »Die Feen kennen einen Weg. Sie fabrizieren Lichtkugeln, die sie mit der Kraft ihrer Vorsätze zusammenhalten. In Varvapurana nennen wir sie Nymphenkugeln, und mit ihnen lassen sich gigantische Sätze ins All unternehmen, während man zumindest einige Stunden lang die goldene Luft der Feen atmet.«

»Oh!«, rief Adenar zutiefst verblüfft aus und sah zu Aymal. »Dann war es also das, was …?«

»Ja, Adenar«, sagte Aymal. »Dazu dienen *Fünfenkugeln*. Nur kann eine Nymphenkugel dich nicht bis nach Ardis bringen. Ardis befindet sich im System des Sterns Azzarkin, einem fernen Ort der Galaxie. Um dorthin zu gelangen, bräuchtest du eine Kugel von der Größe eines Berges, und die Reise würde Jahre dauern. Bei deiner Ankunft, sollte nicht der Tod dich schon nach kurzer Zeit einholen, wärst du ein alter Mann und könntest nicht mehr zurückkehren. Deshalb musst du Folgendes tun: Du wirst in einer Nymphenkugel auf einen nahe gelegenen Planeten springen, einen Planeten, auf dem es Raumschiffe gibt, ein solches auftreiben und damit bis nach Ardis fliegen.«

Magier Namenlos hob fast unmerklich die Hände, und mitten im Raum erschien eine kleine leuchtende Sonne in der Luft, um die mehrere verschiedenfarbige Kugeln zu kreisen begannen.

»Die drei Planeten, die Glabris am nächsten liegen, sind Moorende, Saalpano und Demonia«, erklärte der jüngste Magier und deutete auf die drei Kugeln, die der Sonne am nächsten waren. »Alle drei befinden sich in der Umlaufbahn des Sterns, den wir Sonne nennen und den man in anderen Welten unter dem Namen Alpha Centauri kennt ...

Saalpano ist der am weitesten entwickelte der drei, ein Planet der Weisen und Wissenschaftler. Moorende ist ein Planet mit gemäßigtem Klima, dessen Bewohner sich seit fast einem Jahrtausend der Erhaltung ihrer Flora und Fauna widmen. Es ist mehr als wahrscheinlich, dass es in Moorende Raumfahrzeue gibt, denn wir wissen, dass zwischen beiden Planeten reger Verkehr herrscht, doch selbst wenn es dort keine gibt, kannst du immer noch eines der Handelsraumschiffe nach Saalpano nehmen und in Saalpano ein intergalaktisches Raumfahrzeug suchen ... Auf Saalpano hat man das Problem der intergalaktischen Reisen seit mehreren Jahrhunderten gelöst ... Einmal dort, wirst du ohne weiteres an Bord eines Raumschiffs in Richtung Ardis gehen können.«

»Und was ist mit dem dritten Planeten?«, fragte Adenar.

»Du meinst Demonia?«, sagte der junge Magier, und zeigte auf eine rosablaue Kugel, die wesentlich größer war als die beiden anderen. »Demonia ist von uns genauso weit entfernt wie die anderen beiden Planeten, aber die Distanz zu Saalpano ist wesentlich größer, und außerdem glauben wir nicht, dass es dort intergalaktische Raumschiffe gibt. Demonia ist ein unzivilisierter Planet von riesigen Ausmaßen, dessen Kontinente noch so gut wie alle unerforscht sind. Auf Demonia wimmelt es von Geistern und Gespenstern. Daher auch sein Name: Demonia, Erde der Dämonen, Land der Geister.«

»Was ist, wenn ich auf Demonia lande?«, fragte Adenar.

»Du kommst dort nicht mehr weg«, antwortete Aymal lakonisch.

»Das hört sich alles ziemlich einfach an«, sagte Adenar mit Ironie in der Stimme.

»Es ist äußerst schwierig«, sagte der Magier mit dem weißen Bart. »Wahrscheinlich sogar undurchführbar.«

»Aber es ist uns doch nicht gelungen, eine Nymphenkugel zu fabrizieren«, sagte Adenar. »Obwohl wir die ganze Nacht im Wald gewartet haben …«

»Du hast sie in der Hosentasche«, sagte Aymal.

»Was?«

»Das heißt, ich hoffe, du hast sie noch …«, sagte Aymal mit gespanntem Lächeln.

Adenar leerte seine Hosentaschen. Ein Magnetstein kam zum Vorschein, ein rosa Quarz in einer Samthülle, zehn oder zwölf »Hirschaugen«, die Aymal ihm im Wald von Ödyl gegeben hatte, eine Silbermünze und eine geröstete Kastanie.

Adenar nahm eines der Hirschaugen.

»Sie ist dort drinnen«, sagte Aymal. »Bewahre sie sorgfältig auf, in drei Tagen wirst du sie brauchen.«

»Da drinnen?«, sagte Adenar stirnrunzelnd. »Aber das ist doch nichts weiter als ein Baumsamen.«

»So viel Logik wird dich noch umbringen«, prustete der junge Magier los.

»Aber das sind doch die Samen, die wir auf dem Rückweg von einem Baum gepflückt haben«, sagte Adenar und sah zu seinem Vater. »Vater, was geht hier vor?«

»Sie ist da drinnen«, sagte Galadar.

»Außerdem hätte ich sie wegwerfen, verschenken oder verlieren können … Warum hast du mir nicht gesagt, wie wichtig sie sind?«, fügte Adenar zu Aymal gewandt hinzu, immer noch das Hirschauge in der Hand.

»Wenn du sie weggeworfen, verschenkt oder verloren hättest, wäre das ein Zeichen gewesen, dass *Die Schöpfer der Erzählung* uns entdeckt haben, und du könntest ohnehin nicht mehr nach Ardis fliegen, um deine Seele zu suchen …«

»*Die Erfinder der Erzählung* wissen nichts von all dem?«, fragte König Leopoldo alarmiert.

»Natürlich nicht«, sagte Galadar. »*Die Schöpfer der Erzählung* können uns, die Magier, nicht sehen, denn wir sind unvorhersehbar. Darin besteht unsere Kunst. Deshalb wirkt so vieles von dem, was wir tun, unverständlich oder sogar unvernünftig.«

»*Die Schöpfer der Erzählung* wissen nichts von all dem, weder, dass wir hier versammelt sind, noch, dass Adenar sich aus *Der Erzählung* stehlen wird.«

»Wir Magier«, ergriff Aymal das Wort, »leben nicht in *Der Erzählung*, sondern im Universum. Deshalb müssen wir unaufhörlich nach Zeichen suchen, Zeichen, dass das Universum uns Gehör schenkt. Dein Zeichen, Adenar, ist, dass du die Samen nicht verloren und gleich den richtigen Samen herausgegriffen hast.«

»Es ist gefährlich, zu lange darüber zu sprechen«, sagte Galadar und machte eine großzügige Handbewegung durch die Luft. »Wir können keine drei Tage mehr warten. Adenar wird heute Nacht aufbrechen.«

Reisevorbereitungen

Adenar verbrachte den Rest des Tages wie ein Schlafwandler. Die Anweisungen, die er von den Magiern erhalten hatte, waren einfach gewesen. Sie hatten ihm empfohlen, er solle sich von seinen Freunden verabschieden, seine Angelegenheiten regeln und seine Sachen vorbereiten, und sich nachts um zwölf Uhr wieder mit ihnen im Turm treffen, um sich in die Nymphenkugel zu begeben, die ihn fortbringen würde … Nur fort wohin? Das wusste er immer noch nicht so recht.

Sie hatten ihm gesagt, er solle allein kommen; nur sein Vater, König Leopoldo dürfe ihn begleiten. Sie hatten ihm auch gesagt, dass niemand genau wissen dürfe, welches Ziel oder welchen Zweck seine Reise habe; niemand, nicht einmal seine engsten Freunde.

Als Galadar sah, wie verwirrt und bedrückt Adenar war, hieß er Aymal und den schlaksigen jungen Magier Gustavo, ihn in seine Gemächer zu begleiten und bei seinen Reisevorbereitungen zu helfen.

»Das alles brauchst du nicht«, sagte Aymal, als er hörte, wie Adenar Schranktüren aufriss und Schubladen durchwühlte. »Zieh dir etwas an, das sich für eine Reise eignet, widerstandsfähig und warm ist und dich gegen den Regen schützt. Nimm ein Paar gute Stiefel, denn du weißt nicht, wie lange oder in welchen Gebieten du marschieren musst. Abgesehen davon kannst du mitnehmen, was in deine Handfläche passt.«

»Sonst nichts?«, fragte Adenar verzweifelt und schaute auf seine Hände.

»Sonst nichts.«

Mit einem Seufzer betrachtete Adenar erneut die Reihen von Jacken, die in seinem siebentürigen Kleiderschrank hingen, die Reihen von Mänteln, Umhängen, Filzkappen und Hüten, Hemden und Leibchen, Mützen, Jagdgewändern, Landtrachten, Stiefeln, Tanzschuhen, Unterziehern, Verkleidungen …

»Na gut«, sagte er. »Scheinbar muss ich mich daran gewöhnen, dass von jetzt an alles anders sein wird. Ich werde die Kleider anlassen, die ich trage, und meine jahrealten Spazierstiefel anziehen. Außerdem nehme ich den Dolch mit, der in meinem Gürtel steckt … Und den rosa Quarz, die Hirschaugensamen, meine Flöte, den Magnetstein … Und das hier.«

Er ging zum Tisch und nahm einen Gegenstand in die Hand. Seine Finger überragten ein klein wenig die Längsseite des Objektes.

»Was ist das?«, fragte Gustavo neugierig.

»Ein Buch.«

»Warum willst du es mitnehmen?«, fragte Gustavo und betrachtete staunend den Gegenstand. Er hätte es sicherlich gern in die Hand genommen und betastet, doch da er nicht mit seinem physischen Körper anwesend war, blieb ihm dies verwehrt.

»Das ist mein kostbarstes Kleinod«, sagte Adenar.

Als Aymal und Gustavo sein Gemach verließen, schloss Adenar nicht die Augen, um in sein Gedächtnis einzutreten, wie er es sicherlich vor nicht allzu langer Zeit getan hätte. Schon seit einer Weile versuchte er nicht einmal mehr, in sein Gedächtnis einzutreten, denn auf den Stränden und in den kleinen Palästen seiner magischen Insel wimmelte es so von Insekten, dass er selbst die einfachsten Erinnerungen kaum noch finden konnte.

So durchquerte Adenar nach dem Fortgehen der beiden Magier rasch den Raum und öffnete die Türen zu seinem kleinen Balkon. Die Sonne stand im Zenit und die leichte Meerebrise trieb Wolken über die Türme und Glockentürmchen der Stadt Yöl.

»Mutter!«, schrie er.

Deutlich hoben sich die Wolken vom Blau des Himmels ab,

wie schwebende Länder, gleitende Tempel, Schiffe mit aufgeblähten Segeln.

Er schrie noch mehrere Male und versuchte, hinter einer der weißen Wiesen den violetten Schatten eines Drachens auszumachen, die Andeutung zweier großer ausgestanzter Flügel, den Schimmer eines schuppenbedeckten gebogenen Halses.

»Mutter!«, rief er wütend, mit Tränen in den Augen. »Ich verlasse Glabris, Mutter! Ich reise heute Nacht ab und ich weiß nicht, ob ich wiederkomme!«

Er wusste, dass sie ihn nicht hörte, dass sie unmöglich einen so verzweifelten Schrei vernehmen konnte, ohne sofort herbeizueilen, wo auch immer sie gerade war, was auch immer sie so weit und so lange von Amaulas Küsten fern halten mochte. Er stellte sie sich verwundet an einem fernen Strand vor, stellte sie sich in Ketten gelegt hinter den Wolken vor, stellte sie sich tot zwischen Felsklippen vor, in der Tiefe eines verpesteten Tals, stellte sich Geier vor, die an den riesigen Flanken eines Drachens fraßen …

Er nahm Schwung und kletterte auf den Giebel über der Balkontür und von dort über einen geriffelten Wandpfeiler auf einen vorstehenden Mauerstein und von dort auf einen bogenförmigen Sims. Eine erschreckende Minute lang hing er über dem Nichts, stieg dann auf einen Trägerstein, zog sich an der Zunge einer Friesfigur hoch, kam auf ihr zu sitzen und dann zu stehen, balancierte über einen schmalen Strebebogen weiter nach oben, erreichte die obere Brüstung, lief die Zierzinnen entlang, von einer zur anderen springend, kletterte an dem dichten, blühenden Geißblatt hoch, das die Nordseite eines der schmalsten und höchsten Türmchen des Palastes bedeckte, fing gerade noch seine Mütze auf und setzte sie sich wieder auf den Kopf, und erreichte schließlich die Turmspitze; mit der Hand hielt er sich an der Eisenstange fest, an der der Wimpel des Turms angebracht war, eine lange dreieckige Fahne aus rotweißem Stoff, die heftig im Wind flatterte, und schleuderte erneut sein inbrünstiges Flehen in den Himmel. Doch niemand kam. Niemand zeigte sich.

»Muuuuuuuuuutter!«

Ein Vogel in der Gedächtnissonne

Unterdessen saß sein Vater, König Leopoldo, in seinem Gemach auf einem gepolsterten, karmesinroten Kissen, das auf dem kleinen Podest aus poliertem Kirschholz lag. Er hatte seine Augen geschlossen und wandelte in seinem Gedächtnis.

Eine unendliche Traurigkeit hatte sich seiner bemächtigt. Jahre zuvor hatte er seine geliebte Frau verloren, und jetzt würde er den einzigen lieben Menschen verlieren, der ihm auf der Welt blieb, seinen Sohn Adenar, seinen einzigen Sohn, alles, was ihn an die Welt, ans Leben band, das Einzige, was ihm von seiner geliebten Margolis geblieben war.

Er dachte an den Tag zurück, an dem Margolis ihm gesagt hatte, dass sie schwanger sei. Er dachte an den Tag zurück, an dem er Adenar das erste Mal gesehen hatte, wenige Stunden nach seiner Geburt, ein winziger bläulicher Säugling, der auf einem weißen Laken lag und seine Händchen und Füßchen bewegte. Er erinnerte sich, wie er überrascht Züge seiner Großeltern und Eltern in Adenars Gesicht entdeckt hatte, winzige Gesten, flüchtige Ausdrücke. Er erinnerte sich, wie stolz er gewesen war, als Adenar gehen gelernt, sprechen gelernt, schwimmen gelernt hatte. Und nun würde dieses kleine Leben, das er an seiner Seite hatte heranwachsen sehen, dieses Kind, das fast schon zu einem jungen Mann geworden war, das er sich sein Leben lang in seiner Nähe vorgestellt hatte, das ihm auf den Thron folgen, ihm eines Tages Enkelkinder schenken sollte, sich von ihm trennen, vielleicht sogar für immer.

Er suchte den Pavillon seines Kurzzeitgedächtnisses, konnte

ihn aber nirgends finden. Da, wo er eigentlich stehen sollte, ragte nur ein gelblicher Stein aus dem Boden, und auf dem Stein saß ein schwarzes Insekt, das sich emsig Flügel und Beine putzte. Er erkannte es wieder: Es war das Insekt, das er selbst während seines Gesprächs mit Malia auf den Bauch der nackten Frau gemalt hatte, deren Bild im Inneren des Pavillons hing. Doch da war weder Pavillon noch Leinwand noch nackte Frau; das Insekt hatte alles verschlungen.

Entsetzt lief er den Hang zum Teich hinunter. Sonst schien alles wie immer. Auf den Stamm einer der Pinien, die am Ufer des Teiches wuchsen, hatte sich ein großer gräulicher Schmetterling gesetzt. Er wandte den Blick ab, um ihn nicht zu sehen.

Er durchquerte den Garten, ging bis zu dem grasbewachsenen Hang, hinter dem die leicht verwahrloste Hecke das Ende seines Gedächtnisses markierte, und setzte sich auf den Boden. Jenseits der Hecke erblickte er eine friedliche Landschaft aus Flüssen und Seen, schwimmenden Seeroseninseln und rosafarbenen Flamingos, die im Wasser zwischen den Seerosen pickten. Große Büffel weideten an grünen Ufern, und einige badeten im Seewasser … Der Anblick dieser Landschaft erfüllte ihn mit Frieden und flößte ihm, warum auch immer, ein sonderbares Vertrauen in die Zukunft ein. Während er die grünen Auen und die großen friedvollen Büffel betrachtete, die ihre Köpfe zwischen die Blumen senkten, hatte er den Eindruck, dass diese Szenerie, die nicht seiner Vorstellung entsprang, die nicht ihm gehörte, die er nirgends je gesehen hatte, ein Geschenk war, das jemand ihm machte; wenn es aber etwas oder jemanden gab, der wie ein Engel durch die Gedächtnisse flog, um den bedrückten Seelen Frieden, Schönheit und Trost zu spenden, dann war er nicht alleine auf der Welt und sein Schmerz und seine Liebe mussten glänzen wie ein Stern, den dieser universelle Engel, diese gütige Gegenwart, die in die Gedächtnisse schlüpfen konnte, sah und erkannte.

Und war sein Gesicht auch vollkommen ruhig und gelassen, weinte König Leopoldo im Inneren seines Gedächtnisses. Es kam ihm vor, als seien die Seerosen, Flamingos und großen Büffel mit der gelockten Stirn, die sich jenseits der Hecke am Ende seines Geistes befanden, keine einfachen Bilder, sondern mit Intelligenz ausgestattete Wesen, denkende Kreaturen, die diese lieblichen Gestalten angenommen hatten, damit er sie erblickte und innerhalb des Universums seines künstlichen Gedächtnisses interpretierte und entschlüsselte. Er spürte, dass sie Individuen waren, mit eigenem Willen und eigenen Gefühlen, Wesen, die ihn kannten, ihn sahen, ihn hörten, von ihm wussten. Und da ging über der sanften, verzauberten Landschaft die Sonne auf … Tatsächlich war die Sonne jedoch die ganze Zeit über dort gewesen, war die Szenerie bereits von Anfang an von der Sonne erleuchtet gewesen, von einer fröhlichen, unbeschwerten Sonne, einer Sonne früher Morgenstunden, einer Sonne langer Sommerabende, wenn das Quaken der Frösche und das Aufklatschen eines von einem Kastanienbaum ins Wasser stoßenden Eisvogels die Landschaft endlos auszudehnen scheinen, und sie so still und unendlich wird wie eine Seele in Frieden, die nichts erwartet und einzig die Geschenke des Lichts und die wortlosen Gaben der Stunden genießt, den Duft der Kirschbäume, den fernen Gesang einer unsichtbaren Amsel …

König Leopoldo hob den Blick zur Sonne, und in der Sonne sah er eine Palme, und zwischen den Palmwedeln einen Vogel mit gelbem Schnabel und langen goldbestaubten Federn, der ein fremdes Lied sang.

»*Yl tyrdat tyrdat tyrdat*«, sang der Vogel.

Dann verschwand die Palme, und es blieb nur der Vogel zurück.

»Sag«, murmelte König Leopoldo mit seiner inneren Stimme, »wird mein Sohn je wiederkehren?«

Der Vogel verwandelte sich in einen Feuervogel, seine Federn wurden zu Flammen, seine Flügel zu Feuerflügeln, sein Fasanenschwanz zu einer langen roten Stichflamme. Er sah nur noch ein Auge des Vogels, doch es war ein riesiges Auge, blauschwarz, fein umrissen, weise.

»Sag«, murmelte König Leopoldo, »wird es dem Prinz gelingen, seine Seele zu finden?«

»Sieh nur«, sprach der Sonnenvogel da, »so war das Glück.«

»Was willst du damit sagen?«, fragte der König.

»Sieh nur«, wiederholte der Vogel, dieses Mal mit einer herrlich melodischen Stimme, und fixierte ihn mit seinem eindringlichen, nunmehr grünkristallin umrandeten Auge. »Sieh nur, so war das Glück.«

Der König sah weiter den Sonnenvogel an, und plötzlich war es nicht mehr ein Vogel in der Sonne, auch keine Sonne, die in ihrem Inneren einen Vogel barg, sondern eine Sonne, die gleichzeitig ein Vogel war, und ein Vogel, der gleichzeitig die Sonne war.

König Leopoldo spürte, wie er sich langsam erhob, ein, zwei, drei, vier Fuß in die Luft über dem grasbewachsenen Hang aufstieg, und er wusste, solange er diesen Sonnenvogel betrachtete, würde er endlos weiter aufsteigen können, sich bis zu dem wahrhaftigsten Ort seiner selbst erheben und jeden Winkel des Universums erreichen können. Und plötzlich war der Vogel oder die Sonne gleichzeitig eine Frau, ein Knabe, ein Knabe und ein Mädchen, die nackt neben einem Sonnenblumenfeld tanzten.

König Leopoldo schwebte in der Luft, den Blick auf die Sonne und ihre wundersamen Verwandlungen gerichtet. Und mitten in diesen phantastischen Verwandlungen tauchte ein Drachen mit ausgebreiteten Flügeln auf, der das Gesicht seiner geliebten Margolis hatte und zugleich er selbst und auch Adenar war, und der Drachen gab ihm seinen Segen und verblasste dann sachte bei der Erscheinung einer weiß glühenden Gestalt im Zentrum der Sonnenscheibe, und er hörte eine unendlich mächtige, unendlich gütige Stimme sagen:

»Alles ist gut. Alles wird gut.«

»Wer bist du?«, fragte der König.

»Ich bin du«, sagte das Wesen.

»Wer bin ich?«, fragte der König.

»Du bist ich«, sagte das Wesen.

»Wo verbirgst du dich?«

»Überall«, sagte das Wesen.

»Verlass mich nicht«, sagte der König.
»Verlass du mich nicht!«, sagte das Wesen.
Die Begegnung mit dieser Stimme war so unerträglich, ihr Strahlen so intensiv, ihre Wirklichkeit so erdrückend dicht, dass König Leopoldo sich plötzlich auf dem Boden seines Gemachs liegend wiederfand, nach Atem ringend und mit heftig pochendem Herzen.

Vergiss nie, wer du bist

Als Adenar von seinem Treffen mit Malia auf der Halbinsel Penjälla zurückkehrte und auf seinen Balkon hinaustrat, brach bereits die Nacht herein.

Er überlegte, seine Freunde Arce und Cienago aufzusuchen, und die anderen Freunde und Professoren von der Universität, denen er sich nah genug fühlte, um sich von ihnen zu verabschieden, doch der Abschied von Malia war so enttäuschend verlaufen, dass er es schließlich für besser hielt, wie ein Dieb oder ein Schatten zu verschwinden und nicht noch mehr Enttäuschungen zu riskieren, ganz zu schweigen von der Gefahr, zu viel zu sagen oder die Aufmerksamkeit jener dunklen Mächte auf sich zu ziehen, die die Magier überall um ihn herum zu spüren schienen.

Er besuchte seine Tanten, die Prinzessinnen Alhelíes, und erklärte ihnen, dass er in dieser Nacht fortgehen werde, und sie weinten ein wenig und überhäuften ihn mit Geschenken, Süßigkeiten und Reisegewändern, die Adenar ganz hinten in seinem Kleiderschrank verstecken musste.

Er hatte das Bedürfnis, seine letzten Stunden in Yöl mit seinem Vater zu verbringen. So ging er zu dessen Gemächern hinunter, wo er ihn bei einer seltsamen Beschäftigung fand: Auf dem Boden lag ein Pergamentbogen, und König Leopoldo tauchte gerade eine Gänsekielfeder in ein Glas roter Tusche, wie man es im Gedächtnis tut, um Bilder aufzubewahren. Der gute König bedeckte das Papier mit Strichen und kleinen Zeichen, die vage an tierische oder menschliche Formen erinnerten und teilweise eher den Reihen winziger Symbole glichen, die in den Büchern den Platz zwischen den Abbildungen füllen.

»Was tust du da?«, fragte Adenar.

»Ich vertreibe mir die Zeit«, sagte der König mit einem traurigen Lächeln.

»Diese Zeichen sehen fast so aus wie die in den Büchern«, sagte Adenar.

»Ja«, sagte der König.

»Ist dir aufgefallen, dass die Anzahl der Symbole in den Büchern in Wirklichkeit sehr gering ist?«, fragte ihn Adenar. »Es sind nur achtundvierzig Symbole, die immer wieder vorkommen, in den außerordentlichsten Kombinationen.«

»Achtundvierzig?«, fragte der König erstaunt.

»Ich glaube eigentlich sind es vierundzwanzig«, sagte Adenar. »Vierundzwanzig große und vierundzwanzig kleine.«

»Du bist ja ein richtiger Gelehrter, was Bücher betrifft!«, sagte der König verwundert. »Wozu braucht man denn zweimal dasselbe Symbol?«

»Na ja«, antwortete Adenar nachdenklich. »Es ist vielleicht, wie wenn du einmal dein Nachthemd und einmal den Königsmantel trägst. Du bist zweimal derselbe König.«

König Leopoldo lachte und Prinz Adenar lachte auch, aber keinem der beiden war fröhlich zumute.

Um Mitternacht setzte ein fliegender Teppich Vater und Sohn oben auf dem runden Turm ab, in dem die Magier getagt hatten. Nur Aymal und Gustavo erwarteten sie. Im Dunkeln umgab Gustavos energetischer Körper, den man bei Tageslicht ohne weiteres mit einem Körper aus Fleisch und Blut verwechseln konnte, ein schwacher goldgrüner Glanz.

»Wir müssen uns in den Wald begeben«, sagte Aymal kurz. »Hier geht es nicht.«

»Der König kann den Palast nicht verlassen«, sagte Adenar.

»Unsinn«, sagte der König. »Wir gehen, wohin wir gehen müssen.«

Plötzlich hielt Aymal einen langen Eschenstab in der Hand, den Adenar bis dahin nicht wahrgenommen hatte.

»Folgt uns«, sagte er schlicht, nahm Gustavo an der Hand, hob den Eschenstab gen Mond, und beide flogen fort durch die Lüfte. Adenar und der König sprangen rasch auf ihren fliegenden Teppich, um ihnen zu folgen.

Die Magier flogen so schnell, dass Adenar und der König Mütze und Krone festhalten mussten, damit der peitschende Wind sie ihnen nicht fortriss. Es war eine klare Vollmondnacht, so dass sie den schwarzen Fleck der beiden unter ihnen fliegenden Magier, die sich an dem Eschenstab festhielten, nicht so leicht aus den Augen verlieren konnten.

»Na so was!«, dachte Adenar. »Die Magier können sogar ohne fliegenden Teppich durch die Luft fliegen! Warum sind sie dann so auf Schweiß und Ermüdung aus?«

Zehn oder fünfzehn Minuten später flogen sie über die dunklen Baumwipfel des Argullolberges, auf dem Adenar so oft mit seinen Freunden gewesen war, um auf Bilderjagd zu gehen oder Blumen zu betrachten. In einer kleinen Mulde zwischen den Bäumen erhob sich ein verfallenes Gutshaus, das einmal von einem Park umgeben gewesen sein mochte, ein ehemaliger Adelssitz, der mit großer Wahrscheinlichkeit einst einem von denen gehört hatte, die das Land zu verlassen beschlossen, als der Ewige Augenblick eintrat.

Sie landeten auf dem Hof hinter dem Haus. Alle Magier des Klosters von Varvapurana erwarteten sie dort, zwischen dem wuchernden Unkraut und den Trümmern der Ruinen sitzend.

Galadar, der auch zu dieser Gelegenheit seinen langen Eschenstab in der Hand hatte, trat zu dem Prinzen und sah ihn aufmerksam mit zusammengekniffenen Augen an. Dann blickte er zum König.

»Was ist geschehen?«, fragte er.

»Warum fragst du mich das?«, sagte der König erstaunt.

»Du hast einen Lichtschein über dem Kopf«, sagte der Magier.

»Ist das schlimm?«, fragte der König.

»Nein, ganz im Gegenteil«, sagte Galadar und betrachtete ihn weiter mit zusammengekniffenen Augen.

In einem großen Kreis saßen die Magier auf den Steintrümmern, andere schwebten bequem über einem Brombeer- oder Hagebuttenstrauch. Da sie nicht physisch dort waren, störte die Ungastlichkeit des Ortes sie nicht im Geringsten.

»Wo ist die Nymphenkugel?«, fragte Aymal den Prinzen mit einem fast strengen Unterton in der Stimme.

Adenar öffnete den Ranzen, der seine wenigen Habseligkeiten für die Reise enthielt, denen er noch einen Apfel und eine Tafel Schokolade hinzugefügt hatte, und holte die Hand voll Hirschaugen heraus. Ohne einen Augenblick zu zögern, wählte er einen der Samen aus und verstaute die Übrigen wieder im Ranzen.

»Verabschiede dich von deinem Vater«, sagte Galadar.

Adenar ging zu seinem Vater und beide umarmten sich lange und innig. Verwundert stellte Adenar fest, dass sein Vater am ganzen Körper zitterte.

»Vergiss nicht, wer du bist«, sagte König Leopoldo, als sie sich aus der Umarmung lösten, und hielt ihn noch einen Augenblick an den Armen fest. »Du bist Adenar, Prinz von Amaula, Sohn von König Leopoldo und Königin Margolis. Hab niemals Angst und tu immer, was dein Herz dir sagt.«

»Niemals werde ich vergessen, wer ich bin«, sagte Adenar.

»Und wenn dir deine Liebe jemals sagt, sie habe sich in einen Drachen verwandelt, zögere keinen Augenblick und folge ihr in die Wolken.«

Der König sah ihm einen Moment fest in die Augen und bemühte sich, das Beben seiner Lippen zu unterdrücken.

»Wenn du dich verirrt hast, wenn du dich verlassen und einsam fühlst«, sagte er dann mit einer so sanften Stimme, wie Adenar sie noch nie an ihm vernommen hatte, »tritt in dein Inneres ein und suche die Sonne, die jenseits deines Gedächtnisses scheint. Mehr kann ich dir nicht sagen.«

Eine weiße Eule flog mit traurigen Schreien über ihre Köpfe hinweg. Die Magier beobachteten sie besorgt. Aymal führte Adenar in die Mitte ihres Kreises.

»Jetzt«, sagte der Magier, »nimm die Nymphenkugel. Zerdrücke das Hirschauge mit beiden Händen.«

Adenar wollte tun, was man ihm sagte, doch die Kugel war so hart, dass sie sich in seine Handflächen presste, ohne zu zerbrechen.

Die Eule hatte sich in die Nische einer Steinmauer gesetzt und beobachtete sie von dort aus neugierig.

»Benutze nicht deine Muskeln, benutze deinen Bauch«, sagte Aymal. »Hast du etwa gar nichts bei mir gelernt?«

Adenar legte das Hirschauge erneut zwischen seine Handflächen und hielt die Hände auf Bauchhöhe. Er verlagerte seine ganze Konzentration auf seinen Bauch, zerquetschte den Samen mit aller Kraft und stieß dabei einen Schrei aus. Er spürte, wie das Kügelchen zwischen seinen Händen zerbrach, und fand sich plötzlich im Inneren einer goldenen Lichtkugel wieder. Sie war nicht groß genug, um ihn stehend zu umfangen, und so musste er sich in den Schneidersitz setzen. Angsterfüllt atmete er ein und merkte, wie seine Lungen sich mit einem seltsamen, wunderbaren Gefühl anfüllten. Durch die dünnen Lichtwände sah er ganz klar die ihn umgebenden Magier und seinen Vater, der ihn mit aufgerissenen Augen anblickte.

»Flieg nach Saalpano«, sagte Galadar und zeigte gen Himmel.

»Wie?«, fragte Adenar und sah in vom Goldpulver der Feen hervorgerufene tanzende Funken und unbekannte Farben.

»Wir stoßen dich ab, wir geben dir deine Absicht«, sagte Galadar. »Gib du dir auch deine Absicht.«

Alle Magier begannen, das *Om* zu singen, die heilige Silbe.

Adenar konzentrierte sich darauf, die Nymphenkugel in Richtung Sterne zu schicken, er konzentrierte sich mit seinem Kopf, dann mit seinem Herzen, dann mit dem Bauch, und die Nymphenkugel sauste von dannen.

Er spürte nichts Besonderes. Er spürte weder eine Beschleunigung noch einen Temperaturwechsel noch einen Druck, doch als sich seine anfängliche Benommenheit gelegt hatte, beugte er sich leicht vor und sah unter sich die Oberfläche des Planeten, die gerade Linie der Gebirgskette, den mit Lichtern gesprenkelten Fleck der Stadt Yöl, die Flussläufe, die Umrisse der Küste, und wurde sich bewusst, dass er Glabris mit unvorstellbarer Geschwindigkeit verließ.

Die auf dem Boden Zurückbleibenden sahen etwas ganz anderes. Sie sahen, wie die Nymphenkugel beim Verstummen der Magier in die Höhe zischte und einen Lichtschweif in den Himmel malte. Eine Zehntelsekunde später war keine Spur mehr von ihr zu erblicken.

Zweites Buch

Im Schatten des roten Vogels

Radio Psychis

Radio Psychis war die Erfindung zweier Jugendlicher aus Floria, Ramiro Balostante und Elpidio Faraón dos Santos, und eines jungen Mannes mit fortschrittlichen Ideen, Laureano Rais Makroteras. Ramiro und Elpidio, die unzertrennliche Freunde waren, hatten zweimal das zweite Jahr und dreimal das dritte Jahr wiederholt, etwas in der Schule der Ideen Farero Mareis noch nie Vorgekommenes. Der Direktor der Schule, der ehrwürdige Herr Doktor Don Maisel Montiel Belacqua, zweifacher Träger des Wachtelordens dritten Grades, ließ die beiden am letzten Unterrichtstag in sein Büro kommen, entsetzt, dass eine Lehranstalt wie die seine zu ihren Schülern zwei solch ausgefuchste Faulpelze wie Ramiro und Elpidio zählte. Gott im Himmel, der Fall war ja sogar bis in die Zeitungen gekommen! Sie waren auf dem Titelblatt des *Messianischen Leuchtturms* zu sehen gewesen, und der *Langobardische Postillon* hatte ihnen in seiner Abendausgabe eine Doppelseite gewidmet.

»Bei diesem Rhythmus werdet ihr eure Studien nie beenden«, donnerte der Direktor, als er die Schuldigen in seinem Büro vor sich hatte. »Ich nehme an, euer glorreicher Plan besteht darin, das vierte Jahr viermal, das fünfte Jahr fünfmal und das sechste Jahr sechsmal zu wiederholen ... Wenn ihr das neunte Jahr besteht, seid ihr dann ... Mal sehen ...«

»Sechsundfünfzig«, sagte Elpidio wie aus der Pistole geschossen, und fügte dann respektvoll hinzu: »Ehrwürdiger Herr Direktor ...«

»Sechsundfünfzig? Ach was, sechsundfünfzig, du Rotzlöffel!«, fuhr ihn der Direktor an. »Was weißt du denn schon! Du bist in Geometrie, Arithmetik und Algebra durchgefallen … Du Esel, du Dummkopf, du Ignorant. Mal sehen, Santos, wie alt wären sie?«

Der Sekretär, der an einem kleinen Tischchen saß, das im Vergleich zu dem wuchtigen barocken Schreibtisch des Direktors geradezu winzig wirkte, hatte aus seiner Mappe ein Blatt Papier gezogen, schrieb sich die Zahlen auf und zählte sie rasch an den Fingern ab.

»Jetzt sind wir sechzehn«, half ihm Ramiro und versuchte mit vorgerecktem Kopf einen Blick auf die Rechnung des Sekretärs zu werfen.

»Sie wären fünfundzwanzig Jahre, ehrwürdiger Herr Direktor«, sagte der Sekretär, der ganz nervös geworden war.

Der Direktor riss ihm das Blatt aus der Hand und machte sich selbst daran, Zahlen untereinander zu setzen. Ungeduldig keuchend und schwitzend ging er die Rechnung durch.

»Sechsundfünfzig Jahre!«, rief er endlich triumphierend aus. »Ihr wärt sechsundfünfzig Jahre bei Beendigung eures Studiums! Schämt ihr euch nicht?«

»Genau das hat Elpidio gesagt, ehrwürdiger Herr Direktor«, murmelte Ramiro.

»Reiner Zufall!«, erwiderte der Direktor. »Das hat er einfach so gesagt und zufällig hat es gestimmt. Wollen wir doch mal sehen«, wandte er sich zu Elpidio. »Wie viel macht zweihundertsiebenundsechzig mal sieben?«

»Tausendachthundertneunundsechzig«, sagte Elpidio ohne zu überlegen.

»Jetzt du«, sagte der Direktor und sah zu Ramiro. »Teile achthundertsechsundneunzig durch zweiundzwanzig.«

»Vierzig Komma sieben, zwei, sieben, zwei, sieben, zwei, sieben, zwei …«, sagte Ramiro ohne zu zögern.

»Still!«, rief der Direktor. »Das heißt sieben zwei periodisch …«

Der Sekretär und er brachten eine ganze Weile damit zu, jeder auf einem Blatt Zahlen zu notieren und durchzustreichen, bis sie auf die richtigen Ergebnisse kamen. Plötzlich schien der Gemütszustand des Direktors radikal umzuschlagen.

»Die Ergebnisse stimmen!«, rief er aus und sah die beiden Jungen mit einem überraschten Lächeln freundlich an.

»Jawohl, ehrwürdiger Herr Direktor!«, pflichtete der Sekretär ihm begeistert bei, und sie zeigten sich gegenseitig die Ergebnisse ihrer jeweiligen Rechnungen.

»Mal sehen«, sagte der Direktor. »Wie konntet ihr in Algebra durchfallen?«

»Wir langweilen uns zu Tode, ehrwürdiger Herr Direktor«, sagte Elpidio. »Und die Frau Lehrerin ärgert sich über uns.«

»Es ist die Schule, die unserer Vorstellungskraft Grenzen setzt«, fügte Ramiro hinzu. »Wir sind unseren Lehrern mindestens zwanzig Jahre voraus!«

»Schon gut, schon gut«, sagte der Direktor, nahm wieder Haltung an und bemühte sich, die Stirn zu runzeln.

Sachte strich er sich über die beiden Orden, die er stets am Revers trug, als wolle er sich vor diesen beiden Frechdachsen ein wenig aufwerten. Er war ganz durcheinander. Da hatte er diese beiden Knaben zu sich rufen lassen, um ihnen die Leviten zu lesen, sie einzuschüchtern, ihnen zu drohen, sie von der Schule zu verweisen, und jetzt erwiesen sie sich als zwei Mathematikgenies.

»Schon gut, schon gut«, wiederholte er. »Was macht ihr beide denn in euren Ferien?«

»Lernen, ehrwürdiger Herr Direktor!«, sagte Ramiro.

»Natürlich, ehrwürdiger Herr Direktor!«, pflichtete Elpidio ihm bei. »Lernen, sonst nichts.«

Und in der Tat hatten sie sich schon ans Studieren gemacht. Sie hatten studiert, wie man einen siebensitzigen Tragschrauber auftreibt, wie man in seinem Inneren einen Radiosender installiert, und wie man ihn ausstattet, damit er sieben Wochen lang in der Luft bleiben konnte, ohne landen zu müssen.

Die Idee zu Radio Psychis war einige Monate zuvor aufgekommen, während einer zufälligen Unterhaltung der beiden Freunde mit Laureano Rais Makroteras, einem jungen, nur ein

Jahr älteren Metaphysiker, der sie mit einem in jeder Hinsicht subversiven Diskurs über den Fluch, den die Familie für die harmonische Entwicklung der Jugend darstellt, beeindruckt hatte. Alle drei besuchten die Schule der Ideen und waren sich zufällig in einer Pause begegnet, als sie nebeneinander auf der Treppe zur Schulkonditorei saßen. Laureano Rais hatte ein melancholisches, aschgraues Gesicht und las nur moderne Philosophen und alte Dichter.

»Die Familie lenkt uns durch unsere Kindheit und Jugend und lässt uns keinerlei Möglichkeit, unser Leben selbst zu erfinden«, führte Laureano aus. »Ein freier Mensch sollte in der Lage sein, von klein auf sein Leben selbst zu erfinden.«

»Das stimmt!«, pflichteten Elpidio und Ramiro ihm bei und sahen ihn voller Bewunderung an.

»Floria braucht neue Ideen«, sagte Laureano. »Wir stagnieren!«

»Ich bin ganz deiner Meinung«, sagte Elpidio. »Warum müssen wir warten, bis wir achtzehn sind, um auf die Universität zu gehen? Warum müssen wir warten, bis wir die Universität abschließen, um Ärzte, Anwälte oder Architekten zu werden? Wir leben in einer Diktatur!«

»Die Welt sollte immer jünger werden!«, rief Ramiro aus, der schnell ins Schwärmen geriet. »Es leben die Träume!«

»Es leben die Träume!«, riefen alle drei.

»Wir müssen etwas tun«, sagte Elpidio. »Aber es ist eine gewaltige Aufgabe. Womit sollen wir anfangen?«

»Genau«, sagte Ramiro etwas zaghafter. »Womit sollen wir anfangen?«

»Das ist ganz leicht«, antwortete Laureano. »Mit einem Piratensender.«

»Wie?«, fragte Ramiro. »Mit einem Piratensender, sagst du?«

»Alles, was wir brauchen, ist eine große Flugmaschine«, sagte Laureano, »jemanden, der sie fliegen kann, eine Radioausrüstung und eine kleine Flugmaschine, die uns einmal pro Woche mit Treibstoff versorgt.«

Offenbar hatte Laureano die Idee bereits monatelang im Kopf

gewälzt. Er verstand nicht viel von Radiotechnik oder Flugmaschinen, aber er hatte sich eingehend informiert, wo und wie man sich einen Flugapparat beschaffen konnte, hatte die verschiedenen Möglichkeiten erwogen (Heißluftballon, Zeppelin, Demoiselle, kleines Flugzeug, Tragschrauber) und hatte sich schließlich für einen Tragschrauber entschieden, einen mit doppeltem Propeller für zwölf Passagiere, und hatte außerdem herausgefunden, wo man billig Treibstoff bekam. Wobei das Geld selbstverständlich kein Problem darstellte: Er würde seine Eltern darum bitten oder zur Bank gehen und von seinem offiziellen persönlichen Vermögen etwas abheben. Auch Ramiro und Elpidio versicherten unverzüglich, dass ihre vom Staat eingerichteten persönlichen Vermögen ab sofort ebenfalls dem Projekt zur Verfügung stünden.

»Wir müssen ihm nur noch einen Namen geben«, sagte Elpidio voller Enthusiasmus.

»Radio Psychis«, sagte Laureano, der alles bestens durchdacht hatte. »Es wird Radio Psychis heißen.«

»Donnerwetter!«, rief Ramiro aus, der schon ganz Feuer und Flamme war. »Aber warum gerade Radio Psychis?«

»Weil es ein psychisches Radio sein wird«, antwortete Laureano mit glänzenden Augen und senkte dabei die Stimme. »Wir werden auf Kurzwelle senden, aber auch die verbotenen alten psychischen Frequenzen nutzen.«

»Das ist illegal!«, entschlüpfte es Elpidio.

»Und wo finden wir einen Kondensator für psychische Frequenzen?«, fragte Ramiro. »Ich glaube nicht, dass es irgendwo noch einen gibt, nicht einmal im Museum.«

»Doch, im Museum schon«, klärte Laureano ihn auf; inzwischen war er in einen Flüsterton verfallen und sah sich unaufhörlich um. »Im Historischen Heimatmuseum befindet sich einer in perfekt erhaltenem Zustand. Beziehungsweise *befand* sich einer.«

»Du hast ihn geklaut!«, rief Ramiro leise.

»Du hast ihn geklaut!«, rief Elpidio laut.

»Still, ihr Dussel«, sagte Laureano. »Der Kondensator ist vor drei Tagen verschwunden. Aber ich brauche Leute mit wissenschaftlichen Kenntnissen, die Flugapparate manövrieren können, sich mit der Technik auskennen …«

»Da bist du bei uns richtig«, sagte Elpidio und sah zu seinem Freund, der beipflichtend nickte.

»Dann sind wir uns also einig?«, fragte Laureano.

»Es lebe Radio Psychis!«, rief Ramiro.

Und alle drei riefen im Chor:

»Es lebe Radio Psychis!«

Sie drückten sich fest die Hände, wie es Jungen unter sich immer taten, damit alle sahen, wie männlich sie waren.

Radio Psychis war schließlich in einem großen vierzehnsitzigen Tragschrauber eingerichtet worden, und zwischen sechs Uhr nachmittags bis in den frühen Morgen hinein wurde unermüdlich gesendet. Laureano hatte seine über tausendfünfhundert Stück zählende Plattensammlung in den Tragschrauber geschafft, um in den Pausen Musik einzuspielen, und außerdem seinen Hund Silverio; auch Laureanos ältere Schwester Rani war mit von der Partie, die Psychikerin war und sich darum kümmerte, die Alfa-, Beta- und Gamma-Zuschaltungen in einheitliche Schwingungen zu versetzen, und Ana Sofia, eine Freundin von Elpidio und Ramiro, die einen Schulpreis für einen Aufsatz über die Gottesanbeterin bekommen hatte, in dem sie eine Reihe Vergleiche zwischen dem Verdauungsapparat dieses possierlichen grünen Insekts und der sozialen Struktur von Floria zog, die manche als eindeutig subversiv befunden hatten. Sie hatten Ana Sofia von dem Projekt erzählt, und diese hatte sich sofort begeistert gezeigt angesichts der Möglichkeit, die etablierte Ordnung zu stören, Floria mit neuen, schönen und fremden Ideen zu überschwemmen und nebenbei ihre hübsche Stimme (in der Tat hatte sie eine sehr hübsche Stimme) in alle Himmelsrichtungen zu entsenden. Ranis Stimme hingegen war leise und etwas monoton, und sie war auch zu schüchtern, um Radiosprecherin zu werden, und Laureano begann zu stottern, wenn er nervös wurde. Ramiro sprach gut ins Mikrophon, war brillant, erfinderisch und geistreich, aber zu eindringlich und leidenschaftlich, weshalb er nur zu besonderen Gelegenheiten eingesetzt werden sollte. So wurden Elpidio und Ana Sofia, ein nasaler Tenor und ein natürlicher Alt, zu den Stimmen von Radio Psychis. Rani kümmerte sich darum, die psychischen Anrufe zu syntonisieren und das Signal des Kondensators zu überwachen, dessen rudimentäre, veraltete Apparatur mit besonderer Sorgfalt behandelt werden musste. Ramiro und Laureano wechselten sich am Steuer des Tragschraubers und am Tontisch ab. Ihr Kontakt am Boden, ein fast zwei Meter großer Bursche, der den völlig unpassenden Namen Arabella trug und in einer Tankstation für Flugmaschinen arbeitete, versorgte sie einmal pro Woche mit Treibstoff und Lebensmitteln.

Eine vorbildliche Familie

Herr Aguanopulos schlief nachts nicht besonders gut. Es gab Gerüchte, dass man in der Verwaltung des Mondes Umstrukturierungen vornehmen würde, in wenigen Monaten stand sein dritter Besuch im Schicksalsministerium an (die ersten beiden, mit achtzehn und dreiunddreißig Jahren, waren äußerst glimpflich verlaufen, so dass er sich rein nach den Gesetzen der Wahrscheinlichkeit auf eine unangenehme Überraschung gefasst machen musste), und um dem Ganzen die Krone aufzusetzen, war seine jüngste Tochter aus dem elterlichen Zuhause weggelaufen.

Es war seine Lieblingstochter, sein Augapfel, sein kleines verhätscheltes Mädchen. Herr Aguanopulos hätte auf die nötigen Mittel zurückgreifen können, um sie bis in den letzten Winkel des Landes suchen zu lassen. Wo auch immer sie sich versteckte, binnen höchstens achtundvierzig Stunden hätte man sie gefunden und, da sie noch minderjährig war, direkt nach Hause gebracht, wo er sie schon ins Gebet genommen hätte. Aber das war nicht das Problem; denn Herr und Frau Aguanopulos wussten sehr wohl, wo sich ihre geliebte Tochter befand. Aber dieses Wissen half ihnen nicht weiter, sie konnten nichts tun, um sie zurückzuholen. Tatsächlich hörten sie sie jeden Abend, manchmal lauschten sie ihrer schöne Altstimme bis tief in die Nacht hinein, wenn sie beide nach dem Abendessen auf dem großen geblümten Sofa im Wohnzimmer saßen und Händchen hielten wie zwei offiziell Verlobte. Nur leider hörten ihre Schwestern, Alinda, Anastasia und Perfuntoria, sie auch, was ihrer künftigen Entwicklung zu tüchtigen Frauen womöglich schaden konnte. Aber was blieb ihnen anderes übrig, als ihr alle zusammen zu lauschen? Der Hausgenosse in dem Palmholzkästchen jedoch wäre äußerst nervös geworden, hätte er bemerkt, dass Herr und Frau Aguanopulos heimlich Radio hörten.

Zum ersten Mal war das Palmholzkästchen im Wohnzimmer ein Störenfried. Als hätten die Aguanopulos' sich plötzlich in schlechte Menschen verwandelt, die etwas zu verbergen hatten. Tatsächlich schaltete jedoch ganz Floria bei Einbruch der Nacht Radio Psychis ein, und einige ganz Dreiste drehten es bei offenen Fenstern auf volle Lautstärke. Angesichts dieser Situation hätte man ihnen nichts anhaben können. Andererseits bekleidete Herr Aguanopulos ein öffentliches Amt, doch hätte er sich wohl schon allein damit herausreden können, dass er Radio Psychis aus einem rein dienstlichen Interesse und dem unstillbaren Eifer heraus hörte, seine Pflicht gegenüber den Bürgern von Floria bestmöglich zu erfüllen.

»Hier sind wir wieder«, klang Ana Sofias hübsche Stimme aus dem Lautsprecher des ganz leise gestellten Radios. »Um eure Gehirne zu behämmern, um neue Farben in euer Rückgrat zu injizieren, um eure Zirbeldrüsen zu stimulieren!«

»Jesus!«, wisperte Claudilene, Aguanopulos' Frau, eine blonde, sehr große und sehr elegante Dame, die immerzu zahllose Ringe und Armreifen trug, und fügte zum Lautsprecher gewandt hinzu: »Was ist denn das für eine Ausdrucksweise, mein Kind?«

»Was ist die Zirbeldrüse?«, fragte Alinda.

»In diesem Haus werden mir keine unanständigen Ausdrücke in den Mund genommen und keine Körperteile benannt«, wies ihre Mutter sie zurecht.

Perfuntoria, die Medizin studierte, klärte sie alle auf.

»Die Zirbeldrüse ist nichts Unanständiges. Sie befindet sich im Gehirn.«

»Und du, Anastasia, was machst du da mit geschlossenen Augen?«, fragte ihr Vater besorgt, denn seine Frau und er hegten den ernsthaften Verdacht, dass ihre zweite Tochter psychische Fähigkeiten hatte.

»Gar nichts, Papa«, antwortete Anastasia.

»Anastasia hat gestern bei der ›Psychikstunde‹ angerufen«, petzte Alinda.

»Aber Kind, bist du verrückt?«, tadelte sie ihr Vater. »Ich hoffe, du hast nicht deinen Namen genannt. Wenn das Ministerium erfährt, dass jemand aus meiner Familie ...«

»Was du getan hast, ist verboten«, wurde Anastasia von ihrer Mutter schroff belehrt. »Mirmidon, stell sofort diesen Teufelsapparat aus, wir gehen alle schlafen.«

»Ach nein, Mama, bitte nicht«, riefen die drei Töchter.

»Was eure Mutter sagt, wird getan«, kam Herr Aguanopulos mit gerunzelter Stirn seiner Frau zur Hilfe.

»Noch ein bisschen«, bat Anastasia.

»Zwei meiner Töchter!«, sagte Frau Aguanopulos fast schluchzend. »Die eine gibt im Radio unanständige Dinge von sich, die andere schickt psychische Botschaften ... Wohin soll das noch führen ... Herrje, wenn das der erfährt, der es erfahren muss!«

Alle schwiegen, da auch das Radio verstummt war.

Herr Aguanopulos, der gerade vom Sofa aufstehen wollte, um seiner Gattin zu gehorchen und den Apparat auszuschalten, zögerte kurz und blieb dann sitzen. Auch ihm war danach, noch weiter Radio Psychis zu hören.

»Ich habe gesagt, du sollst ihn ausschalten, Mirmidon.«

»Einen Moment, Claudilene, nur noch eine Minute, hörst du nicht, dass der Sender gestört ist?«

In der Tat gab das Radio keinen Ton von sich.

»Ob es an unserem Gerät liegt?«, fragte Perfuntoria. Aber die Lichter des Wohnzimmerradios leuchteten.

»Mein Gott, ich weiß, was passiert ist«, murmelte Anastasia. »Sie haben sie gefunden!«

Alinda stieß einen kleinen Schreckensschrei aus.

»Und wenn sie sie finden, was machen sie dann mit Ana Sofia, Papa? Wird sie von der Schule verwiesen?«

»So schlimm ist es auch wieder nicht«, sagte Herr Aguanopulos, ebenfalls erschrocken. »Mit unseren Beziehungen wird ihr schon nichts geschehen ... Macht euch keine Sorgen.«

»... Freunde, scheinbar können wir keine Verbindung herstellen«, sagte da die Stimme des Sprechers von Radio Psychis. »Während wir es weiter versuchen, spielen wir ein wenig Musik ein. Ihr hört das *zweite Streichquartett* in Gis moll von Christina Rosenkrantz, gespielt vom Quartett der Florianer Universität.«

»Juhu!«, jubelte Alinda. »Sie haben sie nicht erwischt!«

»Mirmidon, ich bitte dich«, insistierte Frau Aguanopulos sehr entschieden.

»Warte doch einen Augenblick, Claudilene«, sagte Herr Aguanopulos. »Was ist denn Schlimmes dabei, etwas Musik zu hören?«

»Nicht einmal die Musik, die sie bringen, ist gut«, klagte Frau Aguanopulos. »Ich ertrage keine Musik ohne Gesang.«

Von den Melodien des Streichquartetts im Radio eingelullt, sah Herr Aguanopulos sich in einer mittelalterlichen Burg, hoch oben auf einem Turm. Er war wie ein Ritter gekleidet und hielt seine geliebte Gattin im Arm. Sie blickte ihn aus ihren wunderschönen blauen Augen an, die immer noch so schön waren wie damals, als sie siebenundzwanzig Jahre alt war, und er betrachtete sie mit einem zärtlichen Lächeln. Ach ja, dieses Quartett rief in der Vorstellung sensibler Menschen in der Tat die wunderbarsten Eingebungen hervor! Nachdem er an den Rand des Turms getreten war, nahm Herr Aguanopulos Schwung und warf seine Frau in die Tiefe. Und er sah sie fallen, tief unter ihr das wogende Meer, schreiend und mit den Armen rudernd, die Haare vom Wind zerzaust. Dann wandte er seinen Blick ab, um nicht das traurige, aber unabwendbare Ende zu sehen. Zufrieden seufzte er auf.

»Warum lächelst du so, Mirmidon?«, fragte ihn seine Frau.

»Nur so, mein Schatz, ich war in Gedanken«, sagte Herr Aguanopulos und sah sie liebevoll an.

»Da haben wir ihn«, ertönte Ana Sofias Stimme. »Hier Radio Psychis, wir empfangen deine psychische Botschaft ... nur zu ... Hier Radio Psychis, wir hören dich ... Rosiflor, hast du ihn?«

»Unsere Kollegin Rosiflor hat etwas Schwierigkeiten mit diesem Teilnehmer«, sagte der Sprecher.

Rosiflor war der Radioname von Rani. Wie man sich denken kann, verwendete keiner von ihnen seinen wirklichen Namen.

»Kann mich jemand hören?«, vernahm man da eine klare, ängstliche Stimme inmitten psychischen Rauschens und radiophoner Interferenzen von seltener, wellender Schönheit.

»Ja, wir hören dich!«, sagte Ana Sofia. »Von wo aus rufst du uns an?«

»Das ist eine lange Geschichte …«, sagte die Stimme. Sie hörte sich an wie die Stimme eines sehr verängstigten Jungen, obwohl sie, wie generell psychische Stimmen, nicht im Entferntesten der realen Stimme ihres Besitzers entsprechen musste. »Ich rufe aus einem Flugapparat an … ich fliege gerade über einen sehr dichten Wald … ich verliere an Höhe, gleich werde ich aufprallen …«

»Mein Gott«, rief Herr Aguanopulos aus, »ein Notfall!«

»Nenn uns deine Position«, forderte Ana Sofia ihn auf. »Hast du den Apparat nicht mehr unter Kontrolle?«

»Der Apparat ist unkontrollierbar«, sagte die Stimme. »Ich falle auf die Bäume zu.«

»Nenn uns deine Position«, sagte der Sprecher.

»Ich weiß nicht, wo ich bin«, antwortete die Stimme. »Ich kenne diesen Ort nicht.«

»Sag uns, was du siehst«, bat ihn der Radio Psychis-Sprecher.

»Ich sehe riesige Bäume, die über andere Bäumen hinausragen, Bäume mit dunklen Ästen … alles ist sehr dunkel, ich kann kaum etwas erkennen … Vor mir erhebt sich eine große Felswand, auf der sich ein Zeichen befindet, das aussieht wie ein Kreuz.«

»Das Kreuz von Bomviedo!«, rief Anastasia. »Er ist in der Gegend des so genannten Bergkreuzes …«

»Wo ist das denn?«, fragte Alinda.

»Achtung«, sagte Ana Sofia, »offensichtlich fliegst du auf eine Landschaftsformation zu, die man als das Kreuz von Bomviedo kennt, im Tal von Alto Tacamara.«

»Es ist sehr weit von Floria entfernt«, sagte Herr Aguanopulos. »Oben in den Bergen, in einer völlig unbesiedelten Gegend.«

»Wir werden einen Notruf starten, damit man dir zur Hilfe kommt«, sagte Ana Sofia. »Hallo? Hallo?«

»Ich stürze zu Boden!«, schrie die Stimme angsterfüllt.

Die Verbindung riss unvermittelt ab.

»Das muss ja vielleicht einer sein, denkt nicht einmal an Gott, bevor er stirbt!«, sagte Frau Aguanopulos und schüttelte befremdet den Kopf.

»Warum sagst du denn so was, Mama? Ganz bestimmt hat er überlebt«, protestierte Alinda.

»Er schien ziemliche Angst zu haben«, sagte Perfuntoria. »Der Arme!«

Herr Aguanopulos war schon am Dorofon. Er rief den Polizeichef an. Er rief den Innenminister an. Er rief den Leiter des *Langobardischen Postillons* an, der wichtigsten Zeitung des Landes. Er rief bei *Das Höchste Vertrauen* an, der zweitwichtigsten Zeitung des Landes. Bei niemandem kam er durch; alle Leitungen waren belegt, da ganz Floria Kopf stand wegen der Nachricht, dass ein Junge am Steuer irgendeiner Flugmaschine mitten in der Nacht in einer der abgelegensten und unzugänglichsten Regionen des Tals von Alto Tacamara, zwei Propellerflugstunden von Floria entfernt, abzustürzen drohte. Als Herr Aguanopulos seine Versuche zehn Minuten später aufgab, waren die Flugapparate von Polizei und Feuerwehr und die fliegende Ambulanz der Noteinheit des Gesundheit-Göttlicher-Schatz Krankenhauses bereits in Richtung Bomviedo Gebirge unterwegs, wo, nur wenige Minuten zuvor, ein dünner Lichtstrahl aus dem Himmel zwischen die dunklen Bäume gefallen war …

Erwachen

Er schlug die Augen auf. Er lag auf dem Boden, offensichtlich in einem dicken Moosboden versunken. Er öffnete den Mund wie ein Fisch, den man aus dem Wasser zieht, und versuchte zu atmen, doch es gelang ihm nicht. Er ermahnte sich, dass er sterben würde, wenn er nicht sofort atmete, versuchte es erneut, und pfeifend bahnte sich die Luft den Weg bis zu seinen Lungen; ein erfrischendes, zutiefst vertrautes Gefühl erfüllte ihn. Er hatte fünf Tage nicht geatmet, sein Körper hatte ganz die Gewohnheit verloren.

Aber irgendetwas war ihm entfallen, dachte er verwirrt, etwas Wichtiges, etwas Entscheidendes, doch es gelang ihm nicht, sich daran zu erinnern, was es war. Die Aufgabe, zu atmen, vereinnahmte ihn so vollkommen, dass er kaum an etwas anderes denken konnte.

Natürlich! Er musste sich umschauen, feststellen, wo er war. Seltsamerweise hatte er offenbar auch vergessen, wie man die Augen öffnete. »Ich muss schauen«, nahm er sich vor und konzentrierte sich ganz auf seine Augen. Er blinzelte eine Weile, bis sie sich ans Licht gewöhnten. Nach ein paar Minuten konnte er wieder einigermaßen sehen. Es war äußerst amüsant, was mit seinen Augen geschah. Das Licht und die Umrisse des Waldes, in dem er sich befand, umgaben ihn von allen Seiten in verschieden gestuften Entfernungen, wie eine dreidimensionale »Kugel«, die ganz und gar nicht wirklich, sondern wie ein optischer Trick erschien.

Ja, geradezu erstaunt beobachtete er, wie ein kleiner Vogel

mit braunen Flügeln und weißer Brust die Äste eines Kastanienbaums zu »durchqueren« schien, um sich dann an den aufragenden Stamm einer Birke zu setzen, die sich, wenn seine Augen ihn nicht täuschten, »hinter« dem Kastanienbaum befand, und dann in ein Loch in der Baumrinde zu picken, als wäre der Baum gewissermaßen »gefüllt« …

Immer noch blinzelnd, stand er auf und blickte um sich, auf der Suche nach den Überbleibseln der Nymphenkugel. Etwas weiter vorne schaukelte in den Zweigen eines Strauches ein goldener, wie aus Lichtfasern gewobener Fetzen leicht im Wind, um den bereits Insekten schwirrten und der im Morgenlicht langsam durchsichtig wurde.

Er fühlte sich glücklich, leicht. Sein Ranzen lag einige Schritte von ihm entfernt. Er hob ihn auf und schulterte ihn. Neugierig sah er sich wieder um. Seine Augen hatten sich inzwischen ans Licht gewöhnt, dennoch wirkte alles, was er ansah, irgendwie seltsam. Er hatte es in der Überraschung und sogar dem Schmerz, die ihm die Rückkehr zur menschlichen Wahrnehmung verursacht hatten, nicht gleich bemerkt, doch nun war es ganz offensichtlich. Handelte es sich um einen weiteren optischen Effekt? Lag es vielleicht daran, dass seine Sinne aus der Übung gekommen waren? Wie auch immer, Tatsache war, dass alles, was ihn umgab, riesig groß war, und er selbst aus irgendeinem Grund im Vergleich zu den Steinen, Büschen und Insekten ringsum *gerade mal so groß wie eine Maus* schien.

Die Felsen und Brombeersträucher, die er beim Öffnen seiner Augen als Erstes erblickt hatte, erhoben sich vor ihm so hoch wie dreistöckige Gebäude. In seiner Nähe befand sich ein Hagebuttenbusch von der Größe einer Buche, zwischen dessen niedrigsten Zweigen einige schlanke Schopflavendelblumen palmhoch aufstrebten. Ja, zweifellos, das war Schopflavendel, diese schöne, seltsame violette Blume, deren zarte Blütenblätter wie aus Puderquasten am Ende eines langen, schlanken, von dem Gewicht leicht gebeugten Stiels hervorkamen. Aber wie konnte es einen so riesigen Schopflavendel geben? Ein Vogel flatterte an ihm vorbei und setzte sich auf einen der Zweige des Hagebuttenbuschs, doch war es kein Vogel, sondern ein freundlicher Marienkäfer, der sogleich seine gräulichen Flügel einklappte und seine roten Deckflügel mit den schwarzen Punkten darüber legte. Aber wie konnte es so große Marienkäfer geben? Dieser hatte die Ausmaße einer Taube, und in solchen Dimensionen erscheint selbst ein Marienkäfer weder freundlich noch angenehm.

Und erst die Bäume. Noch nie hatte er solche Baumgiganten gesehen. Sie ragten über ihm bis auf hundert, zweihundert Körper Höhe auf. So riesig waren sie, dass ihn bei ihrer Betrachtung ein tiefes Gefühl von Liebe, Anbetung und unerklärlicher Nostalgie überkam.

Dann erblickte er die Sonne und entdeckte, wie viel größer sie aussah als am Himmel von Glabris. Doch war ihm bewusst, dass sie ihm nicht größer erschien, weil er geschrumpft war, sondern weil dieser Planet, auf dem er sich befand, dem Mittelpunkt des Sonnensystems wesentlich näher war als der kleine, entfernte Planet Glabris.

Ein Geräusch kam über den Baumwipfeln näher, etwa wie der Flügelschlag eines mächtigen Vogels, der den Wald majestätisch überflog. Dann hörte er das Geräusch weiterer ähnlicher Vögel, und nachdem er einige Augenblicke in die Höhe gestarrt hatte, gelang es ihm, einen von ihnen auszumachen. Er war rot, hatte oben eine Art Propeller, der schwindelnd schnell rotierte, und natürlich war es kein Vogel, sondern eine Flugmaschine. Drei oder vier dieser Apparate kreisten über den Bäumen, drehten langsame Runden, und Adenar begriff, dass sie den Wald nach etwas oder jemandem absuchten.

Er erinnerte sich, dass es ihm, als er mit rasender Geschwindigkeit auf die bewaldete Oberfläche dieses fremden Planeten zugestürzt war, vom Inneren der Nymphenkugel aus gelungen war, mittels seiner Gedanken mit den Saalpanianern in Verbindung zu treten, und er versuchte es wieder und wieder, doch der Versuch scheiterte.

»Hört mich«, schrie er ein ums andere Mal mit seiner inneren Stimme. »Ich bin Adenar, Prinz von Amaula! Ich bin hier, genau unter euch!«

Was konnte er tun? Er war zu winzig, als dass irgendjemand ihn hätte ausmachen können, und ebenso wenig konnte er sich in irgendeiner Form bemerkbar machen. Er hätte seinen Quarz hervorholen und versuchen können, ein Feuer anzuzünden, doch fürchtete er, sich plötzlich von riesigen Flammen umzingelt zu sehen. Die Apparate kreisten den ganzen Tag lang über den Bäumen. Adenar schrie, weinte, schwenkte seine rote Mütze in dem nutzlosen Versuch, die Aufmerksamkeit der ihn Suchenden auf sich zu lenken, doch bei Einbruch der Nacht musste er sich resigniert in sein Schicksal fügen. Die Bewohner dieses Planeten, die, auf welche Weise auch immer, seine verzweifelten Hilferufe empfangen hatten, suchten einen Jungen, kein zwischen dem Farnkraut verborgenes Mäuschen. Sie würden ihn niemals entdecken, und er würde niemals aus diesem Wald herausfinden.

Das Leben im Wald

Er fand nie heraus, wie lang er durch die Wälder des Bomviedo Gebirges irrte (wenn er jene Monate tatsächlich dort verbrachte). Die Flugapparate kreisten eine Woche lang über den Baumwipfeln, und Adenar war ganz fasziniert von der sonderbaren Hartnäckigkeit der Bewohner dieses Ortes. Wäre etwas Ähnliches in Amaula geschehen, dachte er, hätte die Suche niemals länger als vierundzwanzig Stunden gedauert. Es war offensichtlich, dass die Bewohner von Saalpano nicht im Ewigen Augenblick, sondern in der Zeit lebten.

Mehrmals gelang es ihm, bis zu den höchsten Ästen eines Baumes hinaufzuklettern, einer Esche mit lichten Blättern, einer Buche mit länglichen, geäderten Blättern voll gelber männlicher und roter weiblicher Blüten, doch einmal oben, fiel es ihm auch nicht leichter, sich zu erkennen zu geben. Die Blätter und Blüten bedeckten und verbargen ihn, und versuchte er, die äußersten Astspitzen zu erreichen, begannen diese bedrohlich zu schwanken und er bekam Angst, sie könnten brechen und ihn ins Leere schleudern. Er fragte sich, ob es tatsächlich gefährlich für ihn wäre, aus dieser sicherlich überwältigenden Höhe herabzufallen, ob seine winzige Größe ihn nicht unverletzbar gegen die Schwerkraft machte – es ist ja auch kaum wahrscheinlich, dass einem Käfer etwas zustößt, wenn man ihn von einem Turm hinunterwirft. Ein intuitives Gefühl der Vorsicht, oder vielmehr eine Art Überlebensinstinkt hieß ihn, es lieber nicht auszuprobieren.

Am Ende der zweiten Woche gelang es ihm, eine jahrhunderte-, vielleicht auch jahrtausendealte Kiefer zu erklimmen, deren relativ kahle Äste ihn hoffen ließen, von den Flugapparaten gesehen zu werden. Er brauchte einen ganzen Tag, um bis zu den obersten Ästen dieses Waldgiganten zu klettern, die über den grünen Teppich der Baumwipfel herausragten, und kaum war er oben angelangt, riss er sich die rote Mütze vom Kopf und schwenkte sie stürmisch hin und her. Nicht weit entfernt flog eine riesige olivgrüne Flugmaschine mit zwei mächtigen, durch ihre schnelle Umdrehung fast unsichtbaren Propellern langsam über die Bäume und zog eine weite Kurve um die Kiefer, auf der Adenar sich befand. Einmal kam sie der Kiefer so nah, dass Adenar deutlich das Gesicht des Piloten ausmachen konnte, eines jungen Mannes, der um die Augen zwei runde Zeichnungen hatte, ähnlich wie ein Waschbär (später würde er lernen, dass es sich um eine Brille handelte), aber dieser sah ihn nicht. Die Flugmaschine schwenkte in einem fast vollständigen Kreis um die Riesenkiefer herum, auf der Adenar schrie und seine Mütze schwenkte, und nahm dann Kurs gen Westen. Das war das letzte Mal, dass Adenar einen Flugapparat über den Baumwipfeln sah oder hörte. Am nächsten Tag herrschte Stille im Wald, einzig belebt von dem Zwitschern der Vögel, den Geräuschen der Insekten und dem fernen Pochen der Spechte, und Adenar nahm an, dass die Suche eingestellt worden war.

Es war sein erster Tag völliger Stille und Einsamkeit auf dem neuen Planeten. Adenar wusch sich, soweit es ging, in dem dickflüssigen, geschmeidigen Wasser einer Pfütze, denn angesichts seiner Größe wies das Wasser plötzlich ganz andere Eigenschaften auf, und setzte sich dann in den Schatten eines Farns, schloss die Augen und trat in sein Gedächtnis ein. Aus irgendeinem Grund gelang es ihm auf diesem Planeten viel leichter als auf Glabris. Offenbar waren die Insekten, die in Glabris aus den Wolken fielen, noch nicht auf den Planeten Saalpano gelangt. Er wanderte durch die kleinen Paläste seiner magischen Insel und suchte nach Erzählungen von Menschen, die sich im Wald verirrt hatten, und binnen weniger Minuten fand er eine mögliche Lösung für sein Problem. Aardvar von Tör, eine Gestalt aus einer alten amaulischen Legende, hatte sich einmal in einem Wald von Baumgiganten verirrt, nicht viel anders als der, in den Adenar gefallen war, war in sein Gedächtnis eingetreten und hatte sich daran erinnert, was ihm sein Vater einmal gesagt hatte: »Wenn du dich im Wald verirrst, such dir einen Fluss und folge ihm stromabwärts.«

Natürlich!, dachte Adenar, genau das würde er tun: Er würde sich einen Wasserlauf suchen und ihm folgen. Dieser Wasserlauf würde ihn zu einem Bach führen, der Bach zu einem Fluss, und der Fluss zu einer Stadt. Zwar zu einer von Riesen bewohnten Stadt, aber schließlich und endlich einer Stadt. Am selben Nachmittag stieß er tatsächlich auf ein Rinnsal, das noch nicht einmal ein Bach war, und folgte ihm stromabwärts.

Er befand sich in einem von Weißtannen, Ahornbäumen, Eschen und Ebereschen durchsetzten Buchenwald. Mit den verschiedenen Baumarten gut vertraut, erkannte Adenar sofort, dass er sich in einer bergigen Gegend befand. Die Zweige der Buchen wuchsen ineinander und bildeten ein dichtes Gewölbe, durch das kaum Licht drang, so dass die Vegetation am Boden nicht sehr dicht war und man gut vorwärts kam. Zarte Blumen wuchsen hie und da, rosafarbene, blaue und weiße Leberblümchen, Bleiwurz mit lila Blütenkronen und stolze Lilien mit malvenfarben gefleckten Blüten.

Es vergingen lange Tage und Nächte. Adenar ernährte sich von wilden Früchten; eine einzige Johannisbeere genügte ihm als Frühstück, er pflückte Heidelbeeren oder Holunderbeeren als Proviant, wenn er welche fand, trank den Morgentau auf den Blättern, raubte Honig mit der Spitze seines Dolches, schlief in einem Wurzelloch, da er fürchtete, auf den oberen Ästen zur Beute eines Geiers oder Falken zu werden; doch auch am Boden erfüllte ihn die Vorstellung, ein Fuchs oder eine Schlange könnten ihn jederzeit verschlingen, mit Schrecken.

Der Wasserlauf, dem er bereits seit Wochen folgte, verlor sich in morastigem Boden, in dem jene geheimnisvolle Blume, die Drachenwurz, wuchs, mit ihrem einzigen schneeweißen Blütenblatt, und wo die Erlen stelzenartige Wurzeln hatten, die sich vor Adenar wie Triumphbögen wölbten, unter denen er aber nicht hindurchging aus Angst vor Wasserschlangen und Spitzmäusen und aus Ekel vor all den kleinen harmlosen Bewohnern der feuchten Gebiete: Würmer, Tausendfüßler, Springschwänzchen, Doppelfüßler und andere ihm unbekannte Arten, die er jetzt so detailliert betrachten konnte wie durch ein Mikroskop.

Er folgte dem Rinnsal, bis die Sonne unterging, und in der Dämmerung suchte er sich einen ruhigen Platz, an dem er ausruhen und die Nacht verbringen konnte, nachdem er in sein Gedächtnis eingetreten war. Jeden Tag wandelte er mehrere Stunden in seinem Gedächtnis, bewahrte die Bilder auf, die er tagsüber eingefangen hatte, schritt die Bildergalerien ab, die er im Laufe zahlloser Bilderjagden angelegt hatte, besuchte seine Lieblingserinnerungen, fertigte weitere an, erfand neue Episoden der Legende von Adenar. Nichts hinderte ihn daran, an diesem Ort gab es keine Insekten. Manchmal öffnete er das Buch, das seine Mutter ihm geschenkt hatte, und betrachtete seine liebsten Abbildungen oder ließ seinen Blick über die rätselhaften Zeichenreihen schweifen. Und manchmal träumte er, dass aus den steifen Holzstoffseiten des Buches Stimmen aufstiegen, die zu ihm sprachen, Stimmen von Männern, Mädchen, Kindern, die ihm Geschichten erzählten und Trost und Hoffnung spendeten.

Manchmal überkam ihn eine schreckliche Traurigkeit, wenn er sich an alles erinnerte, was er zurückgelassen hatte, und dann holte er seine Flöte heraus und spielte selbst erfundene Melodien. Er dachte an seinen geliebten Palast in Yöl, an seine Freunde, Arce und Cienago, an seinen Vater, wie er in der Nacht vor seiner Abreise Bilder auf den Pergamentbogen gezeichnet hatte, er dachte an seine in den Wolken verlorene Mutter, an Malia, barfuß auf dem kalten Sandstrand, und Tränen stiegen ihm in die Augen. Und immer, jedes Mal, erinnerte er sich daran, was sein Vater ihm gesagt hatte, bevor er in die Nymphenkugel gestiegen war:

»Vergiss nicht, wer du bist. Du bist Adenar, Prinz von

Amaula, Sohn von König Leopoldo und Königin Margolis. Hab niemals Angst und tu immer, was dein Herz dir sagt.«

Warum hatte ihm sein Vater gesagt, er solle nicht vergessen, wer er war? Wie sollte er vergessen, dass er Adenar war, Prinz von Amaula, Sohn von König Leopoldo und Königin Margolis? Und dennoch fiel es ihm manchmal schwer, sich an den Palast von Yöl zu erinnern, oder selbst an das Gesicht seines Vaters. Er sah sein langes weißes Haar vor sich, seine goldene Krone, seinen langen himmelblauen Mantel, aber es war ihm unmöglich, sich die Züge des so innig geliebten Gesichtes in Erinnerung zu rufen.

Und er selbst, war er wirklich ein Prinz? Wenn er sich in dem ruhigen Uferwasser eines Baches betrachtete, sah er nur einen winzigen Jungen, der sich zwischen zwei Blumen vorbeugte, zwei Ranunkeln, zwei Myositis, zwei Vergissmeinnicht ... Und der Wind strich über die Blumen und die Blumen schaukelten mit ihren blauen Köpfchen, in denen sich kleine gelbe Kronen verbargen, und schienen zueinander zu sagen: »Vergiss mich nicht! Vergiss mich nicht!«

Und König Leopoldo sprach zu ihm in seinen Träumen: »Vergiss nicht dich selbst, Adenar! Vergiss nicht, wonach du suchst!«

Eines Tages entdeckte er ein Schimmern im Wald. Zunächst dachte er, es wäre ein Feuer, doch war kein Rauch zu sehen. Vorsichtig näherte er sich dem Phänomen. Es war ein Spiegel, ein riesiger Spiegel, der mitten in den Brombeersträuchern und Brennnesseln lag. Er hatte einen goldenen, mit Blumen und Blättern verzierten Rahmen. Sein Glas war zerbrochen, aber die einzelnen Stücke befanden sich noch an ihrem Platz.

Wer hatte sich die Mühe gemacht, diesen großen prächtigen Spiegel bis hierher zu transportieren, um ihn dann mitten im Wald liegen zu lassen? Die einzig mögliche Erklärung war, dass der Spiegel aus einer der Flugmaschinen gefallen war. Aber wäre das Glas dann nicht in tausend Stücke zersplittert und in alle Richtungen zerstoben?

Unwiderstehlich angezogen ging Adenar zu dem Spiegel, um ihn sich genauer anzusehen, vorsichtig den Dornen der Brombeerbüsche und den giftigen Spitzen der Brennnesseln ausweichend. Der Spiegel war vielleicht zwanzigmal größer als er selbst, hatte aus seiner Perspektive die Dimensionen eines kleinen Teiches, und lag in einem Winkel von etwa fünfundvierzig Grad im Gebüsch. Adenar musste sich fast auf den Rahmen stellen, um sich selbst darin erblicken zu können. Eine der Bruchstellen im Glas durchschnitt sein Spiegelbild auf Höhe des Herzens. Er sah sich in die Augen, und da lächelte ihm sein Spiegelbild zu. Adenar schrak zurück, denn mochte auch sein Spiegelbild deutlich lächeln, er selbst lächelte nicht.

»Hallo, Adenar«, sagte der Prinz im Spiegel.

Das war er, wenn auch nicht ganz. Er war sonderbar gekleidet, und sein Gesicht war wesentlich dunkler. Ein seltsames Feuer brannte in seinen Augen. Hinter ihm war eine Dünenlandschaft zu sehen, goldene Dünen, die sich endlos bis zum Horizont erstreckten.

»Wer bist du?«, fragte Adenar.

»Ich bin ein Wanderer der Liebe«, sagte der gespiegelte Prinz. »Seit langem schon ziehe ich durch diese Wüste, von einer Karawanserei zur nächsten, von einer Oase zur anderen. Alle aus meiner Karawane sind inzwischen tot oder auf dem Weg zurückgeblieben. Jetzt bin ich allein. Ich habe die Orientierung verloren. Ich habe kein Wasser mehr, ich habe nichts mehr. Aber mir bleibt die Liebe.«

»Ein Wanderer der Liebe?«, fragte Adenar. Und er sah, dass der andere völlig erschöpft war und vor Fieber zitterte.

»Adenar, glaube nichts von dem, was du siehst«, sagte sein Spiegelbild. »Alles ist wie ein Traum!«

»Ist das wahr?«

»Alles, was du nicht mit Liebe lebst, ist ein Traum«, sagte der andere. »Nur was du mit Liebe lebst, ist wahr.«

»Bist du meine Seele?«, fragte Adenar.

Der gespiegelte Prinz streckte die Hände aus, um den Spiegel zu berühren.

»Sag, ist dein Spiegel auch zerbrochen?«, fragte der gespiegelte Prinz.

»Ja, er ist auch zerbrochen.«

»Wir müssen einen Spiegel finden, der ganz ist.«

»Warum?«, fragte Adenar.

»Um auf die andere Seite des Spiegels zu gelangen«, sagte sein Ebenbild und entfernte sich langsam über die Dünen.

Plötzlich merkte Adenar, dass der Spiegel nun ihn selbst zeigte und ebenso naturgetreu die gebogenen Zweige der Brombeerbüsche und die schillernden Brennnesseln um ihn herum.

Da schloss Adenar die Augen, trat in sein Gedächtnis ein und bewahrte das Bild des Wüstenprinzen auf, und mit ihm die Worte »Nichts, was du ohne Liebe lebst, ist wahr«.

Der Regen setzte ein, ein Frühlingsregen, sintflutartig und schreckenerregend für den winzigen Adenar. Mehrere Tage lang musste er zwischen den Wurzeln eines Baumes Unterschlupf suchen, vor Kälte und Feuchtigkeit zitternd, und konnte nur zusehen, wie der schimmernde Regen unermüdlich durch die Blätter der Bäume prasselte. Das Ufer des Baches, dem er folgte, war von Pfützen durchsetzt, und er hatte Angst, im Schlamm einzusinken. Dennoch marschierte er weiter, sobald der Regen nachließ, und stellte sich unter, wenn er erneut einsetzte. Während der langen Stunden des Wartens trat er in sein Gedächtnis ein oder dachte sich Melodien für seine Flöte aus. Eines Nachts schlief er unter einer riesigen gelbroten Engelstrompete, in seinen Augen so groß wie die Glocke einer Kathedrale, und träumte seltsame Dinge. Er sah sich selbst als goldenes Mädchen mit großen durchsichtigen Flügeln, Hirschhörnern und einer hübschen Delphinflosse auf dem Rücken, das über die Blumen flog und mit Leichtigkeit die Teiche durchschwamm, da es hoch in der Luft ebenso in seinem Element war wie in den Tiefen der Flüsse. Er wachte auf und träumte weiter. Er setzte seinen Weg fort und träumte dabei, träumte, dass er ein kleines Mädchen aus Licht war, ein kleines Mädchen mit Flügeln. Er wusste nicht, was diesen anhaltenden halluzinierenden Zustand hervorrief, war es vielleicht die Folge des Hungers oder doch eher der Nacht im Schatten der Engelstrompete?

Eines Nachmittags sah er ein Flackern in den Baumwipfeln des Waldes. Erst dachte er, es sei die Sonne, doch es war nicht die Sonne. Dann dachte er, es brenne die Spitze einer Buche. Doch es war kein Feuer, sondern noch ein Spiegel. Und das war doch außerordentlich, einen Spiegel, einen riesigen ovalen Spiegel mit einem Silberrahmen aufrecht hoch oben in den Ästen eines Baums zu sehen. Er war zu erschöpft und zu verzweifelt, um auch nur zu erwägen, dort hinaufzuklettern. Er konnte es sich nicht erlauben, er hatte weder die Kraft noch die Zeit. Während er zu dem Spiegel hochschaute, war es ihm, als würde ein Rabe, der mit ausgebreiteten Flügeln durch die Bäume segelte, plötzlich in seinem Inneren verschwinden, doch sicherlich handelte es sich dabei um eine von der Entfernung hervorgerufene optische Täuschung.

Die Vogelfrau

Adenar verlor jegliches Gefühl für die Zeit. Der Wasserlauf, dem er folgte, hatte sich mit einem anderen Wasserlauf vereint, ein weites Sumpfgebiet durchquert, und war dann in einen Bach gemündet, der schäumend über die Steine bergab sprang, und später, weiter unten im Tal, war der Bach ruhiger geworden und Adenar marschierte weiter entlang seines friedlichen grünen Gewässers, in der Hoffnung, eines Tages an einen bewohnten Ort zu gelangen.

Und während er vor sich hin wanderte, dachte er sich Lieder aus, trat in sein Gedächtnis ein, ging auf Bilderjagd oder ließ seine Gedanken einfach treiben und sich in Erinnerungen verlieren.

»Ob es stimmt, was der Prinz im Spiegel gesagt hat?«, fragte sich Adenar. »Ob es stimmt, dass wir nur durch die Liebe aus dem Traum erwachen können? Ob es stimmt, dass alles, was wir leben, ein Traum ist? Nein, das kann nicht sein … Ich weiß, dass ich wach bin und dass wahr ist, was ich sehe … Bestimmt wollte das Spiegelbild sagen, dass wir leben, als würden wir schlafen …«

»Wie sonderbar ist doch mein Leben«, ließ Adenar seinen Gedanken freien Lauf. »Ob das Leben aller Menschen so ist? Nein, es kann nicht sein, dass alle Menschen so seltsame Dinge erleben … Oder vielleicht doch? Wenn ich eine reglose Blume mitten im Wald sehe, verlangt es mich fast danach, vor ihr niederzuknien, um ihr zu danken … Warum geht mir das so? Wem will ich danken?«

»In Amaula sagen wir immer, dass die Dinge geschehen, weil sie in *Der Erzählung* sind. Aber ist all das, was mir hier geschieht, auch Teil *Der Erzählung*? Die Magier haben gesagt, dass *Die Schöpfer der Erzählung* nichts von ihnen wüssten … Ist es das, was passiert ist, habe ich mit meinem Fortgehen aus Glabris auch *Die Erzählung* verlassen?«

Auf die vielen regnerischen, nebligen und kalten Tage folgte endlich ein wolkenloser Morgen. Adenar frühstückte eine Himbeere und etwas Bienenhonig, wusch sich das Gesicht mit zwei dicken Tropfen Morgentau, die auf einem Minzblatt perlten, und machte sich fertig, um weiterzumarschieren.

Da wechselte der Wind die Richtung und wehte ihm den fernen Klang einer menschlichen Stimme zu, einer singenden Frauenstimme. Adenars Herz machte einen Satz.

Mit großen Sprüngen rannte er flussabwärts, stolperte über die Wurzeln der Pflanzen, zerriss seine Kleider, fiel hin und rollte über den Boden. Die Stimme war immer deutlicher zu vernehmen, inzwischen mit dumpfem Wasserrauschen vermischt, und es gab keinen Zweifel, dass es sich um eine menschliche Stimme handelte. Dann wurde das Rauschen des über die Felsen strömenden Baches lauter, und er merkte, dass er sich einem Wasserfall näherte.

Vorsichtig lugte er zwischen Farnkraut und Felsen hindurch und entdeckte ein grünliches Wasserbecken, über dem die Äste von Weiden und Birken einen friedlichen Schatten warfen. Ein feines Rinnsaal fiel zwischen den Felsen hindurch und erschuf die Musik der Welt, die Stimme des Wasserfalls. Auf der anderen Seite des Beckens befand sich eine mit Margeriten gesprenkelte Wiese. Der Bach war durch die Regenfälle der letzten Tage so angewachsen, dass er über die Ufer getreten war und die Wiese und einige Margeriten überschwemmt hatte. Weit und breit war niemand zu sehen. Über dem niedrigen Ast eines Baums hing ein leichtes rotes Kleid. Im Gras am Ufer lagen ein Kamm und ein kleiner Handspiegel.

Und da sah er sie: Sie war riesig, blass wie eine Sirene, und glitt durch das grüne Gewässer, ohne Arme oder Beine zu bewegen, und als sie die Mitte des Beckens erreichte, steckte sie Kopf und Schultern heraus, um Luft zu holen. Es war eine junge Frau, fast noch ein Mädchen, und sie war nackt. Sie hatte blaue, weit auseinander liegende Augen, vielleicht etwas zu weit auseinander liegend, ausgeprägte Wangenknochen, vielleicht etwas zu ausgeprägt, eine große, elegante Nase, vielleicht etwas zu groß, doch trotz all dieser kleinen Unvollkommenheiten – wenn man die Züge, die ein Gesicht von jedem anderen unterscheiden, wirklich Unvollkommenheiten nennen kann – erschien sie Adenar als die schönste Frau, die er je gesehen hatte. Und er fand sie nicht nur schön; ihre Züge kamen ihm außerdem so vertraut vor, dass er überzeugt war, sie schon einmal gesehen zu haben, aber wo?, wann? In einem Traum? In einem anderen Leben?

Die junge Frau richtete sich in dem Wasserbecken auf und begann, ihr langes Haar auszuwringen, dessen nasse braune und schwarze Strähnen bald weizenfarben schimmerten. Das Wasser reichte ihr bis zu den Rippen, und Adenar war ganz benommen, denn er hatte noch nie eine nackte Frau gesehen. Da begann die junge Frau zu singen, und Adenar erkannte sofort die Stimme wieder, die er von weitem gehört hatte. Singend durchwatete sie das Becken, stieg aus dem Wasser und setzte sich auf die Wiese, in die Mitte eines großen Sonnenflecks. Dann nahm sie den Kamm, der im Gras lag, und begann, sich zu kämmen und ihre langen goldenen Haare zu entwirren. Seltsamerweise hatte Adenar keine Mühe, den Text ihres Liedes zu verstehen.

Der Jäger, der im Wald die Hirschkuh sucht,
deren Brust er traf, sucht mich,
ich bin diese Hirschkuh, und es ist meine Brust, die blutet.
Vor den Menschen versteck ich mich, im Schatten lebe ich
und warte nur den Tag herbei, an dem der Tod mich findet.
Dann kann ich fliehen, dann bin ich du,
dann bist du ich. Und an dem Ort im Wald,

an dem wir uns begegneten,
wird ein Engel mit weißen Flügeln
den Vorübergehenden verkünden:
»Vergiss, Wanderer, was du auf der Welt zurücklässt,
hier beginnt das Land der Seele.«

Die Liedzeilen bahnten sich ihren Weg durch den Wald und in Adenars Gehör, und Adenar fühlte bei ihren Worten, wie sich in seinem Herzen eine weiße Blume öffnete und seine Augen sich mit Tränen füllten.

Die junge Frau sang noch lange so weiter, während sie mit ihrem Haar beschäftigt war. Dann verstummte sie, stand auf und zog sich das rote Kleid an, das über dem Ast hing.

Da beschloss Adenar, dass er sich ihr zeigen und zu ihr sprechen musste. Ohne weiter darüber nachzudenken, stieg er zwischen den Farnblättern hervor und kletterte auf einen der runden Steine am Rand des Wassers.

»Bitte«, sagte Adenar, »ich brauche deine Hilfe.«

Überrascht sah sie auf. Adenar grüßte sie mit einer tiefen Verbeugung.

»Namenlose Frau«, sagte er, »warum kommt es mir vor, als würde ich dich kennen, obwohl ich dich doch nie gesehen habe?«

Da geschah etwas sehr Seltsames: Die junge Frau nahm den kleinen Spiegel aus dem Gras und schien ihn sich mitten ins Gesicht zu drücken, und plötzlich hatte ihr Gesicht nichts mehr von einem menschlichen Antlitz; dann reckte sie die Arme in die Höhe, spreizte ihre langen roten, grauen und goldenen Finger und erhob sich mit Leichtigkeit in die Luft, bedeckte sich mit langen roten Federn, stieg weiter auf und kauerte sich schließlich auf einen Ast. Doch da war sie bereits keine Frau mehr, sondern ein großer rotgoldener Vogel mit langem Schwanz, der ihn von seinem Ast aus mit eindringlichen Vogelaugen betrachtete.

»Wer bist du?«, fragte Adenar.

Der Vogel krächzte.

»Woher kommst du?«, fragte Adenar.

Der Vogel krächzte.

Dann breitete er seine großen roten Flügel aus und flog von dannen, und Adenar überlegte nicht lange, sprang über die großen Felsen, die das Becken überragten, um den Bach zu überqueren, und eilte hinter dem Vogel her. Es war ein imposanter Vogel, groß wie ein Fasan, mit einem Busch weißer Federn auf dem Scheitel und einem langen Schwanz aus roten, schwarzen und goldenen Federn, der im Flug leicht nach unten hing, wie ein großer leierförmiger Fächer, und sein Flug war so ausgreifend und mächtig, dass Adenar beim Anblick der langen, durch die Lüfte schwingenden Federn seiner Flügel befürchtete, er würde für immer zwischen den Schatten des Waldes verschwinden. Aber der Vogel verschwand nicht. Nachdem Adenar einige Minuten gelaufen, gerannt und über Felsen und Wurzeln gesprungen war, entdeckte er ihn auf dem Ast einer Fichte, von wo aus er seinen eindringlichen blauen, klugen Blick auf ihn richtete.

»Wer bist du?«, fragte Adenar erneut.

»*Yldat, yldat*«, kreischte der Vogel.

»Ist das dein Name?«, fragte Adenar. »Heißt du Yldat?«

Da flog der Vogel wieder auf und setzte sich auf einen etwas entfernteren Ast. Und so begann Adenar, Yldat zu folgen, dem roten Vogel Tag und Nacht auf der Spur zu bleiben.

Im Schatten des roten Vogels

Tagelang verfolgte Adenar den Vogel mit dem leierförmigen Schwanz. Der Vogel breitete seine roten Flügel aus und verlor sich im Laub, und Adenar huschte zwischen trockenen, flechtenbesetzten Zweigen hindurch, irrte durch Wälder giftiger Pilze, wurde von bösartigen Libellen angegriffen, und war es ihm gelungen, sich durch die Äste zu schlängeln, die Pilzwälder zu durchqueren, vor den Libellen zu flüchten, fand er stets den Vogel vor, der ihn auf einem fernen Ast erwartete und aus seinem schwarzblauen Auge zu ihm herabsah.

»Lieber Yldat, lieber roter Vogel; ich weiß, dass du kein Vogel bist, ich weiß, dass sich jemand in dir verbirgt. Ich werde dir durch Länder und über Meere folgen, wohin auch immer du mich führen willst, und führst du mich nirgends hin oder bringst mich meinem Tod entgegen, wird auch das mir nichts ausmachen, denn zumindest werde ich in dem Versuch gestorben sein, zu wissen, wer ich bin …«

»Ach, meine liebe Seele«, dachte Adenar, während er über den Waldboden lief, den Blick fest auf das große Wesen mit den blutroten Flügeln gerichtet, das ihn immer ein wenig voraus in den Ästen erwartete. »Wo bist du? Wo bin ich? Bin ich wirklich Adenar, Prinz von Amaula, oder bin ich ein im Schatten des Waldes umherirrender Geist? Vielleicht bin ich längst gestorben, ohne es gemerkt zu haben, und befinde mich an jenem Ort, an den sich die Toten begeben …«

Nach einigen Tagen war der Proviant in Adenars Ranzen erschöpft, doch da er dem Vogel durch den Wald folgen musste, blieb ihm keine Zeit, essbare Früchte zu sammeln. Yldat schien dies zu bemerken und warf ihm Eicheln, Haselnüsse und Pinien in ihren Schalen zu, die wie harte Geschütze aus feindlichen Kelchblättern um Adenar herabfielen, oder er wies ihn (zumindest schien es Adenar so) auf die Pilze hin, die er gefahrlos verzehren konnte, oder führte ihn zu Heidelbeer- und Johannisbeersträuchern, und jedes Mal, wenn er eines dieser Geschenke empfing, kreuzte Adenar die Hände vor dem Herzen und entbot Yldat eine Geste des Dankes.

Dennoch merkte er, dass die Erschöpfung und dürftige Ernährung ihm zuzusetzen begannen. Er wusste nicht, wie lange er sich schon allein von Früchten und Waldbeeren ernährte, und diese eher für ein Reh als für ein menschliches Wesen geeignete Kost schwächte ihn und zehrte ihn aus. Den ganzen Tag kreisten seine Gedanken ums Essen, und das Hungergefühl verließ ihn nie, nicht einmal bei den seltenen Gelegenheiten, bei denen es ihm gelang, sich satt zu essen. Ach, könnte er doch nur einmal wieder einen richtigen Krug Milch trinken! Könnte er doch nur einmal wieder in ein mit Honig und cremigem Käse bestrichenes Brot beißen!

Er schlief nicht gut. Mit leerem Magen und unendlich erschöpft, brachte er die Nächte in einem seltsamen, unruhigen Halbschlaf voller Albträume und gespenstischer Trugbilder zu. Jedes kleinste Geräusch in den Blättern ließ ihn aufschrecken und instinktiv nach seinem Dolch greifen, aus Furcht vor einer Schlange, einem Fuchs oder einem nächtlichen Raubvogel.

Manchmal versuchte er, mit dem Vogel zu sprechen. Er war überzeugt, dass dieser ihn verstehen konnte.

»Yldat«, sagte er zu ihm, »wer bist du?«

Der Vogel krächzte und schien zu sagen:

»*Yldat, yldat, yldat.*«

Der Optimismus und die Energie der ersten Tage verließen ihn langsam. Oft weinte er im Dunkeln. Manchmal vertrieb er sich die Nacht mit seiner Flöte, versuchte erfolglos, die Melodie des Liedes nachzuspielen, das er die Vogelfrau hatte singen hören.

Fast unmerklich war der Buchenwald hohen Eichen gewichen, sonnenliebenden Bäumen, die das Licht durchlassen und unter denen niedrige Pflanzen und Gestrüpp gedeihen. Der Wald schien nicht mehr so dunkel und undurchdringlich, Breschen, Lichtungen und Wiesen taten sich auf. Adenar wusste, dass in dieser Art Wald nicht nur die Flora dichter und artenreicher war, sondern auch die Fauna (denn zu seiner großen Überraschung war er, mit Ausnahme zahlreicher ihm unbekannter Arten von Schmetterlingen, Insekten und kleinen Nagetieren, die ihm auf Schritt und Tritt begegneten, in den Wäldern von Saalpano auf fast exakt dieselben Phänomene gestoßen wie in den Wäldern von Glabris).

Eines Nachmittags kam ihm sogar ein überaus furchteinflößender Gedanke: »In Wirklichkeit habe ich Glabris vielleicht gar nicht verlassen. Vielleicht hatte die Nymphenkugel nicht genügend Energie, um mich über die Erdanziehung von Glabris hinauszutragen, und ich bin nur eben an einer mir unbekannten Stelle auf meinem eigenen Planeten gelandet …« Es brauchte einige Tage, bis er sich selbst davon überzeugt hatte, dass das unmöglich sein konnte.

Irgendwann gelangten Adenar und Yldat, der rote Vogel, Adenar hinter dem ihn führenden Yldat, offenbar an den Rand des Waldes. Doch dann war es nicht der Waldrand, sondern eine Lichtung, die größte Lichtung, die Adenar je gesehen hatte. Das Gras stand dort so hoch, dass die Bäume auf der anderen Seite nicht auszumachen waren. »Mein Gott«, dachte Adenar. »Wäre es nicht besser, diese Lichtung zu umrunden, als sie zu durchqueren?«

Möglicherweise hatte ein so großer Vogel wie Yldat keine Angst davor, von Adlern oder Falken angegriffen zu werden, deren Beute gewöhnlich kleine Nagetiere sind, aber für Adenar, der momentan eben die Größe eines kleinen Nagers hatte, stellte es zweifellos ein großes Risiko dar, eine Lichtung dieser Ausmaße zu durchqueren. Er sah Yldat in der Höhe kreisen und dann voraus über die Lichtung fliegen, bis er ihn aus den Augen verlor, und sagte sich, dass ihm nichts anderes übrig bliebe, als ihm zu folgen.

Er trat aufs freie Feld hinaus. Noch nie war er den Greifern der Raubvögel und den Reißzähnen der Wiesel und Füchse so ausgesetzt gewesen, doch er hatte keine andere Wahl, als sich über dieses weite ungeschützte Terrain zu wagen, wollte er die Spur des Vogels nicht verlieren.

Und wie er befürchtet hatte, stand Adenar eben dort, auf dieser Lichtung, eine wirklich unangenehme Begegnung bevor. Er marschierte durch die Wiese, umgeben von Klatschmohn, dessen Stiele dreimal so hoch waren wie er selbst, fasziniert von dem gemächlichen Tanz der Mohnblüten über seinem Kopf und dem tiefroten Licht, das durch die großen elegischen Blütenblätter drang, als sich plötzlich etwas sehr Großes mit spitzen Zähnen durch den Klatschmohn auf ihn stürzte. Etwas Riesiges, Behaartes, ungemein Schnelles, Wütendes, Wildes, das mit Krallen und Reißzähnen bewaffnet war.

Es war ein Frettchen, ein putziges, schreckliches Tier, mit dunklem zimtfarbenem, im Nacken gesträubtem Fell, eine Bestie mit spitzer Schnauze und winzigen Augen, die viermal so groß war wie er selbst. Offensichtlich hatte es keine Übung darin, Tierchen wie Adenar anzufallen, und so ging sein erster Biss daneben. Adenar sah, wie es sich eilig umdrehte und zu einem erneuten Sprung ansetzte, mit aufgerissenem Maul und vier fürchterlichen Reißzähnen, die es auf seine Kehle abgesehen hatten. Jetzt, da er es eingehender betrachten konnte, schauderte Adenar vor Angst und Ekel. Der dreieckige Kopf des Frettchens war weiß, schwarz und braun gefleckt und wirkte wie eine unmenschliche, furchterregende Maske. Die Schnauze war weiß und das Maul rosa und unregelmäßig wie ein Steinchen, von langen weißen Schnurrhaaren gespickt; ein schwarzer Fleck und eine lange weiße Linie hinter den Augen schien diesen einen noch wilderen und grausameren Ausdruck zu verleihen, bar jeder Leidenschaft oder Intelligenz fixierten sie Adenar; die Ohren erinnerten an zwei kleine Bögen aus rosafarbenem Wachs, halb verdeckt von dem flaumigen Pelz und gekrönt von zwei Halbmonden aus weißem Fell; zwischen Augen und Schnauze, dort, wo sich bei einem Menschen die Nasenwand befände, zeichnete sich ein breites V aus dunkelrotem Fell ab, das wie eine gerunzelte, ewigen Zorn und Frustration ausdrückende Stirn erschien.

Adenar wunderte sich, wie deutlich er all diese Einzelheiten erkennen konnte, und dass das Tier sich so viel Zeit vor einem erneuten Angriff ließ. Es schien überhaupt keine Eile mehr zu haben. Möglicherweise fragte es sich, was für eine seltsame Tierart es da vor sich hatte. Vielleicht hatte es sogar schon einmal einen Menschen gesehen und war erstaunt, nun einem so winzigen Exemplar gegenüberzustehen. Es setzte zum Sprung an, sprang aber nicht. Es schien völlig gelassen. Mit seinen Jagderfahrungen konnte es wohl ermessen, dass Adenar nicht die geringste Chance hatte, zu entkommen. Warum sich also beeilen? Da begann Adenar panisch aus vollem Hals zu schreien, zog seinen Dolch aus der Scheide und richtete ihn auf das Tier.

»Ich bin Adenar, Prinz von Amaula!«, rief er. »Geh mir aus dem Weg, du seelenloses Untier!«

Das Frettchen schien einen kurzen Moment überrascht und verwirrt, doch dann krümmte es den Rücken, spannte den Schwanz an und machte Anstalten, sich erneut auf Adenar zu stürzen. Seine Bewegungen waren faszinierend schnell und agil. Es sprang, und einen Augenblick später war es ein ganzes Stück weiter, genau über Adenar. Es war so geschmeidig wie ein Gedanke, den Gesetzen der Schwerkraft und des Luftwiderstands scheinbar nicht unterworfen. Der Junge sah eine weißschwarzbraune Kugel, die sich auf ihn warf, und stieß blind mit dem Dolch in die Luft. Das Frettchen biss ihn in die linke Schulter und Adenar spürte, wie die Reißzähne sich durch seine Kleidung hindurch mit dem Geräusch knirschender Knochen in seine Schulter schlugen. Das Frettchen hob ihn in seinem Maul mit Leichtigkeit hoch, sprang voller Rage durchs Gras und schleuderte ihn dabei hin und her wie eine Puppe; Adenar fühlte seine Arme und Beine in der Luft schlenkern, während er ein ums andere Mal seinen Dolch in die Schnauze des Frettchens stieß, vor Angst und Schmerz brüllend, bis das Frettchen ihn schließlich losließ, ein Stück weit fort sprang und sich für den nächsten Angriff sammelte.

Nun waren sie beide verletzt und wütend, doch Adenar wusste, dass sein winziger Dolch gegen ein so großes Tier nichts würde ausrichten können, und dass der nächste Angriff des Frettchens tödlich wäre, wenn er nicht von irgendwoher Hilfe bekam. Das Tier war in Rage, der Dolch hatte ihm Schmerzen zugefügt, und es war offensichtlich, dass es nur noch darauf aus war, Adenar den Garaus zu machen. Es riss seinen Rachen auf und ließ sein blutrosa Zahnfleisch sehen, das mit weißen spitzen Zähnen gespickt war.

»Warum willst du mich umbringen?«, schrie Adenar ihm zu. »Ich habe eine Seele, du solltest mich nicht töten!«

Aber es war nutzlos, er wusste es. Die Tiere auf diesem seltsamen Planeten sprachen nicht und besaßen auch nicht die Tugend des Mitleids. In einem Akt der Verzweiflung griff Adenar nach seinem Ranzen, um ihn als Schild gegen die Reißzähne dieser Bestie zu verwenden. Sein Gehirn arbeitete blitzschnell. Was darin konnte ihm als Waffe dienen? Ein Quarz, ein Buch, die drei Ebenholzteile der Flöte, ein paar Hirschaugen. Da hörte er einen Schrei am Himmel und sah aus den Augenwinkeln, dass der große rote Vogel über der Stelle kreiste, an der das Frettchen und er sich befanden. Und er sah, wie der Vogel über dem Frettchen herunterging, wie das Frettchen sich überrascht umwandte und sich, als es merkte, dass ein großer roter Vogel direkt über ihm herabstürzte, auf die Hinterbeine stellte und ihm mit seinen langen schwarzen Krallen drohte, so dass der Vogel sich nicht heranwagte, in vollem Flug mit einem Flügelschlag abbremste, dabei mit seinen Federn das Frettchen gerade noch streifte und ihm mit seinen großen Flügeln die Sicht nahm, worauf das Frettchen ihn mit seinen furchterregenden Krallen wütend angriff und einige rote und goldene Federn auf die Wiese fielen. Doch der Angriff des roten Vogels verschaffte Adenar ein paar Sekunden Zeit, und in diesen Sekunden tat er das Einzige, was er tun konnte. Er ließ den kleinen Dolch fallen, steckte die Hand in den Ranzen und griff blindlings nach einem Hirschauge. Der Vogel entfernte sich in einem Bogen über dem hohen Gras der Lichtung, und das Frettchen wandte sich mit unverkennbar mörderischen Absichten wieder Adenar zu. Adenar konzentrierte sich auf seinen Bauch, wie Aymal es ihn gelehrt hatte, und zerdrückte den Samen mit einem Schrei zwischen den Händen. Und plötzlich loderte ein blaues Feuer auf und er hielt ein riesiges altes Kriegsschwert in ihnen, mit einer langen zweischneidigen Klinge und einem kreuzförmigen Griff, den ein Amethyst schmückte. Das Frettchen machte einen Satz, doch Adenar überkam mit einem Mal eine sonderbare Ruhe, eine absolute, fast schon Erfüllung und Glück verheißende Ruhe. Er stemmte beide Füße fest in den Boden, atmete tief ein, während er das schöne, stumme Tier sich mit gebleckten Reißzähnen auf ihn stürzen sah, und als der Rachen des Frettchens sich genau über seinem Kopf befand, presste er alle Luft aus seinen Lungen, beschrieb mit dem Schwert einen weiten Bogen in der Luft und schlug dem Frettchen glatt den Kopf ab. Nach dem Hieb blieb er reglos mit gezücktem Schwert stehen und fühlte, wie aus seinem Bauch ein Energiestrom emporstieg, der sich in einem endlosen Schrei materialisierte, einem barbarischen, unwirklichen Schrei, der alle menschlichen Gefühle und Empfindungen überstieg.

Er drehte sich um. Der spitze Kopf des Frettchens war mit offenem Maul ins Gras gefallen. Blut sprudelte aus dem sich noch krümmenden Körper. Fast konnte man meinen, das enthauptete Tier wäre lebendig und könnte nicht aufhören, seine Pfoten zu bewegen und mit der Schnauze zu zucken. Der rote Vogel flog tief über sie hinweg, mit dem Lufthauch seiner Flügel Adenars Haare und die umliegenden Gräser streifend, zog noch einen Kreis über der Lichtung, als könne er nicht glauben, dass das Frettchen wirklich tot war, landete dann ein Stück weiter in der Wiese, machte ein paar vorsichtige Schritte mit seinen gelben Beinen auf das Frettchen zu und beobachtete den zuckenden Körper des Tieres.

»Danke, Yldat«, sagte Adenar zu dem Vogel, legte eine Hand aufs Herz und verneigte sich leicht. »Du hast mir das Leben gerettet.«

Der Vogel krächzte.

»Du bist kein Vogel«, sagte Adenar sehnsuchtsvoll. »Du kannst bestimmt sprechen, wenn du willst.«

»Trink das Blut«, sagte der Vogel. Oder zumindest war es das, was Adenar zu verstehen glaubte.

»Ich soll das Blut des Frettchens trinken?«, fragte Adenar. »Hast du das gesagt?«

Der Vogel krächzte erneut, und Adenar war sich nicht sicher, ob er wirklich gesprochen hatte oder einfach nur einen Schrei ausgestoßen hatte.

Er rammte das mächtige Schwert in den Boden und ging zu dem Körper des Frettchens. Das Blut floss immer noch aus dem enthaupteten Rumpf, und ohne lange zu überlegen, kniete Adenar davor nieder und trank ausgiebig von dem warmen, pulsierenden Strahl. Ekel und Übelkeit stiegen in ihm hoch und wurden schließlich so groß, dass er sich von dem Tier abwandte und sich auf Knien ins Gras fallen ließ, die Hände gegen den Bauch gedrückt, um die Krämpfe unter Kontrolle zu halten. Vor ihm schwankte das in den Boden gerammte Schwert leicht hin und her. Und als Adenar die Augen schloss und im Gras einschlief, leuchte das Schwert in einem bläulichen Schimmer sanft auf und wurde langsam durchsichtig. Nach einigen Augenblicken schien es wie aus Rauch geformt. Wenig später war es ganz verschwunden, und an seiner Stelle blieb nur ein runder Samen zurück, der vage an das Hirschauge erinnerte.

Als er aufwachte, war der Nachmittag weit fortgeschritten. Adenar stand auf und streckte sich. Der Kopf des Frettchens lag noch am selben Ort, mit offenem Maul und gebleckten Zähnen; ein pechschwarzer Käfer und eine smaragdgrüne Fliege begannen sich bereits für diese kuriose Trophäe zu interessieren. Der Körper befand sich ein Stück entfernt, inmitten einer getrockneten Blutlache. An der Stelle, wo er das Schwert in den Boden gerammt hatte, lag ein Hirschaugensamen. Adenar nahm ihn, drehte ihn neugierig zwischen den Fingern und steckte ihn dann zu den anderen in seinen Ranzen. Er fühlte sich stark, ausgeruht und voller Energie.

»Hund noch mal!«, dachte der junge Prinz. »Ich werde wohl nie erfahren, ob der Vogel, der zuvor eine Frau war, mir wirklich geraten hat, ich solle das Blut des Frettchens trinken, aber scheinbar war es eine gute Idee. Obwohl ich nicht vorhabe«, und er schüttelte sich innerlich, »jemals wieder etwas so Ekelhaftes zu tun.«

Er mochte den Gedanken nicht, getötet zu haben. In Glabris tötete man nur Tiere, die den Meerespakt oder den Waldespakt brachen und Menschen anfielen, was äußerst selten vorkam.

Adenar kniete sich vor dem enthaupteten Körper des Frettchens nieder, berührte dreimal mit der Stirn den Boden und bat es um Verzeihung.

»Verzeih mir, dass ich dich getötet habe, verehrtes Frettchen«, sagte Adenar laut.

Trotzdem gab es irgendwo in seinem Inneren einen Adenar, der stolz darauf war, getötet zu haben. »Das kann nicht sein«, sagte sich Adenar. »Wie kann ich denn auf so etwas stolz sein?« Es war ein Adenar, der sich stark und mächtig fühlte und dem es gefallen hatte, das warme Frettchenblut zu trinken, ein Adenar, den er nicht kannte, dem er noch nie begegnet war.

In einem fernen Land, jenseits der Wüste

Die Tage, Wochen, vielleicht Monate vergingen, und Adenar folgte unermüdlich dem roten Vogel Yldat. Längst hatte Adenar das Maß der Zeit verloren. Einige Wochen, vielleicht auch monatelang, regnete es ohne Unterlass. Dann hörten die Regenfälle auf, und es wurde kalt. Sie durchquerten ein Tal, erklommen eine weitere Gebirgskette, kämpften mit Adlern, ließen die Kälte hinter sich, und es wurde wieder warm.

Mittlerweile glaubte er Yldats Vorhaben zu kennen. Offenbar war die Nymphenkugel in ein verlassenes Tal mitten in einem hohen Gebirge gefallen. Die einzige Möglichkeit, in eine bewohnte Region dieses Planeten zu gelangen, bestand wohl darin, das Flachland zu erreichen, und eben dorthin schien der Vogel ihn zu führen.

Manchmal sprach der Vogel mit ihm von den Wipfeln der Bäume aus. Sprach er wirklich oder war es nur Adenars Phantasie, die versuchte, seine Schreie als menschliche Worte auszulegen?

»Warum nimmst du mich nicht auf deinen Rücken, lieber Vogel, und lässt mich mit dir fliegen?«, sagte Adenar einmal nach einem besonders anstrengenden Tag.

»Das könnte ich«, sagte der Vogel. »Aber ich habe Angst, dass du mich tötest.«

»Wie könnte ich dich töten, wenn du doch mein Wohltäter bist?«, sagte Adenar, den Tränen nah.

»Eben deshalb«, sagte der Vogel.

»Ich verdanke dir mein Leben, wie sollte ich dich da töten?«, rief Adenar aus.

»Die Menschen sind sehr sonderbar«, sagte der Vogel.

Die Landschaft veränderte sich nach und nach, je tiefer sie hinabstiegen. Der Wald lichtete sich, die Flüsse wurden breiter und ruhiger, immer wieder taten sich weite Wiesen vor ihnen auf. Einmal stießen Adenar und der Vogel auf eine Ziegenherde, konnten aber keinen Hirten entdecken. Adenar verbarg sich fast eine Stunde lang in einem Kaninchenbau, aus Angst, es könnte irgendein Hirtenhund mit scharfen Zähnen auftauchen, und kam erst wieder hervor, als sich das Klingeln der Ziegenglöckchen in der Ferne verlor.

So gelangten sie an eine große helle Wiese voller Margeriten, hoher Gräser und gelben Schmetterlingen, eine Wiese, die allem Anschein nach bis zu einer hohen Zeder mit breiten horizontalen, von dunklen Nadelpyramiden beladenen Ästen reichte und dann offenbar in die Weite des Himmels überging. Wie sonderbar. Ob sie ans Meer gekommen waren?, fragte sich Adenar. Doch man hörte kein Meeresrauschen, und es roch auch nicht nach Meer. Der rote Vogel flog nah der Gräser über die große Wiese, schwang sich dann mit seinen mächtigen Flügeln empor und setzte sich auf einen der dicken Äste der Zeder, deren Umrisse sich deutlich gegen den blauen Himmel abzeichneten.

Als Adenar ihn erreichte, begriff er, warum er den Eindruck gehabt hatte, die Wiese ginge in den Himmel über. Die große Zeder wuchs am Rande eines gigantischen Abgrunds, dessen Tiefe angesichts Adenars geringer Größe noch einschüchternder war. Von dort oben hatte man einen Blick über eine weit gestreckte Landschaft waldbedeckter Täler und Hügel, hie und da von breiten Schneisen und welligen Feldern aufgelockert. Am Horizont schien eine Art violett- und goldfarbener Dunst, der wohl schlicht durch die Entfernung zu erklären war, die Stelle anzudeuten, an der das Flachland begann. Am Fuße des Steilhangs, über den Adenar sich jetzt beugte, an einen holzigen Graswurzelstock geklammert, aus Angst, hinunterzufallen, befand sich eine große Wiese, auf der Pinien und Zypressen wuchsen. Ein weißer Weg schlängelte sich zwischen den Bäumen hindurch. Abgesehen von den Flugmaschinen der ersten Tage und den Spiegeln, die ohnehin magische Spiegel gewesen sein mussten, war dies das erste Zeichen menschlicher Präsenz, das Adenar erblickte, seit er auf diesen Planeten gefallen war. Und er sah noch mehr. Er sah einen sonderbaren Karren aus rot bemaltem Metall, mit vier Rädern und Glasfenstern, der am Rand des Weges stand. Es wunderte ihn, dass nirgends ein Pferd oder Maultier zu sehen war. Und in der Nähe des seltsamen Karrens entdeckte er vier menschliche Gestalten; drei davon saßen im Gras um ein weißes Tuch, eine vierte, ohne Zweifel eine Frau, stand unweit von ihnen mit einem Bogen in der Hand.

»Menschen!«, dachte Adenar. Und mit einem Mal kam es ihm vor, als gäbe es auf der ganzen Welt nichts Schöneres als Menschen. Und die Möglichkeit, endlich mit seinen Artgenossen in Verbindung zu treten, erfüllte ihn mit fast fiebriger Aufregung.

»Huhu!«, schrie er, sprang auf und winkte mit beiden Armen. »Huuuuuhuuuuu!«

Aber er wusste ganz genau, dass ihn unten niemand hören und noch viel weniger sehen konnte.

»Ich muss hier hinuntersteigen«, dachte er. »Das ist meine einzige Chance.«

Ganz offensichtlich handelte es sich um eine Gruppe Ausflügler, die aus irgendeiner nahe gelegenen Stadt für den Tag dorthin gekommen waren; jeden Moment konnten sie ihr Tischtuch und ihren Proviant einpacken und für immer verschwinden. Das heißt, wenn es ein Tischtuch war, sagte sich Adenar, denn dieses weiße Tuch, das sie auf den Boden gelegt hatten, konnte ebenso gut ein fliegender Teppich sein. Und so überlegte er nicht lange, ging auf den Rand des Steilhangs zu und begann, ihn an den offen liegenden Pflanzenwurzeln hinabzuklettern. Er vermied es, nach unten zu schauen, da er ganz genau wusste, dass er sein Vorhaben sonst niemals durchführen würde.

Da breitete der Vogel seine Flügel aus, flog auf Adenar zu

und schleuderte ihm seltsame Schreie entgegen. Adenar, der an der langen, klebrigen Wurzel einer Blume über dem Abgrund hing, spürte, wie der Vogel sich ihm von hinten näherte, nahm das trockene Schlagen seiner Flügel im Wind wahr, die von dem großen rotgoldenen Körper verdrängte Luft, und merkte plötzlich, wie die Klauen des Vogels ihn an seinem Ranzen packten und hochhoben. Doch der Vogel beschränkte sich darauf, ihn erneut zum Rand des Steilhangs hinaufzufliegen und ihn ins Gras fallen zu lassen, wo er sich mehrmals überschlug.

»Du wirst dich noch umbringen!«, kreischte der Vogel.

»Das ist meine einzige Chance«, sagte Adenar und stand wütend auf. »Wenn wir den Steilhang umrunden, brauchen wir Tage, die da unten werden längst weg sein, und ich werde vor Hunger und Erschöpfung sterben.«

Er machte sich erneut an den Abstieg über den Steilhang. Er nahm an, dass der Höhenunterschied etwa hundert Körper betragen musste, das heißt, in Anbetracht der Tatsache, dass sein Körper etwa zwanzigmal kleiner war als normal, etwa zweitausend Körper. Zweitausend Körper tief! Da flog der Vogel wieder auf ihn zu, packte ihn an seinem Ranzen und setzte ihn erneut am Rand des Steilhangs ab.

»Lass mich in Frieden!«, schrie Adenar. »Wenn du mir nicht helfen willst, dann lass mich wenigstens tun, was ich tun muss!«

»Dir helfen?«, sagte der Vogel. »Aber ich helfe dir doch, Adenar. Du bringst dich um, wenn du dort hinunterkletterst!«

»Ich kann es nur versuchen, auch wenn es unmöglich ist, aber nur für den, der etwas versucht, ist das Leben schön«, rief Adenar in der Erinnerung an das, was Galadar ihm gesagt hatte.

»Wo hast du das denn gehört?«, fragte der Vogel.

»Meine innere Stimme hat sich daran erinnert«, antwortete Adenar, was ja der Wahrheit entsprach.

»Du bist also tatsächlich ein Magier«, sagte der Vogel. »Seit ich dein Schwert gesehen habe, wusste ich es.«

»Ich bin nur ein Prinz eines kleinen Landes irgendwo auf einem unbekannten Planeten«, sagte Adenar. »Ich bin nur ein im Wald herumirrender kleiner Junge. Hilf mir, Yldat!«

»Du bist kein kleiner Junge«, sagte der Vogel und breitete seine Flügel aus wie ein Engel aus Feuer und Gold, ein Engel aus Licht und Blut. »Du bist kein kleiner Junge, du bist ein *Yajda*, ein Ritter mit magischen Kräften vom Orden der Orangeroten Wolke.«

»Davon habe ich noch nie etwas gehört.«

»Das ist nicht wahr«, sagte der Vogel. »Du hast gehört, du hast gesehen. Du erinnerst dich nur nicht.«

»Und wer bist du?«, fragte Adenar.

»Ich bin, was ich immer war«, sagte der Vogel. »Ich bin dein Diener und Führer.«

»Dann lass mich auf deinen Rücken steigen und bring mich zu denen, die dort unten sind.«

Der Vogel Yldat hüpfte wortlos auf Adenar zu und ließ den jungen Prinzen die Federn seines Rückens erklimmen. Adenar setzte sich mit gespreizten Beinen auf den Ansatz des langen Vogelhalses und umschlang ihn mit den Armen; die großen Flügel mit den roten, goldenen und schwarzen Federn öffneten sich zu beiden Seiten und er spürte, wie der Vogel einen Satz in die Luft machte und sein mächtiger Flügelschlag sie mit Leichtigkeit über die blumenübersäte Wiese erhob und dann in den pfeifenden Wind über dem schwindelnd hohen Abgrund trug.

Yldat bog seinen langen Hals nach hinten und schaute ihn mit einem herrlichen blauschwarzen Auge an; Adenar erblickte in der kristallschwarzen Pupille einen verwilderten Jungen mit zerzausten langen braunen Haaren und begriff, dass dieser Wilde, den er dort gespiegelt sah, er selbst war. Ein fremder Adenar, der voller Zorn und Entschlossenheit nach unten deutete, und so schaute der Vogel wieder geradeaus und begann, in einem weiten Bogen abwärts zu fliegen.

Mit Händen und Beinen um Yldats Hals geklammert, beugte Adenar sich vor, um die Ebene zu überblicken. Da sie in Kreisen hinabflogen, musste er immer wieder von links nach rechts schauen, um die Gruppe Ausflügler unter sich im Auge zu behalten.

Es waren drei junge Männer und ein Mädchen. Ganz offensichtlich war das Tuch, das sie auf dem Gras ausgebreitet hatten, kein fliegender Teppich, sondern eine improvisierte Picknickunterlage; sie schienen in dem sonderbaren metallischen Karren ohne Pferde, der am Wegrand stand, gekommen zu sein. Die drei jungen Männer hatten kurze Hosen und kurzärmelige bunte Hemden an, das Mädchen trug eine weiße Bluse, einen karierten Rock und eine rote Mütze auf den schulterlangen Haaren. Sie hatten eine große Zielscheibe im Gras aufgestellt, etwa zwanzig Meter von dem Ort entfernt, wo sie picknickten, und das Mädchen vergnügte sich damit, mit einem riesigen Sportbogen auf das Ziel zu schießen, wobei ihr die drei jungen Männer, die im Schneidersitz oder mit um die Knie geschlungenen Armen um das Tuch herum saßen, gelassen zuschauten.

»Wo fliegst du hin?«, schrie Adenar dem Vogel zu, als er merkte, dass sie sich immer weiter entfernten und die kleine Gruppe aus seinem Blickfeld verschwand.

»Dieses Mädchen hat Pfeil und Bogen, lieber Adenar«, sagte der Vogel mit tieftrauriger Stimme. »Ich setze dich gern auf dem Boden ab, aber erlaube mir, ihnen nicht zu nahe zu kommen.«

»Du bist ein Feigling!«, rief Adenar. »Wenn ich dächte wie du, wäre ich schon vor Monaten gestorben.«

»Was hättest du davon, wenn sie mich mitten im Flug träfen?«, sagte der Vogel. »Wenn sie mich töten, stirbst du ebenfalls.«

»Sie werden dich nicht töten«, sagte Adenar. »Bring mich zu ihnen, lass mich auf die Wiese fallen und flieg dann weg, so schnell du kannst.«

Der Vogel wendete in der Luft und flog erneut auf die Gruppe der jungen Leute zu. Das Mädchen mit der roten Mütze schien alle Pfeile verschossen zu haben, denn einer der jungen Männer, sonnengebräunter als die anderen und in einem dunkelblauen Hemd, war aufgestanden und zu der Zielscheibe gelaufen, um die Pfeile zu holen, die teils in der Scheibe, teils in der Wiese steckten. Da entdeckten die beiden anderen jungen Männer, die noch um das mit Tellern und Flaschen voll gestellte Tuch saßen, den großen roten Vogel, der auf sie zugeflogen kam, und zeigten auf ihn.

»Lass mich davonfliegen, Adenar«, kreischte der Vogel. »Die Menschen wollen immer nur unseren Tod!«

»Sei endlich ruhig, du feiger Vogel!«, rief Adenar und riss ihm wütend rote Federn aus dem Hals. »Bring mich zu ihnen, und flieg dann meinetwegen so schnell du kannst weg!«

»Adenar!«, flehte der Vogel.

»Du hast versprochen, mir zu helfen«, sagte Adenar. »Wenn du mich nicht zu ihnen bringst, schlage ich dir höchstpersönlich mit meinem Schwert den Kopf ab. Du hast gesehen, dass ich dazu fähig bin!«

Der junge Mann mit dem dunkelblauen Hemd war zu dem Mädchen mit der roten Mütze getreten, um ihr die Pfeile zu geben. Jetzt sahen sie alle zu dem Vogel hoch. Das Mädchen, das mit ihrem dicken Schießhandschuh ein Glas mit einer rosafarbenen Flüssigkeit hielt, das ein anderer ihrer Verehrer ihr gebracht hatte, gab das Glas rasch dem jungen Mann in dem blauen Hemd und nahm dafür einen Pfeil. Sie legte ihn in den Bogen, spannte ihn und richtete ihn auf den roten Vogel, der immer noch weit über ihnen flog. Alles ging sehr schnell. Das Mädchen stieß einen Freudenschrei aus, die jungen Männer schrien ebenfalls, der Pfeil verließ den Bogen und verschwand in der Luft, und für den Bruchteil einer Sekunde fragte Adenar sich, wo er wohl sein mochte. Da spürte er einen heftigen Stoß und sah, wie der Vogel den Schnabel öffnete und schmerzerfüllt aufstöhnte.

»Adenar!«, rief der Vogel. »Ich bin getroffen!«

»Nein!«, schrie Adenar und umschlang stürmisch Yldats Hals, als könne er ihn mit der Kraft seiner Arme in der Luft halten.

Der Vogel schlug angestrengt mit den Flügeln und entfernte sich von der Stelle, überflog einen Bach und einen kleinen Birkenwald, versuchte, sich höher aufzuschwingen, vielleicht um in die Wälder des Hochgebirges zurückzugelangen, in denen er geboren war, doch er war bereits zu schwach und fiel mit ungelenken Flügelschlägen in Richtung Boden ab, die unteren Äste der Bäume streifend.

Sie landeten auf einer spröden Matte aus Kiefernnadeln. Adenar überrollte sich mehrmals, bis er gegen den nächsten Baumstamm prallte. Etwas benommen erhob er sich, setzte seine Mütze auf, die ein Stück weit entfernt lag, und sah sich nach seinem geflügelten Freund um. Der Vogel war regungslos auf dem Boden liegen geblieben, einen Flügel halb in die Luft gestreckt, der Hals seltsam gekrümmt. Sein ganzer Körper hob und senkte sich rasch in mühsamen Atemversuchen. Ein riesiger silberner Pfeil steckte mitten in seiner Brust. Dickes, dunkles Blut floss aus der Wunde, glänzend noch von dem friedlichen Glück des fliehenden Lebens, und sickerte rubinrot über die Blätter und Kiefernnadeln ringsum auf dem Boden.

»Yldat!«, schrie Adenar, rannte zu dem Vogel und kniete sich neben ihn. »Yldat, lieber Vogel! Was habe ich dir angetan? Aber mach dir keine Sorgen, Yldat, ich werde dir den Pfeil herausziehen, ich werde deine Wunde heilen!«

»Es ist sinnlos, Adenar«, sagte der Vogel. »Der Pfeil hat mein Herz durchbohrt. Mein Herz ist entzwei, genau wie deines. Jetzt sind wir beide gleich.«

Du hast getötet, hörte Adenar eine innere Stimme sagen. *Du hast aus Angst und Hochmut getötet. Du hast deinen Freund getötet, Adenar, du hast deinen Bruder getötet … Adenar, was hast du getan?*

»Wer bist du, Yldat?«, schluchzte Adenar. »Wer war das Mädchen am Ufer des Flusses?«

»Hast du sie nicht erkannt? Weißt du wirklich nicht, wer sie war? Weißt du wirklich nicht, wer ich bin?«, sagte Yldat. »Hör mir zu, Adenar, hör mir gut zu, denn mir bleibt nicht mehr viel Zeit:

In einem fernen Land jenseits einer endlosen Wüste, an einem für die Menschen unzugänglichen Ort nahe den Adlern und den Wolken, erhebt sich das Kloster der Orangeroten Wolke. Seine Bewohner ergötzen sich tagtäglich an dem Wunder eines in der Luft schwebenden Steins, aus dem eine nie versiegende Lebensquelle sprudelt. Wem es gelingt, bis zu ihr vorzudringen und aus dem weißen, leuchtenden Wasser zu trinken, das aus dem Stein fließt, verwandelt sich in einen *Yajda*, einen Unsterblichen, der fortan keine andere Nahrung mehr braucht oder ersehnt. Nur sehr wenige erreichen das verlorene Kloster, und von denen, die es erreichen, gelingt es nur sehr wenigen, von der Quelle des Steins zu trinken.

In dem verlorenen Kloster werden viele Dinge gelehrt, Adenar, und manche von denen, die dorthin gelangen, begeben sich in die Zellen der Magier und lernen, unsichtbar zu werden oder sich in jedes beliebige Tier zu verwandeln oder durch die Lüfte zu fliegen, sie fühlen sich wie die Könige der Schöpfung und das ist ihnen genug. Sie kehren in die Welt zurück, und nach kurzer Zeit vergessen sie, wo sich das Kloster befindet und wie man dorthin kommt, und manche vergessen sogar, dass sie sich einmal danach sehnten, das Kloster zu finden, und irgendwann dort waren. Aber die, denen es gelingt, über sich selbst hinauszuwachsen und von der Quelle zu trinken, ach Adenar, du kannst dir nicht vorstellen, welche Erfüllung sie erreichen …! Ihr gesamtes Sein erfährt eine Wandlung, sie erwachen wie aus einem Schlaf, erinnern sich der Liebe. Ihre Augen öffnen sich, ihre Angst verschwindet, ihr Herz blüht auf … Man kann es nicht mit Worten beschreiben, Adenar, *es ist, als erstehe man von den Toten auf.* Manche von ihnen bleiben für immer in dem Kloster; andere begeben sich zurück in die Welt, denn für den, der von der heiligen Quelle getrunken hat, machen die Orte keinen Unterschied mehr …«

»Warum erzählst du mir das alles?«, fragte Adenar. »Muss ich dorthin gehen, um meine Seele zu finden?«

»Hör mir gut zu, Adenar«, sagte der Vogel mit immer schwächerer und stockenderer Stimme. »Du wirst in eine große Stadt kommen, die von der Heuschreckenplage heimgesucht ist. Du wirst ihre Bewohner glücklich finden und die Stadt reicher und prächtiger als alles, was du je gesehen hast, doch die Heuschrecken haben ihre Obst- und Gemüsegärten vielleicht für immer zerstört. Jenseits der Stadt ist eine Wüste, und eines Tages wirst du diese Wüste durchqueren wollen, um die Suche fortzusetzen, die dich in diese Stadt brachte. Du wirst dich mitten in der Wüste wiederfinden und entdecken, dass du sie nicht alleine durchqueren kannst, da du alleine verhungern und verdursten würdest, und wirst andere suchen, die sie mit dir durchqueren möchten. Auf der anderen Seite der Wüste erheben sich Berge, und in diesen Bergen, versteckt in einer fast unzugänglichen Schlucht, befindet sich das verlorene Kloster.

Nur sehr wenige gelangen bis dorthin, Adenar, und es ist gut möglich, dass auch du es nicht schaffst, denn alle Kräfte aller Welten werden mit allen Mitteln versuchen, dich zu täuschen, dich vom Weg abzubringen und dich dein Vorhaben vergessen zu lassen.

Doch solltest es dir gelingen, solltest du das in den Bergen verlorene Kloster erreichen, wird dein Leben einen ganz besonderen Glanz erhalten und du wirst eine Wandlung erfahren, von der du nicht einmal zu träumen wagtest. Du wirst dort Dinge lernen, die den menschlichen Geist übersteigen, Dinge, die dich völlig verändern und deinen Tagen und Nächten ein unaufhörliches Strahlen verleihen werden, so wie die Wärme der Sonne einen einfachen Samen in einen mächtigen, dicht belaubten Baum voller Blüten und Vögel verwandelt. Ach Adenar, könntest du doch nur ahnen, was dich an diesem Ort erwartet!«

»Sag mir, wie ich an diesen fernen Ort gelangen kann«, sagte Adenar. »Sag mir, wie ich den Weg finde, der zu diesen Bergen führt.«

Der Vogel schloss die Augen und ließ den Kopf ins Gras sinken, und Adenar dachte schon, er sei gestorben, doch die Vogelbrust bewegte sich noch leicht im Rhythmus der Atmung. Da machte der Vogel wieder die Augen auf.

»Wenn ich tot bin«, sagte er, »öffnest du mit deinem Schwert meine Brust und schneidest mir das Herz heraus. Teile es in zwei. Vergrabe eine Hälfte und iss die andere.«

»Ich werde tun, was du sagst«, antwortete Adenar mit Tränen in den Augen und umarmte den Hals des sterbenden Vogels.

»Leb wohl, Adenar«, sagte der Vogel. »Vergiss mich nicht.«

Er schloss die Augen, und im selben Augenblick spürte Adenar, wie etwas den Vogelkörper verließ, ein Lichtschleier, ein durchsichtiger Schatten, und unmittelbar darauf lag dort nur noch eine leere Hülle; die Präsenz, die gerade noch mit Adenar gesprochen hatte, befand sich bereits an einem anderen Ort.

Nicht weit von ihm entfernt waren die Stimmen der jungen Männer zu hören, die sich zweifellos auf die Suche nach dem geschossenen Vogel gemacht hatten, um die Trophäe zu ergattern und den Pfeil einzusammeln; fröhliche, aufgeregte Stimmen, die sich in einer ihm unbekannten Sprache unterhielten. Plötzlich erschien der Gedanke, sich ihnen zu zeigen, in ihnen irgendeine Art von »Rettung« zu suchen, ihm unerträglich, und so verharrte er still, von den Blättern verborgen. Er hörte die Stimme des Mädchens, das den Vogel abgeschossen hatte, eine hohe, kraftlose, fast kindliche Stimme, die ihn mit Zorn und Hass erfüllte, und er wurde sich bewusst, dass er mit diesen Barbaren, die Tiere aus reinem Vergnügen töteten, nichts zu tun haben wollte. Die Stimmen kamen ihm ziemlich nahe, dann entfernten sie sich wieder und verloren sich schließlich in der Ferne.

Immer noch weinend, riss Adenar dem Vogel mit aller Kraft den Pfeil aus dem Leib, schnitt ihm dann mit seinem Dolch den Brustkorb auf, zertrennte die dicken Arterien mit der bläulichen Klinge und nahm das Herz heraus. Da es bereits von der stählernen Pfeilspitze durchbohrt worden war, fiel es ihm nicht schwer, es in zwei glatte Hälften zu zerteilen. Er ließ das Blut herauslaufen und begrub dann, feierliche Lieder singend, eine der beiden Hälften in der feuchten, leicht auszuhebenden Erde am Fuße eines Paradiesbaums wenige Schritte von dem Ort entfernt, an dem der große tote Vogel lag. Dann setzte er sich auf das Grab mit dem halben Herzen seines Freundes und machte sich daran, die andere Hälfte zu verzehren. Und dieses

Mal verspürte er weder Ekel noch Widerwillen, nur große Liebe und Dankbarkeit.

Als er das halbe Herz des Vogels aufgegessen hatte, fühlte er sich übersättigt, erschöpft und todmüde. Und so schloss er dort, wo er saß, die Augen und schlief bis zum nächsten Morgen.

Wachsen

Als er am nächsten Morgen aufwachte, sah er, dass neben ihm, am Fuße des Paradiesbaums, genau an der Stelle, wo er das halbe Herz des Vogels vergraben hatte, eine weiße Blume gewachsen war, eine kleine Blume mit einer Krone aus zarten weißen, innen rot geäderten Blütenblättern, die um einen festen, mit gelbem Pollen bedeckten Stempel angeordnet waren. Der große rote Vogel lag am selben Ort wie am Vortag, doch aus irgendeinem seltsamen Grund war er auf weniger als die Hälfte seiner Größe geschrumpft. »Geschieht das auf diesem Planeten vielleicht mit den Tieren, wenn sie sterben?«, fragte sich Adenar. »Schrumpfen sie, bis sie verschwinden?« Er stand auf und stieß mit dem Kopf gegen die unteren Äste des Paradiesbaums, der in Wirklichkeit ein junges Bäumchen war. Da begriff er, was passiert war: die Blume war nicht winzig und der Vogel nicht geschrumpft. Er hatte zu wachsen begonnen.

Adenar begrub den Vogel neben der Stelle, an der er sein Herz vergraben hatte, was ihn fast den ganzen Vormittag in Anspruch nahm, sah dann auf die Blume und fand sie noch kleiner. Kein Zweifel, er wuchs unaufhörlich, und mit ihm wuchsen auch seine Kleider und Habseligkeiten, sein Ranzen, sein Buch, sein rosa Quarz, seine Flöte, sein Dolch, seine Hirschaugen, alles wuchs mit ihm.

Wie höchst sonderbar! War es darauf zurückzuführen, dass er das Herz des Vogels gegessen hatte?

Er verbrachte den ganzen Tag am Grab des Vogels. Er trat in sein Gedächtnis ein, bestieg den höchsten Berg des Magischen

Eilands von Armida und brachte das Bild von Yldat, dem roten Vogel, in einem kleinen weißen Tempel an.

Da geschah etwas Unerwartetes. Yldats Bild schien zum Leben zu erwachen. Es begann die Flügel zu schlagen, seine großen Flügel, rot wie Wein, Blut und Wiederauferstehung, zog plötzlich Kreise durch den Tempel und flog durch die Säulen hinaus, zwischen den Bäumen der Insel hindurch, von Adenar verfolgt.

»Vergiss mich nicht, Adenar«, sagte Yldat und sah mit seinem blauschwarzen Auge auf ihn herab.

»Das gibt es doch nicht«, dachte Adenar verdutzt. »Das ist mein Gedächtnis, nichts kann dort ohne meinen Wunsch geschehen …« Und er befahl dem Bild des Vogels, an den Ort zurückzukehren, den er ihm zugewiesen hatte.

»Es stimmt, ich bin ein Bild, Adenar«, sagte der Vogel. »Aber ich bin ein lebendiges Bild.«

»Nein, das kann nicht sein«, sagte Adenar traurig. »Täusche mich nicht, du kannst nicht Yldat sein. Yldat ist tot. Ich selbst habe ihn getötet.«

»Es ist leicht, einen Körper zu töten«, sagte der Vogel, ohne in seinem Flug über die Baumwipfel, Wasserfälle und Blumenwiesen der Insel innezuhalten. »Aber weißt du, wie man ein Bild tötet? Die Bilder sind vor den Körpern da und leben weiter, wenn die Körper aufhören zu existieren.«

»Ich kann also immer mit dir sprechen?«, fragte Adenar.

»Ja, vorausgesetzt, du vergisst mich nicht«, sagte Yldat.

Er blieb noch den Rest des Tages neben dem Grab des Vogels sitzen, sang ihm Lieder und ehrte ihn, doch seine Traurigkeit war verschwunden, denn jetzt lebte Yldat, der große Vogel mit den roten Flügeln, im Inneren seines Gedächtnisses weiter.

Am nächsten Morgen beschloss er, dass der Moment gekommen war, seinen Weg fortzusetzen. Wenn er sich nicht irrte, hatte er seine normale Größe zurückerlangt. Die höchsten Blumen reichten ihm nicht einmal bis zum Knie. Ein Pilz, der ihm noch zwei Tage zuvor einen guten Unterschlupf bei Regen geboten hätte, war jetzt nur noch ein Pilz, den er pflücken und in den Fingern halten konnte. Und so verneigte er sich vor dem Grab des Vogels, berührte dreimal mit der Stirn den Boden und verabschiedete sich von den sterblichen Überresten seines Freundes.

Die Blume, die aus dem begrabenen Herzen gewachsen war, hatte sich inzwischen ganz geöffnet. Ihre leuchtenden weißen Blütenblätter schienen ihn zu rufen. Adenar kniete sich vor der Blume hin und betrachtete sie aufmerksam, und da geschah etwas Merkwürdiges. Der Stempel schien sich plötzlich in eine massive Säule aus grünem Marmor zu verwandeln, und dann in eine Säule aus Licht, und auf dieser Säule schimmerte sanft der gelbe Pollen in den Staubgefäßen und war kein Pollen mehr, sondern ein goldener, in der Luft schwebender Stein. Und um die Säule, auf den Blütenblättern verteilt, die keine wirkliche Blütenkrone mehr war, sondern eine Art runder Raum mit weißen, schillernden Wänden, sah er einen Kreis aus Rittern, jeder einzelne ein großes Schwert vor sich, Ritter in weiten, orangeroten Gewändern, die auf der Brust ein Kreuz in derselben Farbe trugen. Der goldene Stein begann sich mit weißen Flügeln wie eine Taube in die Luft zu erheben, und die Ritter hoben den Blick zu ihm auf. Da entsprangen dem Stein Lichtstrahlen und eine weiße, kristalline Flüssigkeit, deren Strahl in die Münder der Ritter floss, die mit geschlossenen Augen und einem sanften Lächeln auf den Lippen das weiße Nass tranken.

»Das ist doch nicht möglich!«, dachte Adenar, und sofort verschwanden der Stein, der Raum und die Ritter, und er sah wieder eine Blume vor sich, eine leicht im Wind schaukelnde Blume, auf die sich gerade eine schlanke gestreifte Wespe setzte. Adenar wartete, bis die Wespe wieder fortgeflogen war, pflückte die Blume und legte sie nach einem kurzen Zögern zwischen die Seiten seines Buch-Kleinods, die Blütenkrone schön ausgebreitet, dann schloss er das Buch mit leichtem Druck, steckte es wieder in seinen Ranzen und machte sich auf den Weg.

Der Mond

Je weiter er aus den Bergtälern herabstieg, in die er gefallen war, desto mehr veränderte sich die Landschaft, und das Klima wurde zunehmend wärmer. Der weiße Feldweg ging in einen Schotterweg über, der sich talabwärts schlängelte, und dann mündete der Schotterweg in eine Straße mit einer Beschichtung, wie Adenar sie noch nie gesehen hatte und die ihn an die versteinerte Lava eines Vulkans erinnerte. Die Vegetation war inzwischen von fast tropischer Üppigkeit.

Als die Nacht hereinbrach, kam er an eine Gastwirtschaft. Es war ein kleines zweistöckiges Gebäude, vor dem auf einer Terrasse lange Holztische standen, an denen eine lärmende, fröhliche Menge aß und trank.

Er wagte nicht, sich zu zeigen, er kannte ja nicht einmal die Sprache dieser Menschen. Was würden sie mit ihm tun, wenn sie ihn fanden? Seine Kleidung und Habseligkeiten waren zwar mit ihm gewachsen, aber Adenar war sich im Klaren darüber, dass er mittlerweile aussah wie ein Wilder. Seine Kleider waren von den Widrigkeiten des Lebens im Wald und seinen unliebsamen Begegnungen mit den Tieren zerrissen. Von seiner höfischen Eleganz war kaum noch etwas übrig. Seine Jacke hing seit seinem Kampf mit dem Frettchen in Fetzen herunter. Sein Hemd und seine Hose waren von den Krallen zerkratzt, die Stiefel voller Schrammen und verkrustetem Schlamm. Seine Haare reichten ihm inzwischen fast bis zu den Schultern. Der Saum an Hose und Ärmeln war ausgefranst. Seine Handgelenke und Fußknöchel waren voller Wunden und Narben, seine

Hände zerschürft, seine Fingernägel hatten schwarze Erdränder. Am Vormittag hatte er sich zum Trinken über einen Bach gebeugt und war bei seinem eigenen Anblick erschrocken. Er sah aus wie ein wildes Tier, war dunkelbraun und mager, und seine Augen hatten einen unheimlichen, fast wahnsinnigen Glanz.

Er umrundete die rückwärtige Seite des Gebäudes, als plötzlich ein Mann mit einer Lampe in der Hand vor ihm auftauchte, die ihm grell in die Augen schien. Der Mann schrie auf, und wenige Augenblicke später erschienen mehrere weitere Männer, alle weiß gekleidet. Offensichtlich kamen sie aus einer Küche. Einer von ihnen hatte eine Pfanne in der Hand, um sich einen bedrohlichen Anschein zu geben. Ein anderer hielt eine große Ananas an den Blättern, als wäre sie eine Keule.

»Ich bin Prinz Adenar von Amaula, Sohn von König Leopoldo und Königin Margolis«, sagte Adenar und verneigte sich.

Er erwartete natürlich nicht, dass sie ihn verstanden. Er wollte ihnen nur zu verstehen geben, dass er kein Wahnsinniger, sondern eine wohlerzogene Person mit guten Manieren war.

»Adenar!«, sagte einer von ihnen. Und die anderen lachten und redeten in ihrer unverständlichen Sprache, aus der ihm nur die Worte »Adenar«, »Amaula« und »Margolis« deutlich entgegenklangen. Diese Männer hatten offensichtlich ein außergewöhnlich gutes Gehör. Wie waren sie in der Lage, die fremdartigen Namen seines Landes und seiner Familie sofort herauszuhören und zu wiederholen?

Die Männer, die alle dunkle, freundliche Gesichter hatten, führten ihn in die Küche und hießen ihn, sich auf einen Schemel zu setzen. Sie gaben ihm ein Stück Fleischpastete, das Adenar gierig verschlang, einige Scheiben Ananas und ein Glas Papayamilch. Nach etwa einer Stunde, als Adenar sich langsam vom Schlaf überwältigt fühlte, kamen ein paar andere Männer in die Küche und bedeuteten Adenar, ihnen zu folgen. Die Männer forderten ihn auf, in eines dieser seltsamen, von alleine fahrenden Metallgefährte zu steigen, dessen Inneres sich als erstaunlich bequem und einladend erwies, und brachten ihn in eine große Stadt, in eine so große Stadt, wie Adenar sie sich niemals in keiner der möglichen Welten hätte vorstellen können.

Durch die Fenster des Fahrzeugs schaute Adenar auf endlose, von sonnengleich strahlenden Laternen beleuchtete Straßen, große Parks, in denen hinter stolzen Eisenzäunen hohe Bäume wuchsen, Plätze mit prachtvollen Statuen oder großen erhellten Springbrunnen in der Mitte, palastähnliche Gebäude. Und so brachten sie ihn bis zu den Toren des Sanatoriums *Unserer lieben Frau vom Mond*. Adenar stieg aus dem Fahrzeug aus und betrachtete die barocke Pforte des Sanatoriums, die Steinadler, die den Giebel des Gebäudes krönten, und die von Geißblatt umwucherten kunstvollen Säulen, und als er die Schwestern erblickte, die mit ihren kompliziert gefalteten weißen Hauben die Treppe herabstiegen und lächelnd auf ihn zukamen, dachte er, man habe ihn zum Palast des Königs dieses Landes gebracht. Doch es war kein Palast, sondern eine Klinik für geistig Kranke, und, nun ja, in diesem riesigen, sonderbaren, an Wald reichen Land gab es keinen König.

Drittes Buch

Der traurige Erbe
Victor Braunsfeld

Der traurige Erbe Victor Braunsfeld

Victor Braunsfeld, der reichste Mann von Floria, war gerade vierzehn Jahre alt. Und an diesem sonnigen Maimorgen, an dem wir ihm, auf seinem Bett sitzend und abwesend ins Leere starrend, begegnen, war er nicht nur der reichste, sondern auch der traurigste Mann, oder besser gesagt der traurigste Junge, in ganz Floria.

Seine Eltern, der Bankier Martin Braunsfeld Amarao de Estepa und seine Mutter Vita Constancia Solís Rivadeneira von Braunsfeld, waren am Vorabend bei einem Flugzeugabsturz ums Leben gekommen, auf dem Rückweg von einem Skiurlaub in den Alpinalpen. Die Fluggesellschaft hatte abends in Beltaus andorofoniert, und da Victor ein Radio auf seinem Zimmer hatte und es jeden Moment auf diese Weise erfahren konnte, hatte Leopoldo, der Hausdiener der Familie, sich durchgerungen, ihm die Nachricht kurz nach dem Abendessen zu überbringen.

Normalerweise pflegten die Braunsfelds in ihrem Privatflugzeug zu reisen, dem hübschen Doppeldecker *Oniris*, dessen Inneres der Szenograf Pietro di Pero gestaltet hatte. Doch ein kleiner Schaden an der *Oniris* hatte sie gezwungen, diesmal ein Linienflugzeug zu nehmen. Das Pech der Millionäre! Die Maschine der LAG, in dem die nach den Ferien braun gebrannten und entspannten Braunsfelds schäumenden »Goldwein« tranken und in Zeitschriften blätterten, war nach dem Ausfall beider Motoren samt seiner zweihundert Passagiere in den Ozean gefallen.

Nur die Piloten hatten überlebt, sie waren mit ihren Fallschirmen abgesprungen, als sie merkten, dass die Katastrophe unabwendbar war, und den Zeitungen zufolge erzählten sie seltsame Geschichten von rosafarbenen Lichtern am Himmel und fliegenden Untertassen, die violette Strahlen ausschickten.

Victor Braunsfeld, der traurige Erbe, hatte in der Nacht kaum geschlafen. Stundenlang hatte er im Bett wach gelegen und zugesehen, wie sich die nächtliche Dunkelheit in Dämmerung, und schließlich in einen strahlend hellen Maimorgen verwandelte. Er bewohnte ein riesiges Zimmer mit einem dicken cremefarbenen Teppich, in dessen Mitte ein Plüschtiger in Lebensgröße lag, an den Wänden standen mächtige Truhen voller Spielzeug, und durch ein großes ovales Fenster sah man ein Stück Himmel und die grünsilbrigen Blätter der mächtigen Birke im Garten.

Die Uhr aus Mahagoni und Glas, die auf dem Kaminsims stand, zeigte fünf vor acht. Das bedeutete, dass in fünf Minuten Leopoldo, der Hausdiener, die Tür seines Zimmers öffnen und ihm das Frühstück bringen würde.

Victor sprang aus dem Bett und trat an das ovale Fenster, öffnete eine seiner Viertelkreisscheiben und ließ sie angelehnt. Dann ging er zum Kamin, der nie benutzt wurde und den anstelle eines Feuers eine Strelitzie mit flammroten und lila Blättern in einem Blechtopf zierte. Darüber auf dem Sims stand neben der Uhr, durch deren Glasdeckel man die Räder und goldenen Gewichte des Uhrwerks sehen konnte, eine Porzellanfigur, die einen kleinen Prinzen mit einer federgeschmückten Mütze, einem Ranzen auf dem Rücken und einem Dolch in der Hand darstellte, ein Piktogramm, das den dreijährigen Victor mit seiner Mutter zeigte, und ein apfelgrünes Holzkästchen. Victor nahm das Kästchen in die Hand; in seinem Inneren lag etwas Sand, ein vertrocknetes Salatblatt und ein toter Grashüpfer. Vermutlich war er auch in der Nacht gestorben.

»Guten Morgen, kleiner Herr Braunsfeld.«

Victor drehte sich um. Auf einem großen Tablett mit verstellbaren Beinen brachte Leopoldo das Frühstück. Er hatte die Tür so leise geöffnet, das er ihn nicht hatte hereinkommen hören.

»Guten Tag, Leopoldo«, sagte Victor, stellte das Kästchen auf den Kaminsims zurück und ging wieder zum Bett.

Er unterhielt sich morgens gern mit Leopoldo. Im Grunde war Leopoldo, seit ewigen Zeiten Hausdiener der Familie Braunsfeld, sein bester Freund.

»Wie geht es Ihnen heute, kleiner Herr Victor?«

»Den Umständen entsprechend geht es mir ganz gut«, sagte Victor, stieg ins Bett, ließ Leopoldo das Tablett über seinen Knien platzieren und sich von ihm die Serviette auf den Pyjama legen. »Haben Sie mit meinen Verwandten gesprochen?«

»Ich habe mit Ihrer Tante Cordelia und Ihrer Tante Doris gesprochen«, sagte Leopoldo, hob den Deckel von der Schale mit den frisch gebackenen Honigbrötchen und stellte die Tasse auf den Unterteller. »Doch es war mir nicht möglich, das Fräulein Eleonora und die andere Schwester Ihres Herrn Vater, Frau Agrippina, zu erreichen.«

»Ich nehme an, Tante Cordelia ist zu beschäftigt mit der Pflege ihrer Rosen, um sich nach Floria zu begeben, habe ich Recht?«

»Sie kommt heute Abend um sieben Uhr mit Ilibara Air an«, sagte Leopoldo knapp. »Sebastiao wird sie am Flugpark abholen. Ihre Frau Tanten Doris und Lirodante treffen morgen ein. Ich habe dem kleinen Herrn die Morgenzeitungen mitgebracht, falls Sie sie beim Frühstück durchblättern möchten.«

»Nein danke, Leopoldo«, sagte Victor, ohne auch nur einen Blick auf die Zeitungen zu wagen, die vom Tablett rutschten und auf die Bettdecke fielen. »Ich nehme an, die Neuigkeit steht überall auf der ersten Seite, oder?«

»Auf der ersten Seite, kleiner Herr Victor. Nur *Die Weltbastion* hat sie auf die letzte Seite zu den Gesellschaftsnachrichten verbannt. Es ist empörend!«

»Ich habe keine Lust auf heiße Schokolade, Leopoldo«, sagte Victor, der bereits einige Minuten das dampfende dunkle Getränk betrachtet hatte. »Von heute an werde ich morgens Milchkaffee trinken, sag das in der Küche.«

»Milchkaffee, kleiner Herr? Dafür sind Sie aber noch sehr jung.«

»Außerdem brauche ich eine dunkle Sonnenbrille. Schick Sebastiao. Er soll zehn oder zwölf Modelle bringen, ich suche mir dann eines aus.«

»Eine dunkle Sonnenbrille?«, sagte Leopoldo. »Aber Sie brauchen doch optische Gläser, kleiner Herr.«

»Es ist nur für ein paar Stunden, wenn ich meiner Familie entgegentreten muss.«

»Gut, kleiner Herr. Wünschen Sie sonst noch etwas?«

»Ja, Leopoldo«, sagte Victor. »Von jetzt an nennst du mich nicht mehr ›kleiner Herr‹ oder ›kleiner Herr Victor‹, sondern ›Herr Braunsfeld‹ oder einfach nur ›gnädiger Herr‹.«

»Wie der Herr wünschen«, sagte Leopoldo, unterdrückte ein Lächeln und wischte sich verstohlen eine Träne von der Wange.

Leopoldo, der Hausdiener der Braunsfelds, war ein Mann in den Fünfzigern, groß, schmal, glatzköpfig, mit schwarzen Koteletten, einer Adlernase, Tränensäcken unter den Augen und einem gelblichen Teint, sein Gesicht war von tiefen Falten auf der Stirn, zwischen den Augenbrauen und zu beiden Seiten des Mundes zerfurcht. Leopoldo war bereits lange vor Victors Geburt in den Dienst der Familie getreten, und, soweit Victor wusste, nie verheiratet gewesen. Er hatte zwei auf den ersten Blick scheinbar kaum vereinbare Leidenschaften: Schmetterlinge, die er jagte, klassifizierte und dann in Glasvitrinen steckte, und die großen Schlachten der Vergangenheit. Leopoldo war, wenn das in Beltaus auch niemand wusste, einer der weltweit angesehensten Spezialisten für die dreihundert Jahre zuvor ausgetragenen Cañadenkriege, aus denen der gegenwärtige Staat Goyanas hervorgegangen war.

»Noch etwas, Leopoldo«, sagte Victor und wandte sich dem Hausdiener etwas verlegen zu. »Was meinst du, wie lange dauert es noch, bis mir ein Bart wächst?«

»Nun ja«, sagte Leopoldo und betrachtete den Jungen nachdenklich. »Das ist schwer zu sagen, gnädiger Herr. Zwei, drei, vier Jahre. Vielleicht sogar fünf ...«

»So lange?«

»Manche Herren haben stärkeren Bartwuchs als andere«, erklärte Leopoldo. »In Ihrem Fall würde ich sagen, dass man sicherlich in Bälde einen leichten Schatten über Ihrer Oberlippe entdecken wird.«

»Aber noch keinen richtigen Schnurrbart, nicht wahr?«

»Ich würde lügen, wenn ich dies behauptete, gnädiger Herr.«

Victor verzog ärgerlich den Mund und seufzte tief.

»Dann sag Sebastiao, er soll mir auch einen falschen Schnurrbart besorgen«, ordnete Victor an. »Vergiss nicht, eine dunkle Sonnenbrille und einen falschen Schnurrbart. Er soll schwarz sein, schön buschig und mit nach oben gezwirbelten Spitzen.«

»Aber, gnädiger Herr ...«

»Schon gut, Leopoldo«, sagte Victor. »Wir haben nicht den ganzen Tag Zeit. Und sag Rosalba, sie soll mir meinen Milchkaffee hochbringen.«

»Bevor ich es vergesse, gnädiger Herr. Gestern Abend hat Ihre Cousine Alexandra angerufen.«

»Ich habe keine Cousine Alexandra.«

»Doch, kleiner Herr ... Verzeihung, gnädiger Herr ... Die Tochter Ihrer Tante Cordelia.«

»Sascha? Sascha hat mich angerufen? Und was wollte sie?«

»Ihnen natürlich ihr Beileid ausdrücken. Sie schien sehr besorgt um Sie.«

»Schön. Sag Rosalba, sie soll auch das Dorofon mitbringen, wenn sie hochkommt. Ich werde sie zurückrufen.«

»Ich habe mir erlaubt, sie darauf hinzuweisen, dass zwischen zehn und elf eine gute Zeit wäre, um Ihnen einen Besuch abzustatten. War das in Ihrem Sinne, gnädiger Herr?«

»Zwischen zehn und elf ...?«, sagte Victor mit gerunzelter Stirn. »Ja, ja, Leopoldo, ganz in meinem Sinne, ausgezeichnet.«

»Sie verstehen sich gut mit Ihrer Cousine, gnädiger Herr? Soweit ich weiß, ist sie die einzige Verwandte, die Sie in der Stadt Floria haben.«

»Sascha?«, sagte Victor, nahm ein Honigbrötchen, tauchte es mechanisch in die Tasse Schokolade und biss herzhaft davon ab. »Als ich klein war, hat sie sich einen Spaß daraus gemacht, mich zu quälen. Sie und ihre Freundinnen haben mich gefesselt, mich in einen Munitionskasten gesteckt, sich darauf gesetzt und mich nicht mehr herausgelassen.«

»Gütiger heiliger Pankraz«, rief Leopoldo mit erschrocken aufgerissenen Augen.

»Sie und ihre Freundinnen haben gern Kannibalen gespielt. Sascha hatte ein Buch, in dem die Foltermethoden von Indianerstämmen beschrieben wurden, und sie probierte diese Foltern mit Vorliebe an mir aus.«

»Sie machen mir Angst, gnädiger Herr!«, rief Leopoldo und sah zufrieden zu, wie Victor, ganz in seine Geschichte versunken, weiter das Honigbrötchen in die Tasse Schokolade tauchte.

»Einmal haben sie und ihre Freundinnen mich an einen Pfahl im Garten meiner Tante Cordelia gefesselt, kurz vor dem Tod meines Onkels Rubicundo, als sie noch in Floria lebten, haben mir Gesicht und Arme mit Honig eingeschmiert und sich um mich gesetzt, um zu beobachten, wie mich die Ameisen und Fliegen verzehren würden ...«

»Du lieber Gott, gnädiger Herr! Und was ist passiert?«

»Als die Ameisen anfingen, an mir hochzulaufen und mich in die Haut zu pieksen, habe ich laut geschrieen und sie haben mich losgemacht ... Aber das ist schon viele Jahre her, ich bin mir sicher, dass sie sich gar nicht mehr daran erinnert.«

»Verzeihen Sie den Ausdruck, gnädiger Herr, aber sie scheint mir doch ... sehr mit Vorsicht zu genießen.«

»Wir waren doch noch Kinder, Leopoldo!«, sagte Victor.

»Haben Sie Acht, gnädiger Herr. Die Menschen ändern sich nicht.«

»Noch etwas, Leopoldo«, sagte Victor, als er sah, dass der Hausdiener sich zum Gehen anschickte. »Von jetzt an wird Joao Afonso mir beim Anziehen helfen, nicht mehr Rosalba.«

»Es scheint, der kleine Herr ... äh, der gnädige Herr haben heute Nacht viele bedeutende Entscheidungen getroffen«, sagte Leopoldo.

»So ist es, Leopoldo«, sagte Victor entschlossen. »Von jetzt an wird in Beltaus vieles anders werden. Sehr vieles!«

Die Bestie

Und nicht nur in Beltaus. In dieser Nacht, in dieser furchtbaren, schlaflosen Nacht voll bittersüßer Erinnerungen und schrecklicher Bilder hatte Victor einen drastischen, unwiderruflichen Entschluss getroffen. Er wollte kein Kind mehr sein. Seine Eltern waren tot, und mit ihnen war auch seine Kindheit gestorben. Von Beginn dieses Tages an würde er sich wie ein Erwachsener kleiden, verhalten und ausdrücken.

Als der Hausdiener das Zimmer verlassen hatte, ging Victor zu seinem Schrank, um zu überlegen, was er anziehen sollte. Ob Joao Afonso wohl bald kommen würde? Normalerweise war es die Aufgabe von Rosalba, dem Zimmermädchen, ihn anzukleiden, aber es erschien ihm nicht angemessen, dass ein junges Mädchen einem gestandenen Mann wie Victor Braunsfeld, dem Herrn von Beltaus, dem Bankmagnaten, dem Besitzer einer ozeanischen Insel, beim Anziehen helfen sollte.

Doch als er seinen Schrank öffnete und sich in dem Spiegel hinter der Tür sah, stand er trotz allem keinem Bankmagnaten gegenüber, sondern einem vierzehnjährigen Jungen in einem gestreiften Pyjama. Einem Jungen mit kurzem schwarzem, sehr lockigem Haar, Sommersprossen, den silbernen Drähten einer Zahnspange auf den hervorstehenden Hasenzähnen und dicken Brillengläsern, die seine Augen wie Butzenscheiben zu kleinen schwarzen, fast unsichtbaren Punkten werden ließen. Die Zahnspange war so sperrig, dass er seinen Mund nicht ganz darüber schließen konnte und gezwungen war, ihn in einem dümmlichen Lächeln immer halb offen zu lassen.

»Guten Morgen, Victor Braunsfeld«, sagte Victor zu seinem Spiegelbild. »Guten Morgen, Bestie 666. Du hast Mausaugen, Giraffenhaut und Hasenzähne. Du bist nicht nur hässlich, sondern schaust außerdem ziemlich idiotisch aus der Wäsche. Und mit diesem Gestell auf den Zähnen siehst du aus wie eine richtige Bestie. Ich hasse dich, Victor Braunsfeld.«

Er brauchte neue Kleidung, Erwachsenenkleidung. Er brauchte Krawatten, Anzüge, Fliegen, lange Hosen, einen Smoking. Diese schreckliche Brille würde für immer verschwinden. Er würde verschiedene optische Sonnenbrillen bestellen. Außerdem brauchte er mehrere falsche Schnurrbärte, vielleicht auch einen Kinnbart. Schluss mit dem Spielzeug, den kurzen Hosen, den Gesellschaftsspielen und dem Ponyreiten durch den Rosengarten. Schluss mit der *Glanz-des-Brauchtums*-Schule, der exklusivsten Privatschule in ganz Floria, die Victor besuchte, seit er sieben Jahre alt war, mit ihrem Wasserfall im Garten, dem ausgestopften Dinosaurier im naturwissenschaftlichen Klassenzimmer und dem Wasserpoloteam, das zweimal Vizemeister von Columbia geworden war. Ja, Schluss mit der Schule, mit den beängstigenden Prüfungen in Körpererziehung, den langweiligen Mathematikstunden, den endlosen Pausen, in denen Victor sich wie ein Hase unter lauter Wölfen fühlte.

Denn genauso nannten sie ihn im *Glanz-des-Brauchtums* auch: »Hase«, »Victor *der Hase*«, und das nicht nur wegen seiner hervorstehenden Zähne, sondern auch, weil er immer so verschreckt aussah. Einer der Lieblingszeitvertreibe seiner lieben Klassenkameraden war es, ihn in den Nacken zu knuffen, wenn er am wenigsten darauf gefasst war. Dieser Brauch hatte so um sich gegriffen, dass jeder ihm ohne vorherige Warnung einen Nackenknuff geben konnte. Kein Wunder, dass Victor immer einen verschreckten Eindruck machte. Egal, wo er sich befand oder was er gerade tat – ob er sich die Hände wusch, auf einer Bank saß und las oder in der Cafeteria Schlange stand, um sich ein Milchbrötchen zu kaufen –, immer konnte ihm unverhofft irgendeiner von hinten in den Nacken knuffen.

»Hase!«, riefen sie ihm nach und imitierten einen an einer Mohrrübe knabbernden Hasen. »Victor *der Hase*!«

Sein Vater hatte ihm Boxhandschuhe gekauft und einen privaten Trainer engagiert, der ihm zeigen sollte, wie man sich mit den Fäusten verteidigt; doch da es sich nicht um einen, zwei oder drei, sondern um unzählige Angreifer handelte, war es äußerst schwierig, sich diesen Aggressionen zu widersetzen, zumal sie ihn immer von hinten überfielen.

Aber all das war jetzt vorbei. Er würde direkt auf die Universität gehen, um Internationale Finanzen zu studieren, und zum jüngsten Bankier der Geschichte von Goyanas werden. Jemand musste sich um das Finanzimperium seines Vaters kümmern, und dieser Jemand konnte nur er sein, Victor Braunsfeld Amarao de Estepa y Solís Rivadeneira. Mit dem Kindsein war Schluss. Mit dem Hasensein auch. Er würde sich nicht einmal an denen rächen, die ihn so gequält hatten. Schluss mit der Zahnspange, sagte er sich, riss sie aus dem Mund und versteckte sie tief hinten in einer Schublade seines Schrankes.

»Tschüs, kleiner Herr Victor, tschüs, Victor *der Hase*, tschüs Bestie 666«, sagte er zu seinem Spiegelbild. Und fügte dann mit lang gerecktem Rücken, vorgestreckter Brust und lässig überlegener Miene hinzu: »Willkommen, Herr Braunsfeld.«

Seine Cousine Sascha, die Tochter seiner Tante Cordelia und seines verstorbenen Onkels Rubicundo, die in Floria in einer Studentenverbindung lebte, sprach, wie von Leopoldo angekündigt, im Laufe des Vormittags vor. Er empfing sie, streng in Trauer, im lachsfarbenen Salon. Sie hatten sich so viele Jahre nicht gesehen, dass er sie kaum wiedererkannte.

»Victor, mein Lieber, es tut mir ja so Leid«, sagte Sascha, umarmte ihn und bedeckte seinen Schopf mit Küssen.

Sie war sehr groß, fast doppelt so groß wie er, schlank, sehr hübsch, sehr elegant, hatte halblange blonde Haare, die bei jeder Kopfbewegung graziös von einer Seite zur anderen schwangen, trug eine dunkle Sonnenbrille und ein violettes Halstuch. Überrascht und verwirrt stellte Victor fest, dass seine Cousine

Sascha nicht mehr das kleine Mädchen mit den Stelzenbeinen und den langen Zöpfen war, an das er sich erinnerte, sondern eine richtige Dame, die sich die Lippen anmalte und die Beine beim Sitzen übereinander schlug.

»Meine Mutter kommt noch heute Abend nach Floria, und Tante Doris ist auch schon auf dem Weg. Egal, was du brauchst, ich bin für dich da, mein Lieber. Mein armer, armer kleiner Victor«, sagte die neben ihm auf dem Sofa sitzende Sascha und griff nach seinen Händen.

Gegen seinen Willen fühlte Victor sich gerührt, furchtbar traurig, und das schreckliche Bedürfnis zu weinen stieg in ihm auf. Es war, als würde er sich erst jetzt, in Gegenwart seiner Cousine, die all diese Dinge zu ihm sagte, der Tragödie bewusst, die ihm widerfahren war. Seine Eltern waren gestorben! Das Grauenhafteste, Schrecklichste, was einem im Leben passieren konnte, hatte ihn getroffen!

»Danke, Sascha«, sagte Victor.

»Was wird nun bloß aus dir, Victor?«, sagte Sascha. »Ach, aber ich bin ja auch zu dumm. Wir werden uns natürlich um dich kümmern. Du bist nicht alleine, Victor. Vergiss nicht, du hast eine Familie.«

»Danke«, murmelte Victor. Er war sich darüber im Klaren, dass er die Tränen nicht mehr zurückhalten könnte, würde er ein Wort mehr sagen.

»Stell dir vor, du wärst mit ihnen in die Alpinalpen gefahren!«, sagte Sascha.

»Danke«, sagte Victor automatisch.

»Dann stünde ich jetzt auch noch ohne meinen kleinen Cousin da!«, sagte Sascha mit Tränen in den Augen. »Ach, wie dumm ich doch bin, hör gar nicht auf mich.«

Victors Eltern hatten ihn nie mitgenommen, wenn sie in den Urlaub fuhren. »Wenn wir die Bestie mitnehmen«, pflegten sie auf schicken Cocktailpartys zu ihren Bekannten zu sagen, »dann wäre es ja kein Urlaub mehr, im Gegenteil!«

Nicht, dass sie ihn nicht geliebt hätten. Sie liebten ihn, sie schrieben ihn in die beste Schule von Floria ein und machten ihm zu seinem Geburtstag, seinem Namenstag und, hatte er gute Noten, am Ende des Schuljahres phantastische Geschenke, und war seine Mutter bei ihm, konnte sie gar nicht damit aufhören, ihn mit Küssen zu überhäufen und ihn zu umarmen, doch sie waren so ungemein beschäftigte Menschen, dass sie ihm nie so viel Zeit widmen konnten, wie sie es gern getan hätten.

Sie nannten ihn »die Bestie« oder »die Bestie 666«, da Victor als kleines Kind immer schlecht war und er sich andauernd übergab. Später lernte er, sich absichtlich zu übergeben, um seine Eltern zu ärgern, und seine Brechanfälle wurden zu einem ständigen Albtraum. Er erbrach sich, wenn er ins Bett ging, er erbrach sich, wenn er essen sollte, er erbrach sich, wenn man ihn in den Salon zu seinen Eltern führte, und suchte sich immer den schlechtesten Moment, den teuersten Teppich oder das edelste Kleid seiner Mutter aus, um seine übel riechenden Sturzbäche von sich zu geben. Einmal ruinierten seine unbezähmbaren gastrischen Säuren ein wundervolles fleischrosa Cocktailkleid, das seine Mutter gerade bei Worth gekauft hatte und noch am selben Abend einweihen wollte. Auf der Liste der Persönlichkeiten, die Victors chronische Speilust in Mitleidenschaft gezogen hatte, befanden sich unter anderem der Bischof von Floria, Monsignore Figueira Santana, die erste Dame des Landes, ihre Exzellenz Frau de Amadeo Rubempreto Cascais, seine Exzellenz Herr Aguanopulos, gegenwärtig Verwaltungsdirektor des Mondes, der zu der damaligen Zeit Minister für Presse und Kommunikation war, ein Sekretär des Schicksalsministeriums und Delfina Promesa Pereira, die Kinematografieschauspielerin. Mit nur vier Jahren wurde Victor in seinem Elternhaus zur *Persona non grata* erklärt. Wenn Besuch kam, versteckte man ihn buchstäblich. Bei gesellschaftlichen Anlässen führte man ihn fürs Piktogramm vor und ließ Lucilia, das Kindermädchen, ihn dann außer Reichweite bringen.

Als die Familie einmal beim Neujahrsempfang der Florianischen Bank gerade vor die Presse des gesamten Landes treten wollte, begann Victor über Magenschmerzen zu klagen und ein eindrucksvolles Würgen zu produzieren, worauf sein Vater, den Journalisten und piktografische Kameras nervös machten, in einem Wutanfall hervorstieß: »Man möchte meinen, du seist vom Teufel besessen! Wenn du dich noch einmal übergibst, rufe ich den Pfarrer, damit er dir ein Kreuz an die Stirn hält und einen Exorzismus durchführt!«

Victor, der nicht die leiseste Idee hatte, was »Pfarrer«, »Kreuz« oder »Exorzismus« bedeuteten, und es nicht gewohnt war, so viele Worte auf einmal aus dem Mund seines Vaters zu hören, beschloss, sich dieses Mal für alle Fälle lieber nicht zu übergeben. Sein Vater wiederum fand es so amüsant, mit der Drohung von Pfarrer und Kreuz einen so drastischen Effekt auf Victors Brechreiz erzielt zu haben, dass er fortan jedes Mal, wenn sein Sohn sich übergeben wollte, dieselbe Warnung wiederholte: »Ich lasse von einem Pfarrer einen Exorzismus durchführen!« Und so begannen sie, ihn »die Bestie« oder »die Bestie 666« zu nennen, einer der Namen des Teufels. Seiner Mutter, Frau Vita, erschien es anfangs etwas übertrieben, dass ihr Gatte ihren kleinen fünfjährigen Sohn »die Bestie« nannte, doch mit der Zeit fand sie es lustig und nannte ihn schon bald selbst so, wenn sie Freunden oder Bekannten von ihm erzählte. Sie sagte »die Bestie 666« und fügte dann hinzu: »Unser Sohn Victor, wir lieben ihn beide über alles, er ist unser Sonnenschein!« Und alle waren sich einig, dass Vita umwerfend war, der Gipfel des Chics.

Dann wurde Victor größer und die Phase der Brechanfälle war vorbei, aber aus Gewohnheit, oder weil sie es so amüsant fanden, nannten seine Eltern ihn weiter »die Bestie 666«.

Was sagt das Gesetz?

Man merkte Victor die Traurigkeit über den Tod seiner Eltern nicht an. Er schien eher wütend, von einem übermächtigen Aktionsdrang gepackt. Am selben Morgen noch ordnete er an, fast alles Spielzeug, den lebensgroßen Plüschtiger und seine Jungengarderobe aus seinem Zimmer zu entfernen, behielt jedoch die Schiffsbilder und die Porzellanfigur auf dem Kaminsims, ein Geschenk seiner Großmutter. Dann ging er, unter den bestürzten Blicken des gesamten Personals, selbst in die Küche hinunter, um den toten Grashüpfer in den Abfall zu werfen. Von diesem Moment an waren sich alle im Haus einig, dass man in der nächsten Zeit mit allem rechnen musste. Niemand wusste, wie lang diese Zeit sein mochte, wann sie ein Ende nehmen würde. Schließlich waren es noch vier Jahre, bis Victor das erste Mal das Schicksalsministerium aufsuchen musste. Acht, wenn er einen Aufschub beantragte.

Tante Cordelia reiste am selben Abend aus Sumayel an, und am darauf folgenden Morgen trafen Tante Doris und Tante Lirodante ein, die sich auf den Tod nicht ausstehen konnten und seit Jahren kein Wort miteinander sprachen. Tante Doris hasste Tante Lirodante, da diese ihr ihren Mann Asurbanipal abspenstig gemacht hatte, und Tante Lirodante hasste Tante Doris, weil diese angeblich Asurbanipal während ihrer Ehe das Leben unerträglich gemacht habe, und Tante Doris außerdem eine Hexe sei, die bereits mehrmals versucht habe, sie mittels schwarzer Magie zu töten. Und zum Beweis pflegte sie einen hässlichen rotweißen Fleck auf ihrem hübschen Hals zu zeigen. »Den hatte ich vorher nicht«, wisperte Tante Lirodante dann. »Ein Glück, dass mein Schutzengel Tag und Nacht über mich wacht.« Des Weiteren traf die alte Tante Agrippina ein, deren einzige Passionen Wetten und Windhundrennen waren, und die sich als so unzurechnungsfähig erwies, dass sie glaubte, zu Victors Hochzeit gekommen zu sein.

Alle umarmten Victor, küssten ihn ab, nahmen ihn bei der Hand und weinten, als sie ihn so gefasst sahen, sagten, er sei schon ein richtiger kleiner Mann, und boten alle an, ihn bei sich aufzunehmen. Das heißt, nicht alle. Tante Lirodante sagte, er könne die Ferien über zu ihnen kommen, da sie davon ausging, dass Victor während des Schuljahrs irgendein Internat besuchte oder von nun an besuchen würde. Tante Cordelia, eine sehr strenge Person, für die gute Manieren und Bügelfalten über alles gingen, versicherte, sie würde sich nur zu gern Victors annehmen, ihre Rosen und patriotischen Treffen ließen ihr jedoch kaum eine Minute Zeit, und fügte hinzu, das Beste sei es wohl, den »kleinen Waisen« in ein Internat zu schicken, vorzugsweise in eine Kadettenschule, wo man aus Jungen echte Männer machte. Glücklicherweise teilten Victors andere Tanten Tante Cordelias absonderliche Ideen nicht. Tante Doris bot ihm an, bei ihr zu leben, doch alle, sie selbst unmittelbar nach ihrem Angebot eingeschlossen, waren der Ansicht, dass es für einen Jungen in Victors Alter kein Leben war, von einem ozeanischen Hotel zum anderen zu jetten. Tante Agrippina war schließlich der Meinung, Victor sei doch alt genug, um für sich selbst zu sorgen und seine eigenen Entscheidungen zu treffen, und man musste sie daran erinnern, dass Victor erst vierzehn Jahre alt war, eine Information, die sie offenbar etwas verdutzte. Zu guter Letzt wurde beschlossen, es sei das Beste, wenn Victor in Floria wohnen bliebe. Schließlich besaß er ein herrliches Haus, Beltaus, und es wäre eine Schande, ihn aus diesem zauberhaften Palast fortzubringen, den seine Eltern so viele Jahre für ihn gebaut hatten … Aber wie sollte der arme Junge alleine in einem so großen Haus, und vor allem mit so viel Personal zurechtkommen?

»Was sagt denn das Gesetz?«, fragte Tante Doris. »Im Zweifelsfall ist es immer am besten, das Gesetz zu konsultieren.«

Ja, was sagte das Gesetz? Niemand wusste das so genau. Tante Lirodante rief per Dorofon ihren Mann, Onkel Asurbanipal, an, der sich nicht nach Beltaus hatte begeben können, da er nach einem Jagdunfall das Bett hüten musste.

»Es ist nichts Schlimmes«, erklärte Tante Lirodante und bekreuzigte sich dabei. »Aber was hat er mir doch für einen Schrecken eingejagt!«

Tatsächlich war es kein gesundheitliches, sondern ein juristisches Problem, das Asurbanipal in Sumayel zurückhielt. Onkel Asurbanipal hatte lukrative Geschäfte mit dem Kauf und Verkauf von Grundstücken und Vieh gemacht, doch irgendein Tunichtgut hatte herausgefunden, dass das Vieh nur auf dem Papier existierte und die Grundstücke zum Großteil aus Sumpfgebiet bestanden. Dank des Eingreifens Seiner Exzellenz des Innenministers, einem Freund der Familie, zog die Affäre keine weiteren Folgen nach sich, aber als symbolische Strafe hatte er Asurbanipal einen Monat Hausarrest auferlegt.

Um den Schein zu wahren, erkundigte sich Lirodante liebevoll bei ihrem Gatten, wie er sich von seiner Verletzung erhole, und bat ihn dann, in seinen Büchern nachzusehen, wie es um Victors rechtliche Lage bestellt sei, denn Onkel Asurbanipal war ein wahrer Rechtsexperte. Mochte er die Gesetze auch kennen, um sie besser brechen zu können, aber er kannte sie. Und so erklärte ihnen Onkel Asurbanipal, ohne irgendein Nachschlagewerk heranziehen zu müssen, dass dem Erbschafts- und Nachfolgegesetz, Artikel 12, Paragraf 562 zufolge in einem Fall wie Victors die Familie, sollten die Eltern dies nicht bereits getan haben, einen Vormund bestellen musste, der den Jungen bis zu seinem achtzehnten Lebensjahr unter seine Obhut nahm.

Tatsächlich hatten die Braunsfelds, die nicht unbedingt geplant hatten, in einer so nahen Zukunft zu sterben, sich nicht darum gekümmert, irgendeinen ihrer leiblichen oder angeheirateten Geschwister als Victors Vormund zu benennen. Oder hatten sie einem der Anwesenden jemals die Möglichkeit unterbreitet, Victors Vormund zu werden? Nein, alle stimmten überein, dass dergleichen niemals zur Sprache gekommen war. Abgesehen von Onkel Asurbanipal, war Victors einzige direkte Verwandte, die sich nicht im Raum befand, Eleonora, die jüngere Schwester seiner Mutter Vita, eine elegante junge Dame, die in der fernen Stadt Lirianopolis wohnte, von der niemand viel wusste und die nie einen besonders engen Kontakt zur Familie gepflegt hatte. Nicht einmal Tante Doris, die sonst über so ziemlich alles auf dem Laufenden war, wusste genau, was sie dort tat. War sie Opernsängerin? Oder hatte sie nicht doch eine Gänsefarm?

»Irgendjemand wird sich also wohl opfern und nach Beltaus zu Victormäuschen ziehen müssen«, sagte Tante Doris, die sich ihren Lebensunterhalt als Seherin und Kartenleserin für die Aristokratie verdiente und neun Monate im Jahr an den Swimmingpools und auf den Abendgesellschaften in Ozeanien verbrachte und sich die restlichen drei Monate in ihrem Schweizer Chalet in den Bergen erholte.

»Wen hättest du denn gern bei dir, wer soll sich um dich kümmern?«, fragte Tante Agrippina, die in einem selten luziden Moment begriffen zu haben schien, worum sich das Gespräch drehte.

»Ich weiß nicht«, sagte Victor und sah mit vorgetäuschter kindlicher Verwirrung von einem zum anderen. »Ich hätte gern Sascha bei mir …«

»Wie Kinder doch sind!«, lachte Tante Lirodante. »Sascha ist ja genauso ein Kind wie du!«

»Ich bin kein Kind!«, rief Sascha aus. »Bald werde ich achtzehn. Dem Gesetz nach könnte ich sein Vormund sein.«

»Aber Schätzchen, du weißt doch nicht mal, wie man Socken wäscht«, sagte Tante Cordelia.

»Das weißt du auch nicht, Mama«, erwiderte Sascha lachend. »Und wozu soll ich bitte bei dem ganzen Personal hier Socken waschen?«

Ein Begräbnis und ein Testament

Diese Unterredungen zogen sich über mehrere Tage hin. Victor, der bereits einen Aktionsplan geschmiedet hatte, nahm kaum an ihnen teil. Alle schrieben sein Schweigen dem Schmerz zu, den er empfinden musste.

Die Lage erfuhr während dieser Tage keine Veränderungen. Mehrere Schiffe, Tauchglocken und Flugmaschinen suchten die Gegend ab, in der das Flugzeug der LAG ins Meer gefallen war, in dem »heroischen, fast übermenschlichen« Versuch, wie eine Zeitung in Floria es nannte, die Leichname zu bergen, doch die klimatischen Bedingungen erschwerten die Arbeit der Taucher erheblich. Es war auch die Rede von Haien, Riesentintenfischen, Lichtern am Himmel und fliegenden Untertassen. Tatsache war, dass die Tage vergingen und die Leichname von Herrn und Frau Braunsfeld verschollen blieben.

Die Journalisten hatten Beltaus umzingelt. Einem gelang es sogar, über den Zaun zu klettern und sich in die Küche zu schleichen, wo Sebastiao und der Gärtnersohn Martinho ihn hochkant hinauswarfen. Tante Cordelia diskutierte jeden Morgen mit dem Gärtner darüber, wie die Rosen am besten zu stutzen seien und ob man sie besser durch Rindenokulation oder Pfropfen veredelte. Tante Doris und Tante Lirodante, die sich angesichts der Umstände gezwungen sahen, das Wort aneinander zu richten, auch wenn sie sich weiterhin siezten, verbrachten schließlich den ganzen Tag in angeregter Unterhaltung, rauchten, schlenderten durch die Salons und Galerien von Beltaus und bestaunten die Vielzahl der dort angehäuften Kunstschätze, die Bilder, Vasen,

Skulpturen, Teppiche, Wandbehänge, Antiquitäten, Lampen, Schmuckstücke und das Porzellan. Tante Agrippina vertrieb sich die Zeit in der Glasgalerie mit Patiencenlegen oder hörte in ihrem Kofferradio die Resultate der Windhundrennen. Sascha kam und ging; ihr Theaterstudium am Konservatorium von Floria nahm sie sehr in Anspruch, sie pflegte aber in Beltaus vorbeizukommen, um »mit ihrem Cousin« zu Mittag zu essen. Victor verbrachte den ganzen Tag in seinem Zimmer, hörte Radio oder feilte besessen an seinem Aktionsplan. Das Personal war verwirrt. Durch die konstante Präsenz der Journalisten jenseits des Zauns war die anfängliche Trauer um den Tod der Herrschaften einem Gefühl von Kriegs- und Belagerungszustand gewichen. Glücklicherweise hatte Herr Braunsfeld Jahre zuvor eine Geheimausfahrt für sein Auto anlegen lassen, einen Tunnel, der auf eine Privatstraße entlang eines Abhangs führte und durch den Sebastiao, nachdem er von Gestrüpp befreit und wieder in Gebrauch genommen worden war, ein- und ausfuhr, um die Besorgungen zu erledigen, mit denen der kleine Herr Victor ihn beauftragte, der, wie inzwischen jeder wusste, ja nicht mehr der »kleine Herr Victor«, sondern »Herr Braunsfeld« war.

Die Suche nach den verschollenen Leichnamen dauerte fünf Tage. Nur fünfundachtzig der zweihundert verunglückten Flugzeugpassagiere wurden geborgen, darunter der Leichnam von Victors Vater, seiner Exzellenz Martin Braunsfeld, aber nicht der seiner Mutter, Vita von Braunsfeld. Die Journalisten spekulierten ausführlich über das Schicksal dieser hundertfünfzehn in den Weiten des Ozeans verschwundenen Leichen. Hatten die Haie sie verschlungen? Aber wie viele Hunderte oder Tausende Haie waren nötig, um so viele Körper in so kurzer Zeit zu verschlingen? Ob sie im Meer versunken waren? Nein, das war nicht möglich, Leichen treiben an der Oberfläche. Ob sie noch im Flug von den seltsamen rosa Lichtern und fliegenden Untertassen entführt worden waren, die die Piloten gesehen haben wollten, kurz bevor die Motoren der Maschine ausfielen? Der allgemeinen Meinung nach war diese letzte Möglichkeit wohl die wahrscheinlichste.

Sicher ist zumindest, dass eine Woche nach dem Unfall, als Herrn Braunsfelds Leichnam in Floria eintraf und endlich das Begräbnis vorgenommen werden konnte, Victor bereit war, seiner hübschen Cousine Sascha, seiner exzentrischen Tante Doris, seiner exotischen Tante Lirodante, seiner zerstreuten Tante Agrippina, seiner strengen Tante Cordelia, dem verwirrten Personal, der Presse, Floria und der ganzen Welt gegenüberzutreten.

Ein Begräbnis ohne Leichnam, *de corpore insepulto*, ist eine sonderbare Zeremonie, in etwa, als würde man äußerst feierlich ein Fußballspiel ohne Ball absolvieren. Und Victor musste unentwegt daran denken, dass bei diesem Begräbnis zum »ewigen Seelenfrieden« seiner Eltern einer der beiden Körper fehlte, ein weißer Körper, der in seiner Vorstellung immer noch durch die Lüfte fiel, ohne je das Meer zu erreichen, wo die Bergungsschiffe unermüdlich die Gewässer durchstreiften, der Körper seiner Mutter, den er sich in dem weiß schimmernden Anzug wie auf dem Piktogramm, das auf dem Kaminsims stand, vorstellte, mit derselben Haarlackfrisur, denselben weißen Stöckelschuhen und demselben fast mädchenhaften Lächeln.

Victors Auftritt bei dem Begräbnis war beeindruckend. Er hatte sein Haar nach hinten gegelt, eine schwarze optische Sonnenbrille ersetzte die verhasste Butzenglasbrille, und seine Oberlippe krönte ein dichter dunkler Schnurrbart mit aufwärts geschwungenen Spitzen. Er trug einen sehr eleganten schwarzen Anzug und eine schwarze Krawatte, und verharrte während der ganzen Zeremonie regungslos, die Hände vor dem Körper verschränkt, wie er es seinen Vater bei offiziellen Anlässen immer hatte tun sehen. Er sah aus wie ein Minister. Seine Tanten konnten bei seinem Anblick gar nicht aufhören zu weinen.

Nach der Beerdigung, an der alle wichtigen Persönlichkeiten des Landes aus Politik, Wirtschaft, Kultur und Kommunikation und dazu zahlreiche ausländische Gäste teilnahmen, darunter zwei Regierungspräsidenten, ein abgesetzter König und eine Kaisergemahlin, hatte Victor eine Audienz beim Erzbischof von Floria und, wenn auch nur kurz, beim Ministerpräsidenten von Goyanas. Am Nachmittag gab er eine Pressekonferenz im Grand Hotel Serton und beantwortete die Fragen der Journalisten so sicher und ruhig, dass seine Tanten und seine Cousine, die Victor immer für ein recht tölpisches und dummes Kind gehalten hatten, sprachlos waren.

»Es gibt Gerüchte, dass Ihre Eltern, sie mögen in Frieden ruhen, die Gewohnheit hatten, Sie ›die Bestie 666‹ zu nennen«, lautete die Frage von Georgina Palofusco, Königin der Klatschpresse und eine der verhasstesten und bewundertsten Frauen in der florianischen Zeitungslandschaft. »Ist etwas Wahres an diesem Gerücht?«

Im Saal wurden Proteste laut. Diese Frage schien absolut inakzeptabel, selbst für eine spitze Zunge wie der von »Georgina der Viper«, ihr Spitzname in der Branche. Victor beschwichtigte die erhitzten Gemüter mit einer Handbewegung.

»Nun ja, ich muss gestehen, dass ich mich als Kind wie ein kleiner Teufel benommen habe«, sagte er und erntete ein gemäßigtes, respektvolles Lachen unter den Journalisten.

»Aber war es nicht eine unglaublich traumatische Erfahrung für Sie, dass Ihre Eltern, Ihre geliebten Eltern, Ihnen den Beinamen ›Bestie 666‹ gaben?«

»Wirklich furchtbar ist für mich ihr Verlust«, antwortete Victor. »Meine Eltern haben mich stets mit äußerster Hingabe behandelt. Wenn ich ihnen etwas vorzuwerfen hätte, dann, mich zu sehr verwöhnt und beschützt zu haben. Verzeihung, gnädige Frau, ich bin noch nicht sehr bewandert in der Pressewelt – aber sind Sie wirklich Journalistin?«

Lachen und belustigte Zwischenrufe ertönten im Saal: »Bravo, Braunsfeld«, »Nein, das ist sie nicht!«

Am selben Nachmittag versammelte sich die Familie in Herrn Braunsfelds Arbeitszimmer in Beltaus zur Testamentseröffnung. Seine Exzellenz Herr Doktor Barreira da Fosa, florianischer Notar im Ruhestand, setzte sich an den Schreibtisch, seine beiden Assistenten links und rechts von ihm, und auf einer

Reihe vor dem Tisch aufgestellter Stühle nahm die Familie Platz: Victor Braunsfeld, noch mit seinem falschen Schnurrbart und der schwarzen Brille, Tante Cordelia, Tante Lirodante, Tante Doris, Tante Agrippina, Cousine Sascha und auch Tante Eleonora, Vitas jüngere Schwester, die wenige Stunden zuvor in Floria eingetroffen war und sich mit einem riesigen violetten Hut präsentierte. Seine Exzellenz Herr Doktor Ariodante Barreira da Fosa brauchte exakt eine Stunde, um das Dokument vorzulesen, was nicht nur an dessen Länge, sondern auch an dem rhetorisch theatralischen, ganz der alten Schule verpflichteten Vortragsstil des Notars lag.

Das Testament der Braunsfelds setzte ihren »geliebten Sohn Victor« als Universalerben ihres gesamten Hab und Guts ein. Das gigantische Braunsfeldsche Vermögen, ihre Ferienhäuser, ihre Anlagen, ihre zahllosen Villen und Güter, ihre Hotels, ihre beiden Ozeankreuzer, die *Queen Titania* und die *Fürstin von Guermantes*, ihre Sammlung von Oldtimern, ihr Privatflugzeug, die immer noch unbewohnte ozeanische Insel Isabel, die sie einige Jahre zuvor gekauft hatten, die Zeitung *Der Leuchtturm von Alexandria*, der Verlag Barbolotti, die Schokoladen- und Pralinenfabrik Dalhaus, die Erfrischungsgetränkemarke Calicola, ihre geheimen Bestände an Kunstschätzen, ihre Ländereien, das Gut Cabeza Blanca, für sich allein schon so groß wie ein ganzes Land, ihre Rinderherden, ihre Wälder, alles ging in Victors Besitz über. Alles, bis auf eines: eine alte verlassene Villa im östlichen Distrikt von Floria, an der Alten Wasserpromenade 333 gelegen, allgemein bekannt als der »Turpestis Palast«, den die Braunsfelds einer Frau, vielleicht auch einem Fräulein, namens Walmira Freyre vermachten, wohnhaft in Floria, Sandstraße 154, 6. Stock rechts. Keiner der Anwesenden hatte je von dieser Frau oder diesem Fräulein gehört.

Als die Testamentseröffnung ihr Ende erreicht zu haben schien, räusperte sich seine Exzellenz Herr Doktor Barreira da Fosa und kündigte an, es fehle nur noch ein letzter Zusatz, der erst zwei Jahre zuvor angefügt worden sei. In diesem letzten Zusatz bestimmten Victors Eltern im Falle ihres Ablebens vor der Volljährigkeit »ihres geliebten Sohnes Victor« als Vormund des Jungen Herrn Leopoldo Esmeraldino Roberto da Souza.

»Wer ist das denn?«, rief Tante Lirodante, schon ganz außer sich. »Victor, kennst du diesen Herrn Da Souza?«

»Natürlich kenne ich ihn«, sagte Victor ruhig. »Das ist Leopoldo, der Hausdiener.«

»Der Hausdiener?«, entschlüpfte es Tante Eleonora unter ihrem violetten Hut.

Die Tanten weinten. Tante Doris und Tante Lirodante reichten sich gegenseitig ein Taschentuch zum Schnäuzen. Tante Cordelia hatte ein nervöses Zucken ums Auge. Sascha war sehr blass und wunderschön mit ihrem zusammengekniffenen Mund. Victor blieb hinter seiner Sonnenbrille unerschütterlich. Der Notar ließ Leopoldo rufen und las ihm den ihn betreffenden Teil des Testaments vor. Der Hausdiener zeigte sich nicht im Geringsten überrascht.

»Die Herrschaften haben bereits vor einigen Jahren mit mir darüber gesprochen«, sagte er respektvoll. »Ich bin auf ihren Vorschlag mit Freude eingegangen. Es könnte für mich keine größere Ehre geben.«

»Das ist eine Beleidigung!«, schrie Tante Cordelia. »Er ist doch nur ein Dienstbote!«

»Werte Dame«, bemerkte der Notar. »Gesetz ist Gesetz.«

Auf welchem Planeten befinden wir uns?

»Auf welchem Planeten befinden wir uns?«, fragte Adenar eines Morgens seinen Freund Casiodoro Belpaís, während sie beide auf einer Bank im Garten des Sanatoriums *Unserer lieben Frau vom Mond* saßen. Diese Bank, die unter einem mächtigen rosa Hibiskusstrauch stand, war Adenars Lieblingsplatz.

»Das ist eine interessante Frage«, sagte Belpaís. »Sie ist interrogativ gestellt.«

»Natürlich«, sagte Adenar. »Deshalb ist es ja eine Frage.«

Früher war Casiodoro Belpaís ein berühmter Grammatiker gewesen. Die Grammatik war immer noch seine Obsession.

Unsere liebe Frau vom Mond war die berühmteste und auch die luxuriöseste psychiatrische Klinik in Floria. Sie war in einem Gebäude aus dem 19. Jahrhundert untergebracht, einem den flammend gotischen Stil imitierenden Klosterschloss, das zu drei Seiten einen angenehmen Garten voll herrlicher Blumenarten und zahlreicher Singvögel umgab. Die vierte Seite des Gartens grenzte mit einem Zaun aus Eisenstangen an den Mar de Oro, den Fluss, der die große Stadt Floria durchquert und sie in den westlichen und östlichen Distrikt teilt, zwischen denen die Insel Fortunata liegt.

Adenar bewohnte ein Zimmer im dritten Stock. Es war klein und spartanisch, aber behaglich, und hatte ein gotisches Spitzbogenfenster zum Garten, von dem aus man auch über den ruhigen, je nach Tageszeit goldenen oder malvenfarbenen Fluss mit seinen Segelschiffen blicken konnte, um den sich zahlreiche Legenden voller Krokodile, Seekühe und rosa Delphine rankten. Ebenso konnte man von dort oben die lange Sandzunge der Insel Fortunata mit ihren Kokosnusspalmen und den schönsten Stränden von Floria im Flussdelta liegen sehen.

Die Vormittage verbrachte er meistens im Garten, unterhielt sich mit den anderen »Mondinsassen«, von denen einige sich als sehr angenehme Zeitgenossen erwiesen, versuchte, mehr über dieses seltsame Land herauszufinden und sich nebenbei in der Sprache zu üben.

Er hatte mit drei oder vier Tagen gerechnet, um sich die Grundkenntnisse der Sprache von Floria anzueignen. Natürlich war diese Einschätzung etwas optimistisch gewesen. Nie zuvor hatte Adenar eine lebendige Sprache studiert und war sich insofern nicht bewusst, wie schwierig es ist, Abertausende Vokabeln im Gedächtnis zu behalten, sie durch eine unbekannte Syntax miteinander zu verbinden, dazu Abertausende umgangssprachliche Ausdrücke zu beherrschen und sich dann mit Aussprache, Wortspielen und Zweideutigkeiten herumzuschlagen.

Dennoch erlangte er dank seines phantastischen Gedächtnisses innerhalb eines Monats ein mehr als beachtliches Niveau im Lusitanischen. Die Ärzte vom Mond, die davon überzeugt waren, dass Adenar an einer schweren Amnesie litt, realisierten nicht, dass Adenar im Begriff war, die Sprache zu *lernen*, so sehr Adenar sich auch zu erklären bemühte, dass er eben das tat, wenn er stundenlang unter den Bananenbäumen, Hibiskussträuchern und anderen Grünpflanzen des Gartens saß und sich mit Casiodoro Belpaís, Dorotea Sinalois, der Fürstin Brunelda, Danielon dem Gelehrten oder einem der anderen Mondinsassen unterhielt. Für die Ärzte lernte Adenar die Sprache nicht, sondern erinnerte sich schlicht wieder an sie. Denn die Ärzte glaubten selbstverständlich keine Minute daran, dass Adenar von einem fernen Planeten gekommen war und in einer Lichtkugel den Weltraum durchquert hatte. Für sie war Adenar ein Bürger von Goyanas, vermutlich sogar ein gebürtiger Florianer.

»Aber das ergibt doch keinen Sinn«, sagte Adenar zu dem ehrenwerten Herrn Doktor Aristides Morais Rubempré, seinem persönlichen Arzt, einem sehr geduldigen und immer lächelnden älteren Herrn, der Adenar allem Anschein nach sehr zugetan war. »Wenn ich den Akzent von Floria habe, dann, weil ich die Sprache hier in Floria gelernt habe.«

»Niemand kann eine Sprache so schnell erlernen«, belehrte der Arzt ihn geduldig. »In nur einem Monat? So fließend, so sicher? Das ist unmöglich, mein Junge. Du glaubst, du lernst sie gerade, aber tatsächlich *erinnerst* du dich. Dein Gehirn erholt sich nach und nach von der Amnesie. Es wird alles gut, mein Junge. Bald wirst du dich auch an deinen Namen und den Namen deiner Mutter erinnern!«

»Aber ich erinnere mich an meinen Namen, Herr Doktor!«, sagte Adenar und bemühte sich, Ruhe zu bewahren, damit man ihn nicht für einen aufbrausenden Irren hielt. »Und ich erinnere mich auch an den Namen meiner Mutter, meines Vaters und an alles andere. Mein Gedächtnis funktioniert wunderbar …«

»Ja, mein Junge, ja doch«, sagte der alte Arzt und tätschelte ihm begütigend die Hand. »Alles ist gut, es ist alles gut.«

Tatsächlich stellte Adenar für die Ärzte jedoch ein ausgesprochenes Rätsel dar. Wer war dieser Junge wirklich, der sich »Prinz Adenar« nennen ließ und aus dem Nichts aufgetaucht war, nur mit ein paar seltsamen Fetzen bekleidet und heruntergekommen, als sei er mehrere Monate durch die Wälder geirrt, sich in einer unbekannten Sprache ausdrückend und seltsame Geschichten von fernen Planeten und sagenumwobenen Königsreichen erzählend? Sein Piktogramm war auf der Titelseite aller Zeitungen erschienen, und einige Tage lang hatten Presse und Radio alles getan, um seine unglaubliche Geschichte bis in die letzten Winkel des Landes zu verbreiten, aber niemand schien ihn zu vermissen. Offensichtlich hatte dieser sonderbare Junge weder Eltern noch Verwandte noch Freunde noch Schulkameraden.

Es handelte sich in der Tat um einen sehr merkwürdigen Fall von Amnesie. Der Junge hatte vergessen, wer er war, hatte seine Sprache vergessen und das Lesen verlernt. Seine kranke Psyche hatte, das zumindest glaubten die Ärzte, einen neuen Namen und eine imaginäre Identität erfunden, die des Prinzen Adenar, um die unerträgliche Leere zu kompensieren, die durch eine Amnesie entsteht. In dem erneuten Kontakt mit Menschen hatte Adenar sich den Gebrauch der Sprache sofort wieder angeeignet, aber an seinen Namen erinnerte er sich immer noch nicht, und sein Denken war völlig besetzt von den Begebenheiten seines imaginären Lebens. Andererseits war es doch äußerst seltsam, dass er nicht in der Lage war, auch nur einen geschriebenen Buchstaben wiederzuerkennen. Und er war nicht nur unfähig, zu lesen; offensichtlich wusste er weder mit Buchstaben noch mit Büchern umzugehen, konnte nicht einmal sagen, wozu sie dienten. Als man ihn das erste Mal in die Bibliothek vom Mond führte, machte seine Reaktion auf alle einen höchst befremdlichen Eindruck.

»Du lieber Gott!«, rief er erstaunt aus. »Das ist ja der größte Schatz der Welt!«

»Was für eine Begeisterung fürs Lesen!«, sagte Schwester Florianela, die Bibliothekarin, angenehm berührt.

»Diese Kostbarkeiten müssten in einen Palast gesperrt und von gut bewaffneten Wachen beschützt werden«, sagte Adenar.

»Na ja, so dramatisch ist es auch wieder nicht«, sagte die Schwester. »Es sind fast alles Romane und Reiseberichte, zur Zerstreuung. Und dann haben wir auch ein paar Atlanten und Enzyklopädien.«

Als Adenar begriff, dass in Floria Bücher keinen besonderen Wert hatten, dass es sie überall gab und man sie oft wegwerfen oder fast verschenken musste, weil niemand sie wollte, war er so verdutzt, als hätte man ihm Ähnliches über Perlen oder Diamanten erzählt.

Unterdessen stellte Adenar weiter seine Frage. Es war eine heikle Frage, und er hatte beschlossen, sie zunächst an seinen Freunden im Garten auszuprobieren, bei denen er nichts aufs Spiel setzte.

»Danielon, ich muss dich etwas fragen«, sagte Adenar eines Tages zu dem wirren Gelehrten.

»Frag nur, mein Junge, frag.«

»Auf welchem Planeten befinden wir uns?«

»Planet? Was meinst du damit?«

»Ich meine, wie heißt der Planet, auf dem wir uns befinden?«

»Na Mond natürlich, Adenar«, antwortete Danielon. »Wo sollen wir Mondinsassen uns denn sonst befinden?«

Danielon war Direktor der Nationalbibliothek von Floria gewesen, doch hatte er nach seinem Besuch beim Schicksalsministerium einen grauen Star bekommen, der ihn fast blind hatte werden lassen, ein zu schwerer Schlag für diesen großen Bücherliebhaber.

Mit der Fürstin Brunelda, einer Kettenraucherin, die von der Angstvorstellung verfolgt wurde, sich in eine Katze zu verwandeln, und die unaufhörlich ihre Hände betastete und ihr Gesicht in einem Handspiegel betrachtete, um sich zu vergewissern, dass ihr keine Krallen an den Fingern oder weiße Schnurrhaare auf der Oberlippe wuchsen, hatte er auch nicht viel mehr Glück.

»Warum fragst du mich das, mein Engel?«, sagte sie. »Ist es ein Spiel?«

»Nein, das ist kein Spiel«, sagte Adenar. »Sind wir auf dem Planeten Saalpano?«

Die Fürstin brach in Gelächter aus.

»Von allen Verrückten, die ich hier kennen gelernt habe, bist du der Zauberhafteste«, sagte sie.

»Bitte antworten Sie mir doch.«

»Wenn wir beide hier herauskommen, würde ich dich gern adoptieren«, sagte die Fürstin Brunelda. Und fügte dann hinzu, während sie sich aufmerksam im Spiegel betrachtete: »Das heißt, wenn es dich nicht stört, der Erbe eines der größten Vermögen von Floria zu werden …«

Die Fürstin Brunelda wusste nicht, dass ihr Vermögen bereits vor langer Zeit unter ihren vielen gierigen Neffen aufgeteilt worden war und man sie selbst ärmer als eine Kirchenmaus für den Rest ihres Lebens in den Mond verbannt hatte.

So blieb ihm nichts anderes übrig, als Doktor Aristides Morais Rubempré bei seiner täglichen Konsultation zu fragen. Zu seiner Überraschung erschien dem Arzt die Frage nicht nur vollkommen legitim, sondern sogar ein Zeichen der Besserung.

»Du tust gut daran, nachzufragen, mein Junge«, sagte der Arzt. »Nach und nach wirst du dich an alles selbst erinnern. Wir befinden uns auf dem Planeten Demonia, oder Daemonia, wie die jungen Leute heutzutage gern sagen.«

»Demonia?«, wiederholte Adenar entsetzt.

Auch die nächste Frage, die Adenar ihm stellte, verwunderte den Arzt nicht.

»Doktor, gibt es auf diesem Planeten Raumschiffe?«

»Raumschiffe? Was meinst du damit? Luftschiffe? Tragschrauber, Flugzeuge und so fort?«

»Nein«, sagte Adenar mit einem Kloß im Hals. »Nein, ich meine Weltraumschiffe ... mit denen man auf andere Planeten gelangen kann.«

»Aber nein, mein Junge, natürlich gibt es die nicht«, antwortete der Arzt. »Ich bin mir sicher, dass es deiner Generation gelingen wird, zumindest irgendein Raumschiff in die Atmosphäre von Demonia zu schicken, wer weiß. Es heißt, in hundert Jahren könnte es möglich sein, ein bemanntes Raumschiff zum nächsten Planeten zu entsenden, aber das ist noch weit hin, und für mich sind das ehrlich gesagt reine Phantastereien.«

»Aber Sie haben doch Flugmaschinen«, sagte Adenar. »Ich habe sie selbst gesehen.«

»Luftschiffe, ja«, sagte der Arzt. »Wunderbare Propellerflugzeuge, die weite Entfernungen zurücklegen können. Aber Weltraumschiffe, nein ... Glaubst du mir, mein Junge?«

»Ja, ich glaube Ihnen«, sagte Adenar, und eine Welt brach für ihn zusammen.

»Es gibt keine Weltraumschiffe, mein Junge, und auch keine fliegenden Teppiche, sprechenden Tiere, keine Magier, Feen, Sirenen oder Drachen ... Und eine Frau kann sich auch nicht in einen Drachen verwandeln, genauso wenig wie man an einem Stab durch die Luft fliegen kann ...«, sagte der Arzt mit sehr sanfter Stimme. »Aber alles wird gut, mein Junge, alles wird gut.«

An diesem Abend lag Adenar schlaflos im Bett, sah durch das halb offene Fenster auf die Sterne und dachte verzweifelt über sein Schicksal nach.

»Ich bin nicht auf Saalpano«, fasste er zusammen. »Und auch nicht auf Moorende. Ich bin auf Demonia gelandet, wie die Magier es für möglich hielten, auf dem riesigen, unterentwickelten Planeten Demonia, auf dem es keine Raumschiffe gibt. Ich bin hier für immer gefangen … Das bedeutet, ich muss vergessen, wer ich bin, woher ich komme, wonach ich auf der Suche bin. Ich werde nie nach Ardis gelangen. Nie werde ich meine Seele finden. Nie werde ich nach Glabris zurückkehren können. Nie werde ich nach Yöl heimkommen. Ich werde meinen Vater und meine Mutter nie wiedersehen …

Aber es gibt da natürlich noch eine andere Möglichkeit. Vielleicht, nur *vielleicht*, aber möglich ist es … Ich muss den Mut haben, mich ihr zu stellen; vielleicht habe ich ja wirklich irgendeinen *Schock* erlitten, vielleicht erinnere ich mich wirklich nicht, wer ich eigentlich bin, vielleicht existiert Glabris gar nicht und alle meine Erinnerungen aus Yöl entspringen einzig meiner Phantasie … Ja, ich glaube, der Augenblick ist gekommen, sich dieser Möglichkeit zu stellen, der Möglichkeit, dass ich tatsächlich krank bin und diese guten fremden Menschen mir dabei helfen, zu genesen …«

Schwester Sanftmut

Angesichts der Schwierigkeiten, die Adenar bei der Wiedererlernung des Lesens und Schreibens hatte, wies die Mondleitung eine der Novizinnen, Schwester Sanftmut, an, Adenar nachmittags zu besuchen und ihm mit Federhalter, Rechtschreibung und Lesebüchern behilflich zu sein.

Schwester Sanftmut war ein ganz junges Mädchen, so sanft wie ihr Name, schmal, lebhaft, hatte graue, leicht schielende Augen und ein Muttermal auf der Wange, das sie scherzend ihr Mondmal zu nennen pflegte, denn dort habe der Mond, den sie als Kind unentwegt betrachtet habe, ihr einen Kuss aufgedrückt. Deshalb würde sie auch so gut in den Mond passen. Sie trug die übliche weißgraue Tracht, ihre Haube war jedoch schlichter als die der älteren Nonnen.

Sie setzte sich mit Adenar auf die breite Fensterbank mit Blick auf den Garten des Mondes, die fast endlose Weite des Mar de Oro und die gemächlich in Richtung der Insel Fortunata fliegenden Reiher, öffnete ein Buch und zeigte auf den ersten Buchstaben.

»Wir werden ganz von vorne anfangen müssen, als wärst du ein kleines Kind«, sagte sie am ersten Tag. »Du erinnerst dich nicht einmal an die einzelnen Buchstaben?«

»Was sind Buchstaben?«

»Diese kleinen Zeichen hier nennt man Buchstaben.«

»Es sind achtundvierzig«, sagte Adenar. »Vierundzwanzig große und vierundzwanzig kleine. Ich wusste nicht, dass sie so heißen.«

»Bravo!«, sagte die Schwester äußerst zufrieden. »Siehst du, dass du dich an etwas erinnerst? Die kleinen nennt man ›Kleinbuchstaben‹, die großen ›Großbuchstaben‹.«

»Ich weiß aber nicht, wofür sie gut sind«, sagte Adenar.

Schwester Sanftmut fiel es schwer, das Ausmaß von Adenars Frage zu begreifen.

»Jeder Buchstabe steht für einen Laut«, erklärte sie schließlich.

»Oh, wie wunderbar«, rief Adenar begeistert aus. »Welcher steht für das Zwitschern der Vögel?«

»Nein, das ist es nicht«, sagte Schwester Sanftmut zögernd, die keine Lehrerin war und noch nie besonders eingehend über das Thema nachgedacht hatte. »Jeder Buchstabe steht für einen der Laute, die wir beim Sprechen verwenden.«

Adenar runzelte die Stirn.

»Sieh zum Beispiel dieses Wort hier«, sagte die Schwester und zeigte auf das erste Wort des aufgeschlagenen Buches. »›Eins‹. Das ist ein ›e‹, das ist ein ›i‹, das ist ein ›n‹, das ist ein ›s‹. Wenn ich sie nacheinander lese, ›e‹, ›i‹, ›n‹, ›s‹, ergibt das ›eins‹.«

Adenar war verblüfft.

»Aber woher weißt du, welchen Laut jeder Buchstabe hat?«

»Der Laut ist immer derselbe«, erklärte die Schwester geduldig. »Dieser Buchstabe klingt immer ›e‹ und dieser immer ›i‹. Oder sieh dieses Wort hier: ›Vogel‹. Das ist ein ›v‹, das ein ›o‹, das ein ›g‹, das wieder ein ›e‹, das ein ›l‹ …«

»Jetzt verstehe ich«, sagte Adenar mit aufgerissenen Augen. »All diese Buchstaben sind also in Wirklichkeit Worte und Sätze? Wie Stimmen von Menschen, die sprechen?«

»Ja, so in etwa.«

»Dann könnte jemand, der die Laute für jeden einzelnen Buchstaben kennt und genügend Geduld hat …«, überlegte Adenar, »so jemand könnte also die Worte ›hören‹, die hier aufbewahrt sind.«

»Das nennt man ›lesen‹, Adenar.«

»Und so kann man Dinge aufbewahren, die man sagt, Dinge, die man denkt … aber man muss sie immer in Worte fassen …«

»Genau.«

»Dann«, fuhr Adenar fort, dem schwindlig wurde angesichts der neuen Welt, die sich vor ihm auftat, »... übt ihr euch nicht in der Gedächtniskunst?«

»In der was?«, fragte die Schwester.

»In der Gedächtniskunst. Man errichtet zum Beispiel einen imaginären Palast oder ein Haus oder ein Theater oder einen Garten, um dort alles aufzubewahren, woran man sich erinnern möchte.«

»Ich kenne niemanden, der so etwas tut«, sagte die Schwester lachend. »So etwas Verrücktes!«

»Das ist nichts Verrücktes«, sagte Adenar. »Man macht das, um die Dinge nicht zu vergessen.«

»Dafür schreiben und lesen wir«, sagte die Schwester. »Um die Dinge nicht zu vergessen.«

»Natürlich!«, rief Adenar aus. »Jetzt verstehe ich! Deswegen sagt man in Y... in meinem Land, dass die Bücher wie künstliche Gedächtnisse waren ... Mein Vater hat mir das oft erklärt, aber weder er noch ich konnten verstehen, was damit gemeint ist ...«

Schwester Sanftmut sah ihn amüsiert, aber auch leicht befremdet an. Sie konnte Adenars Aufregung nicht nachvollziehen, und Adenar merkte, dass er versuchen musste, seine Begeisterung zu dämpfen. Schließlich war das Letzte, was er wollte, dass man ihn tatsächlich für einen Verrückten hielt.

»Was wird denn in all diesen Büchern aufbewahrt?«, fragte er. »Die Erinnerungen der Menschen?«

»So ungefähr«, sagte die Schwester. »Wahre oder erfundene Geschichten. Erzählungen, Sagen, wissenschaftliche Theorien, Überlegungen großer Denker, Lebensgeschichten berühmter Menschen, Heiligenlegenden ...«

»Dann sind also all diese Buchstaben nur Worte?«, fragte Adenar und bemühte sich, Ordnung in seine Gedanken zu bringen. »Man kann Dinge nicht in Bildern aufbewahren, nur in Worten?«

»In manchen Büchern gibt es Bilder«, erklärte die Schwester. »Aber in den meisten ausschließlich Worte. Man braucht keine Bilder, wenn man Worte hat.«

»Das ist faszinierend!«, sagte Adenar, immer noch gebannt vor Staunen. »Mein ganzes Leben lang habe ich mich gefragt, wofür diese kleinen Zeichen in den Büchern gut sind, aber darauf wäre ich nie gekommen …«

Von da an verbrachte Adenar die Tage mit Buchstabenkarten und Lesebüchern. Nachmittags kam Schwester Sanftmut zu ihm, um zu sehen, welche Fortschritte er machte, mit ihm zu lesen und seine schriftlichen Aufgaben zu korrigieren, und mit der Zeit wurden Adenar und Schwester Sanftmut gute Freunde.

»Warum heißt du eigentlich ›Schwester‹?«, fragte Adenar sie einmal. »Wessen Schwester bist du denn?«

»Ich bin deine Schwester«, antwortete sie. »Wir sind alle Brüder und Schwestern, Adenar.«

Sie saßen auf der Fensterbank in Adenars Zimmer, und Adenar versuchte, angestrengt vornüber gebeugt, kleine »a« und große »A« zu schreiben, und übersäte das Heft dabei mit Tintenflecken. Im Garten zwitscherten die Vögel und jagten sich zwischen den Ästen nach. Adenar, der diese drückende Hitze nicht gewohnt war, fächerte sich mit einem Bromeliaceablatt, das er im Garten gepflückt hatte, Luft zu. Die Nachmittagsglocken läuteten im höchsten Turm des Mondes, und die Schwester bekreuzigte sich und küsste das Kreuz, das sie auf der Brust trug.

»Was hast du da um den Hals hängen?«, fragte Adenar sie eines Nachmittags, als er sie wieder das Stückchen Holz nehmen und küssen sah.

»Das?«, fragte Schwester Sanftmut überrascht. »Das ist der Sohn des Herrn. Hast du noch nie ein Kreuz gesehen?«

»Doch, einmal«, sagte Adenar. »In einer Vision.« Und dann fügte er fast flüsternd hinzu: »Gehörst du dem Orden der Orangeroten Wolke an?«

»Nein!«, sagte Schwester Sanftmut und bog sich vor Lachen. »Ich gehöre dem Orden der Barmherzigen Schwestern an. Das heißt, bald werde ich ihm angehören.«

»Du gehörst dem Orden also noch nicht an?«, fragte Adenar fasziniert.

»Noch nicht«, sagte das junge Mädchen und senkte zurückhaltend den Blick. »Ich habe die niederen Weihen empfangen, gehöre aber immer noch der Welt an. Bald werde ich meine Gelübde leisten. Dann bin ich eine Nonne, eine richtige Schwester.«

»Warum willst du denn eine Nonne werden?«, fragte Adenar. »Warum willst du nicht mehr der Welt angehören?«

Da wurde Schwester Sanftmut sehr ernst und begann Adenar zu erklären, was es bedeutete, die Gelübde zu leisten, was es bedeutete, den Schleier zu nehmen, was das Kreuz bedeutete. All das erschien Adenar völlig unverständlich.

»Hund noch mal!«, sagte er sich. »Und mich erklären sie für verrückt!«

Sonst war Schwester Sanftmut sehr fröhlich, scherzte viel, und ihre Augen glänzten, wenn sie mit Adenar sprach. Aber wenn Adenar sie über die unmittelbar bevorstehende Zeremonie befragte, die sie zur Nonne machen würde, oder über die in den Ordensregeln der Barmherzigen Schwestern beinhalteten Pflichten, schien die Schwester plötzlich traurig, verwirrt, vielleicht auch ärgerlich. Ihre Ausdrucksweise wurde dann steifer, stockender, ihre Wortwahl eingeschränkter, und sie begann, Sätze aus ihren Andachtsbüchern auswendig nachzusagen. Manchmal hatte Adenar den Eindruck, dass sie seine Fragen fürchtete, oder sie zugleich fürchtete und suchte, als verspüre sie das Bedürfnis, laut auszusprechen, wie groß ihr Wunsch war, dem Orden beizutreten und sich endgültig von der Welt zu lösen.

»Aber die Welt ist doch so schön«, sagte Adenar. »Warum willst du dich denn von ihr lösen?«

»Natürlich ist sie schön«, sagte Schwester Sanftmut. »Aber diese Welt, diese Schönheit, alles ist … das ist alles eine Täuschung, Adenar … All das hier geht vorbei. Die Jugend, die Blumen, alles ist vergänglich. Es gibt noch eine andere, wahrhaftigere Welt, die niemals vergeht …«

»Und wo befindet sie sich?«

»Jenseits des Todes.«

Manchmal fragte Adenar sich, ob Schwester Sanftmut nicht tatsächlich ausgezeichnet in den Mond passte.

Wer bin ich?

Eines Nachmittags erschien Schwester Sanftmut in Adenars Zimmer mit einem Stapel Bücher, den sie diskret auf seinem Bett ablegte. Wie gewohnt setzten sie sich auf die Fensterbank.

»Was machen wir heute?«, fragte Adenar. »Hast du nichts zum Schreiben mitgebracht?«

»Heute werden wir etwas sehr Wichtiges tun«, sagte Schwester Sanftmut. »Du musst wissen, dass ich mit den Ärzten besprochen habe, was ich vorhabe, und dass du ihrer Meinung nach bereit dafür bist.«

»Du machst mir ja richtig Angst«, sagte Adenar grinsend.

»Du musst keine Angst haben«, erwiderte das junge Mädchen. »Du erholst dich gut, Adenar, und wir glauben, dass du bald entlassen werden kannst.«

Die Schwester stand auf, ging zum Bett und nahm den Bücherstapel, den sie mitgebracht hatte. Es waren acht oder neun rote Bücher mit goldenem Seitenschnitt. Sie legte sie neben Adenar auf die Fensterbank und setzte sich dann wieder an ihren Platz.

»Das sind alle Bände«, sagte sie. »Erinnert dich das an irgendetwas? Hast du diese Bücher schon einmal gesehen?«

Adenar schüttelte den Kopf, gebannt wie immer, wenn es sich um Bücher handelte. Er konnte sich immer noch nicht an den Gedanken gewöhnen, dass in Floria ein Buch etwas so völlig Banales war wie ein Krug oder ein Schuh. Er griff nach dem obersten Buch. Auf dem Einband zeigte eine Illustration in leichtem Relief einen Jungen mit blonden Haaren auf dem steinernen Balkon eines Schlosses. Mit rosa Blüten gespickte Kletterpflanzen umwanden die Steinpfeiler. In den Wolken erahnte man den Kopf und die Flügel eines riesigen Drachens.

»Was ist das?«, fragte Adenar. »Ich verstehe nicht.«

»Lies den Titel«, sagte die Schwester und beobachtete ihn eindringlich.

»*Die Abenteuer von Prinz Adenar*«, las Adenar, immer noch etwas stockend. »Was soll das bedeuten?«

»Schlag es auf, lies ein wenig weiter.«

Adenar tat, wie die Schwester ihn geheißen hatte. Es waren Kinderbücher, Abenteuerromane, hübsch illustrierte Märchen. Und die Abbildungen zeigten Prinz Adenar, Königin Margolis, König Leopoldo, den Kater Marrasquino. Auf einer Zeichnung war der junge Prinz vor einer Wand voller Bilder zu sehen, und auf den Bildern erkannte man eine Schlacht, halb im Schlamm versunkene Leichen, in der Luft kreisende Raben. Auf einer anderen Illustration sah man den jungen Prinzen hinter dem in einen dunklen Umhang gehüllten Magier Aymal durch einen Wald reiten. Adenar schloss das Buch mit bebenden Händen, griff willkürlich ein anderes heraus und schlug es auf. Sein Blick fiel auf das Bild eines jugendlichen Paares, das halb nackt auf zwei Delphinen das Meer durchpflügte. Unter dem Bild stand: »Margolis und Leopoldo pflegten bei Sonnenuntergang auf zwei herrlich gezäumten Delphinen über die Wellen zu reiten.« Er schlug ein weiteres Buch auf und erblickte eine Abbildung, auf dem ein winziger Adenar mit einem mächtigen Schwert einem Frettchen gegenüberstand, das doppelt so groß war wie er selbst. Der Text unter dem Bild lautete: »Über den Mohnblumen tauchte der Kopf eines Frettchens auf …«

Adenar sah auf.

»Was ist das?«, fragte er, am ganzen Körper zitternd. »Was hat das zu bedeuten, Schwester? Das ist meine ganze Geschichte. Da ist der Palast von Yöl, da sind die fliegenden Teppiche und das Frettchen, das mich im Wald angefallen hat. Hier sind meine Eltern, als sie jung waren …«

»Das sind Kinderbücher«, sagte Schwester Sanftmut. »Wir

alle haben sie gelesen, als wir klein waren. Und sie werden immer noch gelesen. Es sind die Abenteuer des Prinzen Adenar von Yöl auf dem Planeten Glabris … Nichts weiter als Kinderbücher.«

»Aber ich verstehe nicht … Wie konnten sie wissen?«, setzte Adenar an und spürte, wie ihm die Worte im Hals stockten und ihm Tränen in die Augen traten. »Ich verstehe nicht, Schwester …«

Mit bebenden Fingern blätterte er weitere Seiten um. Schwester Sanftmut sah ihn voller Mitleid an.

»Wer hat diese Bücher geschrieben?«, fragte Adenar und suchte nach dem Namen des Autors. »Warmunt F. Ozick. Wer … wer ist dieser Warmunt F. Ozick …?«

»Ein Kinderbuchautor. Er ist sehr bekannt, jeder hat seine Geschichten gelesen.«

»Ein *Autor*?«, sagte Adenar, fast schluchzend. »Wie das, ein *Autor* …?«

»Ich lasse sie dir da«, sagte Schwester Sanftmut, die ebenfalls den Tränen nahe schien. »Ich möchte, dass du sie dir aufmerksam anschaust. Du weißt, wo du mich findest, wenn du mit mir darüber sprechen möchtest.«

Nachdem Schwester Sanftmut den Raum verlassen hatte, blieb Adenar eine Weile reglos sitzen und betrachtete die Bücher, in denen sein ganzes Leben bis hin zu seinen geheimsten Gedanken erzählt wurde. Wie war so etwas möglich?

Von einer schrecklichen Ahnung ergriffen, ging er zum Schrank und holte den Ranzen hervor, den er dort sorgsam verwahrt hatte. Gelähmt vor Angst, fragte er sich, warum er nicht schon früher getan hatte, wozu er sich nun anschickte.

Er zog das Buch heraus, sein Kleinod, das Buch, das seine Eltern in der versiegelten Truhe eines versunkenen Schiffes auf dem Meeresgrund gefunden hatten, das seine Mutter ihm geschenkt hatte, als er ein kleines Kind war, bevor sie sich in einen Drachen verwandelt hatte und fort in die Wolken gegangen war, das Buch, das er sein Leben lang betrachtet hatte, ohne wirklich zu wissen, was es war oder wozu es diente.

»*Theatrum Chemicum Philosophicum*«, las Adenar laut. »Kaspar Tamerarius. 1778, Erumburg.«

Das sagte ihm rein gar nichts. Er blätterte in den Seiten des Buches und stieß auf eine sorgfältig gepresste weiße Blume. Der Blütenstaub hatte einen großen gelben Fleck auf beiden Seiten hinterlassen. Wenigstens existierte die Blume!, sagte er sich mit einem tiefen Seufzer der Erleichterung. Das war die Blume, die aus dem begrabenen Herzen von Yldat gewachsen war, und wenn die Blume existierte, dann hatte auch Yldat, der rote Vogel, existiert. Er griff erneut in das Innere des Ranzens und holte eine Hand voll Hirschaugen hervor. Wie immer ließ er sich von seiner Intuition leiten und wählte einen der Samen aus. Mitten im Zimmer stehend, umschloss er ihn mit beiden Händen, lenkte all seine Konzentration auf seinen Bauch, atmete in einem stummen Schrei aus und presste ihn mit ganzer Kraft zusammen. Nichts geschah. Er drückte noch einmal zu. Absolut nichts.

Bestimmt hatte er den falschen ausgesucht. Adenar nahm alle Samen aus dem Ranzen, legte sie auf die Fensterbank und betrachtete sie eingehend. Ein Vogel mit hübschen blauen Federn kam von den nahen Bäumen herangeflogen, setzte sich außen auf das Fenstersims und beobachtete ihn neugierig. Je länger Adenar die Samen musterte, desto mehr war ihm, als schimmere einer von ihnen besonders hell und riefe ihn geradezu. Er nahm ihn in die Hand und wiederholte das Ritual. Dieses Mal sprach er dabei das *Om*, die heilige Silbe, die er die Magier hatte singen hören. Er drückte so fest, dass die Samenschale zwischen seinen Händen zerbrach. In ihrem Inneren befand sich ein Kern ähnlich einer Mandel, wenn auch schwärzer und runzliger.

Lange konnte er diesen Kern nicht betrachten, denn als er ihn auf der offenen Handfläche zum Fenster hinhielt, um ihn in besserem Licht zu sehen, öffnete der Vogel auf dem Fenstersims die Flügel, pickte geschickt nach der winzigen Mandel und verschwand damit zwischen den Kapokbäumen des Gartens.

Adenar warf die Stückchen des zerbrochenen Hirschauges

aus dem Fenster, steckte das Buch und die übrigen Samen in den Ranzen, legte den Ranzen zurück in den Schrank, streckte sich auf dem Bett aus und starrte lange, lange Zeit an die Zimmerdecke.

»Gaspar Adenau«, sagte Adenar am nächsten Morgen, als er bei Doktor Morais Rubempré eintrat. Eigentlich hätte er an dem Tag keinen Termin gehabt, er hatte aber darum gebeten, den Arzt zu sehen, und dieser hatte ihn sofort vorgelassen.

»Bitte?«, fragte der Arzt erstaunt.

»Gaspar Adenau«, sagte Adenar, »so heiße ich. Aber ich wurde immer bei meinem Nachnamen gerufen, Adenau.«

Er war sehr blass. Seine Augen waren vom mangelnden Schlaf geschwollen. Er setzte sich auf den Stuhl vor dem Schreibtisch, den der Arzt ihm zuwies und seufzte tief.

»Du hast dich an deinen Namen erinnert, mein Junge?«, sagte der Arzt äußerst zufrieden. Schwester Luciola, die sich ebenfalls im Raum befand, wurde rot vor Freude.

»Ja, Doktor. Sie können aufhören, mich ... Adenar zu nennen«, sagte der Junge. »Schwester Sanftmut hat mir einige Bücher gebracht ... Ich nehme an, Sie wissen, um welche Bücher es sich handelt. Ich habe die ganze Nacht in ihnen gelesen.«

»Und?«, fragte Schwester Luciola aufgeregt.

»Mein ganzes Leben steht in diesen Büchern!«, sagte Adenar. »Ich habe es nicht geschafft, sie alle zu lesen, es fällt mir immer noch schwer, die Worte zu entziffern, aber ich bin weit genug gekommen ... Meine Eltern, meine Freunde, die Orte, an die ich mich erinnere, die Dinge, die ich gesagt und gedacht habe – alles ist in diesen Büchern! Wie ist das möglich? Wie kann so etwas möglich sein?«

»Das wissen wir noch nicht«, sagte Doktor Rubempré vorsichtig.

»Vermutlich habe ich sie irgendwann einmal gelesen, meinen Sie nicht, Doktor?«, sagte Adenar.

»Das scheint offensichtlich«, sagte der Arzt. »Du hast sie gelesen, bis du sie in- und auswendig konntest. Das Gedächtnis ist etwas sehr Seltsames und Geheimnisvolles, Adenar. Wir beginnen gerade erst, es ein wenig zu verstehen.«

Mein Gedächtnis war eine magische Insel, dachte Adenar, das Magische Eiland von Armida. Mein Gedächtnis war groß wie die Welt, es war ein Spiegel der Welt, in ihm lebten Tiere und wuchsen Blumen, die Statuen waren lebendig und weinten destillierte Tränen, die von Glaskelchen in Form von Mohnblüten aufgefangen wurden. Mein Gedächtnis lebte in mir, es war ein Land, in dem ich schlafend und wachend wandelte …

»Du selbst bist ein sehr seltsamer Fall«, sagte der Arzt. »Erinnerst du dich? Gedächtnis und Gedächtnisschwund in einem!«

»Ich nehme an, ich habe diese Bücher so oft gelesen, dass ich mich schließlich selbst für Prinz Adenar hielt«, sagte Adenar nachdenklich. »Ist es nicht so, Doktor?«

»Es ist noch zu früh, um Hypothesen aufzustellen«, sagte der Arzt, der eine Meerschaumpfeife aus einer der Schreibtischschubladen geholt hatte und sie unter Schwester Luciolas vorwurfsvollem Blick mit dunklem Tabak stopfte.

»Und dann habe ich die Lektüre und sogar die Existenz dieser Bücher vergessen«, fuhr Adenar fort. »Ich habe das Lesen verlernt, um mich davon zu überzeugen, dass all das keine Fiktion, sondern Wirklichkeit war …«

»Keine Spekulationen ins Blaue hinein«, sagte der Arzt, während er in den Taschen seines Kittels nach Streichhölzern suchte. Als er sie fand, schüttelte er die Schachtel gut gelaunt und fügte hinzu: »Du willst mir doch nicht meine Arbeit vorwegnehmen.«

»Entschuldigung«, sagte Adenar.

»Ich glaube nicht, dass es sich so zugetragen hat«, sagte der Arzt. »Meine Kollegen und ich gehen eher davon aus, dass du eine Art Schock erlitten hast und dein Gedächtnis vergessen wollte, wer du warst, indem es deine Erinnerungen durch die einer anderen Person ersetzte. Und dafür hat es sich der Erinnerungen bedient, auf die es den leichtesten Zugriff hatte, deiner Leseerinnerungen. Kannst du mir folgen?«

»Meine Erinnerungen!«, sagte Adenar. »Alles, was ich bin, was ich zu sein glaubte! Das, was uns einzigartig macht, Doktor, unsere Erinnerungen, unsere geheimen Gedanken … Ein Baum, unter dem ich gern saß … Wie der Wind über die Türme strich … Ein Mädchen, das ich einmal gern hatte und dem ich wehgetan habe … Sie ist dort, auf diesen Seiten, ihr Gesicht, ihre Augen, was ich sagte, was sie antwortete … Alles steht auf diesen Seiten! Alles, unerbittlich …«

Der Arzt und die Schwester schwiegen respektvoll. Sie verstanden, wie schwer es für den Jungen war, all das einzugestehen.

»Bis jetzt erinnere ich mich nur an meinen Namen«, sagte Adenar oder Adenau und senkte den Blick. »Aber ich sehe ein, dass ich nicht …«

Adenar zwang sich, zu Arzt und Schwester aufzublicken. Schwester Luciola sah ihn erwartungsvoll an. Doktor Rubempré, dem es endlich gelungen war, seine Pfeife anzuzünden, beobachtete ihn aufmerksam mit undurchdringlicher Miene, doch Adenar entging nicht, dass die Hand, mit der er die Pfeife hielt, leicht zitterte.

»Ich sehe ein, dass ich nicht«, wiederholte Adenar, »dass ich nicht Prinz Adenar von Glabris sein kann … denn Prinz Adenar von Glabris ist eine Figur aus einem Kinderbuch.«

»Bravo«, sagte Schwester Luciola leise.

»Sehr gut, mein Junge, sehr gut …«, sagte Doktor Rubempré. »Alles wird gut, du wirst sehen …«

»Nun, Doktor, was sagen Sie?«, ereiferte sich Schwester Luciola. »Der Junge ist geheilt! Er ist geheilt!«

»Noch nicht ganz«, sagte der Arzt und lächelte Adenar-Adenau voller Zuneigung zu. »Noch nicht ganz, aber das ist ein wichtiger Schritt. Sehr gut, mein Junge, sehr gut.«

»Ich bin nicht Adenar«, wiederholte Adenar. »Ich weiß nicht, wer ich bin, aber wenigstens weiß ich, wer ich nicht bin.«

»Gaspar«, sagte Schwester Luciola. »Hast du nicht gesagt, das sei dein Name?«

»Aber ich erinnere mich an rein gar nichts aus meinem Leben«, sagte Adenar-Adenau. »Ich weiß nicht, wo ich lebe, wer meine Eltern sind, ich erinnere mich an überhaupt nichts. Muss ich hier bleiben, bis ich alles wieder weiß?«

»Nicht unbedingt«, sagte der Arzt. »Ich will dich nicht belügen, Gaspar. Wir haben es noch nie mit einem vergleichbaren Fall von Amnesie zu tun gehabt. Es kann auch sein, dass du dein Gedächtnis nie mehr wiedererlangst …«

»Wirklich?«

»Aber es hat keinen Sinn, dich nur deshalb hier einzusperren«, fuhr der Arzt fort. »Es ist besser, du kehrst nach Floria zurück. Meine Kollegen und ich denken schon seit einiger Zeit darüber nach. Möglicherweise erinnerst du dich an mehr Dinge, wenn du wieder ein normales Leben aufnimmst. Die Mehrzahl meiner Kollegen ist der Meinung, dass die Wiedererlangung deines Gedächtnisses ein langer Prozess sein, aber früher oder später eintreten wird. Und jetzt hast du dich schon an deinen Namen erinnert, das ist ein großer Fortschritt!«

»Gaspar Adenau«, sagte Schwester Luciola, immer noch mit einem glücklichen Lächeln.

»Nennen Sie mich Adenau«, sagte der Junge.

»Adenau«, wiederholte Schwester Luciola. »Das hört sich deutsch an.«

»Adenau also«, sagte Doktor Rubempré.

Adenar war aufgestanden. Er schüttelte feierlich die Hand, die der Arzt ihm entgegenstreckte, drehte sich um und verließ das Behandlungszimmer.

Victor und Belinda

Tante Cordelia fuhr nach Sumayel zurück, um sich ihren Rosen zu widmen. Tante Doris und Tante Lirodante waren enge Freundinnen geworden, und Tante Doris lud Tante Lirodante ein, einige Wochen mit ihr in Ozeanien zu verbringen, um sich von der so misslichen Erbschaftsangelegenheit zu erholen. Tante Agrippina verabschiedete sich ebenfalls von Beltaus, nicht ohne Victor zerstreut zu seiner frischen Vermählung gratuliert und ihm alle möglichen Glückwünsche ausgesprochen zu haben. Die geheimnisvolle Tante Eleonora kehrte nach Simara zurück, wo ihre Geschäfte sie dringend erforderten. Sascha schaute von Zeit zu Zeit in Beltaus vorbei. Ihrem kleinen Cousin, der für sie immer ein unbedeutender Junge gewesen war, hatte sie nie die geringste Aufmerksamkeit geschenkt, aber von dem neuen Victor war sie ganz fasziniert.

Und in der Tat faszinierte Victor alle Welt. Er hatte sich in den Eigentümer und Herren von Beltaus verwandelt. Niemand konnte sich erklären, woher er so viel Energie und Erfindungsgabe nahm. Seine nach dem Tod seiner Eltern plötzlich grenzenlose Freiheit ließ seine Phantasie geradezu explodieren.

Victor zeigte sich jetzt stets mit pomadigem Haar, schwarzer Brille und einem eleganten falschen Schnurrbart. Natürlich wussten alle, dass der Schnurrbart falsch war, und Victor wollte die Leute auch gar nicht glauben machen, es handele sich um einen echten Bart. Dennoch war seine Wirkung nicht zu bestreiten. Er sah zwar nicht aus wie ein Erwachsener, aber auch nicht wie ein Kind.

Am meisten beeindruckte jedoch nicht sein Schnurrbart, sondern sein Reittier. Erst hatte er an ein Pferd gedacht, aber ein Pferd hätte sich als nicht besonders praktisch erwiesen, um sich in einer Stadt zu bewegen, Aufzüge zu benutzen und sich in Konferenzräume zu begeben. An ein Pony wollte er nicht einmal denken, das erinnerte ihn zu sehr an seine langweiligen Kindernachmittage.

Nachdem er in der Nationalbibliothek von Floria mehrere zoologische Lexika konsultiert und dem zoologischen Garten *Van Beulden* einen Besuch abgestattet hatte, wo er mit einer Sondererlaubnis ein Lama zur Probe ritt, eine Giraffe, ein Okapi, das ihn fast abgeworfen hätte, und ein Zebra, das ihn tatsächlich abwarf und in das Brackwasserbecken der Nilpferde schleuderte, kam Victor zu dem Schluss, dass grasfressende Huftiere dumm, langweilig und wenig romantisch waren. Das ideale Reittier für eine Person seines Standes konnte nur eine große Raubkatze mit elegantem, geschmeidigem Gang sein, ein furchterregendes und zugleich sanftes Tier, ein Tiger also.

Er gab Anweisung, drei zu kaufen, zwei in der Republik Assam, die nach einer dreitägigen Flugzeugreise in Floria eintrafen, und einen weißen Tiger, der aus dem Shambhala Gebirge stammte, doch den musste er zurückschicken, da das an den ewigen Schnee der höchsten Berge des Planeten gewohnte Tier unmittelbar nach seiner Ankunft im warmen Floria erkrankte.

»Aber Herr Braunsfeld«, sagte Leopoldo beim Anblick der beiden im Garten neben dem Schwimmbad ausgestreckten riesigen Raubtiere, »das sind Menschen verschlingende Bestien. Sie bringen uns alle in Gefahr.«

»Quatsch«, entgegnete Victor. »Welcher gefällt dir besser? Ich glaube das Weibchen, oder? Keine Sorge. Wir werden sie gut füttern, und wenn wir mit ihnen spazieren gehen, bekommen sie einen Maulkorb und Zügel angelegt.«

»Das sind wilde Tiere!«, klagte Leopoldo. »Das Personal ist in Aufruhr, Herr Braunsfeld. Rosalba hat mir gesagt, dass sie ihre Koffer packt, wenn diese Bestien hier bleiben.«

»Sie werden sich daran gewöhnen. Wir müssen einen Pfleger einstellen, der sich gut mit Tigern auskennt, das ist alles.«

Und so erkor Victor sich ein mächtiges Tigerweibchen aus Assam zum Maskottchen, Schoß- und Reittier. Er ließ drei Autos des gigantischen Fuhrparks von Beltaus so umbauen, dass die Tigerin, die er Belinda getauft hatte, darin transportiert werden konnte, und bewegte sich nur noch in ihrer Begleitung fort. Obwohl er als Minderjähriger noch nicht wirklich befugt dazu war, wohnte er gern den Aufsichtsratssitzungen der Bank und den Aktionärsversammlungen der verschiedenen Firmen bei, die ihm bald gehören sollten. Niemand wäre auf den Gedanken gekommen, ihm den Zutritt zu verweigern, zum einen, weil er der Sohn des verstorbenen Herrn Braunsfeld war, zum anderen, da er in nur vier Jahren der alleinige Besitzer des gesamten Braunsfeldschen Imperiums sein würde, und insbesondere, weil Victor überall auf einem Tiger mit beeindruckenden Reißzähnen erschien, dem sich niemand auch nur zu nähern wagte.

Es war ein wahres Spektakel, wenn Victors großer Rollo-Royce im Zentrum Florias vor dem Zentralsitz der Floriano Bank in der Bildnisallee hielt. Sebastiao stieg aus dem Wagen, öffnete feierlich den Schlag, und aus dem Inneren des Rollo tauchte Victor auf, in Anzug und Krawatte, eine Kamelie im Knopfloch, mit dunkler Sonnenbrille und seinem dichten schwarzen Schnurrbart, auf dem Rücken eines riesigen Assamtigers, der mit einem edlen Ledersattel, Maulkorb und Zügeln geschirrt war. Mit einer nachlässigen Handbewegung nahm Victor die Zügel auf, tätschelte dem Tier leicht die Seite, damit es sich in Bewegung setzte, und ließ sich inmitten einer Schar von Schaulustigen, eleganten Damen, Zeitungsverkäufern und Verkehrspolizisten gemächlich in die Bank tragen. Die Fahrer der zweistöckigen Omnibusse hielten an, um die Szene zu beobachten. Die Mädchen der Ballettschule Flores Yrisarri auf der anderen Straßenseite vergaßen ihre Stange und liefen zur Fensterfront, um das Geschehen zu verfolgen. Die Dachdecker, die auf den Mansarden des Hotels Castellani neue Schindeln verlegten, ließen ihre Arbeit liegen und beugten sich über das Dachsims, um zu erleben, wie Victor auf dem Rücken des Tigers seinem Rollo entstieg und die Floriano Bank betrat.

Victor und der Tiger durchquerten die weitläufige Eingangshalle der Bank, nahmen den Aufzug – stets alleine –, fuhren in den dritten Stock, wo sich nacheinander die Flügeltüren für sie öffneten, bis sie in den Saal gelangten, in dem sich der Aufsichtsrat versammelte.

»Fahren Sie fort, meine Herren, fahren Sie fort«, sagte Victor dann. »Kümmern Sie sich nicht um meine Anwesenheit.«

Was natürlich alles andere als einfach war, vor allem wenn Belinda, die sich bei diesen Geschäftskonferenzen zutiefst langweilte, das Maul aufriss und gähnte.

Auch Spaziergänge durch die Straßen von Floria oder Einkäufe unternahm Victor auf dem Rücken seiner Tigerin Belinda. Auf Belinda ritt er ins Kino, zu Vorstellungen im Schattentheater oder zum Eiskunstlauf, und Sebastiao blieb mit ihr im Vestibül. Mit Belinda begab er sich zu Einweihungen, Benefizgalas und verschiedenen gesellschaftlichen Ereignissen. Er war der Liebling der Presse. Jeder Zeitschriftentitel, jede Gesellschaftskolumne, jeder für die Wochenschau im Kino bestimmte Filmbeitrag wirkte ohne Victor und Belinda langweilig und unbedeutend. Victor erhielt Einladungen zu den unterschiedlichsten Anlässen: Adelsgesellschaften, Galabälle der Armee, exklusive Privatfeste in Colina das Frores, bei denen er stets der jüngste Gast war … Häufig sah man Victor und Belinda auf der Tribüne beim Pferderennen (Victor durfte als Minderjähriger zwar keine Wetten abschließen, beauftragte damit aber Leopoldo, und an manchen Nachmittagen verlor er wahre Vermögen), oder er saß in der ersten Reihe von so unterschiedlichen sportlichen Wettkämpfen wie Wasserfallspringen, Wasserpolo oder Eishockey, drei der beliebtesten Sportarten in Floria.

Am liebsten ging Victor jedoch auf Modenschauen. Er wurde zu einem wahren Experten in Sachen Look, Stil und Schnitt. Sein Outfit hatte er um einen zierlichen Stock aus Ebenholz mit silbernem Knauf ergänzt, und bei den Defilees saß er gewöhnlich in der ersten Reihe, das Kinn auf den Knauf seines Stockes gestützt, und betrachtete mit scheinbarer Gleichgültigkeit die Models auf dem Laufsteg. Dann ging er nach hinten zu den Umkleiden, und da er noch ein Kind war, gewährte man ihm überall Zutritt. Die Welt des *Glamour* öffnete ihm ihre Pforten.

Vivianne Fairbloom kaufte sich in der zunehmenden »Victormania« einen weißen Leoparden und posierte mit ihm sowie mit Victor & Belinda für die Titelseite von *Vanities*. Paolo Borsamini, der berühmte Modeschöpfer aus MittelEuropa, lancierte einen jugendlichen Duft mit dem Namen »V & B«, dessen Flakon von der Silhouette des Jungen mit dem Tiger inspiriert war und das sofort zu einem der fünf meistverkauften Parfums in Floria wurde. Die Zeitschrift *Modarama* widmete Victor und Belinda ebenfalls die Titelseite und ihre wichtigste Reportage, das Modemagazin *Iridula* kürte Victor zum »bestgekleideten Kind in Floria«, und die in New Amsterdam erscheinende Zeitschrift *Time & Place* ernannte ihn zur Persönlichkeit des Monats. Plüschfiguren erschienen unter dem Namen »Brauns-Fells« (ein sehr beliebtes Wortspiel) auf dem Markt, die den Jungen mit der dunklen Sonnenbrille und die Wildkatze mit den gelben Augen darstellten. Der *Langobardische Postillon* begann eine Serie von Karikaturen namens »Victor und Belinda« in seinen Seiten zu veröffentlichen. Binnen weniger Monate hatte Victor sich von einem allseits verspotteten Schüler mit Zahnspange in eine nationale Berühmtheit verwandelt.

Und dennoch war Victor immer noch traurig. Das Testament seiner Eltern hatte ihn reich, aber nicht glücklich gemacht. Auch seine Familie war nicht glücklich, und da Victors einziges Bestreben darin lag, von allen geliebt zu werden, beschloss er, die Klauseln des Testaments selbst zu ändern. Die Anwälte des Finanzausschusses legten ihm nahe, baten ihn, flehten ihn an, sein Vorhaben zu überdenken, doch Victor ließ sich nicht davon abbringen. Er schenkte die Schokoladenfabrik Dalhaus seiner

Tante Doris, die berühmte Theater*boutique Francine … got lost in the forest* seiner Tante Lirodante und teilte die Hazienda Weißkopf in vier Teile auf, die er seinen vier engsten Verwandten überschrieb, Tante Eleonora und den Geschwistern Asurbanipal, Agrippina und Cordelia.

»Sie werfen Ihr Geld zum Fenster hinaus, Herr Braunsfeld«, warnten ihn seine Anwälte. »Solche Geschenke macht man nicht! Ihr Vater war ein Geschäftsmann, keine Wohltätigkeitsorganisation.«

»Mit meinem Eigentum mache ich, was mir gefällt«, entgegnete Victor unerschütterlich, ohne auch nur die schwarze Brille abzusetzen.

»Sie verschenken eine Hazienda so groß wie ein Land in MittelEuropa, Fabriken mit enormen Gewinnen, fabelhaft laufende Geschäfte!«, klagte einer seiner Anwälte.

»Ihr Onkel Asurbanipal wird keine zwei Monate brauchen, um seinen Teil von Weißkopf in einem der Kasinos von Ozeanien auf den Kopf zu hauen«, meinte ein anderer. »Glauben Sie, das wäre im Sinne Ihrer Eltern gewesen?«

Victor unterdrückte ein Gähnen, schob mit demonstrativer Ungeduld seinen Hemdsärmel nach oben und schaute auf seine Uhr, eine wasserdichte goldene Rollox. Die Anwälte rauften sich die Haare.

Walmira Freyre

Eines Nachmittags trug Victor Leopoldo auf, den Wagen zu bestellen und sich Straßenkleidung anzuziehen, um mit ihm in die Stadt zu fahren. Es kam nicht oft vor, dass Leopoldo Herrn Braunsfeld auf seinen Fahrten begleitete.

»Entschuldigen Sie meine Neugier, gnädiger Herr, aber wohin fahren wir?«

»In die Sandstraße 154, im östlichen Distrikt von Floria.«

»In den östlichen Distrikt, gnädiger Herr?«, fragte Leopoldo erschrocken.

Der östliche Distrikt von Floria, der auf der anderen Seite des Mar de Oro lag, war nicht gerade ein Ort, an den sich die Bewohner des Zentrums häufig begaben. Victor hatte ihn auf dem Stadtplan erkundet und überrascht festgestellt, welche Ausmaße dieser ihm bis dahin gänzlich unbekannte Stadtteil hatte, der fast so groß schien wie das ganze restliche Floria.

Als sie dort ankamen – sie hatten die ganze Stadt durchquert, waren über die Brücke San Silveiro auf die Insel Fortunata und von der Insel Fortunata über die Brücke Botella erneut aufs Festland gelangt –, hatte Victor das Gefühl, sich in einem anderen Land zu befinden. Rundum bot alles einen chaotischen, schmutzigen und verwahrlosten Anblick. Ein Großteil der Gebäude war verfallen.

Sebastiao hatte Mühe, die angegebene Adresse ausfindig zu machen; seit Jahren war er nicht in diesem Teil der Stadt gewesen und mehrere Male verfuhr er sich. Als er schließlich anhielt, fanden sie sich zu ihrem Erstaunen vor einem ziemlich heruntergekommenen Wohnblock der Jahrhundertwende voller nasser Stellen, an dem überall der Putz abbröckelte.

»Warte im Wagen auf uns«, sagte Victor zu Sebastiao, als er sah, dass der Chauffeur Anstalten machte, ihnen in das dunkle Eingangstor zu folgen.

»Erlauben Sie mir, Sie zu begleiten, Herr Braunsfeld«, sagte Sebastiao. »In diesen Vierteln weiß man nie, was einen erwartet.«

Der Aufzug funktionierte nicht, und sie mussten die sechs Stockwerke zu Fuß hinaufgehen. Auf einem der Absätze lag eine tote Ratte. Sebastiao stieß sie mit der Fußspitze den Treppenschacht hinunter. Einige der Stufen waren lose, und auf dem letzten Stück Treppe fehlte das Geländer.

»Wer ist da?«, fragte eine Frauenstimme, als sie an der rechten Tür klingelten.

»Victor Braunsfeld«, sagte Victor. »Frau Walmira Freyre? Ich nehme an, Sie wissen, wer ich bin. Ich habe Ihnen mehrere Briefe geschickt.«

Die Tür ging auf. Eine etwa sechzigjährige Frau mit grauen Haaren und klugen hellen Augen bat sie mit einem freundlichen Lächeln herein. Sie trug ein geblümtes Hauskleid, das bei jedem anderen schlampig und ordinär gewirkt hätte, aber an ihr vermittelte es eine gewisse Sorglosigkeit und ein angenehmes Fehlen jeglicher Affektiertheit. Sie hatte dunkle Ringe um die Augen, schmalgliedrige Hände, die zu einer wesentlich jüngeren Frau zu gehören schienen, und auf ihrer Brust baumelte eine Brille aus Perlmutt an einer Kette. Ihre Füße steckten in simplen Pantoffeln und beim Gehen hinkte sie leicht. Sie folgten ihr durch einen langen dunklen Gang, in dem sich links und rechts endlose Bücherregale bis zur Decke hinaufzogen, und gelangten in einen kleinen Wohnraum voller Zimmerpflanzen, Kunsthandwerk vom Río Horas und indianischen Flechtmatten. Die einzigen Möbelstücke waren ein Tisch mit vier Metallstühlen und eine lange Anrichte aus Holzimitat. Durch die geschlossenen Fensterläden fielen schmale Lichtstreifen ins Zimmer. Auf dem mit einem Wachstuch bedeckten Metalltisch befand sich ein abgegriffenes Kartenspiel, ein Blumentopf mit einer Strelitzie und eine große grüne, mit Wasser gefüllte Plastikschüssel. Noch nie in seinem Leben war Victor in so einer Wohnung gewesen. Alles sah so alt, ärmlich und abgenutzt aus.

»Was hat es mit dem Wasser auf sich?«, fragte Sebastiao, deutete misstrauisch auf die Schüssel und vermied gleichzeitig, auch nur die Rückenlehne des ihm angebotenen Stuhls zu berühren.

»Hältst du mich vielleicht für eine Hexe?«, fragte die Frau und sah ihn aus ihren müden klugen Augen an. »Hast du schon einmal eine Hexe mit so vielen Büchern gesehen?«

Als einzige Antwort zog Sebastiao eine Augenbraue hoch, was in etwa heißen mochte: »Ich habe schon ganz andere Dinge gesehen ...«

»Danke, Sebastiao«, sagte Leopoldo. »Du kannst unten im Wagen auf uns warten.«

»Und die Karten?«, sagte Sebastiao und zeigte auf den Tisch. Dann ging er zur Anrichte, griff nach einem Holzkästchen, das zwischen zwei Göttinnenfiguren vom Río Horas stand, sah hinein und holte mit spitzen Fingern einen Quarzkristall hervor, den er den anderen bedeutungsvoll entgegenhielt.

Die Frau schien sich nur mit Mühe beherrschen zu können, nicht aufzufahren und etwas zu sagen.

»Das reicht, Sebastiao«, sagte Victor. »Du kannst jetzt zum Wagen hinuntergehen, danke.«

»Entschuldigen Sie Sebastiaos schlechtes Benehmen«, sagte Leopoldo. »Er meint es nur gut.«

»Ja, besser er wartet im Auto«, sagte die Frau. »Ich mache ihm Angst, und er mir langsam auch. Stört es Sie, wenn ich rauche?«

Victor schüttelte den Kopf. Die Frau zog eine abgenutzte Tabakdose aus einer Tasche ihres Hauskleids, nahm einen Zigarillo heraus und steckte ihn sich zwischen die Lippen. Dann klopfte sie die anderen Taschen auf der Suche nach Streichhölzern ab.

Victor beobachtete sie aus den Augenwinkeln. Noch nie war ihm so jemand begegnet. Sie war nachlässig gekleidet, ungekämmt, und sprach und gab sich dennoch mit völliger Selbstsicherheit. Sie schien sich inmitten ihrer alten Möbel und ihrem Nippes wohl zu fühlen. Vielleicht bedeutete ihr aber auch einfach nichts von alledem etwas. Der Ventilator an der Decke war nicht eingeschaltet, und Victor überlegte, dass er womöglich seit Jahren nicht funktionierte und die Frau sich gar nicht die Mühe machte, ihn zu reparieren. Doch trotz allem hatte sie etwas an sich, das ihm gefiel, sie strahlte eine gewisse Ruhe, Harmonie, eine geheimnisvolle Kraft aus. Woher kam diese Kraft? Wie mochte das Leben dieser Frau ausgesehen haben? Victor konnte es sich nicht vorstellen. Ob sie Kinder hatte? Ob sie verheiratet gewesen war?

»Möchten Sie ein Glas Wasser?«, fragte die Frau. »Oder eine Limonade?«

»Nein, danke«, sagte Victor. »Wir werden nicht lange bleiben. Ich bin nur gekommen, um Ihnen ein Geschäft vorzuschlagen.«

»Ich kann mir vorstellen, worum es sich handelt«, sagte die Frau.

»Nein, das glaube ich nicht«, entgegnete Victor, bemüht, sich von der Ruhe und leichten Ironie der Frau nicht einschüchtern zu lassen. »Erlauben Sie mir, gleich auf den Punkt zu kommen. Wie Sie wissen, haben meine kürzlich verstorbenen Eltern mich in ihrem Testament zum Universalerben all ihrer Güter und Besitztümer bestimmt. Ich habe alles geerbt, bis auf ein Haus. Ein altes Haus.«

»Den Turpestis Palast«, sagte die Frau.

»Den so genannten Turpestis Palast, ganz genau. Dem Testament zufolge fällt dieser so genannte Turpestis Palast Ihnen als Erbe zu«, sagte Victor und lockerte seine Krawatte. »Wäre es vielleicht möglich, den Ventilator einzuschalten? Es ist heiß hier.«

»Er geht seit zwei Wochen nicht mehr«, erklärte die Frau. »Und ich finde nie die Zeit, auf einen Stuhl zu steigen, um festzustellen, was mit ihm los ist.«

»Sie? Sie steigen auf einen Stuhl?«, sagte Victor verblüfft.

»Nun gut. Zurück zum Thema. Ich weiß nicht, was meine Eltern zu diesem Entschluss bewogen hat, der mich überaus ...«

»Überraschte?«, half Leopoldo.

»Überraschte, ja, danke, Leopoldo. Ebenso wenig weiß ich, in welcher Beziehung Sie zu meinen Eltern standen.«

»Und das würdest du gern wissen, nicht wahr?«, fragte sie und sah Victor herzlich an.

»Eigentlich nicht«, sagte Victor. »Nein, es ist nicht das, was mich interessiert. Das Einzige, was ich gern wissen möchte, ist, ob Sie mit mir verwandt sind.«

»Nein«, entgegnete sie nach einem kurzen Zögern. »Nein, wir sind nicht verwandt.«

»Gut«, sagte Victor daraufhin. »Dann erlauben Sie mir, Ihnen mein Angebot zu unterbreiten.«

»Möchtest du nicht wissen, warum deine Eltern mir den Turpestis Palast hinterlassen haben?«, fragte die Frau.

Sie schien enttäuscht.

»Das ist unerheblich«, sagte Victor.

»Du bist sehr jung für eine solche Lebenseinstellung«, sagte Walmira Freyre und musterte ihn mit einem Gesichtsausdruck, der Ironie, ebenso gut aber auch Sorge oder sogar Zuneigung ausdrücken konnte. »Bist du nicht neugierig? Willst du einfach nur Dinge erreichen?«

»Die Neugierde ist ein Luxus, den ich mir nicht erlauben kann«, sagte Victor und fügte dann gequält hinzu: »Waren Sie vielleicht eine Freundin meiner Mutter?«

»Entschuldige mich einen Moment«, sagte Walmira.

Sie machte einen langen Zug an ihrem Zigarillo, legte ihn auf dem Rand des Blumentopfs mit der Strelitzie ab, stand auf, ging aus dem Zimmer und kam einen Augenblick später mit einem Stapel Kinderbücher zurück, die sie vor Victor auf den Tisch legte. Dann griff sie wieder nach dem qualmenden Zigarillo, klopfte die Asche über der Erde des Blumentopfs ab und zog erneut daran.

»Was ist das?«, fragte Victor, ohne sich herabzulassen, die Bücher auch nur anzufassen. »Kinderbücher?«

»Ja, mein Junge«, sagte Walmira. »Die sind für dich.«

»Hören Sie«, sagte Victor, stützte seine Hände auf den Knauf seines Stocks und begann, sich langsam vor und zurück zu wiegen. »Ich bin kein Kind. Ich mag keine Kinderbücher. Märchen interessieren mich nicht. Und ich will keine Geschenke. Ich bin gekommen, um mit Ihnen ein Geschäft zu machen.«

»Gut«, sagte die Frau und sah unentschlossen auf die Bücher, die sie vor Victor hingelegt hatte. »Wenn du es so willst ...«

»Genau so will ich es.«

»Wie sieht dein Angebot aus?«, fragte Walmira.

»In ihrem Testament haben meine Eltern Ihnen ein Haus hinterlassen, den so genannten Turpestis Palast, der nichts weiter als eine riesige alte Bruchbude ist ...«

»Ich verstehe«, sagte Walmira. »Du willst, dass ich ihn dir verkaufe.«

»Genau«, sagte Victor. »Ich will, dass alles, was meinen Eltern gehörte, in der Familie bleibt.«

»Aber er ist doch fast eine Ruine, eine alte Bruchbude, wie du ganz richtig sagtest«, entgegnete Walmira. »Warum interessierst du dich so dafür, wo dir doch schon halb Floria gehört?«

»Ich habe Ihnen den Grund bereits genannt«, sagte Victor. »Ich biete Ihnen zehntausend Florin. Meinen Gutachtern zufolge ist das ein fairer Preis.«

»Ich bin nicht interessiert«, sagte Walmira sanft und langsam, als genieße sie jedes einzelne Wort.

»Das habe ich mir gedacht. Sagen wir also hunderttausend Florin. Das ist zehnmal mehr, als er wert ist.«

»Ich bin immer noch nicht interessiert«, sagte Walmira. »Der Turpestis Palast steht nicht zum Verkauf.«

Victor atmete tief durch, sah Leopoldo an und machte ihm ein Zeichen mit der Augenbraue. Leopoldo griff in die Tasche seines Jacketts und zog einen kartonierten Umschlag hervor, den er Victor reichte. Der Junge öffnete ihn, so dass sein Inhalt zu sehen war, und legte ihn auf den Tisch, zwischen den Blumentopf mit der Strelitzie und die Wasserschüssel.

»Hier sind dreihunderttausend Florin in Scheinen zu zehntausend«, sagte er langsam und bedacht. »Es sind neue Scheine, deshalb ist der Umschlag nicht dicker. Das ist mein letztes Angebot.«

»Nein, danke«, sagte Walmira und zwang sich, den Stoß Geldscheine nicht anzublicken.

Victor bemerkte, dass ihre Hände leicht zitterten.

»Warum nicht? Mit dieser Summe können Sie sich einen richtigen Palast mit eigener Anlegestelle auf der Insel Fortunata kaufen, wenn Sie möchten.«

»Das möchte ich aber nicht«, sagte Walmira. »Ich will keinen Palast mit eigener Anlegestelle auf der Insel Fortunata, ich will den Turpestis Palast.«

Nachdem sie das Haus verlassen hatten, ließ Victor sich schweigend in den Sitz des Rollos sinken.

»Fahren wir zurück nach Hause, gnädiger Herr?«, fragte Sebastiao nach einer Weile.

»Nein«, sagte Victor mit einem tiefen Seufzer. »Wir fahren zur Alten Wasserpromenade Nummer 333. Weißt du, wie man dort hinkommt?«

»Ich glaube ja, Herr Braunsfeld«, sagte der Chauffeur. »Es ist nicht sehr weit.«

»Warum hatte diese Frau einen Quarzkristall in einem Kästchen?«, fragte Victor. »Das habe ich noch nie gesehen.«

Leopoldo und Sebastiao wechselten stumm einen Blick im Rückspiegel.

»Keiner von euch beiden will mir also antworten«, murmelte Victor. »So, so. Das wird ja langsam richtig interessant.«

Die Alte Wasserpromenade befand sich unweit des Hauses von Walmira Freyre. Es war eine alte herrschaftliche Allee mit einem breiten zentralen Boulevard, den Statuen und verwilderte Gärtchen säumten. Es machte den Eindruck, als sei die Gegend in früheren Zeiten, vielleicht ein Jahrhundert zuvor, überaus prachtvoll gewesen. Man konnte sich gut vorstellen, dass hier einmal Pferdekutschen über das Pflaster rollten und Damen mit Sonnenschirmen die Gehwege entlangspazierten. Mittlerweile war die Gegend nur noch ein Vorort, fast ein Gespensterviertel, voll streunender Hunde und Stadtstreicher, die im Schatten der Kapokbäume dösten.

Die Hausnummer 333 befand sich am Ende der Allee und gehörte zu einem großen, von einer hohen Steinmauer umgebenen Grundstück. Durch die Eisenstangen des Tors, das mit einer alten verrosteten Kette verschlossen war, gelang es ihnen schließlich, einen Blick auf den so genannten Turpestis Palast zu werfen. Er war von einem großen verwahrlosten Park umgeben, dessen Lianen, Luftwurzeln und wuchernde Kletterpflanzen bis über die Mauern, Erker und kleinen Balkone hochrankten.

Das Haus selbst hatte eine sehr seltsame Form. Die Fenster waren fast alle rund und in einem Victor gänzlich unbekannten Stil ausgeführt. Vier mächtige Türme flankierten die vier Ecken des Hauptgebäudes, das die extravagante Höhe von sieben Stockwerken erreichte und in einen hohen, von einer Glaskuppel gekrönten Turm mündete. Alles war von Unkraut und wilden Blumen, dicken Schlingpflanzen und den verschiedensten Klettergewächsen überwuchert.

»Du lieber Himmel«, sagte Victor. »Dieser Ort ist ja phantastisch. Was meinst du, Leopoldo?«

»Verzeihung, gnädiger Herr, aber alles, was ich sehe, ist ein altes Haus voller Unkraut«, sagte Sebastiao, der ein praktisch veranlagter Mensch war und sich nicht mit Unsinn aufhielt.

»Sebastiao hat Recht, Herr Braunsfeld«, sagte Leopoldo. »Meinen Sie nicht, es wäre besser, die ganze Angelegenheit zu vergessen?«

»Außerdem ist mir das nicht ganz geheuer«, sagte Sebastiao, zog ein kleines Kreuz unter dem Hemd hervor und küsste es mehrmals. »Es heißt, das Haus sei verhext, Leute würden dort hineingehen und nicht wieder herauskommen.«

»Das ist doch reiner Aberglaube«, sagte Leopoldo und unterdrückte einen Schauder.

»Und warum haben meine Eltern es dieser merkwürdigen Frau vermacht?«, fragte Victor. »Und warum will sie es mir um nichts in der Welt verkaufen?«

»Das sind in der Tat zu viele Fragen ohne Antworten, gnädiger Herr«, sagte Leopoldo. »Am besten, Sie vergessen das Ganze.«

»Magst du keine Rätsel, Leopoldo?«, fragte Victor.

»Ich versuche stets, sie zu meiden wie die Pest, gnädiger Herr.«

»Das Leben ist aber ein großes Rätsel. Meinst du nicht, Leopoldo?«

»Es ist möglich, dass das Leben mancher Menschen ein großes Rätsel ist, Herr Braunsfeld«, sagte Leopoldo entschieden. »Meines ist es fraglos nicht, und dabei würde ich es gern belassen.«

Einige Tage später stieg ein Junge in Straßenkleidung und mit einem ledernen Rucksack auf dem Rücken die Treppe von *Unserer lieben Frau vom Mond* hinunter, in Begleitung einer Schwester mit der großen, kompliziert gefalteten weißen Kopftracht, die alle Nonnen des Sanatoriums trugen. Die Schwester ging mit ihm bis zum Tor, öffnete es mit einem großen goldenen Schlüssel und blieb, ihm nachwinkend, hinter dem Gitter stehen, während der Junge in das Taximeter einstieg, das dort schon eine ganze Weile mit laufendem Motor auf ihn wartete.

Viertes Buch

INSEKTENSONATE

Der Gesprächszirkel im Betelgeuse Salon

Der ehrwürdige Herr Mirmidon Aguanopulos, Verwaltungsdirektor des Mondes und eine der Stützen des Vaterlandes, saß in seinem Club in einem bequemen Rousseau-Sessel und nippte genüsslich an einem Glas Kirschbrandy aus der besonderen Reserve des Clubs. Auf den Knien hatte er neben einer aufgeschlagenen Ausgabe vom *Langobardischen Postillon* auch den Band I der umfangreichen *Geschichte der Eroberung von Columbia* des Paters Ayuso liegen, eines seiner Lieblingswerke.

In Augenblicken wie diesen glaubte Herr Aguanopulos zu wissen, was wahres Glück bedeutete.

Herr Aguanopulos war seit sieben Jahren Mitglied des English Idyll Clubs, und er versicherte stets, dass die Tatsache, in diesem Olymp der Aristokratie und der florianischen Raffinesse aufgenommen worden zu sein, eine der größten Freuden seines Erwachsenenlebens darstellte, fast vergleichbar mit der Freude, so der gute Mirmidon, die man bei der Geburt einer Tochter empfindet (mit der Geburt von Söhnen hatte er keine Erfahrung) und zweifellos eine wesentlich größere Freude als beispielsweise einen Ministereid zu leisten. Einen Ministerposten, erklärte er, hat man eine Legislaturperiode inne, vier Jahre, wenn man Glück hat und es keine Regierungsumbildungen gibt (ach, diese Regierungsumbildungen, ein Albtraum der goyanischen Politik!), aber gelingt es einem, Mitglied des English Idyll zu werden, dann ist es für immer. Die Clubmitgliedschaft war eine Ehre, die von Vätern auf Söhne überging, wenn auch eben leider nur auf Söhne. Der English Idyll, der ein ganzes Gebäude in der Bildnisallee einnahm, war eine altmodische Institution, deren Statuten einer anderen Zeit angehörten, worauf man sehr stolz war. Der English Idyll Club war ausnahmslos männlichen Mitgliedern vorbehalten, und Frauen jeden Alters, Knaben unter vierzehn und Tieren war der Zutritt streng verboten.

Herr Aguanopulos pflegte zu sagen, dass dem English Idyll Club die Harmonie seiner dritten Ehe zu verdanken war, denn er war davon überzeugt, dass er sich ohne »den Club« oder »den English«, wie er ihn gern abkürzte, längst von seiner Frau hätte scheiden lassen. Im Club aß er zu Mittag, hielt seine Siesta und entspannte sich am Ende seines Arbeitstages, bevor er nach Hause ging. Er zog ein paar Bahnen im Schwimmbad, schlug ein paar Bälle auf dem Pelotaplatz, ging ins türkische Bad mit Sauna und Birkenzweigmassage und las dann die Zeitungen; zum Abendessen bestellte er sich einen Teller Salzheringe mit einer halben Flasche Madeira, gefolgt von einem starken Kaffee, also alles Dinge, die ihm der Arzt verboten hatte und ihm zu Hause verwehrt waren, und begab sich dann in den Chauchat Salon oder in die Galerie Chaikovski, um sich den besten Kirschbrandy in ganz Floria zu Gemüte zu führen und sich mit Männern seines Alters und in ähnlichen Positionen über Politik, Wirtschaft oder darüber zu unterhalten, wie schön die Welt zwanzig oder dreißig Jahre zuvor gewesen war.

Jeden Dienstag nahm Herr Aguanopulos an einem Gesprächszirkel zum Thema Reisen im Betelgeuse Salon teil. Die Gesprächsteilnehmer, nie mehr als zehn, pflegten sich auf zwei Sofas und mehreren Sesseln um einen niedrigen Tisch niederzulassen, Kirschbrandy, Porto oder süßen Sherry zu trinken und von den fernen Ländern zu sprechen, die sie in ihrer Jugend bereist hatten. Herr Aguanopulos war nie ein großer Reisender gewesen. Zwar war ihm kaum eine Region seines eigenen Landes fremd, ebenso wenig wie die Hauptstädte der verschiedenen Länder von Süd- und Nordcolumbia, doch hatten all seine Reisen dienstlichen Charakter gehabt, vor jedem Hotel hatte ihn ein Rollo-Royce erwartet, und ein Dolmetscher hatte ihn bei den endlosen Besuchen von Hochöfen,

Wasserwerken oder Lastwagenfabriken begleitet. Nein, Mirmidon war kein großer Reisender und konnte zu diesem Gesprächszirkel kaum etwas beitragen. Er war kein Reisender, aber er wäre gern einer, das heißt, *er wäre gern einer gewesen* – denn in seinem Alter, mit seinen Verpflichtungen, seinen Hypotheken, seinen fünf Töchtern, seinen zwei Exfrauen und seiner wunderbaren aktuellen Frau Claudilene wäre ja doch jeglicher Traum, einen Heißluftballon zu besteigen und über die Berge davonzuschweben, einem phantastischen Hirngespinst gleichgekommen. Und dennoch glaubte Mirmidon daran, dass er irgendwann, wie und wo auch immer, seiner Sehnsucht nach Reisen und Abenteuern endlich Genugtuung verschaffen würde.

So hatte sich der Gesprächszirkel am Dienstag für ihn zum wöchentlichen Höhepunkt entwickelt. In einer halben Stunde würde er beginnen. Aguanopulos sah auf die große Wanduhr am Ende des Salons, verglich sie mit seiner Armbanduhr und fragte sich, ob diese nicht etwa stehen geblieben war.

Zwei Stunden lang hatte er zum wiederholten Mal in der *Geschichte* des Paters Ayuso die Passagen über die Entdeckung Columbias gelesen. Die Diskussion darüber, wer als Erster den Neuen Kontinent betreten hatte, ob die Lusitanier oder die Aquitanier, war so alt, dass sie mittlerweile aus der Mode gekommen war, außerdem beschäftigte sie in erster Linie die Europäer. SüdWestEuropa (Lusitanien) und MittelEuropa (Aquitanien) machten sich gegenseitig die Ehre streitig, als Erste den Atlantidischen Ozean überquert zu haben. Lusitanien versicherte, Americo Colombo, ein Seefahrer toskanischer Herkunft mit Oberbefehl über eine von der lusitanischen Krone finanzierten Expedition von zwölf Schiffen, habe als Erster Fuß auf den Boden des Neuen Kontinents gesetzt. Aquitanien führte dagegen an, dreißig Jahre bevor Colombo die Küsten der Carey Insel in der heutigen goyanischen Provinz Ozeanien erreichte, sei es einer aquitanischen Expedition unter der Leitung eines gewissen Monsieur Georges Alkan, einem Abenteurer ungewisser Herkunft, gelungen, den Ozean in einer »Flugmaschine« zu überqueren, die in Erumburgo registriert war, der ehemaligen aquitanischen Hauptstadt.

Pater Ayuso ergriff offensichtlich für keine der beiden Theorien Partei, sondern beschränkte sich auf eine Aufzählung der klassischen Argumente von Lusitanien gegen die Theorie der aquitanischen Entdeckung. Das erste Argument lautete, dreihundert Jahre zuvor habe es weder »Flugmaschinen« noch die notwendige Technologie zu ihrer Erbauung gegeben, und erst recht keine Flugmaschinen, die in der Lage gewesen wären, eine so riesige Entfernung wie die fast zwanzigtausend Meilen Ozean zu überwinden, die die beiden Kontinente voneinander trennten. Das zweite Argument war, dass es praktisch keinerlei historische Dokumente im Zusammenhang mit der Expedition von Georges Alkan gab. Und als drittes Argument wurde angeführt, dass die Expedition von Alkan der Überlieferung zufolge von einer überaus einflussreichen Familie der aquitanischen Aristokratie organisiert worden war, den Turpestis, und dass die Expeditionsteilnehmer zum Großteil Adelige, Künstler, Magier und Okkultisten gewesen seien. All das, schlussfolgerte Pater Ayuso, klang eher nach einer Legende, ähnlich der von Eldorado, dem Reich der Amazonen oder Johannes dem Priesterkönig, als nach einer Begebenheit, die tatsächlich stattgefunden hatte.

An dieser Stelle kam Emory Lemorey, der Reisende, ins Spiel. Seine Idee, eine »Flugmaschine« zu bauen, wie sie Alkan in etwa hätte benutzen können, und den Ozean von Erumburgo nach Floria zu überqueren, hatte der Theorie der aquitanischen Entdeckung neuen Auftrieb gegeben.

Emory Lemorey, der Reisende, war das Idol des Reisegesprächszirkels im Betelgeuse Salon, und seine transozeanische Unternehmung an Bord der »Flugmaschine« *Octaviana Maria* war seit drei Monaten das Lieblingsthema der Runde.

Als Aguanopulos an diesem Abend den kleinen Betelgeuse Salon im dritten Stock betrat, war der Name Emory Lemorey bereits in aller Munde.

»Lemoreys Ankunft in Floria rückt immer näher«, sagte Professor Rolho gerade mit glänzenden Augen. »Es wäre doch phantastisch, ihn hier bei uns begrüßen zu können, meinen Sie nicht, meine Herren?«

»Ts, ts, ts«, machte Kapitän Rowenstein. »Meines Erachtens ist diese ganze Reise nichts weiter als werbewirksame Propaganda. Emory Lemorey ist ja nicht mehr ganz der Jüngste, und zu wirklich großen Leistungen wie der Erkundung des Nordpols oder der Besteigung des Evaristo Gipfels ist er nicht mehr in der Lage. Aber er will immer noch um jeden Preis Schlagzeilen machen.«

»Propaganda?«, fragte Aguanopulos erstaunt. »Was meinen Sie damit, Kapitän?«

»Dieses ganze Abenteuer ist ein riesiger Schwindel«, polterte der Kapitän. »Zunächst einmal weiß niemand, wie diese berühmte ›Flugmaschine‹ von Georges Alkan tatsächlich aussah, weshalb jeder, der versichert, eine ›exakte Reproduktion‹ gebaut zu haben …«

»Lemorey hat nie gesagt, die *Octaviana Maria* sei eine exakte Reproduktion der Originalmaschine«, warf Professor Rolho ein. »Die *Octaviana Maria* hat Platz für vierzig Passagiere, während die mythische Flugmaschine von Alkan fast viertausend Menschen transportierte …«

»Das sind doch alles Legenden«, beharrte der Kapitän. »Abgesehen von ein paar zweifelhaften schriftlichen Zeugnissen, darunter ein Prosagedicht und die vorgeblich von einer persischen Katze geschriebenen ›Memoiren‹, existieren keinerlei Dokumente über die Flugmaschine, die Georges Alkan vor dreihundert Jahren in Erumburgo bauen ließ.«

»Es wurden aber neue Unterlagen entdeckt«, wandte Fidel Olimpio Ortigueira ein, dreimaliger Weltmeister im Stromschnellenfahren und Entdecker des Oronamayé Flusses. »Unter den alten Papieren der Familie Turpestis, die fast dreihundert Jahre verschollen waren, hat man Pläne und Zeichnungen gefunden …«

»Bah«, sagte der Kapitän. »Wenn wir allem Glauben schenken, was in den Zeitungen steht …«

»Sagen Sie, Kapitän, was denken Sie über Georges Alkan, den mysteriösen Initiator des ersten transozeanischen Abenteuers der Geschichte?«, fragte Aguanopulos. »War er wirklich ein Magier, wie es in der *Geschichte* von Pater Ayuso suggeriert wird?«

Kapitän Rowenstein gehörte einer Rosacruz Bruderschaft an und interessierte sich sehr für esoterische Lehren, Gedankentransmission und paranormale Phänomene. Sein plötzliches Desinteresse für Emory Lemoreys Reise erschien Aguanopulos daher höchst erstaunlich.

»Vielleicht war er das«, sagte der Kapitän mit Bedacht und senkte den Blick. »Wie auch immer, was bedeutet das schon, ›ein Magier‹ zu sein? Die Wahl der Begriffe kann bei diesen Themen für Verwirrung sorgen.«

»Die Ideen von diesem Alkan waren schon merkwürdig und gefährlich«, wagte Aguanopulos sich vor. »Finden Sie nicht auch, Kapitän Rowenstein? Ich meine, es ist durchaus in Ordnung, die absolute Freiheit zu verteidigen, aber Sie kennen ja den Spruch: ›Absolute Freiheit führt zum absoluten Verderben‹.«

»Da bin ich absolut Ihrer Meinung«, unterstützte Professor Rolho ihn.

Alle lachten. Der Professor, der sich des Wortspiels nicht bewusst geworden war, sah sie verständnislos an.

»In was für einer wunderbaren Überraschungskiste wir doch leben!«, dachte Mirmidon Aguanopulos, als er an jenem Abend gemächlich durch die menschenleeren Straßen Florias nach Hause wanderte und den Sternenhimmel über den Häuserdächern und den Wipfeln der Kapokbäume betrachtete. »Wie herrlich ist doch die Welt! Voller Rätsel, die es zu enthüllen, fernen Orten, die es zu entdecken gilt!«

Der Gesprächszirkel im Betelgeuse Salon hatte so anregend auf seine Phantasie gewirkt, dass er beschlossen hatte, zu Fuß nach Hause zu gehen. Es war eine mondlose Nacht und der Frühlingshimmel über Floria war sternenübersät.

»Mein Gott!«, dachte Aguanopulos beim Blick auf die glitzernden Himmelslichter. »Wenn man sich vorstellt, dass es dort oben Sonnen, Galaxien, Planeten, vielleicht Planeten wie den unseren gibt! Und man selbst muss sich hier mit Untersekretären herumschlagen, den religiösen Fanatismus seiner Frau ertragen und Millionen pro Jahr ausgeben, um das Haus in Ozeanien zu unterhalten!«

Und es war ihm, als würden die Sterne ihm zuhören und insgeheim lächeln.

Die Studentenverbindung Jorge de Montemor

»Guten Morgen, Welt, guten Morgen, Demonia, guten Morgen, Floria …«, begrüßte Adenau den neuen Tag vom Fenster seines Zimmers aus. »Guten Morgen, Sonne, guten Morgen, Himmel, guten Morgen, Basketballfelder.«

Genau unter seinem Fenster im dritten Stock des Wohnhauses der Verbindung Jorge de Montemor befanden sich mehrere Basketballfelder, voneinander getrennt durch hohe Zäune, an denen Kletterpflanzen mit roten Blüten emporrankten. Jenseits der Basketballfelder fiel das Grundstück der Verbindung in eine Senke ab und grenzte an die Universitätssportanlage Punta da Rocha, auf deren rötlichen Tartanbahnen, die Adenau von seinem Fenster aus gut sehen konnte, gerade ein Staffellauf ausgetragen wurde. Am rechten Rand seines Blickfelds trennte die von Birken gesäumte Coronel Ramires Allee die Basketballfelder vom Schwimmbadkomplex Sedama, von dem man nur den fünfstöckigen weißen Sprungturm sah, der über die Baumwipfel ragte. Von seinem Zimmer aus verfolgte Adenau, wie die Schwimmer die hohe Leiter erklommen, sich von einem der Sprungbretter abstießen, einen akrobatischen Zirkel durch die Luft zogen und dann höchst elegant in das gelbgrüne, silbrige Laub der Birken eintauchten.

Er war erst seit drei Tagen in der Verbindung und kannte noch so gut wie niemanden. Die Ärzte vom Mond waren zu dem Schluss gekommen, dass es sinnlos sei, ihn länger in der Klinik zu behalten, und es für Adenau sicherlich das Beste wäre, sich so rasch wie möglich wieder in die Gesellschaft zu integrieren. Sie hatten beschlossen, dass Adenau, den sie auf sechzehn oder siebzehn schätzten, die seinem Alter entsprechende Klasse im Gymnasium besuchen und, da es keinerlei Anhaltspunkte auf seine Familie gab, in einer Verbindung, das heißt in einem Studentenheim wohnen sollte.

Für Adenau war es ein großes Glück gewesen, dass Mirmidon Aguanopulos, der Verwaltungsdirektor des Mondes, sich persönlich für seinen Fall interessiert hatte. Er ahnte, wusste er auch noch nicht viel über die goyanische Gesellschaft und Politik, dass er (oder besser gesagt der »Fall« Adenau) Aguanopulos die Gelegenheit bot, sich persönlich mit ihm zu schmücken und sich bei seinen Vorgesetzten in ein gutes Licht zu rücken. Der als Prinz Adenar verkleidete kleine Wilde, den man in den Bergen gefunden hatte, hatte sich in außergewöhnlich kurzer Zeit wieder in einen zivilisierten Jungen verwandelt. In nur drei Wochen hatte er sich an seine Muttersprache erinnert, innerhalb von zwei Monaten wieder fließend Lesen gelernt und nach weniger als drei Monaten war er aus seinem Hirngespinst erwacht und hatte eingesehen, dass sein Geist sich in eine von Drachen und Feen bevölkerte Phantasievorstellung verstiegen hatte. Die Presse sprach von einer »wundersamen Heilung«, von einem »medizinischen Wunder«. Ein neues Krankheitssyndrom, das man das »Adenar-Syndrom« taufte, ging mit dem Charakteristikum des völligen Gedächtnisschwundes bei gleichzeitiger Identifikation mit einer imaginären Identität in die Annalen der goyanischen und internationalen Medizin ein. Herr Aguanopulos hatte mehr als einen Grund, mit dem »Fall Adenar« zufrieden zu sein, den inzwischen jeder ehrfurchtsvoll (so wie wir uns vorsichtig der hoffentlich korrekten Anrede einer hohen Persönlichkeit bedienen oder uns nach dem Spitznamen eines kürzlich Verstorbenen erkundigen) den »Fall Adenau« nannte.

Es war Aguanopulos' Idee gewesen, Adenau in einer Verbindung unterzubringen, und er hatte sich persönlich darum gekümmert, dass Adenau in der namhaften und sehr exklusiven Verbindung Jorge de Montemor aufgenommen wurde, in der auch seine jüngste Tochter, Ana Sofia wohnte, und es war ebenfalls Aguanopulos gewesen, der darauf bestanden hatte, dass Adenau in jeder Hinsicht als ein vollwertiger Bürger Florias behandelt wurde. Bei seiner Entlassung aus dem Krankenhaus wurde ihm ein persönliches Vermögen zugeteilt, über das er frei verfügen konnte. Nach Vollendung seines achtzehnten Lebensjahres sollte er dem Schicksalsministerium seinen ersten Besuch abstatten, wo man ihm ein Palmholzkästchen übergeben würde. Da Adenau sich nicht an seinen Geburtstag erinnerte (das heißt, er erinnerte sich einwandfrei an ihn, aber es war dasselbe Datum wie der Geburtstag des Prinzen Adenar aus den Büchern), wurde der Tag seiner Rückkehr in die Zivilisation für Verwaltungszwecke als sein Geburtsdatum festgelegt.

Adenar war beglückt, verwirrt, überwältigt angesichts so vieler Veränderungen und Sympathiebezeugungen von Menschen, die ihn nicht kannten und ihm erst recht nichts schuldig waren. War das Leben in Floria für alle so? War er in ein irdisches Paradies gelangt, an einen Ort, wo alle glücklich waren, der Staat sich um das Wohlergehen seiner Kinder sorgte, die Erde fruchtbar, das Klima angenehm war und die Menschen sich umeinander kümmerten, ohne eine Gegenleistung zu erwarten? Konnte das wirklich möglich sein?

Natürlich verstand er nicht alles, was man ihm sagte, und oft fiel es ihm schwer, zu erraten, ob die Dinge, auf die sich die anderen bezogen, positiv oder negativ gemeint waren, ob er Dank oder Überraschung, Besorgnis oder Erleichterung zeigen sollte. Er hatte nicht die leiseste Ahnung, was das Schicksalsministerium war, und ebenso wenig verstand er, was es genau mit dem Geld auf sich hatte und warum es etwas so Wunderbares und Erstrebenswertes war, ein »persönliches Vermögen« auf der Bank zu haben.

Was er dafür ausgezeichnet verstand und was ihn fast zu Tränen rührte, war das letzte Geschenk von Mirmidon Aguanopulos, die Krönung all seiner Aufmerksamkeiten. Im Laufe eines langen Gesprächs zwischen Adenau, Aguanopulos und dem Leiter des Mondes, das im Büro des Letzteren stattfand und dem auch Adenaus Arzt Doktor Rubempré, Schwester Sanftmut und weitere Ärzte und Schwestern der Klinik beiwohnten, wurde noch ein kleines bürokratisch-administratives Problem im Hinblick auf Adenau offenbar. Der Junge war minderjährig, und den goyanischen Gesetzen zufolge bedurfte ein Minderjähriger eines gesetzlichen Vormunds, der sich für seine Handlungen verantwortlich erklärte und über seine Interessen wachte. Da man Adenaus Eltern nicht kannte, hätte das übliche Prozedere darin bestanden, ihn zum Findelkind zu erklären und von einer florianischen Wohltätigkeitsinstitution wie dem Hospiz Santa Maria das Fontes oder dem Kreuzkrankenhaus Bomviedo adoptieren zu lassen. So zumindest wäre die Verwaltung des Mondes verfahren, hätte Aguanopulos sich nicht spontan zu Wort gemeldet und sie alle mit einem unerwarteten Vorschlag verblüfft.

»Ich könnte sein gesetzlicher Vormund sein«, hatte der ehrenwerte Verwaltungsdirektor vor dem Leiter des Mondes, einem Großteil der Ärzte der Klinik, den Schwestern und Adenau selbst erklärt.

»Exzellenz!«, hatte der Leiter erstaunt bemerkt.

»Das heißt natürlich, wenn der junge Adenau nichts dagegen hat«, hatte Aguanopulos hinzugefügt.

Selbstverständlich hatte Adenau nichts dagegen gehabt. Was sollte er, ein Niemand, schon gegen die so spontane, überraschende Protektion von Seiten eines so einflussreichen Mannes wie Aguanopulos einzuwenden haben? Er beschränkte sich darauf, die Hand aufs Herz zu legen und sich mehrfach überschwänglich zu bedanken.

Wie zu erwarten gewesen war, brachten die meisten Zeitungen die Neuigkeit auf dem Titel ihrer Abendausgabe. Aguanopulos würde Adenar-Adenau (wie die sensationslustigsten Blätter ihn immer noch beharrlich nannten) rechtmäßig adoptieren, und der Junge ein normales Leben als Oberschüler in einer der besten Experimentalschulen von Westfloria aufnehmen.

Und so war Adenau in die Verbindung Jorge de Montemor gelangt, an jenes Fenster, von dem aus er Basketballspiele zwischen blumenumrankten Zäunen, in Baumwipfel springende Schwimmer und kurze tropische Abenddämmerungen betrachten konnte, die den strahlenden Tag im Bruchteil von Sekunden in glitzernde Nacht verwandelten.

Das Schuljahr neigte sich zwar dem Ende zu, aber die Schule für Kunst und Literatur Frondas de Verdor hatte ihn zum Abendunterricht zugelassen. Sie befand sich ganz in der Nähe der Verbindung, im Zentrum für Experimentalstudien Monte Verdoso, zu Fuß etwa fünfzehn Minuten den Hügel hinauf. Kostete es ihn auch Mühe, aus Büchern zu lernen, und noch viel mehr, sich in der notwendigen Geschwindigkeit Notizen zu machen, vertraute Adenau darauf, dass er dank seines fabelhaften Gedächtnisses das erforderliche Niveau würde erreichen können.

»Wir machen uns also keine Notizen, Adenau?«, hatte das Fräulein Mirta, seine Lehrerin für Astrophysik, ihn am Vortag gefragt und dabei wie immer, wenn sie zu Schülern sprach, die erste Person Plural verwendet.

»Das brauche ich nicht, Fräulein Mirta«, antwortete Adenau. »Ich erinnere mich sehr gut an alles.«

Daraufhin hatte das Fräulein Mirta ihm eine Frage über eine Erläuterung des Vortags gestellt, die Adenau völlig korrekt beantwortet hatte.

»Schön, schön, Adenau«, hatte das Fräulein Mirta gesagt. »Aber trotzdem müssen wir uns angewöhnen, Notizen im Heft zu machen, nicht wahr? Wir dürfen nicht nur auf unser Gedächtnis vertrauen.«

»Ach nein? Finden Sie es besser, einem mit Tinte befleckten Blatt Papier zu vertrauen als dem eigenen Gedächtnis?«, hatte Adenau aufrichtig erstaunt gefragt.

Die ganze Klasse war in Gelächter ausgebrochen.

»Guten Morgen, Floria«, sagte Adenau und kratzte sich gähnend die Wange. Er schlief nicht besonders gut. Der Sommer kam näher, und die Nächte wurden immer heißer und schwüler. Man hatte ihm erklärt, dass das Ende des Frühlings in Floria die heißeste Zeit des Jahres war. Mit dem Sommer würden auch die Regenfälle einsetzen und die Luft ein wenig abkühlen.

Von allen Leben, die er gelebt hatte oder sich gelebt zu haben erinnerte, schien ihm dieses das seltsamste. Er erinnerte sich (trotz allem, jede Nacht aufs Neue), Prinz Adenar von Amaula gewesen zu sein; er erinnerte sich, dass er gelernt hatte, aus dem Inneren eines von Magiern gebildeten Kreises von einer Welt in die andere zu springen; er erinnerte sich, in einen Wald mit Riesenblumen und überdimensionalen Bäumen gefallen zu sein, gegen ein Frettchen gekämpft, ein blaues Feuerschwert in den Händen gehalten, Frettchenblut und Veilchentau getrunken zu haben, erlebt zu haben, wie eine Frau sich in einen Vogel verwandelt und wie der Vogel ihn durch den Wald geführt hatte, und trotz allem erschien ihm am sonderbarsten und unglaublichsten, als ein Schüler der Oberstufe (er, der in seinen Träumen bereits das Studium an der Lömar-Universität abgeschlossen hatte!) an diesem Fenster in der Verbindung Jorge de Montemor zu stehen, und auf ein Basketballfeld zu schauen.

Doch war er weder traurig noch deprimiert, noch hatte er Angst. Die Zeit der Verunsicherung und Verzweiflung war lange vorbei. Inzwischen wollte er einfach nur noch in der Gegenwart leben, versuchen, der zu sein, der er wirklich war: Gaspar Adenau, Bürger von Floria, Schüler der Frondas Schule.

Nach einem aus exotischen Früchten und einer großen Tasse Milchkaffee bestehenden Frühstück im Speisesaal der Verbindung duschte Adenar, eine der für ihn neuen, verblüffenden Gewohnheiten in Floria, und zog sich an. Da er immer noch nicht mit Geld umgehen und seinen tatsächlichen Wert nicht ermessen konnte, wusste er nie, wie viel er brauchen würde, und nahm schließlich immer zu viel mit. Nachdem er eine Weile überlegt hatte und einige Berechnungen angestellt hatte, die etwa auf dem Preis einer Straßenbahnkarte bis ins Zentrum von Floria (fünfzehn Centime) oder einer Kugel Guabanaeiscreme in der berühmten Eisdiele Passiflora in der Phönixallee (fünfzig Centime) beruhten, steckte er zehn Ein-Florin-Scheine und einen Zehn-Florin-Schein in seine Hosentasche. Dann zog er die bequemen Turnschuhe an, die in Floria jeder trug, und ging nach draußen.

Sein Programm war dasselbe wie am Vortag und am Vortag des Vortags: die Straßenbahn Transforma an der Haltestelle vor dem Eingang der Sportanlage Punta da Rocha nehmen, in Floria aussteigen und den ganzen Tag durch die Stadt mit ihren endlosen Boulevards, farbenfrohen Vierteln und zahllosen Buchhandlungen schlendern.

Er ging die Coronel Ramires entlang, die von Birken gesäumte Straße zwischen den Basketballfeldern unter seinem Fenster und dem Schwimmbadkomplex Sedama, und folgte ihrer abfallenden Kurve im Schatten von Götter- und Ficusbäumen in Richtung Sportanlage. Jungen und Mädchen in Sportkleidung kamen ihm auf dem Gehweg entgegen; ein Junge mit einer großen quietschgelben Sporttasche, aus der ein Hockeyschläger ragte, ein Pärchen auf Rollschuhen mit pistazienfarbenen Helmen, zwei Mädchen mit kurzen Röcken und Tennisschlägern in der Hand. Ein erstaunlicher Kleidungsstil, wie er immer noch fand! Die Mädchen trugen sehr knappe Röcke, aus denen ihre langen braun gebrannten Beine hervorsahen; die Jungen enge T-Shirts, die ihre muskulösen Arme und Schultern betonten. Überhaupt waren enge Sachen und synthetische Materialien ganz besonders beliebt. Selbst Übergewichtige trugen enge Sportkleidung und knappe Badesachen, die großzügig das Fleisch freilegten. Sie genierten sich überhaupt nicht für ihren Körper. Adenau hingegen fiel es schon schwer, sie anzublicken, er konnte sich nicht erinnern, jemals mit solcher Freizügigkeit konfrontiert gewesen zu sein.

Auf Höhe der Sportanlage angekommen, ging er an ihrem Zaun entlang auf die Straßenbahnhaltestelle zu. Er war froh und zuversichtlich, steckte voller Energie und Entdeckungslust. Alles, was er um sich herum sah, versetzte ihn in gute Laune. Ganz Floria war voller Leben, überschäumend, pulsierend. Baumwurzeln hatten die Steinplatten des Gehsteigs hie und da gesprengt und aufgestemmt. Große schwarze Vögel mit orangefarbenem Schnabel kreisten krächzend über seinem Kopf oder setzten sich auf die schwankenden Straßenbahnkabel, die sich über der Straßenmitte spannten.

Eine Reihe kleiner Mädchen wartete am Gehsteig auf den Schulbus. Alle trugen die gleiche Schuluniform: weiße Bluse, mokkafarbener Rock, rote Strümpfe. Eines von ihnen hielt einen trägen Affen im Arm, ein schönes aschefarbenes Tier mit traurigen Augen und langen gelblichen Händchen. Ein anderes Mädchen leckte an einem langen Erdbeerlutscher.

Auf der anderen Seite des Zauns zur Sportanlage befand sich der Bogenschießplatz, und Adenau schaute im Vorbeigehen zu, wie die Schützen und Schützinnen ihre Bögen spannten. Am hinteren Ende des Feldes befand sich eine Reihe weißrot geringelter Zielscheiben, in manchen steckten Pfeile. Die Sache mit dem Sport gab ihm einige Rätsel auf. Er verstand nicht, warum die Florianer ihm so viel Bedeutung beimaßen, warum sie so viele Stunden täglich darauf verwendeten, zu üben und zu trainieren und dabei so derartig zu schwitzen. Sie ruderten in Kanus, durchschwammen die Flussmündung, bestiegen Berge, hüpften Wasserfälle hinunter, machten Meilenläufe, sprangen über eine Holzstange, schlugen mit Schlägern auf Bälle ein, warfen Speere, schossen Pfeile …

Doch plötzlich sah er etwas, das ihm fast den Atem nahm.

»Mein Gott«, rief er unwillkürlich.

Ein paar Meter vor ihm stand eine Bogenschützin, ein großes, athletisches, sehr schlankes Mädchen. Sie trug die Uniform der weiblichen Schützen: weiße Bluse, karierter Rock, Stiefel. Auf ihren halblang schwingenden blonden Haaren saß eine schicke Kappe aus rotem Filz. Diese rote Filzkappe hatte seine Aufmerksamkeit zuerst erregt. Es war offenkundig, dass sie nicht zur Uniform gehörte, da kein anderes Mädchen sie trug.

Adenau blieb wie gelähmt stehen und umklammerte mit beiden Händen das Drahtgitter. Das Mädchen spannte den Bogen, schoss, und der Pfeil bohrte sich nur knapp neben das Schwarze.

»Bravo!«, rief eines der umstehenden Mädchen. »Neun! Du bist die Beste in der ganzen Universität!«

»Ich muss noch um einiges besser werden«, entgegnete die andere mit der kraftlosen, kindlichen Stimme, an die Adenau sich so gut erinnerte.

Er stand nur wenige Meter von ihr entfernt, und als hätte sie seinen Blick gespürt, drehte die blonde Schützin sich plötzlich um und sah ihn reglos auf dem Gehsteig stehen und sie durch den Zaun beobachten.

»Hallo«, sagte sie und lächelte ihm zu.

»Hallo«, sagte Adenau mechanisch.

Sie war sehr hübsch, hatte tiefblaue Augen, die ein leicht violetter Schatten umgab, einen großen Mund mit blassen Lippen und eine distinguierte schmale Adlernase. Das Auffallendste waren zweifellos ihre Augen mit der von einer feinen schwarzen Linie umrandeten türkisblauen Iris, den dichten, gebogenen Wimpern und den leicht geschwollenen Lidern. Wenn sie lächelte, lugten ein oder zwei Zähne zwischen ihren Lippen hervor. Doch all diese kleinen Schönheitsfehler, die wie von mangelndem Schlaf umschatteten Augen, die etwas zu große Nase und ihre leicht hervorstehenden Zähne, ließen ihre Schönheit noch exotischer und attraktiver wirken. Alles an ihr schien zu leuchten, sie schien eine Aura, einen Zauber auszustrahlen. Es war nicht allein ihre physische Schönheit. Sie war nicht einfach nur hübsch. In ihr vibrierte etwas Stolzes, das ebenso anziehend wie erschreckend wirkte, zugleich anrührte und abstieß. Sie war so groß wie er, vielleicht sogar ein wenig größer.

»Was gibt's?«, fragte sie plötzlich ernst und musterte ihn mit einem eisigen Blick. »Was willst du?«

»Hast du einmal einen Vogel im Flug abgeschossen?«, fragte Adenau.

»Wovon sprichst du?«, sagte sie.

»Hast du einmal einen Vogel im Flug abgeschossen, oben in den Bergen … einen großen roten Vogel mit goldenen Flügeln?«

Sie sah ihn an, als wüsste sie nicht, ob sie ernst bleiben oder loslachen sollte.

»Und woher weißt du …?«, setzte sie mit gerunzelter Stirn an, hielt dann aber inne.

Adenau bereute seine Worte bereits.

»Ich bin Gaspar Adenau.«

»Ich weiß, wer du bist«, sagte sie, und die Spur eines Lächelns zeichnete sich wieder um ihren Mund ab. »Ich bin Sascha. Sascha Braunsfeld.«

Sie hatte sich ihm mit zögernden Schritten genähert, und da sie sich durch den Zaun nicht die Hand geben konnten, legte sie die Handfläche an das Gitter. Adenau tat es ihr nach und spürte ihre kühle Haut durch den kalten Draht.

»Sehr erfreut«, sagte Adenau. »Aber woher weißt du, wer ich bin?«

»Alle Welt weiß, wer du bist«, sagte sie mit ihrer kindlichen Stimme. Und fügte dann hinzu, während sie ihn aufmerksam musterte. »Gütiges Goyanas, in natura siehst du eindeutig besser aus als auf den Piktogrammen! Wohin gehst du, Gaspar?«

»Nach Floria«, sagte Adenau. »Aber nenn mich nicht Gaspar, nenn mich Adenau.«

»Adenau«, wiederholte sie lachend und fügte dann hinzu, als würde sie ein kleines Kind rügen: »Wir lassen uns also beim Nachnamen nennen?«

Adenau spürte, wie ihm das Blut in die Wangen stieg.

»Wen triffst du denn in Floria?«, fragte sie.

»Niemanden«, sagte Adenau und fühlte sich wie auf frischer Tat ertappt. »Ich kenne niemanden in Floria.«

»Aha, du triffst also niemanden«, wiederholte sie, als wäre diese Tatsache äußerst drollig. »Heute Abend haben wir eine Generalprobe im Konservatorium. Warum kommst du nicht?«

»Sehr gerne«, sagte Adenau.

»Also gut, Gaspar«, sagte sie mit ihrer süßesten Stimme. »Wir sehen uns dann also dort.«

»Einen Moment«, sagte Adenau. »Wo, wann …?«

»Um acht im Konservatorium von Floria«, sagte sie im Weggehen und hob zum Abschied den Bogen. Dann drehte sie sich noch einmal um, spannte die Sehne des Bogens, kniff ein Auge zu und tat, als würde sie mit einem unsichtbaren Pfeil auf Adenau zielen. »Im Veranstaltungssaal, fünfter Stock.«

Sie ließ die Sehne los und schoss den unsichtbaren Pfeil ab. Adenau presste beide Hände gegen die Brust, als hätte der Pfeil sein Herz durchbohrt und schloss einen Moment die Augen. Sie brach in Gelächter aus. Sie wurde rot, wenn sie lachte, und bekam kleine Grübchen links und rechts vom Mund. Als Adenau diese Grübchen erblickte, die ja im Grunde nur Falten der Gesichtsmuskeln sind, aber einfach bezaubernd, ganz und gar hinreißend aussahen, merkte er, dass er sich schon Hals über Kopf in sie verliebt hatte oder zumindest im Begriff war, es zu tun.

Das Konservatorium von Floria

Den ganzen Tag wanderte Adenau durch das Zentrum von Floria, ging in Buchhandlungen, Kirchen, Hinterhöfe, Läden und zu den Kanälen, und kaufte höchst absurde Dinge, da er keine Ahnung hatte, was er mit seinem Geld anfangen sollte. Er betrat ein Skulpturenmuseum, ohne zu wissen, was ihn dort erwartete, und betrachtete stundenlang gebannt die Marmorstatuen. Dann wurde er auf ein anderes Gebäude aufmerksam, vor dem sich eine Schlange von fast ausschließlich jungen Leuten gebildet hatte. Er bezahlte einen halben Florin Eintritt und fand sich in einem großen Saal voller Sitzreihen wieder. Nachdem er fast zehn Minuten dort gesessen hatte, ohne zu wissen, was geschehen würde oder wo er hineingeraten war, ging das Licht aus und auf der vorderen Wand begannen Bilder zu erscheinen. Und Adenau, der gedacht hatte, nach höchstens einer Viertelstunde wieder weiterzugehen, blieb fast zweieinhalb Stunden auf seinem Platz sitzen, fasziniert, erschrocken, zitternd, zu Tränen gerührt, verständnislos den Bildern folgend, die ohne Unterlass aus der Wand hervortraten ... Als er den Saal wie in Trance verließ, merkte er, dass es mittlerweile dunkel geworden war.

Auf der Straße angelangt, lief er los. Er hatte den Stadtplan von Floria im Kopf und wusste genau, wo es zum Konservatorium ging, aber er wusste ebenfalls, dass er sich in einer ganz anderen Ecke der Stadt befand und nicht rechtzeitig zu seiner Verabredung mit Sascha kommen würde, wenn er sich nicht beeilte.

»Gasparschatz«, sagte Sascha, als sie ihn auftauchen sah. »Ich dachte schon, du hättest mich vergessen.«

Sie saß mit herabhängenden Beinen am Bühnenrand und unterhielt sich angeregt mit einem Jungen und einem Mädchen, die Adenau auf den ersten Blick für nackt hielt.

Offensichtlich war die Aufführung, welcher Natur auch immer sie gewesen sein mochte, bereits vorbei. Der Veranstaltungssaal des Konservatoriums von Floria war halb leer. Das noch verbleibende Publikum bestand vor allem aus Studenten des Konservatoriums, die sich im Stehen unterhielten. Auf der Bühne befanden sich mehrere Musiker, die dabei waren, ihre Instrumente einzupacken, zwei Techniker in blauen Overalls, die auf einer Stehleiter Scheinwerfer abhängten, und eine Frau mittleren Alters mit einer goldenen Brille, in beigem Pullover und weiter schwarzer Hose, zweifellos eine Lehrerin.

»Ich hatte Mühe, herzufinden«, gab Adenau Sascha zur Antwort.

»Komm, ich stell dich meinen Freunden vor«, sagte Sascha mit ihrer spitzen, launischen Kleinmädchenstimme. »Das ist Rosalinda, das ist Arturo Robinson und das ist Gaspar. Alle hergehört!«, rief sie, als wolle sie die Schauspieler und alle anderen Anwesenden mit einbeziehen, »hiermit stelle ich euch Gaspar Adenau vor!«

»Bitte nennt mich Adenau«, sagte Adenau und nickte Rosalinda und Arturo Robinson zu.

Rosalinda trug ein eng anliegendes fleischfarbenes Kostüm, auf das in der Schamgegend ein Weinblatt genäht war, in ihrem Haar steckten Blumen und in der Hand hielt sie einen schönen roten Apfel, von dem einmal abgebissen worden war. Arturo Robinson hatte ebenfalls ein fleischfarbenes Kostüm mit einem Weinblatt an. Sascha war geschminkt wie eine Fee, ihre Lider schimmerten grünblau über einem dicken schwarzen Lidstrich, und sie trug ein enges, mit grauen und blauen Pailletten besticktes Kostüm.

»Lasst uns im Harfensaal eine Zigarette rauchen gehen«, sagte Arturo Robinson und sprang vom Bühnenrand. »Rauchst du, Adenau?«

»Nein.«

»Dann fang es auch gar nicht erst an«, sagte Arturo ernst. »Es ist schlecht für deine Gesundheit.«

»Und warum rauchst du dann?«, fragte Adenau. »Warum raucht ihr überhaupt?«

Die anderen lachten.

»Um älter und interessanter zu wirken«, sagte Rosalinda und bot ihm ihren Apfel an. »Willst du einen Bissen?«

»Gern«, sagte Adenau und nahm ihr den Apfel aus der Hand, doch kaum hatte er ihn berührt, merkte er, dass er aus Holz war, dass es sich um eine Requisite handelte.

»Der ist aus Holz!«, sagte er verblüfft.

Alle brachen erneut in Gelächter aus.

»Aber natürlich, Adenau«, sagte Arturo Robinson, »das ist er immer!«

»Oh«, sagte Adenau und wurde rot. »So ist das also hier, man macht sich über Neuankömmlinge lustig.«

»Sei nicht böse, Adenau«, sagte Sascha, stützte sich auf seiner Schulter ab, um von der Bühne zu springen, und nahm ihn an der Hand. »Komm, ich zeige dir unser Reich.«

»Sascha«, rief die wie eine Lehrerin aussehende Frau von der Bühne herab. »Wohin gehst du? Ich muss dir noch Notizen geben.«

»Gleich, Fräulein Sovklass«, sagte Sascha. »In fünf Minuten bin ich wieder da.«

»Aber ihr geht nicht auf den Gang hinaus zum Rauchen!«, sagte Fräulein Sovklass.

»Ich rauche nicht, Fräulein Sovklass«, sagte Sascha.

»Als was bist du verkleidet?«, fragte Adenau, als sie den Saal verließen. »Entschuldige mein Unwissen. Aber ich habe keine Ahnung, was ihr hier macht.«

»Das heißt Theater«, sagte Sascha und blickte ihn aus ihren großen Augen an. Wenn sie blinzelte, sahen ihre geschminkten Lider aus wie Schmetterlinge. »Weißt du nicht, was Theater ist?«

»Nein«, sagte Adenau.

»Ach komm«, sagte Sascha und stupste ihn leicht an. »Das glaube ich dir nicht.«

»Aber es ist so«, sagte Adenau. »Glaub mir, ich kann nicht lügen.«

»Ich bin die Schlange«, sagte Sascha und deutete auf die Schuppen, die ihre Schultern und ihren Bauch bedeckten. »Hast du mich nicht erkannt?«

»Was für eine Schlange?«, fragte Adenau.

»Kennst du nicht die Geschichte von Adam und Eva?«, fragte Sascha belustigt.

»Nein«, sagte Adenau. »Ich kenne überhaupt nichts, Sascha, ich weiß rein gar nichts.«

»Wirklich?«, fragte sie und sah ihn an mit einer Mischung aus Bewunderung, Neid, Berechnung, Misstrauen und Widerwille.

»Wirklich. Ich weiß über rein gar nichts Bescheid. Ich habe keine Ahnung, ich verstehe nicht, was um mich herum passiert. In Floria bin ich wie ein kleines Kind.«

»Dann müssen wir dir wohl ein paar Dinge beibringen«, sagte Sascha mit schelmischer Miene.

Adenau lief ein Schauder über den Rücken. Sascha führte ihn zu den Garderoben und ging ihm voraus in ihren Umkleideraum; Adenau folgte ihr mit flattrigen Händen und Knien. Sascha bot ihm einen Stuhl an und hieß ihn zu warten, bis sie sich abgeschminkt und umgezogen hätte, und zitternd setzte Adenau sich hin. Sascha trat hinter einen Paravent aus Bambus und buntem Papier, auf dem riesige Chrysanthemen und schwarzgelbe Schmetterlinge abgebildet waren, um sich des Schlangenkostüms zu entledigen.

»Na gut, Adenau«, sprach sie hinter dem Paravent weiter, »du weißt also nicht, wer Adam und Eva sind. Sag mir, was du sonst noch vergessen hast.«

Ohne ein Wort zu sagen, stand Adenau auf und ging hinter den Paravent. Sascha schrie fast auf, als er plötzlich vor ihr erschien.

»Du hast mir vielleicht einen Schrecken eingejagt«, sagte sie, wieder mit ihrer kindlichen Stimme. »Aber wenn du schon da bist – hilfst du mir bitte, den Reißverschluss aufzumachen?«

Adenau blickte in ihre großen glänzenden Augen, die mit der

aggressiven, übertriebenen Theaterschminke noch größer wirkten, und meinte, eine unendliche Traurigkeit in ihnen flackern zu sehen, aber auch eine grenzenlose Arroganz, und er verspürte nur noch den Wunsch, diese Traurigkeit zu lindern und diese Arroganz zu erobern.

»Daran erinnere ich mich zum Beispiel ausgezeichnet«, sagte Adenau immer noch zitternd. Und er griff sie an der Taille, drehte sie zu sich herum, zog sie an sich und küsste sie auf die Lippen.

»Uff», machte sie, als der Kuss ein paar Augenblicke später vorbei war, und sah ihn an, als wäre ihr schwindelig.

Da hörten sie, wie die Tür der Garderobe aufging.

»Sascha! Bist du hier?«, fragte eine Stimme. Es war Rosalinda.

Sascha lächelte und legte Adenau einen Finger auf die Lippen. Ein paar Sekunden lang drangen Geräusche und Stimmen von draußen in den Raum. Beide bemühten sich, so leise wie möglich zu atmen.

»Sascha!«, rief Rosalinda erneut.

Sascha hielt sich den Mund zu, als müsse sie ein Lachen unterdrücken.

Die Tür wurde wieder geschlossen. Sie hörten Rosalindas Stimme gedämpft sagen: »Sie ist nicht in der Garderobe!«

Sascha strich mit dem Zeigefinger über Adenaus Oberlippe.

»Dir wächst ja noch nicht mal ein Bart«, wisperte sie. Und fügte dann hinzu: »Und jetzt sei so lieb und lass mich, ich muss mich anziehen.«

Adenau trat hinter dem Paravent hervor, ging zum Stuhl zurück und ließ sich in ihn hineinfallen wie eine Marionette. »Was war das denn?«, fragte er sich. »Was habe ich da getan? War das wirklich ich? Tue oder tat ich solche Sachen?«

Vor ihm hing ein Spiegel. Er hob den Blick, um sich darin anzusehen, und hatte das Gefühl, denjenigen nicht wiederzuerkennen, der ihm daraus entgegenblickte. Dort saß ein blasser trauriger Junge mit feuchten Augen und einem zutiefst unglücklichen Ausdruck.

»Wer bist du?«, fragte er den anderen im Spiegel, fragte ihn der aus dem Spiegel. »Wie heißt du? Was suchst du? Was willst du?« Und der aus dem Spiegel stellte ihm exakt dieselben Fragen.

»Was ist passiert?«, fragte sich Adenau. »Habe ich sie wirklich geküsst? Hat sie sich von mir küssen lassen? Hat sie mich auch geküsst?«

Warum fühlte er sich nicht glücklich? Den ganzen Tag lang hatte er daran gedacht, sie zu küssen, und nun hatte er es getan. Den ganzen Tag lang hatte er nichts anderes gewollt, als sie zu küssen, und es war ihm gelungen. Warum war er dann jetzt nicht glücklich?

Sein Blick schweifte zerstreut und nervös über die Dinge, die auf dem Frisiertisch verteilt waren, über Schminktiegel, Abschminkcremes, Gesichtsfarben und Dessous. Dazwischen stand ein Kästchen aus malvenfarben bemaltem Holz, ein so fein gearbeitetes, hübsches Kästchen, dass er nicht anders konnte, als es in die Hand zu nehmen. Und als er es in der Hand hielt, konnte er nicht anders, als es zu öffnen. In seinem Inneren saß ein großer Käfer, dessen Panzer mit leicht gewellten schwarzen und weißen Linien überzogen war. Erst dachte Adenau, der Käfer wäre getrocknet, und dann, als er sah, dass sich seine Antennen leicht bewegten, es handele sich um ein Spielzeug. Aber es war kein Spielzeug, der Käfer war lebendig.

»Adenau …«, hörte er den Käfer mit feiner Stimme sagen.

Adenau runzelte die Stirn. Woher zum Teufel kam diese Stimme? Er sah sich verwundert um und blickte dann wieder in das Innere des Kästchens.

»Adenau … beug dich ein wenig hinunter, hör mir zu …«, vernahm er den Käfer ganz deutlich.

»Sprichst du mit mir?«, fragte er ihn leise und versicherte sich mit einem Blick über die Schulter, dass Sascha sich noch immer hinter dem Paravent befand.

»Ja, Adenau, komm näher …«, sagte der Käfer. »Sascha weiß, wer du bist … alle wissen alles über dich, sie haben es in den Zeitungen gelesen … Ja, natürlich weiß ich, dass du das weißt,

Adenau … Aber hast du einmal darüber nachgedacht …? Hast du einmal darüber nachgedacht, was sie wirklich über dich denkt? Du warst zwei Monate im Mond, Adenau, und das weiß sie ganz genau …«

»Ja«, wisperte Adenau, »das weiß sie, na und?«

»Vielleicht denkt sie, du bist ein bisschen … du weißt schon, Adenau … im Mond ist man nicht ohne Grund … Niemand kommt dort einfach so hin … Es wäre doch schrecklich, wenn sie dich für einen armen Mondsüchtigen halten würde, oder …?«

»Adenau, bist du noch da?«, hörte er Sascha fragen.

»Natürlich«, sagte Adenau, schloss rasch das Kästchen und stellte es wieder an seinen Platz.

»Du bist wirklich ein böser Junge«, sagte Sascha und kam hinter dem Paravent hervor.

Sie trug ihre Haare jetzt offen und hatte sich eine ärmellose dunkelrosa Bluse aus Wildseide angezogen. Dazu trug sie eine schwarze, an Hüften und Schenkeln eng anliegende, von den Knien ab ausgestellte Lederhose, unter der zierliche Sandalen mit Absätzen hervorsahen, die nur von drei schmalen Lederbändchen gehalten wurden und ihre mohnrot lackierten Fußnägel freiließen.

»Wenn du willst, dass wir Freunde werden«, sagte Sascha, »will ich vorher etwas klarstellen.«

»Es tut mir Leid«, sagte Adenau. »Normalerweise ist das nicht meine Art.«

»Ich habe dir keinerlei Anlass gegeben, dich so zu verhalten«, sagte Sascha, setzte sich vor den Spiegel und begann, die Abschminkcreme in ihrem Gesicht zu verteilen. »Oder findest du das etwa?«

»Ja, das finde ich«, hätte Adenau am liebsten gesagt, aber er wusste, dass sie das nicht hören wollte.

»Du bist sehr hübsch«, sagte Adenau. »Ich habe den ganzen Tag an dich gedacht.«

»Ja, ich bin sehr hübsch«, sagte Sascha. »Aber das gibt dir noch lange kein Anrecht auf mich. Wie heißt es doch? ›Fernes Feuer bin ich und entfernter Degen.‹«

»Ich glaube, ich bin dabei, mich in dich zu verlieben«, sagte Adenau.

»Tu es nicht«, sagte Sascha. »Alle verlieben sich in mich. Tu es nicht, du würdest nur unnötig leiden. Es wäre viel besser, wir könnten Freunde sein, Adenau. Ich kenne viele Menschen, aber wirkliche Freunde habe ich fast keine.«

»Also gut«, sagte Adenau. »Werden wir Freunde.«

»Und keine Küsse mehr«, sagte Sascha. »Keine Eifersucht. Keine schmachtenden Blicke. Keine Vorwürfe. Glaubst du, du wirst das können?«

»Ich werde es versuchen«, sagte Adenau.

Caricancha

»Ich glaube einfach nicht, was du mir da erzählst …«, sagte Ana Sofia. »Du gehst mit Sascha Braunsfeld?«

»Na ja, ich ›gehe‹ nicht mit ihr«, sagte Adenau. »Aber wir sind befreundet.«

Ana Sofia, die jüngste Tochter seines Wohltäters Mirmidon Aguanopulos, sah ihn aus aufgerissenen Augen und mit einer widerwilligen Grimasse an, als riefe allein die Vorstellung von Adenau an Sascha Braunsfelds Seite Ekel in ihr hervor.

Sie saßen beide auf einem der ausladenden lila Sofas in der Eingangshalle der Verbindung Jorge de Montemor, wo sie sich abends für gewöhnlich trafen, um sich gegenseitig ihren Tag zu erzählen.

»Sag mir eines …«, setzte Ana Sofia an, immer noch mit angekelt verzogenem Mund. »Meiner Meinung nach seid ihr Jungs doch wirklich ziemlich dämlich; ich weiß, dass ist keine besonders originelle Theorie und bestimmt liege ich daneben. Aber lieber Adenau, hilf mir doch bitte, über mich selbst hinauszuwachsen, eine reifere Frau und ein besserer Mensch zu werden; bitte sag mir, dass du dich nicht in Sascha Braunsfeld verliebt hast.«

Adenau sah sie verwirrt, glücklich und beschämt an. Er zog die Augenbrauen hoch und zuckte mit den Achseln.

»Oh nein«, sagte Ana Sofia und legte sich die Hände an die Schläfen. »Oh nein, nein, nein! Ein Glas Wasser, bitte, ich ersticke! Ein Aspirin für mein Herz! Eine Tasse Lindenblütentee! Lindenblüüüüten!«

Der Pförtner sah vom Empfangstisch gegenüber des Eingangs alarmiert zu ihnen herüber. Bei Ana Sofias Schreien war er zunächst aufgefahren, hatte sich dann aber wieder hingesetzt.

»Warum ›oh nein?‹«, fragte Adenau fast beleidigt. »Warum ›Lindenblütentee‹?«

»Du bist ein Dummkopf«, sagte Ana Sofia. »Du hast mit diesem Mädchen absolut nichts zu schaffen. Was geht denn in dir vor? Hast du nichts Besseres zu tun?«

»Was ist mit Sascha Braunsfeld?«, fragte Adenau. »Warum sprichst du so von ihr? Kennst du sie?«

»Sascha Braunsfeld ist …«, begann Ana Sofia.

»Ja?«

»Sascha Braunsfeld ist eine Idiotin!«, stieß Ana Sofia unbeherrscht hervor, als enthülle sie Adenau das Geheimnis des Jahrhunderts. »Sie ist völlig hohl im Kopf. Hübsch von außen, aber hohl, hohl wie ein Kürbis. Hast du ihren Cousin kennen gelernt, den mit dem Tiger?«

»Victor?«, fragte Adenau und bemühte sich, nicht zu froh zu klingen. »Ja, wir haben letzten Donnerstag mit ihm in Beltaus zu Mittag gegessen.«

»Oh je, mein lieber Adenau«, sagte Ana Sofia und schüttelte den Kopf.

»Aber was ist denn los?«, fragte Adenau. »Versuchst du mir gerade irgendetwas zu sagen, Ana Sofia?«

»Sascha Braunsfeld ist eine …«, begann Ana Sofia und fügte dann fast flüsternd ein Wort hinzu, das Adenau nicht verstand.

»Eine was …?«, fragte er mit weit offenen Augen.

»Eine *Caricancha*«, sagte Ana Sofia und wiederholte das Wort noch einmal mit Betonung auf jeder einzelnen Silbe. »Ca-ri-can-cha …«

Adenau wusste, dass er um seine Freundschaft mit Sascha Braunsfeld in Monte Verdoso allgemein beneidet wurde. Wenn er sich mit ihr am Eingang der Verbindung verabredete und sie mit ihrer weißen Mütze, in ihrer ärmellosen Strickweste und ihren engen Lederhosen erschien, stand sogar der Pförtner von seinem Stuhl auf, um ihnen nachzusehen. Hand in Hand gingen sie in Richtung Sportanlage, um die Straßenbahn zu nehmen, und Adenau bemerkte den Neid in den Augen der Jungen, die ihnen entgegenkamen. Er kam sich dann vor wie der König der Welt, aber glücklich oder in Einklang mit sich selbst war er nicht.

Nach ihrer Begegnung auf dem Bogenschießplatz und seinem Besuch im Konservatorium hatten Sascha und Adenau sich fast täglich gesehen. Adenau holte sie im Konservatorium ab und sah dem Ende der Proben zu. Die Welt des Theaters faszinierte ihn über alle Maßen. Staunend verfolgte er die einzelnen Szenen des Stückes, das sie aufführten, hörte gebannt den Anweisungen von Fräulein Sovklass zu und wäre nur zu gern in die unbekannten Welten eingetaucht und versunken, die sich ihm dort eröffneten. Aber er hatte nicht den Eindruck, dass Sascha ihr Schauspielstudium besonders ernst nahm. Sie brachte den lieben langen Tag damit zu, sich mit Fräulein Sovklass herumzustreiten, und versicherte, die Lehrerin habe es auf sie abgesehen, weil sie ein »Mädchen aus gutem Hause« sei. Sie konnte nie ihren Text, und jedes Mal, wenn der Regieassistent ihr soufflieren musste, weil sie stecken geblieben war, hielt sie sich die Hand vor den Mund und kicherte verschämt.

Wie sonderbar war Sascha doch, seine schöne Freundin, sein zweites Ich, seine Seele! Ihre große Leidenschaft waren gesellschaftliche Aktivitäten. Sie hatte Aberdutzende von Bekannten. Ununterbrochen hing sie am Dorofon oder schrieb Glückwunschbriefe zu Geburts- oder Namenstagen, denn sie erinnerte sich sogar an die Geburtsdaten der kleinen Brüder ihrer Grundschulfreundinnen und versäumte keinen einzigen Namenstag, ohne eine Postkarte mit einem Häschen oder einem Schneemann zu verschicken, mochte es sich um einen Cousin zweiten Grades handeln, einen Großonkel, den sie zehn Jahre nicht gesehen hatte, oder den Erstgeborenen – den sie überhaupt noch nie gesehen hatte – des Hausmeisterpaares des Anwesens, das ihrer Mutter in Sumayel gehörte. Überall war sie beliebt: im Konservatorium, in der Verbindung, in der Sportanlage Punta da Rocha, im Bogenschießclub, im Stall Martinho

& Brüder, wo sie jeden Dienstag ihre Stute *Igitur* ritt, in der patriotischen Gruppierung Herrliches Goyanas, an deren Versammlungen sie jeden Mittwoch teilnahm, in der Gemeinde, beim Bischof, im Bootsclub ... Dank ihrer einflussreichen Familie und zweifellos auch einer persönlichen Neigung folgend, schwirrte sie von Fest zu Fest, von offiziellen Empfängen, Wohltätigkeitsbazaren und Modenschauen zu Vernissagen, Schiffstaufen und Botschaftsbällen, doch trotz allem verlangte es sie unaufhörlich danach, noch mehr Leute kennen zu lernen, neue Bekanntschaften zu schließen ...

In seiner Unbedarftheit lud Adenau sie eines Nachmittags ein, ihn zu einem Treffen der Grauen Katzen zu begleiten, an dem mehrere seiner Freunde aus dem Schreibkurs teilnahmen, darunter Bertoldo Sumará, Norma Sueiro de Nances, Samarcanda Pasión-de-Jesús und auch Ana Sofia. Er war überzeugt, dass sie von der Idee begeistert wäre und die Gelegenheit ergreifen würde, neue Bekanntschaften zu machen. Doch er täuschte sich.

Die Grauen Katzen waren eine Gruppe oppositioneller Jugendlicher, die sich jeden Donnerstagabend in einem alten florianischen Café, dem Romancafé trafen, um das politische System von Goyanas zu kritisieren und flammende Reden gegen das Schicksalsministerium zu schwingen. Diese Treffen waren stets gut besucht, doch die regelmäßigsten Teilnehmer waren Bertoldo Sumará, Dichter und Student der Eingeborenentraditionen; Norma Sueiro de Nances, Dichterin und Chefredakteurin der Literaturzeitschrift ihrer Verbindung; Samarcanda Pasión-de-Jesús, das Wunderkind der florianischen Literatur; Ana Sofia Aguanopulos, die Tochter seines Wohltäters; Ramiro Balostante und Elpidio Faraón dos Santos, zwei junge Mathematikgenies, und der Metaphysiker Laureano Rais Makroteras. Manchmal begrüßten die Grauen Katzen zwei Ehrengäste in ihrer Mitte, Henrique Pires Cardoso de Sant'Anna, preisgekrönter Dichter Florias, und Agustín Gonçalves dos Santos, Professor für Quantenphysik an der Universität Hildebrandina.

Seit Adenaus erstem Besuch im Romancafé hatten die Grauen

Katzen ihm großes Interesse und Wohlwollen entgegengebracht.

»Wir alle sind Geschichtenerfinder«, hatte Bertoldo einmal zu ihm gesagt. »Wir alle sind Künstler, Adenau. Wir alle erschaffen zumindest ein Kunstwerk in unserem Leben: Ich habe Bertoldo Sumará geschaffen. Samarcanda hat Samarcanda Pasión-de-Jesús erschaffen, das Wunderkind der florianischen Literatur. Normita hat Norma Sueiro erschaffen, die Dichterin auf der Suche nach dem perfekten Alexandriner-Reim …«

»… und ich habe die Geschichte des Prinzen Adenar erfunden«, sagte Adenau. »Aber sie ist ja nicht einmal von mir. Wie erbärmlich! Mein Leben ist nichts als ein Plagiat!«

»Für mich bist du Adenar von Amaula«, sagte Samarcanda, die für ihre scharfen Bemerkungen bekannt war, aber eine besondere Zuneigung für Adenau zu hegen schien. »Für mich wirst du niemals anders heißen.«

Samarcanda Pasión-de-Jesús war erst sechzehn Jahre alt, hatte aber bereits drei Romane und fast fünfundzwanzig Kurzgeschichten veröffentlicht. Sie war eine Mulattin mit zimtfarbener Haut und unschuldigem Gesichtsausdruck, berühmt für ihre ausgefallene Garderobe; ihre typische Aufmachung bestand aus einem sehr kurzen, weißen oder rosafarbenen Plisseekleid mit Rüschen, weißen Strümpfen, bunten Schuhen und einem riesigen Blumenhut auf dem Kopf. Die Geschichten, die sie schrieb, waren voller Rache, Blut und Grausamkeit.

»Aber Prinz Adenar ist die Figur aus einem Kinderbuch«, entgegnete Adenar verzweifelt. »Ich will keine Märchenfigur sein. Ich will ich sein. Ich will wissen, wer ich bin. *Ich will wirklich sein …*«

»Vielleicht kann man gar nicht wirklicher sein«, sagte Samarcanda. »Du hast dir dein Leben erfunden, du hast beschlossen, ein Prinz zu sein. Mach keinen Rückzieher, Adenar! Ich weiß, wovon du geträumt hast. Wenn ich du wäre, würde ich mir eine rote Weste anziehen, mir eine Mütze mit einer Pfauenfeder aufsetzen, mir einen Quarzkristall in die Tasche stecken und stets ein Schwert bei mir tragen.«

»Und mir wäre immer eine Schar Kinder auf den Fersen, die sich über mich lustig machen und mich mit faulen Früchten bewerfen«, sagte Adenau.

»Das stimmt«, sagte Samarcanda. »Das muss dir klar sein! Mich bewerfen sie auch. Aber das ist der Preis, den man zahlen muss.«

Er fand die Ideen seiner neuen Freunde etwas verdreht, aber sympathisch. Daher erstaunte es ihn, als er feststellte, dass Sascha da anderer Meinung war.

»Die Grauen Katzen?«, fragte sie und sah ihn überrascht und verächtlich an. »Das sind deine Freunde, Adenau?«

»Kennst du sie?«, fragte Adenau verwundert.

»Natürlich kenne ich die«, sagte Sascha und wiegte den Kopf. »Bertoldo Sumará, Norma Sueiro de Nances, *die kleine Negerin* ... Wobei ja Norma im Grunde auch eine halbe Mulattin ist ...«

»Wieso nennst du sie ›die kleine Negerin‹?«, fragte Adenau befremdet.

»Ich ertrage diese Samarcanda nicht«, sagte Sascha. »Sie ist ein Albtraum. Gerade mal fünfzehn und führt sich auf, als sei sie eine berühmte Schriftstellerin.«

»Sie *ist* eine berühmte Schriftstellerin«, betonte Adenau.

»Ausgerechnet die Grauen Katzen!«, sagte Sascha und schüttelte den Kopf.

Natürlich begleitete sie ihn nicht. Adenau hatte Mühe zu verstehen, was ihr so an ihnen missfiel. Anfangs sagte er sich, dass es vielleicht nur eine Frage der Interessen war. Bertoldo, Norma, Ana Sofia und die anderen brachten ihre Nachmittage im Kino zu, Sascha dagegen mochte keine Filme. Die Grauen Katzen waren begeistert von der zeitgenössischen Kunst und modernen Wissenschaft, Dinge, die Sascha als trivial bezeichnete. Sie bevorzugte unter Kristalllüstern zelebrierte gesellschaftliche Festivitäten, bei denen man »interessante Leute«, wie sie es nannte, kennen lernen konnte.

»Aber Sascha«, sagte Adenau zu ihr. »Wie kannst du das Kino nicht mögen, wenn du doch Schauspielerin werden willst?«

»Kino ist vulgär. Die Leute gehen ins Kino, um halb nackte Mädchen zu sehen. Ich will Theaterschauspielerin werden, Adenau. Mich interessiert die Kunst.«

»Aber du hast doch auch nie Lust, ins Theater zu gehen.«

»So ein Unsinn«, sagte Sascha. »Ich *liebe* das Theater! Aber natürlich ertrage ich kein avantgardistisches Theater. Ich mag nur *echtes* Theater. Diese Grauen Katzen haben dir nichts als Flausen in den Kopf gesetzt, Adenau. Ist es vielleicht Theater, einen lehmbeschmierten Menschen auf einer leeren Bühne herumschreien zu sehen? Soll das Theater sein?«

Adenau brauchte einige Tage, bis er die Bedeutung des geheimnisvollen Begriffes verstand, den Ana Sofia verwendet hatte. Dazu kam es am darauf folgenden Donnerstag, als Sascha ihn einlud, bei einer der Versammlungen der patriotischen Gruppierung Herrliches Goyanas teilzunehmen.

»Ich würde sehr gern, Sascha«, sagte Adenau. »Aber ausgerechnet am Donnerstagnachmittag treffe ich mich mit den Grauen Katzen.«

»Immer diese Grauen Katzen!«, beklagte sie sich und fügte dann mit ihrem mattesten Lächeln und ihrer kraftlosesten, spitzesten Stimme hinzu: »Welche Ironie des Schicksals, findest du nicht, mein kleiner Adenau?«

»Was meinst du damit?«

»Dass du dich gezwungen siehst, zwischen meiner Caricancha-Gruppe und deinem Haufen warmer Brüder und lächerlicher Negerinnen zu wählen, und dich auf Seiten der Letzteren schlägst.«

»Was bedeutet Caricancha?«, fragte Adenau.

»Ach, mein Liebling, ich weiß gar nicht, wie ich dir das erklären soll«, sagte Sascha, öffnete ihre Handtasche und überprüfte ihre Schminke in einem kleinen Spiegel, denn solche »abstrakten« Gespräche langweilten sie maßlos. »Das ist ein Wort aus der Region vom Río Horas … Ein Caricancha ist jemand, der sein Land über alles liebt und vor Rührung weint, wenn er seine Flagge im Wind wehen sieht.«

»Sein Land zu lieben ist etwas Gutes«, sagte Adenau stockend.

»Natürlich ist es etwas Gutes, Adenau!«, sagte sie leicht errötend. »Es gibt nichts Besseres als Goyanas! Caricancha bis zum Tod! Ich kann diese ganzen so genannten Künstler und Intellektuellen wie deine Grauen Katzen nicht verstehen, die nichts Besseres zu tun haben, als unsere Heimat zu kritisieren und sich über unser politisches System aufzuregen. Missgünstig und undankbar nennt man so etwas! Sie hassen jeglichen Luxus, Wohlstand und alles Schöne. Sie sind nur darauf aus, Goyanas zu zerstören.«

»Aber wer würde Goyanas zerstören wollen?«, fragte Adenau naiv. »Ich finde, es ist ein Paradies.«

»Selbstverständlich ist es ein Paradies, Adenau! Siehst du? Wenn du dein Gedächtnis wieder ganz zurückhast, wirst du auch ein Caricancha werden.«

Adenau verstand nicht ganz, wovon Sascha sprach, aber irgendeine innere Stimme sagte ihm, dass er beim Anblick einer im Wind wehenden Flagge nie vor Rührung weinen würde. Obwohl er sich natürlich auch da täuschen konnte, gestand er sich ein, wie seit einigen Monaten im Bezug auf so vieles.

Ein Wal, mein Herr?

Die Idee, sich in den Turpestis Palast zu schleichen, war natürlich Victors gewesen. Nachdem er sich im Katasteramt einen Grundriss des Gebäudes besorgt und ihn mehrere Tage lang eingehend studiert hatte, fasste er den festen Entschluss, auf das Grundstück zu gelangen, um einen Blick auf das Haus zu werfen. Er wollte herausfinden, warum es für seine aktuelle Besitzerin, die ja alles andere als im Überfluss lebte, so wertvoll war, dass sie sich derart standhaft weigerte, es ihm zu verkaufen.

»Herr Braunsfeld, ich bitte Sie«, Leopoldo war entsetzt. »Das ist absolut illegal!«

»Bring mir das Dorofon«, lautete Victors Antwort. »Ich werde Sascha und Adenau anrufen, sie sollen mitkommen. Und bestelle in der Küche noch mehr süße Brötchen.«

Die Unterhaltung fand während des Frühstücks statt, Victor saß im Bett, auf den Knien das ausklappbare Tablett, Leopoldo stand neben ihm und schenkte ihm feierlich heiße Schokolade ein.

»Sie sollten nicht so viel Süßes essen«, bemerkte Leopoldo.

»Ich habe beschlossen, einen Wal zu kaufen, Leopoldo«, sagte Victor nach einer Weile, den Hörer in einer Hand am Ohr, in der anderen ein mit Butter und Guajavekonfitüre bestrichenes Brötchen, während sein Blick sich in den Wolken jenseits seines ovalen Zimmerfensters verlor.

»Einen Wal, mein Herr?«, fragte Leopoldo erschrocken.

»Oder besser noch, ein Walpärchen«, sagte Victor. »So hätten sie auch Nachkommen. Was glaubst du, wie lange lebt ein Wal?«

»Sie meinen das größte Tier der Welt?«, fragte Leopoldo, in ernsthaften Schwierigkeiten, die Worte richtig zu artikulieren. »Meinen Sie das riesige, überdimensionale Meeressäugetier …?«

»Ja, natürlich«, sagte Victor. »Weißt du vielleicht nicht, was ein Wal ist?«

»Nein, gnädiger Herr«, sagte Leopoldo. »Ich meine, doch, gnädiger Herr. Aber … ein Wal, gnädiger Herr …?«

»Ich finde Wale toll«, sagte Victor, nahm ein weiteres süßes Brötchen und beschmierte es mit Butter, den Hörer immer noch wartend ans Ohr geklemmt. »Wir bauen ein großes Schwimmbad, in dem die Wale sich ungehindert bewegen können. Mit Meereswasser natürlich.«

»Aber gnädiger Herr …«, stöhnte Leopoldo.

»Sascha?«, sagte Victor und lächelte in den Hörer. »Adenau und du, habt ihr heute Vormittag etwas Wichtiges vor?« Dann sah er zu Leopoldo auf und sagte: »Gib Sebastiao Bescheid, er soll den Rollo für zehn Uhr bereit halten. Oscar soll auch mitkommen. Und es wäre mir lieb, wenn du uns auch begleiten könntest, falls du nichts anderes im Haus zu tun hast.«

»Wohin fahren wir, gnädiger Herr? Einen Wal kaufen?«, fragte Leopoldo, ganz durcheinander.

»Aber nein!«, lachte Victor und hielt das Dorofon mit der Hand zu. »Auf was für Ideen du manchmal kommst, Leopoldo! Wir werden doch keinen Wal kaufen. Wir fahren zum Turpestis Palast. Wir werden über die Mauer klettern und das alte Haus erkunden.«

»Aber gnädiger Herr!«

»Ja, Sascha, ich bin noch dran«, sagte Victor wieder in den Hörer. »Also, wir holen euch um halb elf in Monte Verdoso ab. In Ordnung?«

Zwei Stunden später erreichte der Rollo mit Victor und Leopoldo, Sascha und Adenau, Oscar und Sebastiao die Alte Wasserpromenade Nr. 333. Victors Anweisungen gemäß hielt Oscar nicht vor dem Haupteingang, sondern fuhr um das

Grundstück herum, bis sie an seiner Rückseite eine etwas abgelegene, nicht einsehbare Stelle fanden.

»Victor!«, rief Sascha, als sie aus dem Wagen stiegen. »Was soll das alles?«

»Überraschung!«, sagte Victor. »Wir besuchen den Turpestis Palast.«

»Aber Victor«, erwiderte Sascha. »Hier ist doch gar kein Eingang. Willst du vielleicht über die Mauer klettern?«

»Sieht man das nicht?«, sagte Victor und zeigte auf zwei große Leitern, die Sebastiao und der Gärtnerssohn auf dem Dach des Rollo befestigt hatten.

»Hören Sie auf Ihre Cousine«, sagte Leopoldo. »Was Sie vorhaben, ist gesetzeswidrig.«

»Gesetze sind dazu da, sie zu brechen«, sagte Victor und betrachtete abschätzend die gigantische Mauer. »Sebastiao, bring die Leitern her. Wer mich nicht begleiten will, kann jederzeit gehen.«

»Victor, du bist verrückt!«, rief Sascha lachend.

Adenau verstand nicht ganz, worum es ging.

»Dieses Haus gehörte Victors Eltern«, erklärte Sascha Adenau. »Als mein Onkel und meine Tante starben, haben sie Victor ihren gesamten Besitz vermacht. Mit Ausnahme dieses Hauses. Seitdem versucht Victor, es zurückzubekommen, aber die Besitzerin will es ihm nicht verkaufen …«

Sebastiao und Oscar hatten die beiden langen Leitern vom Rollo losgebunden und gegen die Steinmauer gelehnt. Sebastiao kletterte eine von ihnen hoch, setzte sich rittlings auf die Mauer, und Oscar reichte ihm die zweite Leiter, die er auf die andere Seite stellte.

»Gnädiges Fräulein«, sagte Sebastiao zu Sascha, als er wieder heruntergestiegen war. »Reden sie es Herrn Braunsfeld aus! In diesem Haus spukt es, alle Welt weiß das. Da sind schon Leute hineingegangen und nie mehr herausgekommen!«

»Tatsächlich?«, fragte Sascha und riss ihre hübschen Augen weit auf.

»Quatsch!«, sagte Victor, ging zu der Leiter, die Sebastiao gerade heruntergeklettert war und vergewisserte sich, dass sie fest an der Mauer lehnte. »*Ich* werde jedenfalls nicht verschwinden. Und du, Adenau? Glaubst du an Gespenster?«

»Ich begleite dich«, sagte Adenau.

»Guter Junge!«, sagte Victor und klopfte ihm auf die Schulter. Dann fügte er entschieden hinzu, wie ein General, der zu seinen Truppen spricht: »Sebastiao, nimm die Anlasskurbel vom Auto mit, falls wir irgendeine Tür aufbrechen müssen. Oscar, du hältst hier die Stellung und passt auf das Auto auf. Leopoldo, teurer Freund, bist du ein Mann oder ein Mäuserich?«

»Zweifelsohne Letzteres, Herr Braunsfeld«, sagte der alte Hausdiener. »Aber wenn Sie darauf bestehen, über diese Mauer zu klettern, werde ich Ihnen wohl oder übel folgen müssen.«

»Na siehst du!«, sagte Victor.

Dann stieg er behände die Leiter hoch und verschwand auf der anderen Seite. Ihm folgten Sascha, Adenau, Leopoldo, der fast von der Mauer fiel, und der leise betende Sebastiao.

Der sprechende Baum

Die Stelle des Gartens, an der sie herunterkamen, war von Gestrüpp und Dickicht so zugewachsen, dass sie das Haus gar nicht sehen konnten. Victor faltete seinen Plan auseinander und versuchte, sich zu orientieren.

Durch eine von Pfaffenhütchen und feuchtschwarzen Steinstatuen gesäumte Allee gelangten sie in den französischen Teil des Gartens vor der Frontfassade. Alles war völlig verwahrlost, Unkraut überwucherte die ursprünglich elegante Anlage des Parks.

Da geschah etwas, was sicherlich keiner der fünf vorausgesehen hatte. Eine Art magischer Frieden schien sich über sie zu legen, ein Verlangen nach Ruhe und Einsamkeit sich jedes Einzelnen zu bemächtigen.

Tatsächlich war keiner der fünf auf das gefasst, was an jenem Ort mit ihnen geschehen sollte. Auch das Haus war es nicht. Abgesehen von den Kindern des Viertels, die heimlich in dem Gebäude spielten, hatte seit Jahren niemand mehr den Park betreten. Und das Haus wusste es, spürte es. Denn dieses Haus und dieser Park waren nicht einfach nur ein Haus und ein Park. Das Haus betrachtete die Eindringlinge, die hintereinander durch die zarten und überwältigenden, düsteren und blühenden, dichten und verschlungenen Pflanzen wanderten; ein schönes Mädchen, ein Junge mit langen Haaren, ein Knabe mit falschem Schnurrbart, ein Diener am Rande seiner dritten Jugend und ein junger Mann in Chauffeursuniform, der von den fünf am erschrockensten und ängstlichsten aussah. Das Haus wusste um sie, beobachtete sie durch seine vielen Fenster, von seinen stufenbesetzten Terrassen, seinen kunstvollen Dachgiebeln aus. Und es beschloss, sie nicht durch seine Türen einzulassen.

Könnte man sagen, dass das Haus mit einem eigenen Geist, einem Bewusstsein ausgestattet war, dass es ein *lebendiges Wesen* war? Nun ja, das würde bedeuten, die auf Menschen zugeschnittene Sprache auf Gegenstände anzuwenden oder anzunehmen, dass dieses Haus und dieser Park sich radikal von anderen Häusern und Parks auf der Welt unterschieden. Und taten sie das etwa nicht? Nein, eigentlich nicht. Der einzige Unterschied zwischen diesem Haus und irgendeinem anderen des Viertels, der Stadt, des Landes oder der Welt bestand in der Absicht, in der es gebaut worden war. Doch lässt sich dies wohl schwer erklären. Und im Grunde sind ja alle Häuser lebendig. Was eine Form hat, hat auch einen Geist.

Sie wanderten lange im Park herum, doch aus irgendeinem Grund gelang es ihnen nicht, sich dem Haus zu nähern. Die ganze Zeit über konnten sie die Fassade sehen, doch sosehr sie sich auch bemühten, schien sich kein Weg zu einem der Eingänge finden zu lassen. Alle Pfade verloren sich in andere Richtungen, endeten abrupt oder mündeten in undurchdringlichem Dickicht.

Irgendwann wurde Adenau der Versuche müde und beschloss, einen Spaziergang durch den französischen Garten zu machen, in der Stille und Abgeschiedenheit seiner einsamen Wege. Er durchquerte diagonal die ausgetrockneten Teiche und seit ewigen Zeiten ungemähten Rasenrechtecke und ging dann eine der sternförmig angelegten Alleen entlang, bis er plötzlich überraschend auf einen großen Baum mit hellen Ästen und schillernden Blättern in Form von Engelsflügeln stieß.

Es war ein Bo-Baum, ein in Asien an Flussufern wachsender Baum, unter dessen Ästen, wie er im Religionsgeschichtsunterricht gelernt hatte, Prinz Gautama die Erleuchtung zuteil geworden war. Staunend betrachtete er ihn. Der Wind spielte leicht in seinen Zweigen und Blättern und entlockte ihm sanfte, durchdringende Laute, eine Musik voll verborgener Intentionen und Bedeutungen. Das Licht brach sich in seinen zahllosen Blättern; unter seiner riesigen Krone überschnitten sich die Schatten und verdichteten sich auf dem fahlen Kies. »Hör her, Adenar«, sagte der Baum. »Ich bin lebendig!«

»Was ist nur mit mir los?«, fragte sich Adenau, schloss die Augen und ließ sich vom Licht und der Brise liebkosen. Der Baum wölbte sich über ihn mit einer lang erahnten, schrecklich vermissten Präsenz, wie ein mächtiger Vater oder eine überdimensionale Mutter, wurde zu einer Verkörperung von Licht und Energie, Leben und Liebe.

»Dieser Baum ist lebendig«, dachte Adenau und spürte, wie ihn eine überschäumende, grenzenlose Freude überkam. Der Baum wiegte seine Äste hin und her, streckte seine zahllosen Blätter nach ihm aus, die sich seidig durchscheinend eindrehten und deren Vorder- und Rückseiten ein Wechselspiel aus Licht und Schatten, Grün und Himmelsblau, Wolken und Ästen vollführten.

»Natürlich ist er lebendig«, sagte da eine innere Stimme, eine spöttische, ironische Stimme. »Wenn er nicht lebendig wäre, wäre er ja tot … Was bist du doch für ein Einfaltspinsel, Adenau!« Aber das war nicht die ganze Botschaft. Wenn dieser Baum lebendig war, dann war er, Adenau, ebenso lebendig.

Er trat in den wunderbaren Schatten des Baums und spürte seine rege Präsenz, sein grün duftendes Bewusstsein, seine wohltuende Freundschaft. Seine Wurzeln ragten in dunklen Wellen aus dem Erdboden, schufen Höhlen, Bögen und Einbuchtungen, in denen ein geschrumpfter Prinz ohne weiteres Unterschlupf für die Nacht gefunden hätte.

Er setzte sich auf die Wurzeln. Über ihm bewegten sich die langen Äste des Bo-Baums im Wind, mündeten in zahllose kleinere Zweige voll hellgrün schimmernder Blätter, die aus dem Halbdunkel unter der Krone noch heller wirkten.

Hatte der Baum tatsächlich zu ihm gesprochen? Natürlich hatte er keine wirkliche Stimme gehört oder gedacht, der Baum könne Laute wie etwa ein Mensch oder ein Vogel von sich geben. Die Stimme, die er gehört hatte, war in seinem Inneren widergehallt. War sie vielleicht seiner Phantasie entsprungen? Setzte die Phantasie sich nicht aus Stimmen und Bildern zusammen? War das Gedächtnis nicht ein Repertoire von Bildern und Stimmen, Düften und Liedern? Und woher kamen all diese Stimmen und Lieder? Aus der Vergangenheit? Und die Bilder der Phantasie, woher kamen sie? Und die Stimmen, die in manchen Momenten tiefer Traurigkeit zu uns sprechen? Sind es Stimmen des Bewusstseins? Kommen sie aus dem Inneren oder von einem anderen Ort? Kommen sie aus der »Seele« oder von einem fernen Stern?

»Ich bin lebendig«, hatte der Baum ihm durch seine Vorstellung übermittelt. Und jetzt spürte Adenau klar und deutlich, dass dieser Baum ein Lebewesen mit einem Bewusstsein war, dass die Blätter und Äste, der Stamm und die Wurzeln, die ihn umwanden und ihn wie eine Welt voll beseeltem Geist und Liebe einhüllten, *von ihm wussten.*

Die Blätter bewegten sich, bebten, flatterten über ihm, rieben sich aneinander im Wind, und in diesem seidig zerstreuten Rauschen der Blätter vermeinte Adenau Stimmen zu hören, sanfte Stimmen, freundschaftliche Stimmen.

»Adenar«, sagte der Baum. »Denk daran, dass du lebendig bist, Adenar …«

»Das ist nur meine Phantasie«, sagte sich Adenau. »Niemand kann mit einem Baum sprechen. Nur Verrückte hören Stimmen.«

»Vergiss nicht, wer du bist«, sagte der Baum zu ihm. »Vergiss mich nicht, Adenar …«

»Wie absurd!«, dachte der Junge. Er begann, von Kopf bis Fuß zu zittern, als er mit dieser Stimme aus Blättern und Wind sprach. »Ich soll dich nicht vergessen? Aber du bist doch nur ein Baum!«

»Auch du bist ein Baum«, antwortete der Baum in Adenaus Kopf. »Auch ich bin ein Kind, und ein Vogel …«

Adenar stand heftig zitternd auf und berührte die Blätter des Baums, strich über sie, und die Blätter bogen sich unter seinen Liebkosungen sanft im Wind, umgaben ihn von allen Seiten wie die unzähligen Finger einer riesigen grün leuchtenden Hand, wie zahllose sanfte, gütige Hände.

»Du bist in der Stadt mit der Heuschreckenplage gestrandet«, sagte der Baum. »Du musst deinen Schöpfer suchen, Adenar ... Suche deinen Schöpfer.«

Einige Augenblicke lang verharrten der Junge und der Baum inmitten der Blätter in Schweigen, der Körper des Jungen in einen Teil des ihn umhüllenden Baums verwandelt, während er die rauen Blätter mit ihren feinen Adern liebkoste.

»Suche deinen Schöpfer, Adenar«, sagte der Baum, sagten die schwankenden Äste, die geschmeidigen Blätter, die biegsamen Blattstiele.

Er fühlte sich überwältigt von den einzelnen Stationen aus dem Leben des Baums, von seiner Wandlungsfähigkeit, seiner unendlichen Geduld, seiner wunderbaren Langsamkeit. Millimeter für Millimeter wuchs der Baum und eroberte einen kleinen Raum, der nicht nur sein Eigen war, sondern erst durch ihn zu existieren begann und Wirklichkeit wurde. Er selbst war der Ort, an dem er geboren war, wuchs, sich ernährte und starb. Er war ein Ort, ein unendlich langsames Wachsen hin zur Sonne, zum Himmel, zu den Wolken. Eben weil er sich nicht rühren konnte, ehrte und liebte der Baum alles, was sich bewegte, die flüchtigen Manifestationen der winzigsten Tiere, die Unbeständigkeit von Vögeln und Insekten. Alles betrachtete er mit Humor. Er konnte weder lachen noch lächeln, und die Gemütszustände des menschlichen Wesens, dieser wechselhaften, launischen Sonnenblume, waren ihm vollständig fremd, doch trotz allem spürte Adenau, dass der Humor ein Grundzug seines Wesens war, ein Humor ohne Grenzen, ein Humor, der für nichts und niemanden Partei ergriff. Denn dem Baum war alles Geben ein Empfangen. Seine Aktivität war seine Passivität. Das Lächeln der Sonne war sein Lächeln, der Idealismus des Morgentaus war sein Idealismus. Er erfand nichts und gab nichts vor, er empfing die Schönheit der Welt und ließ sie in seinem Kreislauf zirkulieren. Der Pflanzensaft lief langsam durch seine Äste und nährte aus den dunklen, warmen Eingeweiden des Erdbodens noch die zartesten Blätter und Zweiggebilde. Die Vögel bauten ihre Nester in seiner Krone, in seinen Astlöchern stellten Spinnen ihre tödlichen Fallen, unter seiner Rinde nisteten die Larven der herrlichsten Schmetterlinge, und all diese winzigen, kuriosen Existenzen schmälerten nicht im Geringsten sein langes, schönes, großzügiges Leben.

Aber was bedeutete »suche deinen Schöpfer«? Adenau fragte es ihn mit geschlossenen Augen und überließ sich ganz dem Rauschen des Windes im Baum, der Farbe des Baums, der Zeit des Baums, seiner Liebe, seinem beschaulichen Alter, und der Baum beschenkte ihn mit dem Duft seiner winzigen aufgeplusterten Blüten, rührend schüchterne Blüten für einen so mächtigen pflanzlichen Organismus, und mit der flaumigen Ahnung des bitteren, konzentrierten Geschmacks seiner Früchte. Die Wahrheit des Baums war in seinem Duft, wie die Wahrheit aller Erfahrungen stets in dem Duft liegt, der zurückbleibt, wenn etwas vergangen, gestorben oder verschwunden ist. Der Baum lehrte eine andere Form von Schönheit, die Schönheit, niemand zu sein, nach nichts zu verlangen, und dennoch verstand er Adenau, spürte er sein Herz klopfen, lauschte seinen Worten und sprach zu ihm mit Worten, die er verstehen konnte. Und Adenau verstand ihn, weil der Baum lebendig war. Und wenn Adenau ihn verstand, bedeutete das, dass auch er lebendig war.

»Er ist genauso lebendig wie ich«, sagte Adenau sich verwundert. »Im Grunde sind sein Leben und meines fast dasselbe. Im Grunde sind er und ich eins …«

Und mit einem Mal begriff er, dass allein das von Bedeutung war: lebendig zu sein. Lebendig zu sein und sich zu erinnern, lebendig zu sein und das Leben um sich herum zu spüren, lebendig zu sein und gleichzeitig das Leben der anderen zu spüren, sich des unbegreiflichen Wunders bewusst zu sein, gemeinsam mit all den anderen an diesem außergewöhnlichen Ort lebendig zu sein.

Da schien der Baumstamm sich plötzlich zu spalten, und aus seiner von Adern durchzogenen weißlichen Rinde der Schenkel einer Frau zu schlüpfen, dann eine Schulter, blonde Haare, ein schwarzer Schuh, eine rote Mütze.

»Adenau, was machst du hier?«, fragte Sascha und tauchte hinter dem Stamm auf. Dann fügte sie mit einem sonderbaren Lachen hinzu: »Es gelingt uns nicht, zum Haus zu kommen.«

Und plötzlich erschien sie Adenau so zart und strahlend wie ein Mädchen aus Licht, so transparent, als hätte er seinen Arm durch sie hindurchstrecken können.

»Komm«, sagte Sascha und reichte ihm die Hand. »Versuchen wir es noch einmal gemeinsam.«

Adenau trat auf sie zu.

»Du hast einen Fleck auf der Nase«, sagte er.

Sascha riss entsetzt die Augen auf.

»Wo?«, fragte sie.

Adenau schlang seine Arme um sie und küsste sie auf den Mund.

»Ich liebe dich«, flüsterte er.

Sie lachte leise auf.

»Aber Herzchen, du kennst mich doch gar nicht.«

»Das stimmt«, sagte Adenau. »Ich kenne dich kaum, aber ich weiß, dass ich dich für den Rest meines Lebens lieben werde.«

Sie löste sich mit einem befremdeten, fast enttäuschten Ausdruck von ihm.

»Adenau«, sagte sie. »Wir hatten doch ein Abkommen ... Denk daran, was ich dir damals im Konservatorium gesagt habe ...«

»Hör zu, Sascha«, sagte Adenau. »Ich weiß nicht, was mit mir geschah, ich weiß nicht, welches schreckliche Ereignis mich mein ganzes Leben vergessen ließ und diese Wahnvorstellung hervorrief, in der ich weiß Gott wie lange gelebt habe ... Die Ärzte vom Mond haben mir gesagt, dass ich mein Gedächtnis möglicherweise nie zurückerlangen und niemals herausfinden werde, wer ich wirklich bin. Aber heute Nachmittag habe ich etwas empfunden, was ich lange nicht gespürt habe. Ich bin lebendig, Sascha ... Ich bin lebendig! Verstehst du? Das ist alles, was zählt ... Und ich bin glücklich ...«

»Du fühlst dich lebendig, wenn du mit mir zusammen bist?«, fragte Sascha. »Ja, das habe ich schon oft gehört.«

»Nein, nein …«, setzte Adenau an.

Aber wie könnte er es ihr erklären? Auf welche Weise könnte er es ihr verständlich machen?

Auch wenn du ein noch so hartes Herz hast, dachte Adenau, *auch wenn du mich noch so wenig verstehst und mich niemals lieben wirst, ich werde dich ewig lieben. Auch wenn du noch so dumm und grausam bist, werde ich nicht anders können, als dich zu lieben; und selbst wenn ich sterbe und mein Skelett tausend Jahre im Schatten dieses Baums ausbleicht, wird in meinen Rippen ein verfaulter Apfel an Stelle meines Herzens weiterschlagen, und sein Pochen wird bedeuten: Sascha, ich liebe dich, ich weiß nicht, warum, aber ich werde dich immer lieben …!*

Sascha entfernte sich auf dem Weg, um zu Victor, Leopoldo und Sebastiao zu gehen, die in der Nähe auf einer Steinbank saßen.

Adenaus Knie gaben nach, und am Baumstamm abgestützt, ließ er sich kraftlos zu Boden sinken. Er schloss die Augen, nicht um zu schlafen, nicht um in sein Gedächtnis einzutreten, doch kaum erloschen die Eindrücke und Bilder der äußeren Welt, sah er einen großen roten Vogel, der seine Feuerflügel ausbreitete und wie eine lodernde Flamme seine Vorstellung durchkreuzte.

»Adenar!«, kreischte der Vogel. »Adenar, vergiss mich nicht!«

Adenau betrachtete den goldrotschwarzen Vogel und empfand Freude darüber, einen lieben Freund wiederzutreffen, zugleich überkam ihn aber auch ein vages Gefühl von Schuld und Scham. Er wollte nicht mit einem Baum sprechen. Er wollte nicht die Augen schließen und einen roten Vogel mit einem leierförmigen Schwanz sehen. Er wollte nicht den Flügelschlag dieses Vogels in seinem Herzen spüren.

»Vergiss nicht, wer du bist«, sagte Yldat.

»Ich weiß jetzt, wer ich bin«, sagte Adenau. »Ich bin nicht ich, Yldat, ich bin Sascha. Meine Seele ist in ihr …«

»Nein«, schrie Yldat. »Nein, Adenar!«

»*Sie ist meine Seele*«, sagte Adenau. »Ich habe sie gefunden, Yldat ... meine Suche ist zu Ende ...«

Yldat öffnete seine Flügel und schien zu wachsen, ohne Adenaus Zutun ins Unermessliche zu wachsen, und in seinem blaukristallinen Auge erblickte Adenau eine Wüste, und am Rand der Wüste eine Palme, und zwischen den staubigen Palmwedeln sah er einen Vogel mit goldenem Schnabel ... Und der Vogel war die Sonne, und die Sonne war der Vogel und war gleichzeitig er selbst, Sascha, und alles Schreckliche und Schöne in einem, Tod, Sehnsucht, Suche, Verlust, seine Mutter, die Liebe, das Meer ... Und im Zentrum der Sonne sah er seinen Vater, der zu ihm sagte: »Wenn du dich völlig verloren fühlst, Adenau, tritt in dein Inneres ein und suche die Sonne, die jenseits deines Gedächtnisses scheint.«

Da öffnete Adenau die Augen und riss sich selbst von diesen Bildern, von diesen inneren Stimmen los, rollte über den Boden und verkrallte sich in die Gräser, rupfte die wilden Blumen aus. Dann stand er mit einem Schrei auf, ging zu den Brennnesseln und riss sie büschelweise aus, rieb sich damit über Arme und Hände, um sein Fleisch zu spüren, das Blut in seinen Adern, um die Welt zu fühlen und sich schmerzhaft und gewaltsam in sie zurückzuversetzen.

»Ich bin Gaspar Adenau!«, schrie er röchelnd wie ein Tier und fühlte, wie die beißenden Nesseln sich in die Haut seiner Arme, Hände und seines Gesichts brannten, während er seine Finger in die Erde grub. »Ich bin nicht Adenar! Ich bin nicht Adenar!«

Von seinen Schreien alarmiert, kamen die anderen herbeigelaufen.

»Es tut mir Leid«, sagte Adenau und bemühte sich, ein Schluchzen zu unterdrücken. »Ich weiß nicht, was mit mir los ist. Das ist ein seltsamer Ort. Hier spukt es wirklich. Lasst uns gehen.«

»Ach komm, Adenau«, sagte Victor. »Ich kann nicht glauben, dass du es so leicht mit der Angst zu tun kriegst. Hast du etwa ein Gespenst gesehen?«

»Ja«, stieß Adenau aus. »Ich habe ein schreckliches Gespenst gesehen.«

»Adenau, Liebling, was hast du denn mit dir angestellt?«, sagte Sascha und griff nach seinen von Pusteln bedeckten, blutigen Händen mit den erdverkrusteten Fingernägeln. Sie sah ihn voller Mitleid an, in das sich aber auch eine Spur Argwohn und möglicherweise ein wenig Furcht mischte.

An dieser Stelle muss eingefügt werden, dass diese ganze Szene von fremden Augen beobachtet wurde. Nein, damit ist nicht das Haus gemeint, sollte das Haus tatsächlich »sehen« können wie etwa ein Vogel, eine Katze oder ein Mensch die Dinge sehen können, sondern von einer Gruppe Personen, die in einem dämmrigen Zimmer um einen Tisch saßen. Das Zimmer befand sich in einem der oberen Stockwerke eines nahe gelegenen Wohnhauses, und in der Mitte des Tisches stand eine große Kristallkugel. Und im Inneren der Kristallkugel sah man klar und deutlich vier menschliche Gestalten, die eine fünfte auf dem Boden liegende umringten.

»Jetzt hat das Haus ihre Gegenwart gespürt«, sagte einer der Beobachter.

»Der Stern bringt sie zu uns«, sagte eine andere Stimme.

Suche deinen Schöpfer

»Suche deinen Schöpfer«, hatte der Baum gesagt.

Zunächst hatte Adenau das Wort Schöpfer im Sinne des allmächtigen Schöpfers verstanden, dass er also Gott suchen solle. Es hatte ihn seltsam angemutet, dass dies die Botschaft des Baums sein sollte, dass ein Baum sich auf einen so menschlichen Gott wie den christlichen beziehen sollte, mit seinem weißen Bart, seinen Strafen, seiner Eifersucht und seinem Zorn.

Als er jedoch einige Tage, vielleicht auch einige Wochen später mit seinen Freunden, den Grauen Katzen, darüber sprach, kam er auf den Gedanken, dass er die Worte des Baums vielleicht anders deuten müsse.

»Du hast mit einem Baum gesprochen?«, sagte Ana Sofia, die Biologie studierte. »So etwas habe ich noch nie gehört.«

»Bist du sicher, dass sich niemand hinter dem Stamm versteckt hat?«, fragte Elpidio Faraón dos Santos.

»Sei doch nicht so geistlos«, sagte Samarcanda. »Sogar ein Mathematikgenie wie du sollte etwas mehr Phantasie an den Tag legen.«

Sie saßen im Romancafé, in dem Nebenraum, in dem sie sich immer versammelten. Samarcanda trug einen zitronengelben Hut, den künstliche weiße Gladiolen zierten. Er war so groß, dass ihre ganze Tischseite in seinem Schatten lag. Elpidio hatte irgendeine witzelnde Bemerkung über ihren extravaganten Kleidungsstil gemacht, und nun bestrafte Samarcanda ihn für seine Dreistigkeit.

»Was hat der Baum denn genau ›gesagt‹?«, fragte Norma

Sueiro, ein sehr ernsthaftes und gewissenhaftes Mädchen, das Adenau aus ihren großen braunen Augen stets eindringlich zu mustern schien.

»Er hat gesagt ›suche deinen Schöpfer‹«, erwiderte Adenau. »Für einen Baum äußerst seltsame Worte, finde ich.«

»Suche deinen Schöpfer?«, wiederholte Bertoldo und sah ihn aus seinen rauchgrauen Augen an. »*Suche deinen Schöpfer* …«

»Für mich ist ganz klar, was er sagen wollte«, meldete Samarcanda sich mit einer wegwerfenden Handbewegung zu Wort. »Für euch etwa nicht?«

»Für mich ganz bestimmt nicht«, sagte Adenau.

»Wer ist denn dein Schöpfer, Prinz Adenar?«, fragte Samarcanda ihn.

»Ich weiß nicht.«

»Na Warmunt F. Ozick«, sagte Samarcanda und betonte jede einzelne Silbe. »Wer soll denn sonst der Schöpfer von Prinz Adenar sein? Der Baum hat dir gesagt, du sollst Ozick suchen.«

»Unglaublich!«, rief Bertoldo aus.

»Glaubst du wirklich, Samarcanda?«, fragte Adenau erstaunt.

»Was soll es denn sonst bedeuten?«

»Lebt Warmunt F. Ozick denn noch?«, fragte Adenau. »Ist er Goyaner? Wohnt er hier in Floria?«

Eine amüsierte Bestürzung machte sich unter den Grauen Katzen breit. Einige Augenblicke lang sagte niemand ein Wort.

»Was ist los?«, fragte Adenau. »Warum antwortet ihr nicht?«

»Niemand weiß, wer Warmunt F. Ozick ist«, sagte Norma schließlich. »Ozick ist der Geisterschreiber der Kinderliteratur in Goyanas.«

»Was soll das heißen?«, fragte Adenau verwirrt.

»Warmunt F. Ozick ist ein Pseudonym«, erklärte Bertoldo ihm, »ein falscher Name. Niemand weiß, wo Ozick sich befindet oder ob er überhaupt noch lebt. Möglicherweise hat er nie existiert. Vielleicht ist er auch schon lange gestorben. Das letzte Buch aus der Adenar-Reihe erschien vor mehr als zehn Jahren …«

»Und jetzt?«, fragte Adenau.

»Ich weiß nicht, wohinein du da geraten bist«, sagte Samarcanda. »Aber es muss eine ganz schön verzwickte Sache sein, denn sie machen es dir wirklich nicht leicht.«

Ein paar Tage später besuchte Adenau die Familie Aguanopulos. Von Zeit zu Zeit fand er sich zum Tee bei ihnen ein, um der majestätischen Frau Claudilene seine Aufwartung zu machen und in der gut sortierten Bibliothek von Herrn Mirmidon zu stöbern. Aguanopulos schien sich die Formalität, Vormund des Jungen geworden zu sein, tatsächlich sehr zu Herzen genommen zu haben. Hatte Adenau in dieser Geste des abgefeimten Politikers anfangs wenig mehr als einen pressewirksamen Werbefeldzug gesehen, merkte er jetzt, dass der alte Aguanopulos sich im Grunde danach sehnte, einen Sohn zu haben. Je besser er ihn kannte, desto deutlicher wurde ihm, dass Aguanopulos' übermäßige Schwäche für schwülstige Worte und Diskurse, sein unbezweifelbarer Hang zur Günstlings- und Vetternwirtschaft nicht seiner eigenen Natur entsprangen, sondern untrennbare Bestandteile der florianischen Politik oder vielleicht sogar der goyanischen Seele waren. Mirmidon Aguanopulos war kein korrupter Politiker in einem korrupten System, sondern, wie er sich selbst einmal gegenüber dem verblüfften Adenau charakterisiert hatte, ein professioneller Politiker in einer tropischen Gesellschaft, das heißt einer Gesellschaft, in der Verdunstung ein konstanter, allgegenwärtiger Faktor sei. »Und was bedeutet Verdunstung?«, hatte Aguanopulos gefragt und gleich selbst die Antwort gegeben: »Es bedeutet Auflösung, Unschärfe. Es bezeichnet das gewisse Flimmern in der Luft, etwas, das scheinbar da ist, tatsächlich aber nicht da ist. Es deutet auf Spiegelungen hin, auf ein beständiges Verschwimmen der Grenzen der Welt, so dass man niemals endgültig bestimmen kann, wo genau die Wahrheit beginnt und wo sie endet.«

In der Wohnung im Viertel Dulce, in der die Familie Aguanopulos lebte, hatte man ihn inzwischen so lieb gewonnen, dass er wie ein Kind der Familie behandelt wurde. Frau Claudilene hatte sogar begonnen, ihn als künftigen Schwiegersohn in Betracht zu ziehen. Ana Sofia bog sich vor Lachen über den Respekt und die Bewunderung, mit der Adenau von ihren Eltern sprach. Sie erklärte ihm, dass er völlig verrückt sei, sich freiwillig in die Höhle des Löwen zu begeben.

»Du schätzt es einfach nicht gebührend, eine Familie zu haben, einen Vater, eine Mutter und Schwestern, die dich lieben, egal, was du tust, ein Zuhause zu haben, in das du jederzeit zurückkehren kannst …«, sagte Adenau zu ihr. »Du fehlst deinen Eltern, du solltest sie gelegentlich besuchen.«

Wie so oft hatte Adenau seinen Besuch bei den Aguanopulos nicht einmal angekündigt. Er wusste, dass sie zum Tee immer zu Hause waren und Besuche empfingen.

»Na, was macht das Leben, Adenau, mein Junge?«, fragte Mirmidon ihn an diesem Nachmittag. »Besuchst du noch manchmal *Unsere liebe Frau vom Mond*?«

»Jeden Montag«, erwiderte Adenau. »Doktor Aristides sagt, dass ich mich gut in Floria einlebe, aber er sieht keine Anzeichen der Besserung …«

»Das Entscheidende ist, dass du dich integrierst, dass du dich in die Gesellschaft einfügst«, sagte Herr Aguanopulos. Und fügte dann schmunzelnd hinzu: »Ich habe gehört, du hast sogar schon eine Freundin.«

»Eine Freundin?«, fragte Frau Claudilene erstaunt, die gerade ihr Mädchen entlassen hatte und eigenhändig den Tee einschenkte.

»Ich bin mit Sascha Braunsfeld befreundet«, sagte Adenau und wurde rot bis unter die Haarwurzeln. »Aber sie ist nicht meine Freundin.«

Sie saßen zu dritt im Musikzimmer der Aguanopulos, bei Tee und englischem Kuchen, den Mirmidon sich direkt aus dem English Idyll bringen ließ und den Claudilene immer ziemlich trocken fand; sie bevorzugte bei weitem die Gebäckstücke aus der Embajada Konditorei, die man im Viertel Dulce üblicherweise zum Tee reichte. Das Musikzimmer, das seinen Namen keinem bestimmten Grund verdankte, ging auf die riesige Terrasse der Wohnung hinaus, die voller tropischer Blumen, üppiger Kletterpflanzen und Käfigen mit Singvögeln war. Dort befanden sich auch Mirmidons Kakteen, Ana Sofias Leguan und Claudilenes Papageien und Aras auf ihren Stangen: Santos, Pascha, Mariloche, Lily, Punta und Sinchi, und dazu Modinha, der große rosa Kakadu. Von hier oben hatte man einen wunderbaren Blick über das Herz von Dulce, den Marquis de Evora Platz mit seinen bunten Tulpendreiecken, inmitten derer sich die steinerne Statue des Marquis erhob.

»Sascha Braunsfeld!«, kreischte Sinchi, zu dessen Talenten zählte, jedes Wort sofort zu wiederholen.

»Sascha Braunsfeld!«, rief Frau Claudilene, als hätte der Vogel ihr einen Schnabelhieb versetzt. »Ein sehr hübsches Mädchen. Zu hübsch, würde ich sagen. Ist sie nicht älter als du, mein Junge?«

»Ja, ein Jahr«, sagte Adenau.

»Aber sie stammt aus einer sehr guten Familie«, sagte Frau Claudilene und reichte Adenau seine Tasse. »Bestimmt kommt sie irgendwann zur Vernunft.«

»Claudilene, das sind doch noch Kinder«, sagte Mirmidon.

»Ich weiß nicht, warum ihre Mutter sie auf dieses schreckliche Konservatorium gehen lässt«, sagte Frau Claudilene. »Das ist ein wahres Nest aus Bohemiens und missratenen Gestalten, die den ganzen Tag rauchen, und die Lehrer sind entweder geschieden oder allein erziehende Mütter. Der reinste Albtraum!«

Dann zog Frau Claudilene sich zurück, um sich ihren Pflichten und Wohltätigkeitsbazaren zu widmen, und Mirmidon und Adenau gingen in die Bibliothek, wo Mirmidon sich stets einen Cognac einschenkte und Adenau sich normalerweise in die far bigen Abbildungen eines riesigen Atlanten vertiefte. Mirmidon Aguanopulos hatte eine umfangreiche Bibliothek von Geschichtsbüchern, und Adenau, der sich sehr für die Historie von Columbia interessierte, liebte es, in den alten Atlanten und wertvollen Kolonialdokumenten zu schmökern, die Mirmidon besaß. Doch an diesem Nachmittag beschäftigte ihn ein anderes Thema.

»Mirmidon«, sagte Adenau übergangslos, als sie zu beiden Seiten des Bibliothekstisches saßen, wo Aguanopulos sich gerade sein Glas Cognac einschenkte; den ersten Band der *Geschichte* des Paters Ayuso, den sein Gastgeber ihm hingelegt hatte, schlug er nicht einmal auf. »Mirmidon, wo könnte ich Warmunt F. Ozick finden?«

»Warmunt F. Ozick?«, fragte Aguanopulos überrascht.

»Das ist der Autor … na ja, Sie wissen schon, von *Adenars Abenteuern …*«

»Ja, natürlich«, sagte Aguanopulos. »Und was willst du von ihm?«

»Ich würde gern mit ihm reden«, sagte Adenau vorsichtig.

»Mit ihm reden«, wiederholte Aguanopulos, schwenkte sein Cognacglas und führte es an die Nase. »Wozu denn, Adenau?«

»Ich dachte, dass vielleicht … ich weiß nicht … vielleicht einfach nur aus Neugier … Ich wollte schon immer gern mit dem Menschen sprechen, der sich diese Figuren und Geschichten ausgedacht hat. Schon seit ich im Sanatorium das erste Mal die Bücher gesehen habe … Vor kurzem habe ich erfahren, dass Ozick ein Pseudonym ist, und da bin ich noch neugieriger geworden …«

»Ja, in der Tat, es ist ein Pseudonym«, sagte Mirmidon. »Und wie sollen wir ihn finden, mein Junge?«

»Ich habe ein wenig recherchiert«, sagte Adenau. »Der Verlag, bei dem die Bücher von Adenar erschienen sind, ist vor ein paar Jahren Bankrott gegangen. Die Bücher sind mittlerweile vergriffen und auch nicht mehr gelistet.«

»Ja«, sagte Aguanopulos. »Das war ein trauriger Fall. Der Verlag *Der Wanderfalke*. Ich erinnere mich gut daran. Nicht, dass ich etwas damit zu tun gehabt hätte, ich war im Ministerium nie zuständig für…«

»Genau«, rief Adenau, erstaunt, dass Aguanopulos sich an den Namen des Verlags erinnerte. »*Der Wanderfalke …*«

»Die Leiterin des Verlags war Francisca Belheu Moraes. Aber sie ist inzwischen gestorben, ich nehme an, das weißt du auch.«

»Nein, das wusste ich nicht«, sagte Adenau. »Und ich vermute, sie war die Einzige, die wusste, wer Warmunt F. Ozick ist.«

»Wahrscheinlich wusste sie es, ja«, sagte Aguanopulos. »Es ist anzunehmen, dass sie als Ozicks jahrelange Verlegerin in das Geheimnis eingeweiht war. Aber möglicherweise kannte selbst sie den wahren Autor nicht. Ich habe gehört, dass sie Ozicks Bücher per Post bekam, aber vielleicht ist das auch eine Legende. Oder vielleicht war sie selbst Warmunt F. Ozick, wer weiß!«

»Woran starb sie? War sie schon älter?«

Aguanopulos seufzte tief.

»Sieh mal, Adenau«, sagte er. »Es gibt Dinge in Floria und Goyanas, die du nicht weißt, aber wissen solltest ... Du wirst bald volljährig, Adenau, und wirst dich mit Dingen konfrontieren müssen, die dir vielleicht nicht gefallen oder die du möglicherweise sogar ablehnen wirst ... In jedem Fall darfst du nicht voreilig urteilen ... Du solltest dich nicht von deinem ersten Eindruck irreleiten lassen ... Unsere Lebensweise, Adenau, unsere Lebensweise ... Ich muss gestehen, dass ich selbst mich mitunter angesichts bestimmter Dinge unbehaglich fühle ... Ich, ein Diener des Staates, ein öffentlicher Beamter ... Aber die Dinge sind aus einem guten Grund so, wie sie sind. Nicht aus einem Grund, aus vielen Gründen, aus vielen kompliziert darzulegenden Gründen, die gemeinsam in einem einzigen Grund gründen, dem allerwichtigsten Grund, und dieser Grund heißt Columbia. Es geht nicht nur um ein Land, es geht nicht nur um Goyanas, sondern um einen ganzen Kontinent. Heute heißt er Columbia, morgen wird er Demonia heißen ...«

Adenau war vollkommen verwirrt. Er hatte nicht die leiseste Ahnung, was Aguanopulos ihm zu sagen versuchte oder wovon er eigentlich sprach.

»Du verstehst nicht, wovon ich rede, stimmt's?«, sagte Aguanopulos und sah ihn aus traurigen, müden Augen an. »Das ist ganz normal. Bestimmt hast du gesehen, dass in vielen Häusern in Floria, meist auf dem Kaminsims, wenn es einen Kamin gibt, ein geschnitztes Holzkästchen steht ... Manche Menschen tragen es auch immer bei sich … Nun ja, also … wovon sprachen wir? Du wirst dich also bald mit Dingen konfrontieren müssen, die dir bis jetzt nicht einmal im Traum eingefallen wären … Bald wirst du kein Kind mehr sein, und manchmal bringt der Übergang von der Kindheit zum Erwachsenenalter den Wunsch mit sich, die Zeit zurückzudrehen … Zu sagen, ›Nein, ich will nicht erwachsen werden, ich will keine Verantwortung übernehmen! Ich will lieber ein Kind bleiben!‹ … Ich habe gehört, du hast dich mit meiner jüngsten Tochter angefreundet.«

»Ja«, sagte Adenau. »Ana Sofia und ich verstehen uns sehr gut. Wir sehen uns fast jeden Tag.«

»Sag ihr, sie soll öfter mal nach Hause kommen«, murmelte Aguanopulos lächelnd, ohne den Blick von dem mahagonifarbenen Schimmer seines Cognacglases zu wenden. »Sie ist so laut und fröhlich, dass man sie richtig vermisst. Nun ja … Die Grauen Katzen heißt doch diese Revoluzzerbande … Weißt du, was irgendwann geschehen wird, Adenau? Weißt du, warum die Polizei dort nicht auftaucht, warum die Grauen Katzen sich in einem Café im Zentrum von Floria versammeln und lauthals von sich geben können, was ihnen gerade in den Sinn kommt? Weil letztendlich, und das ist die traurige Realität, all die, die jetzt so laut schreien und sich so voller Überzeugung auflehnen, ins Schicksalsministerium gehen, wenn ihre Zeit gekommen ist … Einer nach dem anderen … In einem braven Entenmarsch …«

»In was für ein Ministerium?«

»Ins Schicksalsministerium natürlich«, sagte Aguanopulos. »Ich selbst gehörte zu diesen jungen Leuten, Adenau, ich war genauso! Deshalb kann ich meiner Tochter einfach nicht böse sein, weißt du, deshalb könnte ich auch dir unmöglich böse sein … Auch ich habe das Schicksalsministerium kritisiert, auch ich habe mich mit Grauen Katzen versammelt, die zwar nicht so hießen, aber genau wie eure Grauen Katzen waren … Aber wenn der Moment gekommen ist, wenn du volljährig wirst und die Reihe an dir ist, weißt du, was du dann tun wirst? … Du wirst dir ein sauberes, gebügeltes Hemd anziehen, dorthin gehen und deine Pflicht erfüllen, als guter Goyaner, der du bist … Und so soll es sein … Du wirst das tun, Ana Sofia wird das tun, und alle anderen werden das tun, wenn die Zeit gekommen ist …«

Adenau war beeindruckt von dem Ernst, mit dem Mirmidon Aguanopulos sprach. Er redete zu ihm wie mit einem Sohn, aus tiefster Seele, ganz offen und ohne jede Verstellung, ohne zu versuchen, ihn zu überzeugen oder höflich zu sein.

»Nun gut, das reicht jetzt«, sagte Aguanopulos. »Du kannst jetzt ein wenig schmökern. Nimm heraus, was dich interessiert, und wenn du fertig bist, komm in mein Büro, und sei es nur, um dich zu verabschieden. Fühl dich ganz zu Hause.«

Aber Adenau beschäftigte so sehr, was Aguanopulos ihm gesagt hatte, dass er keinerlei Interesse mehr für die Atlanten oder die monumentale *Geschichte der Eroberung von Columbia* des Paters Ayuso verspürte, deren zwanzig Bände in der Erstausgabe den größten Schatz von Aguanopulos' Bibliothek darstellten. Etwa zwanzig Minuten blieb er an dem Bibliothekstisch sitzen, ohne in den Atlas zu schauen, der aufgeschlagen vor ihm lag. Dann stand er auf, um in Mirmidons Büro zu gehen und sich zu verabschieden.

Um dorthin zu gelangen, musste er den großen Salon durchqueren, der selten benutzt wurde, wenn die Töchter nicht da waren. Wie in vielen eleganten Wohnungen in Floria befand sich dort ein Kamin, in dem nie ein Feuer brannte. Unwiderstehlich von ihm angezogen, ging Adenau auf Zehenspitzen leise zu ihm hin. Auf dem Sims stand ein Kästchen aus Palmholz, in dessen Inneren sich eine herrliche Gottesanbeterin befand, die sich leicht aufrichtete, als sie die Gegenwart des Jungen bemerkte, und sich dann umdrehte, um ihn aus ihren seltsamen Insektenaugen zu beobachten. Adenau betrachtete sie einige Augenblicke lang, fasziniert von der hellgrünen Farbe ihres Körpers und ihren angewinkelten Beinchen, die im Halbdunkel des Zimmers fast zu leuchten schienen.

»Komm nicht wieder in dieses Haus«, sagte die Gottesanbeterin mit überaus sanfter, fast unhörbarer Stimme.

»Warum nicht?«, fragte Adenau flüsternd.

»Sie laden dich nur aus Mitleid ein«, sagte die Gottesanbeterin. »In Wirklichkeit halten sie dich für einen sonderbaren Zeitgenossen. Sieh nur, wie du angezogen bist.«

»Was ist mit meiner Kleidung?«

»Deine Schuhe sind schmutzig«, sagte die Gottesanbeterin. »In dieses Haus kommt man nicht mit schmutzigen Schuhen.«

Adenau war beschämt. Seine Schuhe waren nicht besonders schmutzig, aber tatsächlich glänzten sie auch nicht wie frisch poliert. Es war durchaus möglich, dass eine distinguierte Dame wie die stets so makellose Frau Claudilene überrascht bemerkt hatte, dass seine Schuhe nicht glänzten. Ja, das war ganz und gar möglich. Es war sogar sehr wahrscheinlich.

In den Strassen ertönt es

In den Straßen ertönt es
und verschönt sie mit Klingen,
Blumen getröpfelt aus Regen,
dem Spiegel aller Dinge.

In den Straßen ertönt es,
die Jugend erlernt man nicht, sie vergeht,
diese Metapher aus Wasser,
die alle sehen und niemand versteht.

In den Straßen ertönt es,
Sehnsucht, Liebe, Trauer, Tod,
vergib mir meine Sünden nicht,
dir so viel zu schulden wäre mir große Not.

In den Straßen ertönt es,
ein Lied gebrochen gesungen,
freudig und unbeschwert,
nur Liebe, nichts von Hass durchdrungen.

In den Straßen ertönt es
und verschönt sie mit Klingen,
die Mandoline des Lebens,
die geheime Stimme der Dinge.

Nichts geschieht, was du nicht willst,
nichts beginnt, stimmst du nicht darin ein,
nichts endet, nichts geht weiter,
entspringt doch alles nur deinem Bewusstsein.

In den Straßen ertönt es,
wenn du sie betrittst,
und ich danke dem Leben
im Glanze des Sternenlichts.

In den Straßen ertönt es,
Stimme des Tages, Stimme der Nacht,
Sätze, Worte, Weinen, Lachen,
meinem umherstreifenden Ohr zugedacht.

Ein Hund, eine Katze, Wolken und Rauch,
ein trauriger Mann, ein blondes Kind,
eine Frau am Fenster,
Sonne, Leben, Bewegung im Wind.

In den Straßen ertönt es,
was ihnen dies Lebenslicht verleiht,
Hand in Hand entlangzugehen
in inniger Gemeinsamkeit.

Alle hier sind meine Freunde,
mein sind ihr Lachen und ihr Weh,
denn es ist mein Leben, das Leben selbst,
das dort in den Straßen ertönt und ich seh.

Der Straßensänger Dario Pomagranada schloss das Lied mit einem sehnsüchtigen Gitarrenakkord ab und griff nach der Zigarette, die er zwischen zwei Saiten geklemmt hatte. Er war sehr dunkelhäutig und schlaksig, hatte Kraushaar und einen durchdringenden Blick, trug eine zerschlissene Hose und ein ärmelloses Hemd.

Natürlich klatschte niemand. Eine ziemlich dicke schwarze Frau, die den Park mit einem Kind an der Hand durchquerte, gab dem Kind eine Münze, woraufhin das Kind schüchtern herantrat und sie in die offene Gitarrenhülle warf.

So war sein Publikum an der Alten Wasserpromenade, gleichgültig, verschlafen und vor allem arm. Dario Pomagranada stand jeden Tag mehrere Stunden dort und sang seine Lieder, doch am Ende des Vormittags hatte er nie mehr als ein paar Münzen zusammen, gerade genug, um etwas Warmes zu essen und abends ein hübsches Mädchen zu einer Erfrischung einzuladen. Immer wieder bearbeiteten ihn seine Freunde:

»Mein Gott, Pomagranada, warum gehen Sie nicht in die Fortunata, wo das Geld ist?«

»Pomagranada, ich bitte Sie, mit Ihrer Stimme könnten Sie Millionär werden!«

Und Dario antwortete:

»Ich will kein Millionär werden. Was soll ich mit so viel Geld? Viel nötiger brauche ich Zeit für meine Lebensphilosophie.«

»Was ist das für eine Philosophie, Dario?«, fragten sie ihn dann.

»Es ist eine antagonistische Philosophie, die in Agonie liegt«, sagte Dario und verlieh seinen Worten mit erhobenem Zeigefinger Nachdruck.

Wenn er ein Mädchen zu einem Erfrischungsgetränk einlud, sprach er stets von seiner Lebensphilosophie.

»Meine Lebensphilosophie ist existenziell und zugleich surreal«, sagte Dario. »Ich glaube an das Schwarzsein, nicht an die Schwärze! Lebendig zu sein ist für mich eine gigantische und unbegreifliche Tatsache, und allein der Gedanke daran erfüllt mich mit einem unglaublichen Gefühl der Erfüllung.«

Manche Mädchen lachten ihn aus und zeigten ihm beim Weggehen den Vogel. Andere lachten nicht, sondern schwiegen nachdenklich, und dieses Schweigen nutzte Dario und sagte:

»Ich bin sehr verliebt in Sie.«

Manche glaubten ihm, andere nicht.

Er lebte in einem kleinen Zimmer fast ohne Möbel. Sein wertvollster Besitz war seine Gitarre. Neben dem Bett stand ein Palmholzkästchen, und darin lag ein Quarzkristall.

»Ich bin wie eine Katze«, pflegte Dario zu sagen. »Ich setze mich gern auf den Boden. Ich mag die Sonne, aber ich mag auch den Regen. Ich erwarte mir viel vom Leben. Ich erwarte, dass die Sonne jeden Tag aufgeht. Ich erwarte, dass die Zigarettenverkäuferin am Eck mir gelegentlich zulächelt. Ich erwarte, dass es ewig Hibiskusblüten und den Geschmack nach Guanabana gibt …«

Manche hielten Dario für einen Vorstadt-Don-Juan, einen Märchenerzähler und einen Faulpelz. Andere hielten ihn für einen Träumer und fanden die Texte seiner Lieder tief greifend und bewegend. Und wofür hielt er sich? Zweifellos wusste er Dinge über sich selbst, die den anderen verborgen blieben, so wie ihm selbst Dinge über sich verborgen bleiben mussten, die jedermann ins Auge fielen.

Er sang *In den Straßen ertönt es*, *Das Lied des naschhaften Liebhabers* und *Traum ist sein Name*, und dann improvisierte er ein Lied für ein schwarzes Mädchen mit schönen langen Beinen und einem hübschen Lächeln, das den Gehsteig entlangkam. Als das Mädchen schließlich auf eine imaginäre Uhr am Handgelenk tippte, ihm einen Kuss zuwarf und weiterging, machte Dario eine Pause, zündete eine Zigarette an und sah sich um. Er hatte gehört, dass es nicht gut sei, zu lange zu sitzen, daher spielte er nie mehr als drei Lieder, ohne die Position zu wechseln, sich eine Weile ins Gras zu legen und in den Himmel zu schauen oder jemanden um eine Zigarette zu bitten und sich ein wenig zu unterhalten.

»Weißt du, wie viel Uhr es ist, meine schwarze Schöne?«, fragte er ein anderes, ebenfalls sehr hübsches Mädchen mit einem weißen Tuch um die Haare und hohen Absätzen, das in entgegengesetzter Richtung vorbeikam.

»Ist das alles, was Sie von mir wollen, die Uhrzeit?«, fragte das Mädchen mit einem Anflug von Ironie oder vielleicht auch von Melancholie.

»Und eine Verabredung, wo immer es Ihnen beliebt, meine Schöne«, sagte Dario. »Nur habe ich jetzt gleich ein wichtiges Geschäftstreffen.«

Das Mädchen brach in Gelächter aus.

»Männer finden doch immer eine Ausrede«, sagte sie und sah auf ihr Handgelenk, wo sich in diesem Fall tatsächlich eine Uhr befand. »Es ist sechs Uhr, mein Herr.«

»Ich singe immer hier, meine schwarze Schöne«, sagte Dario. »Kommen Sie morgen wieder vorbei, verschwinden Sie nicht einfach so aus meinem Leben …«

»Aber ich bin eine verheiratete Frau«, sagte das Mädchen, »und Sie sind sehr arm …«

Es wurde Abend und überaus romantische Wolken bauschten sich am Himmel über den hohen Bäumen und den heruntergekommenen Villen der Alten Wasserpromenade.

Gerade einmal ein paar hundert Meter weiter nahmen die Diener des Sterns ihre Plätze um den Tisch herum ein, in dessen Mitte die Kristallkugel stand, transparent, aber noch ausdruckslos. Nein, Dario Pomagranada hatte kein Geschäftstreffen, aber ein Treffen hatte er in der Tat, ganz in der Nähe. Die anderen warteten schon auf ihn.

Gerade einmal ein paar hundert Kilometer weiter bewegte sich ein riesiges Gleitflugzeug über den Ozean auf Floria zu. Es flog auf etwa vierhundert Meter Höhe über dem Meer, manchmal stieg es aber auch bis auf zweitausend Meter auf, um von den Windströmungen und der dünneren Luft zu profitieren. Auf der Kommandobrücke sprach Emory Lemorey per Funk mit der Hafenbehörde von Floria.

Die Octaviana Maria in Floria

Mirmidon Aguanopulos saß im Grashüpfersalon des English Idyll Clubs auf seinem Stammplatz, dem Rousseau Sessel, als er einen Satz hörte, der sein Leben für immer verändern sollte.

»Emory Lemorey kommt heute Nachmittag in Floria an. Der Präsident persönlich wird ihn empfangen …«

Joao, der alte Diener des Clubs, der sich selbst als den bestinformierten Menschen in Floria bezeichnete, sprach ihn aus, als er *zufällig* an ihm vorbeiging.

Herr Aguanopulos fuhr hoch. Auf seinen Knien lag aufgeschlagen der *Langobardische Postillon*, und in der Hand hielt er ein Glas Kirschbrandy, doch eine ganze Weile schon fielen ihm immer wieder die Augen zu und sackte ihm das Kinn auf die Brust.

»Aber Joao, teurer Freund!«, sagte er, in dem Bemühen, seine Schläfrigkeit zu überspielen und das Brandyglas auszubalancieren, das ihm aus den Fingern zu gleiten drohte. »Emory Lemorey, der Reisende, das steht doch in allen Zeitungen. Ich selbst bin zum offiziellen Empfang in der Königlichen Geographischen Gesellschaft eingeladen. Was soll daran neu sein?«

»Neu daran ist, dass *der Reisende* später hierher in den Club kommt und in kleiner Runde über sein transozeanisches Abenteuer sprechen wird.«

Herr Aguanopulos riss die Augen weit auf. Rasch schlug er die Zeitung zusammen, die er auf den Knien hatte, und ließ sie zu Boden fallen.

»Wirklich?«, sagte er, noch etwas benommen in seinen Reaktionen. »Emory Lemorey hier …? Und wo hier, Joao …?«

»Ich sagte Ihnen ja, Exzellenz, in kleiner Runde … Sie wissen, bei meiner Arbeit hört man so manches. Das hier stammt aus äußerst vertrauenswürdiger Quelle; Abisinio, der Schuhputzer, hat es mir gesagt. Aber Sie wissen, dass ich nicht gern Gerede weitertrage.«

Aguanopulos sah ihn an, ohne recht zu verstehen.

»Natürlich, selbstverständlich«, sagte er dann plötzlich, griff in seine Jackentasche und kramte in den Münzen, die er dort hineinzustecken pflegte.

Joao betrachtete ihn mit einer Mischung aus Geduld, Ironie und Sympathie, wie es Personen tun, die es gewohnt sind, Zeugen menschlicher Schwächen zu sein.

Aguanopulos stöberte in seiner Tasche und fühlte sich immer unbehaglicher. Er hatte nur Kleingeld bei sich, ein, fünf, vielleicht zehn Centime. Schließlich fand er ein größeres Geldstück, aber als er es schwer in seiner Hand liegen fühlte und den gezackten Rand ertastete, merkte er, dass es eine Dublone war, fünf Florin. Ganze fünf Florin!

»Hier, Joao«, sagte Aguanopulos schließlich und gab ihm die Dublone. »Kauf deiner Frau Orchideen.«

»Im Rheintöchtersaal. Um halb elf Uhr abends«, wisperte Joao. »Die Losung ist *Osiris*. Ich habe Ihnen nichts gesagt.«

»Mach mir keine Angst, Joao. Eine Losung? Ist das mit den Clubregeln zu vereinen? Man möchte meinen, es handele sich um eine Verschwörung. Um etwas Illegales.«

Joao zuckte die Achseln.

»Im Rheintöchtersaal?«, fragte Aguanopulos dann mit ratlosem Gesichtsausdruck. »Wo ist denn der?«

»Fünfter Stock, unter der Treppe, die zum Krähenturm führt. Dort befindet sich das Wandbild von den Rheintöchtern. Sie müssen das rechte Auge von Floshilde drücken, um so die Klingel zu betätigen.«

Bevor Aguanopulos noch etwas sagen konnte, war Joao schon hinter den Sesseln und Beistelltischen des Grashüpfersalons verschwunden.

»Der Teufel soll mich holen!«, murmelte Aguanopulos.

Noch nie hatte er vom Rheintöchtersaal oder dem Krähenturm gehört. Joaos Wegbeschreibung erschien ihm höchst rätselhaft, nicht nur wegen des Kauderwelschs von irgendwelchen Geheimtüren, Losungen und versteckten Klingeln in Gemäldeaugen, sondern weil allgemein bekannt war, dass der fünfte Stock des Gebäudes seit Jahren geschlossen war. Wie sollte er in den fünften Stock gelangen, wenn die Treppe im vierten Stock endete und statt des fünften Knopfes in den Aufzügen nur ein Loch in der Metallleiste war? Erlaubten Joao oder Abisinio sich einen Scherz? Aber weder Joao noch Abisinio neigten eigentlich zu Scherzen, erst recht nicht, wenn es dabei um Geld ging.

Emory Lemoreys Ankunft in Floria an Bord seiner *Flugmaschine* war für vier Uhr nachmittags vorgesehen. Seit Monaten sprachen die Zeitungen von dieser phantastischen Unternehmung, deren Vorbild Georges Alkans legendäre, dreihundert Jahre zurückliegende Atlantiküberquerung war, die in dem aquitanischen Erumburgo begonnen und zur »Entdeckung« eines neuen Kontinents geführt hatte, des Kontinents Columbia, in dessen südlichem Teil sich das riesige Land Goyanas befand, dessen größte Metropole Floria war, in Reichtum und Pracht einzig vergleichbar mit New Amsterdam in Nordcolumbia.

Trotz der zahlreichen Piktogramme der *Octaviana Maria*, die seit Monaten in Zeitungen und Zeitschriften in ganz Goyanas veröffentlicht wurden, ging ein staunendes Raunen durch die Menge der sich auf den Molen und Kais des Hafens von Floria drängenden Schaulustigen, als der seltsame Apparat zwischen den Wolken auftauchte und am Himmel größer und größer wurde, bis er seine sonderbare, exzentrische Konstruktion in allen Details offenbarte, während er langsam an Höhe verlor und schließlich wenige Fuß über dem ruhigen Wasser des Hafens von Floria schwebte.

Man zündete Feuerwerk und Raketen. Die anwesende Presse schoss Tausende von Piktogrammen. Die *Johann Sebastian Bach*, Vorzeigeschiff der goyanischen Flotte, feuerte Ehrensalute ab. Das Königliche Blasorchester lieferte eine Version der feierlichen aquitanischen Hymne, die den anwesenden Aquitaniern aufgrund ihrer zu schnellen und fröhlichen Interpretation missfiel (»Das ist ja ein Sambada-Rhythmus«, mäkelte die Frau des Botschafters angeblich), und wechselte dann zum *Fräulein von Ipanema*, der goyanischen Hymne. Die Mole war so überlaufen, dass mehrere der Jubelnden in das grünliche Hafenwasser fielen. Die Patrouillen des Weißen Kreuzes kreuzten hin und her und warfen den unfreiwillig Badenden Korkschwimmreifen zu. Das Lotsenboot steuerte langsam auf den merkwürdigen Apparat zu. Auf der Kommandobrücke stand der legendäre Reisende Emory Lemorey, ungeachtet der tropischen Hitze und der Schwüle des florianischen Nachmittags in einen dicken Tweedanzug gekleidet, und winkte der Menge grüßend zu.

Der Regierungspräsident von Goyanas und seine Frau Gemahlin, ihre Exzellenz Fernanda de Assís, empfingen Emory Lemorey und den Offiziersstab der *Octaviana Maria* auf einer eigens für die Gelegenheit errichteten Tribüne, die mit einem hübschen, von dem berühmten Floristen Marty aus der Phönixallee entworfenen Arrangement einheimischer Blumenarten geschmückt war. Der Bürgermeister von Floria überreichte Lemorey die Schlüssel der Stadt. Lemorey hielt eine kurze Dankesrede und beantwortete die Fragen der Journalisten.

»Was werden Sie während Ihres Aufenthaltes in Floria unternehmen?«, fragte einer der Journalisten, ein milchgesichtiger junger Mann, der für den *Katanischen Marktschreier* akkreditiert war.

»Ich muss mir einen neuen Schlüsselbund kaufen«, sagte Lemorey, ohne die Miene zu verziehen. »Der Schlüssel der Stadt ist für meinen zu groß.«

Eine geheime Zusammenkunft

An jenem Abend begab Mirmidon Aguanopulos sich zur angegebenen Zeit in den English Idyll Club, »um sich ein wenig zu erfrischen«, wie er seinen Kollegen erklärte. Als er von seinem Hochrad abstieg und es am Fuß des Löwen vor dem Eingang ankettete, überkam ihn ein beklommenes, unheilvolles Gefühl. Jegliche Anwandlung von Spielergeist oder Lust zur Zerstreuung hatte ihn gänzlich verlassen. Je länger er darüber nachdachte, desto überzeugter war er, dass er nicht zu diesem geheimen Treffen mit Emory Lemorey gehen sollte. Lemorey war ein Fremder in Goyanas und konnte tun und lassen, was er wollte, aber was hatte er, Mirmidon Aguanopulos, der bekannte Politiker, eine Stütze der Gesellschaft, eine der herausragenden Persönlichkeiten des Landes, in einer verschwörerischen Zusammenkunft zu suchen, zu der er ohnehin nicht eingeladen war?

Während er die Eingangstreppe hinaufstieg und die große Halle des Clubs betrat, beschloss er, zunächst einmal Joao zu suchen und ihn über die wirkliche Natur dieses Treffens zu befragen. Doch der Nachtwächter, Doroteo, teilte ihm mit, dass Joao zwei Stunden zuvor nach Hause gegangen war.

»Wissen Sie, wie man in den fünften Stock kommt?«, fragte Aguanopulos beiläufig.

»In den fünften Stock?«, sagte der Nachwächter erstaunt. »Der fünfte Stock ist seit 2185 gesperrt.«

Aguanopulos musterte Doroteo einen Augenblick lang. Dann seufzte er tief und griff mit der Hand in die Tasche.

»Das weiß ich, teurer Freund Doroteo«, sagte Aguanopulos. »Trotzdem gibt es doch einen Weg, dorthin zu gelangen, oder?«

»Jetzt, wo Sie es sagen, in der Tat«, nickte Doroteo und steckte diskret die Dublone ein, die Aguanopulos auf den Tresen gelegt hatte. »Nehmen Sie den großen Aufzug am Ende des Ganges und drücken Sie den Knopf für den fünften Stock. Das wissen nicht viele, gnädiger Herr. Ich bitte Sie um äußerste Diskretion …«

»Den Knopf …?«, sagte Aguanopulos. »Aber es gibt doch keinen …«

»Nehmen Sie das hier«, sagte Doroteo und gab ihm einen Bleistift mit einem kleinen Radiergummi am Ende. Aguanopulos betrachtete ihn misstrauisch. Er hatte den begründeten Verdacht, dass Doroteo den Bleistift nicht zum Schreiben benutzte, sondern um sich damit die Ohren zu säubern.

»Beim Verlassen des Aufzugs gehen Sie nach links und am Ende des Ganges nach rechts, dann kommen Sie zum Krähenturm. Haben Sie Streichhölzer? Es gibt dort kein Licht. Hier, nehmen Sie meine Taschenlampe«, sagte Doroteo und legte die silberne Lampe auf den Tresen. »Sie können Sie mir später zurückgeben.«

»Na, das ist ja eine tolle geheime Zusammenkunft«, dachte Aguanopulos, als er den Gang entlangging, mit spitzen Fingern den Bleistift haltend, den Doroteo ihm gegeben hatte, seine Jackentasche vom Gewicht der Taschenlampe ausgebeult. »Abisinio, der Schuhputzer, Joao, der Hausdiener, und Doroteo, der Nachtwächter, alle sind sie bestens im Bilde, wo und wann sie stattfindet. Und dieser Doroteo hat ja wirklich die Ruhe weg! Erdreistet sich, *mir* zu sagen, ich solle diskret sein und die Geheimnisse seiner Zunft nicht verraten!«

Ohne Schwierigkeiten gelangte er in den fünften Stock, indem er den Bleistift in das Loch neben der Nummer fünf in der Metallleiste des Aufzugs steckte. Oben angekommen, folgte er Doroteos Wegbeschreibung, und nachdem er mehrere staubige Räume voller aneinander gestellter Portraits ehemaliger Clubpräsidenten und kaputter oder altmodischer Möbel durchquert hatte, erreichte er eine Treppe mit einem Geländer aus dunkel lackiertem Holz. Der Lichtkegel der Taschenlampe, mit dem er seine Umgebung ableuchtete, fiel auf den Geländerknauf, der eine Krähe mit spitzem Schnabel und leicht ausgebreiteten Flügeln darstellte. Zweifellos war dies die Treppe, die zum Krähenturm führte.

Die obere Treppenwand bedeckte eine hölzerne Wandverkleidung, auf der die Rheintöchter zu sehen waren, drei Sirenen auf einem aus den Tiefen des Flusses ragenden Felsen, eine sehr altertümliche und düstere Darstellung. Er behalf sich mit der Lampe, wischte mit der Hand den Staub von der Malerei und versuchte sein Glück mit den Augen jeder einzelnen der drei rotblonden Grazien (woher sollte er schon wissen, welche Floshilde war?), bis schließlich eine Iris nachgab und eine ferne Klingel ertönte. Einige Augenblicke vergingen. Als Aguanopulos die Klingel gerade erneut betätigen wollte, hörte er plötzlich ein Wispern auf der anderen Seite der Täfelung.

»Wer ist da?«, wurde gefragt.

»Osiris«, flüsterte Aguanopulos mit bebender Stimme.

Eine Tür öffnete sich in dem Gemälde, trennte den weißen Körper einer Sirene von ihrem grünen schuppigen Schwanz, und in dem Türspalt tauchte eine dunkle Gestalt auf, die ihn hereinbat. Aguanopulos schrak fast zurück, als er feststellte, dass es sich um Kapitän Rowenstein handelte. Auch der Kapitän war offensichtlich überrascht, Aguanopulos vor sich zu sehen. Seine Augen weiteten sich verblüfft und er schien etwas sagen zu wollen, überlegte es sich dann aber anders und bat ihn nur, ihm zu folgen.

»Na, dieser Rowenstein ist mir ja ein schöner Gauner!«, dachte Aguanopulos erstaunt. »Und neulich hat er noch versucht, alle Welt davon zu überzeugen, dass Lemorey ein etwas besserer Schwindler sei!«

Rowenstein führte ihn durch einen dunklen Gang in einen recht großzügigen Raum, in dem sich ein großer Tisch mit goldvernieteten alten Stühlen befand. Die Kerzen eines auf dem Tisch stehenden Leuchters erhellten flackernd den Raum und die darin befindlichen Personen, acht bis zehn Männer, die sich leise unterhielten und von denen Aguanopulos keinen einzigen kannte. Emory Lemorey saß am Kopf des Tisches und wartete schweigend darauf, dass die anderen sich setzten. Er war blass und machte einen müden Eindruck, aber vielleicht lag das auch nur an dem schummerigen Kerzenlicht.

»Meine Herren, ich denke, wir können anfangen«, sagte Kapitän Rowenstein.

»Mein Gott«, dachte Aguanopulos, am ganzen Körper zitternd. »Das ist vermutlich das erste Mal, dass ich etwas Illegales tue, seit ich das Segelboot auf Ana Sofias Namen habe eintragen lassen ... Na gut, da gab es noch die Unterschriften auf den erfundenen Bauaufträgen letzten Sommer und dann natürlich die Strafzettel, aber das zählt ja alles nicht wirklich ...«

»Ich habe die Ehre, Ihnen den Reisenden Emory Lemorey vorzustellen«, sagte Rowenstein, als alle ihre Plätze um den Tisch eingenommen hatten. »Emory, wir heißen Sie alle willkommen.«

»Danke«, sagte Lemorey schlicht. »Es scheint, wir haben nicht viel Zeit, meine Herren. Wenn es Ihnen nichts ausmacht, komme ich deshalb gleich auf das Thema zu sprechen, das uns alle interessiert.«

Emory Lemorey war Anfang fünfzig und von kultiviertem, distinguiertem Äußeren. Sein sonnengegerbtes, sommersprossiges Gesicht und seine vielen Falten zeugten von einem größtenteils im Freien verbrachten Leben. Lemorey, der Reisende, hatte seine Laufbahn mit einer schwer nachzuahmenden, wenn nicht sogar unübertreffbaren Ruhmestat begonnen. Mit nur zweiundzwanzig Jahren war er der erste Mensch gewesen, der den magnetischen Nordpol des Planeten erreicht hatte. Drei Jahre später hatte er das Shambhala Gebirge zu Fuß überquert, eine Unternehmung, die ihn drei Monate in Anspruch genommen hatte und im Zuge derer er, wie er versicherte, den geheimen Zugang zu der unterirdischen Stadt Agharta entdeckt hatte, wenngleich die dreißig Filme, die er dort geschossen hatte, bei der Entwicklung vollständig zerstört worden waren. Sein Ruhm hatte sich über die sieben Kontinente und sechs Ozeane verbreitet. In Südcolumbia hatte er die Quellen des Limarón Flusses erforscht, in Zambezelandia hatte er als erster Europäer die geheime Stadt Temobarka betreten und in Polinesia hatte er eine von Drachen bewohnte Insel entdeckt und eine andere mit dreißig Meter großen Frauen, die sich von Haifischen ernährten und mittels einer großblütigen Baumart fortpflanzten. Er hatte bei Kannibalen gelebt, war jahrelang durch sagenhafte Länder gereist, in die kein Europäer sich je zuvor gewagt hatte, und hatte zu Fuß, zu Pferd, per Boot, per Kanu oder auf dem Rücken eines Kamels oder Karibus viele der riesigen unerforschten Regionen unseres riesigen und zu großen Teilen unerforschten Planeten durchforstet. Niemand war so weit östlich, niemand so weit westlich gekommen. Niemand war tiefer in die im Atlas als »Terra incognita« verzeichneten Regionen vorgedrungen oder hatte dort mehr Zeit verbracht. Und für sein Alter hatte Emory Lemorey sich ein jugendliches, durchtrainiertes Aussehen bewahrt.

»Erzählen Sie uns von den Dokumenten der Turpestis«, sagte einer der Anwesenden, der eine seltsame Stimme hatte, hoch und fein wie die einer Frau. »Hat man das Buch des Alchimisten von Basilea gefunden?«

»Haben Sie die Flugmaschine nach den von Alkan hinterlassenen Plänen gebaut?«, fragte eine andere Stimme.

»Nun ja, das war ein sehr komplizierter Prozess«, sagte Lemorey, der offenbar beschlossen hatte, zunächst die einfachere Frage zu beantworten. »Alkan hat keine wirklichen Pläne hinterlassen, sondern eher ›Anweisungen‹. Die echten Pläne sind verschollen. Wir wissen nicht und werden es wohl nie wissen, wie es möglich war, dieses riesige Flugschiff zu bauen, das viertausend Personen über einen gigantischen Ozean transportiert hat. Aber unser Prototyp funktioniert, und das bekräftigt unsere Theorie, dass das Original von vor dreihundert Jahren auch funktionierte.«

»Aber was fand sich denn genau unter den Dokumenten der Turpestis?«, fragte wieder der Erste.

»Wie Sie wissen«, sagte Lemorey, der ein nahezu perfektes Lusitanisch mit nur einem winzigen anglischen Akzent sprach, »waren die so genannten ›Turpestis-Dokumente‹ seit dreihundert Jahren verschwunden. Viele von uns, die wir daran glauben wollten, dass Alkan und der Clan der Magier-Prinzen, die ›Flugmaschine‹ und die Reise über den Ozean keine Legende sind, sondern wirklich existiert haben, waren der Meinung, diese berüchtigten Dokumente seien nirgends aufzufinden, weil die transozeanischen Siedler sie in ihr Exil mitgenommen hatten … doch so war es nicht. Die Turpestis-Dokumente haben Erumburgo nie verlassen.«

»Wie hat man sie gefunden?«, fragte ein anderer der Anwesenden, ein sehr dicker Mann, dessen rotes Gesicht ein dunkler Leberfleck über der Oberlippe zierte.

»Was besagen die Dokumente?«, fragte der Mann mit der Frauenstimme, der sich als Erstes zu Wort gemeldet hatte.

»Zum Teufel!«, schreckte Aguanopulos da auf. Plötzlich hatte er begriffen, warum dieser Mann eine so merkwürdig hohe Stimme hatte. Er war gar kein Mann, sondern eine verkleidete Frau. »Eine Frau im English!«, dachte Aguanopulos fassungslos.

»Um die erste Frage des Herrn zu beantworten«, fuhr Lemorey fort, »muss ich Ihnen sagen, dass das Buch des Alchimisten von Basilea nicht unter den Dokumenten der Turpestis gefunden wurde, doch wissen wir inzwischen, dass dieses legendäre Buch existierte und immer noch existiert …

Die Dokumente erlauben uns einen bisher ungeahnten Einblick in die wahren Motive von Monsieur Alkan, der, wie einige von Ihnen vielleicht wissen, ein Derwisch des Ordens der Orangeroten Wolke war«, erklärte Emory Lemorey in einem sonderbar neutralen, unbewegten Ton. »Das Schlüsseldokument ist ein als ›Fluchtplan‹ titulierter Text, den Monsieur Alkan offenbar Jeanne de Turpestis höchstpersönlich diktiert hat. Leider verfügen wir über kein anderes handschriftliches Zeugnis der 27. Herzogin von Turpestis, das uns den eindeutigen Beweis erbringen würde, dass dieser berühmte ›Fluchtplan‹ tatsächlich von ihrer Hand geschrieben wurde.

Offensichtlich beabsichtigte Alkan, nicht nur eine Maschine zu bauen, *sondern drei.* Tatsächlich war das Wort ›Maschine‹ einer der zentralen Begriffe in Alkans esoterischer Lehre.

Die erste Maschine war natürlich die ›Flugmaschine‹, in der unsere Vorfahren den Ozean überquerten und den Kontinent Columbia entdeckten, in Wirklichkeit ein riesiger Gleitflieger, der sich für seinen Flug der mächtigen Winde über dem Ozean von Atlantida bediente …«

»Sie meinen, es gab gar keinen Motor?«, fragte der dicke Mann.

»Nein«, sagte Lemorey. »Es war ein Gleitflieger. Er machte sich den Windauftrieb zunutze.«

»Ein Gleitflieger, der fast viertausend Menschen transportierte?«

»In der Tat«, sagte Lemorey.

»Und wie sahen die anderen Maschinen aus?«, fragte die verkleidete Frau.

»Nun ja«, erwiderte Emory Lemorey. »Wie Sie wissen, hat Georges Alkan seine ›Flugmaschine‹ heimlich gebaut, um in ihr den Ozean zu überqueren und auf dem grünen Kontinent, der den Legenden zufolge auf der anderen Seite des Meeres existierte, eine neue Gemeinschaft zu gründen. Und dieser Kontinent war keine Legende. Es gab ihn wirklich. Die viertausend aus MittelEuropa geflohenen, fast ausschließlich adligen Siedler erreichten ihn nach zirka einem halben Jahr Flug und gaben ihm den Namen Alkania. Später, durch eine Reihe historischer Zufälle, die hier nichts zur Sache tun, wurde er in Columbia umgetauft, in Nord- und Südcolumbia. Hundertfünfzig Jahre später erlangte das größte südcolumbische Land, Goyanas, seine Unabhängigkeit, und fünfundzwanzig Jahre später wurde Floria zur Hauptstadt der heutigen Waldrepublik von Goyanas erklärt. Aber das ist Ihnen allen ja nichts Neues …«

Gemurmel wurde laut, Einwürfe wie »Ja, ja, in der Tat …«, »Das wissen wir doch alles, Lemorey« und »Zur Sache, zur Sache«, ließen sich vernehmen.

»Trotzdem«, fuhr Emory fort, dem sein kleiner Vortrag offensichtlich Spaß machte, »sahen Alkans Pläne nicht einfach die Gründung einer Kolonie geflohener aquitanischer Adeliger vor. All das ist eine Reduzierung, um nicht zu sagen eine Verfälschung der historischen Tatsachen, die wir jetzt dank der so genannten ›Turpestis-Dokumente‹ rekonstruieren können. Alkans wahrer Plan bestand darin, wie aus dem ›Fluchtplan‹ hervorgeht, *von diesem Planeten auf einen anderen fernen Planeten zu fliehen.* Und damit kommen wir zur zweiten Maschine.

Die zweite Maschine, die Alkan zu bauen gedachte, war nichts Geringeres als ein Raumschiff, oder eine Reihe von Raumschiffen, die es ihm und seinen Gefolgsleuten ermöglichen sollten, zu einem anderen Planeten zu reisen.«

Erstaunte, fast schockierte Ausrufe wurden hörbar.

»Die Kolonien, die in Südcolumbia gegründet wurden«, nahm Lemorey seine Erläuterungen in demselben unpersönlichen Tonfall wieder auf, »waren als eine Art provisorische Zwischenstation gedacht, von der aus der große Sprung gewagt werden sollte, der Sprung, der Alkan und seine exilierten Mittel-Europäer auf einen anderen Planeten bringen sollte. Columbia, oder vielleicht sollte ich besser sagen Alkania, der immense, von Urwäldern bedeckte und von riesigen, ozeangroßen Flüssen durchkreuzte Kontinent, war nicht das Ziel, sondern nur eine Etappe auf der unvorstellbaren planetarischen Reise, die sie aus unserem Sonnensystem hinaus in das System des Sterns Azzarkin führen sollte.«

Lemoreys Worte schienen allen die Sprache verschlagen zu haben. Aguanopulos ertappte sich dabei, den Forscher mit offenem Mund anzustarren, und presste rasch die Lippen aufeinander.

»Den Stern Azzarkin gibt es also wirklich?«, fragte einer der Anwesenden schließlich.

»Aber wenn Alkan und seine Gefolgsleute unseren Planeten verlassen wollten«, wandte ein Mann mit dichtem Schnurrbart und flötender Stimme vom anderen Ende des Tisches ein, »warum mussten sie dann erst bis hierher reisen? Warum haben sie sechs Monate damit verloren, einen ganzen Ozean zu überqueren?«

»Weil Alkan und die Seinen vor einer Seuche geflüchtet sind. Wir wissen nicht genau, um was für eine Krankheit es sich genau handelte, doch offensichtlich hatten sie es mit einer Art mentalem Leiden zu tun, das den Realitätssinn der Betroffenen verwirrte. Georges Alkans eigentliches Vorhaben war es gewesen, Raumschiffe zu bauen, und um das durchzuführen, musste er vor dieser zerstörerischen Seuche fliehen, die ganz MittelEuropa heimsuchte. Er brauchte einen reinen, noch nicht infizierten Ort, ein unberührtes Fleckchen Erde, um seine Raumstationen zu errichten und seine Raumschiffe zu bauen.«

»Und was geschah dann?«, fragte Kapitän Rowenstein.

»Was immer geschieht«, erwiderte Lemorey mit einem melancholischen Lächeln. »Irgendetwas ging schief. Die aus MittelEuropa geflohenen Reisenden vergaßen den ursprünglichen Grund ihrer Unternehmung, besiedelten das neue Land, widmeten sich seiner Eroberung und Kolonisierung und der Konstruktion von Palästen und Kathedralen … Keine Macht ist stärker, meine Herren, als das Vergessen.«

Alle verharrten in Schweigen. Emory Lemoreys Worte hatten sie völlig aus der Fassung gebracht.

»Ich nehme an, Sie haben keine Kopie des ›Fluchtplans‹ oder der anderen Dokumente bei sich …«, sagte Kapitän Rowenstein.

Lemorey deutete ein Lächeln an, ohne auf seine Frage einzugehen.

»Und was können Sie uns von den Turpestis erzählen?«, fragte der Mann mit dem Schnurrbart und der Flötenstimme, der, wie Aguanopulos nun erkannte, ebenfalls eine verkleidete Frau war. »Was können Sie uns von diesen legendären Adeligen sagen, die bis an unsere Küsten gelangten und dann wie von Geisterhand aus *Der Erzählung* verschwanden …?«

»Wir wissen nicht, was mit den Turpestis geschah. Diejenigen, die versichern, die Reise von Alkan und seinen viertausend Magiern sei reine Legende, verfügen mit ebendieser Frage über ein gewichtiges Argument. Was geschah mit den Turpestis? Was wurde aus Alkan? Wir haben keine Informationen, um diese Fragen zu beantworten, und die in Erumburgo verbliebenen Turpestis-Dokumente können uns logischerweise auch nicht dabei helfen, sie zu beantworten. Es hat den Anschein, als seien Alkan und ein Teil seiner Gefolgsleute wenige Jahre nach ihrer Ankunft im heutigen Columbia sprichwörtlich verschwunden.

Es scheint relativ einfach, die Geschichte des so urtümlich, nach tiefen Wäldern klingenden Namens ›Turpestis‹ zu rekonstruieren. Er ist abgeleitet von einem rumänischen Ort, der sich in einer der undurchdringlichsten Gegenden des legendären Waldes von Wielowiecza befindet, in dem das berühmte europäische Bison beheimatet ist, eben das Bison mit dem langen Bart und den bedrohlichen Hörnern, das später auf dem Wappenschild der Herzoge von Turpestis auftaucht. Den Herzogtitel erkannte ihnen Oton II. von Polen im Jahr 938 zu. Ich werde nicht auf die komplexen Gesetze der europäischen Heraldik eingehen; sagen wir einfach, dass die Herzoge von Turpestis Prinzenrang hatten und daher in manchen Texten auch als Prinzen von Turpestis oder sogar ›Prinzen von Wielowiecza‹ erwähnt werden. Die Turpestis behielten ihre großen Landgüter in Wielowiecza, aber da sie auch der aquitanischen Aristokratie angehörten, ließen sie sich Mitte des 18. Jahrhunderts in Erumburgo nieder, der Hauptstadt von Aquitanien, wo sie die so genannte ›Revolution der Magier‹ einleiteten. Gegen Ende des 19. Jahrhunderts waren sie die einflussreichste Familie von Erumburgo, dessen Politik sie aus dem berühmten, unzugänglichen ›Viertel der Magier‹ lenkten. Das lässt sich natürlich alles in den Geschichtsbüchern nachlesen … Es waren die Turpestis, die Georges Alkan aufnahmen und zu seinen Gönnern wurden, die ihm die Türen der Gesellschaft öffneten und ihm die Fonds verschafften, mit denen er seine Maschine bauen konnte. Und als der Moment der Flucht gekommen war, begaben sie sich schließlich mit ihm auf die Suche nach einem grünen Kontinent auf der anderen Seite des Meers …

Und damit gelangen wir zu dem nebulösen Teil der Legende.

Die Turpestis errichteten mehrere Häuser und Paläste am Meer, Grundstein dessen, was später die große Stadt Floria werden sollte, und verschwanden dann von der Bildfläche. Es mag sein, dass es ihnen tatsächlich gelang, die ›Raumschiffe‹ zu bauen, von denen Alkan sprach, und darin ihre seltsame Flucht zum sagenhaften Stern Azzarkin zu vollenden ... Wir wissen es nicht, und möglicherweise werden wir es niemals herausfinden. Die Herzoge von Turpestis hatten keine Nachkommen und so verlor sich der Titel.

In der Anfangszeit der Kolonie ist der Nachname Turpestis noch dokumentiert. Ein gewisser Jean-Jacques de Turpestis von ungewisser Herkunft erklärte sich zum Erben der berühmten Magier aus MittelEuropa und versicherte, Jeanne de Turpestis, die legendäre ›Feenherzogin‹, sei seine Großmutter gewesen. Bis vor kurzem hat niemand seine Ansprüche ernst genommen, doch heute wissen wir, dass Jean-Jacques die Wahrheit sagte und tatsächlich direkter Nachfahre jener Turpestis war, die nicht mit Alkan verschwanden. Wie dem auch sei, jedenfalls verlor sich der Nachname in der vierten Generation.«

»In der Tat«, pflichtete Kapitän Rowenstein ihm bei. »Der Enkel von Jean-Jacques, ebenfalls Jean-Jacques mit Vornamen, hatte nur eine Tochter, Isabel de Turpestis. Die Turpestis hatten ausschließlich weibliche Nachkommen. Deshalb erlosch der Nachname.«

»Genau«, bestätigte Lemorey. »Die Linie ging auf die Turpestis-Vanderloo über, als Isabel de Turpestis Mies Vanderloo heiratete. Die Vanderloo hatten nur eine Tochter, Agadia, womit der Nachname Vanderloo, an den Isabel noch das klangvolle Turpestis gehängt hatte, sich ganz verlor. Agadia de Turpestis-Vanderloo heiratete Ferdinand von Braunsfeld, Erbe des großen Vermögens der Bankiers Braunsfeld aus MittelEuropa und Begründer der Braunsfeld-Dynastie, die, wenn ich mich nicht irre, bis heute besteht.«

»Dann wurde also«, meldete sich die verkleidete Frau zu Wort, »der Titel Turpestis zum Nachnamen Turpestis und dieser schließlich zu Braunsfeld?«

»Ganz genau«, nickte Lemorey.

»Und die Braunsfelds aus Floria sind demnach direkte Nachfahren dieser ersten mitteleuropäischen Exilanten, die vor dreihundert Jahren das Land besiedelten?«, fuhr die Frau fort.

»So scheint es«, sagte Lemorey. »Aber wenn Sie mich jetzt entschuldigen möchten, würde ich mich gern zurückziehen. Ich bin sehr erschöpft.«

»Bleibt noch ein Punkt«, sagte da Kapitän Rowenstein. »Erlauben Sie mir, Sie noch eine Minute zu beanspruchen. Wenn ich mich recht entsinne, sagten Sie, in dem ›Fluchtplan‹ sei von drei Maschinen die Rede. Die erste war die große Flugmaschine, die zum Überqueren des Ozeans nötig war. Die zweite waren die Raumschiffe, die gebaut werden sollten, um ins System des Sterns Azzarkin zu gelangen. Aber was wäre dann die dritte Maschine?«

»Sie ..., ich ..., Ihre Frau Gattin vielleicht«, erwiderte Lemorey. »Die dritte Maschine ist der Mensch, das menschliche Wesen. Das ist der dunkelste, am schwierigsten auszulegende Teil des Textes. Um diesen Punkt aufzuklären, bräuchten wir das Buch des Alchimisten von Basilea am dringendsten! Die dritte Maschine ist der Mensch, das heißt ein besonderer Typus Mensch, der perfekte Mensch. Eine Art Gott-Mensch.«

Die Diener des Sterns

»Leopoldo!«, rief Victor und rannte die Treppe auf der Suche nach dem alten Hausdiener hinunter. »Leopoldo, große Neuigkeiten!«

Der Leuchterputzer, der einmal im Monat kam, fiel bei Victors Geschrei fast von seiner Leiter.

»Was ist los, gnädiger Herr?«, fragte Leopoldo und kam aus der kleinen Tür, die die Eingangshalle mit dem Bedienstetenflügel verband. »Der Wal? Geht es um den Wal?«

»Sie verkauft ihn mir, Leopoldo, sie verkauft ihn mir!«, skandierte Victor, nahm Leopoldo an den Händen und drehte ihn ausgelassen tanzend herum.

»Man verkauft Ihnen einen Wal, gnädiger Herr?«, fragte Leopoldo und bemühte sich, bei den schwindelnden Drehungen das Gleichgewicht zu behalten. »Und wo werden wir ihn unterbringen?«

»Vergiss den Wal, Leopoldo«, rief Victor, fröhlich im Kreis herum springend. »Man verkauft mir den Turpestis Palast! Diese komische Frau hat mich gerade angerufen und gesagt, sie würde sich das mit dem Verkauf überlegen, wenn ich ihr einen Renovierungsplan vorlege. Sie wird mir den Turpestis Palast verkaufen, Leopoldo!«

»Aber dafür brauchen Sie einen Renovierungsplan, sehe ich das richtig, gnädiger Herr?«, wandte Leopoldo ein.

»Ich *habe* schon einen Plan«, sagte Victor. »Das ist überhaupt kein Problem.«

»Hat es etwas mit den Walen zu tun, gnädiger Herr?«

»Leopoldo, könntest du bitte für einen Moment die Wale vergessen?«

Die Entscheidung war einige Tage zuvor gefallen. Sie war nicht leicht gewesen. Die Gruppe, das heißt dieselbe Gruppe, die sich jede Woche in Walmiras alter Wohnung traf, um Bilder in der Kristallkugel heraufzubeschwören, hatte lange gebraucht, um zu einem Konsens zu gelangen. In letzter Zeit geschahen so viele neue, unerwartete Dinge!

Die Kristallkugel war ihnen bei dieser Angelegenheit von geringem Nutzen gewesen. Waren ihre Energien nicht im Einklang, erwies sich die Kristallkugel als wenig hilfreich. Eigentlich war es auch gar keine Kristallkugel, nannten sie sie auch gerne so, sondern eine mit Wasser gefüllte Schale; aber sie hatte dieselben Eigenschaften wie die Kristallkugeln der alten Magier: Sie bündelte den Geist durch die Konzentration auf einen leeren Punkt, in diesem Fall auf das hypothetische »Zentrum« des Wassers, so dass das Innere der entsprechenden Person mit den Bildern in Verbindung treten konnte, die der Stern aussandte.

Es war eine seltsame, bunt zusammengewürfelte Gruppe: Walmiras enge Freundin Mireïa Bonafells, Besitzerin eines Antiquitätengeschäfts in Dulce; Urde Moholy, die alte Malerin, die fast sechzig Jahre zuvor den Stil der so genannten »Gespenstermalerei« erfunden hatte; Dario Pomagranada, der Straßensänger; Kapitän Rowenstein, pensionierter Offizier der goyanischen Armee, Spezialist für Kartenlegekunst, Astrologie und Alchimie; Selma Talmar, die legendäre Autorin von *Die zweite Rückkehr* und *Ertrunken in den Bäumen*; der dicke Donato Faveloso, Magnat der Tabakindustrie, und Lucía de Andrade, Tochter des berühmten Schauspielers Victorio de Andrade und Artenschützerin im Zoo von Floria, die mit ihren achtunddreißig Jahren die Jüngste in der Runde war.

Sollte man dem kleinen Braunsfeld den Palast verkaufen oder nicht? Das war das Thema, das sie während dieser längsten Versammlung der Gruppe in der Sandstraße, an die sie sich erinnern konnten, seit Stunden beschäftigte.

»Der kleine Braunsfeld ist der direkte Nachkomme der Turpestis«, sagte Walmira. »Nein, ich habe nicht vor, ihm den Palast zu ›verkaufen‹, zumindest nicht gleich. Es handelt sich nicht um ein einfaches Geschäft.«

»Lässt man Victor und seinen Tiger in den Turpestis Palast, kann man gleich die gesamte Klatschpresse hineinbitten«, sagte Selma Talmar mit ihrer tiefen, bedächtigen Stimme. »Und für uns würde das bedeuten, unser Inkognito aufzugeben, ans Licht der Öffentlichkeit zu treten.«

»Ans Licht der Öffentlichkeit treten?«, sagte Lucía de Andrade erschrocken. Sie brachte immer irgendein Tierchen zu den Treffen mit. Dieses Mal war es ein friedliches Chamäleon, das reglos auf ihrer rechten Schulter saß.

»Kein Zeichen deutet darauf hin, dass wir uns schon zu erkennen geben können«, sagte Kapitän Rowenstein.

Sie saßen alle im Wohnzimmer von Walmiras Wohnung. Nicht in dem kleinen Zimmer, in dem Walmira einige Wochen zuvor Victor und seine Diener empfangen hatte, sondern in einem wesentlich größeren Raum mit Zimmerpflanzen, gewebten Decken vom Río Horas, einem Sofa und ausladenden Sesseln aus Rattan.

»Ich weiß nicht, ob wir bereit sind, ›ans Licht der Öffentlichkeit zu treten‹«, sagte Walmira. »Aber ich glaube, viele von uns sind der Ansicht, dass langsam der Moment gekommen ist, endlich einmal *etwas zu tun*.«

»Ich bin nicht Ihrer Meinung, Kapitän«, wandte Mireïa Bonafells sich an Rowenstein. »Es wimmelt doch nur so von Zeichen. Der plötzliche Tod der Braunsfelds, zum Beispiel … das Testament, in dem sie Walmira den Turpestis Palast vermacht haben … das Auftauchen dieses verirrten Jungen mitten im Wald, der sich ausgerechnet als Prinz Adenar von Amaula ausgibt … die Ankunft von Emory Lemorey in Floria in einem nach Alkans Plänen gebauten Gleitflieger … Und all das in einem Zeitraum von wenigen Monaten!«

Mireïa Bonfells war neben Walmira eine der Frauen gewesen, die verkleidet der geheimen Zusammenkunft mit Emory Lemorey im English Idyll Club beigewohnt hatten. Die drei alten Freundinnen und liebenswerten Seherinnen Mireïa, Walmira und Urde waren das Herz der kleinen Gruppe, die sich in der Sandstraße traf.

»Was wäre denn für Sie ein Zeichen, Rowenstein?«, fragte Dario Pomagranada.

»Ich weiß nicht«, sagte der Kapitän. »Zum Beispiel das Buch des Alchimisten von Basilea mit eigenen Augen zu sehen, nehme ich an. Zu wissen, dass das Buch tatsächlich existiert. Das wäre ein Zeichen, jawohl.«

»Das Buch existiert, oder existierte zumindest«, sagte Walmira. »Das hat Lemorey im English Idyll Club bestätigt.«

»Das Buch ist der Schlüssel zu allem«, bemerkte Urde, eine alte, weißhaarige Dame, die sehr blass und zerbrechlich wirkte. »Die Kristallkugel hat es uns oft genug gesagt!«

»Rowenstein«, meldete sich der dicke, rotgesichtige Donato Faveloso zu Wort, der ebenfalls an dem geheimen Treffen im English teilgenommen hatte. »Was Sie wollen, ist kein Zeichen, sondern dass Gott höchstpersönlich auf einer Wolke erscheint und zu Ihnen spricht. Mireïa hat Recht. Es wimmelt geradezu von Zeichen. Was hat uns die Kristallkugel noch gesagt? ›Ich erwarte niemanden und dennoch weiß ich, dass jemand kommen wird …‹ Für mich bezieht sich diese rätselhafte Botschaft klar auf Lemorey.«

»›Ich erwarte niemanden und dennoch weiß ich, dass jemand kommen wird‹«, rezitierte Dario mit seiner klangvollen Stimme. »Wie poetisch! Unser illustrer Professor Doktor Faveloso hat Recht. Wie konnten wir diese schönen Worte der Kristallkugel vergessen?«

»Glauben Sie, das bezog sich wirklich auf Lemorey?«, fragte Walmira. »Jetzt, wo Sie es sagen, scheint es mir, dass mit diesem Satz ebenso der Junge gemeint sein könnte, der kleine Wilde aus dem Wald …«

»Gaspar Adenau nennt er sich«, sagte Lucía.

»Denn Lemorey wurde sehr wohl erwartet, aber mit diesem Gaspar Adenau hat niemand gerechnet«, überlegte Walmira weiter.

»Dennoch hat der Stern ihn nicht zu uns geführt«, sagte Selma.

»Viele werden vom Stern gerufen, wissen ihn aber nicht zu erhören«, sinnierte Donato Faveloso, damit beschäftigt, eine seiner dicken Zigarren anzuzünden.

»Jedenfalls haben wir in letzter Zeit viele unerwartete Besuche erhalten«, bemerkte Mireïa. »Warum haben wir alle vergessen, was uns die Kristallkugel gesagt hat? Walmira, auch du hattest doch überraschenden Besuch. Du willst doch sicher nicht behaupten, du hättest damit gerechnet, dass der Erbe Braunsfeld bei dir auftaucht?«

»Doch, das habe ich«, sagte Walmira auflachend. »Mein Holzbein hat es mir gesagt.«

Walmira hatte einige Jahre zuvor einen schlimmen Unfall gehabt, in dessen Folge ihr ein Bein über dem Knie amputiert werden musste. Sie hatte gelernt, sich geschickt mit ihrer Holzprothese zu bewegen, und konnte, wenn auch leicht humpelnd, ohne Stock oder Krücken laufen. Sie pflegte zu scherzen, dass ihr Holzbein zu ihr sprach und sie vor Gefahren und Unwettern warnte.

»Wenn wir gerade von unerwarteten Besuchen sprechen«, sagte Mireïa an Kapitän Rowenstein gewandt. »Wer war denn dieser Mann in dem lila Zweireiher, der bei unserer Versammlung mit Lemorey im English auftauchte? Er schien ganz zufällig dort hineingeraten zu sein. Sie kannten ihn, Rowenstein, nicht wahr?«

»Er wusste das Losungswort«, sagte Rowenstein entschuldigend. »Ich war sehr überrascht, ihn dort zu sehen. Ich hätte nie gedacht, dass jemand wie er …«

»Aber wer war es denn? Doch nicht wirklich Aguanopulos …?«

»Mirmidon Aguanopulos höchstpersönlich«, bestätigte Rowenstein.

»Aguanopulos?«, wiederholte Donato Faveloso erstaunt. »Dieser dicke Fisch? Der frühere Minister Aguanopulos?«

»Eben der«, sagte Rowenstein, dem das Thema offensichtlich etwas unangenehm war.

»Wie ist der denn bis zu uns vorgedrungen?«

»Ich habe nicht die geringste Ahnung«, sagte Rowenstein. »Obwohl Sie ja wissen, es sind nicht wir, die wir uns zusammenfinden, vielmehr ist es der Stern, der uns zusammenführt.«

»*Ich erwarte niemanden*«, sang Dario Pomagranada mit seiner sanften, traurigen Stimme, *»und dennoch weiß ich, dass der frühere Minister kommen wird …«*

»Haben Sie jemals mit ihm über diese Themen gesprochen?«, fragte Mireïa.

»Nie!«, erwiderte Rowenstein. »Aguanopulos ist ein typisches Mitglied des English, übergewichtig, behäbig, reich und todlangweilig … Ich glaube, außerhalb des Reisezirkels, an dem wir beide teilnehmen, haben wir in den letzten Jahren nicht mehr als ein Dutzend Sätze gewechselt. Wobei er mir neulich eine höchst sonderbare Frage gestellt hat.«

»Was für eine Frage?«, schaltete sich Lucía ein.

»Wir befanden uns beide im Grashüpfersalon im English, jeder mit seiner Zigarre und seinem bevorzugten Gift«, erinnerte sich der Kapitän. »Er schwört auf seinen Kirschbrandy, und ich bin meinem eirischen Whisky treu. Irgendwann steht er auf und setzt sich neben mich … Ich muss hinzufügen, dass wir uns seit der Zusammenkunft mit Lemorey nicht unter vier Augen gesprochen hatten und er stets so tut, als wäre rein gar nichts geschehen. Nun ja, er setzt sich also neben mich und fragt mich scheinbar ganz beiläufig: ›Stellen Sie sich vor, Kapitän, man würde herausfinden wollen, wer Warmunt F. Ozick wirklich ist …, wo man ihn finden könnte, sollte er noch leben … Wo würden Sie da anfangen?‹«

»Hund noch mal!«, rief Mireïa Bonafells aus. »Warum interessiert sich ausgerechnet ein ehemaliger Minister plötzlich für Ozick?«

»Das habe ich ihn auch gefragt«, sagte Rowenstein. »Da hat er gelacht und gesagt, es sei ja nur eine Kinderei. Adenau, inzwischen sein gesetzliches Mündel, wie Sie wissen, habe ihn danach gefragt …«

»In der Tat«, sagte Walmira. »Da fällt mir auch nichts anderes ein als *Hund noch mal*!«

»Glaubt ihr, dieser Aguanopulos könnte ein Spion sein?«, fragte Lucía.

»Sowohl Aguanopulos' Alter als auch sein Rang schließen eigentlich aus, dass er für irgendjemanden spioniert«, überlegte Donato. »Dafür ist er eine zu bedeutende Persönlichkeit. Wenn er so etwas fragt, dann, weil es ihn selbst interessiert.«

»Möglicherweise ist das, worauf wir jetzt schon so lange warten, tatsächlich im Begriff, einzutreten«, sagte Mireïa. »Vielleicht macht sich der Einfluss des Sterns langsam auch in anderen Köpfen als den unseren bemerkbar ...«

»Ja«, sagte Walmira. »Ich denke, das glauben wir alle. Oder zumindest wollen wir das alle glauben ...«

»Was wirst du also tun, Walmira?«, fragte Donato die Hausherrin. »Wirst du den kleinen Braunsfeld in den Turpestis Palast lassen?«

»Wir kennen die Absichten des Sterns nicht«, sagte Walmira. »Auch steht es uns nicht zu, über seine Macht zu urteilen. Wir dienen der Energie, aber wir bedienen uns ihrer nicht. Da der Stern diesen Jungen nun einmal zu uns geschickt hat, öffnen wir ihm eine Tür und sehen, was geschieht.«

»Also?«, fragte Dario.

»Soll er sich den Schlüssel des Palastes holen«, sagte Walmira. »Ob er ihn betreten soll, wird das Haus selbst entscheiden. Wenn das Haus ihn nicht einlassen will, wird er die Schwelle nicht überschreiten. Aber wenn das Haus sich ihm öffnet, enthüllt es uns vielleicht endlich sein Geheimnis.«

»Wenn es ein Geheimnis gibt«, fügte Mireïa hinzu.

»Wenn es ein Geheimnis gibt«, sagte Walmira.

Victors Plan

Zwei Tage später begab sich Victor in Walmiras Wohnung in der Sandstraße, um ihr seinen Plan zu unterbreiten, den Turpestis Palast in ein Theater zu verwandeln.

Dieses Mal fuhr er alleine hin und Sebastiao blieb unten im Wagen. Victor machte Walmira seine Aufwartung mit einer Schachtel Likörpralinen von Rölsch & Baumgartner in einer Hand und dem Grundriss des Grundstücks Nr. 333 in der anderen.

»Ein Theater?«, sagte Walmira überrascht.

Sie saßen in dem Zimmer, in dem Walmira ihn bereits bei seinem ersten Besuch empfangen hatte. Auf dem Tisch stand eine Topfpflanze, daneben lag eine rostige Tabakdose und die halb offene Pralinenschachtel, aus dem die rot und grün verpackten Köstlichkeiten lugten.

»Es ist nicht so abwegig, wie es auf den ersten Blick vielleicht erscheint«, sagte Victor, schob die Pralinenschachtel zur Seite und breitete den Grundriss auf dem Wachstischtuch aus. »Sehen Sie, Walmira, dieser Saal, der einen Großteil des Erdgeschosses einnimmt, ist eigentlich schon ein Theatersaal … Ich würde sagen, es ist ein sehr großes Theater, es muss über drei oder vier Stockwerke gehen … etwa dreihundert Zuschauer dürften da hineinpassen.«

»Ich weiß, ich habe es gesehen«, sagte Walmira.

»Ach, Sie waren schon einmal im Haus?«, sagte Victor.

»Aber selbstverständlich, mein Junge«, antwortete Walmira. »Die Neugierde hat mich überkommen. Und es stimmt, in seinem Inneren ist ein großes Theater. Zerfallen, wie alles andere auch.«

Victor hätte sie am liebsten gefragt, ob sie ohne Schwierigkeiten bis zum Haus gekommen war. Ob das Haus sie ohne weiteres hatte eintreten lassen. Ob sie den Geist des Hauses gespürt hatte. Ob sie gemerkt hatte, dass das Haus ihre Gegenwart wahrnahm.

»Die Idee, ein Theater darin zu bauen, finde ich ganz wunderbar«, sagte Walmira und nahm eine *Persische Wonne* aus der Pralinenschachtel. »Willst du nicht auch eine Praline, sie sind wirklich köstlich.«

»Danke«, sagte Victor und nahm aus Höflichkeit ein *Rosa Herz*, obwohl er eigentlich keine Likörpralinen mochte.

»Na gut, und was würden wir mit dem Rest des Hauses machen?«, fragte Walmira. »Der Turpestis Palast ist sehr groß ...«

»Ich habe alles bis ins kleinste Detail durchdacht!«, sagte Victor. »Der Park und die verschiedenen Gärten werden wieder hergerichtet und in öffentliche Parks umgewandelt. Alle Brunnen werden überholt. Vor dem Palast werden wir ein großes Schwimmbad mit Meereswasser und unterirdischen Panoramafenstern anlegen, wo wir mehrere graue Wale halten werden.«

»Wale?«, fragte Walmira überrascht.

»Wale, ja. Die großen Meeressäugetiere. Graue Wale. Oder vielleicht auch Pottwale ... Ich glaube, das würde dem Ganzen eine sehr heitere Note verleihen ...«, fügte er leicht stockend hinzu und sah Walmira an.

»Du meinst echte graue Wale?«

»Ganz genau«, bestätigte Victor.

»Fahre fort«, sagte Walmira und nahm ein *Lerchennest* aus der Pralinenschachtel.

»Ich hoffe, Sie finden den Plan nicht zu ausgefallen«, sagte Victor, dessen diplomatische Bemühungen seit seinem letzten Besuch bei Walmira beachtliche Fortschritte gemacht hatten.

»Überhaupt nicht«, sagte Walmira. »Außerdem mag ich ausgefallene Pläne, Victor.«

»Ach ja?«, sagte Victor erstaunt.

»Ja. Sprich weiter.«

»Meines Erachtens könnte das Turpestis Theater unter urbanen Gesichtspunkten eine Aufwertung des gesamten östlichen Distrikts von Floria einleiten«, sagte Victor, der sich gut zurechtgelegt hatte, was er sagen wollte. »Der Turpestis Palast würde eine historische Sehenswürdigkeit werden, die Schulklassen besuchen könnten. Ich würde gern überall Scheinwerfer anbringen, damit er nachts hübsch beleuchtet ist. Im Park könnte man die Brunnen und Statuen und die Wale in ihrem Riesenschwimmbad besichtigen. Und dann wäre da natürlich das Theater, wo verschiedene klassische und moderne Stücke aufgeführt werden könnten, vielleicht auch Theaterstücke für Kinder … Ich habe den Eindruck, der ganze Stadtteil ist ziemlich verwahrlost und heruntergekommen. Dem muss man abhelfen …«

Walmira sah ihn stumm aus ihren grauen, müden Augen an, und einen Moment lang dachte Victor, dass ihm irgendwo in seiner Präsentation ein Irrtum unterlaufen sei und diese seltsame Frau ihm gleich erklären würde, all das sei nur die dumme Laune eines Millionärskindes oder dergleichen. Doch Walmira öffnete nur schweigend die Tabakdose, die auf dem Tisch lag, nahm einen Zigarillo heraus und rollte ihn zwischen den Fingern.

»Victor«, sagte sie schließlich, »ich finde deine Ideen wundervoll. Und ich würde dich gern etwas fragen. Was ist mit eurem Familieninsekt passiert, als deine Eltern starben?«

Victor sah sie leicht trotzig an und schien einen Augenblick lang nicht so recht zu wissen, was er sagen sollte.

»Nun komm schon, Victor, ich bin deine Freundin. Du weißt, dass du von mir nichts zu fürchten brauchst«, sagte Walmira und deutete mit dem Zigarillo zu dem Palmholzkästchen auf der Anrichte. »Ich habe nicht einmal ein Insekt.«

»Unser Familieninsekt war ein Grashüpfer«, sagte Victor schließlich. »In der Nacht, in der meine Eltern verunglückt sind, ist er auch gestorben. Ich habe ihn starr und vertrocknet in seinem Kästchen gefunden.«

»Und was hast du getan?«

»Ich habe ihn in den Müll geworfen«, sagte Victor. »Ich habe das ganze Personal zusammengerufen und angeordnet, es geheim zu halten, zu niemandem darüber ein Wort zu verlieren. Manche, Leopoldo eingeschlossen, waren davon alles andere als angetan, aber sie haben alle ihr Wort gehalten.«

»Aber warum?«, fragte Walmira gebannt. »Wie bist du darauf gekommen, so etwas zu tun?«

»Warum?«, fragte Victor. »Weil ich es leid war, dieses Stimmchen sagen zu hören, ich sei hässlich, ich sei dumm, ich hätte schiefe Zähne, ich sähe aus wie ein Hase ... Und weil ich, als ich den Grashüpfer an jenem Morgen tot in seinem Kästchen fand, merkte, dass ich plötzlich frei war und mit meinem Leben tun und lassen konnte, was ich wollte. Und obwohl der Tod meiner Eltern ganz schrecklich war, habe ich deshalb von eben diesem Morgen an begonnen, einen neuen Victor Braunsfeld zu erfinden ...«

»Natürlich!«, sagte Walmira. »Natürlich, Victor Braunsfeld! Wie heißt es doch in dem Lied von Dario Pomagranada?«

Lebe, um einen Traum zu erschaffen. Nichts sonst
ergibt einen Sinn.
Um zu sein, wer du gern wärst, musst du die
Wahrheit erfinden.

Das Geheimnis von Floria

Am darauf folgenden Mittwoch ging Adenau mit Sascha zu einer ihrer wöchentlichen Versammlungen der patriotischen Gruppierung Großgoyanas. Die Zusammenkünfte fanden in einer Halle des Sportzentrums im Wohnkomplex Puer Aeternus auf dem Hügel Eminenças statt, eine Zone, wie ihm die entsetzten Grauen Katzen erklärten, die ganz unter Kontrolle der Caricanchas war.

Dreihundert Caricanchas beiderlei Geschlechts, alle in weißen Hemden und mit roter Mütze, drängten sich auf den hell erleuchteten und mit riesigen Fahnen von Goyanas geschmückten Tribünen. An allen Sitzen war eine kleine Ablage angebracht, auf die jeder sein Holzkästchen stellte. Adenau hörte fasziniert den Reden zu, die die jungen Patrioten voller Eifer schwangen, und als das Publikum um Beiträge gebeten wurde, meldete er sich zu Wort und fragte ganz naiv, ob Saschas Gefährten wirklich glaubten, dass es einen wesentlichen Unterscheid mache, ob man in Goyanas oder an irgendeinem anderen Ort geboren sei, und ob sie ernsthaft davon überzeugt seien, aus Goyanas zu stammen sei etwas ganz Besonderes und Einzigartiges.

»Soll das eine Frage sein, Kamerad?«, sagte der Rangleiter, wie der für die Versammlung zuständige »Offizier« genannt wurde. »Wie kann man daran zweifeln, dass es einen wesentlichen Unterschied macht, ob man in Goyanas oder woanders geboren wurde?«

»Entschuldigt meine fraglos dumme Unwissenheit«, sagte

Adenau. »Aber warum glaubt ihr, es sei so wichtig, in Goyanas geboren zu sein?«

»Weil Goyanas die führende Nation ist«, antwortete ihm ein Mädchen, das ebenfalls die Hand gehoben hatte. »Weil wir das mächtigste Land in Südcolumbia sind.«

»Was sagst du dazu?«, fragte der Rangleiter.

»Ja, Adenau, was sagst du dazu?«, fragte Sascha, die sich langsam unbehaglich fühlte.

»Ich kenne mich da nicht so aus«, sagte Adenau. »Ich weiß sehr wenig über die Geschichte von Goyanas oder Columbia, aber ich habe den Eindruck, dass ebensolche Ideen, wie ihr sie verteidigt, Kriege heraufbeschwören.«

»Adenau!«, rief Sascha aus und zog ihn am Arm, damit er sich wieder setzte.

Ein Junge meldete sich und der Rangleiter erteilte ihm das Wort.

»Kriege sind manchmal unvermeidlich«, skandierte der Junge sehr laut. »Kriege sind ein notwendiges Übel. Du verstehst eben nicht, was Liebe zum Vaterland oder Heldentum bedeuten. Du dürftest gar nicht hier sein.«

»Kamerad«, sagte der Rangleiter. »Adenau ist keiner der Unseren, noch nicht, aber er befindet sich hier als unser Gast. Es ist normal, dass er Zweifel hat. Unsere Aufgabe ist es, ihm zu helfen, sie zu überwinden.«

Als sie das Sportzentrum verließen, war Sascha in Tränen aufgelöst.

»Du hast mich lächerlich gemacht!«, beschuldigte sie ihn mit spitzer, schriller Stimme. »Du hast mich vor allen lächerlich gemacht! Du warst mein Gast! Schon aus Rücksicht auf mich ... allein aus Respekt mir gegenüber ...!«

Adenau zitterte am ganzen Körper.

»Was sollte das alles?«, fragte Sascha immer noch weinend. »Wo hast du diese Ideen her? Das erzählen dir die Grauen Katzen, stimmt's?«

»Diese Ideen habe ich nirgends her«, sagte Adenau. »Sie entstammen dem Ort, von dem die Ideen eben kommen: meinem Gedächtnis.«

Ohne es zu merken, hatte er gesprochen wie Prinz Adenar.

»Deinem Gedächtnis?«, rief Sascha fast hysterisch. »Deinem Gedächtnis? Du armer Wicht erinnerst dich ja nicht einmal an deinen Vater und deine Mutter, du weißt ja nicht einmal mehr, wozu ein Streichholz gut ist, und *du* wagst es zu sagen, deine großartigen Ideen kämen aus deinem Gedächtnis?«

Ein Taximeter hatte sie quer durch Floria zu Saschas Verbindung gebracht, und Adenau begleitete seine Freundin die Treppe hoch bis zu ihrem Zimmer. Er tat es mechanisch, ohne darüber nachzudenken, ohne sich dazu entschließen zu können, sich von ihr zu verabschieden.

Kaum waren sie eingetreten, schaltete Sascha mehrere Lampen an, zog sich die Schuhe aus und ließ sich aufs Bett fallen. Immer wenn er sie besucht hatte, hatte sie auf dem Bett gelegen, zwei große Kissen unter dem Kopf, und Adenau hatte zu ihren Füßen auf dem Teppich gesessen. Sascha war so nervös, dass sie etwas tat, was Adenau bisher noch nie an ihr gesehen hatte: Sie öffnete die Schublade ihres Nachttischs, holte eine Zigarette heraus und zündete sie an. Adenau befremdete ein so gewagtes Verhalten, denn in allen Verbindungen war Rauchen streng verboten.

»Du triffst dich mit dem Abschaum von Floria«, sagte Sascha hart. »Diese Grauen Katzen sind eine Schande für die florianische Jugend. Ich weiß aus guter Quelle, dass sie es waren, die vor einem Jahr dieses Piratenradio gegründet und mehrere Monate lang subversive Ideen in alle Himmelsrichtungen entsendet haben. Sie wurden nicht zur Strecke gebracht, weil Ana Sofia aus einer guten Familie stammt und ihr Vater ein dicker Fisch ist.«

Imposant wie eine Königin saß sie vor ihm, mit vor Empörung flammenden Wangen und funkelnden türkisblauen Augen, die hübschen rosigen Lippen verächtlich gekräuselt. Adenau fühlte sich mit einem Mal völlig wehrlos, hilflos wie ein Kind. Und der Gedanke, sie könnte womöglich nie wieder mit ihm reden wollen, erfüllte ihn mit Schrecken.

»Schon gut, Sascha«, murmelte Adenau geschlagen und erniedrigt. »Was soll ich tun? Wenn du willst, treffe ich mich eben nicht mehr mit den Grauen Katzen und trete Großgoyanas bei.«

»Das würdest du tun?«, sagte Sascha, noch immer mit roten Wangen und vom Weinen geschwollenen Augen. »Das würdest du für mich tun?«

»Ich würde alles für dich tun«, sagte Adenau.

Es überraschte ihn selbst, diese Worte aus seinem Mund zu hören, doch während er sie aussprach, wusste er, dass dem so war. Er wusste, dass er alles für sie tun würde, dass er sich von den Grauen Katzen trennen, seine Freunde verraten, lügen, sich erniedrigen würde, wenn sie ihn dafür lieben würde. Und gleichzeitig wusste er, dass sie ihn niemals lieben würde, und dass er dennoch immer weiter versuchen würde, ihre Liebe zu gewinnen.

»Würdest du auch für mich sterben?«, fragte Sascha, blies den Rauch aus und sah ihn mit ungerührtem Blick an.

»Ja«, sagte Adenau. »Ich würde auch für dich sterben.«

»Du bist verrückt«, sagte Sascha.

Saschas Zimmergenossin konnte jeden Moment auftauchen. Die Wände in der Verbindung waren auch nicht besonders dick, und so sprachen sie beide hastig und fast wispernd. Im Zimmer nebenan unterhielten sich zwei Mädchen und hörten Musik, eine Platte von Oswaldo Regino, und ihre Stimmen und ihr Lachen waren deutlich zu hören. Sascha machte mehrere tiefe Züge an der Zigarette und drückte sie dann in einem kleinen Teller aus, der auf dem Nachttisch stand. Dort befand sich auch das hübsche geschnitzte Holzkästchen, das Adenau in ihrer Garderobe im Konservatorium gesehen hatte. Da geschah etwas, das Adenau die Haare zu Berge stehen ließ. Aus dem Inneren des Kästchens kam eine fast unhörbare Stimme.

»Würdest du für mich töten?«, sagte die Stimme leise.

»Würdest du für mich töten?«, fragte Sascha, während sie mit zittrigen Fingern ein Räucherstäbchen mit Rosenduft anzündete, um den Zigarettengeruch zu übertünchen, und es so heftig in einen kleinen Sockel aus Speckstein steckte, als bohre sie jemandem einen Dolch ins Herz.

»So etwas würdest du von mir verlangen?«, fragte Adenau gebannt.

»Antworte mir. Würdest du auch für mich töten?«

»Antworte mir«, sagte Sascha zu ihm. »Würdest du auch für mich töten?«

»Ich glaube, ich würde auch töten, wenn es um dein Leben ginge«, sagte Adenau bebend.

Was zum Teufel ging da vor? Klar und deutlich hörte er die feine Stimme, die aus dem Holzkästchen drang, doch Sascha hörte sie offensichtlich nicht. Und plötzlich begriff Adenau, dass er nicht verrückt war, sondern dass wirklich eine Stimme aus dem Holzkästchen kam, und dass Sascha kein Gehörproblem hatte, sondern sie einfach nicht wahrnahm, weil sie diese leise Stimme schon so lange im Ohr hatte, dass sie sich ihrer überhaupt nicht mehr bewusst war.

»Nimm den Brieföffner und sag ihm, er soll sich ein Ohr abschneiden«, sagte da die Stimme.

Sascha sprang vom Bett auf und trat an ihren Schreibtisch. Sie stöberte in den Dosen mit Stiften, zwischen Papierstößen und orangefarbenen Linealen für technische Zeichnungen herum, bis sie ein scharfes Federmesser fand, das sie zum Brieföffnen verwendete, und es Adenau hinhielt. Es sah aus wie ein hübscher kleiner Silberdolch mit Perlmuttgriff.

»Da, nimm«, sagte sie. »Schneide dir ins Gesicht.«

»Was?«, sagte Adenau und stand erschrocken auf.

»Beweise mir deine Liebe«, sagte die feine Stimme aus dem Kästchen.

»Beweise mir deine Liebe«, sagte Sascha. »Vergieß dein Blut für mich. Zeig mir, was du wirklich fühlst, dass stimmt, was du sagst.«

»Sag ihm, er soll sich ein Ohr abschneiden«, hörte er die Stimme aus dem Kästchen.

»Ich sage ja nicht, du sollst dir ein Ohr abschneiden«, fuhr Sascha fort. »Ich bitte dich nur, mir deine Liebe zu beweisen. Zeichne dein Gesicht.«

»Würdest du das für mich tun?«, fragte Adenau verwirrt.

»Ich würde so etwas für niemanden tun«, sagte sie. »Aber ich muss dir ja auch nichts beweisen. Ich bin durchsichtig wie Kristall.«

Adenau zitterte am ganzen Körper. Sascha hielt die Klinge des kleinen Dolches mit einer sonderbar feierlichen Gebärde auf der Handfläche und präsentierte Adenau den Griff.

Er nahm den Dolch in die Hand.

»Jetzt verstehe ich, was in Floria vorgeht«, sagte Adenau.

»Quasselst du jetzt schon wie ein Waschlappen?«

»Quasselst du jetzt schon wie ein Waschlappen?«, sagte Sascha nach.

»Jetzt begreife ich, was mir der Vogel gesagt hat«, fuhr Adenau fort. »Erinnerst du dich, Sascha, erinnerst du dich an den Vogel aus dem Wald, den du getötet hast? Erinnerst du dich an den roten Vogel, den du zum Spaß abgeschossen hast?«

»Welcher rote Vogel?«, sagte Sascha und wich instinktiv zurück. »Kommst du jetzt wieder damit? Du bist ja verrückt!«

»Dieser Vogel war mein Freund, dieser Vogel war meine Seele, Sascha.«

»Du bist ein Verrückter, ein Mondsüchtiger!«, kreischte Sascha. »Sie hätten dich nie aus dem Mond herauslassen dürfen! Ich werde dafür sorgen, dass man dich für den Rest deines Lebens wieder dort einsperrt.«

»Warum hast du ihn abgeschossen, Sascha?«, fragte Adenau. »Hat dir das auch das Insekt gesagt, das du in dem Kästchen da hast?«

»Wovon sprichst du?«, schrie Sascha.

»Merkst du es vielleicht nicht?«, sagte Adenau. »Der Vogel hat es mir gesagt. Er sagte: ›Du wirst in eine Stadt voller Blumen kommen, aber du wirst bald merken, dass sie von der Heuschreckenplage heimgesucht ist, und dann wirst du versuchen, von dort zu fliehen, und wirst dich in der Wüste wiederfinden …‹ Ich bin schon in dieser Wüste, Sascha, du bist meine Wüste, meine Liebe zu dir ist eine Wüste, die ich irgendwie durchqueren muss, bis es mir gelingt, mich von dir zu befreien, wenn das möglich ist, wenn ich nicht vorher sterbe.«

»Du bist verrückt!«, sagte Sascha, die ihn mit aufgerissenen Augen entsetzt anstarrte, gegen den Schreibtisch zurückwich und panisch die Tischplatte hinter sich abtastete, auf der Suche nach irgendetwas, womit sie sich verteidigen konnte. »Du bist gar nicht geheilt, du hast dich die ganze Zeit über verstellt. Du erinnerst dich an überhaupt nichts! Du bist nicht Gaspar Adenau. Gaspar Adenau ist niemand, es ist nur ein Name, den du dir ausgedacht hast. Wirf das Messer weg! Wirf das Messer sofort weg oder ich fange an zu schreien und sie werden dich für immer in den Mond sperren!«

»Ich werde dich töten, Sascha Braunsfeld«, sagte Adenau und umgriff fest den Dolch. »Ich werde dieser schrecklichen Stimme ein Ende bereiten, sie macht mich ganz wahnsinnig.«

»Dazu hast du nicht den Mumm!«, sagte Sascha, deren Stolz noch größer war als ihre Angst.

Da hob Adenau das Messer, und mit einer schnellen, unerbittlichen Bewegung, auf die Sascha nicht gefasst war, bohrte er das Messer mitten in Saschas Seele. Das Mädchen stieß einen fürchterlichen Schrei aus.

»Nein!«, rief Sascha aus und schrie los: »Zur Hilfe! Hilfe! Helft mir.«

»Es tut mir Leid, mein Herz«, sagte Adenau.

Der schöne Käfer, der vorne auf den Dolch gespießt war, zappelte heftig mit den Beinchen und bewegte seine Antennen. Adenau hielt ihn Sascha auf Augenhöhe.

»Hilfe, helft mir!«, rief der Käfer mit seinem dünnen Stimmchen.

Adenau zog den Dolch aus dem Rücken des großen Insekts und ließ es auf den Teppich fallen. Der Käfer, aus dessen Körper eine ekelhafte graue Flüssigkeit rann, lief unbeholfen auf die weiter hysterisch schreiende und nach Hilfe rufende Sascha zu, doch bevor er sie erreichte, hob Adenau einen Fuß und zertrat ihn.

Nennt mich Adenar

Adenau lief und lief und lief … Saschas Schreie verfolgten ihn, während er die Treppe hinunterrannte, die Verbindung verließ und die Grünhügelstraße hoch zu seiner eigenen Verbindung rannte. Ihre Schreie verfolgten ihn, hallten in ihm nach, blieben ihm im Ohr. »Du bist ein Verrückter, ein Mondsüchtiger!«, hatte Sascha ihn angeschrien. War er vielleicht wirklich verrückt?, fragte sich Adenau angsterfüllt. War ein Verrückter letztlich nicht einfach jemand, der die Dinge anders sah als die anderen? Wenn das Gewöhnliche normal und das Andersartige verrückt war, dann war er ein Verrückter. Dennoch wusste er, dass er nicht verrückt war, so seltsam sein Gedächtnis auch sein mochte, so schwierig die Erlebnisse, die ihn nach Floria gebracht hatten, auch mitzuteilen waren … Aber war das nicht genau das, was sich Verrückte immer sagen?, dachte er da, von Zweifeln erfasst. Vielleicht war eben seine Gewissheit, nicht verrückt zu sein, der beste Beweis für seinen Wahn!

Die Straßen, die zur Verbindung Jorge de Montemor hinaufführten, waren an diesem frühen Abend sehr belebt. Junge Leute in Sportkleidung, händchenhaltende Pärchen, heimlich rauchende Cliquen, die sich vor ihren Erziehern versteckten, schwatzende Mädchen, die auf dem Gehsteig saßen, und auf dem Sportplatz vor seiner Verbindung wurde bei Flutlicht ein Basketballspiel ausgetragen; alles in Monte Verdoso war wie immer, und dennoch kam es ihm vor, als drohte von überall her Gefahr, als könnte jeder ihn sofort denunzieren, wenn herauskäme, was er gerade getan hatte.

Er hatte nicht die leiseste Ahnung, was Sascha tun würde oder über wie viel Zeit er verfügte. Das ganze Haus musste ihre Schreie gehört haben, sicherlich waren alle in ihrem Zimmer zusammengelaufen und sie hatte ihnen erzählt, was passiert war. Ob die Polizei ihn bereits suchte? Aber er war sich ja nicht einmal sicher, dass die Polizei für Fälle wie diesen zuständig war, zumal Fälle wie dieser, das heißt Fälle von Insektenmord, in Goyanas äußerst selten vorkommen dürften.

Niemand verwehrte ihm den Zutritt zum Gebäude der Verbindung. Adenau lief die Treppen hoch in sein Zimmer, öffnete den Schrank und holte seinen alten Ranzen heraus. Das Buch, der Magnetstein, der Quarz, der Dolch, die Hirschaugen, alles war da. Er zog die Nachttischschublade auf und holte einen Umschlag mit Geldscheinen heraus, den er ebenfalls in den Ranzen steckte. In der Schublade lagen außerdem ein paar Piktogramme von Sascha auf der Fortunata Insel, Sascha mit einem großen Strohhut, einer stilvollen Sonnenbrille und einem lila Bikini. Er nahm sie auch heraus, überlegte es sich dann aber anders und legte sie zurück in die Schublade, vielleicht ein letztes Mal. Seine Flöte lag auf dem Fensterbrett. Er schraubte sie auseinander und packte sie in den Ranzen. Was sollte er sonst noch mitnehmen? Er öffnete erneut den Schrank, und sein Blick fiel auf die Mütze mit der roten Feder.

»Na gut«, sagte er laut. »Dann soll es eben so sein …«

Er nahm die Mütze, brachte sie in Form, strich die daran steckende Feder glatt und zog sie auf. Dann schnallte er sich den Ranzen auf den Rücken und lief einen Stock tiefer in Ana Sofias Zimmer, das nach hinten hinausging.

»Adenau«, sagte sie, als sie die Tür aufmachte und ihn vor sich sah. »Was machst du denn in diesem Aufzug?«

»Ich möchte mich verabschieden«, sagte Adenau nervös.

»Dich verabschieden? Wohin gehst du denn?«

»Etwas Schreckliches ist passiert«, sagte Adenau und rang sich ein Lächeln ab. »Ich muss mich verstecken. Ich weiß, dass ich dir vertrauen kann, deshalb sage ich es dir. Aber ich muss mich beeilen.«

»Was hast du denn getan?«, fragte sie und wurde ernst.

»Ich habe Sascha Braunsfelds Insekt getötet«, flüsterte Adenau ihr ins Ohr.

»Du hast waaaaaas getan?«, sagte sie und lachte los. »Junge, Junge, Adenau, du machst ja vielleicht Sachen.«

Sie schüttelte sich vor Lachen, als hätte Adenau ihr einen besonders lustigen Witz erzählt.

»Ich wusste, dass du es nicht verstehen würdest«, sagte Adenau. »Aber du kannst mir glauben, ich habe mich in ganz schöne Schwierigkeiten gebracht. Die Polizei kann jeden Moment hier auftauchen, um mir Fragen zu stellen.«

»Mach dir keine Sorgen«, sagte Ana Sofia. »Niemand wird dich wegen so etwas suchen.«

Sie reagierte, als hätte Adenau ihr erzählt, er habe einen Plüschteddy erwürgt oder ein Marmeladenglas auf einer Anrichte umgestoßen, als hätte er einen etwas sonderbaren, aber völlig harmlosen Streich ausgeheckt.

Auf der Treppe wurden Schritte laut, offenbar liefen mehrere Personen gleichzeitig nach oben. Adenau verbarg sich unwillkürlich hinter Ana Sofia. Es war eine Hockeymannschaft, wie man an den Trikots, Helmen und Schlägern unschwer erkennen konnte.

»Mach's gut, Ana Sofia«, sagte Adenau, als die Spieler in ihrer Montur oben auf der Treppe verschwunden waren.

Adenau und Ana Sofia umarmten sich, und er machte sich auf den Weg nach unten. Als er fast schon einen Stock tiefer war, hörte er Ana Sofia seinen Namen rufen. Er blickte hoch und sah sie über das Geländer gebeugt zu ihm hinuntersehen.

»Adenau«, sagte sie. »Wohin gehst du denn überhaupt? Wo wirst du die Nacht verbringen?«

»Ich weiß nicht«, antwortete Adenau. »Keine Ahnung.«

»Warte«, sagte sie und rannte ebenfalls die Treppe hinunter. »Ich komme mit dir.«

»Nein, Ana Sofia!«, sagte Adenau. »Das ist absolut nicht nötig!«

»Ich kenne einen sicheren Ort«, sagte sie, inzwischen bei ihm angelangt, und nahm ihn am Arm. »Du musst doch irgendwo übernachten, oder? Und ich kann dir den sichersten Ort in ganz Floria bieten.«

»Und was für ein Ort ist das?«, fragte Adenau.

»Das Haus meiner Eltern«, sagte Ana Sofia ruhig. »Sie gehen immer früh ins Bett. Wir nehmen den Dienstboteneingang, sie werden überhaupt nicht merken, dass wir da sind.«

»Das Haus deiner Eltern?«, wiederholte Adenau verblüfft.

»Das habe ich schon öfter gemacht«, sagte Ana Sofia. »Die Wohnung ist riesig, du kennst sie ja. Nur die in der Küche werden es mitbekommen, aber die verraten uns nicht, Adenau.«

»Na gut«, sagte er. »Aber du musst mich nicht mehr Adenau nennen. Gaspar Adenau ist niemand, der Name ist erfunden. Ich habe ihn mir ausgedacht, weil ich mich nicht weiter wie der Prinz aus den Geschichten nennen konnte. Aber es stimmt nicht, dass ich mich an diesen Namen erinnert habe, Ana Sofia. Ich habe mich nie an irgendetwas erinnert. Ich habe nie irgendetwas vergessen.«

»Du hast das mit Adenau erfunden?«, sagte sie. »Junge, du bringst mich um mit deiner Phantasie.«

»Letztendlich hört sich Adenau fast so an wie mein wirklicher Name.«

»Das heißt?«

»Nenn mich Adenar. Das war immer mein Name, und er wird es auch bleiben!«

Sie nahmen eine der Straßenbahnen, die den Monte Verdoso hinunterfuhren, und stiegen am Amor Agarradinho Platz in den Trolleybus, der sie bis zum Marquis de Evora Platz brachte. In die Wohnung der Aguanopulos zu gelangen war äußerst einfach. Ana Sofia klopfte an den Dienstboteneingang, die Köchin Cristina Teresa machte auf und strahlte über das ganze Gesicht, als sie die Tochter des Hauses vor sich sah. Ana Sofia sagte ihr, Adenar und sie seien zum Lernen gekommen, sie solle ihren Eltern nichts davon sagen und ihnen etwas zum Abendessen aufs Zimmer bringen. Cristina Teresa tadelte Ana Sofia, dass sie sich so selten Zuhause blicken ließ, ihre Eltern würden sich große Sorgen machen. Dann bot sie Ana Sofia an, ihnen etwas von dem Grillfleisch zu bringen, das vom Mittagessen übrig war. Ana Sofia hätte sich nur zu gern auf ein Stück Zebralende mit Sauce gestürzt, aber sie erinnerte sich, dass Adenar kein Fleisch aß, und so trug sie Cristina Teresa auf, ihnen statt des Grillfleischs ein paar Sandwiches zu machen.

Ana Sofias Zimmer war groß und behaglich. Es stand nur ein schmales Bett darin, doch Adenar dachte, dass er bequem auf dem dicken weichen Teppich schlafen könnte. Alles in dem Zimmer war noch so, wie Ana Sofia es ein Jahr zuvor hinterlassen hatte, da waren ihre Puppen, ihre Bären und Giraffen aus Plüsch, ihre zoologischen Abbildungen und ihr riesiges Formikarium, das früher einmal einen großen Ameisenbau beherbergt hatte, inzwischen aber leer war.

Nach einer Weile kam Cristina Teresa mit einem Tablett herein, das mit Sandwiches, etwas Obst, zwei Gläsern und einem großen Krug Eibischwasser beladen war.

Ana Sofia legte ein paar dicke Kissen auf den Teppich neben das offene Fenster. Da sie weder Licht noch Ventilatoren einschalten konnten, um Ana Sofias Eltern nicht aufzuwecken, mussten sie sich mit der durch das Fenster kommenden kleinen Brise und dem Widerschein der Straßenbeleuchtung begnügen.

Von dort oben hatte man den gesamten Marquis de Evora Platz im Blick. Der ausgestreckte Arm der weißen Statue des Marquis schien auf den Mond zu zeigen, der hell über den hohen, eleganten Häusern von Dulce schien, wo die Millionäre, Bankiers und Politiker zu Hause waren. Es war nicht sehr spät, und auf der Straße waren noch Passanten zu sehen. In vielen Fenstern brannte Licht, nur das strenge Ministerium für Industrie auf der anderen Seite des Platzes lag ganz im Dunkeln. In einem Fenster des gegenüberliegenden Hauses standen zwei Jungen im Pyjama gegen die Brüstung gelehnt, unterhielten sich und rauchten, wobei sie die Blumentöpfe als Aschenbecher benutzten. Von Zeit zu Zeit trug der Wind ihnen Fetzen des Liedes zu, das die beiden hörten: *Erfüll mich mit Phantasie*, von Regina Moreira.

»Also gut«, begann Adenar und griff nach einem warmen Käsesandwich mit gegrillten Paprika. »Lass mich dir alles erklären. Eigentlich war es dein Vater, der mich auf die richtige Spur brachte, natürlich ohne es zu merken.«

»Ich höre«, sagte Ana Sofia und nahm ein Stück Mango vom Obstteller.

»Die Insekten«, sagte Adenar und sah seine Freundin eindringlich an, »sind der Schlüssel zu allem. Das ist die geheime Botschaft, die sich in den Büchern von Warmunt F. Ozick verbirgt, die Botschaft, die Ozick in eine Kindergeschichte umgewandelt hat ... Deshalb hat er ein Pseudonym angenommen und beschlossen, für immer im Verborgenen zu bleiben. Die Insekten, die Yöl in *Die Abenteuer von Adenar* heimsuchen, die Bewohner von Amaula anfallen, in die Paläste und Gärten von Adenars Gedächtnis und dem seines Vaters, König Leopoldo, eindringen ... Diese Insekten sind nichts anderes als die Insekten, die sich Florias bemächtigt haben.«

»Ich weiß nicht, ob ich dir folge«, sagte Ana Sofia unsicher.

»Schau nur«, sagte Adenar und zeigte zum offenen Fenster. »Siehst du all diese Wohnhäuser, all diese luxuriösen Wohnungen, all diese Fenster? Hinter jedem dieser Fenster steckt ein Leben, aber *keiner lebt das Leben, das ihm bestimmt ist.*«

»Was meinst du damit?«

»Hinter jedem Fenster lebt jemand. Und in jedem Zimmer, meistens in einer Nische oder auf einem Kaminsims, steht ein geschnitztes Palmholzkästchen ... und in dem Kästchen sitzt ein Insekt. Einmal habe ich bei den Grauen Katzen gefragt, was es mit diesen Kästchen auf sich habe, und du hast mir gesagt, das sei eine Art Brauchtum, eine Tradition in Floria, fast eine Kinderei ... Ihr habt mir von den ›Familieninsekten‹ erzählt, die einmal in der Woche sauber gemacht werden und ein Salatblatt bekommen müssen ... Nichts von Bedeutung ... Aber in Wirklichkeit seid ihr so an diese Palmholzkästchen gewöhnt, dass ihr sie nicht einmal mehr seht! Die Grauen Katzen zum Beispiel lehnen sich gegen das Schicksalsministerium auf … Aber niemand lehnt sich gegen die Palmholzkästchen auf!«

»Aber Adenar …«, sagte Ana Sofia. »Was ist denn Schlimmes an ihnen?«

»Das Schlimme an ihnen ist, dass diese Insekten euch sagen, was ihr tun sollt«, sagte Adenar. »Unablässig, tagein, tagaus, jedem Einzelnen von euch. Ihr hört ihre Stimmen und merkt aus lauter Gewohnheit nicht, dass es ein Insekt ist, das zu euch spricht. Ihr glaubt, diese Stimmen kämen aus euch selbst! Ihr haltet die Stimme der Insekten für euer eigenes, inneres Ich! Aber tatsächlich habt ihr gar kein inneres Ich!«

Ana Sofia sah ihn sprachlos an.

»Keiner lebt das Leben, das ihm bestimmt ist«, sagte Adenar, »weil alle das Leben eines Insekts führen. Ihr denkt, was das Insekt sagt, trefft die Entscheidungen, die das Insekt für euch trifft, sagt ›nein‹, wenn das Insekt ›nein‹ sagt, und ›ja‹, wenn das Insekt ›ja‹ sagt. Und niemand merkt es. Jeder glaubt, er tue, was er wolle, entscheide für sich selbst, aber in Wirklichkeit sind es die Insekten, die alle Entscheidungen treffen.«

»Das ist ja schrecklich, was du da sagst!«, sagte Ana Sofia. »Schrecklich und absurd. Warum sollte den Insekten daran liegen, so etwas zu tun?«

»Weil sie nicht wollen, dass wir frei sind«, sagte Adenar. »Weil sie sich unserer Liebe, unseres Lebens, unserer Energie bemächtigen wollen …«

»Aber warum?«, fragte Ana Sofia etwas zu laut. »Warum, warum denn um Himmels willen? Was du da sagst, ergibt doch keinen Sinn.«

»Warum sie das tun?«, sagte Adenar. »Aus demselben Grund, aus dem du Huhn und Lamm, Reis und Maniok isst: um sich zu ernähren. Weil sie Hunger haben, weil sie sich an unserem Bewusstsein nähren, weil *wir ihre Nahrung sind.*«

Da sah Adenar, wie Ana Sofia aufschreckte und zur Tür blickte. Keiner von beiden hatte bemerkt, dass sie aufgegangen war und sich die Umrisse eines Mannes auf der Schwelle abzeichneten. Sie schwiegen betreten.

»Ana Sofia!«, sagte der Mann und kam ins Zimmer. »Welch große Ehre.«

Es war Mirmidon Aguanopulos.

»Papa«, sagte sie und erhob sich mit vorgetäuschter Selbstsicherheit, wie es Adenar schien. »Komm rein. Das musst du dir anhören.«

Aguanopulos kam mit schweren, langsamen Schritten auf sie zu. Er trug einen lila-weiß gestreiften Pyjama und Pantoffeln. In der rechten Hand hielt er etwas.

»Ich habe es gehört«, sagte Aguanopulos und sah sie mit nachdenklichem Gesichtsausdruck an. »Ich habe Stimmen gehört und bin aufgestanden, um zu sehen, woher sie kamen. Ich habe es mitbekommen. Nicht alles vielleicht, aber genug.«

Erschrocken war auch Adenar aufgestanden.

»Was ist los, Adenau?«, fragte Aguanopulos. »Warum bist du hier? Vor wem versteckst du dich?«

»Papa!«, sagte Ana Sofia.

»Sag mir, was passiert ist«, insistierte Aguanopulos.

»Gar nichts, Papa«, sagte Ana Sofia.

»Ich ... ich habe ein Insekt getötet«, sagte Adenar.

Aguanopulos zog leicht die Augenbrauen hoch. Mit großer Wahrscheinlichkeit hatte Adenars Geständnis ihm einen schönen Schreck eingejagt, aber er hatte sich gut unter Kontrolle.

»Du musst gar nichts sagen, Adenar«, mischte sich Ana Sofia ein. »Sprich nicht weiter.«

»Ich habe Sascha Braunsfelds Insekt getötet«, fuhr Adenar fort. »Es war ein Impuls, aber ich bereue es nicht. Ich glaube, jeder sollte sein Insekt töten. Ich glaube ...«

Er wollte weiterreden, zu erklären versuchen, doch Mirmidon unterbrach ihn mit einer Handbewegung. Er atmete tief durch und sah sie beide an, als wüsste er nicht, was er mit ihnen anstellen sollte. Offensichtlich bekämpften sich in seinem Inneren widersprüchliche Gefühle, die Treue zum Gesetz und die Liebe zu seiner Tochter, die Loyalität zu seinem Schutzbefohlenen und die Interessen seiner Familie.

Was wohl die Strafe dafür war, ein Insekt getötet zu haben?, fragte sich Adenar erneut. Und die Strafe dafür, einen Insektenmörder zu decken? Bestimmt waren die Goyaner verpflichtet, jeden zu denunzieren, der das heiligste aller Gesetze verletzte, dieses ungeschriebene, jedoch allgegenwärtige Gesetz, das alle menschlichen Handlungen den Absichten der Insekten unterwarf. Die Situation wurde noch komplizierter durch die Tatsache, dass Aguanopulos im öffentlichen Dienst stand. Die goyanische Politik war ein heikles Terrain, ein Schlachtfeld voller Intrigen und Begünstigungen, Verschwörungen und Beziehungen, und wenn herauskam, dass Aguanopulos unter seinem Dach einen Staatsfeind aufgenommen hatte, konnte er womöglich vor Gericht kommen oder im Schicksalsministerium in Ungnade fallen, was das Ende seiner politischen Karriere bedeuten würde. Die Tatsache, dass dieser Staatsfeind ohne sein Wissen in sein Haus gelangt war, hätte keine Relevanz, denn die Politik, und erst recht die Politik der Intriganten, pflegt sich nie mit solchen Details aufzuhalten. Wie auch immer, dachte Adenar, es war offensichtlich, dass Aguanopulos nichts anderes übrig blieb, als ihn anzuzeigen, wenn er nicht ebenso schnell verschwand, wie er gekommen war. Mit dem wenigen, was er von ihm wusste (und Adenar hatte den Eindruck, ihn in den letzten Wochen ein wenig besser kennen gelernt zu haben), war er überzeugt, dass Aguanopulos seine Treue zum Staat nicht über seine persönlichen Sympathien stellen würde und nicht darauf bestehen würde, ihn um jeden Preis festzuhalten. All das schoss Adenar im Bruchteil von Sekunden durch den Kopf, in dieser geistigen Klarsicht, die uns in Augenblicken der Gefahr oder großer Angst beisteht. Das Ratsamste war es, sagte sich Adenar, umgehend aus dem Haus der Aguanopulos zu verschwinden. Dann könnte man tun, als habe diese Szene niemals stattgefunden.

»Es tut mir Leid, Herr Aguanopulos«, sagte der Junge und legte die Hand aufs Herz, eine der typischen Gesten des Prinzen Adenar, die er sich nicht hatte abgewöhnen können. »Ich sollte nicht hier sein. Ich werde sofort gehen.«

»Du wirst nirgends hingehen«, sagte Aguanopulos und hielt

ihn mit einer gebieterischen Handbewegung zurück. »Außerdem bist du vor dem Gesetz so gut wie mein Sohn. Niemand geht irgendwo hin. Setzt euch, beide.«

Adenar blieb regungslos stehen. Einen Augenblick lang überlegte er, ob er hinausrennen sollte, dachte schon, dass Aguanopulos kaum über die nötige Kraft verfügte, um ihn festzuhalten. Doch die Vorstellung eines Ringkampfes mit dem Vater seiner Freundin erschien ihm mit einem Mal lächerlich und ausgeschlossen.

»Adenar muss heute Nacht hier bleiben, Papa«, sagte Ana Sofia trocken. »Wir müssen ihn verstecken, er steckt ganz schön in der Klemme.«

»Seit fast zwei Monaten haben wir nichts mehr von dir gehört, Ana Sofia«, bemerkte Aguanopulos, der offenbar beschlossen hatte, sich jede Zeit der Welt zu lassen und der Reihe nach alle ausstehenden Themen anzusprechen.

»Ich weiß«, erwiderte sie. »Das Studienjahr ist fast zu Ende, wir haben viele Prüfungen. Gut, das ist vielleicht keine Entschuldigung und ich hätte trotzdem kurz vorbeischauen können ... Es tut mir Leid, Papa«, unterbrach sie sich plötzlich in einem ungeduldigen Tonfall. »Es tut mir wirklich Leid, aber das hat nichts mit dir zu tun.«

»Nichts mit mir zu tun?«, entgegnete Aguanopulos und sah sie mit großen Augen an. »Das hat nichts mit mir zu tun, sagst du?«

Wortlos setzte er sich auf Ana Sofias Bett. Er machte einen erschöpften, oder vielmehr einen traurigen, niedergeschlagenen Eindruck. Er hatte Tränensäcke unter den Augen und tiefe Furchen durchzogen sein Gesicht. Adenar, der sich auf Aguanopulos' Geheiß wieder auf den Teppich gesetzt hatte, beobachtete ihn mit einer Mischung aus Respekt und Faszination. Ana Sofia stand immer noch mit verschränkten Armen da und sah ihren Vater herausfordernd an. Doch da machte dieser eine Bewegung. Die ganze Zeit über hatte Aguanopulos eine Hand im Rücken versteckt gehalten, was in dem dunklen Zimmer weder Adenar noch Ana Sofia aufgefallen war, bis er sie jetzt hervorzog und zeigte, was er darin hielt. Es war ein Palmholzkästchen, auf dessen Seiten gewölbte Blätter und stilisierte Blumen geschnitzt waren. Er öffnete den kleinen Deckel, holte mit bebenden Fingern eine prächtige große Gottesanbeterin daraus hervor und setzte sie auf seine Handfläche.

»Sie ist dein Augapfel«, sagte die Gottesanbeterin und entfaltete ihre langen Vorderbeine, »deine Lieblingstochter, und jetzt sieh nur, wie sie es dir lohnt ... heimlich schleicht sie sich ins Haus, nachdem sie zwei Monate verschollen war ...«

Grün glänzend richtete sie sich auf, als fange sie mit ihren polyedrischen Augen und ihren feinen langen Beinchen das durchs Fenster einfallende Mondlicht ein, stellte sich in ihrer ganzen Größe auf wie eine kleine Gottheit, wie ein bösartiges, dabei komplex schönes Wesen, ein unerbittliches, mitleidloses, gefühlloses Wesen, ein Insekt des Universums, eine Ausgeburt des Geistes, eine Kreatur des Denkens, ein Gehirn, ein Insektengehirn ...

»Ynoris!«, rief Ana Sofia überrascht, als sie die auf der Handfläche ihres Vaters aufgerichtete Gottesanbeterin sah.

»Deine Eltern glauben, sie wissen alles über dich!«, sagte Ynoris zu Ana Sofia. »Sie behandeln dich wie ein kleines Mädchen. Aber du bist kein kleines Mädchen mehr ...!«

Aguanopulos stand vom Bett auf und trat an den Tisch, auf dem sich die Reste von Ana Sofias und Adenars improvisierten Abendessen befanden. Einen Augenblick lang schien er unentschlossen. Der große Glaskrug war noch zur Hälfte mit Wasser gefüllt.

»Du bist eine bedeutende Persönlichkeit«, sagte Ynoris, »Mirmidon Aguanopulos ist ein allseits respektierter Name. Mirmidon Aguanopulos! Zweifellos wirst du eines Tages wieder Minister!«

Ohne Aufhebens, aber auch ohne jedes Zögern steckte Aguanopulos die Gottesanbeterin in den Krug und hielt sie unter Wasser, bis das grüne Insekt seine Beinchen nicht mehr bewegte und es keinerlei Regung mehr zeigte. Selbst als das Insekt bereits offenbar tot war, hielt Aguanopulos es fast noch eine Minute lang untergetaucht. Die Vorderbeine der Gottesanbeterin, diese phantastischen, kammbedeckten und wie in einem Gebet zweimal abgeknickten Extremitäten trieben kraftlos entfaltet übereinander. Da zog Aguanopulos das triefende Insekt aus dem Krug, ließ es kurz abtropfen, steckte es wieder in das Palmholzkästchen und schloss den Deckel.

Dann drehte er sich zu den beiden Jugendlichen um, die ihm mit offenen Mündern zusahen.

»Jetzt können wir in Ruhe reden«, sagte er gelassen.

Sascha und die Liebe

Doch was geschah mit Sascha, die wir laut nach Hilfe rufend in ihrem Zimmer zurückgelassen haben? Auf ihre Schreie hin waren mehrere Bewohner der Verbindung an ihre Tür geeilt, einige hatten sogar noch Adenar die Treppe hinunter verschwinden sehen. Aber Sascha, die nichts so sehr fürchtete wie einen Skandal, hatte ihnen versichert, dass es ihr bestens ginge, und sich für ihre Schreie entschuldigt.

Nein, sie hatte nicht das Schicksalsministerium verständigt oder sonst etwas getan, da sie es nicht gewohnt war, Entscheidungen zu treffen, die ihr nicht von der Stimme aus dem Holzkästchen diktiert wurden. Von einem plötzlichen, unerwarteten Frieden erfüllt, hatte sie die Tür geschlossen, und aus irgendeinem seltsamen Grund hatte sie zunächst einmal ihre Hände betrachtet, war dann im Zimmer auf und ab gegangen, hatte alles gemustert und betastet, Schubladen geöffnet und wieder geschlossen, ganz benommen von Form und Beschaffenheit der Dinge.

Sie war verwirrt, von einem Gefühl des Schwindels und der Orientierungslosigkeit ergriffen, das sich für Momente in Überschwang, Ekstase, eine Ahnung von Freiheit verwandelte. Es fiel ihr schwer, in dieser plötzlichen Stille einen Gedanken zu fassen. Sie räumte die Reste des Insekts weg, wischte den gallertartigen Fleck vom Teppich und setzte sich dann aufs Bett, sah sich im Zimmer um und wusste nicht, was sie tun sollte.

Diese Stille war köstlich. Sie hatte den Eindruck, als verschärfe sich ihre Wahrnehmung, als nähmen die Gegenstände in ihrem Zimmer lebendigere, unvermutetere Farben an, als wüchsen die Dimensionen des ganzen Raums an, als würde er in gewisser Weise wirklicher. Sicherlich war nichts von dem, was ihr gerade widerfuhr, »gut«. Sicherlich hatten diese plötzliche Klarsicht, dieses Gefühl der Leichtigkeit irgendeinen teuflischen Ursprung.

Sie spürte, dass sie mit einem Mal wusste, wer sie war. Sie sah sich selbst mit einer nie gekannten Klarheit. Sie konnte sich in der Rolle sehen, die sie den ganzen Tag über spielte, als die Sascha Braunsfeld mit ihren Freunden, ihren Zusammenkünften, ihren Vorlieben und Vorurteilen, ihren Gewohnheiten und Tricks; gleichzeitig sah sie aber auch die leuchtende Person, die sich hinter dieser Rolle verbarg, die wirkliche Sascha, ein Wesen voller Poesie, Kraft und innerem Feuer.

Was bedeutete das alles? Sie dachte an den Teufel und an die Hölle, und plötzlich erschienen ihr die Vorstellungen von dem roten Männchen mit den Hörnern und der Höhle voller Feuer und Angst absurd und sinnlos. Wie konnte man an einen Gott glauben, der mit ewiger Strafe droht, wenn man einmal etwas Schlechtes denkt oder nicht in die Kirche geht, um ihm zu huldigen? Was sollte dieser Unsinn?

Dann erschrak sie über ihre eigenen Gedanken, erschrak über ihre Klarsicht, erschrak darüber, sich so erfüllt zu fühlen. War sie vielleicht verrückt? Oder krank?

In dieser Nacht schlief sie schlecht und hatte Albträume. Sie träumte, dass Adenar, den sie in ihrem Inneren weiterhin »Adenau« nannte, im Dunkeln an ihrer Seite saß, ihr mit strahlendem Blick beim Schlafen zusah, und dass sie versuchte, die Augen zu öffnen und die Arme auszustrecken, um ihn an sich zu ziehen, sich aber nicht rühren konnte, da sie schlief. Mit einem sonderbar glücklichen, exaltierten Gefühl wachte sie auf, und als sie sich bewusst wurde, dass Adenar nicht da war, empfand sie seine Abwesenheit wie einen Stich. »Adenau, Adenau, mein Herz, mein Traum«, hörte sie eine innere Stimme sagen, und ihre Arme streckten sich nach der Stelle aus, an der der Adenau ihres Traums gesessen hatte, als wolle sie die Luft liebkosen, als sei sie in ein Gespenst verliebt.

Aber wie das? Seit wann? Wie war das möglich?

War sie vielleicht in Adenau verliebt? Sie kuschelte sich an ihr Kopfkissen und träumte, es sei Adenau, der sie in seinen Armen hielt und beschützte, und dass sie ihn mit leidenschaftlichen Küssen bedeckte. Dieses entflammte Verliebtsein hielt sie die ganze Nacht in ihren Fängen, vermischt mit verrückten Träumen in den wundervollsten Farben. Sie würde Adenau heiraten und sie würden in Ozeanien am Meer leben. Sie würde ihre Caricanchas verlassen. Adenau hatte ja so Recht! Adenau, ihr Geliebter, der plötzlich aus dem Nichts aufgetaucht war, um sie aus ihrem komplizierten, großartigen, absurden Leben zu erretten. Adenau, der so etwas Kindliches an sich hatte, Adenau, der ihr Insekt getötet, sie entblößt, auf sich selbst reduziert hatte. Woher hatte er den Mut genommen, so etwas zu tun? Wie war er darauf gekommen? Mit einem Mal war Sascha nur noch Sascha. Mit einem Mal war Adenau nur Adenau. Mit einem Mal war alles einfacher, und alles war einfacher, weil sie ihn liebte, ihn so innig, so heftig liebte, dass es fast schmerzte. Oh Gott, wie sehr sehnte sie sich danach, dass er hier wäre, bei ihr, um in seinen Armen Zuflucht zu suchen. Könnte sie doch nur ihren Kopf an seine Brust legen, endlich zur Ruhe kommen und schlafen, schlafen, schlafen wie früher, als sie noch ein kleines Mädchen war …

Die Rebellion gegen die Insekten

Ana Sofia, Mirmidon Aguanopulos und Adenar hatten sich die ganze Nacht beratschlagt und versucht, einen Plan zu entwerfen. Alle drei waren sich einig, dass Adenar sich zumindest ein paar Tage lang verstecken musste, bis Mirmidon herausgefunden hätte, wie die Dinge standen. Nachdem sie mehrere Möglichkeiten erwogen hatten, überzeugte Adenar sie davon, dass das beste Versteck der Turpestis Palast war. Weder Ana Sofia noch ihr Vater hatten je von diesem Haus gehört.

»Es ist der ideale Ort«, sagte Adenar. »Niemand würde darauf kommen, mich dort zu suchen. Alles, was ich brauche, ist ein Seil und ein paar Vorräte.«

»Ein Seil?«, fragte Ana Sofia und stand auf. »Ein Bergsteigerseil?«

»Das wäre perfekt«, sagte Adenar.

In Ermangelung einer besseren Lösung beschlossen sie, dass Ana Sofia und Aguanopulos mit Adenar in den östlichen Distrikt fahren würden, Aguanopulos sich dann zurück ins Zentrum begeben würde, um seine Beziehungen spielen zu lassen und Nachforschungen anzustellen, und Ana Sofia sich mit den Grauen Katzen treffen und ihnen erzählen würde, was geschehen war. Sie würden Radio Psychis wieder in Betrieb nehmen und eine organisierte Rebellion gegen die Insekten initiieren. Das waren Ana Sofias Worte. »Eine organisierte Rebellion gegen die Insekten.« Ihrem Vater erschien es wohl kaum eine gute Idee, so überstürzt eine Revolution gegen das System anzufachen, aber er schwieg dazu.

Ein grauer, stürmischer Tag war angebrochen. Ohne Unterlass trommelte der Regen auf die Brüstung vor dem Fenster, das sie nicht schlossen, um etwas von der duftigen Frische des Regens und des neuen Morgens hereinkommen zu lassen. Sie stellten das Radio an, um festzustellen, ob in den Meldungen etwas über die Ereignisse des Vorabends gesagt wurde, aber sie konnten keinen Nachrichtensender finden. Dafür hörten sie mehrere Wettervorhersagen, durch die sie erfuhren, dass es im ganzen Delta sintflutartig regnete und für die nächsten Tage ein ständiger Wechsel zwischen sturmartigen Niederschlägen und zeitweiligen Aufklarungen erwartet wurde. Die Regenzeit hatte begonnen.

Sie gingen hinunter, um auf das Taximeter zu warten, das Mirmidon per Dorofon bestellt hatte. Ana Sofia trat an die Glastür des Eingangs und warf einen Blick nach draußen. Die Bäume auf dem Platz wurden wie schwarze Fächer herumgepeitscht, nicht so sehr vom Wind als von der Wucht des Regens, dessen silber glänzende Wasserladungen durch die Baumwipfel schossen und in Millionen Spritzern auf die spiegelnden Gehsteige klatschten. Die wenigen Passanten, die sich zu dieser frühen Morgenstunde nach draußen gewagt hatten, sahen mit ihren Regenmänteln und Schirmen aus wie Gespenster, die unter den Balkonen und Dachvorsprüngen der Gebäude dem Regen vergeblich zu entgehen suchten.

Am Fuß der Eingangstreppe wartete mit eingeschalteten Scheinwerfern und laufenden Scheibenwischern bereits das Taximeter. Ana Sofia drückte die Tür auf und vergewisserte sich, dass niemand sie beobachtete. Ein Mädchen in einem roten Regenmantel und farblich passenden Gummistiefeln kam den schimmernden Gehsteig entlang auf den Eingang zu. Ana Sofia wich zurück in die Halle.

»Was ist los?«, fragte Aguanopulos. »Können wir hinausgehen?«

»Noch nicht«, sagte Ana Sofia. »Da kommt ein Mädchen.«

»Ein Mädchen?«, wiederholte Aguanopulos, der langsam die Geduld verlor. »Es ist eher die Polizei, die mir Sorgen macht.«

»Aber …«, begann Ana Sofia.

Da hörten sie Schritte auf der Eingangstreppe. Eine rote Gestalt, ein weibliches Gesicht tauchten hinter der Glasscheibe auf. Das Mädchen schien einen Augenblick zu zögern. Dann drückte sie die Tür auf und betrat die Eingangshalle. Adenar unterdrückte einen Schrei.

»Sascha!«

»Adenau!«, sagte Sascha und blieb stehen.

»Woher wusstest du, dass ich hier bin?«, fragte Adenar.

»Nenn es weibliche Intuition«, sagte Sascha und schob die Kapuze ihres Regenmantels zurück. »Ich habe eins und eins zusammengezählt …«

Sie machte ihren Schirm zu und lehnte ihn in eine Ecke. Um ihre Schulter hing eine mattrosa Del Prado Tasche.

»Sascha«, sagte Ana Sofia. »Hast du Adenar angezeigt?«

Sascha schenkte Adenar ein Lächeln, wie er es noch nie an ihr gesehen hatte.

»Du bist also wieder ›Adenar‹?«, sagte sie.

»Wir haben keine Zeit zu verlieren«, sagte Aguanopulos nervös.

»Ich musste den Tod meines Insekts melden«, sagte Sascha. »Heute früh kamen zwei Beamte vom Ministerium, um die Reste zu holen und mir Fragen zu stellen. Sie waren sehr unfreundlich, bestimmt haben sie kein Wort von dem geglaubt, was ich ihnen gesagt habe, aber«, fügte sie an Ana Sofia gewandt hinzu, die sie wütend musterte, »ich habe Adenar nicht verraten. Trotzdem werden sie wiederkommen, um mich weiter zu befragen, alle anderen zu befragen, und früher oder später werden sie es herausfinden …«

»Warum musstest du denn den Tod deines dämlichen Insekts melden?«, herrschte Ana Sofia sie an. »Hättest du nicht einfach den Mund halten können?«

»Ana Sofia, sei nicht ungerecht«, sagte Adenar. »Was hätte sie schon anderes tun können? Wenn sie den Tod nicht gemeldet hätte, wäre sie verdächtigt worden.«

Ana Sofia blickte abfällig zu Sascha, die trotz des Regens

blendend aussah, makellos frisiert und mit glänzendem Haar. Daneben wirkte Ana Sofia mit ihren zerzausten Haaren wie ein zerrupfter Staubwedel.

»Sascha, das von gestern Abend tut mir Leid«, sagte Adenar. »Ich hätte nicht …«

»Schsch«, sagte sie, trat zu Adenar und nahm seine Hand. »Sag einfach gar nichts.«

»Warum bist du gekommen?«, fragte Ana Sofia.

»Um bei Adenar zu sein«, erwiderte Sascha.

»Puh, das kann ich nicht mit anschauen«, sagte Ana Sofia und verzog das Gesicht, als würde ihr schlecht. »Komm, Papa, wir warten im Taximeter auf die beiden.«

»Du kannst nicht mit mir kommen«, sagte Adenar zu Sascha, als sie alleine waren. »Ich muss mich ein paar Tage verstecken.«

»Ich will mich nicht von dir trennen«, sagte Sascha.

Adenar blickte ihr in die Augen, ohne begreifen oder glauben zu können, wie ihm geschah. Sascha, die er am Vorabend schimpfend und schreiend wie ein verwundetes Tier zurückgelassen hatte, sah ihn jetzt sehnsüchtig an und flüsterte ihm Koseworte ins Ohr.

»Was ist geschehen?«, fragte Adenar.

»Ich weiß nicht«, antwortete Sascha, sah ihn mit müden Augen an und unterdrückte ein nervöses Lachen. »Ich weiß es nicht! Ich konnte kaum schlafen. Seit du mein Insekt getötet hast, sehe ich alles anders. Ich fühle mich wie neu, Adenau … Adenar … Ich fühle mich wie neugeboren.«

»Aber du kannst nicht mit mir kommen«, wiederholte Adenar.

»Es ist mir ganz gleich, was mir passieren könnte«, sagte Sascha. »Zum ersten Mal in meinem Leben fühle ich mich frei, Adenar, dank dir.«

»Du bist wirklich ganz anders«, sagte Adenar.

»Ich war immer frei«, sagte Sascha. »Wir alle sind es, aber wir vergessen es. Wir vergessen, wer wir sind, Adenar. Wie kann das sein?«

»Es sind die Insekten«, sagte Adenar.

»Die Insekten«, wiederholte Sascha, wie um sich eine wichtige Information zu merken.

»Du kannst nicht mit mir kommen«, sagte Adenar.

»Sei doch nicht so«, sagte Sascha und deutete auf das Taximeter vor der Tür. »Jetzt komm schon. Sie warten auf uns.«

»Bist du sicher?«

»Noch nie in meinem ganzen Leben habe ich das behaupten können«, sagte Sascha und setzte ihre Kapuze wieder auf. »Aber jetzt bin ich mir vollkommen sicher.«

Adenar nahm sie an der Hand und gemeinsam verließen sie das Gebäude, liefen durch den Regen und stiegen in das Taximeter ein, in dem Aguanopulos und Ana Sofia sie mit ungeduldigen Mienen erwarteten.

Während der Fahrt war keiner von ihnen besonders gesprächig. Adenar spürte die leichte Missstimmung von Ana Sofia und Aguanopulos angesichts der unverhofften Wende, die die Ereignisse nahmen. Der Gedanke ging ihm durch den Kopf, Sascha könnte sie täuschen und nur herausfinden wollen, wo er sich verstecken würde, um ihn und seine Komplizen bei der Polizei denunzieren zu können. Aber ein Blick in ihre Augen überzeugte ihn, dass diese Befürchtungen absurd waren. Kein Zweifel, sie strahlte etwas völlig anderes aus, eine ganz neue Präsenz und Offenheit, als würde jemand, der seit langem in ihrem Inneren verborgen gewesen war, endlich zum Vorschein kommen und seinen eigentlichen Platz einnehmen. Sogar Saschas Stimme war anders, tiefer und erwachsener als das kindliche, kraftlose Wimmern, mit dem sie sonst sprach. Die ganze Fahrt über hielten Adenar und Sascha Händchen, drückten heimlich ihre ineinander verschränkten Finger.

Als sie an der Alten Wasserpromenade Nr. 333 ankamen, wies Adenar den Taxifahrer an, das Grundstück zu umrunden und an der Rückseite zu halten, wo er möglichst ungesehen über die Gartenmauer springen wollte. Dann bat er den Taxifahrer, vor dem Haupteingang auf sie zu warten, und die vier blieben auf dem leeren Gehsteig zurück, im Schatten der riesigen Kapokbäume des Gartens, deren üppige Kronen sich über die Mauer wölbten.

Es hatte aufgehört zu regnen und aus den Blättern der Bäume lösten sich längliche Wassertropfen. Die Straße, die nicht asphaltiert war und wohl auch keine Abflusslöcher hatte, war völlig überschwemmt. Ein Stück weiter standen die Gehsteige zu beiden Seiten unter Wasser.

»Das ist doch Wahnsinn«, sagte Aguanopulos mit einem Blick auf die hohe Grundstücksmauer. »Du wirst da drinnen eingesperrt sein. Wenn du über diese Mauer springst, können wir dir nicht mehr helfen. Und wie sollen wir dich denn mit Proviant versorgen?«

»Das ist kein Wahnsinn«, dachte Adenar, »denn dieses Haus kennt den Prinzen Adenar und beschützt ihn. Es ist kein Wahnsinn, denn dort drinnen befindet sich der lebende Baum, der mir Yldats Existenz in meinem Inneren enthüllte und mich daran erinnerte, wer ich wirklich bin …« Doch es war keine Zeit für lange Erklärungen.

»Der Herr hat Recht, Adenar«, sagte Sascha. »Das ist kein guter Ort. Warum gehen wir nicht nach Beltaus? Victor könnte uns leicht verstecken. Er baut doch eine Unterwasserstadt. Victor könnte uns in seinem Privatflugzeug sogar außer Landes bringen.«

»Nein, danke, Sascha«, erwiderte Adenar. »Ich verstehe, dass ihr euch Sorgen macht, aber ich muss hier bleiben. Hier muss Prinz Adenar sich verstecken.«

»Aber warum?«, fragte Ana Sofia, erneut die Geduld verlierend. »Warum denn, um Himmels willen? Mein Gott, du bringst mich noch um, Junge!«

Adenar warf das Seil in die Luft, das sich beim dritten Versuch auch tatsächlich um den Ast eines der Bäume im Garten schlang. Mit Leichtigkeit, nur zweimal an dem feuchten Stein abrutschend, kletterte er an der Mauer hoch und setzte sich rittlings darauf.

»Warte«, rief Sascha zu ihm hoch. »Ich komme mit.«

»Sascha«, sagte Ana Sofia und griff sie am Handgelenk. »Warum willst du denn unbedingt mit Adenar dort hinein?«

»Mag ja sein, dass du mich nicht magst«, sagte Sascha. »Aber du weißt rein gar nichts von mir. Verurteile mich nicht, ohne mich zu kennen.«

»Ich traue dir nicht«, sagte Ana Sofia und ließ Saschas Arm los.

»Das gefällt mir nicht«, sagte Aguanopulos und betrachtete den auf der Mauer sitzenden Adenar.

Er hatte die Arme in die Seiten gestemmt und verzog verstimmt seinen Schnurrbart.

»Mit ein wenig Proviant und ein paar Flaschen Wasser können wir es einige Tage hier aushalten«, sagte Adenar.

»Das gefällt mir nicht«, wiederholte Aguanopulos. »Heute Abend um zehn holen wir euch wieder an derselben Stelle ab. Bis dahin werde ich versuchen, die Lage auszuloten und einen Ort zu finden, an dem Adenar sich verstecken kann.«

»Wie könnt ihr denn wissen, wie viel Uhr es ist?«, fragte Ana Sofia nervös.

»Ich habe eine Uhr«, sagte Sascha und hielt ihr Handgelenk hoch, an dem etwas Goldenes glänzte.

»Geh wieder nach Hause«, sagte Adenar zu Sascha.

»Sei still und spring«, sagte Sascha. »Lass mich hochklettern.«

»Soll ich dir helfen?«, fragte Adenar und streckte ihr die Hand entgegen.

»Herzchen«, sagte Sascha. »Ich war zwei Jahre in Folge Leichtathletikmeisterin.«

Adenar seilte sich auf der anderen Seite der Mauer ab und warf das Seil wieder zur Straße hinüber. Sascha hängte ihre Tasche quer um, hangelte sich wendig am Seil hoch und setzte sich oben rittlings auf die Mauer, wie Adenar es getan hatte. Dann ließ sie das Seil auf der anderen Seite hinunterfallen, lächelte den beiden auf dem Gehsteig kurz zu und verschwand mit einem Winken aus ihrem Blickfeld. Das Seil blieb an dem Ast hängen, über den Adenar es geworfen hatte. Aguanopulos und Ana Sofia sahen sich mit bestürzten Mienen an.

»Und wenn du keinen besseren Ort findest?«, fragte Ana Sofia ihren Vater.

»Mach dir da mal keine Sorgen. Ich werde einen finden.«

»Hast du einen Plan?«, fragte Ana Sofia.

Aguanopulos zwinkerte ihr lächelnd zu.

»Gehen wir«, sagte er nur. »*Vielleicht* habe ich einen Plan.«

»Du erstaunst mich, Papa«, sagte Ana Sofia.

»Ich weiß«, erwiderte Aguanopulos. »Ich bin selbst über mich erstaunt.«

Dann legte er seiner Tochter den Arm um die Schultern und beide gingen unter den tropfenden Kapokbäumen langsam zu dem Taximeter, das um die Ecke auf sie wartete, um sie in ihre Welt zurückzubringen.

»Eine ›Rebellion‹ gegen die Insekten?«, sagte Walmira und wandte sich von der Kristallkugel ab. »So etwas Unsinniges! Man kann keine Rebellion gegen die Insekten machen.«

»Wenn du sprichst, werden die Bilder undeutlich«, klagte Mireïa.

»Ich habe schon genug gesehen«, sagte Walmira, stand seufzend von ihrem Stuhl auf und streckte sich. »Ich bin müde.«

»Ich bin auch furchtbar müde«, pflichtete Urde ihr bei.

»Ich hoffe, sie richten kein Gemetzel unter den Insekten an«, sagte Mireïa. »Wir haben keine Ahnung, was für Folgen das haben könnte.«

»Und was ist mit den beiden Kleinen?«, fragte Urde, nachdenklich geworden. »Allein in dem verzauberten Garten ...«

»Die sind jetzt im Herzen der Schöpfung«, sagte Walmira. »Adam und Eva im Paradies.«

»Nein, Walmira«, widersprach ihr Urde. »Wohl eher Adam und die Schlange.«

Der Regierungspalast

Die Regenfälle in Floria hielten an. Nach der heißen kam jetzt die feuchte Jahreszeit. Die in den vielen drückenden Nächten angesammelte Schwüle, die glühend geladenen Tage des Drachens gingen über in die sanfte Regenzeit, die überall unvermutet Gärten ergrünen, Blumen sprießen, Kletterpflanzen wuchern und Bäume ihre Wipfel über den Straßen zusammenstecken ließ. Und mit ihr begannen auch die Opernsaison, die Canasta-Meisterschaften, die *tea parties*. Für viele waren die Regenmonate die beste Zeit des Jahres.

Die Behörden von Floria waren konfus. Die Kommunikation zwischen Polizei und Schicksalsministerium war noch nie einfach oder kooperativ gewesen. Hinter vorgehaltener Hand hieß es immer, das Schicksalsministerium sei die Regierung im Schatten. Und natürlich war das Schicksalsministerium, das die Florianer meist schlicht als »Das Ministerium« titulierten, kein Ministerium wie die anderen. Es war ein Ministerium ohne Minister. Denn wessen Kontrolle unterstand das Schicksalsministerium eigentlich?

An eben diesem Nachmittag besuchte der Staatssekretär des Schicksalsministeriums den Präsidenten der Republik in seinem Regierungssitz. Der Generalsekretär bat nicht wirklich um eine Audienz, wie anzunehmen gewesen wäre, sondern beschränkte sich darauf, dem Präsidenten seinen Besuch anzukündigen, als ginge er davon aus, der Präsident müsse unverzüglich alle anderen Verpflichtungen absagen, wenn jemand aus Dem Ministerium es verlangte.

Der Staatssekretär des Schicksalsministeriums war ein dicklicher Mann mit roten Backen und breiter indigener Nase, der stets eine dunkle Sonnenbrille trug. Er erschien im Regierungssitz, begleitet von einer rothaarigen Sekretärin und vier Leibwächtern. Der Präsident ließ ihn sofort in sein Büro bitten.

Seine Exzellenz der Präsident der Republik hatte ein so großes Büro, dass man darin bequem Fahrrad hätte fahren oder eine Partie Minigolf mit zwanzig Löchern hätte spielen können. Sechs hohe Fenster mit zurückgezogenen Vorhängen gingen auf die im strömenden Regen fast irreale Kulisse der Stadt Floria hinaus. Über die gesamte, vier Meter hohe Rückwand zog sich die Glasfront eines riesigen Aquariums, in dem mehrere Quastenflosser schwammen, eine fossile Fischart, der der Präsident sehr zugetan war, fünf oder sechs weiße Haie und eine scheußliche Riesenkrake, die der Präsident zärtlich *Tootsie* nannte.

»Herr Staatssekretär«, sagte der Präsident, stand auf und streckte die Hand aus.

»Herr Olivio«, sagte der Staatssekretär.

Der Präsident der Republik bot seinem Besucher Tee oder Kaffee an, aus reiner Freude am Ritual, da in Goyanas nur die Damen des Viertels Dulce Tee tranken. Der Staatssekretär schlug das Angebot aus und deutete auf mehrere in U-Form angeordnete Sofas vor den Fenstern. Der Präsident nickte und wies den Weg, als sei es seine Idee gewesen, dort die Besprechung abzuhalten. Saß er an seinem Schreibtisch, war er der Präsident und die anderen einfache Besucher, in einer Sofaecke dagegen waren sie alle gleich.

»Herr Olivio«, begann der Staatssekretär. »Die Lage ist ernst. Gestern Nacht wurden zwei Insektentode gemeldet, beide verdächtig.«

»Was meinen Sie mit verdächtig?«, fragte der Präsident.

»Es waren keine natürlichen Tode«, sagte der Staatssekretär. »Wie Sie wissen, ist die Sterblichkeitsrate der Insekten fast Null. Letztes Jahr starben in ganz Goyanas nur drei Insekten eines natürlichen Todes. Wie Sie ebenfalls wissen, stirbt ein Insekt üblicherweise, wenn sein Besitzer verscheidet. Es ist äußerst selten, dass ein Insekt stirbt, wenn sein Besitzer sich bester Gesundheit erfreut.«

»Sprechen wir dann vielleicht von einer möglichen Insektenepidemie?«, fragte der Präsident.

Eine Epidemie unbekannten Ursprungs, die über Nacht alle Insekten in Columbia oder der ganzen Welt ausrottet, war seit jeher ein beliebtes Thema der columbischen Science-Fiction-Literatur. Der Roman *Der Abschied* von Roberto Marcos Andrade gehörte beispielsweise zur obligatorischen Lektüre in Florias Schulen. Er handelte von einer rätselhaften Krankheit, die binnen weniger Wochen alle Insekten in allen Palmholzkästchen der Welt vernichtet. Die Folge war das Ende der Zivilisation, die Rückkehr zur Barbarei, weinende Kinder, brennende Städte, an den Stränden aufgehäufte Leichen.

»Nein, Herr Präsident«, sagte der Staatssekretär. »Ich wiederhole, es handelt sich nicht um natürliche Tode. Einer davon ist ganz offensichtlich ein Mord. Das Insekt wies Spuren äußerster Gewalt auf. Es wurde erstochen und dann zerquetscht, wahrscheinlich mit einem Fußtritt. Das zweite Insekt ist ertrunken. Seine Atemwege waren voller Wasser. Eibischwasser.«

»Eibischwasser?«, fragte der Präsident verwundert.

»Das ist nicht zum Scherzen«, sagte der Staatssekretär, weiterhin mit Grabesstimme.

»Wem gehörten diese Insekten?«, fragte der Präsident.

»Auch das stimmt uns besorgt«, antwortete der Staatssekretär.

Dann machte er der Sekretärin ein Zeichen, woraufhin diese einen Aktenkoffer aufklappte und eine kartonierte Mappe herausholte, die sie ihrem Vorgesetzten reichte.

»Das erste Insekt gehörte Alexandra Braunsfeld, Nichte des Bankiers Braunsfeld«, sagte der Staatssekretär in unheilvollem Ton und zog ein Piktogramm von Sascha aus der Mappe, das bei ihrem Gesellschaftsdebüt drei Jahre zuvor gemacht wurde. »Was das zweite Insekt betrifft, so gehörte es der Familie von …«

»Aguanopulos!«, rief der Präsident erstaunt, als er das Piktogramm des hohen Politikers bei dessen Eid zum Kommunikationsminister sah.

»Unsere Geheimdienstabteilung hat bereits eine Verbindung zwischen beiden Personen hergestellt«, sagte der Staatssekretär. »Tatsächlich haben wir schon einen Verdächtigen.«

»Sie arbeiten wirklich schnell«, sagte der Präsident und betrachtete abwechselnd die Piktogramme von Sascha und Aguanopulos.

»Tja, was verbindet also Fräulein Braunsfeld und Herrn Aguanopulos?«, sinnierte der Staatssekretär und beantwortete die Frage sofort, indem er ein drittes Piktogramm aus der Mappe zog. »Eine einzige Person.«

»Wer ist dieser Junge?«, fragte der Präsident.

»Gaspar Adenau, Herr Präsident«, antwortete die Sekretärin.

»Gaspar Adenau«, wiederholte der Staatssekretär. »Bürger von Floria, minderjährig, Eltern unbekannt. Schützling von Mirmidon Aguanopulos, der zudem sein gesetzlicher Vormund ist. Was das Mädchen betrifft, so wissen wir, dass sie mit Gaspar befreundet ist und ihn oft trifft.«

»So ist also er der Verdächtige, nicht wahr?«, sagte der Präsident und studierte jetzt neugierig Adenars Piktogramm.

»Aguanopulos ist ein ehrbarer Bürger mit einem makellosen Curriculum. Alexandra stammt aus einer der bestsituierten Familien des Landes und ist aktives Mitglied der patriotischen Gruppierung Großgoyanas. Dieser Junge dagegen hat eine schwer wiegende Persönlichkeitsstörung erlitten und war mehrere Monate lang in einer psychiatrischen Klinik interniert.«

»Haben Sie den Jungen verhaftet?«, fragte der Präsident.

»Er ist verschwunden«, sagte der Staatssekretär. »Wir haben keinerlei Anhaltspunkte bezüglich seines Aufenthaltsortes.«

»Er ist geflohen«, sagte der Präsident, als sei dies die zwingende Schlussfolgerung.

Da tauchte einer der Assistenten des Präsidenten in der Tür auf.

»Ja, Arturo«, sagte der Präsident.

»Seine Hochwürden der Erzbischof von Floria ist hier, Herr Präsident.«

»Lassen Sie ihn eintreten«, sagte der Präsident. Dann stand er auf, knöpfte sein Jackett zu und setzte ein respektvoll joviales Lächeln auf.

»Ich habe mir die Freiheit genommen, seine Hochwürden ebenfalls hierher zu bestellen«, sagte der Staatssekretär ohne aufzustehen und reichte der Sekretärin die drei Piktogramme.

»Das haben Sie gut gemacht, Martinho, sehr gut«, sagte der Präsident nervös.

Da trat seine Hochwürden, der Erzbischof von Floria zur Tür herein, die Arme leicht ausgebreitet, wie um sogleich Hände zu schütteln und pastorale Umarmungen zu verteilen.

Ein Leben ohne Insekt

Dieses Mal ließ das Haus sie näher kommen und eintreten. Das Haus betrachtete sie, lauschte ihnen, spürte ihre Schwingungen und Energien und beschloss, ihnen den Zutritt zu gewähren. Denn dieses Haus war, wie schon gesagt, nicht wirklich ein Haus. Wie könnte man es erklären? Es war ein Haus und gleichzeitig eben nicht. Es war ein menschliches Bauwerk und zugleich ein lebendiges Wesen. Es besaß Verstand, war aufmerksam und liebevoll (einen Verstand, der zugegeben eher dem eines Dings als dem eines Menschen entsprach, jedenfalls aber einen Verstand). Es wäre nicht ganz exakt zu sagen, das Haus »sah sie«, als würden sich beispielsweise durch die Fenster große Pupillen auf die Gestalten des Jungen mit dem Ranzen auf dem Rücken und des Mädchens mit dem roten Regenmantel richten, die sich vorsichtig über die matschigen Wege bewegten, doch auf irgendeine, in gewöhnliche Worte schwer zu fassende Weise »wusste« das Haus von ihnen, ebenso wie die Bäume des Parks und die Wege und Pfade des Gartens, die Statuen und Blumen von ihnen wussten. Man könnte dieses Phänomen als eine schlichte Anpassung zweier Formen beschreiben, der Form des Hauses und des Parks und jener der beiden menschlichen Eindringlinge. Ihre Frequenzen passten sich aneinander an, die beiden näherten sich dem Haus und das Haus näherte sich ihnen.

Adenar und Sascha durchquerten mühelos, Hand in Hand den Park, ließen sich nur an besonders überschwemmten Stellen los, wo sie hintereinander gehen oder von Stein zu Stein springen mussten. Rasch gelangten sie in den lichteren Teil des französischen Gartens und gingen von dort auf die Eingangstreppe zu. War es ihnen bei ihrem vorangegangenen Besuch kaum gelungen, auch nur einen Blick auf die Fassade zu erhaschen, die sich ihnen durch unerwartete Biegungen der Wege und unverhoffte dichte Pflanzenwälle immer wieder entzogen hatte, hinderte sie dieses Mal nichts daran, in gerader Linie die Vorderfront zu erreichen, die Treppen hinaufzusteigen und an den Haupteingang zu treten. Zu ihrer großen Überraschung standen die Türen der Villa offen. Eine romantische Natur hätte vermuten können, das Haus selbst öffne ihnen seine Türen und gäbe ihnen so, mit der stummen, geheimnisvollen Sprache der Dinge, zu verstehen, dass sie willkommen waren. Ein realistischerer Geist hätte dagegen wohl angenommen, irgendjemand, vielleicht der Besitzer des Hauses, sei kurz zuvor dort gewesen, habe die alten Türen geöffnet und keinen Grund gesehen, sie wieder zu verschließen.

Adenar schob vorsichtig einen Türflügel auf, der mit einem lang gezogenen Knarren nachgab, und nacheinander betraten sie das Innere des Gebäudes. Sie gelangten in eine riesige Eingangshalle, einen Raum mit hohen Decken von fast palastähnlichen Dimensionen, dessen Pracht durch die zumeist mit Brettern vernagelten Fenster verdunkelt war. Ein Kronleuchter, dessen Kristalltropfen großteils zersprungen waren, hing an der leicht kuppelartigen Decke. Im hinteren Teil, jenseits eines Spitzbogens, erhob sich eine majestätische Treppe mit gotischem Geländer, auf die durch eine bunte Glaswand gedämpftes Licht fiel. Die Reste der alten Vorhänge hingen in Fetzen von den hohen Fenstern. Der Boden war voller Schutt und Scherben.

»Wir suchen uns lieber ein Zimmer, in dem wir die Nacht verbringen können«, sagte Adenar, während sie sich behutsam und nach allen Seiten umschauend durch die Halle vorwagten.

»Du lieber Gott«, murmelte Sascha.

Mehr sagte sie nicht, aber Adenar sah, wie sie sich auf die Lippen biss und mit dem Kopf schüttelte, und er konnte sich lebhaft vorstellen, dass sie daran dachte, wie schmutzig dieser Ort doch war und wie unbequem es sein musste, auch nur eine Nacht auf dem Steinboden eines leer stehenden und womöglich von Fledermäusen heimgesuchten Hauses zuzubringen. Adenar seufzte und schüttelte ebenfalls den Kopf.

»Woran denkst du, Adenar?«, fragte ihn Sascha.

»Daran, wie unbequem es für dich sein wird«, sagte Adenar. »Dass du es sicherlich bereuen wirst, nicht das ein oder andere mitgenommen zu haben, einen Kamm, einen Pyjama, keine Ahnung …«

Sascha lachte auf.

»Wer flüstert dir denn solche Gedanken ins Ohr, Adenar?«, sagte sie gut gelaunt. »Ich kann weit und breit kein Insekt sehen.«

Adenar sah sie erstaunt an. Er hatte sich noch nicht an diese neue Sascha gewöhnt, die ihm so ungezwungen konterte.

»Außerdem«, fuhr Sascha fort und klopfte gegen die Tasche, die sie um die Schulter trug, »*habe* ich einen Kamm, einen Pyjama und ein paar Dinge mehr in meiner Tasche.«

»Oh«, sagte Adenar und wurde leicht rot. »Ausgezeichnet.«

Die Vorstellung, diese Gedanken könnten tatsächlich von einem Insekt stammen, erschien ihm plötzlich höchst beunruhigend. Denn er hatte zwar Saschas Insekt getötet, aber wer hatte sein Insekt getötet, Adenars Insekt? Dass er kein Palmholzkästchen besaß, besagte rein gar nichts. Es war durchaus möglich, dass er dennoch ebenfalls von einem Insekt, oder von vielen Insekten in Besitz genommen worden war, deren Stimmen unaufhörlich in seinem Inneren widerhallten, ohne dass er es merkte. Im Gedächtnis des Prinzen Adenar aus den Büchern wimmelte es vor Insekten, grauen Kreaturen, die seine schönsten Erinnerungen verschlangen und ihm verwehrten, zu seinen liebsten Bildern zurückzukehren. Konnte es sein, fragte sich Adenar, dass manche Menschen ein Insekt *in* ihrem Kopf herumtrugen?

»Wie ist es, so ohne Insekt zu sein?«, fragte Adenar, während sie unter dem großen Kronleuchter durchgingen und zu den schimmernden alten Kristallen aufsahen.

»Du müsstest es doch wissen«, erwiderte Sascha. »Du müsstest es besser wissen als jeder andere.«

»Sag mir, wie es für dich ist.«

»Es ist …«, begann Sascha und sah sich um. »Alles scheint so klar … Man sieht die Dinge klarer …«

»Es hat also mit den Augen zu tun …«

»Ja«, sagte Sascha, die keine Übung darin hatte, diese Art von Phänomenen zu analysieren und erst recht nicht darin, sie in Worte zu fassen. »Es ist etwas in den Augen. Aber nicht nur in den Augen … Es ist ein Gefühl von Freiheit. Ich weiß nicht, wie ich es erklären soll. Es ist, wie nichts geben und nichts verlangen.«

»Nichts geben … und nichts verlangen …«, wiederholte Adenar.

»Wie ist es für dich?«

»Ich bin mir nicht sicher …«, sagte Adenar. »Ich bin mir nicht sicher, dass kein Insekt mich besetzt …«

»Was meinst du damit?«, fragte Sascha.

»Nichts«, murmelte Adenar. »Komm. Wir müssen einen Platz finden, an dem wir bleiben können.«

»Aguanopulos holt uns doch heute Abend ab«, sagte Sascha, die trotz allem ihren Sinn fürs Praktische nicht verloren hatte. »Ich glaube nicht, dass wir hier übernachten müssen.«

»Auf jeden Fall würde ich mich gern noch ein wenig umschauen«, sagte Adenar.

Sie durchquerten die Eingangshalle in Richtung der Treppe, die sich von einer etwas erhöhten, über drei Stufen zu erreichenden Ebene aufschwang, bewunderten die grünen Ananas aus Glas, die den Beginn des Geländers krönten, und die hübsche Glaswand des Treppenhauses, deren Rauten teilweise zerbrochen oder herausgefallen waren, und die offensichtlich dazu diente, die Treppe zu erhellen und in einen roten, grünen und goldenen Lichtschein zu tauchen. Adenar schlug vor, nach oben zu gehen, doch Sascha war dafür, vor den oberen Stockwerken erst einmal das Erdgeschoss zu erkunden.

Neben der Treppe befand sich eine überdimensionale Statue

aus weißem Stein, die vom Eingangsbereich aus nicht sichtbar war und einen Engel mit ausgebreiteten Flügeln darstellte, einen Engel mit jungenhaftem Antlitz und weiblicher Brust. Er reichte bis zum zweiten Treppenabsatz hinauf und seine Flügel, deren Federn mit akribischer Genauigkeit ausgeführt waren, verloren sich in der Höhe.

»Der Engel, der kommen wird«, las Sascha auf dem Marmorsockel.

Sie gingen unter dem Engel hindurch, umrundeten die Treppe und gelangten in den westlichen Flügel. Dort öffneten sie eine Tür und fanden sich in einem Zimmer voller Möbel wieder, das in einen weiteren, ebenfalls mit Gerätschaften voll gestellten Raum überging.

Möglicherweise waren sie sich zu diesem Zeitpunkt bereits bewusst, dass es mit diesem Gebäude etwas sehr Seltsames auf sich hatte. Fraglos sah es von außen recht groß aus, aber wiederum auch nicht wie ein wirklicher Palast. Einmal drinnen, hatte man jedoch den Eindruck, dass die Gänge sich endlos verzweigten, dass sich an jedes Zimmer ein weiteres anschloss, dass die Anzahl der Fenster nicht mit der der Fenster an der Außenfassade übereinstimmte, dass die Decken übermäßig hoch waren.

Der westliche Flügel war eine Art Labyrinth aus kleinen Zimmern und Korridoren, die völlig mit Möbeln überladen waren. Es waren die merkwürdigsten Möbelstücke, die Sascha und Adenar je gesehen hatten. Sie waren aus blauem Glas, Bronzerohren und einem sonderbaren goldgrünen Metall gebaut, das melodische Klänge von sich gab, wenn man mit dem Finger darüber strich, und überall waren Lampen, Chronometer und Lichtbögen. Sascha und Adenar begriffen, dass das, was in diesen Räumen zusammengerückt war, keine wirklichen Möbel waren, sondern Maschinen. Aber noch nie waren ihnen Maschinen begegnet, die diesen auch nur im Entferntesten geglichen hätten. Wer hatte sie dorthin gestellt? Wozu dienten sie?

»Vielleicht die Heizung?«, überlegte Sascha, die nicht die geringste Neugierde angesichts all dieser alten Rohre verspürte.

»Das wäre die größte und komplizierteste Heizung aller Zeiten«, erwiderte Adenar.

»Vielleicht konnten sie es damals nicht besser«, spekulierte Sascha und unterdrückte ein Gähnen.

»Es sieht aus wie ein Schiffsmotor«, sagte Adenar. »Oder eine Fabrik. Aber eine Fabrik wofür?«

Als sie es müde wurden, durch Zimmer, Säle und Korridore voller Maschinen und quer durch Wände, Böden und Decken verlaufender Bronzerohre zu wandern, kehrten sie in die Eingangshalle zurück, um den östlichen Flügel zu erkunden.

Sie mussten erneut unter den beeindruckenden Flügeln des Engels hindurch. Ein Stück weiter begann ein breiter bogenförmiger Korridor, dessen Nischen mit Statuen, zerbrochenen Spiegeln und Tulpenlampen im Jugendstil dekoriert waren und der zu einer Flügeltür führte, die wie der Eingang eines Theaters aussah.

Und ebendas hatten sie vor sich, als sie einen der Türflügel aufstießen. Nachdem sie beide Flügel aufgedrückt und blockiert hatten, um ein wenig Licht hereinzulassen, schritten sie zunächst einmal den Mittelgang zwischen den Parkettreihen des riesigen Theaters hinunter. Drei mächtige Kronleuchter, deren Umrisse man im Halbdunkel nur erahnen konnte, hingen von der Decke. Es war ein Theater im italienischen Stil, mit Parkett, Logen über drei Stockwerke und zwei Etagen Galerie, das Platz für etwa dreihundert Zuschauer bieten musste und so hoch wie ein vier- oder fünfstöckiges Gebäude war. Wozu hatten die Erbauer oder Bewohner des Turpestis Palastes ein so großes Theater gebraucht? Sie gingen bis zur Bühne vor, auf der noch die zerschlissenen Reste einstiger Bühnenbilder zu sehen waren, und bestiegen sie über eine Seitentreppe. Von dort oben war der Blick in der Tat beeindruckend: Das Parkett, die Logen zu beiden Seiten, die im Dunkel liegende Galerie, lange Reihen von Tulpenlampen, viele davon noch intakt, und drei Kronleuchter, die wie große schwebende Quallen von der unsichtbaren Decke herabhingen.

»Eine Seite des Hauses ist voller Maschinen«, sagte Adenar,

mehr und mehr beeindruckt von dem Rätsel der Räumlichkeiten, »und auf der anderen befindet sich ein riesiges Theater. Das ist doch wirklich sehr merkwürdig, findest du nicht?«

Sascha schien keinerlei Interesse für die rätselhafte Raumaufteilung zu verspüren. Auch die Tatsache, sich auf der Bühne eines Theaters zu befinden, berührte sie offenbar nicht sonderlich.

»Eine Seite des Hauses ist ein Labyrinth winziger Zimmer, auf der anderen befindet sich ein einziger Saal«, fuhr Adenar fort. »Eine Seite ist der Technik gewidmet, die andere der Kunst …«

»Lass uns nach draußen gehen«, unterbrach ihn Sascha. »Mich erdrückt dieser Ort.«

»Mir gefällt er.«

»Man kommt sich vor wie in einer Höhle«, sagte Sascha. »Es riecht ganz feucht und moderig. Bestimmt gibt es hier viele Fledermäuse.«

»Hast du nicht das Gefühl, es hört, was wir sagen?«, bemerkte Adenar mit Blick auf die dunklen Schlünde der leeren Logen und die langen verlassenen Sitzreihen.

»Glaubst du, hier ist jemand?«, fragte Sascha und drehte sich unwillkürlich um.

»Nein«, erwiderte Adenar und breitete die Arme aus. »Ich meine das Haus. Das ganze Haus.«

»Mir macht dieser Ort Angst«, sagte Sascha. »Lass uns in den Garten gehen.«

Sie verließen rasch den Saal und schlossen die Türen hinter sich. Als sie zu der Engelsstatue gelangten, bemerkten sie eine leichte, aber entscheidende Veränderung in den Lichtverhältnissen, in dem Licht, das durch die Glaswand fiel.

Wieder draußen, erneut prasselte Regen auf den Park herab, blieben sie vor dem Eingang sitzen und sahen zu, wie die Regentropfen auf den Steinboden der Terrasse klatschten.

Plötzlich hatten sie sich nichts mehr zu sagen. Adenar betrachtete Saschas Profil, ihre leichte Adlernase, ihre dichten dunklen Wimpern, die stolze Linie ihrer Lippen. An ihrem rosigen Ohrläppchen hing ein Perlenohrring. Adenar strich mit dem Finger darüber und sie richtete ihre blauen Augen voller Liebe auf ihn.

»Ich nehme an, ich werde aus Goyanas flüchten müssen«, sagte Adenar.

»Nun komm schon«, erwiderte Sascha. »So schlimm wird es auch wieder nicht sein.«

»Sollte ich aber fliehen müssen, würdest du dann mit mir kommen?«, fragte Adenar.

»Dank dir weiß ich, wer ich bin«, sagte Sascha. »Egal, wohin du gehst, ich werde dich begleiten, Adenar.«

Die Farbe von Saschas Augen erinnerte ihn an das Meeresblau in Yöl.

»Du erinnerst mich an eine Freundin, die ich einmal hatte«, sagte Adenar gedankenverloren.

»Aber Adenar, du erinnerst dich doch an gar nichts aus deiner Vergangenheit«, sagte Sascha.

»Natürlich erinnere ich mich«, sagte Adenar. »Ich erinnere mich ganz genau.«

Sascha nahm Adenars Hände, führte sie an ihre Lippen und begann, ihm sanft die Fingerspitzen zu küssen. Sie hatte keine Lust zu sprechen, und Adenar merkte, dass auch ihm der Sinn nicht nach Worten stand. Lieber saß er schweigend neben Sascha, roch den Duft ihrer Haare und ihrer Haut, schloss die Augen und stellte sich vor, dieser Augenblick könne ewig währen.

»Sogar im Ewigen Augenblick ändern sich die Dinge ...«

Eine herrliche Stille umhüllte sie. Sie saßen einfach Hand in Hand nebeneinander und schauten in den Regen. Dann legte Sascha ihren Kopf auf Adenars Schulter, und Adenar legte seinen Arm um sie, und so verharrten sie, stumm gegen die Mauer gelehnt, während der Regen langsam und beharrlich auf den Park niederging.

In den Straßen ertönt es
und verschönt sie mit Klingen,
Blumen getröpfelt aus Regen,
dem Spiegel aller Dinge.

In den Straßen ertönt es,
die Jugend erlernt man nicht, sie vergeht,
diese Metapher aus Wasser,
die alle sehen und niemand versteht.

Dann rollte Sascha sich auf dem Boden zusammen, legte den Kopf auf ihre Tasche und schlief ein.

Der Regen hörte auf. Es war früher Nachmittag, die Wolken lichteten sich und die Sonne kam hervor, erleuchtete die Welt und alles, was sich auf ihr befand. Und die Welt war nass vom Regen und glänzte in den Sonnenstrahlen. Es war ein ganz besonderes Licht, das allen Dingen, den Bäumen, den Blättern, den Blumen, den Statuen im Garten, eine besondere Klarheit verlieh, die sie scharf umrissen und überwirklich hervortreten ließ. Und Adenar dachte, »ich bin lebendig«, wie er es einmal den Baum hatte sagen hören. Und er fühlte sich wie im Paradies.

»Ich bin lebendig und alle Dinge, die mich umgeben, sind es auch.«

Er stand auf und wanderte durch den mit Pfützen durchsetzten Park, um die sonnige Regenpause auszunutzen. In den Pfützen standen Blumen unter Wasser. Jede Pfütze nahm sich aus wie ein Schmuckkasten voll filigraner, einzigartiger Stücke, eine kleine Miniaturwelt, überzogen von einer hauchdünnen transparenten Scheibe, in der sich der Himmel und die Wolken türkisblau und weißgolden spiegelten.

Er ging zu dem die anderen Bäume des Parks dominierenden Bo-Baum, und der Baum empfing ihn mit einem bedächtigen Schaukeln seiner langen, weit ausgebreiteten Äste im Wind, mit seinen Tausenden leuchtenden Blättern, zart und sensibel wie von Aderbahnen durchzogene Hände.

Was hätte Prinz Adenar in einer ähnlichen Situation getan? Er schloss die Augen und versuchte, in sein Gedächtnis einzutreten. Es gelang ihm nicht, seit langem hatte er die notwendige Übung und Konzentration verloren. Doch es erschien ihm Yldat mit seinen großen roten Flügeln. Er sah ihn zwischen den

Bäumen hindurchfliegen, wie damals, als Prinz Adenar ihm durch den verzauberten Wald gefolgt war, der möglicherweise nur zwischen den Seiten eines Kinderbuchs existierte, und sich dann auf etwas setzen, vielleicht auf einen Ast, vielleicht auf den Giebel eines Gebäudes, auf einen Ast seiner Vorstellung, auf einen Giebel in irgendeiner Region seiner Seele.

»Erinnere dich, was dein Vater dir gesagt hat, Adenar«, sagte Yldat und sah ihn aus seiner gold schimmernden Pupille an. »Erinnere dich, was er dir zum Abschied gesagt hat.«

»Yldat«, sagte Adenar zum Vogel seiner Seele. »Du verlässt mich nie!«

»Erinnere dich, Adenar … erinnere dich …«

»Er hat mir gesagt, ich solle nicht vergessen, wer ich bin«, sagte Adenar mit seiner inneren Stimme. »Ist es das, was du meinst? Ich habe mich bemüht, diesen Worten so treu zu sein, wie ich konnte. Er hat gesagt: ›Du bist Adenar von Amaula, Sohn von König Leopoldo und Königin Margolis …‹«

»Er sagte noch mehr, Adenar.«

»Ich erinnere mich nicht«, erwiderte Adenar. »Ja, doch. Er sagte, wenn meine Liebe sich in einen Drachen verwandelt, solle ich keinen Augenblick zögern und ihr in die Wolken folgen …«

»Man darf keine Angst haben, sich zu verwandeln und Dinge hinter sich zu lassen«, sagte Yldat. »Sicherlich war es das, was dein Vater meinte.«

»Das ist möglich«, sagte Adenar, immer noch mit seiner inneren Stimme.

Yldat saß jetzt auf dem Ast eines Baums des Magischen Eilands von Armida und richtete von dort seinen blauen Blick auf ihn.

»Er sagte noch etwas, Adenar …«

»*Hab niemals Angst und tu stets, was dein Herz dir sagt*«, erinnerte sich Adenar.

»Er sagte noch etwas …«

»Wenn er noch etwas sagte, habe ich es vergessen«, antwortete Adenar niedergeschlagen. »Könnte ich nur in mein Gedächtnis eintreten …, könnte ich nur in die Bilderhöhle hinuntersteigen …«

»Aber du kannst es nicht«, sagte Yldat. »In dieser Welt geht das nicht.«

Wenn du dich verirrt hast, wenn du dich verlassen und einsam fühlst, tritt in dein Inneres ein und suche die Sonne, die jenseits deines Gedächtnisses scheint. Mehr kann ich dir nicht sagen.

»Eine Sonne, die jenseits des Gedächtnisses scheint«, sagte Adenar. »Ist das möglich?«

»Möglich ist das Feuer, aus dem wir gemacht sind«, sagte Yldat. »Du und ich, wir alle sind nur Formen des Möglichen.«

»Es kann nichts jenseits des Gedächtnisses geben«, sagte Adenar.

»Das sind die Gesetze *Der Erzählung*«, sagte Yldat. »Die Sonne, die jenseits des Gedächtnisses scheint, scheint auch jenseits *Der Erzählung* …«

»Eine Sonne, die jenseits des Gedächtnisses scheint«, überlegte Adenar. »Was wollte mein Vater wohl damit sagen?«

»Vielleicht wollte er gar nichts damit sagen«, gab ihm Yldat zur Antwort. »Vielleicht gibt es eine Sonne jenseits des Gedächtnisses, vielleicht gibt es sie wirklich. Warum sie nicht suchen?«

Adenar schwieg und versuchte, noch tiefer in sein Schweigen zu tauchen. Er richtete seine innere Konzentration ganz auf den Blick des Vogels Yldat, auf seine schwarze Pupille.

Er streifte über das Magische Eiland von Armida, über seine Landschaften und seine inzwischen größtenteils unzugänglichen Erinnerungen, und erblickte jenseits davon, am Himmel seiner Vorstellung, eine blendend strahlende Sonne, die kein Produkt seiner Vorstellung, keine Erinnerung und kein Gedanke war. Es war eine weiße Sonne, ein sternenklares Licht im Inneren seines Bewusstseins. Es war der Stern des Menschen, ein die Erinnerung erhellendes Licht, das in uns ist und doch viel größer ist als wir, das uns von einem fernen Ort erreicht.

In der Mitte dieser Sonne vermeinte er eine Präsenz zu erahnen, eine Gestalt, die Augen eines Wesens, und plötzlich war das Licht der Sonne zugleich ihre Stimme, und ihre Stimme war ihr Licht.

»Wer bist du?«, fragte Adenar.

»Ich bin das Ich«, sagte die Stimme des Lichts.

»Und wer bin ich?«, fragte Adenar.

»Auch du bist das Ich«, sagte die Sonne. »Erinnerst du dich nicht an mich?«

»Wer bist du?«

»Ich bin dein Ich.«

»Hilf mir«, sagte Adenar.

»Hilf mir«, sagte die Sonne.

»Wie kann ich dir helfen?«, fragte Adenar.

»Erinnere dich an dich selbst«, sagte die Sonne in seinem Inneren. »Erinnere dich an mich.«

»Wie?«, fragte Adenar. »Ich weiß nicht mehr, wie man sich erinnert.«

»Du bist das ICH«, sagte die Sonne. »Komm zu mir zurück. Lass mich in dir sein. Lass mich ICH in dir sein.«

»Wie denn?«, fragte Adenar. »Wie nur, wie?«

»Hör mir zu«, sagte die Stimme, die aus der inneren Sonne hervorging. »Ich werde dir enthüllen, was du bereits weißt. Ich werde dir das Geheimnis des Turpestis Palastes enthüllen.«

Und die innere Sonne verriet Adenar das Geheimnis des Turpestis Palastes, jenes Geheimnis, das niemand in Floria, womöglich auf dem ganzen Planeten niemand kannte, jenes Geheimnis, das die Diener des Sterns erahnt und nach dem sie vergeblich gesucht hatten, das Geheimnis, das Adenars Irrwegen einen Sinn gab, das Geheimnis, das dem Flug zwischen den Welten von Adenar dem Weltenspringer seine Bedeutung verlieh.

Sie eröffnete es ihm nicht mit Worten, auch nicht mit Bildern. Keine Sekunde lang »hörte« Adenar, wie ihm das Geheimnis enthüllt wurde. Plötzlich wusste er es einfach; einen Augenblick zuvor hatte er nichts gewusst, und einen Augenblick später war er sich absolut sicher. Und es war, als habe er es im Grunde stets gewusst.

Adenar öffnete die Augen und sah zum Turpestis Palast, der in der klaren Luft des Nachmittags vor ihm aufragte, sich mit all seinen sonderbaren Details, seinen Dächern, Giebeln und Türmchen vor dem blauen Himmel abzeichnete, über den schwere weiße Wolken wie große reglose Schiffe verteilt waren.

»Natürlich!«, rief Adenar laut. »Warum bin ich nicht früher darauf gekommen?«

Warmunt F. Ozick

Am Abend kletterte Adenar zur vereinbarten Zeit auf die Mauer und wartete auf Mirmidon Aguanopulos. Nach Saschas Uhr war es fast schon halb elf, als endlich die Scheinwerfer eines Autos zwischen den Bäumen der ausgestorbenen Straße auftauchten. Es war ein Taximeter. Ana Sofia und Aguanopulos saßen darin. Adenar winkte ihnen von der Mauer aus fröhlich zu.

»Guten Abend«, sagte Adenar.

»Ihr müsst ja schon umkommen vor Hunger«, sagte Aguanopulos.

»Und vor Durst«, nickte Adenar. »Habt ihr uns etwas zu essen mitgebracht?«

»Wir haben noch etwas Besseres«, sagte Aguanopulos. »Wir haben einen Ort, wo du dich verstecken kannst.«

Adenar verschwand, kam einige Minuten später mit Sascha zurück und beide kletterten über die Steinmauer auf die Straßenseite.

»Wo ist das Taximeter?«, fragte Adenar und schaute über die leere Straße.

»Das haben wir weggeschickt«, sagte Aguanopulos. »Der Ort ist gleich um die Ecke. Wir können zu Fuß dorthin gehen.«

Keiner der vier war je zuvor durch die Straßen des Distrikts Selva Selvagem gegangen, der als die gefährlichste Zone von Floria galt. Doch auf ihrem Weg begegneten sie nur Leuten, die im Licht der wenigen funktionierenden Straßenlaternen schwatzend und rauchend zusammenstanden, Jugendlichen, die im Dunkeln auf großen freien Grasflächen Fußball spielten, und im Kreis sitzenden Mädchengruppen. Durch die Fenster der Häuser sah man Familien, die in ihren Wohnzimmern im Schein einer nackten Glühbirne zu Abend aßen, das Palmholzkästchen in einer Nische neben einem Marienbild platziert. Am Brunnen der Allee füllten Frauen ihre Krüge und Eimer.

»Was hat das denn zu bedeuten?«, sagte Ana Sofia. »Gibt es hier etwa kein fließend Wasser?«

»Offenbar nicht«, sagte Aguanopulos.

»Wusstest du das, Papa?«, fragte Ana Sofia mit geröteten Wangen. »Wusstest du, dass so etwas in Floria vorkommt?«

»Die Armen«, sagte Sascha.

Sie sahen auch Bettler auf den Gehsteigen sitzen oder liegen. Manche von ihnen hielten ein Palmholzkästchen in den Händen, allem Anschein nach das Einzige, was sie auf der Welt besaßen. Eine sehr alte schwarze Frau, die ein schmutziges Tuch um ihr wirres Haar gebunden hatte, kam mit ausgestreckter Hand auf sie zu.

»Was will sie denn?«, fragte Sascha.

»Geld«, sagte Ana Sofia und senkte beschämt den Blick. »Sie will Geld.«

»Gott Erbarmen!«, sagte die Frau mit klagender Stimme.

»Geld?«, wiederholte Sascha verwundert.

Aguanopulos kramte in seinen Taschen und gab der Frau ein paar Florin. Die Frau riss beim Anblick eines solchen Schatzes die Augen auf, presste die Hand zur Faust und verschwand in aller Hast.

»Sie hätten ihr nicht so viel geben sollen«, sagte ein sehr dunkler junger Mann, der an einer Laterne in der Nähe lehnte. »Davon lebt die Alte einen Monat.«

»Von drei Florin?«, fragte Sascha verblüfft.

Unter Aguanopulos' Führung bogen sie von der Hauptstraße in eine kleine Seitengasse ab. In den Nebenstraßen gab es noch weniger Straßenlaternen und lange Strecken lagen fast völlig im Dunkeln.

Zehn Minuten später erreichten sie das Haus, einen düsteren Wohnblock, den die Schutthaufen auf dem Gehsteig davor und die dürftige Straßenbeleuchtung noch düsterer erscheinen ließen. Sie stiegen die Treppe hinauf. In manchen Stockwerken war das Licht ausgefallen und sie mussten sich an den Wänden entlangtasten.

Oben angelangt, klopfte Aguanopulos an eine Tür und kurz darauf fragte jemand von drinnen:

»Wer ist da?«

»Aguanopulos.«

Die Tür ging auf und vor ihnen erschien eine etwa sechzigjährige Frau mit grauem Haar und freundlichem Lächeln. Adenar entging nicht das ironische Aufblitzen in ihren Augen, als sie den Blick auf sie richtete. Er war sich bewusst, dass die eindrückliche Erfahrung, mitten in der Nacht durch die Straßen des Viertels gelaufen zu sein, ihnen wahrscheinlich an den Gesichtern abzulesen war und sie wohl einen recht verstörten Eindruck machen mussten – feine Leute aus dem westlichen Teil der Stadt, die noch nie in ihrem Leben arme Kinder, Müllhaufen oder Ratten gesehen hatten, die noch nie von einem Bettler behelligt worden waren und noch nie Angst gehabt hatten, wenn sie nachts um eine Straßenecke bogen.

»Nur herein«, sagte die Frau. »Seid alle herzlich willkommen.«

Sie führte sie ins Wohnzimmer, einen großen, spartanisch eingerichteten Raum, der jedoch einladend und angenehm wirkte. Auf der einen Seite des Zimmers stand ein Tisch mit Stühlen, auf der anderen befanden sich ein Sofa und Sessel aus Rattan, auf denen handgemachte Kissen vom Río Horas verteilt waren. Durch die offenen Fenster wehte die frische feuchte Nachtluft und die ferne Musik eines Radios herein.

Mirmidon stellte sie gegenseitig vor.

»Walmira, das ist meine Tochter Ana Sofia. Sascha Braunsfeld. Und das ist Adenar. Darf ich euch eure Gastgeberin vorstellen, Frau Walmira Freyre.«

»Sascha Braunsfeld«, sagte Walmira. »Ich kenne einen anderen Braunsfeld.«

»Victor?«, fragte Sascha. »Sie kennen Victor?«

»Ein guter Junge«, sagte Walmira.

»Er ist mein Cousin«, sagte Sascha erstaunt.

Walmira küsste die beiden Mädchen links und rechts, ging dann zu Adenar und fasste ihn an den Armen.

»Adenar! Adenar von Amaula!«, sagte sie. »Ich war so gespannt darauf, dich kennen zu lernen.«

Adenar war verwirrt und wusste nicht, was er sagen sollte. Walmira sah ihn mit einem seltsamen Ausdruck an, in den sich Verwunderung, Überraschung und Zuneigung mischten. Sie wandte ihren Blick gar nicht mehr von ihm ab.

»Sehr erfreut«, sagte Adenar.

»Sagen Sie es ihm, Walmira«, forderte Aguanopulos sie auf. »Sagen Sie ihm, was Sie mir vorhin erzählt haben, als ich mit Kapitän Rowenstein zu Ihnen kam.«

Er schien ganz aufgeregt, überdreht wie ein Kind, als könne er sich kaum noch in Zaum halten. Ana Sofia, die ihren Vater noch nie so gesehen hatte, beobachtete ihn mit einem neugierig amüsierten Ausdruck.

»Ich brauche es ihm gar nicht zu sagen«, entgegnete Walmira und sah ihn aus ihren klugen, müden grauen Augen an. »Bestimmt hat Adenar es schon erraten.«

»Was habe ich erraten …?«, fragte Adenar.

»Na komm schon, Adenar von Amaula«, sagte Walmira. »Schließ die Augen und frag den Fasan Yldat, wer ich bin …«

»Wer sind Sie?«, fragte Adenar die Frau mit bebender Stimme. »Bist du meine Mutter?«

»In gewisser Weise ja«, sagte Walmira.

Sascha entschlüpfte ein Aufschrei, und sie hielt sich schnell den Mund zu.

»Nein, Adenar«, mischte Aguanopulos sich ein. »Diese Frau ist nicht deine Mutter.«

»Ich bin die Autorin der Bücher«, sagte Walmira. »Ich bin Warmunt F. Ozick.«

»Die Autorin der Kinderbücher?«, fragte Adenar verdutzt.

»Ich habe gehört, du seist auf der Suche nach mir«, sagte Walmira. »Tja, mein Junge, hier hast du mich.«

»Sie sind Warmunt F. Ozick?«

»Ich habe auch Bücher unter meinem wirklichen Namen veröffentlicht«, sagte Walmira. »Aber als ich die Wahrheit über die Insekten herausfand, war mir klar, dass ich nur unter einem Pseudonym darüber schreiben konnte … und dass ich das Ganze als eine Erzählung für Kinder anlegen musste …«

Adenar starrte sie ungläubig an. Die anderen drei wohnten der Szene schweigend bei.

»Suche deinen Schöpfer«, hatte der Baum gesagt.

»Sie haben also diese Bücher geschrieben«, sagte er langsam. »Aber ich, wer bin ich dann? Woher komme ich? Ich kann doch nicht Ihrer Vorstellung entsprungen sein …«

»Weißt du denn, wo die Vorstellung und die Bilder der Vorstellung entspringen?«, fragte Walmira zurück.

Die Glühbirne an der Decke summte und das Licht wurde schwächer. Kurz schien es, als würde es ganz ausgehen, doch gleich darauf flackerte es wieder hell auf. Offensichtlich waren solche Phänomene in der Wohnung in der Sandstraße nichts Außergewöhnliches.

»Muss ich mich dann damit begnügen, einfach eine Figur aus einer Erzählung zu sein?«, sagte Adenar.

»Natürlich bist du die Figur einer Erzählung«, sagte Walmira entschieden. »Du bist Teil *Der Erzählung*, wie wir alle. Auch Walmira ist Teil *Der Erzählung*, und Sascha, und Herr Aguanopulos, und seine Tochter Ana Sofia, und diese Wohnung, und diese Rattansessel und diese komische Glühbirne, und das Schicksalsministerium … alles, wir alle sind Teil *Der Erzählung* …«

Adenar runzelte die Stirn, und in seinen Augen war ein wenig Bitterkeit, vielleicht auch Ungläubigkeit zu lesen.

»Aber man kann *Die Erzählung* verlassen«, fuhr Walmira mit einem Aufblitzen in ihren müden Augen fort. »Das ist das Entscheidende! Genau das ist es, was die Magier versuchen: Sie eignen sich die Gesetze *Der Erzählung* an, zunächst, um *Die Erzählung* nach Belieben verändern zu können, um sie dann aber zu verlassen und in die Wirkliche Welt zu gelangen.«

»Geht das denn?«, fragte Adenar. »Kann man in die Wirkliche Welt gelangen?«

»Es ist möglich, aber schwierig«, erwiderte Walmira mit einem melancholischen, resignierten Gesichtsausdruck. »Es ist nicht leicht, *Die Erzählung* zu verlassen, und man erreicht die Wirkliche Welt nicht mit einem Sprung. *Die Erzählung* ist wie eine von einer riesigen Wüste umgebene Stadt. Wer *Die Erzählung* verlässt, befindet sich plötzlich mitten in der Wüste. Schau, Adenar, sieh mir in die Augen.«

Adenar fühlte sich so durcheinander und war so bewegt von Walmiras sonderbaren Worten, dass er nicht sicher war, ob er ihrer Bitte folgen könnte.

»Sieh nur in mein linkes Auge«, sagte sie.

Adenar tat, was sie sagte, und da erblickte er in der Iris von Walmiras linkem Auge die Sanddünen einer Wüste, durch die ein Beduine mit sonnenverbrannter Haut und weißem Turban wanderte. Und da erkannte er, dass er selbst es war, dass dort Adenar durch die Wüste ging. Der Adenar aus der Wüste trat nach vorne, sah ihn aus seinen Augen an, deren kaltes Feuer und brennende Einsamkeit er bereits einmal erblickt hatte, und hob grüßend die Hand.

»Hast du ihn gesehen?«, fragte Walmira.

»Ja«, erwiderte Adenar und wandte den Blick ab. »Ja, ich habe ihn gesehen.«

»Nur, was du mit Liebe lebst, ist wahr«, sagte da eine unsichtbare Stimme. Keiner der Anwesenden äußerte sich dazu. Doch es mag auch der Wind gewesen sein, oder ein Vogelschrei, oder ein fernes Radio, wer weiß.

Die Geschichte der Insekten

»Lasst uns zu Abend essen«, sagte Walmira. »Es gibt nichts Besseres als ein gutes Mahl, um Neues zu verdauen. Warum helft ihr mir nicht, den Tisch zu decken? In der zweiten Schublade der Kommode hier finden Sie eine Tischdecke, Mirmidon.«

»Danke, Walmira«, sagte Sascha. »Wir haben den ganzen Tag noch nichts gegessen.«

Aguanopulos sah hilflos zu der Kommode. Es war das erste Mal, dass jemand ihn bat, eine Tischdecke auszubreiten.

»Adenar, in dem Schrank dort sind Teller und Gläser, das Besteck ist in der Anrichte«, sagte Walmira. »Kommt, meine Hübschen, ihr helft mir in der Küche.«

Adenar betrachtete überrascht den Glasschrank, in dem die Teller standen. Auch er erinnerte sich nicht, je einen ähnlichen Auftrag bekommen zu haben.

»Ich habe mit Bolívar-Käse gefüllte Paprika gemacht«, sagte Walmira. »Und außerdem Mandilgoches und Chutney aus Tamarinden und Bananen. Und als Hauptspeise gebackene Zwiebeln mit Schokoladensauce. Ich weiß, dass ist für euch nichts Besonderes, aber in diesem Viertel ist Schokolade ein Luxus.«

»Wir bezahlen es Ihnen selbstverständlich«, sagte Sascha. »Machen Sie sich keine Sorgen!«

»Aber was sagst du denn da, mein Kind?«, lachte Walmira.

Ana Sofia sah Adenar und ihren Vater mit einem verzweifelten Gesichtsausdruck an, rollte die Augen und streckte die Zunge heraus. Sascha, der eleganten, göttlichen, weltgewandten

Sascha, gelang es einfach nicht, sich in dieser ungewöhnlichen Situation natürlich zu verhalten.

Nach dem Abendessen nahmen sie auf dem Sofa und den Sesseln aus Rattan Platz. Der Moment der Fragen war gekommen, der Zweifel, der Unklarheiten. Walmira servierte ihnen mit gerösteten Zichorien versetzten Kaffee in Keramiktassen und entschuldigte sich, ihnen nichts Besseres anbieten zu können.

»Da wir ja jetzt alle ein wenig zur Ruhe gekommen und gesättigt sind, habe ich euch etwas Wichtiges zu sagen«, begann Walmira und sah sie der Reihe nach ernst an. »Ihr müsst diese ganze ›Rebellion gegen die Insekten‹ vergessen.«

Adenar und Ana Sofia wechselten einen Blick. Wie konnte Walmira wissen, dass sie eben davon am Vorabend gesprochen hatten?

»Was du getan hast, war waghalsig«, fügte Walmira an Adenar gewandt hinzu. »Und dasselbe gilt für Sie, Mirmidon. Man darf die Insekten nicht töten. Wenn man damit anfängt, drehen sie völlig durch.«

»Aber es war nötig. Wenn jeder sein Insekt töten würde, verschwände das Problem von heute auf morgen«, sagte Adenar. »Glaubst du nicht, Walmira?«

»Nein, nein, nein, Adenar«, erwiderte Walmira fast flüsternd.

»Aber Walmira, Sie erstaunen mich«, sagte Aguanopulos. »Ich dachte, dass Sie auf unserer Seite sind und den Kampf unterstützen, der gestern begann.«

»Den Kampf?«, lachte Walmira. »Nein, Freunde, es kann keinen Kampf geben …«

»Warum nicht?«, protestierte Adenar.

»Warum?«, flüsterte Walmira wieder, als könnte sie gehört werden. »Weil sie zu mächtig sind.«

»Und?«, sagte Ana Sofia. »Heißt das, man kann gar nichts tun? Müssen wir diese schrecklichen Stimmen unser Leben lang ertragen?«

Walmira lehnte sich in ihrem Sessel zurück, trank einen Schluck aus ihrer Tasse und betrachtete sie verständnisvoll.

»Man darf sich ihnen nicht offen widersetzen«, sagte sie schließlich. »Ein solcher Kampf hätte keinen Sinn. In der gegenwärtigen Lage sind die Insekten notwendig. Verschwänden sie plötzlich, würde das zu Chaos und Wahnsinn führen.«

»Aber genau das wird uns von klein auf eingetrichtert«, sagte Sascha. »Das ist die offizielle Version, Walmira.«

»Wie in dem Roman von Roberto Marcos Andrade, den wir als Schullektüre haben«, fügte Ana Sofia mit geröteten Wangen hinzu. »Den geben sie uns auch zu lesen, um uns Angst einzujagen …«

»Nein, Liebchen«, sagte Walmira. »Nein, nein, hört mir zu. Die Idee einer ›Rebellion gegen die Insekten‹ ist absurd. So etwas ist undurchführbar, weil sie es *merken* würden. Die Insekten werden von sehr mächtigen Kräften kontrolliert. Fingen wir an, die Insassen der Palmholzkästchen zu töten und es käme zu einem Massaker unter den Insekten, würden die Insekten eine andere Gestalt annehmen. Tatsächlich haben sie schon oft die Gestalt verändert. Das ist eine sehr alte Geschichte. Sie hat sich wiederholt und an den verschiedensten Orten zugetragen. Wenn sie entlarvt werden, verwandeln sie sich, werden subtiler, unsichtbarer. Die Insekten waren nicht immer Insekten, sie hatten nicht immer ihre jetzige Gestalt. In anderen Zeiten waren sie groß und strahlend und wohnten in den Wolken, in den Bergen und im Meer. Die Menschen nannten sie Götter und verehrten sie. Sie waren majestätisch, hatten Flügel, sprachen aus der Höhe, erschienen im Feuer und in Eichen. An anderen Orten, bei Kulturen mit magischen Einflüssen, verbargen sie sich in Idolen und kleinen Statuen. Sie ernährten sich von Blut und Leid, erst vom Blut der ihnen geopferten Menschen, dann vom Blut der auf den Altaren verbrannten Tiere. Die Rituale ändern sich und sie sich mit ihnen. Doch der Stern Azzarkin schickt Boten aus, die den Menschen den Weg des Lichts in Erinnerung bringen, Liebe und Freiheit in ihnen wachrufen, und damit entlarven, was wir Insekten nennen, da sie sich, kaum ertappt, sofort in etwas anderes verwandeln.

Und wenn all ihre Gestalten enthüllt sind, wenn sie sich weder Geister noch Götter noch Engel noch Dämonen nennen können, wenn sie sich nicht einmal mehr als Insekten ausgeben können, schlüpfen sie in unsere Köpfe hinein.«

»Was du da sagst, ist grauenhaft«, bemerkte Ana Sofia.

»Ja«, erwiderte Walmira, ohne ihr Lächeln aufzugeben. »Es ist in der Tat grauenhaft. In manchen Welten ist es so gekommen: sie wurden unsichtbar, sind ins Bewusstsein der Menschen geschlüpft und existieren nur noch als Stimmen, als innere Stimmen ... Und wenn die Insekten einmal in einem selbst sind, wie kann man sie dann noch bekämpfen?«

»Sind alle Welten in der Macht der Insekten?«, fragte Adenar. »Gibt es keine Orte im Kosmos, die vor ihnen bewahrt sind?«

»Doch, es gibt Orte, die noch frei sind. Orte, die so feine Schwingungen haben, dass die Insekten sich ihnen nicht einmal nähern können. Es sind die höheren Bewusstseinsstadien, die Stadien, die man durch Meditation erreicht. Gleichzeitig sind es aber auch physisch im Kosmos situierte Orte, denn inneres und äußeres Universum spiegeln sich gegenseitig.

Im Zentrum unserer Galaxie befindet sich ein Stern von gigantischen Ausmaßen. Mit der lyrischen Sprache des Alchimisten von Basilea nennen wir ihn den Stern Azzarkin. Von dort kommt das Licht des Bewusstseins. Im physischen Universum ist es der Ort, an dem sich das ICH befindet.

Der Stern hilft uns. In Augenblicken der Dunkelheit schickt uns der Stern stets einen Boten, jemanden, der frei von Insekten ist, uns an unsere wahre Natur erinnern kann und uns hilft, das Licht des Bewusstseins zu empfangen. Prinz Gautama war einer dieser Boten. Der Magier Georges Alkan, der vor dreihundert Jahren als erster ›Europäer‹ nach Columbia kam, war der letzte.«

»Und Christus?«, fragte Sascha schüchtern.

»Christus war auch einer dieser Boten«, fuhr Walmira fort. »Ihn schickte Sofia, die Weisheit, die Tochter des Vaters, um uns von Jahwes Tyrannei zu befreien, dem Gott derer, die sich jetzt Christen nennen. Doch Jahwe hat die Menschen getäuscht.«

»Dann ist Jahwe für Sie nicht der Vater?«, fragte Mirmidon.

»Es ist ein Gott«, sagte Walmira ganz leise und, wie es Adenar vorkam, sich vorsichtig umschauend. »Aber ein Nebengott.

Er will nicht, dass wir uns selbst kennen lernen oder in Kontakt mit unserem Ich treten. Ihn interessiert nur unser Gehorsam, die Regeln, die äußeren Normen.«

»Ich war immer gläubig, Walmira«, sagte Sascha, inzwischen sehr ernst.

»Glaube an nichts«, sagte Walmira zu ihr, »*suche, erfahre.*«

»Aber ich glaube an Gott«, sagte Sascha.

»Nun, dieser Gott, an den du glaubst oder an den du zu glauben gewohnt bist, glaubt nicht an dich«, sagte Walmira. »Der Stern schickt Boten, die Boten bringen ihre Botschaft von Licht und Freiheit, und die Insekten eignen sich diese Botschaft an, verdrehen sie, machen sie zu Konzepten, Normen und Strafen. So entstehen Religionen. Alle Religionen sagen: ›Gehorche!‹ Deshalb wollen wir, die wir die Freiheit suchen, nichts von Religionen wissen.«

Alle schwiegen, vielleicht in dem Versuch, Walmiras Worte zu verarbeiten, vielleicht zu schockiert, um etwas dagegenzusetzen.

»Um wieder auf die Insekten zurückzukommen«, sagte Ana Sofia schließlich. »Müssen wir uns also mit ihnen abgeben, können wir gar nichts gegen sie tun?«

»Doch«, sagte Walmira mit einem triumphierenden Glanz in den Augen. »Doch, man kann etwas tun. Aber man muss wesentlich geschickter, wesentlich heimlicher vorgehen. Ihr alle werdet neue Insekten zugeteilt bekommen, du, Sascha, Sie, Mirmidon, und zweifellos auch du, Ana Sofia. Aber bitte tötet sie nicht! Das wäre völlig zwecklos. Ihr müsst das Insekt annehmen, es in irgendeine Ecke stellen ... und ihm keinerlei Beachtung schenken! Das ist alles. Das Insekt wird sprechen und sprechen und ihr werdet es einfach ignorieren. Nach und nach wird das Insekt verstummen und nach einiger Zeit von alleine eingehen. Dann werdet ihr frei sein.«

»Das hört sich nicht sehr schwierig an«, bemerkte Aguanopulos.

»Es ist unglaublich schwierig«, sagte Walmira. »Täuscht euch nicht. Es ist sehr schwierig, denn seine Stimme wird immerfort in euch widerhallen ... Aber es ist möglich.«

»Sind Sie so vorgegangen?«, fragte Ana Sofia. »Haben Sie sich so von ihrem Insekt befreit?«

»Ja«, antwortete Walmira mit gesenktem Blick. »Aber es hat viele Jahre gedauert … Viele, viele qualvolle Jahre … Bis mein Insekt eines Tages schließlich gestorben ist.«

»Eines natürlichen Todes gestorben ist«, ergänzte Ana Sofia.

»Genau«, sagte Walmira. »Sie leben nicht von dem Futter, das wir ihnen geben. Ich nehme an, sie knabbern aus reiner Langeweile an den Salatblättern oder weil sie uns glauben machen wollen, sie seien nichts weiter als harmlose Tierchen. Sie leben von unserer Angst, von unseren Komplexen, von unserem Groll … Das ist ihre wahre Nahrung. Und wenn wir sie ihnen nicht mehr geben, verstummen sie und sterben irgendwann. Und wenn ein Insekt eines natürlichen Todes stirbt, lässt das Ministerium einen in Frieden. So war es mit meinem Insekt. Es starb, sie haben es abgeholt, und ich war frei.«

Es war spät geworden. Alle vier hatten in der Nacht zuvor kaum geschlafen und waren vollkommen erschöpft. Mirmidon fragte nach dem Dorofon, um ein Taximeter zu rufen, worauf Walmira laut auflachte.

»In diesem Viertel gibt es keine Taximeter«, sagte sie. »Und ein Taximeter von der anderen Flussseite wird nicht bis hierher kommen wollen, erst recht nicht mitten in der Nacht. Und selbst wenn, könnten wir es nicht rufen, da ich kein Dorofon habe.«

»Wie kommen wir dann zurück?«, fragte Mirmidon.

»Ein Freund von mir, der ein Automobil hat, muss schon seit einer Weile unten auf Sie warten«, sagte Walmira. »Er wird Sie ins Zentrum bringen. Ich begleite Sie nach unten. Adenar, du bleibst hier.«

Ana Sofia und Aguanopulos standen auf. Aber Sascha wollte sich nicht von Adenar trennen.

»Ich habe eigentlich gar nichts Besonderes in Floria zu tun«, sagte sie und sah Walmira bittend an.

»Nein, Liebchen, du musst auch zurück«, sagte Walmira lächelnd, aber bestimmt. »Du weißt, was du zu tun hast. Sei tapfer, geh dein Insekt abholen.«

Der Alchimist von Basilea

Zwei Wochen waren seit dem historischen Abend vergangen, an dem Adenar Sascha Braunsfelds Insekt getötet hatte. In dieser Zeit erfuhr Aguanopulos, dass in der Tat ein Such- und Haftbefehl wegen Hochverrats gegen den minderjährigen Bürger Gaspar Adenau bestand. Die gesamte Polizei von Floria suchte ihn, und Mirmidon selbst sah sich genötigt, in seiner Funktion als Vormund des Jungen auf die Fragen der beiden Agenten zu antworten, die ihn, wenngleich unangenehm berührt, eine so bedeutende Persönlichkeit belästigen zu müssen, zu Hause aufsuchten.

Nach zahllosen Dorofonaten und Besuchen in mehreren Büros verschiedener Verwaltungsgebäude, nachdem er viele Versprechungen gemacht und an alte Schulden erinnert hatte, um eine Aufhebung der auf Adenar lastenden Beschuldigung des Hochverrats zu erreichen, musste Aguanopulos feststellen, dass das Schicksalsministerium all seinen Manövern wie ein unverrückbarer Felsblock im Wege stand. »Herr im Himmel!«, sagte er sich entmutigt. »Was auch immer das Schicksalsministerium wirklich sein mag, mit Sicherheit ist es jedenfalls die einzige absolut unbestechliche Institution in ganz Goyanas!« Was ihn darüber hinaus besonders beeindruckte, war das Schweigen der florianischen Presse, die sonst den kleinsten Geschehnissen ganze Titel, zentrale Seiten oder Sonderreportagen widmete. In keiner der gut zwanzig wichtigsten Zeitungen fand sich auch nur ein Wort über den rätselhaften zweifachen Insektenmord. Es war offensichtlich, dass die Presse weder so frei noch so unabhängig war, wie Aguanopulos immer gedacht hatte, und dass es in Wahrheit das Schicksalsministerium war, das die Geschicke in Goyanas lenkte, und nicht seine demokratisch gewählte Regierung, nicht die glanzvollen Politiker, wie Aguanopulos selbst einer war, die in ihren Zweireihern und zweifarbigen Schuhen mit stolzgeschwellter Brust Brücken und Krankenhäuser einweihten und wortgewandte Erklärungen in den Zeitungen abgaben.

Er musste sich persönlich ins Ministerium begeben, um den plötzlichen, unerklärlichen Tod von Ynoris, dem Familieninsekt zu melden. Nachdem die Autopsie ergeben hatte, dass das Insekt in Eibischwasser ertrunken war, richteten die Beamten des Ministeriums ihren Verdacht sofort gegen die Köchin und das Dienstmädchen der Aguanopulos, die beide zu einem Verhör ins Ministerium zitiert wurden. Aguanopulos fiel es nicht schwer, die Untersuchungen einstellen zu lassen, aber er war sich durchaus bewusst, dass seine Verbindung zu Adenar allgemein bekannt war und sich im Ministerium wahrscheinlich schon mehr als einer fragte, durch welch merkwürdigen Zufall in derselben Nacht, in der Adenar Sascha Braunsfelds Insekt getötet hatte, auch das Insekt von Adenars Vormund umkommen konnte.

Frau Claudilene war wütend und empört.

»Das war dieses Küchengesindel«, erzürnte sie sich. »Wer denn sonst? Sie hassen uns, wie alle, die kein Glück mit dem Schicksal haben …«

»Lass sie in Frieden«, sagte Mirmidon mit einer für ihn ungewöhnlichen Härte. »Sie haben sich nichts zuschulden kommen lassen.«

»Also, sag mir doch bitte, wer es dann gewesen sein soll, Mirmo. Du vielleicht, oder ich, beim Schlafwandeln …!«

»Ich will nichts mehr von dieser Angelegenheit hören«, sagte Mirmidon sehr ernst. »Es ist mir piepegal, wie Ynoris gestorben ist. Alles, was ich will, ist Frieden im Haus. Wir sind ein Heim und eine Familie, und in diesem Haus tuschelt keiner über den anderen.«

Frau Claudilene verstummte abrupt. Sie liebte Männer, die durch und durch männlich waren, und als ihr Gatte einen so bestimmten, autoritären Ton an den Tag legte, war sie drauf und dran, sich von neuem in ihn zu verlieben.

»Bei uns zu Hause hat mein Mann die Hosen an«, sagte sie am selben Nachmittag zu ihren Freundinnen beim Tee im Embajada. »Ihr wisst gar nicht, wozu er fähig ist, wenn er die häusliche Harmonie gefährdet sieht.«

Sascha Braunsfeld musste ihrerseits fast einen ganzen Tag mit Aussagen, Papierkrieg und Befragungen im Schicksalsministerium über sich ergehen lassen, dessen Beamte nur gerade so höflich wie nötig waren und keine Sekunde von ihrer Schönheit oder ihrem Nachnamen beeindruckt schienen (zwei Umstände, die sie höchst sonderbar und beunruhigend fand), wonach sie mit einem neuen Palmholzkästchen nach Hause gehen durfte, einem hübschen, mit geschnitzten Akanthusblättern und ineinander verschlungenen Drachen verzierten Kästchen, in dem sich eine Tsetsefliege mit länglichen blauen Flügeln befand. Als Sascha in ihre ausdruckslosen grauen Augen sah, hatte sie das Gefühl, es drehe sich ihr der Magen um, und als sie das erste Mal dieses neue Stimmchen hörte, verspürte sie eine Mischung aus Ekel, Wut und Widerwillen.

»Gefalle ich dir nicht?«, fragte die Fliege sie mit überaus sanfter, fast unhörbarer Stimme. »Das heißt, du gefällst dir selbst nicht. Denn ich bin du …«

»Sag«, richtete Sascha sich wie benommen an sie, »was denkst du von der Hölle?«

»Was soll ich schon davon denken?«, sagte die Fliege. »Das ist der Ort, an den alle kommen, die etwas Schlechtes tun.«

»Aber findest du es nicht komisch, dass man ewig verbannt wird, nur weil man etwas Falsches getan oder etwas Schlechtes gedacht hat?«

Walmira hatte ihnen gesagt, sie sollten das Insekt reden lassen, ohne es im Geringsten zu beachten, doch Sascha war verwirrt, und was war schließlich schon Schlimmes dabei, sich ein wenig zu unterhalten? Was war schon Schlimmes daran, sich etwas zu zerstreuen?

»Die Hölle negieren heißt, den Himmel negieren«, sagte das Insekt. »Das Schlechte negieren heißt, das Gute negieren. Den Hass negieren heißt, die Liebe negieren.«

»Aber man lehrt uns, Gott sei die Liebe«, sagte Sascha.

»Wie auch immer, warum zerbrichst du dir darüber denn den Kopf? Du hast ja nichts zu befürchten. Du gehörst zu den Auserwählten!«, sagte das Insekt zu ihr. »Aber ich muss schon sagen, wenn du dir über so tief greifende Dinge Gedanken machst, wirkst du äußerst interessant und ausnehmend hübsch.«

»Findest du?«, sagte Sascha mit einem leichten Lächeln.

»Und hör auf, an Adenau zu denken«, sagte die Fliege. »Adenau ist ein Mondsüchtiger. Du hättest nie seine Freundin werden dürfen. Bleib bei den Deinen, nur sie können dich verstehen. Du gehörst einer privilegierten Familie an, Sascha, und ein Leben unvorstellbaren Glanzes erwartet dich. Adenau ist eine traurige, düstere, aufmüpfige Gestalt ... Entferne dich von ihm.«

»Aber ich liebe ihn doch«, dachte Sascha.

»Dummchen!«, sagte das Insekt. »Dumme Sascha! Er hat keine Familie, keinen Namen, das *Adenau* hat er wahrscheinlich erfunden ... er ist gegen das System, er ist ein Außenseiter ... er weiß sich nicht zu kleiden, er kann sich ja nicht einmal eine Krawatte binden! Was willst du mit dem schon erreichen?«

Während die Polizei von Floria damit beschäftigt war, Adenars Freunde zu befragen und den Flüchtigen überall zu suchen, befand sich der Junge bei Walmira Freyre in Sicherheit.

Diese Tage des Eingeschlossenseins in der Wohnung in der Sandstraße erwiesen sich für Adenar als äußerst bereichernd. Er bedauerte es nur, nicht dorofonieren zu können und so lange Saschas Stimme beraubt zu sein. Den ganzen Tag durchstöberte er Walmiras Bücher und las, so viel er konnte. Walmira empfahl ihm den Klassiker *Der Ritter von der traurigen Gestalt* und legte ihm nahe, ihn mit Hilfe eines Wörterbuchs im Original zu lesen, da, wie sie sagte, das Spanische sich schließlich nicht sehr vom Lusitanischen unterschied. Adenar war fasziniert von diesem Buch, entdeckte er doch in der Geschichte des Junkers, der sich für einen fahrenden Ritter hält, Parallelen zu seiner eigenen Geschichte, wenn auch genau umgekehrt: *Der Ritter von der traurigen Gestalt* war ein Mensch aus Fleisch und Blut, der sich danach sehnte, wie die Figuren aus seinen Büchern zu sein, während er, Adenar, die Figur aus einem Buch war und ein Mensch aus Fleisch und Blut sein wollte. Als er zu der Episode kam, in der der Junker und sein Schildknappe auf eine Gruppe als Hirten verkleideter junger Leute stießen, hatte er *Der Ritter von der traurigen Gestalt* bereits zu seinem Lieblingsbuch auserkoren.

»Ich dachte mir schon, dass es dir gefallen würde«, sagte Walmira. »*Der Ritter von der traurigen Gestalt* ist auch mein liebstes Buch.«

»Es ähnelt ein wenig der Geschichte, die du geschrieben hast, findest du nicht?«, sagte Adenar.

Doch während seines erzwungenen Exils in der Sandstraße tat Adenar noch mehr, als die Klassiker zu lesen. Er lernte, mittels einer Kristallkugel zu meditieren, und nahm an der wöchentlichen Zusammenkunft der Diener des Sterns teil, wo er Urde, Mireïa, Selma, Donato Faveloso, Rowenstein, Dario Pomagranada und all die anderen kennen lernte.

Die Diener des Sterns begegneten ihm herzlich, wenn auch, so kam es Adenar zumindest vor, mit einer gewissen Skepsis. Sie zeigten sich ihm gegenüber freundlich und teilnahmsvoll, zweifellos, weil er ein Justizflüchtling und Walmiras Schützling war, doch es war offensichtlich, dass sie ihm nicht ganz trauten.

Die Zusammenkünfte fanden donnerstags um acht Uhr in Walmiras Wohnung statt und dauerten meist etwa zwei Stunden. In erster Linie wurde dabei gemeinsam über der »Kristallkugel« meditiert, woraufhin jeder erzählte, welche Visionen er gehabt hatte. Danach wurde ein Auszug aus einem der Werke von Georges Alkan oder seinem Schüler Ostrovsky gelesen, und zum Abschluss wurde erneut schweigend meditiert. Adenar erfuhr erstaunt, dass die meisten Diener des Sterns Insekten hatten und mit ihnen lebten. Manche von ihnen trugen das Palmholzkästchen sogar bei sich, und gelegentlich hörte man während der Meditationen eines der Insekten leise wispern, klagen oder protestieren, bevor es gleich wieder verstummte.

Nach Auflösung der Sitzung deckten alle zusammen den Tisch und teilten ein Mahl, zu dem jeder etwas beisteuerte: Obst, Kuchen, warme Gerichte, Konserven oder Gepökeltes, Fruchtsäfte, manchmal brachte Rowenstein zwei Flaschen Wein mit oder Donato Faveloso einen alten Schnaps. Es waren fröhliche und alles andere als mystische Abendessen, bei denen viel gelacht und zu Adenars Überraschung auch reichlich geschwatzt und gelästert wurde. Danach wurde Dario Pomagranada gebeten, etwas zu singen, oder man spielte das Spiel der Abstrakten Fragen.

Ein Thema entflammte die Diener des Sterns ganz besonders: das Buch von Kaspar Tamerarius zu finden, dem Alchimisten von Basilea. Einer mehrere hundert Jahre alten, von esoterischen Zirkeln und verschiedenen »Arbeitsgruppen« der alkanischen Schule lebendig gehaltenen Überlieferung zufolge enthielt das Buch von Kaspar Tamerarius Instruktionen, um in direkten Kontakt mit dem Stern Azzarkin und den ihn umgebenden Planeten zu treten, und darüber hinaus eine Erläuterung der diversen Techniken für den so genannten »analogen Flug«, den Wachtraum, in dem der Astralkörper den Körper aus Fleisch und Blut verlässt und in einer Nacht zu den fernsten Regionen des Kosmos und wieder zurück reisen kann. Das Buch des Alchimisten von Basilea war, wie alle glaubten, eine der geheimen Quellen von Alkans Lehre, der vor allem mündlich und durch die Synthese der unterschiedlichsten Denktraditionen gewirkt hatte und dessen Ideen sie sich mit großer Hingabe verschrieben hatten.

»Möglicherweise hat dieses Buch nie existiert«, erklärte Kapitän Rowenstein Adenar während eines Abendessens, zu dem sie alle um Walmiras großen Tisch saßen. »Tamerarius lebte zwar im 17. Jahrhundert, sein Buch wurde nach unseren Informationen jedoch erst Ende des 18. Jahrhunderts veröffentlicht. Mit Sicherheit wissen wir nur, dass es seit mindestens zweihundert Jahren niemand zu Gesicht bekommen hat.«

»Kaspar Tamerarius?«, fragte Adenar mit gerunzelter Stirn. »Dieser Name kommt mir irgendwie bekannt vor.«

»Es ist kein Name, der einem häufig begegnet«, sagte Rowenstein. »Vielleicht hast du ihn einmal bei Walmira gehört.«

»Nein, nein«, erwiderte Adenar und versuchte sich zu erinnern. »Ich kenne ihn, aber von früher.«

»Von früher?«, sagte Rowenstein mit dem vagen Lächeln, das alle Diener des Sterns aufsetzten, wenn das heikle Thema von Adenars Vergangenheit zur Sprache kam. »Von wann früher?«

»Wie heißt das Buch des Alchimisten?«, fragte Adenar.

»Wir sind uns nicht sicher«, sagte Rowenstein. »Es werden mehrere Titel erwähnt. Einer davon ist *Chemisch-philosophisches Theater*. Es gibt viele alchimistische Bücher mit ähnlichen Titeln …«

Zur Überraschung seines Gegenübers stand Adenar unvermittelt wortlos auf und verließ den Raum. Kurz darauf kam er mit seinem Ranzen in der Hand zurück. Er setzte sich wieder auf seinen Stuhl, schob seinen Teller zur Seite und legte den Ranzen vor sich auf den Tisch.

»Das ist genau so ein Ranzen wie in den Erzählungen!«, sagte Mireïa. »Wo hast du ihn gefunden?«

Adenar öffnete langsam und bedächtig den Ranzen, steckte die Hand hinein und holte das Buch heraus, das er vor wer weiß wie langer Zeit dort hineingesteckt hatte, das Buch, das sein Vater und seine Mutter in der Truhe einer Galeone auf dem Grund des Meeres gefunden hatten. Weder auf dem Einband noch auf dem Buchrücken stand etwas geschrieben, und so schlug Adenar es auf und blätterte die ersten weißen Seiten um, bis er auf den Titel stieß.

»*Theatrum Chemicum Philosophicum*«, las er laut. »Kaspar Tamerarius. Erumburg, 1778.«

»Wo hast du dieses Buch her?«, rief Kapitän Rowenstein mit einem Aufschrei.

Fast hätte er sich auf das Buch gestürzt und es dem Jungen aus der Hand gerissen, doch hielt er sich gerade noch zurück.

»Lass mich mal sehen«, sagte Walmira, die neben Adenar saß, nahm den Band mit bebenden Händen und begann, darin zu blättern.

»Soll es nicht in Basilea verlegt worden sein?«, fragte Donato Faveloso.

»Es wurde in Erumburgo veröffentlicht«, sagte Walmira, die nervös die Seiten durchging. »Zu jener Zeit war Erumburgo bereits die Hauptstadt der Magie in MittelEuropa. Uns war schon immer bekannt, dass das Manuskript nach dem Tod des Alchimisten in Erumburgo verlegt wurde. Üblicherweise wird als Datum dafür 1778 genannt, obwohl es auch eine frühere Ausgabe gegeben haben soll. Wo hast du dieses Buch her, Adenar?«

Die anderen hatten sich von ihren Stühlen erhoben und umringten Walmira und Adenar.

»Ja, Adenar«, schloss Urde sich ihr an, »sag uns, wo du dieses Buch gefunden hast.«

»Meine Mutter hat es mir geschenkt«, sagte Adenar und sah sich entschuldigend um. »Mein Vater und sie haben es in einer Truhe gefunden, die sich in einer versunkenen Galeone auf dem Meeresgrund befand …«

»Ja, ja, wir kennen diese Geschichte«, sagte Donato Faveloso ungeduldig.

»Ihr glaubt mir nicht, oder?«, sagte Adenar.

»Was meinst du, Walmira?«, fragte Urde. »Ist es das Buch des Alchimisten?«

»Es könnte es sein«, sagte Walmira, die weiter Seite um Seite betrachtete. »Warum hast du mir nicht erzählt, dass du dieses Buch besitzt, Adenar?«

»Ich habe es, seit ich klein bin«, antwortete Adenar. »Mein ganzes Leben lang habe ich es immer wieder betrachtet. Ich kenne alle seine Bilder. Nie habe ich ihm besondere Bedeutung beigemessen. Ich habe es vor allem aufgehoben, weil es ein Geschenk meiner Mutter ist.«

»Dann hast du es also nicht gelesen?«, fragte Lucía de Andrade mit einem fassungslosen, fast entsetzten Ausdruck in ihren aufgerissenen Augen. »Du besitzt es seit Jahren und hast nie versucht, es zu lesen?«

Dieses Mal hatte sie zu dem Treffen einen kleinen gestreiften Maki mitgebracht, und auch der Maki in ihrem Arm sah Adenar mit fassungsloser Miene an.

»Ich habe erst vor kurzem lesen gelernt«, sagte Adenar. »Und ich kann es immer noch nicht besonders gut. Ich bin eben nie auf den Gedanken gekommen, dieses alte Buch zu lesen, das seit Ewigkeiten in meinem Ranzen steckt.«

»Seien Sie nicht brüskiert, junger Mann«, sagte Donato Faveloso zu Adenar. »Wir sind alle etwas nervös.«

»Außerdem muss das Buch in Latein geschrieben sein«, wandte Mireïa ein. »Selbst wenn er es versucht hätte, hätte der Junge es nicht lesen können.«

Adenar dachte sich, dass er dieses so genannte »Latein«, so merkwürdig es auch sein mochte, leicht in einer Woche hätte lernen können, enthielt sich aber jeder weiteren Bemerkung. Er fühlte sich von den Kommentaren der Diener des Sterns gekränkt. Sie behandelten ihn wie ein kleines unwissendes Kind, das man vor allen Leuten zurechtweisen konnte, oder, schlimmer noch, wie einen Hochstapler, dessen Aussagen einer strengen Prüfung unterzogen werden mussten. Oder vielleicht wie einen Verrückten?

»Hier ist es«, sagte Walmira fast atemlos. »Hier ist es …«

»Was ist da, Walmira?«, fragten die anderen einstimmig.

»Der Fluchtplan«, sagte Walmira.

Adenar sah auf die Seite, die Walmira mit zitternden Fingern aufgeschlagen hielt.

»Man braucht zwölf«, sagte Walmira. »Mein Gott, fällt es mir schwer, Latein zu lesen … Zwölf Ritter vom Orden der Orangeroten Wolke.«

»Wofür?«, fragte Adenar.

»Um den schwebenden Stein in die Lüfte zu erheben«, sagte Walmira. »Hast du schon einmal von der Legende vom schwebenden Stein gehört, Adenar?«

»Nein«, sagte Adenar.

»Die Legende vom schwebenden Stein steht in Verbindung mit dem Stein der Weisen und dem Alchimistischen Werk«, sagte Walmira. »Für Kaspar Tamerarius war der berühmte ›Stein der Weisen‹ nichts anderes als der Gral der Arthussage.«

»Aber der Gral war ein Kelch, kein Stein«, bemerkte Donato Faveloso, der vor lauter Aufregung seine Zigarrendose hervorgeholt hatte und freizügig herumreichte. »Der Kelch des letzten Abendmahls, heißt es nicht so in der Legende?«

»Ja, so heißt es in der Legende«, fuhr Walmira fort. »Aber beachten Sie, Donato, in manchen mittelalterlichen Versionen der Legende wird der Gral nicht als Kelch, sondern als Stein beschrieben, als eine Art magischer Stein, ein schwebender Stein …«

»Darf ich mal sehen?«, fragte Adenar und nahm Walmira das Buch aus der Hand.

Er vertiefte sich in den Text. Diese Sprache, die sie »Latein« nannten, war nicht viel anders als das Lusitanische oder das Spanische von Miguel de Cerventesio, und es bereitete ihm keine große Mühe, die verschlungenen Sätze zumindest ungefähr zu entziffern. Man brauchte ohnehin nicht den ganzen Text zu lesen, um seinen Sinn zu erfassen, da die Abbildungen deutlich genug waren. Und auf jeder Seite gab es viele Abbildungen, eben jene alten Stiche, die er so unzählige Male betrachtet hatte und bis zur letzten Zierblüte und dem letzten Ausdruck des letzten Fuchses, der hinter dem letzten stilisierten Aloeblatt versteckt war, in- und auswendig kannte, aber erst jetzt zu verstehen begann. Du lieber Gott, und wie er sie verstand! Das, was er da für einen Vogel gehalten hatte, war gar kein Vogel; was er für einen Gartenzaun gehalten hatte, war alles andere als ein Gartenzaun. Die Bilder fügten sich wie Puzzlestücke zusammen, erwachten im Licht und Schatten der Worte zum Leben und erhielten, endlich, eine Bedeutung.

»All das bezieht sich auf den Turpestis Palast«, sagte Adenar mit glänzenden Augen.

»Auf den Turpestis Palast?«, fragte Walmira. »Was meinst du damit?«

»Man muss nur die Stiche anschauen«, sagte Adenar und zeigte auf das vor ihm liegende Buch. »Merkt ihr es nicht?«

»Was sollen wir merken, Adenar?«, fragte Rowenstein.

»Kennt ihr denn nicht das Geheimnis des Turpestis Palastes?«, fragte Adenar mit triumphierendem Unterton in der Stimme.

»Wir wissen nicht einmal, dass es ein Geheimnis gibt«, sagte Walmira. »Kennst du es vielleicht?«

»Ja«, sagte Adenar schlicht. »Das Haus selbst hat es mir anvertraut, als ich das letzte Mal dort war. Ich bin durch den Park gewandert, habe mich unter einen Baum gesetzt ... Oder war es vielleicht der Baum, der es mir gesagt hat? Es war dieser Baum, der mich zu euch gebracht hat, er hat gesagt ›suche deinen Schöpfer‹, und dieser Satz hat mich zu Walmira und euch allen geführt und indirekt auch dazu, glaube ich, die Wahrheit über die Insekten herauszufinden ...«

»Aber was hat er denn gesagt?«, fragten alle. »Was ist das Geheimnis des Turpestis Palastes, Adenar?«

Doch statt zu antworten, verharrte Adenar einen Augenblick regungslos, schloss die Augen und visualisierte Yldat, den roten Vogel.

»Suche all die, die auf irgendeine Weise die Wirkung des Sterns gespürt haben, versammle sie im Turpestis Palast, und eröffne ihnen dort das Geheimnis des Palastes«, sagte Yldat.

»Ich weiß, was wir tun müssen«, sagte Adenar zu den Dienern des Sterns. »Wir müssen alle, die auf irgendeine Weise die Wirkung des Sterns gespürt haben, suchen und im Turpestis Palast versammeln. Dort werde ich sein Geheimnis dann enthüllen.«

»Vorher nicht?«, fragte Walmira.

»Vorher nicht«, erwiderte Adenar.

»Das ist gefährlich«, sagte Urde. »Sehr gefährlich.«

»Es würde bedeuten, ans Licht der Öffentlichkeit zu treten«, sagte Rowenstein.

»Was ist Schlimmes daran, ans Licht zu treten?«, fragte Dario Pomagranada. »Seid ihr so viel Geheimnistuerei nicht langsam leid?«

»Es ist gefährlich«, sagte Rowenstein. »Da hat Fräulein Moholy ganz Recht.«

»Sie wollten doch ein Zeichen«, sagte Walmira mit ihrem reizendsten Lächeln. »Erinnern Sie sich nicht an Ihre Worte, Rowenstein? Sie sagten: ›Ich will das Buch des Alchimisten von Basilea mit eigenen Augen sehen, das wäre ein Zeichen.‹«

»Das stimmt«, sagte Rowenstein und musste gegen seinen Willen lächeln. »Es stimmt, das habe ich gesagt.«

»Nun ja, hier haben Sie es«, sagte sie und umfasste Adenars Buch mit beiden Händen. »Adenar hat es uns gebracht. Wir wissen nicht, wie, wir wissen nicht, woher, aber hier ist es.«

»Faveloso«, sagte Rowenstein. »Jetzt könnte ich doch eine Ihrer Zigarren vertragen.«

»Aber liebend gern«, sagte Donato Faveloso, holte erneut seine Metalldose hervor und reichte sie Rowenstein.

Noch in derselben Nacht begannen sie, eine Liste der in Frage kommenden Einzuladenden aufzustellen. Dann suchten sie einen Tag mit günstiger Planetenkonstellation, und nach verschiedenen astronomischen Berechnungen und einigen abstrusen numerologischen Überlegungen, die Adenar höchst pittoresk vorkamen und im Zuge derer die begeisterten Verschwörer astrologische Karten, Himmelsatlanten, Rechentabellen und Kompasse konsultierten, gelangten die Diener des Sterns zu dem Schluss, dass der ideale Tag für die Zusammenkunft Donnerstag, der 18. wäre.

Rowenstein wurde damit beauftragt, in einem Schreibwarenladen im westlichen Distrikt von Floria Umschläge und Karten zur Verschickung der Einladungen zu besorgen. Urde, Mireïa, Walmira und Adenar verfassten sie. Es waren Hunderte von Einladungen, doch es blieb ihnen nichts anderes übrig, als sie per Hand zu schreiben, da es Verdacht hätte erregen können, sie zu einer Druckerei zu bringen. So brachten Adenar und die drei Magierinnen der Sandstraße mehrere Tage zu, bis alle Einladungen fertig waren. Doch der Regen wurde ohnehin immer hartnäckiger, so dass man gern drinnen blieb und das Einladungskartenschreiben sich letztlich recht behaglich gestaltete.

Wie fast jedes Jahr gab es in Floria Überschwemmungen, vor allem im östlichen Distrikt. Schokoladenfarben riss das Mar de Oro alles Mögliche mit sich, Möbel zerstörter Behausungen, tote Kühe, jemand sah ein Floß mit einer ganzen Familie, zwei Hühnern und einem Schaf stromabwärts treiben. Die Blumen rankten an den Mauern hoch, hingen leuchtend wie Lampen von den Bäumen in den Alleen, doch Adenar und seine Freundinnen bekamen von alldem gar nichts mit, sondern schrieben in Walmiras Wohnung Stöße von Einladungskarten.

Auf der einen Seite der Karten stand folgendes Gedicht, das aus einem der Bücher der *Abenteuer von Prinz Adenar* stammte:

In einem fernen Land,
jenseits einer endlosen Wüste,
an einem den Menschen unzugänglichen Ort,
nahe der Adler und der Wolken,
erhebt sich das Kloster der Orangeroten Wolke.
Die dort leben betrachten jeden Tag
das Wunder eines in der Luft schwebenden Steins,
aus dem unablässig
eine Lebensquelle sprudelt.
Wer bis dorthin gelangt,
und von dem weiß glitzernden Wasser des Steins trinkt,
verwandelt sich in einen Yajda
und wird ewig leben …

Auf der anderen Seite lautete der Text etwa so:

Wenn die Worte auf der Rückseite dieser Karte einen Sinn für dich haben, komm am Donnerstag, den 18., um (hier stand auf jeder Karte eine andere Uhrzeit) *zur Alten Wasserpromenade Nr. 333 im östlichen Distrikt von Floria. Bring eine Kerze mit.*

Sie schickten Einladungen wie diese an die sich regelmäßig und weniger regelmäßig einfindenden Diener des Sterns und an ihre Freunde und Bekannten; an die sich regelmäßig und weniger regelmäßig einfindenden Grauen Katzen und an ihre Freunde und Bekannten; die engen Vertrauten wie Aguanopulos, Ana Sofia, Sascha und Victor Braunsfeld wurden natürlich eingeladen, und darüber hinaus etliche mehr oder weniger bekannte Persönlichkeiten wie der Reisende Emory Lemorey, der sich noch in Floria aufhielt; Henrique Pires Cardoso de Sant'Anna, Florias preisgekrönter Dichter; der Anthropologe Ibrahim Mehul dos Santos; die Verlegerin der Zeitschrift *Fun & Esprit* Maria Dalila Salvación Caldeira; der Tankstellenangestellte Arabella Reis; der Gärtner Peter Sigmore; Livia Cardoso, Besitzerin eines Süßwarenkiosks in Selva Selvagem; die Choreographin Flores Yrisarri und die zwölf Tänzerinnen ihrer Truppe Iris, Prey, Ana Maria, Luciola, Sinaloa, Alexia, Divina, Pleroma, Susana, Teresa Maria Octaviana, Silvia Teresa und Karen mit ihren Freunden oder Männern, und viele, viele mehr ... Insgesamt verschickten sie fast dreihundert Einladungskarten, von denen fünf ihren Bestimmungsort niemals erreichten, zwei zurückgeschickt wurden und eine, an die Allee des Belgischen Kongos adressiert, in die Republik Kongo und zurück gesendet wurde, schließlich in die Hände der Polizei gelangte und in einem Archiv des Schicksalsministeriums endete, doch da war ihr Inhalt längst nicht mehr aktuell und konnte niemandem mehr schaden.

Und so kam schließlich Donnerstag, der 18., der Tag, an dem Adenar der Weltenspringer enthüllen sollte, was die Stimme eines Baumes, oder vielleicht die eines Vogels in seiner Vorstellung, oder vielleicht die einer jenseits des Gedächtnis scheinenden Sonne ihm verraten hatte. Denn bis dahin hatte er sich, so sehr die Diener des Sterns und vor allem Walmira auch gebeten und gefleht hatten, standhaft geweigert, irgendetwas preiszugeben.

»Adenar, was ist das Geheimnis des Turpestis Palastes?«, fragte Walmira ihn morgens, mittags und abends.

»Wenn du es nicht weißt, warum fragst du dann?«, erwiderte Adenar, der eine Leidenschaft für Widersprüche entdeckt hatte.

»Was ist das Geheimnis des Turpestis Palastes?«, insistierte Walmira.

»Am Donnerstag, den 18., werde ich es dir sagen«, antwortete Adenar unerschütterlich.

»Mir kannst du es doch schon vorher sagen.«

»Nein.«

»Du Strolch, du Gauner, du Halunke«, sagte Walmira dann schmunzelnd. »Ich beschütze dich, verstecke dich vor der Justiz, beherberge und ernähre dich, behandle dich wie einen Sohn. Du musst es mir sagen.«

Doch Adenar lächelte nur verschmitzt und schüttelte den Kopf.

Die lebendige Maschine

Sein Name ist Traum

Jemand kommt, der nicht kommen soll, von weit fort,
und jemand kommt von keinem bestimmten Ort.
Wer ist der wartende Reisende auf der Schwelle dort?
Sein Name ist Traum, auch Freiheit genannt.

Die Wolken sind, was der Himmel zu denken aufgibt,
und die Wellen Gedanken, die das Meer uns schickt.
Wer ist die lachende schwarze Frau, die nie ganz eintritt?
Ihr Name ist Traum, auch Freiheit genannt.

Im Hinterhof liegt ein Spielzeug in den Blumen.
Ein Spielzeug ist es nicht, es ist die Zeit in Ruinen.
Wer ist der zwitschernde Vogel in den Palmenhainen?
Sein Name ist Traum, auch Freiheit genannt.

Schön ist, was sich wandelt, schön, was bleibt,
schön, was endet und was kein Ende zeigt.
Wer ist die nackte Frau, die auf dem Meere schreitet?
Ihr Name ist Traum, auch Freiheit genannt.

Nicht vergessen sollst du, was kommt,
was bald geschieht.
Darum besinge ich das Vergangene;
die Zukunft ist dahinter.

Wer ist der fliehende Reiter,
der sich selbst nicht mehr sieht?
Sein Name ist Traum, auch Freiheit genannt.

Denn dein ist nur,
was das Sinken nicht mitreißen kann.
Lebe, um deinen Traum zu erschaffen.
Nichts sonst ergibt einen Sinn.
Um zu sein, wer du gern wärst,
musst du die Wahrheit erfinden.
Denn wisse, dein Name ist Traum,
auch Freiheit genannt.

Die Saiten seiner Gitarre zupfend, sang Dario Pomagranada noch einmal die letzte Strophe des Liedes. Sein Publikum, in erster Linie herumstreifende Müßiggänger, barfüßige Kinder und neben ihren Palmholzkästchen dahindämmernde Obdachlose, schien von seiner Darbietung nicht besonders mitgerissen und auch nicht übermäßig an den Liedtexten interessiert.

Es war Donnerstagmorgen, der 18., und Dario Pomagranada, die Nachtigall des östlichen Distrikts, hatte sich mit seiner Gitarre auf einer Bank in der Alten Wasserpromenade platziert, genau gegenüber der Nummer 333. Obwohl er keinen festen Platz zum Singen hatte, stieß er selten so weit in diese Richtung vor. Doch an diesem Morgen war er nicht nur dort, um seine Lieder zu singen und sich ein paar Münzen zu verdienen, sondern erfüllte, wie er sich selbst sagte, eine »besondere Mission«.

»Sie singen aber traurige Lieder«, sagte ein kleines Mädchen zu ihm, das an der Hand seiner Mutter, einer dunkelhaarigen jungen Frau mit schwarzer Sonnenbrille und hellrosa geschminkten Lippen, den Gehweg entlangkam.

»Und findet Ihre große Schwester sie auch so traurig?«, fragte Dario.

»Komm, Nelida«, sagte die Mutter. »Wir sind spät dran.«

»Ich kann Sie mitnehmen, wenn Sie es eilig haben«, sagte Dario und zuckte weltmännisch die Achseln.

»Sie sind arm, Sie haben doch kein Auto«, sagte das Mädchen.

»Wie heißt denn deine Schwester?«

»Das ist doch nicht meine Schwester, das ist meine Mama«, sagte das Mädchen, sich noch einmal umdrehend, denn ihre Mutter verlangsamte nicht einmal den Schritt. »Und sie heißt Adriana.«

»Still, Nelida«, sagte ihre Mutter und zerrte sie weiter. »Das ist ein elender Wurm, der soll sich lieber gleich eingraben.«

»Schade«, dachte Dario. »Sie ist nicht besonders sympathisch.«

An einem anderen Tag wäre er womöglich aufgestanden und hinter Nelida und ihrer Mutter hergegangen, vielleicht nur, um einen Blick auf die Augen der Mutter zu erhaschen, die er sich hinter der schwarzen Brille wunderschön vorstellte. Doch es war ein besonderer Tag und Dario saß nicht vor der Hausnummer 333, um den Frauen Nettigkeiten nachzurufen, sondern um die Umgebung zu überwachen und sich zu vergewissern, dass niemand Unerwünschter sich dem Eingang näherte.

Da er nicht noch einmal vorgehalten bekommen wollte, seine Lieder seien zu traurig, stimmte er *Das Lied des naschhaften Liebhabers* an.

Ach, mein Liebchen, du bist meine Seele,
du bist mein Schatz, mein Herzensgedicht;
wenn du über meine Schwelle trittst,
dann wird es in meiner Küche Licht.

Ein Gedicht deine Haut, deine edle Allüre,
ein Epos der Schwung deiner Lippen;
ich schwärme für deine Mangokonfitüre
und deine köstlichen Schweinerippen …

Er hielt inne. Ein Akkord klang noch in der Luft nach.

Über die ausgestorbene Straße näherte sich langsam das größte, glänzendste und silbernste Auto, das er seit vielen

Jahren gesehen hatte. Es war ein echter Rollo-Royce, dessen kleiner Chromlöwe vorne auf der Kühlerhaube mit aufgerissenem Rachen unter den Bäumen der Allee entlangglitt. Ungewollt imitierte Dario mit offenem Mund den kleinen Löwen.

Aus dem Wagen, der vor den Toren der Hausnummer 333 hielt, stiegen Oscar, Sebastiao, Leopoldo, Walmira und Victor, der einen riesigen Assamtiger an einer ledernen Leine führte. Walmira löste sich von der Gruppe, überquerte leicht humpelnd die Straße und ging zu Dario. Bei ihm angekommen, warf sie ein paar Münzen in die Gitarrenhülle.

»Wie geht's, Dario?«, fragte sie.

»Alles ruhig«, sagte Dario und legte dankend die Hand an den Kopf.

»Das sind Oscar und Sebastiao«, sagte Walmira und zeigte auf die beiden uniformierten jungen Männer, die aus dem Rollo ausgestiegen waren.

»Sehr erfreut, meine Herren«, rief Dario und nickte ihnen zu.

»Schreien Sie nicht so, Sie Tolpatsch«, wisperte Walmira ihm zu. »Die beiden werden das Tor von innen bewachen und aufpassen, dass nur hineinkommt, wer eine Einladungskarte hat. Wenn Ihnen etwas Sonderbares hier draußen auffällt, melden Sie es ihnen, gut?«

»Verstanden«, sagte Dario, über seine Gitarre streichend. »Was soll ich tun, wenn es zu regnen anfängt?«

»Dann stellen Sie sich in der Bushaltestelle unter«, wies Walmira ihn an und zeigte auf ein nahes Betondach. »Ihnen muss man aber auch alles sagen, Pomagranada.«

»Und wozu soll ich an einer Bushaltestelle warten, an der seit fünfzehn Jahren kein Bus mehr vorbeikommt?«

»Sagen Sie mir nicht, es mache Ihnen plötzlich Angst, Unmögliches zu erwarten«, lachte Walmira los.

»Vielleicht kommt ja doch noch mal ein Bus ...«, sagte Dario mit gerunzelter Stirn. »Der Katzen-Bus ... Der Katzen-Bus vom Mond, der die armen Verliebten aufgabelt. Gibt es da nicht ein Lied?«

»Wenn Sie es sagen, ganz bestimmt«, gab Walmira zur Antwort.

Sie schüttelte den Kopf und überquerte mit einem Lächeln auf den Lippen die Straße wieder zurück, holte die Schlüssel aus der Tasche und sperrte das schmiedeeiserne Tor des Grundstücks auf. Die beiden jungen Männer in Uniform blieben hinter den Eisenstäben stehen und sahen neugierig zu Dario hinüber, während Walmira, der Hausdiener, der Junge und der Tiger zwischen den hohen Gräsern in Richtung Haus verschwanden.

Es waren noch ein paar Stunden, bis die ersten Geladenen eintreffen sollten, doch man hatte beschlossen, dass Walmira und Victor sich schon früh zum Palast begeben würden, um »alles vorzubereiten«, obwohl in Wirklichkeit nichts vorzubereiten war. Die Haustür stand offen, die Wege waren voller Unkraut, die Eingangstreppe war von wilden Blumen und Kletterpflanzen überwuchert, die Halle mit Erde und Glassplittern bedeckt, die Fenster waren eingeschlagen. Victor hatte überlegt, eine Armee von Arbeitern, Technikern und Dienstpersonal ins Haus zu bestellen, um die Eingangshalle und die Räume, die sie zu benutzen gedachten, etwas herzurichten, einen Generator zu installieren, um über elektrisches Licht zu verfügen, Stühle und Sofas aufzustellen und ein kleines Büffet mit Essen und Getränken zu arrangieren, um die Gäste zu bewirten, doch wurde diese Idee sofort überstimmt, da die Diener des Sterns es vermeiden wollten, Aufmerksamkeit auf sich zu ziehen, vor allem in so heiklen Momenten wie diesem. Der Palast war eine Ruine, und das sollte er auch bleiben.

Sie hatten unterschiedliche Uhrzeiten auf die Einladungen geschrieben, damit die Gäste über den Tag verteilt nach und nach eintrafen und nicht zu sehr auffielen. Die ersten kamen gegen Mittag, eine große, schwarz gekleidete Frau und ein junger Mulatte mit blond gefärbtem Haar, der Seiltanzen konnte. Keiner kannte sie, aber sie hatten beide eine Einladung. Dann kamen Alexina Fox, eine von Victors Model-Freundinnen, und Hildebrando Joao da Silva, Fahrer des staatlichen Omnibusunternehmens, der ein Kreuzworträtselheft in der Tasche hatte und sich sofort in eine Ecke setzte, um dieser heimlichen Leidenschaft nachzugehen.

Manche kamen in Taximetern, andere in eigenen Wagen, die Oscar in der rückwärtigen Straße parkte, damit sie vor dem Haus kein Aufsehen erregten. Andere, diskreter oder ärmer, kamen zu Fuß von der nächsten Bushaltestelle, die etwa zehn Minuten entfernt lag.

Für manche der Gäste wurde der Tag zu einer wahren Tortur, und mehr als einer brachte laut seinen Unmut darüber zum Ausdruck, stundenlang ohne Verköstigung, Getränke und jegliche Zerstreuung in einem zerfallenen Gebäude ausharren zu müssen und auf weiß Gott was zu warten. Zwei schwarz gekleideten Jugendlichen mit roten Teufelshörnchen auf dem Kopf, die typische Aufmachung der »Verwünschten«, wurde das Warten zu viel und sie verschwanden am frühen Nachmittag unter dem Vorwand, etwas zu Trinken zu kaufen.

Die Gäste konnten sich nicht einmal im Park die Zeit vertreiben. Den ganzen Tag über fielen immer wieder heftige Regengüsse, und alle Wege und Pfade des Gartens waren durchweicht und voller Pfützen.

»Haben Sie etwas Geduld, Mirmidon«, sagte Walmira zu Aguanopulos, den irgendein Scherzkeks für ein Uhr mittags in den Palast zitiert hatte, wodurch er sich gezwungen gesehen hatte, einen offiziellen Besuch im Hospiz San Miguel de Vacca und einen Vortrag im Christlichen Bruderschaftsclub abzusagen.

»Lasst mich wenigstens schnell etwas essen gehen«, klagte Aguanopulos am späten Nachmittag. »Ich bin hier schon den halben Tag.«

»Sie gehen besser nicht nach draußen«, sagte Mireïa. »Hier im Haus sind wir am sichersten.«

Emory Lemorey war für halb vier Uhr nachmittags bestellt worden. Der Reisende, der immun gegen Florias tropische Hitze zu sein schien, stieg in einem seiner unvermeidlichen Tweedanzüge aus einem Taximeter. Lemorey hatte seine Einladungskarte im Hotel vergessen, was ihm einige Schwierigkeiten mit Sebastiao und Oscar bereitete.

»Ich bin Emory Lemorey«, sagte der Reisende und reckte das Kinn hoch. »Erkennen Sie mich denn nicht? Haben Sie mein Piktogramm nicht in der Zeitung gesehen?«

Sebastiao wollte ihn gerade Bekanntschaft mit seiner Faust machen lassen, als Mireïa und Victor den berühmten Gast erretteten und ihn mit vielen Entschuldigungen und Versicherungen, wie geehrt sie seien, ihn unter sich zu zählen, zum Palast begleiteten.

Lemorey betrat das Haus mit gelangweilten Blicken und einem Ausdruck, als könne nichts in diesem Leben ihn noch in Erstaunen versetzen, und nachdem er sich davon überzeugt hatte, dass keiner der Anwesenden seiner Aufmerksamkeit würdig war, setzte er sich auf den oberen Absatz der großen Treppe hinten in der Eingangshalle, holte ein Büchlein aus seiner Sakkotasche und begann, sich mit konzentrierter Miene Notizen zu machen. Aguanopulos, der ihn aus den Augenwinkeln beobachtet hatte und sich außerdem zu Tode langweilte, war mehrmals nahe daran, zu ihm zu gehen und ihn zu begrüßen, sagte sich dann aber, dass Lemorey offensichtlich alleine sein wollte und es keinen Sinn hätte, ihn zu stören.

Nach und nach versammelten sich die Gäste in der Eingangshalle des Turpestis Palastes. Manche kamen vorsichtig herein und sahen sich ängstlich nach allen Seiten um. Andere traten mit demonstrativer Selbstverständlichkeit durch die Tür, zogen sich als Erstes den Regenmantel aus oder schlossen ihren Regenschirm und sahen sich nach einem Diener um, der ihnen die Garderobe abnehmen würde, doch es gab natürlich keinen Diener. Alle waren höchst erstaunt, als sie feststellten, dass sie in ein verfallenes Haus geladen worden waren, in dem es weder Erfrischungen noch Stühle noch Wasser oder Licht gab.

Manche mussten wie Herr Aguanopulos so lange warten, dass sie in eine fast melancholische Lethargie verfielen. Einige unterhielten sich auf den Stufen der großen Treppe; andere schlenderten von hier nach da, durchstreiften wie Museumsbesucher das Labyrinth der mit Maschinen voll gestellten Zimmer oder betrachteten mit im Rücken verschränkten Händen dieses oder jenes extravagante Detail der alten Dekoration. Die seltsame Statue des Engels im hinteren Teil der Eingangshalle neben der Treppe rief unter den gelangweilten Gästen des Turpestis Palastes das größte Interesse hervor.

»Hast du gesehen? Er hat das Gesicht eines Jungen und die Brust einer Frau«, stellten die, die bereits stundenlang in der Halle warteten, mit nachdenklich gerunzelter Stirn fest.

»Es ist ein weiblicher Engel«, schlussfolgerten die Neuankömmlinge leichtfertig.

»Nein, es ist ein Engel, der beide Geschlechter in sich vereint«, sagten dann die Ersteren.

»Es ist die Synthese der Gegensätze«, fügten daraufhin die Neuankömmlinge hinzu, um sich erneut Gewicht zu verleihen.

Einer nach dem anderen trafen die Grauen Katzen ein. Es kam der Dichter Henrique Pires Cardoso de Sant'Anna, ein großer Mann mit olivefarbenem Teint und buschigen dunklen Augenbrauen, der offensichtlich keine Ahnung gehabt hatte, was ihn erwartete, und zu elegant gekleidet war. Ein Gast, der zahlreiche Kommentare hervorrief, war als »Fledermaus« verkleidet, mit breitkrempigem Hut, Stock, Umhang und schwarzer Maske. Es kam Kapitän Rowenstein, der Aguanopulos überschwänglich begrüßte, dann Lemorey oben auf der Treppe entdeckte und zu dem Reisenden hinaufstieg, um mit ihm zu plaudern und, wie Aguanopulos voller Neid beobachtete, Scotch aus seiner silbernen Feldflasche mit ihm zu teilen. Es kam Maria Dalila Salvación Caldeira, die Verlegerin der Zeitschrift *Fun & Esprit*. Es kamen die zwölf Tänzerinnen der Kompanie Flores Yrisarri, manche mit ihren Freunden oder Ehemännern, eine mit einem stolzen weißen Geparden, der bei Belindas Anblick fauchte wie eine Katze. Dario Pomagranada kam mit seiner Gitarre herein, an der Hand eine Mulattin mit tamarindenfarbenen Lippen, deren Bekanntschaft er in der Allee gemacht hatte und mit der er sich eine Tüte Lupinen teilte. Donato Faveloso trat mit einer Zigarre im Mund durch die Tür.

Ana Sofia Aguanopulos kam mit einer Plastiktüte voller Kerzen und Leuchtern. Walmira und Mireïa rügten Dario, zum einen, weil er seinen Beobachtungsposten auf der Straße verlassen hatte, zum anderen, weil er ein Mädchen mit ins Haus gebracht hatte, das er gerade erst kennen gelernt hatte.

»Aber liebe Freundinnen, ich bitte euch«, erwiderte Dario. »Ich kenne sie besser als mich selbst.«

Es dämmerte und die Schatten in dem alten zerfallenen Haus wurden länger. Der Himmel hatte etwas aufgeklart und die ersten Sterne zeigten sich. Das Geräusch eines Propellers rief kurzzeitig Aufregung unter den Wartenden hervor, viele dachten schon, es sei ein Helikopter oder eine Flugmaschine der Polizei, die von der geheimen Versammlung erfahren hatte und sie alle verhaften würde.

Tatsächlich handelte es sich um den Tragschrauber, den die Erfinder von Radio Psychis aus seinem Hangar geholt und mit frischem Enthusiasmus in die Luft und erneut auf Sendung gebracht hatten. Wie eine riesige gelbliche Motte tauchte er am Himmel auf und ging langsam über einem der trockengelegten Teiche des Parks hinunter, den Oscar und Sebastiao mit vier brennenden Fackeln zu einer improvisierten Landebahn umfunktioniert hatten. Der Apparat setzte auf dem Boden auf, seine Motoren gingen aus und seinem Inneren entstiegen Bertoldo, Norma, Samarcanda, Rani, Elpidio, Ramiro und Laureano, die sich lachend die Kleider ausschüttelten, da sie unterwegs Kekse gegessen hatten und voller Krümel waren. Samarcanda sah mit ihrem riesigen weißen Hut in der zunehmenden Dunkelheit aus wie eine wandelnde Blume oder eine Landqualle. Sie waren alle ganz aufgeregt und sprachen von Kanonenschüssen in den Wolken, von Armeeflugzeugen und Spionageheißluftballons mit abgerichteten Bären als Besatzung. Seit fast einer Woche waren sie mit dem neu eingerichteten Radio Psychis wieder auf Sendung, waren vor der Polizei in die Berge geflüchtet, von Tal zu Tal geflogen und gelegentlich auf Gipfeln zwischengelandet, um Treibstoff zu sparen. Offenbar waren sie mittels einer durch mentale Schwingungen übertragenen Botschaft zu der Versammlung eingeladen worden, auch wenn niemand mit Bestimmtheit sagen konnte, wer sie gesendet hatte. Manche vermuteten, Adenar sei es gewesen. Andere überlegten, dass Walmira, Mireïa und Urde dafür ihre berühmte »Kristallkugel« verwendet haben könnten.

Als eine der Letzten traf Urde ein, die ihre Einladungskarte zu Hause vergessen hatte und bei Sebastiao und Oscar, den unerbittlichen Wächtern des Turpestis Palastes, ebenfalls auf heftigen Widerstand stieß. Es war viertel nach neun und die Nacht war lau und klar. Seit einigen Stunden hatte es nicht mehr geregnet und der Mond stand hell am Himmel, doch die Luft roch noch nach zerstampften Wurzeln, welken Blumen und feuchter Erde, dem charakteristischen Geruch der Monsunmonate. Da die letzten Einladungen für acht Uhr ausgestellt worden waren, erwartete man im Grunde niemanden mehr, doch Sebastiao und Oscar blieben für alle Fälle noch am Tor stehen, um eventuelle Nachzügler in Empfang zu nehmen.

Um halb zehn kam Adenar, als Bettler verkleidet, mit dunkler Brille, schmierigem Regenmantel, zerrissener Hose und einem Stock, an den ein Bündel geknüpft war. Kaum war der Bettelprinz eingetroffen, verschlossen Sebastiao und Oscar das Tor zur Straße mit einem Kettenschloss und begleiteten Adenar über den Hauptweg des Parks bis zum Haus, wo Mireïa, Walmira und Kapitän Rowenstein gerade versuchten, unter Berufung auf Vernunft, Humor und gutes Benehmen die aufkommenden Rebellionsversuche einiger des Wartens müder Gäste zu unterdrücken. Samarcanda, die in eine der hohen Nischen der Eingangshalle geklettert war, versprach, sich vollständig auszuziehen, wenn niemand den Raum verließ.

»Komm sofort da runter, du unerzogene Göre«, rief der Kapitän und fing Samarcandas großen Blumenhut auf, während das Mädchen sich gerade ihren linken Handschuh abstreifte.

»Ich tue es doch für die Sache!«, sagte Samarcanda, zog Finger für Finger ihren rechten Handschuh ab und rollte dabei mit den Augen. »Glauben Sie vielleicht, das macht mir Spaß?«

Adenars Erscheinen wurde mit lauten Ausrufen, Hurras und vereinzeltem schüchternem Applaus begrüßt.

»Seid alle herzlich willkommen«, sagte Adenar, setzte die schwarze Brille ab und zog den Mantel seiner Verkleidung aus. »Entschuldigt, dass ich euch so lange habe warten lassen.«

Er ließ seinen Blick über die Anwesenden schweifen, doch die Menge war zu groß, um ohne weiteres einen Einzelnen darin auszumachen, zumindest fand er offensichtlich nicht die Person, nach der er suchte.

»Es sind nicht alle gekommen«, sagte Walmira, die Adenars Enttäuschung bemerkte. »Das ist unvermeidlich.«

»Ob ihr etwas zugestoßen ist?«, sagte Adenar besorgt.

»Nein, Adenar, das glaube ich nicht«, erwiderte Walmira.

»Sie müsste doch hier sein«, sagte Adenar. »Bestimmt ist ihr etwas passiert. Victor, weißt du, wo sie ist?«

»Wo wer ist?«, fragte Victor, der normalerweise für alles seine Informanten hatte.

Doch ganz offensichtlich war sie nicht da, denn wäre die von ihm gesuchte Person dort gewesen, hätte er es gleich gewusst, ohne irgendjemanden nach ihr fragen zu müssen, hätte er sie in Sekundenschnelle entdeckt, wo auch immer sie gesteckt hätte.

Adenar knotete das Bündel auf, öffnete den darin steckenden Ranzen, holte eine orangefarbene Kerze mit Kerzenhalter und ein Benzinfeuerzeug heraus, das auf wundersame Weise trocken geblieben war und mit dem er die Kerze anzündete. Die anderen taten es ihm nach, ebenfalls mit Feuerzeugen oder ihre Kerzen an bereits brennende haltend.

Als alle Kerzen brannten, führten Adenar, Victor und Walmira die Gäste in den Raum, in dem die Versammlung abgehalten werden sollte. Sie durchquerten die Eingangshalle, gingen unter der Treppe hindurch und umrundeten die im flackernden Schein der Kerzen gespenstisch wirkende Engelsstatue mit ihren ins Dunkel ragenden Flügeln. Sie kamen an einer Glaswand vorbei, auf deren wenigen intakten rötlichen Scheiben noch die Abbildung eines Kelches unter einem schwebenden geflügelten Ei zu erkennen war, gingen durch den Korridor mit den Nischen und

Tulpenlampen, öffneten die beiden Flügel einer mit rotem Samt verhangenen Tür und betraten wie ein Strom Pilger nacheinander das Theater, jeder mit seiner flackernden Kerze in der Hand, gingen langsam, mit den Füßen nach nicht vorhandenen Stufen tastend, bis zur Bühne hinunter, an deren Rand, dort, wo sich einst die Rampenlichter befunden haben mochten, alle auf Walmiras und Adenars Anweisungen hin ihre Kerzen in einer langen Reihe aufstellten. Walmira, Adenar, Victor, Mireïa, Urde und ein paar andere blieben oben auf der Bühne stehen, während die Übrigen sich so gut es ging auf den alten Sitzen niederließen, von denen manche so vermodert waren, dass sie bei der kleinsten Berührung in sich zerfielen. Das Licht der Kerzen reichte nicht aus, um die Tiefe der Bühne, das Innere der Logen und die Decke auszuleuchten, an der die weißlichen Umrisse der drei riesigen Kronleuchter zu erahnen waren, deren ferne Kristalle bisweilen einen rosa, weinroten oder türkisen Widerschein des Kerzenlichts auffingen.

Als alle saßen, trat Walmira an den Bühnenrand vor und ergriff ohne weitere Umschweife das Wort.

»Die Prophezeiung des Sterns hat sich erfüllt, oder zumindest glauben wir, dass sie sich erfüllt hat«, sagte Walmira. »Nach vielen Jahren der Dunkelheit ist der Augenblick gekommen, ans Licht zu treten. Und wie ihr seht, werden wir in der Dunkelheit ans Licht treten, im Schein einiger weniger Kerzen! Um es mit einem der Lieblingssätze des Alchimisten von Basilea auszudrücken: ›Oh Dunkelheit, du mein Licht!‹. Ich rufe euch die Worte des Sterns in Erinnerung: ›Ich erwarte niemanden und dennoch weiß ich, dass jemand kommen wird.‹ Wir glauben, dass dieser jemand Adenar ist.«

Nicht alle Anwesenden kannten Adenar persönlich. Manchen war er unter dem Namen Gaspar Adenau ein Begriff. Andere erinnerten sich, einige Monate zuvor in den Zeitungen über ihn gelesen zu haben.

»Bis du wirklich Adenar von Amaula?«, fragte jemand aus dem Publikum. Vom Kerzenlicht geblendet, konnte Adenar die unten Sitzenden kaum ausmachen.

»Ich weiß es nicht«, sagte er.

»Erklärt uns den Zweck dieser Versammlung«, sagte eine andere Stimme. »Seid ihr *Yajda*? Gehört ihr dem Orden der Orangeroten Wolke an?«

»Seid ihr Gefolgsleute von Georges Alkan?«, hörte man eine Frauenstimme mit aquitanischem Akzent.

»Nein, wir sind keine *Yajda*«, ergriff Walmira erneut das Wort. »Es gibt keine *Yajdin* in Goyanas, ebenso wenig wie auf ganz Demonia. Wir sind überzeugt, gäbe es auch nur einen einzigen *Yajda* auf dem Planeten, würde seine Anwesenheit nicht unbemerkt bleiben.«

Sie war bis an den äußersten Rand der Bühne vorgetreten und wurde ganz von dem geheimnisvoll orange flackernden Schein der Kerzen erleuchtet. Sie sah aus wie ein faszinierendes Gespenst, ein altersloser Engel, der mit bedächtiger, leicht ironischer Stimme von dort oben Erklärungen gab.

»Nein, wir sind keine *Yajdin*, wir gehören nicht dem Orden der Orangeroten Wolke an und ich glaube auch nicht, dass viele von uns es verdient hätten, ihm anzugehören!«, sagte Walmira und verkniff sich das Lachen. »Wir sind nur Diener des Sterns Azzarkin. Deshalb haben wir stets unseren Quarzkristall bei uns, denn der Kristall bündelt die Bewusstseinsenergie des Sterns und verwandelt sie in einen für uns und den Planeten günstigen Einfluss.

Manche von euch haben sicherlich schon von uns gehört als denjenigen, ›die einen Quarz in einem Palmholzkästchen haben‹. Viele hassen uns allein aus diesem Grund, ohne diesen Hass jemals zu hinterfragen.

Einen Quarzkristall in ein geschnitztes Kästchen zu legen ist ein reines Symbol, das uns an unseren Kampf gegen das Insektenbewusstsein und unsere Suche nach dem Sternenbewusstsein erinnert. Der Erste, der einen Quarzkristall in ein Palmholzkästchen tat, war im 17. Jahrhundert Kaspar Tamerarius, der Alchimist von Basilea und Gründer des Bundes der Diener des Sterns, dessen Lehre zu unseren wichtigsten Inspirationsquellen gehört. Tamerarius ist Autor des mythischen, mehrere hundert Jahre verschollenen Werkes *Theatrum Chemicum Philosophicum*, dessen Existenz mehr als einmal in Frage gestellt wurde. Heute wissen wir, dass dieses Buch existiert.

Von Kaspar Tamerarius heißt es, er sei kein Mensch, sondern ein Engel gewesen und habe die Sprache der Vögel beherrscht. Andere glauben, er sei vom Stern Azzarkin gekommen.«

»Erzähl uns von dem Stern, Walmira«, sagte Selma.

»Ja, erzählen Sie uns von dem Stern«, sagte Dario aus dem Publikum.

»Können Sie uns noch einmal die Verbindung zwischen dem Stern und den Kristallen erklären?«, fragte wieder die Frau mit dem aquitanischen Akzent.

»Der Stern Azzarkin«, sagte Walmira, »die weiße Sonne des großen Arkanums im Tarot, der ›Strahl der Schöpfung‹, wie Monsieur Alkan ihn nannte, die zentrale Sonne, das *astrum in homine*, von dem Paracelsus sprach, der Ort, von dem das menschliche Bewusstsein kommt, ist ein sehr, sehr ferner Stern beinahe im Zentrum der Milchstraße, vielleicht im Zentrum der Galaxie selbst, viele tausend Lichtjahre von uns entfernt.

Es ist ein wirklicher Stern, ein physischer Ort im Kosmos. Manche mögen ihn als einen symbolischen ›Ort‹ betrachten, doch weiß man ja mittlerweile, dass alle Orte der symbolischen Welt mit der physischen Welt in Verbindung stehen und umgekehrt.

In der Umlaufbahn dieses Sterns befinden sich mehrere Planeten. Diese Planeten sind die privilegiertesten Orte des Kosmos, da sie dem wunderbaren Kraftfeld des Sterns Azzarkin am nächsten sind. Der dem Stern nächste Planet heißt Hurqalya. Der äußerste Planet in der Umlaufbahn des Sterns Azzarkin ist Ardis. Auf Ardis befindet sich das Kloster der Orangeroten Wolke, von manchen auch ›das verlorene Kloster‹ genannt. Von dort kommen die *Yajda*. Dorthin muss reisen, wer sich in einen *Yajda* verwandeln will. Wenn jemand sich selbst als *Yajda* bezeichnet, meint er damit, dass er auf dem Planeten Ardis war und bis zu dem verlorenen Kloster vorgedrungen ist. Wer wirklich ein *Yajda* werden will, muss wissen, dass er dafür nach Ardis, ins Zentrum der Galaxie reisen muss.«

»Mit anderen Worten meinen Sie also«, sagte da Emory Lemorey mit seiner klaren, klangvollen Stimme, »dass so etwas unmöglich ist. Denn niemand kann zu einem Stern reisen, der sich im Zentrum der Galaxie befindet. Das ist jetzt unmöglich, und in tausend Jahren wird es das immer noch sein.«

»Alkan hat es getan«, sagte Donato Faveloso und drehte sich im Publikum zu Lemorey um. »Sie selbst haben es uns vor wenigen Wochen enthüllt.«

»Alkan hatte Mittel, von denen wir uns überhaupt keine Vorstellung machen können«, erwiderte Lemorey.

Zwischenrufe wurden laut, skeptische und ungläubige Stimmen. In den hinteren Reihen setzten heftige Debatten ein. Manche protestierten gegen das Gesagte. Andere baten um Ruhe.

»Sag uns, was du darüber denkst, Adenar«, übertönte Ana Sofia den Stimmentumult.

»Ja, Adenar«, bat ihn Aguanopulos. »Sprich du. Sag uns, was du denkst.«

»Wollen Sie uns etwa weismachen, Sie seien wirklich Adenar von Amaula?«, sagte Emory Lemorey.

»Dasselbe frage ich mich auch gerade«, pflichtete ihm der Anthropologe Ibrahim Medul dos Santos bei. »Glaubst du wirklich, du seist Prinz Adenar?«

Adenar ging zu Walmira vor und setzte sich an den Bühnenrand, während Walmira lächelnd einige Schritte zurücktrat, um ihrem jungen Schützling den Platz zu überlassen. Das orangegelbe Kerzenlicht erhellte die ganze Gestalt des Jungen, der sich eine Mütze mit einer roten Feder aufgesetzt hatte, seinen Ranzen auf dem Rücken trug und genauso aussah wie der Prinz Adenar aus den Kinderbüchern, die ihnen allen so vertraut waren.

»Yldat, Yldat, hilf mir«, sagte Adenar mit seiner inneren Stimme. Und das Bild des großen roten Vogels erschien in seiner Vorstellung.

»Sprich mit dem Herzen«, sagte Yldat zu ihm. »Erzähl ihnen von dem Geheimnis des Turpestis Palastes.«

»Ich weiß nicht, wer ich bin«, antwortete Adenar da auf die ihm zweifach gestellte Frage. »Aber ich weiß zum Beispiel, dass dieses Haus lebendig ist.«

»Was meinst du damit?«, fragte Elpidio Faraón dos Santos aus der ersten Reihe.

Adenar ließ seinen Blick über die Anwesenden schweifen, ohne die rechten Worte zu finden, um fortzufahren.

Das Publikum wurde immer unruhiger. Scherzhafte Zwischenrufe waren zu hören. Manche lachten.

»Nimm ein Hirschauge«, sagte Yldat zu Adenar.

»Und wenn es nicht funktioniert?«, fragte Adenar mit seiner inneren Stimme. »Das letzte Mal hat es nicht funktioniert, es ist zerbrochen, ohne dass irgendetwas passierte.« Alle Blicke lagen auf ihm, die Blicke von über hundert Personen, fast alle älter als er, gebildeter als er, klüger als er, erfahrener als er. Warum musste ausgerechnet er, Adenar, dort oben stehen? Warum er, der er fast noch ein Kind war, rein gar nichts wusste, sich nicht einmal über seinen eigenen Namen sicher war?

»Adenar hat Recht«, sagte da Victor Braunsfeld und trat zu Adenar. »Dieses Haus ist lebendig. Dieses Haus ist in Wirklichkeit eine Maschine, aber eine denkende Maschine.«

»Turpestis Palast«, sagte Adenar laut. »Bitte hilf mir.«

»Turpestis Palast«, sagte Victor ebenfalls laut. »Tu, was man dir sagt.«

Da geschah etwas völlig Unerwartetes. Alle Lichter des Theaters gingen plötzlich an. Einige der Anwesenden schrien unwillkürlich vor Schreck oder sprangen von ihren Sitzen auf und sahen sich nach allen Seiten um. Die Rampenlichter, Scheinwerfer, Tulpenlampen, Kerzenhalter, sogar die drei großen an der Decke hängenden Kronleuchter, alle noch intakten Glühbirnen des Saals leuchteten mit einem Mal wie kleine Sonnen, was in einem halb zerfallenen, von Unkraut überwucherten und von Ratten und Insekten heimgesuchten Gebäude, in dem es seit Jahren kein elektrisches Licht mehr gab, sicherlich kaum zu erklären war.

Viele hielten sich geblendet von der Lichtexplosion die Hände vor die Augen.

»Was ist das?«, hörte man eine weibliche Stimme schreien. »Ein Zirkustrick?«

»Sehr gut, Braunsfeld!«, rief ein anderer. »Habt ihr uns dafür hier versammelt?«

Adenar sah Victor mit aufgerissenen Augen fragend an. Victor zuckte wortlos die Schultern und bedeutete ihm mit einem Kopfschütteln, dass auch er nicht die leiseste Ahnung hatte, was da vor sich ging.

Adenar nahm seinen Ranzen ab, machte ihn auf, griff blind ein Hirschauge heraus und hielt es in die Höhe.

»Wir müssen es alle gemeinsam versuchen«, sagte Adenar, das Hirschauge auf der offenen Handfläche.

»Versuchen? Was versuchen?«, fragten mehrere Stimmen aus dem Publikum.

»Das Gebäude«, sagte Adenar und wählte dabei, ohne es zu merken, die Worte der Magier des Klosters von Varvapurana. »Wir müssen gemeinsam den Turpestis Palast versuchen.«

»Das Gebäude versuchen?«, wiederholte Donato Faveloso, der wie viele andere aufgestanden war, als die Lichter angegangen waren, und sich nicht entschließen konnte, sich wieder hinzusetzen. »Wie kann man ein Gebäude versuchen, Adenar?«

»Mit dem Bauch!«, sagte Adenar und konzentrierte sich auf die kleine Samenkugel, die auf seiner ausgestreckten Handfläche lag.

Dann begann er, das *Om* zu singen, und mehrere Stimmen aus dem Publikum schlossen sich ihm an. Er hörte, wie Walmira und Mireïa hinter ihm ebenfalls die heilige Silbe anstimmten. Und plötzlich fing der Hirschaugensamen in seiner Hand an zu vibrieren. Inzwischen sangen alle das *Om*, und mit einem Mal schien der Samen sich in zwei zu teilen, und aus seinem Inneren brach ein Lichtstrahl hervor, wuchs langsam drei oder vier Meter an, und aus dem Strahl spross eine große weiße Blume mit zwölf Blütenblättern, und die Blütenblätter öffneten sich und in jedem Blütenblatt stand ein Ritter aus Licht in einem orangefarbenen Umhang. Und mitten aus dem Stempel der Blume entwuchs ein langes Staubgefäß, aus dessen Spitze ein gold schimmernder, wie von Blütenpollen befleckter Stein hervorging und noch ein Stück weiter aufstieg. Dann verharrte der Stein in der Luft, und zwölf Quellen einer diamantweißen Flüssigkeit sprudelten aus ihm hervor, die in einem Bogen direkt in die Münder der zwölf Ritter flossen. Und die Ritter lächelten, als die leuchtende Flüssigkeit auf ihre Lippen traf, und während sie tranken, griffen sie nach ihren mächtigen Schwertern, richteten sie in die Höhe und begannen einer nach dem anderen, sich in die Luft zu erheben und um den schwebenden Stein zu kreisen ...

Da fing das Gebäude zu beben an. Zunächst war es nur ein sachtes Vibrieren, etwa wie wenn eine unterirdische Eisenbahn unter einem Gebäude durchfährt, doch das Beben wurde immer stärker, bis es sich nicht mehr ignorieren ließ. Fast alle Anwesenden erhoben sich jetzt alarmiert von ihren Sitzen. Das Sinnbild der Blume, des Steins und der Ritter schien sich in der Luft aufzulösen und blitzschnell ins Innere des Hirschauges zurückgefiltert zu werden.

Das Beben war jetzt sehr heftig. Die meisten Kerzen fielen aus ihren Haltern und Untersätzen und rollten über die Bühne.

»Es wird einen Brand geben!«, rief Mireïa. »Wir müssen die Kerzen löschen.«

Doch die Kerzen waren nicht das größte Problem. Das Beben war jetzt so stark, dass man die Mauern, Balkone und Säulen tatsächlich vibrieren sah, an manchen Stellen zogen sich Risse durch den Stuck. Zu dem Beben erhob sich rundherum ein seltsamer Ton, eine Art dumpfes Brausen, begleitet von fernem Knistern, Prasseln und Krachen. Es machte den Eindruck, als würde das alte Haus jeden Moment zusammenbrechen.

Da begann das Gebäude sich in der Tat zu bewegen, als würde jemand mit aller Kraft an ihm rütteln. Die drei großen Kronleuchter an der Decke schaukelten mittlerweile so hoch hin und her, dass sie fast gegeneinander stießen.

»Die Leuchter werden herunterfallen!«, schrie Samarcanda und zeigte nach oben. »Wir müssen hier raus!«

»Es ist ein Erdbeben!«, rief Aguanopulos. »Wir müssen das Gebäude sofort verlassen!«

Das Haus wurde jetzt von festen Stößen geschüttelt, unter denen die Bühnenbretter knarrten und die Wände sich zu neigen schienen. Das Prasseln und Krachen wurde immer tosender und das Beben unerträglich. Mit einem Mal griff Panik um sich, alle begannen zu schreien und Saal und Gebäude so schnell wie möglich verlassen zu wollen. Adenar drehte sich zu Walmira um und bot ihr seinen Arm, um ihr beim Abstieg von der Bühne behilflich zu sein.

»Weißt du, was hier vorgeht, Adenar?«, fragte Walmira verstört.

»Ich glaube ja!«, erwiderte Adenar. »Aber ganz so habe ich es mir nicht vorgestellt!«

Über den Mittelgang zwischen den Sitzreihen strebten sie nacheinander, manche laufend, andere langsameren Personen helfend, durch die samtverhangene Tür aus dem Theater, eilten unter den Flügeln des Engels und der großen Treppe hindurch, viele mit panischen Schreien und über den Kopf gebreiteten Händen, aus Angst, es könnten Mauerstücke aus der Decke brechen oder die Fenster zersplittern, und so durchquerten alle die Eingangshalle, deren zentraler Leuchter wie ein Sternenmeer brannte und wie ein Räucherfass schwankte, und hasteten durch die Haustür nach draußen über die Terrasse, über deren steinerne Balustraden die Tänzerinnen von Flores Yrisarri wie Rehe hinabsprangen, und stolperten unter Entsetzensschreien die geschwungene zweiläufige Eingangstreppe in den Garten hinunter, bis sie sich in gebührender Entfernung zu dem Gebäude befanden, das scheinbar über ihren Köpfen einzustürzen drohte. Als Letzte kamen Walmira und Adenar heraus, die deutlich humpelnde Walmira bei Adenar eingehängt.

Doch wer bereits über die Eingangstreppe im Garten angekommen war, fand sich einer neuen Überraschung gegenüber.

»Das ist unglaublich!«, rief Aguanopulos aus, der Adenar und Walmira am Fuß der Treppe erwartete. »Es ist kein Erdbeben! Nur das Haus bebt und bewegt sich.«

»Tatsächlich?«, sagte Walmira, stützte sich auf Adenars Arm ab und drehte sich um.

»Sehen Sie nur«, sagte Kapitän Rowenstein. »Hier im Park vibriert der Boden überhaupt nicht. Keine Spur von einem Erdbeben!«

Es war offensichtlich, dass etwas sehr Seltsames mit dem Turpestis Palast vor sich ging. Das überall hörbare Ächzen, Knarren und Krachen hatte noch zugenommen und sich in eine Art anhaltendes Dröhnen verwandelt, in ein nicht enden wollendes Getöse, vor dem sich viele die Ohren zuhielten. Und da geschah noch mehr: Die Eingangstreppe, die zwischen den hohen Gräsern und dem Unkraut des Gartens auslief, begann sich vom Boden zu erheben. Und alle Anwesenden, die Diener des Sterns, die Grauen Katzen, Aguanopulos, Victor Braunsfeld, Emory Lemorey, die Tänzerinnen von Flores Yrisarri, der Tiger und alle anderen, auch der große Bo-Baum und die übrigen Bäume des Parks, betrachteten starr vor Schreck, wie die Fundamente des Hauses sich aus dem Boden lösten und dabei dicke Efeustöcke, Wurzeln naher Bäume und große Erdklumpen mit sich rissen.

Und da begann der in allen Räumen weiterhin hell erleuchtete Turpestis Palast in die Luft aufzusteigen, sich mit fürchterlichem Tosen und herabrieselnden Erdbrocken über dem Boden zu erheben und immer weiter aufzusteigen, bis das ganze Gebäude so weit über dem Garten schwebte, dass man darunter hindurchgehen konnte. Und es stieg noch weitere fünf, zehn, fünfzehn, zwanzig Meter auf, dreißig Meter, vierzig Meter, fünfzig Meter, bis es sich über den höchsten Baumkuppen des Parks in der Luft befand. Auf dieser Höhe verharrte es regungslos. Und die unten Stehenden verharrten ebenfalls regungslos und schauten auf den über ihnen schwebenden Turpestis Palast.

Das Getöse verstummte und die Luft erfüllte nur noch eine Art Summen, ein sanftes, melodisches, perfekt auf eine Note gestimmtes Summen, brannten auch alle durch die Fenster zu sehenden Lichter noch so hell wie zuvor. Sogar die große Kuppel des Turms war erleuchtet.

»Adenar, was geht hier vor?«, fragte Ana Sofia.

»Das ist das Geheimnis des Turpestis Palastes«, sagte Adenar. »Jedem, der das Haus aufmerksam betrachtet, müsste es sich eigentlich zu erkennen geben«, fügte er hinzu und hob den Arm zu dem erleuchteten Palast, der über ihren Köpfen schwebte, als erkläre diese Geste alles. »Der Turpestis Palast ist in Wirklichkeit gar kein Palast.«

»Und was ist er dann?«, fragte Victor.

»Sprich, Adenar!«, drängte ihn Walmira.

»Ein Raumschiff«, sagte Adenar.

»Ein Raumschiff?«, rief Rowenstein fassungslos.

»Das einzige Raumschiff, das es in Demonia noch gibt«, sagte Adenar. »Das letzte Raumschiff, das es in Demonia gibt. Es ist eines der Raumschiffe, die Alkan und seine Leute gebaut haben. Vielleicht kamen sie nie dazu, es zu benutzen ... oder vielleicht haben sie es für diejenigen zurückgelassen, denen es in irgendeiner Zukunft gelänge, hinter seinen Mechanismus zu kommen.«

»Glaubst du, das könnten wir?«, fragte Walmira, den Blick immer noch auf den schwebenden Palast gerichtet.

»Wir müssen dahinter kommen«, sagte Adenar. »Das ist das Raumschiff, das uns zum Stern Azzarkin bringen wird.«

Nach einigen Augenblicken begann das sich so unverständlich in der Luft haltende Haus wieder gen Boden zu sinken. Langsam verlor es an Höhe, bis die Treppe erneut den Boden berührte und das Gebäude in dasselbe tiefe dunkle Loch zurückglitt, in dem es dreihundert Jahre gewartet hatte.

Epilog

Chemisch philosophisches Theater

Wie ein rosagoldenes Leuchtfeuer durchquert der Turpestis Palast den Himmel, in einer der klaren, von den Katzenaugen der Sterne glitzernden Nächte Florias, zieht einen Lichtschweif über den dunklen Bäumen des Parks in Richtung des sommerlichen Firmaments, glänzt für einige Augenblicke vor dem dunklen Samtvorhang der Nacht auf wie die Spur eines in Licht getauchten Fingers auf einem Streifen Lackpapier und erlischt dann inmitten des zarten Sternenschimmers, als hätte er nie existiert, als wäre nichts geschehen, als wäre alles nur ein Traum gewesen.

Die unten Stehenden schauen noch eine lange Weile in den Himmel und versuchen, einen letzten Widerschein flüchtigen Lichts zu erhaschen, die glänzende Spur des Turpestis Palastes zwischen den Kristallgalerien der den Himmel überziehenden Sterne auszumachen, doch ist schon nichts mehr zu sehen; der Turpestis Palast ist verschwunden, ausgelöscht, ist in den universellen schwarzen Frieden der Nacht eingegangen wie ein Tintentropfen in ein Meer aus Tinte, wie ein sommerlicher Gedanke in den unendlichen, zeitlosen Traum der florianischen Nacht von der Flüchtigkeit allen Seins.

Vielleicht verspüren die auf der Erde Gebliebenen einen Hauch von Neid gegenüber denen, die jetzt trunken auf die Sterne zufliegen, doch gleichzeitig sind sie erleichtert, erleichtert darüber, dass ihre Beine noch fest auf der geliebten Erde stehen, dass ihre Lungen sich noch mit der schönen lauen Luft anfüllen, an der es nie ermangelt, dass ihre Körper noch den vertrauten Sog der Schwerkraft spüren.

Manche Menschen sind überzeugt, dass alle Stoffe, aus denen wir gemacht sind, unsere Knochen und unser Mark, unser Blut und unsere Träume, von den Sternen kommen. Sollte dies zutreffen, denken die unten Gebliebenen, dann würde ein Flug zu den Sternen bedeuten, in unsere Knochen und unser Blut, in unsere Träume und in unser Mark, in all das einzugehen, was wir sind und bleiben wollen.

Sich in weite Ferne zu begeben heißt immer auch zurückzukehren, und zurückzukehren heißt immer auch, an einen fremden, unbekannten Ort zu reisen. Man kann nie an den Ort zurückkehren, von dem man aufgebrochen ist; derselbe vertraute Baum grüßt uns, das ist wahr, aber, wie der Dichter sagt, »*Wir, die von damals, wir sind nicht mehr die Gleichen*«. Und aus ebendiesem Grund bedeutet eine Reise in die Fremde immer auch eine Rückkehr zu dem Ort, von dem wir aufgebrochen sind.

»Tja«, sagt seufzend einer der Zurückgebliebenen, die noch vom Garten aus den Himmel beobachten. »Das wäre vorbei.«

»Glaubst du, wir werden sie wiedersehen?«, fragt ein anderer.

»In einem anderen Leben, gewiss«, sagt der Erste.

Wer sind sie? Was sind sie? Gärtner? Totengräber? Totengräber des Augenblicks? Bestatter der Zeit? Warum sprechen sie so? Zweifellos, weil sie Nahestehende unter den Fortgereisten haben, vielleicht einen Sohn, einen Vater, einen Bruder oder einen Freund.

»Und wenn sie den Start nicht überlebt haben«, sagt ein Dritter. »Vielleicht sind sie jetzt schon ...«

Er spricht den Satz nicht zu Ende. Die Schönheit der Nacht verbietet es ihm. Einem edelsteinbesetzten Zweig gleich liegt eine schimmernde Grazie über der nächtlichen Himmelsbucht; der Zweig eines unsichtbaren Baums, des Baums der immerwährenden Liebe inmitten des Sturms alles Unbeständigen. Die Sterne glitzern, als wären sie ebenfalls vom Regen gewaschen und poliert. Alles in dieser Nacht ist sanft und unschuldig. In der leichten Brise machen die Bäume tiefe, feierliche Verneigungen, als wären sie Fürsten oder Prinzen, die sich in den Fluren eines Schlosses begegnen, und ihr Schwanken löst da und dort Tropfen, schlank wie längliche Tränen, kalt wie Diamanten, die wie ein dünner frischer Regen bei jedem Windhauch aus den dunklen Zweigen nieseln und freundlich die den Himmel Betrachtenden besprenkeln. Nein, in dieser Nacht ist alles schön, kann niemand sterben. *Alles, was wir diese Nacht beginnen, wird ein glückliches Ende finden.* Ist es nicht das, was die blinkenden Sterne sagen? *So ist es, so soll es sein, so wird es sein.*

»Gehen wir zurück«, sagt eine Stimme. »Der Weg ist lang.«

Inmitten der Stille des Parks und des stillen, halluzinierenden Festes des großen Himmelszirkus klingt der Satz fast ironisch, und mit einem Mal scheint der Rückweg nach Floria weiter als der Weg zu den Sternen.

Dort, wo der Turpestis Palast stand, ist nun ein großes Loch im Boden. Möglicherweise wird sich irgendwann einmal jemand fragen, was mit diesem schönen Gebäude geschah, das einmal dort stand, und möglicherweise werden sich die sonderbarsten Legenden um das unerklärliche Verschwinden des Hauses ranken. Irgendjemand wird beispielsweise behaupten, die Besitzer hätten es Stein für Stein einem Millionär aus New Amsterdam oder Long Island verkauft, oder es sei eines Nachts gesprengt worden, da man darunter einen Schatz vermutete, und die Leute werden diese absurden Geschichten weitertragen und mit neuen Details ausschmücken, um sie wahr klingen zu lassen, und schließlich werden sie selbst an sie glauben und es wird sich nicht mehr feststellen lassen, was wirklich geschah.

Aber was trug sich unterdessen im Turpestis Palast zu?

Es ist ja nun offensichtlich, dass der Palast kein Palast mehr war, dass er es schon lange nicht mehr war, doch trotz allem hatten seine Bewohner, seine Passagiere, nie aufgehört, ihn »Turpestis Palast« oder einfach »Palast« oder »der Palast« zu nennen, zu sagen »gehst du zum Palast?« oder »ich komme vom Palast«. Sogar jetzt noch, während sie das galaktische Nichts fast mit Lichtgeschwindigkeit in Richtung des Sterns Azzarkin durchquerten, sprachen sie sicherlich weiterhin von einem »Palast«, lebten sie weiter in einem Palast, blieben sie die unbegreiflichen Insassen eines Palastes.

»Niemand hält eine solche Beschleunigung aus«, sagt einer der unten Gebliebenen. »In nicht einmal einer Sekunde ist er aus der Umlaufbahn geschossen!«

»Sei endlich still«, sagt ein anderer, oder eine andere, denn unter den Zurückgebliebenen sind Männer und Frauen, Junge und Alte.

Tatsächlich fragen sich jedoch insgeheim alle, ohne zu wagen, es laut auszusprechen, was wohl aus den Dreihundert geworden ist, die jetzt in dem Inneren des Palastes fortfliegen, dreihundert Passagiere, dreihundert Astronauten auf dem Weg zu den Sternen. Ob sie noch am Leben sind? Ob sie singen? Ob sie lachen? Ob sie zu Abend essen? Ob sie tanzen? Ob sie Demonia von oben sehen können, eine große sich drehende Kugel, die sich langsam entfernt? Ob sie das Bewusstsein verloren haben? Ob sie eingeschlafen sind? Ob sie tot sind?

Das Buch des Alchimisten von Basilea hatte sich als äußerst nützlich erwiesen, und dennoch hatten sie Monate gebraucht, um zu verstehen, wie der Palast funktionierte. Nicht einmal der rein mechanische Teil war einfach zu entschlüsseln gewesen, und den Ingenieuren Olhé und Figueira, zwei Freunden des Magnaten Donato Faveloso, die sich dem Projekt von Anfang an mit großer Begeisterung angeschlossen hatten, war es nicht gelungen, hinter das Geheimnis der im Erdgeschoss zusammengestellten sonderbaren Maschinen zu kommen.

Die Schlüssel zu dem seltsamen System wollten sich ihnen einfach nicht zu erkennen geben. Die Maschinen ließen sich anstellen, leuchteten von innen auf, die Flugregulatoren gingen an, aber der Palast bewegte sich keinen Millimeter vom Boden weg. Später fanden sie heraus, dass diese Maschinen nur dazu dienten, die Lebensbedingungen im Gebäude konstant zu halten, Sauerstoff, Trinkwasser, Druckverhältnisse und Temperatur zu regulieren. Saschas Vermutung, all diese Rohre und Metallkästen seien vielleicht die Heizung des Hauses, war nicht so abwegig gewesen.

Jedenfalls waren es nicht »Motoren«, die das Raumschiff durch die Galaxie befördern würden. Tatsächlich hatte das

Raumschiff, das Haus, der Palast weder Motoren noch Treibstofftanks irgendwelcher Art. Vergeblich suchten sie dergleichen an allen möglichen Orten. Sie gruben den Garten um, während dort das Schwimmbad für die Wale ausgehoben wurde, das Victor sich einige Zeit zuvor ausgedacht hatte, und das tiefe Loch im Boden, das einige Wochen lang als Schwimmbad dienen sollte, wurde der Ausgangspunkt einer Anlage unterirdischer Gänge, die den Park in allen Richtungen durchzogen. Doch sie fanden rein gar nichts – außer einem Koffer voller Frauenkleider, einem Schwert mit dem Anagramm der Fürsten von Turpestis und einem Delphinskelett, von dem sich niemand so recht erklären konnte, wie es dorthin gelangt war.

Irgendwann wurden sie des Suchens müde und schütteten die Gänge zu, so dass die Kräne und Betonmischmaschinen schließlich das Walschwimmbad fertig stellen konnten, das mit blauen Kacheln ausgelegt und mit dreieinhalb Meter die Erdoberfläche überragenden Glaswänden versehen wurde, damit die Besucher bequem die Gewohnheiten der riesigen Tiere beobachten konnten. Zwei von den patagonischen Küsten stammende Wale, die Victor auf die launigen Namen *Barthelemy* und *Livia Augusta* taufte, wurden in das Schwimmbad gesetzt und begannen sich an ihrem müßigen Leben in dem türkisklaren Wasser des sechs Sterne Walhotels zu erfreuen.

»Die beiden Wale scheinen recht zufrieden, gnädiger Herr«, sagte Leopoldo, als die erste Woche der beiden Meeressäugetiere im Palast verstrichen war.

»Es freut mich, dass du es so siehst«, sagte Victor.

Sie lehnten an einem der Fenster im zweiten Stock und sahen auf den Park hinaus, der gejätet, neu angelegt und frisch bepflanzt war. Herrliche Blumen schmückten die Steinvasen und symmetrischen Beete des französischen Gartens; der mattviolette Kies bildete einen hübschen Kontrast zu den grünen Hecken; die Teiche waren mit silbrig transparentem Wasser gefüllt; aus den Brunnen sprudelten hohe Fontänen und die bronzenen Tritonen und Sirenen der Skulpturengruppen glänzten zwischen Regenbögen aus pulverisierten Wassertröpfchen. Im blauen Rechteck des riesigen zentralen Schwimmbads zogen die beiden grauen Wale langsam ihre Bahnen, stießen Wasserstrahle aus ihren Blaslöchern und verursachten ansehnliche Wellen, die träge gegen die Glaswände schlugen, an denen immer ein paar Schaulustige, vor allem Kinder, standen, die *Barthelemy* und *Livia Augusta* bestaunten.

»Ich glaube, Sie hatten Recht, gnädiger Herr«, sagte Leopoldo. »Ich muss gestehen, ich habe mich geirrt, Wale scheinen in der Tat ausgezeichnete Haustiere zu sein.«

»Es heißt, sie seien die intelligentesten Tiere der Welt«, erklärte Victor. »Ich bin überzeugt, dass man mit ihnen kommunizieren kann.«

»Wenn Sie es sagen, gnädiger Herr ...«

»Ich frage mich, was aus all dem wird, wenn wir fortgehen«, sagte Victor mit einem Seufzer. »Irgendjemand wird sich um *Barthelemy* und *Livia Augusta* kümmern müssen.«

»Wenn wir fortgehen, gnädiger Herr?«, sagte Leopoldo erschrocken. »Gehen wir etwa irgendwo hin?«

»Natürlich, Leopoldo«, sagte Victor. »Sobald wir herausgefunden haben, wie dieser Schrotthaufen funktioniert, sind wir weg. Das habe ich dir doch schon tausendmal erklärt.«

»Mit ›Schrotthaufen‹ meinen Sie wohl das Haus, gnädiger Herr?«, sagte Leopoldo.

»Es ist nicht wirklich ein Haus, Leopoldo«, erinnerte Victor ihn mit ungeduldiger Miene.

Offenbar wollten die Menschen ab einem gewissen Alter nicht einmal mehr die einfachsten Dinge begreifen, dachte Victor ratlos. Warum fiel es Leopoldo nur so schwer zu akzeptieren, dass dies kein Haus, sondern ein intergalaktisches Raumschiff war?

Doch Leopoldo war nicht der Einzige, der sich trotz aller Tatsachen weigerte, in dem Turpestis Palast etwas anderes als ein großes altes Haus zu sehen. Oscar und Sebastiao, die ihrem jungen Herrn sonst bedingungslos ergeben waren, grummelten und schimpften den lieben langen Tag über die wahnwitzige Idee, Victor und seine merkwürdigen Freunde könnten auf dem Dach der alten Villa »fortfliegen« wie auf dem Besen einer Hexe.

Das Argument, der Palast habe sich ja bereits einmal ohne große Anstrengungen und vor über hundert Zeugen in die Luft erhoben, konnte sie auch nicht überzeugen. Es war auch einmal ein Krokodil aus dem Mar de Oro bis in die Straßen der Stadt vorgedrungen und hatte ein blondes Mädchen gefressen, das gerade das Schaufenster eines Schuhgeschäfts betrachtete (möglicherweise in der Absicht, sich ein Paar hohe rote Schuhe zu kaufen, nach denen sie ein paar Tage zuvor gefragt hatte), und dieses Krokodil hatte einige Wochen später mehrere Eier gelegt, aus denen ein Junge und ein Mädchen schlüpften, beide blond und mit einem Krokodilschwanz – aber das hieß ja auch nicht, dass alle Krokodile sich in Menschenfrauen verliebten und seitdem alle Kinder mit Krokodilschwänzen auf die Welt gekommen wären. Möglich, dass der Turpestis Palast sich einmal ein paar Handbreit in die Luft erhoben hatte; unerklärliche Dinge wie diese geschahen jeden Tag, vor allem den sensationslüsternen Zeitungen zufolge, die Oscar und Sebastiao mit Begeisterung lasen, aber deshalb gleich zu glauben, das alte Haus würde wie eine Rakete in die Luft schießen!?

Sie begannen mit den Umbauten. Es kamen Architekten und Landschaftsgestalter, Ingenieure und Landvermesser, mit ihren Schutzhelmen, ihren Füllfederhaltern, ihren Plänen und Theodoliten, und als sie gingen, kamen die Techniker, Installateure und Elektriker, die Maurer und Schreiner, die Gärtner und Bauarbeiter, und der Palast füllte sich mit Gerüsten, Maschinen und Kränen, und der Park mit Lastwagen und Traktoren, Baggern und Walzen, Betonmischmaschinen und Kippwagen. Aus dem Tor in der Alten Wasserpromenade fuhren täglich Lastwagen über Lastwagen mit Schutt, Gestrüpp, Schotter und Erde hinaus, und täglich Lastwagen über Lastwagen mit Baumaterial, Stahlbalken, Ziegelsteinen, Marmorfliesen, Brettern, elektrischen Geräten und Kupferrohren hinein.

Nach und nach veränderte sich das Erscheinungsbild von Haus und Park. Das Haus wurde innen und außen renoviert – mit Ausnahme der die Maschinen beherbergenden Zimmer im

Erdgeschoss und der sonderbaren Installationen in den oberen Stockwerken des großen zentralen Turms, über die zahllose Spekulationen angestellt wurden und die niemand anzurühren wagte. Der Garten wurde gesäubert und neu angelegt, Blumen und Sträucher wurden gepflanzt, die Hecken und Lorbeerbäume gestutzt. Unterholz, Gestrüpp und das durch die zerbrochenen Fenster schon bis in den Palast wuchernde Unkraut wurde entfernt, das Haus von Fledermäusen und der Park von giftigen Schlangen befreit. Der dichte Urwald wich der lichten Zivilisation, die wilden Kamelien den Zierpetunien, der mit Flechten und blutroten Alpenveilchen durchsetzte Sumpf einem romanischen Teichmosaik und der Symmetrie der Seerosen.

Und dann kamen die Dekorateure, Restauratoren, Antiquare und Teppichhändler mit ihren Mustern, Stoffen, ihren Schildpattbrillen, Pudeln, exotischen Akzenten und klangvollen ausländischen Namen. Langsam ähnelte der Turpestis Palast einem wirklichen Palast. Teppiche wurden ausgerollt, teuerste Lampen ausgepackt, schwere stilechte Möbel verteilt, Bilder und Spiegel aufgehängt, Gardinen und Vorhänge angebracht.

Es musste nur noch entschieden werden, wer an der Reise teilnahm. Von den dreihundert Passagieren, die den Kalkulationen zufolge in dem Palast Platz finden konnten, standen bereits über drei Viertel fest, und viele der Glücklichen waren, soweit sie von keinen zwingenden Verpflichtungen in Floria festgehalten wurden oder es sich erlauben konnten, täglich auf die andere Seite des Mar de Oro zu pendeln, in den Palast übergesiedelt und hatten die ihnen zugewiesenen Zimmer bezogen, fast alle mit Blick auf den Park, fast alle mit Marmorbadewanne und Messinggriffen, fast alle mit Himmelbett. Walmira begann sich über die exorbitanten Ausgaben Sorgen zu machen. Täglich trafen Rechnungen über astronomische Summen ein, und je mehr das Gebäude sich füllte, desto größer wurden die Beträge. Es wurde beschlossen, dass diejenigen, die im Palast einquartiert waren, bis zur Abreise einen gewissen Prozentsatz ihrer Einkünfte beisteuern sollten, doch konnte dem finanziellen Aderlass erst Einhalt geboten werden, als Victor gegen den Rat seiner Vermögensberater seine Insel in Ozeanien an ein Hotelkonsortium verkaufte. Dank dieser Operation waren die Kassen des Turpestis Palastes wieder zum Bersten gefüllt.

Trotz allem wussten sie immer noch nicht, wie das Ganze funktionieren sollte. Sie hatten zwar alle gesehen, dass der Palast sich mühelos in die Luft erhoben hatte, aber *so* hoch war er schließlich auch nicht aufgestiegen. Keiner wusste, warum und wie es geschehen war. Womöglich war ja auch rein gar nichts geschehen, und sie waren alle einer kollektiven Halluzination zum Opfer gefallen? War der Turpestis Palast also tatsächlich ein Raumschiff, wie Adenar versicherte?

Die Form des Palastes erinnerte in der Tat sehr an eines der Raumschiffe, wie sie etwa auf Jugendzeitschriften abgebildet sind. Den mittleren, turmförmigen Teil des Hauses, der die übrigen Flügel weit überragte, konnte man sich als die Hauptrakete vorstellen, und die an den vier Eckpunkten des Gebäudes platzierten Türme etwa als Antriebsmotoren. Und hatten sie auch nirgends irgendeine Spur von Motoren, Antriebswerken oder Treibstofftanks gefunden, waren sie unter den Ecktürmen doch auf so etwas wie riesige Akkumulatoren gestoßen, die nach unten in mächtige Metalldüsen ausliefen und in die Fundamente des Gebäudes mündeten. Man konnte vermuten, dass es diese in den Türmen untergebrachten vier gigantischen Akkumulatoren waren, die den Palast in Bewegung setzten, doch nicht einmal die beiden Ingenieure Olhé und Figueira hatten die leiseste Ahnung, wie sie vielleicht funktionieren könnten oder welche Art von Energie in ihnen gespeichert sein mochte.

Doch das größte Rätsel des Palastes waren weder das Maschinenlabyrinth im Erdgeschoss noch die unerklärlichen Akkumulatoren der Ecktürme. Das größte Rätsel und aller Wahrscheinlichkeit nach das Herz des geheimnisvollen Palastes, den Kern seiner Geheimnisse, stellten die oberen Stockwerke des mittleren Turms dar.

Die Konzeption des Palastes war in der Tat sehr merkwürdig. Im Untergeschoss befanden sich Küchen, Lagerräume und Heizöltanks für den Hausgebrauch. Die ersten drei Etagen, die man über die große Treppe in der Eingangshalle erreichte, stellten den Wohnbereich des Hauses dar und beherbergten Schlafzimmer, Bäder, Salons, eine Schwimmhalle, einen großzügigen Bankettsaal im ersten Stock und viele andere, von breiten Korridoren abgehende Räume, die beliebig genutzt werden konnten und mit Bildern, Spiegeln und Statuen dekoriert waren. Im vierten Stock, in den man über vier, jeweils zwischen zwei Ecktürmen situierte Treppen gelangte, war eine Bibliothek mit Tausenden von Büchern in den verschiedensten Sprachen untergebracht, ein Musiksaal, ein Kostümsaal und mehrere Spiegelsäle, die rasch in »Probensäle« umgetauft wurden. Vier hydraulische Aufzüge, die parallel zu den Türmen verliefen und jeweils sechs Personen befördern konnten, verbanden die vier Hauptetagen. Außerdem gab es zwei Bedienstetenfahrstühle, die zu den Küchen hinunterführten, und einen Lastenaufzug, in dessen Schacht zum allgemeinen Erstaunen ein großer Gummibaum voller Fledermausnester gewachsen war, der gefällt und zersägt werden musste, damit der Lastenaufzug wieder in Betrieb genommen werden konnte.

Es erwies sich als schwierig, in den fünften Stock vorzudringen, zu dem eine Wendeltreppe in der Mitte des Hauses führte, die so geschickt versteckt war, dass sie Wochen brauchten, um sie zu finden. Dieser fünfte Stock legte eine äußerst ausgefallene Architektur an den Tag, bestehend aus langen, mit Kirschholz verkleideten Innensälen, von denen man zu mehreren mit Geländern, Vorsprüngen und Wasserspeiern verzierten Balkonen und kleinen Innenhöfen und einer breiten Terrasse gelangte, die unter den Turpestinern sofort als »das Solarium« bekannt wurde und auf der die Diener des Sterns sich bei Sonnenuntergang zusammenfanden, um ihre Heiligen Bewegungen und Heiligen Tänze zu praktizieren, an denen sich einmal mehr der große Einfluss von Alkans Lehren zeigte.

Die offenen Bereiche der vier Ecktürme und der gesamte mittlere Turm, kurz »der Turm« genannt, gingen von diesem fünften Stock ab, der so zu einer Art Grenzlinie zwischen dem unteren und dem oberen Teil des Hauses wurde. Die Architekten legten in der Folge neue Treppen und Durchgänge an, um die Verbindung zwischen den einzelnen Stockwerken zu verbessern, auch im Hinblick auf den Fall einer Evakuierung. Das Einzige, was auf ausdrücklichen Wunsch von Victor Braunsfeld und den Dienern des Sterns nicht verändert wurde, war der Zugang zum mittleren Turm.

Denn diesen erreichte man nur über eine Art Rohr, das im Inneren des Turms verlief und seine vielen Stockwerke miteinander verband. Dieses Rohr bestand aus einer sehr seltsamen, gelatineartigen Substanz, die praktisch durchsichtig war, wenn sie weder Wärme noch Klangvibrationen empfing, und erst bei einer Stimulierung durch menschliche Stimmen und Körper bläulich zu schimmern begann. Das Rohr hatte einen Durchmesser von etwa einem Meter und reagierte auf Stimmen. Die Turpestiner pflegten sich auf das Material, aus dem es bestand, mit »Schallgelatine« zu beziehen. Es war Victor, der durch reinen Zufall entdeckt hatte, wie es funktionierte, als er einmal genau unter dem Loch in der Decke stand, durch das das Rohr verlief, und zu reden begann. Plötzlich merkte er, wie das Rohr durch seine Körperwärme und die Schwingungen seiner Stimme Form annahm und immer stärker leuchtete, bis es ihn völlig umgab und ihm seine übrige Umgebung fast gänzlich verdeckte. Da sagte er:

»Ich würde gern durch dieses Rohr nach oben steigen.«

Und das Schallgelatinerohr beförderte ihn ohne jede Anstrengung seinerseits bis zu der den Turm krönenden Glaskuppel.

Eben dieser ganz oben gelegene Raum war es, der den Turpestinern die größten Rätsel aufgab. Er war rund und entlang seiner Wände befanden sich kreisförmig angelegte Kontrolltische, vor denen zwölf Stühle standen. In der Mitte lag ein ebenfalls kreisförmiger, von einem runden grünen Polstersofa umgebener Bereich einen Meter unter dem Niveau des übrigen Raums. Und eben im Zentrum dieses Kreises mündete das Schallgelatinerohr. Wer von unten hinaufkam, erschien stehend inmitten dieses Zirkels. Zwei vierstufige Treppchen durchschnitten das Sofa an zwei Stellen und ermöglichten den Zugang zu dem Hauptniveau des Saals, der von einer nach außen weithin sichtbaren Glaskuppel überdacht war, durch die man einen uneingeschränkten Panoramablick auf Himmel, Sonne, Mond und Sterne hatte.

»Kein Zweifel«, sagte Victor. »Das ist der Kontrollraum. Hier müssen die Piloten des Palastes sitzen.«

Walmira, Adenar, Ana Sofia und andere mehr folgten ihm nach oben, ebenfalls durch das Klanggelatinerohr.

»Zwölf Sitze«, sagte Adenar und presste zwei Finger auf seine Unterlippe. »Zwölf *Yajda* Ritter. Eine Blume mit zwölf Blütenblättern.«

Einige Tage lang war das Schallgelatinerohr die Hauptattraktion der Turpestiner, die Schlange standen, um es auszuprobieren, stundenlang darin auf- und abstiegen und die verschiedenen Etagen des Turms erkundeten. Dann beschlossen Walmira und Victor, den Zugang zu schließen und die Benutzung des Schallrohres auf diejenigen zu beschränken, die tatsächlich etwas im Turm zu tun hatten. Natürlich bestand keine Notwendigkeit, irgendwo eine Absperrung anzubringen. Unter den Turpestinern, die alle dasselbe Ziel verfolgten und in ständiger Harmonie mit dem Licht des Sterns lebten, gab es weder Normen noch Verbote.

Gleichzeitig wurden die Bemühungen fortgesetzt, Einblick in den Mechanismus des Palastes zu erlangen. Olhé und Figueira stiegen ebenfalls bis in den Raum unter der Kuppel hinauf und versuchten tagelang herauszufinden, wozu die Kontrollanzeigen der den Raum umgebenden Schalttafeln dienten, doch konnten auch sie nicht hinter die Bedeutung der mattroten Rechtecke und seltsam geformten, asymmetrischen Kontrollanzeigen kommen.

»Das ergibt alles keinen Sinn«, sagte Olhé. »Im Vergleich dazu sind die Maschinen im Erdgeschoss Kinderkram, und selbst die haben wir immer noch nicht ganz verstanden. Aber all das scheint mit einer uns gänzlich fremden Logik konstruiert worden zu sein.«

»Oder ohne jede Logik«, ergänzte Figueira.

Jeden Nachmittag versammelten sich die Diener des Sterns unter dem großen Bo-Baum im Park, um zu meditieren und zu versuchen, Visionen des Sterns zu empfangen. Sie vertrauten darauf, dass der Stern selbst ihnen erklären würde, wie sie zu ihm gelangen konnten, was sie tun mussten, um den Turpestis Palast aus seiner Lethargie zu erwecken, doch die Visionen waren wirr und die Botschaften, die sie empfingen, widersprachen sich oder waren die Produkte psychologisch leicht zu erklärender Phantasien. Walmira versicherte, dass die Diener zu sehr in den ganzen Prozess verwickelt waren, sich zu sehnsüchtig wünschten, zu sehr erhofften, Resultate zu erzielen, und dass das Licht des Sterns sich unmerklich zurückzöge, wenn persönliche Sehnsüchte und Hoffnungen sich in eine Unternehmung mischten. Sehnsüchte brächten Angst, und die Angst lösche die Liebe aus. Hoffnungen brächten den Wunsch nach Beweisen, und der Wunsch nach Beweisen mache den Geist instabil, und ein instabiler Geist würde trübe, und durch trübe Gewässer könne kein Sonnenlicht dringen. So erklärte es Walmira, die daraufhin die Meditationen zwei Wochen lang unterbrach und die Diener des Sterns zum Arbeiten in den Garten schickte, sie Gruben ausheben, Bäume beschneiden und Teiche entsumpfen ließ.

Adenar selbst schien Schwierigkeiten zu haben, die Botschaften von Yldat, dem roten Vogel seiner Seele, zu verstehen.

Auch die Lektüre des Buches von Kaspar Tamerarius war von keiner großen Hilfe. Es war in einem kryptischen, symbolischen Stil geschrieben und voller Anspielungen auf die alte Kunst der Alchimie. Wenn er nicht unter dem Bo-Baum meditierte oder später erdverschmiert im Garten arbeitete, brachte Adenar seine müßigen Stunden in der Bibliothek im vierten Stock zu und las Alchimiebücher, in denen erklärt wurde, was es mit dem Nigredo auf sich hatte, mit der Vereinigung der Gegensätze, mit dem Homunkulus, dem König, der Königin und dem Pfauenschwanz, er versank in Abbildungen und lateinischer Terminologie. Dennoch merkte er, dass sein fabelhaftes Gedächtnis ihm nur bis zu einem gewissen Punkt half, diese Symbolsprache zu entschlüsseln. Wie er vermutet hatte, brauchte er gerade eine Woche, um ein lateinisches Wörterbuch und die komplexen grammatikalischen Regeln dieser Sprache aus mächtigen Säulen und verschlungenen Wegen auswendig zu lernen, aber sein wörtliches Verständnis der Sprache konnte ihm auch nicht viel dabei helfen, die verworrenen Abhandlungen von Tamerarius zu verstehen, dessen Wunsch, seine Überlegungen unscharf zu lassen, mindestens ebenso groß gewesen war wie sein Wissen.

Zudem beschäftigte Adenar eine anhaltende Sorge, ein fixer Gedanke, der ihn völlig einnahm und ihn daran hinderte, sich richtig zu konzentrieren. Dieser Gedanke war so schön, dass er ihn unaufhörlich in träumerische Abwesenheit versetzte, war ein so magischer, farbenfroher Gedanke, dass er den ganzen Tag fast über dem Boden schwebte. Es war eine Obsession, die Obsession eines Verliebten.

»Es ist riskant«, sagte Walmira, als Adenar ihr anvertraute, was er vorhatte. »Du könntest uns alle in Gefahr bringen.«

»Ich habe meine gesetzliche Situation geregelt«, sagte Adenar. »Ich war im Schicksalsministerium und man hat mir ein Insekt übergeben. Ich bin kein Gesetzesflüchtiger mehr.«

»Aber niemand weiß, was wir hier im Palast tun. Du solltest keine Aufmerksamkeit auf uns lenken.«

»Es ist doch nur ein Mädchen«, sagte Adenar. »Ich will sie nur sehen.«

»Sie weiß viel über uns.«

»Ich mache mir Sorgen um sie«, sagte Adenar. »Es kommt mir komisch vor, dass sie so lange nicht einmal versucht hat, sich mit mir in Verbindung zu setzen. Ob ihr etwas zugestoßen ist? Victor hat mir erzählt, dass sie für eine Zeit nach Sumayel zu ihrer Mutter gefahren ist. Und wenn man sie dort gegen ihren Willen zurückhält? Ich habe mehrmals versucht, sie per Dorofon zu erreichen, aber sie kann nie drangehen, entweder sie ist nicht da oder es heißt, sie sei krank. Vielleicht ist sie wirklich krank, Walmira. Dann sollte ich bei ihr sein!«

Walmira sah ihn mit einem verhangenen Lächeln in ihren grauen Augen an.

»Lieber Adenar«, sagte sie. »Bis du deine Angelegenheit mit

Sascha nicht geregelt hast, kannst du nicht von hier fort. Wenn du dich an sie klammerst, wird der Palast ohne dich reisen müssen. Alles in allem ist es wohl besser, du gehst zu ihr ... wenn es auch gefährlich ist ... Denn der Palast kann nicht ohne dich reisen.«

»Ich ›klammere‹ mich nicht an sie«, sagte Adenar. »Ich liebe sie einfach. Warum sollte ich auf sie verzichten? Warum sollte ich auf etwas verzichten, was ich liebe?«

»Verzichten«, sagte Walmira seufzend. »Was weißt du schon von Verzicht? Du hast ja keine Ahnung, was dieses Wort bedeutet, Adenar. Aber lass mich dir eines sagen: Ich verstehe, dass du nicht auf etwas verzichten willst, was du hast, aber warum willst du nicht auf etwas verzichten, was du *nicht* hast?«

»Was ich nicht habe?«, wiederholte Adenar und weigerte sich standhaft und jeglichen Tatsachen zum Trotz, zu sehen, was alle anderen sahen.

»Geh und sprich mit ihr«, sagte Walmira, »aber halte dich bedeckt.«

Und so fuhr Adenar nach Sumayel. Er blieb drei Tage weg. Eines von Victors Flugzeugen brachte ihn in die kleine Ferienkolonie, die an der äußersten Spitze einer Halbinsel im Norden von Goyanas lag, inmitten der schönsten Palmenstrände, herrlichsten Orchideengärten, malerischsten Korallenriffe und exklusivsten Jachtclubs des ganzen Kontinents. Dort angelangt, bewegte Adenar sich in den örtlichen Taximetern fort, um nicht aufzufallen. Er postierte sich gegenüber dem Haus der Braunsfelds, einer von roten Steinmauern umgebenen Villa im Kolonialstil in einem Wohnviertel am Rand von Sumayel, und wartete. Er vermutete, dass man ihm an der Tür dasselbe sagen würde wie am Dorofon: Sascha sei nicht da, sei krank oder schliefe, und so zog er es vor, abzuwarten, bis sie irgendwann selbst herauskäme, um persönlich mit ihr zu sprechen. Doch was, wenn sie wirklich krank war? Dann wäre sie in dieser Festung eingesperrt und er würde niemals zu ihr vordringen können.

Am frühen Nachmittag hielt ein Sportwagen vor dem Tor des Grundstücks. Kurz darauf ging einer der Torflügel auf und Sascha kam heraus. Sie trug ein hübsches mintgrünes Kleid, eine dunkle Sonnenbrille und Tennisschuhe. In der Hand hielt sie einen Schläger und um ihre Schulter hing eine Del Prado Sporttasche, in deren Seitentasche das Palmholzkästchen steckte. Sie wollte gerade in das am Straßenrand wartende Auto einsteigen, als Adenar, der halb verdeckt hinter einem Baumstamm stand, ihren Namen rief.

Sie schien nicht besonders erfreut, ihn zu sehen. Sie war braun gebrannter, schlanker und durchtrainierter als in Floria. Und nach der langen Zeit kam es Adenar plötzlich vor, als hätte sie etwas Unangenehmes an sich, als wäre da etwas in dem harten Zug um ihre Lippen, in ihrer kindlichen, kraftlosen Stimme, das ihn zutiefst abstieß, etwas, das immer da gewesen war und das er um keinen Preis hatte wahrhaben wollen. Es wurde ein kurzes Gespräch.

»Adenar, was machst du denn hier?«

»Keine Angst, Sascha, die Polizei ist nicht mehr hinter mir her.«

»Wie schön für dich«, sagte sie.

»Warum bist du nie zurückgekommen, Sascha? Warum bist du einfach so verschwunden?«

Sascha lachte auf.

»Ich hoffe doch, du hast das alles nicht ernst genommen«, sagte sie. »Ich war verwirrt, in meinem Kopf war alles ganz durcheinander. Da habe ich Dinge getan und gesagt, die ich später bereut habe. Es tut mir Leid, es tut mir wirklich sehr Leid. Aber das alles war nichts für mich.«

»Was war nichts für dich?«

»Davonrennen, ein Justizflüchtling zu sein, die Armut, diese ganze trübsinnige Welt … Die Hässlichkeit, Adenar, diese ganze Welt voller Hass, diese Sprache voller Groll … Ich fühle mich eher danach, Gott für all die schönen Dinge zu danken, die er uns gegeben hat, als den ganzen Tag zu wimmern und zu klagen … Und du solltest dasselbe tun …«

Es ergab durchaus Sinn, was sie da sagte, dachte Adenar. Die Sonne schien in all ihrer Pracht. Die friedlich verschlafene, von den Mauern der Villen gesäumte Straße im Schatten der hohen Bäume sprach von einem unendlich angenehmen Leben, einem sorglosen Leben mit Swimmingpools, Clubs, Gesellschaften, feinem erlesenem Essen, höflichen Umgangsformen, zarten Parfums, hellen Lachen, leeren Stränden, Sonnenbädern, Buchten mit türkisfarbenem Wasser. Sascha selbst, mit ihrem Pferdeschwanz, ihrem dünnen Tenniskleid und ihren Turnschuhen strahlte so viel Leichtigkeit und Schwerelosigkeit aus.

»Und ich?«, fragte Adenar sie. »Und wir?«

»Vergiss mich«, sagte da Saschas Insekt in seinem Kästchen. »Ich bin nichts für dich und du bist nichts für mich. Du findest bestimmt jemanden, der dich wirklich versteht.«

»Vergiss mich, Herzchen«, sagte Sascha und blickte verstohlen zu dem Auto, das ein paar Meter weiter wartete. »Ich bin nichts für dich und du bist nichts für mich. Wir beide könnten nirgends zusammen hingehen. Das würde nie funktionieren.«

»Komm mit mir, Sascha«, sagte Adenar. »Alle warten auf dich.«

»Ganz genau, Sascha«, sagte das Insekt. »Man wartet auf dich!«

»Ganz genau«, sagte Sascha und beugte sich vor, um Adenar auf die Wange zu küssen. »Man wartet auf mich!«

Sie drehte sich um und lief zu dem Wagen, in dem ihre Freunde saßen. Eine der Türen ging auf und Sascha verschwand im Inneren des Autos. Als sie an Adenar vorbeifuhren, warf Sascha ihm durchs Fenster mit der Hand einen Kuss zu. Und da wusste Adenar, dass dies das letzte Bild war, das er von ihr bewahren würde, dass sie sich nie mehr wiedersehen sollten.

Als er nach Floria und in den Turpestis Palast zurückkam, fragte ihn niemand, wo er gewesen war. Walmira umarmte ihn zur Begrüßung, sagte aber nichts und stellte ihm keine Fragen. Adenar verbrachte einen ganzen Tag unter dem Bo-Baum in der Mitte des Parks, ließ sich von dem Baum reinigen, machte sich frei von alten Gedanken, atmete seine Traurigkeit ein. Von da an erwähnte er nie wieder Saschas Namen, obwohl er unaufhörlich an sie dachte und jede Nacht von ihr träumte.

Es kam der Tag, an dem der letzte Lastwagen endgültig aus dem Park fuhr, der letzte Tapezierer endgültig das Haus verließ, der letzte Restaurator zum letzten Mal mit einem zufriedenen Lächeln die Fresken an der Decke begutachtete, der Tag, an dem auch die letzte Lampe des Palastes funktionierte und das letzte Fenster in seinem Rahmen war, an dem aus dem letzten Wasserhahn ein fester Strahl kaltes oder heißes Wasser kam.

Das war der Moment, in dem das Haus zu sprechen begann. Und nicht nur das Haus, sondern auch der Park. Die Diener des Sterns setzten sich erneut zum Meditieren um den Stamm des großen Bo-Baums, doch nun empfingen sie täglich Botschaften. Jetzt begannen sie zu begreifen. Das Licht fiel von oben in das Haus ein und erhellte jeden Winkel.

Und das war es, was sie verstanden: Der Turpestis Palast war nicht einfach nur eine Maschine. Er war eine Maschine, aber gleichzeitig ein lebendiger Organismus, der mit der Energie funktionierte, die von dem Bewusstsein lebendiger Organismen, vor allem menschlicher Organismen, abgegeben wird, und auf den gleichzeitig das Licht des Sterns Azzarkin einwirken musste.

»Ich glaube, langsam sind wir in der Lage, den Mechanismus des Palastes zu verstehen«, sagte Adenar an einem dieser Tage.

Walmira und er hatten eine Versammlung aller Turpestiner im Bankettsaal im ersten Stock einberufen. Man hatte Stühle hinzugestellt, um alle bequem unterzubringen, und ein Mikrofon installiert, damit die Redner ihre Stimme nicht zu laut erheben mussten.

»Der Palast funktioniert nicht alleine«, erklärte Adenar. »Er ist eine Maschine, aber eine symbiotische Maschine. Der Palast ist vor allem ein Kondensator von Energie und eine Antenne. Und diese Funktionen übt er in erster Linie über seine Form aus. Seine Form ist es, die seine Intention kanalisiert.«

»Adenar, komm auf den Punkt«, bat Ana Sofia ihn aus der ersten Reihe.

»Ich werde es versuchen«, sagte Adenar. »Sagen wir also, dass es nicht wirklich ein ›Gefährt‹ und eine ›Besatzung‹ gibt, sondern ein System, das gleichzeitig natürlich, artifiziell und spirituell ist. Das System besteht aus dem Palast, seinen Maschinen und Akkumulatoren, seinen Bewohnern, also uns, den Bäumen des Parks, den beiden Walen und dem spirituellen Einfluss des Sterns Azzarkin. Wenn eines dieser Elemente fehlt, funktioniert das ganze System nicht.

Seit Monaten kommunizieren wir nun mit den Bäumen im Park, und seit einer Woche sind wir zudem in Kontakt mit den Walen *Barthelemy* und *Livia Augusta* getreten. Die Wale und die Bäume kommunizieren ebenfalls untereinander und sind jeweils in Kontakt mit dem Haus. Die Kommunikation wird offenbar immer leichter und spontaner zwischen nicht menschlichen Wesen, aber die letzten Katalysatoren sind stets die Menschen.

Wir wissen jetzt, dass das Bewusstsein der Wale, der Bäume, unser eigenes und das des Hauses sich gegenseitig animieren und beleben.«

»Aber wie funktioniert es, Adenar?«, fragte Aguanopulos. »Wo sind die Motoren?«

»Es gibt keine Motoren«, erwiderte Adenar. »Die Maschinen funktionieren mit unserer Bewusstseinsenergie, mit unserem Bewusstsein. Wenn wir die Reise antreten, müssen wir zumindest während der ersten Millionen Kilometer eine Verbindung zu Demonia aufrechterhalten. Diese Verbindung werden uns die beiden Wale mit ihren fast unvorstellbaren psychischen Fähigkeiten gewährleisten, und außerdem die Bäume des Parks, die das Bindeglied zwischen den psychischen Schwingungen der Wale und der Seele des Planeten Demonia darstellen, die manche auch den ›Dämonen‹ von Demonia nennen, seinen Geist, seinen Daimon.

Um den Palast zum Funktionieren zu bringen, müssen wir alle unseren Geist harmonisieren, aufwärts zum Stern hin, aber auch abwärts zum Daimon des Planeten hin. Zwölf Besatzungsmitglieder müssen in der Kuppel des Turms sitzen, jeder mit einem der Samen in der Hand, die wir ›Hirschaugen‹ nennen. Diese zwölf Besatzungsmitglieder sind es, die den Willen aller Passagiere und des Palastes kanalisieren. Wenn die zwölf ihre Plätze einnehmen, *entzündet* sich der Palast sozusagen.

Dennoch sind wir auf einige Probleme gestoßen. Das Buch von Kaspar Tamerarius beschreibt detailliert die Charakteristiken, die jedes einzelne der zwölf Besatzungsmitglieder aufweisen muss. Bis jetzt haben wir erst elf gefunden und wissen nicht, woher wir das zwölfte nehmen sollen. Und dann gibt es noch ein Problem: In meinem Ranzen befinden sich nur noch elf Hirschaugen, und so viele Museen, Universitäten und botanische Atlanten wir auch konsultiert haben, gelingt es uns nicht, einen zwölften aufzutreiben, da der Baum, von dem dieser Samen stammt, auf diesem Planeten offenbar nicht existiert und niemals existiert hat.«

»Dann müssen wir also nur noch diese Person und einen Samen finden?«, meldete sich Emory Lemorey zu Wort, der zur Überraschung vieler beschlossen hatte, seine Welttournee mit der *Octaviana Maria* aufzugeben, um sich dem Projekt des Turpestis Palastes anzuschließen.

»Mehr oder weniger«, antwortete Adenar. »Haben wir einmal die zwölf Besatzungsmitglieder und die zwölf Samen, sollten die Maschinen des Turms sich entzünden. Wir müssten dann nur noch die Schwingungen des Sterns Azzarkin einfangen, um die Akkumulatoren in den Türmen aufzuladen und den Palast dazu zu bringen, ins Weltall zu fliegen.

Und wie können wir die Schwingungen des Sterns empfangen? Von Anfang an gingen wir ja davon aus, dass sie sich mittels Meditationen anziehen lassen, wie wir Diener des Sterns sie praktizieren. Und tatsächlich ist der Raum im Turm unmittelbar unter der Kuppel ein Meditationsraum. Mindestens drei Personen werden dort ständig meditieren müssen, erklärt Tamerarius' Buch, damit die Verbindung zum Stern nicht abreißt.

Wäre das mit den zwölf Besatzungsmitgliedern und den zwölf Samen erst einmal gelöst und der Meditationszirkel hergestellt, fehlt nur noch eines …«

»Noch etwas?«, fragte jemand aus den hinteren Reihen.

»Ja«, sagte Adenar. »Noch etwas. Eben das ›chemisch philosophische Theater‹, von dem Kaspar Tamerarius spricht. Wir sind immer davon ausgegangen, dass es sich bei dem Titel des Buches um reine Rhetorik handelt, da viele Bücher aus der Zeit sich ›Theater‹, ›Philosophisches Theater‹ oder ›Chemisches Theater‹ nennen ... Aber Tamerarius bezog sich damit auf ein wirkliches Theater. Ein Theater, das gleichzeitig ›chemisch‹ und ›philosophisch‹ ist.

Das chemisch philosophische Theater befindet sich im ersten Stock. Die Techniker müssen sich an die Kontrolltische im Maschinenlabyrinth setzen, von denen aus die Lebensbedingungen im Palast reguliert werden; das ist das ›chemische Theater‹. Gleichzeitig wird eine theatralische, musikalische oder kinematographische Aufführung im Theater, im eigentlichen Theater, einsetzen müssen; das wird das ›philosophische Theater‹ sein. In diesem Augenblick wird der Palast ohne jede Mühe an jeden Ort im Kosmos fliegen können. Wir verstanden anfangs nicht, wozu ein so riesiges Theater dienen sollte; inzwischen haben wir begriffen, dass es eines der Schlüsselelemente für das Funktionieren des Palastes darstellt ...

Die theatralischen oder musikalischen Darbietungen, Tanzvorstellungen oder Kinoprojektionen sind die direkteste Form, unsere psychische Energie mittels der Vorstellung zu kanalisieren und die Schwingungen der höheren Bewusstseinsstufen zu empfangen. Es wird nicht ständig Aufführungen geben müssen; dafür sorgen die Akkumulatoren in den Türmen. Die Programmgestaltung, Theateraufführungen, Konzerte, Ballett- oder Filmvorstellungen, wird sich nach dem Vorrat an psychischer Energie in den Akkumulatoren richten.«

»Aber wer wird all diese Darbietungen aufführen?«, fragte Victor nervös. »Werden wir selbst auf die Bühne steigen müssen?«

»Jeder, der möchte, kann teilnehmen«, antwortete Adenar. »Aber wir verfügen bereits über zwei Balletttruppen, darunter die unserer Freundin Flores Yrisarri, zwei Theaterkompanien, ein experimentelles Jazzensemble, tanzende Derwische und außerdem das Philharmonische Orchester von Floria und seinen Dirigenten Brizdjiof Pandofsky. Herr Pandofsky hat uns während der letzten Monate oft besucht, zog es aber vor, inkognito zu bleiben.«

»Das ganze Orchester?«, rief jemand aus.

»Das ganze Orchester«, bestätigte Adenar. »Sechzig Orchestermusiker haben beschlossen, sich unserer Unternehmung anzuschließen, und Herr Pandofsky sucht dieser Tage mittels eines Auswahlverfahrens Musiker verschiedener Instrumente, um die Passagierliste zu vervollständigen.«

»Wie viele Passagiere werden wir insgesamt sein?«, fragte Aguanopulos.

»Der Palast hat Platz für dreihundert Personen«, erwiderte Adenar.

»Wie werden wir wissen, wohin wir reisen?«, fragte da Emory Lemorey. »Aus allem bisher Gesagten schließe ich, dass ihr wisst, oder zu wissen glaubt, wie sich das Gefährt in Bewegungen setzen lässt. Aber wer kann es steuern? Haben wir eine Karte? Wer weiß, welche Route wir nehmen müssen? Was werden wir tun, wenn wir vom rechten Weg abkommen? Das meine ich natürlich metaphorisch.«

»Natürlich«, Walmira ergriff das Wort am Mikrofon. »Aber von all dem müssen wir nichts wissen, Emory. Der Palast wurde für einen einzigen Flug gebaut, der zu einem einzigen Ort führen soll: dem Planeten Ardis in der Umlaufbahn des Sterns Azzarkin. Dorthin reisen wir und dorthin wird der Palast uns bringen. Und solange wir die Schwingungen des Sterns empfangen, können wir uns nicht verirren.«

»Und was passiert, wenn wir die Schwingungen des Sterns verlieren?«, fragte jemand.

Walmira lächelte schweigend.

»Sollte dergleichen geschehen«, antwortete sie schließlich, »werden wir alle sterben. Aber so etwas ist äußerst unwahrscheinlich. Dafür müssten wir alle das Ziel unserer Reise vergessen. Wir müssten vergessen, dass wir zum Stern Azzarkin reisen wollen, zu meditieren vergessen, die Aufführungen im Theater vergessen. Doch das wäre wohl sehr viel Vergessen auf einmal, meint ihr nicht? Nur den Insekten könnte es gelingen, uns all dies vergessen zu machen. Doch diese Reise wird kein einziges Insekt antreten.«

Blieb also noch das Problem des zwölften Besatzungsmitglieds und des zwölften Hirschauges. Doch sie konnten niemanden finden, der die dem Buch des Alchimisten von Basilea zufolge erforderlichen astrologischen und typologischen Charakteristiken aufwies. Und es kam der Zeitpunkt, an dem alles fertig war, die zweihundertneunundneunzig Passagiere waren startbereit, die Zimmer hergerichtet, die Reihenfolge der Darbietungen festgelegt, die Vorratsräume zum Bersten voll, die Wale mit den Kapokbäumen harmonisiert, die Kapokbäume mit dem Daimon des Planeten im Einklang, der Daimon des Planeten kommunizierte über die Leiter Daimon-Bäume-Wale-Menschen-Turpestis-Azzarkin mit dem Stern Azzarkin, doch immer noch fehlten eine Person und ein Samen. Mehrmals versuchten sie es mit nur elf Besatzungsmitgliedern, die auf ihren Plätzen in der Kuppel des Turms saßen, während das Philharmonische Orchester die Ouvertüre von *Eine neue Welt* spielte, doch obwohl alle Maschinen eingeschaltet waren, bewegte der Palast sich keinen Millimeter von der Stelle.

Die Sache mit dem Samen bereitete Adenar großes Kopfzerbrechen. Er hatte die Samen nie gezählt, hatte sich nie Gedanken darüber gemacht, wie viele er hatte. Mit einer gewissen Sorglosigkeit hatte er sie mit sich herumgetragen, aus dem Ranzen geholt und wieder hineingetan, und war immer davon ausgegangen, dass er ohnehin mehr als genug hatte und einer mehr oder weniger keinen Unterschied machte. Möglicherweise waren es immer nur elf gewesen und der zwölfte hatte nie existiert, aber etwas sagte ihm, dass dem nicht so war, dass vielleicht einer der Samen irgendwann aus dem Ranzen gefallen war und sich irgendwo verschlüpft hatte, in einem dunklen Eck hinter einem Tischbein vielleicht, oder in der Schublade irgendeines vergessenen Möbelstücks, oder im Laub eines Straßengrabens.

Da erinnerte er sich, dass er während seines Aufenthalts in

Unserer lieben Frau vom Mond einmal versucht hatte, einen der Samen zu verwenden, wie schon zuvor bei anderen Gelegenheiten, und dass er ihm zwischen den Händen zerbrochen war. Und zwar kurz nachdem Schwester Sanftmut ihm die Bücher von Warmunt F. Ozick zum Lesen gegeben hatte. Ein verwirrter, angsterfüllter Adenar hatte einen Samen aus dem Ranzen geholt, um herauszufinden, ob seine Erinnerungen der Wahrheit oder nur seiner Phantasie entsprangen, hatte gezweifelt, das Vertrauen in sich selbst verloren, und der Samen war durch den Druck seiner Hände in Stücke zerbrochen.

Und er erinnerte sich weiter, dass im Inneren des Samens eine Frucht zum Vorschein gekommen war, eine Art dunkler, runzliger Mandel. Und ein Vogel hatte sich vom Fensterbrett aus auf seine Handfläche gestürzt, hatte nach dieser Mandel gepickt und war mit ihr durch das Fenster hinaus in die Bäume des Gartens geflogen.

Es bestand kein Zweifel, dass der Vogel die Mandel aus dem Sameninneren gefressen hatte. Kein Zweifel auch, dass von diesem Samen inzwischen nichts mehr übrig war und es zwecklos war, ihn »suchen« zu wollen. Und doch – was sonst konnte Adenar schon tun? Ohne diesen Samen würde er nie zum Stern Azzarkin reisen können. Ohne diesen Samen würde der Turpestis Palast sich nicht von der Erde wegrühren, irgendwann würden alle ihre Arbeit und anderen Beschäftigungen wieder aufnehmen und nach und nach würden ihre Erinnerungen von den Insekten verschlungen werden.

»Ich gehe zu *Unserer lieben Frau vom Mond*«, erklärte Adenar an jenem Tag beim Abendessen, zu dem alle sich stets zusammenfanden, um sich über die Ereignisse des Tages auszutauschen.

Obwohl Adenar freiwillig beim Schicksalsministerium vorgesprochen hatte, wo man ihn eingehend befragt und ihm schließlich ein Palmholzkästchen mit einem Insekt übergeben hatte, womit er wieder in Einklang mit dem Gesetz war, schauderte allen bei dem Gedanken, dass Adenar noch einmal in den Mond gehen wollte.

»Das ist Wahnsinn«, sagte Aguanopulos. »Wie willst du deinen Besuch denn erklären? Was willst du ihnen sagen? ›Ich suche einen Samen, den irgendwann einmal ein Vogel gefressen hat?‹«

»Ich werde sagen, dass ich Doktor Rubempré besuchen komme«, sagte Adenar. »Wir sind gute Freunde geworden. Es ist doch nichts Besonderes dabei, wenn ich bei meinen alten Freunden im Mond vorbeischaue.«

»Der Vogel hat den Samen gefressen, hat ihn verdaut und … den Rest könnt ihr euch vorstellen«, sagte Dario Pomagranada. »Von diesem Samen ist nichts mehr übrig, Adenar. Es ist zwecklos, ihn suchen zu gehen, mein Freund.«

»Diese Samen sind magisch«, sagte Adenar. »Sie können nicht einfach so verschwinden …«

»Der Samen ist vorne hinein und hinten heraus, mein Freund«, sagte Dario.

»Aber Dario hat Recht«, rief Aguanopulos plötzlich aus. »Dario hat ja so Recht! Diese verdammten Vögel … Alles beschmutzen sie!«

Die anderen drehten sich zu Aguanopulos um, der sich über das, was er da gesagt hatte, köstlich zu amüsieren schien.

»Entschuldigt die Ausdrucksweise, aber diese Vögel scheißen sprichwörtlich in die Luft«, fuhr Aguanopulos fort. »Wenn man es recht bedenkt, gibt es auf der Welt nichts Schmutzigeres. Eine richtige Schweinerei!«

»Papa, was hast du denn?«, sagte Ana Sofia.

»*Unsere liebe Frau vom Mond* ist ein wahres architektonisches Schmuckstück«, erklärte Aguanopulos. »Und Vogelexkremente enthalten Säuren, die den Stein angreifen. Wusstet ihr das?«

Alle blickten Aguanopulos verwundert an. War er zu lange in der Sonne gewesen? Hatte er vielleicht von einem der halluzinogenen Pilze gekostet, die im Park wuchsen? Fühlte er sich nicht wohl?

»Das stimmt«, pflichtete Rowenstein ihm mit einem Mal bei. »Diese verflixten Vögel. Und Sie dürfen auch nicht vergessen,

Hygiene und Sauberkeit sind für ein Krankenhaus von größter Wichtigkeit …«

»Da müsste man etwas tun, finden Sie nicht?«, sagte Aguanopulos.

»Absolut!«, pflichtete Rowenstein ihm entschieden bei.

»Ich werde anordnen, alle Vogelnester aus den Bäumen im Mond zu entfernen und in ein Naturschutzgebiet außerhalb der Stadt zu bringen«, sagte Mirmidon. »Meint ihr nicht, dass diese Maßnahme schon lange überfällig war?«

»Natürlich müssten die Nester auch examiniert werden«, sagte Walmira.

»Ganz genau«, nickte Aguanopulos. »Manche Vögel sind wahre Diebe, klauen Schmuck und alles, was glitzert. Wer weiß, was man in diesen Nestern so findet! Wir nennen es ›Operation Saubere Gärten‹. Sollte dieser Samen immer noch dort sein, werden wir ihn finden.«

Und so füllte sich der Garten des Mondes am nächsten Tag mit städtischen Arbeitern, die mit langen Leitern, Jutesäcken und Holzkäfigen ausgerüstet waren. Ihre Mission war sehr speziell: Sie sollten alle Nester aller Vögel des Gartens einsammeln und sie mitsamt ihren Insassen, deren Brut und Eiern zu einem der Naturschutzparks auf der Insel Fortunata transportieren, wo die schönen Geschöpfe der Luft ihren Lebenszyklus würden verwirklichen können, ohne irgendjemanden zu stören und ohne Statuen und Häusergiebel zu beschmutzen.

Wenige Tage nach Beginn der Operation »Saubere Gärten« wurde langsam deutlich, wie verrückt und utopisch der Plan war. Die städtischen Arbeiter, unter die sich ein gutes Dutzend Turpestiner geschmuggelt hatte, untersuchten Hunderte von Vogelnestern voll getrockneten Exkrementen, Daunen, Resten von ausgewürgter Nahrung und ähnlich appetitlichen Dingen, aber wie zu erwarten, fanden sie keine Spur von einer magischen Mandel.

Als es jedoch daran ging, die Vögel einzufangen, um sie in ihr neues Zuhause auf der Insel Fortunata zu übersiedeln, als das Gerücht umging, die Gesundheitsbehörde habe beschlossen, alle Vögel von den öffentlichen Plätzen zu entfernen, da sie unvereinbar mit den hygienischen Normen seien, kam es zu einer kuriosen Situation. Eine der Novizinnen des Mondes namens Schwester Sanftmut erschien vor den städtischen Angestellten mit einem kleinen Vogel in der Hand, einem hübschen Vogel mit blau glänzendem Gefieder, und erklärte, sie bringe ihn, damit man ihn mit den übrigen fortnehme.

»Aber ist das Ihr Vogel, Schwester?«, fragte der Vorarbeiter, als er sah, wie friedlich der kleine Vogel war und wie wohl er sich in der Hand der Schwester, die man fast noch für ein Mädchen halten konnte, zu fühlen schien.

»Ja, das ist meiner«, erwiderte sie. »Aber er stammt ursprünglich auch aus dem Park. Er heißt Olaf.«

»Und Sie haben ihn zu sich genommen, um sich um ihn zu kümmern.«

»Ja«, sagte sie. »Aber er war nie in einem Käfig. Er fliegt frei herum.«

Die Arbeiter wussten nicht, was sie tun sollten.

»Olaf ist ein ganz besonderer Vogel«, erklärte Schwester Sanftmut. »Wenn Sie ihn mitnehmen, würde ich Sie bitten, ihn sehr liebevoll zu behandeln. Es ist der Vogel, der eines Tages zu sprechen begann. Bestimmt haben Sie davon gehört. Es stand sogar in den Zeitungen. Man hörte ihn in der Luft reden und singen. Die Patienten haben den ganzen Tag von ihm gesprochen, manche sogar mit ihm, wenn er sich über ihnen auf einen Zweig setzte, und er hat sehr vernünftige Dinge gesagt. Einem Patienten ist es gelungen, ihn einzufangen, und er hat ihn mir geschenkt.«

»Ein Vogel, der spricht?«, sagten die Arbeiter. »Was soll daran Besonderes sein? Papageien, Kakadus, Wellensittiche und Raben sprechen doch auch …«

»Das ist nicht ganz dasselbe«, sagte da Olaf, der blau gefiederte Vogel, mit einem hübschen Stimmchen. »Die Tiere, die Sie erwähnt haben, beschränken sich darauf, Worte wiederzugeben, aber sie wissen nicht, was sie sagen.«

»Sehen Sie?«, sagte Schwester Sanftmut. »Dieser Vogel spricht wirklich.«

»Ich möchte nirgends anders hin«, sagte der Vogel. »Liebe Schwester, lass nicht zu, dass sie mich mitnehmen.«

»Man muss sich den Regeln fügen«, sagte Sanftmut und wischte eine Träne weg. »Wenn die Behörden beschlossen haben, alle Vögel fortzubringen, muss man sich dem fügen.«

»Ich will aber nicht weg von hier«, sagte Olaf und plusterte seine leuchtenden blauen Federn auf. »Mir gefällt es bei dir.«

»Man muss auf das, was man liebt, verzichten können. Es ist wichtig, das zu lernen, Vögelchen.«

»Ich würde eher sagen, man muss für das kämpfen, was man liebt«, sagte der Vogel mit trauriger Stimme. »Aber da spricht wohl der Vogel in mir …«

Die städtischen Arbeiter wussten nicht, was sie mit dem sprechenden Vogel namens Olaf anstellen sollten. Der Fall war so außerordentlich, dass er rasch Aguanopulos zu Ohren kam. Dazu muss gesagt werden, dass der Verwaltungsdirektor ein ungewöhnliches Interesse an der Operation »Saubere Gärten« zeigte und sich fast täglich zum Mond begab. Als man ihm von Schwester Sanftmut und dem redseligen Vogel erzählte, wünschte er die junge Novizin und ihren geflügelten Freund umgehend zu sehen. Kaum hatte er ein paar Sätze mit dem kleinen Vogel gewechselt, wurde Aguanopulos sich bewusst, dass sie möglicherweise endlich gefunden hatten, wonach sie suchten, und es eben dieser Vogel war, der die Mandel aus Adenars Hirschauge verschluckt hatte.

»Ja, natürlich erinnere ich mich«, sagte der Vogel. »Das war vor ein paar Monaten. Ich weiß nicht, warum ich an dieses offene Fenster geflogen bin. Da war ein Junge mit einem Samen in der Hand. Der Samen zerbrach, und eine äußerst verlockend aussehende Mandel kam zum Vorschein.«

»Und dann?«, fragte Aguanopulos.

»Ich weiß nicht warum, aber ich habe mich vorgewagt und nach der Mandel gepickt«, sagte der Vogel. »Das war ein ziemlich tollkühnes Unterfangen, denn eigentlich ist es uns strikt verboten, uns in menschliche Bauten zu begeben, wenn sie nicht leer oder verfallen sind. Ich habe die Mandel also aufgepickt und verschluckt.«

»Und dann?«

»Ich hatte große Mühe, sie zu verdauen«, erinnerte sich der Vogel. »Können Sie sich das vorstellen? Wir Vögel haben eigentlich einen Magen aus Stahl, wir können sogar Knochen und Steine verdauen, aber dieser Samen … Du lieber Gott! Das war ein schrecklicher Tag, bis tief in die Nacht hinein hatte ich fürchterliche Krämpfe … Ich dachte schon, ich würde sterben. Aber als die Schmerzen nachließen, merkte ich, dass etwas in mir sich verändert hatte, dass ich plötzlich in der Lage war, zu denken und zu sprechen, dass ich wusste, wer ich war … Und da überkam mich eine große Dankbarkeit gegenüber diesem seltsamen Jungen, der sich, ohne es zu wissen, in meinen Retter verwandelt hatte … Denn seitdem bin ich kein einfacher Vogel mehr, ein Tier ohne Bewusstsein, das nur seinen Instinkten folgen kann, sondern ein freies Wesen …«

»Das ist kein gewöhnlicher Vogel«, sagte Aguanopulos nachdenklich und fügte dann an Olaf gewandt hinzu: »Wenn du sprechen kannst und ein Bewusstsein hast, solltest du selbst entscheiden, wo und mit wem du leben möchtest.«

Alle waren von Aguanopulos' Worten höchst verblüfft.

»Wenn ich wählen kann, würde ich gern hier bleiben, bei meiner Freundin«, sagte Olaf. »Die Gesellschaft anderer Vögel erfüllt mich nicht mehr so wie früher.«

»Aber ich könnte dich ohnehin nicht behalten«, sagte Sanftmut. »Bald werde ich eine Nonne sein und auf alles verzichten müssen, was ich auf der Welt habe, auf meinen Besitz, meine Haare, meine Freunde und auch auf dich …«

Die Geschichte des blauen Vogels schlug im Turpestis Palast ein wie eine Bombe, als Aguanopulos an jenem Abend Olaf mitbrachte und ihn bat, vor den Turpestinern zu wiederholen, was er ihm wenige Stunden zuvor erzählt hatte. Es war offensichtlich, dass das fragliche Hirschauge für immer verloren war, seine Energie und Bewusstseinskraft jedoch vollständig auf

Olaf, den Vogel, übergegangen waren. Nun galt es auszuprobieren, ob die elf Hirschaugen im Zusammenspiel mit dem blauen Vogel den gewünschten Effekt erzielten. Um diesen Test durchführen zu können, musste noch das fehlende zwölfte Besatzungsmitglied gefunden werden.

Da Schwester Sanftmut gesagt hatte, er könne nicht bei ihr bleiben, beschloss Olaf, in den Turpestis Palast überzusiedeln. Er flog den ganzen Tag herum, sprach mit diesen und jenen, lernte vieles und erfuhr von dem unglaublichen Plan, den die Bewohner des Palastes hegten. Zunächst erschrak er und dachte, er hätte einen Irrenhausgarten gegen den anderen vertauscht, doch nach und nach merkte er, dass die Turpestiner nicht verrückt waren, und von Tag zu Tag begeisterte er sich mehr für die geplante intergalaktische Reise.

»Es gibt eine Person, die alle von dem Alchimisten beschriebenen Charakteristiken vereint«, sagte Walmira einige Tage später, nachdem sie Geburtsdatum und Sternkarten der betreffenden Person studiert hatte und bestimmte numerologische Berechnungen mit ihrem Namen durchgeführt hatte. »Würde diese Person mit uns kommen wollen, könnte sie das zwölfte Besatzungsmitglied sein, das wir suchen.«

»Wer ist es?«, fragte Adenar.

»Die Besitzerin des Vogels«, antwortete Walmira. »Schwester Sanftmut.«

»Aber Walmira«, sagte Adenar. »Das soll wohl ein Scherz sein ... Sanftmut würde niemals mit uns kommen.«

»Und warum nicht? Wir sind doch ein recht vergnüglicher Haufen, findest du nicht?«

»Sie ist religiös«, sagte Aguanopulos. »Ich glaube nicht, dass ihre Vorstellungen sich mit unseren vereinen lassen.«

»Es ist keine Frage der Vorstellungen«, sagte Walmira. »Ihr richtet euch zu sehr nach Äußerlichkeiten. Das Licht des Sterns hat keine Form, es strahlt auf alle gleich herab.«

»Ich habe mit ihr gesprochen«, sagte Adenar. »In ein paar Wochen wird sie ihr Gelübde ablegen. Sie wird Nonne, Walmira, sie wird sich aus der Welt zurückziehen.«

»Sie kann sich nicht aus der Welt zurückziehen, bevor sie sie kennen gelernt hat«, sagte Walmira. »So ein Unsinn. Ich werde mit ihr sprechen.«

Und Walmira sprach mit ihr, aber es war nutzlos. Sanftmut war kurz davor, den Schleier zu nehmen, und ihr Entschluss war unumstößlich.

Wenige Tage später suchte Adenar sie noch einmal auf. Sie empfing ihn sehr ernst und blass, mit verweinten Augen.

»Du tust nicht, was du wirklich willst«, sagte Adenar, ganz verzweifelt, sie so zu sehen. »Du tust, was dein Insekt dir sagt.«

»Wovon redest du, Adenar? Mein ganzes Leben lang habe ich mich berufen gefühlt.«

»Das kann schon sein«, sagte Adenar. »Aber warum bist du dann so verschreckt? Warum hast du solche Angst?«

»Weil ich unvollkommen bin«, sagte Sanftmut. »Deshalb.«

»Es ist nicht, wonach sich deine Seele sehnt.«

»Wonach ich mich sehne, hat keine Bedeutung«, sagte Sanftmut. »Ich habe keine Bedeutung. Das verstehst du nicht, Adenar.«

»Das ist keine Berufung«, sagte Adenar. »Es ist nicht deine innere Stimme, die dir das alles sagt, sondern dein Insekt.«

»Geh«, schluchzte Sanftmut auf. »Geh, Satan! Du hast die Gestalt meines einstigen Freundes Adenar angenommen, du zeigst dich in Gestalt eines Jungen, aber du bist Satan, du bist der Teufel, du bist gekommen, um mich in Versuchung zu führen!«

Schwester Sanftmut griff mit zitternden Fingern nach dem Kruzifix auf ihrer Brust und hielt es Adenar entgegen, als wäre Adenar der Teufel in Person.

»Geh, lass mich in Frieden«, rief sie außer sich. »Lass mich allein!«

Adenars fehlgeschlagener Versuch brachte eine dunkle Wolke der Melancholie über den Turpestis Palast. Es hätte sich alles so wunderbar gefügt: Der zwölfte Samen war wie durch Zauberhand in einen Vogel verwandelt wieder aufgetaucht und die Besitzerin des Vogels erwies sich als das ideale zwölfte Besatzungsmitglied. Aber das zwölfte Besatzungsmitglied wollte sich ihnen nicht anschließen.

Olaf bewohnte im Turpestis Palast mittlerweile Aguanopulos' Zimmer, der das geflügelte, gesprächige Wesen ins Herz geschlossen hatte. Der Park des Turpestis Palastes war sein neues Paradies geworden, in dem er Würmer und Fliegen suchte, die weiterhin seine Hauptnahrungsquelle bildeten, hatte er auch Geschmack an den Kuchen und Törtchen gefunden, von denen seine menschlichen Freunde ihm zu kosten gaben.

Einige Tage später verschwand Olaf plötzlich. Sie suchten ihn überall, riefen ihn in allen Ecken des Parks, durchstöberten die hintersten Winkel des Hauses, aber der blau gefiederte Vogel tauchte nirgends auf. Sie sahen ihn schon von einem Adler erbeutet, einem Falken, einer Eule, oder von einer Katze, einem Wiesel, einer Schlange.

Doch der Vogel war von keinem seiner natürlichen Feinde gefressen worden und war auch nicht aus seinem neuen Zuhause geflüchtet. Am nächsten Morgen kehrte er in einem Taximeter zurück, dessen Fahrer am Tor bezahlt werden musste, da die darin ankommenden Insassen kein Geld bei sich hatten; der eine, weil er ein Vogel war, und die andere, weil sie eine junge Novizin war, noch in Tracht und Haube, sehr nervös, schluchzend und lächelnd zugleich. Da begriffen sie, dass Olaf sich davongemacht hatte, um mit Sanftmut zu sprechen, dass er bis zum Mond geflogen war und es ihm auf irgendeine Weise gelungen war, sie zu überzeugen, nicht ihre Gelübde abzulegen.

Wie er ihnen später erzählte, war er in den frühen Morgenstunden im Mond angekommen, als es bereits zu dämmern begann und Sanftmut gerade hinuntergehen wollte, um die Weihen zu empfangen. Aber was hatte er ihr gesagt? Welche Argumente hatte er gebraucht, mit welch geheimnisvoller Überzeugungskraft hatte er erreicht, was weder Walmira noch Adenar gelungen war?

»Ich habe ihr nicht viel gesagt«, antwortete Olaf auf Adenars und Aguanopulos' Fragen, die immer noch etwas verärgert waren, dass er so wortlos verschwunden war.

»Aber wie hast du es geschafft, sie zu überzeugen?«, fragte Aguanopulos.

»Nun ja, meine Freunde«, sagte Olaf und strich sich mit dem Schnabel über die Schwanzfedern. »Manchmal ist es wichtiger, etwas zu *tun,* als etwas zu *sagen.* Vergesst nicht, dass ich ein Vogel bin. Ich bin einfach in Sanftmuts Zimmer geflogen, habe ein wenig mit ihr geplaudert, und habe den richtigen Moment genutzt ... um ihr Insekt zu fressen!«

»Du hast ihr Insekt gefressen?«

»Es hat widerlich geschmeckt«, gestand der Vogel. »Außerdem war es riesig. Der größte Grashüpfer, den ich in meinem ganzen Leben gefressen habe!«

Als Walmira die Geschichte hörte, wie Olaf Sanftmuts Insekt gefressen hatte, bekam sie so einen Lachanfall, dass man um ihre Gesundheit fürchtete. Man brachte ihr einen Stuhl und ein Glas Wasser, aber trotzdem konnte sie einfach nicht mehr aufhören zu lachen. Man erzählte ihr traurige Geschichten, zeigte ihr Heiligenbilder, schaltete eine Rede des Präsidenten im Radio ein, um ihre Heiterkeit zu trüben, doch es half alles nichts. Und da Walmiras Lachen schrecklich ansteckend war, hallte der Turpestis Palast fast den ganzen Tag von Lachen wider. Im Park wurde gelacht, in den Küchen, in den Sälen, wo das Philharmonieorchester von Floria für das Konzert am Abend probte, und die Tänzerinnen von Flores Yrisarri lachten an ihrer Stange. Lachend wurden Abschiedsbriefe geschrieben, Kisten mit Dingen gefüllt, die zurückbleiben würden, die Maschinen im ersten Stock überprüft, Staub gewischt, das Benutzen des Schallgelatinerohrs zum zentralen Turm geübt. Sanftmut lachte, als sie vor dem Spiegel Kleider der gleichaltrigen Ana Sofia anprobierte und beide merkten, dass sie fast dieselbe Größe hatten. Alle lachten, aber nicht nur, wenn sie daran dachten, wie Olaf, der Vogel, Sanftmuts Insekt verschluckt hatte. Sie lachten auch, weil es an diesem Abend endlich losgehen würde. Aguanopulos lachte, weil er endlich seinen Traum von einer großen Reise verwirklichen würde. Adenar lachte, weil er lernte, auf das zu verzichten, was er nicht hatte. Sie alle lachten, weil sie wussten, dass es ihr letzter Tag in Floria und auf dem Planeten war, auf dem sie geboren worden waren und den sie so liebten, sie lachten, weil sie in dieser Nacht zu den Sternen fliegen würden.

Und genau so geschah es. Nach dem Abendessen nahm jeder seinen Platz ein. Die zwölf Besatzungsmitglieder, Sanftmut mit Olaf in der Hand, begaben sich in die Turmkuppel, die Meditierenden in ihren Raum, die Techniker zu ihren Maschinen, das Philharmonieorchester von Floria spielte den ersten Akt von Wagners *Siddharta,* und die übrigen Turpestiner wohnten dem Konzert bei. Die Meditierenden traten in Kontakt zu den Walen und den Bäumen. Das Licht des Sterns Azzarkin erreichte sie über Wagners Musik, über die Bewusstseinsleere der Meditierenden, über die antennenartige Form des Palastes, erreichte den Geist der beiden Wale *Barthelemy* und *Livia Augusta* und den Daimon des Planeten durch den großen Bo-Baum, der den Bäumen des Parks vorstand, und zwischen dem Herz des Planeten und dem Kern des fernen Sterns entstand so etwas wie eine Treppe, ein dünner Bogen aus Licht. Und über diesen Lichtbogen entglitt der Turpestis Palast mit all seinen Insassen. So begann die Reise.

Inhalt